U0461557

南洋女儿情

[新加坡] 洪荣狄　小吉祥天　著

中信出版集团 | 北京

图书在版编目（CIP）数据

南洋女儿情 /（新加坡）洪荣狄著；小吉祥天著
. -- 北京：中信出版社，2023.8
ISBN 978-7-5217-5807-8

Ⅰ.①南… Ⅱ.①洪… ②小… Ⅲ.①长篇小说－新
加坡－现代 Ⅳ.① I339.45

中国国家版本馆 CIP 数据核字 (2023) 第 103682 号

南洋女儿情
著者：　[新加坡]洪荣狄　小吉祥天
出版发行：中信出版集团股份有限公司
（北京市朝阳区东三环北路 27 号嘉铭中心　邮编　100020）
承印者：　北京盛通印刷股份有限公司

开本：787mm×1092mm　1/16　　印张：32.5　　字数：600 千字
版次：2023 年 8 月第 1 版　　印次：2023 年 8 月第 1 次印刷
书号：ISBN 978-7-5217-5807-8
定价：79.80 元

序一

2021年10月中旬，爱奇艺新剧《南洋女儿情》主演肖燕来三水采风，我作为陪同，和肖燕在红头巾的故乡徜徉，讲述红头巾故事的同时，也接收到一个重要的信息：红头巾终于要在国内拍成影视剧了！这个信息，距离引起很大反响的央视三集纪录片《飘逝的红头巾》首次播出，已经过去了近10年。纪录片播出后，同名图书《飘逝的红头巾》于2015年1月由经济日报出版社出版；广东粤剧院粤剧《三水女儿·红头巾》于2020年8月首演，入选庆祝中国共产党成立100周年优秀舞台艺术作品展演50部在京展演剧目和第十三届中国艺术节展演剧目；三水本土女作家岑孝贤以红头巾为背景的作品《星岛女孩》于2021年获第三届曹文轩儿童文学奖"长篇佳作奖"首奖。

在这样的背景下，爱奇艺40集电视连续剧《南洋女儿情》的横空出世，让红头巾再添高光时刻。还记得上一部关于红头巾的电视剧，是1986年新加坡的连续剧《红头巾》。陈淑桦"轻轻的一声祝福"犹在耳畔，《南洋女儿情》"用力地在生长，海水不停荡漾"的低吟浅唱，再一次掀起了那一段岁月中的惊涛骇浪。以欧阳天晴为首的红头巾和剧中的众多南洋女儿们，以厚重的下南洋历史为背景，在观众面前徐徐展开了一幅浓烈的南洋风情画卷。

"据说天晴出生的那一天，大雨倾盆，家乡村口的九曲河决堤了，算命先生说她命中带水，会背井离乡，一生漂泊。临别前，姨母也在天晴耳边叮嘱道，女人生来就是一朵花，风一吹，落到水里面，落花逐水流，流到哪里，都是一辈子。登上船的那一刻起，天晴就暗自给自己打气：欧阳天晴，你一定要对得起这张船票，你一定要掌握自己的命运。"剧中的欧阳天晴做到了，把命运牢牢掌握在了自己手中，带领红头巾姐妹们在南洋打拼出一片天地。

而现实中的红头巾们，她们的故事已经家喻户晓，她们的名字大家耳熟能详。因为工作关系，我有缘接触到这一段历史，认识了很多位红头巾，其中有在新加坡大悲安老院安享晚年的，也有回国与亲人团聚儿孙绕膝的，从她们身上我收获了无数的感动，她们的经历也让我会不断思考当年她们背井离乡的意义。

历史的滤镜厚重，让她们当年的举动成为下南洋大潮中一股耀眼的女性力量。众多的纪实作品和文艺作品厚爱，给她们戴上了吃苦耐劳、敢于牺牲、坚韧不拔的光环。新加坡政府尤其是总理李显龙的厚赞，为她们塑下了新加坡建设者的群像，称赞她们为新加坡城市建设做出了巨大贡献。

红头巾们经年累月给予我的感动，让我更愿意从人性的角度出发，去理解她们当年的心态，以及她们在新加坡的奋斗。她们无疑是勇敢的，敢于漂洋过海以柔弱的女儿身挑起养家的重担，直面苦难又无视苦难，舍弃小我成就大我。在她们身上更有着另一种勇敢，敢于挣脱世俗枷锁，追求女性身心自由，虽苦犹乐，万苦不辞，这一点，从平静安详的卢亚桂身上，从开朗豁达的黄苏妹身上，从百岁挑百斤的陈群身上，甚至从新加坡的二代红头巾胡润心和吴妹仔身上都得到过印证。黄苏妹还曾亲口对我说："我们做最辛苦的工，赚最干净的钱！"这句话深深地刻在了我的脑海里，也让无数听到的人深受感动。

斯人虽逝，她们的音容笑貌仍在眼前，她们感动我的许多瞬间每每想起仍会让我落泪。我相信，她们如今被普遍认可的自重、自爱、自立、自强的精神，必定会被更多人所赞颂、所坚持，并且会激励年轻一代去奋斗、去拼搏。

在我心里，她们并没有走远，她们永远是我敬重的三水女人。

黄　敏

2023年7月30日

黄敏，中国民间文艺家协会会员，广东省民间文艺家协会理事。从2007年至今参与了与红头巾有关的很多工作，曾全程参与央视纪录片《飘逝的红头巾》拍摄，为经济日报出版社出版的图书《飘逝的红头巾》补遗，全程参与广东粤剧院《三水女儿·红头巾》排演等工作，与红头巾结下了不解之缘。

序二

三水位于西江、北江交汇处，是著名的“湾区之源、长寿之乡”。南来北往的中外官贾、文人墨客，留下了丰富的三水记忆、中国故事。

1656年3月19日，荷兰使团途经三水并留宿。1869年底，著名的英国摄影大师约翰·汤姆森沿北江逆流而上，在三水拍下了今佛山地区第一张照片。1897年三水开埠，设置大清海关，中外客商可以直接在三水进出中国，真正是“水通天下”。

三水出土文物显示，东汉（25—220）时期，已经有外国人形象的陶俑出现，证明两千年前，古三水地区已经有海外来客。作为著名的南海丝绸之路、千年茶驿古道节点，三水地理位置十分优越和重要。

在三水建县前的南宋景定—咸淳年间（1260—1274），今乐平镇社滘村先民已经开始在北江边修筑“榕塞围”（今北江大堤），治水造田。历代人民农忙时耕作，农闲时挑泥筑堤修路，成为生活习惯。

与男性一样，三水女性除了参与农耕工作、筑堤修路之外，很早就“洗脚上田”，到西南镇参加工作，改善生活。1906年，因西南布商违例克扣女工工资，为维护自身利益，三水女工更纠集数百人，手持扁担、利剪，群起抗争。这是广东早期著名的妇女团结抗争事件，被上海《赏奇画报》以《女工又闹》为题进行报道。

1920年初，军阀在三水混战，导致民不聊生，芦苞片区女性更是深受其害，无奈之下只能投靠先期到达新加坡的南洋亲友，这成为三水女性“下南洋”之始。

1937年卢沟桥事变爆发，战火于1938年10月燃烧到三水。又因新加坡移民政策对女性、儿童相对宽松，在1941年太平洋战争爆发前，为逃离战火，三水女性第二次较大规模“下南洋”。

1945年抗战胜利，世界局势发生变化。不少失子失夫、生活困难的三水女性走出国门谋生，是第三次较大规模的“下南洋”。直到1949年10月15日三水解放，三水女性“下南洋”历史才宣告结束。

丰富的农耕、担泥筑堤经验让三水女性很快就融入新加坡的城市建设中。为防止烈日暴晒，也为辨识乡籍，三水女性纷纷戴上“红头巾”，作为她们职业和籍贯的标志。

新加坡一条条康庄大道，一栋栋高楼大厦，就是在三水女性挥汗如雨的辛勤劳作中平地而起。著名的“亚洲大厦”和“最高法院”等重要建筑工程，也有她们洒下的血汗。

尽管收入不多，生活不易，但“红头巾”们仍然坚持赡养国内的家人，定期通过侨批局（商）寄款回国。在抗战期间，她们更从微薄的收入中捐出义款，通过三水会馆赈济邑人，支援中国抗日。

三水“红头巾”既有中国女性的传统特质，也有三水人的奋斗精神。她们懂得自重——“做最辛苦的工作，赚最干净的钱”；在远离家乡、亲人的异地，她们互相鼓励、自尊自爱；在照顾家人的生活重担下，她们顽强自立；在艰苦困难的工作环境中，她们团结自强。

时代洪流中，她们或许身如漂萍；颠沛流离间，也许充满了辛酸无奈，但她们用最美的年华和一生的坚强，扛起了所有的苦难。她们自重自爱、自立自强、勇敢勤劳的精神永远激励着后人砥砺前行。如今，三水已再无“红头巾”，但那一抹鲜艳的红，已被《南洋女儿情》记录下来，永不褪色。

麦国培

2023年7月31日

麦国培，广东省佛山市三水区博物馆顾问，广东地方文史学者、侨批专家、收藏家。

南洋・芳华录

欧阳天晴

天晴在三水的记忆，俱是阴雨绵绵。

雨水洗出湿漉漉的一面硬壁，书写了巨大的一个“穷”字。

因为穷，没有遮风避雨的房屋；因为穷，失去了母亲；因为穷，她踏上了前往星洲的客轮，准备成为一名红头巾。

抵达星洲时，阳光铺天盖地。

即便是黄昏，赤道的阳光依旧灼热，还有阳光一般灼人的星洲男子。

星洲长大的男子呼吸里带着阳光的气息，他们是痴情的、热烈的，似乎可以供任何女子依靠；但天晴来自三水，在三水阴郁的天空下，她看过了太多的背叛、软弱以及突然的离别。

三水的女人不相信上帝，不相信男人。

她们坚信，凭自己一双手，亦可登山渡海，造一个来日。

红头巾在三水的女人中代代相传，她们深信这红色中，藏着传承自远古的秘密。

人类最有力的武器，便是自己的一双手：用手燃起火把，照亮前路；用手制造长矛，捕猎野兽;用手传递爱意，哺育后代;用手，为我的姐妹戴上红头巾。一如远古的洞穴之中，火堆照亮了脏污的面庞，我在你卷曲的发梢上，系上用猎物鲜血染就的红草绳。

那双脏污的手，沾染了血迹，磨出了厚茧。

男人会走，姐妹会散，只有一双手永不离弃。

红头巾在时代中穿梭往复，用这双手，一砖一瓦地创造一个未来。

那是天晴的未来，是红头巾的未来，也是星洲的未来。

天晴坚信，她生来肩负重任，她将带领红头巾，创造一个新的星洲。

天神搅动乳海，美神诞生于殖民地淡蓝色的海水之中。

时代的余晖斜照星洲，一半东方，一半西方。

她的父亲是橡胶大亨，母亲是星洲白天女，南兰头顶的天空被劈成了两半。

白日，太阳从大不列颠升起，那是父系的期许。南兰戴钻石项链，穿塔夫绸洋装，学习英文的阅读与写作，还要学习如何优雅地与绅士们调情，这是一个贵族淑女的必修课。

夜晚，月光照耀星洲，那是母系的传承。用真金研磨成粉涂抹眼皮，颈上和腕上戴满了古老的金饰；将手指扭成奇异的姿态，学习那区别于凡人的神祇的舞蹈；黄金铃铛在她脚腕细细吟唱，是古老的颂文。不远处的白色大宅之中，十三盏水晶灯彻夜辉煌，是人造的阿波罗，巴赫的乐曲震耳欲聋，新一代的白天女在分裂中诞生。

这是分裂的时代，分裂的星洲，分裂的女神。

白天女是活着的神祇，南兰的尊荣和职责传承自母系古老的血脉，不可置疑，亦永生相随。

她接受古老而虔诚的供奉，作为回报，她需要保护这片土地，保护在这片土地上生息的人们。

而在这个分裂的时代，白天女的神力，是否依旧能够安抚这片焦躁的土地?

当然还有男人。啊，那个传说抑或是诅咒，尊贵的白天女下凡，爱上了那样一个平凡的男子，不出意外地被辜负。

母亲的悲剧让南兰惊觉，白天女的诅咒，流传了一代又一代。

在一个神明未醒的清晨，密林之中，她一枪猎到了一个男人。

她是去猎鹿的，却猎到一个姓陆的男子，她深信，那即是无可挽回的命运。

她几乎是绝望地爱着他，心头阴云密布，她在金铃的吟唱中清晰地听到，命运的转轮开始转动的声音。

但她不再是旧日的神祇，她是新时代的白天女。

南兰盼着，时代的车轮碾碎流传千百年的诅咒。

若真无法避免，白天女会垂目怜悯世人，亦化为愤怒的法身，枝蔓般生长出十八只手臂，握有十八般法器。

巫蛊、诅咒、毒药、美貌、心机、财富，令众生心生敬畏。

而白天女南兰最爱的一件法器，是她的双筒猎枪。

金碧云，人如其名。至少在她丈夫眼中，她便是天边一朵云。

无用而绵软，偶尔遮住阳光，令人心情烦躁，搁着不理也就好了，顶废物的女人。

但龙哥瞧她一眼，利眼如刀，金碧云心内狂跳。

那江湖男子的眼，阅人无数，他嗅到了她的秘密？

云中隐有血光。

她是天边一朵云，亦可是你大难临头之时头顶一片浓荫。

龙哥说金碧云你身在闺阁，心有草莽。

她不是女儿、母亲、妻子、爱人，她是纯粹的商人。

人人当她温良可欺，她其实只是坚信和气生财。

扮了一张笑脸将你哄进门来，背后藏着雪亮尖刀。

你若没同她做过买卖，便不晓得她的刀有多利，她的手有多快多狠。

一刀既出，见血封喉。

兴许龙哥说得对，好的商人，血里必带些草莽气。

金碧云还记得，她幼时，合家还在上海，家道中落，爹最爱带她逛书寓。

她在里头睡觉，乱走，直到闯进“魔鬼”住的房间。

魔鬼借了个老倌人的形，穿腐了几百年的绣袍，瞧着她嘻嘻笑，露出一嘴被鸦片熏得黑黄的牙。

金碧云不怕，她只瞧见老倌人脏污的胸前，挂了一串珍珠项链，白如玉，灿若星。

老倌人对她伸出脏污的爪子：小囡，你手中的娃娃给我好不好？我老了没人陪。可怜呀！

金碧云抱紧了娃娃：你同我换，就换你颈上的珍珠项链。

那一年，她五岁。

日后回想起来，金碧云总疑心她在五岁的时候与魔鬼做了交易。

那串珍珠是一笔好生意，划算极了。

可后来她的人生常常蚀了本钱。

项链被母亲夺走，这交易，不令她满意。

她嫁给她的丈夫，这交易，不令她满意。

她尽力管家，却连下人都瞧不起她，这交易，亦不令她满意。

没关系，慢慢来，她带着云一样的微笑缓缓行过陆家的老宅。

她总有办法，得到她想要的。

她是天生的商人。她知道总有一天，她会翻本。

连本带利，叫你们一并偿还。

商人不信神，不信报应，不信白天女。商人无敌。

她是纯粹的商人，锱铢必较。

要我做赔本买卖?

终有一日，必叫你血债血偿。

白薇

站在开往星洲的渡轮之上，白薇想起《诗经》中古老的诗行。

蒹葭苍苍，白露为霜，所谓伊人，在水一方。

白薇永远在水一方，站在远岸白茫茫的芦苇丛中，有风吹过，偶尔可见她低垂的面庞。又一阵风来了，她唇角的浅笑隐匿于芦花之中，消失无痕。

白薇是伊人，伊人并非少女，亦从未成为女人。

伊人是脱离了时代的，没有背景，没有来处。

伊人永远站在对岸，带着戏剧性的目的和罗曼蒂克的幻想，向对岸观望。

所谓伊人，在水一方。

伊人不求结果，伊人是过程本身。

烽火戏诸侯，她是城池上点燃的熊熊火把。

后羿射日，她是弓弦上一支淬金白羽箭。

你偶尔会遇到她，但是永远无法走近她。

苍茫的雾气之中，她只露出一双迷离的眼。

有人在她眼中看到了纯善，有人在她眼中看到了秘密，还有人在她的眼中，看到了爱情。

实际她的眼中空无一物，有的只是深不见底的旋涡，你看到的不过是自己的心。

她是执着的化身，逐鹿中原，她是逐鹿之女。

星洲陆家，是白薇一人的逐鹿之战。

伊人白薇站在漫天漫地的芦苇之中，紧紧提着手中的桦木皮箱。

箱子中，藏着她的左轮手枪。

水的那一边，星洲近了。

小蝉

她出生的时候，接生婆见窗外落了一只蝉，故取名小蝉。

其实那一日，是阴历十五，满月之日。

满月之下诞生的，是满月之女。

满月之女，至阴至柔，乃是女子中的女子。

在古老的朝代，她们或生在山野之间，却总是天生丽质难自弃。

她们终会如满月一般，高高悬在庙堂之上。

她们名为妲己、褒姒、虞姬。

满月之女是女子中的女子，她们娇弱、阴柔、聪慧。

她们强烈地意识到自己身为女子，以此为傲，以此为用。

她们用妩媚的眼，睥睨着世间的男子，挑逗他们的欲望，激起他们的斗志。

她们以袅娜的身姿，挑起一切雄性的占有之心，令他们口角、搏斗，乃至争战。

但她们在内心叹息：啊，男子多么愚蠢，只配做我的信徒。

终有一日她们功德圆满，华丽的羽衣背后，信徒们尸山血海。

金碧华

金家一对姐妹，取“云华”二字。

云有聚散，天有阴晴，或者说，云是阴霾本身。

华只是光，光华万丈，简单如此。

有人觉得暖，有人觉得刺目。

她是赤道上方的一片天空，乾坤朗朗，晴夏永驻。

哭是晴天落白雨，笑是霹雳带闪电，撒起娇来，亦如一团烈火，不带一丝扭捏。

若她爱上你，那真是炎炎一团火。

只是火烧得越猛，熄得越快，或者你可以一盆冷水浇熄它。

金碧华洒几滴眼泪，嗷嗷哭过一晚，明日又是活蹦乱跳一个女人。

她是有勇无谋的绿林好汉，却生长在富贵之家，不为生计奔忙。

于是便成了闹海的哪吒，脚踩风火轮横冲直撞，却无半分骨肉离情。

若她死了，骨肉无法化作莲花，合该是一块顽石。

彼时天崩地陷，大难将至，女娲欲补天，因说，此二石粗糙，不堪大用，不可补苍天。

《石头记》中的顽石深觉难堪，在青埂峰哭得天昏地暗，立志下凡去那红尘之中经一番磨炼。

而顽石金碧华骂道：什么女娲！爱用老子不用！

金碧华这样的女子，是最幸福的人。

她们生命中有喜剧，有闹剧，却注定没有悲剧。

她不懂得悲剧。

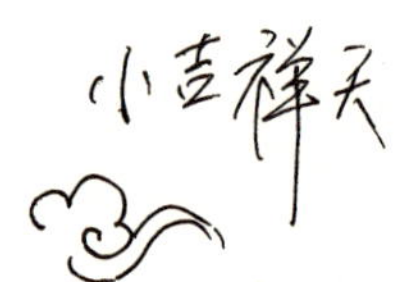

目录

第一篇 红头巾

第一章 码头风云 2

第二章 初来乍到 10

第三章 家庭教师 16

第四章 姐妹同心 24

第五章 工地色魔 30

第六章 势成水火 35

第七章 襄王有梦 40

第八章 临终心愿 43

第九章 剑拔弩张 50

第十章 上门无赖 54

第二篇 白天女

第十一章 上海女人 62

第十二章 星洲神女 67

第十三章 四女齐聚 77

第十四章 峰回路转 96

第十五章 身份成谜 103

第十六章 照片男子 112

第十七章 各怀心事 120

第十八章 曲线救国 123

第三篇 女儿情

第十九章 金家姊妹 133

第二十章 死缠烂打 138

第二十一章 恋爱哲学 144

第二十二章 似曾相识 150

第二十三章 衣冠禽兽 156

第二十四章 恶有恶报 168

第二十五章 陆家三少 177

第二十六章 粤剧名伶 184

第四篇 金兰劫

第二十七章 失踪姐妹 193

第二十八章 落入虎口 199

第二十九章 水深火热 203

第三十章 白薇认亲 210

第三十一章 无处可逃 215

第三十二章 阿海闯堂 221

第三十三章 雨过天晴 229

第五篇 家之变

第三十四章 祖孙相认 241

第三十五章 蛇蝎毒妇 250

第三十六章 杀人灭口 257

第三十七章 尸骨未寒 265

第三十八章 往昔时光 272

第三十九章 天女游神 281

第六篇 母女怨

第 四 十 章 乔装打扮 290

第四十一章 爱莫能助 297

第四十二章 纸里包火 304

第四十三章 姐妹失和 309

第四十四章 意外来客 317

第四十五章 飞上枝头 323

第四十六章 天晴生母 332

第四十七章 杀机重重 344

第四十八章 为爱远走 350

第七篇 南洋梦

第四十九章 敌友不分 362

第五十章 同心协力 371

第五十一章 秘密调查 379

第五十二章 新年将至 390

第五十三章 焕然新生 399

第五十四章 同床异梦 407

第五十五章 借腹生子 412

第五十六章 故人归来 421

第五十七章 龙啸鹤鸣 430

第五十八章 爱而不见 437

第八篇 生死局

第五十九章 古德夫人 442

第六十章 金家老宅 444

第六十一章 蛇蝎心肠 448

第六十二章 丛林枪声 457

第六十三章 身陷囹圄 460

第六十四章 正面交锋 465

第六十五章 雪上加霜 469

第六十六章 明枪暗箭 474

第六十七章 无计可施 478

第六十八章 女巫诅咒 487

第六十九章 威逼利诱 492

第七十章 千帆过尽 496

第一篇

红头巾

第一章　码头风云

一九二八年六月，星洲某港口。

南太平洋上风平浪静，晴空万里。

一艘从广州出发的客轮即将靠岸星洲，此刻，甲板上人头攒动，有身着唐装的中国男人，有金发碧眼的欧洲绅士，也有身着水手制服的印度船员……少顷，不远处码头上空的英国“米”字旗依稀可见。人群开始欢呼雀跃，连日来的颠簸劳顿终于要画上句号了，他们不停地向岸上的人招手，喊名字，甚至还有人唱起了来自遥远大上海的流行歌曲。

头等舱、普通舱的客人依次上岸后，一群灰头土脸的年轻女子才从最底层的船舱钻出来，她们是从广州三水来的打工女孩。虽然身上的粗衣已经被下等舱的煤污点缀，但她们个个身形干练，精神劲十足，显然都是出身贫苦的农家女。眼前，椰影婆娑，沙鸥点点，面对这片即将踏上的土地，她们的脸上或欣喜好奇，或忐忑不安，一切都是未知数。

冲在最前面的女子面容姣好，名叫欧阳天晴，她性格果敢，好打抱不平，两天旅途相处下来，姑娘们都把她当作了可以依赖的“小领袖”，凡事张口闭口都会念叨着天晴。虽然欧阳天晴也是第一次踏上星洲这片陌生的土地，但她打小就是勇字当头，天不怕地不怕，临行前还跟阿爹拍过胸脯保证，挣不到钱就不回去了。

据说天晴出生的那一天，大雨倾盆，家乡村口的九曲河决堤了，算命先生说她命中带水，会背井离乡，一生漂泊。临别前，姨母也在天晴耳边叮嘱道，女人生来就是一朵花，风一吹，落到水里面，落花逐水流，流到哪里，都是一辈子。登上船的那一刻起，天晴就暗自给自己打气：欧阳天晴，你一定要对得起这张船票，你一定要掌握自己的命运。

“姐妹们，快看，红头巾！”美花的大嗓门打断了天晴的思绪，顺着美花的目光，她看见一个红头巾打扮的中年女子快步走来，正是前来迎接她们的玲姐。

“呀，一定是来接我们的。”靠在天晴另一侧的小翠欣喜叫道，她身材娇小，与美花的高挑利落形成鲜明对比。那玲姐看上去三十岁左右，身材中等，面色和善，一身朴素蓝衣干净整洁，头上戴着醒目的红头巾。看见众人走来，玲姐笑盈盈地迎上前问：“是从三水来的？”

“是啊，是啊！”众姐妹异口同声地抢着回答。

“我叫阿玲。”玲姐话音刚落，就听天晴喊玲姐好，态度不卑不亢，声音爽朗，与众姐妹截然不同。

“哟，你叫什么名字？”

“欧阳天晴。”

玲姐略带欣赏地点了点头：“天晴叫得对，年轻的姐妹们都叫我玲姐。”

众女见状，这才醒过神来，分别叫着玲姐好。

小翠也不甘示弱，赶忙挤上前来奉承道："玲姐就是我们的大家姐[①]吧？您在老家可是大名鼎鼎啊！"

"姐妹们别乱叫，我们的大家姐是七姑娘，等会你们就见到了，走吧。"玲姐谦逊笑道，说话间已帮着提起行李，众人跟玲姐向码头外走去。

十几个女孩虽穿着朴素，但行动麻利，充满了朝气，在繁华嘈杂的码头上形成了一道别致的风景。

与此同时，大船上一身洋装、头戴一顶白色小毡帽的白薇并未急着下船，她优雅地举着一架精致的小相机，随着取景框里天晴一行人的走动而移动，独留行李箱在一旁。一个西装青年从白薇身边经过，因觉得过道狭窄，提醒身后帮自己提大箱子的印度船员："小心点！"

岂料话音未落，大箱子已经撞上了白薇。

咔嚓一声，好不容易构图的照片毁了，白薇不由得怒目回头。

西装青年见状，忙赔礼："抱歉，浪费了你的胶卷，刚好我的行李箱里也有，我赔你一卷吧。"说完，青年就准备打开箱子。

"不用，也怪我，挡路了。"白薇显然不愿多搭理他，朝船舷方向走去，重新取景。

西装青年瞪了一眼身后笨拙的船员后，继续向前走。

白薇想要再寻天晴一行人，却发现早已没了踪影，只能遗憾地用取景器在码头上继续搜寻。取景器中，只见另一条下船的通道里，两个男人正胁迫一个满身油渍的女子向角落走去。一个老船员模样的人跟在后面，显然三人是一伙的。被胁迫的女子紧抱身体，显然很害怕，不停地回身求救。

白薇心头一震，只觉蹊跷，急忙放下相机，提起箱子向船下跑去，打算一探究竟。

只见被胁迫的女子正被拉扯着朝码头前方去，那女子虽着粗布大褂，却无补丁，不过在拖拽过程中衣服被蹭了不少船上的机油。

负责押送的老船员和两个打手极为野蛮地将女子拽下码头，押到了沙滩上。沙滩上为首者相貌不凡，正是龙王帮马仔邝海生，身旁还有两个人杵在那儿，明显是在等着接收女子。

邝海生是星洲本地人，看起来不过二十出头，他头戴一顶巴拿马草帽，鼻梁上顶着副墨镜，穿着一件晒得发白的香云纱外套，露出的双臂肌肉在阳光下显得格外结实。

邝海生上下打量着那女子，手也不老实，伸手去拍了拍女子的肩膀问："叫什么名呀？"

女子蜷着身子，口里呜呜呀呀，着实让人听不清楚。

"不懂讲话？"邝海生不由得弯下腰，歪头仔细瞅了瞅女子，又转头瞧向老船员问："是个哑巴？"

老船员思索半晌，答道："好像是，抓到半天了，没听她讲过话。"

① 粤语中对女性长辈或同辈的尊称，此处指红头巾的领导者。——编者注

“哑巴你过番[1]来做什么？还不买船票？现在怎么办呢？”

女子努力眨眼示好，邝海生却不吃这一套，语气也强硬了起来：“你以为我是在跟你商量？告诉你吧，像你这样的必须扔进海里喂鱼！这是规矩，海哥我，就是干这个的！阿九，捆结实点，嘴巴就不用塞了，反正是哑巴。”

邝海生的小弟阿九得到指示，麻利地将挂在脖子上的两条绳子摘下，随手一抡就套在了女子脖子上，显然这两条绳子是他的“老搭档”了。

女子只觉脖子一紧，唯恐小命不保，嘴里发出“呜噜呜噜”的声音，希望过路人能够救救自己。正绝望间，只听咔嚓一声，白薇如天神般出现。

众人回头望去，只见一名手无缚鸡之力的摩登小姐，邝海生喝道：“你在干什么？照我们做什么？”

白薇一身正气，毫不胆怯：“万一你们对这女孩做什么坏事，这里就是罪证。”

被绑女子见状，仿佛遇见了救星，铆足了劲挣脱，可阿九手一使劲，便扼住了她的咽喉。

邝海生向白薇踱近了两步，手推鼻托，压了压声音说：“小姐，刚下船吧，听句劝，少管闲事。”

白薇仿佛没听见邝海生的话，气定神闲地说：“这女孩要是发生什么意外，法律会惩罚你们的。”

邝海生大笑起来：“对这种人，星洲法律是不管的！”

“她做错了什么？”白薇态度严肃，想要弄清其中原委。

“没买船票，贼啊！”阿九扯着嗓子喊道。

“就是，而且这可比贼可恶多了！她躲在机舱里，要是把哪弄坏了，整条船都会沉的！”老船员随声附和。

“包括你！一条船的人都要淹死！多可怕！不得把她扔进海里吗？”邝海生恶狠狠地指向女子，收起了先前玩世不恭的模样。

那女子确实理亏，听完这番话更加惊恐，泪汪汪地用眼神向白薇求救。

“就算她有错，可你们杀人，就不怕遭报应吗？”白薇显然底气不足，但人命关天，她必须出头。

阿九凑到旁边：“海哥，她讲话挺有趣。”

邝海生没搭理他，瞅着白薇，心生一计：“你可怜她呀，那出钱买了她吧。”

“多少钱？”白薇问道。

“两百块。”

“你敲我竹杠啊，这也太贵了吧。”白薇并没有被吓到。

---

① 闽粤方言，广东、福建人称到南洋谋生为“过番”。——编者注

邝海生很满意白薇此刻的表现，嘲笑道：“小姐，行侠仗义还讨价还价？”

“说到底不就是欠张船票吗？我二等舱一张船票三十块，她坐舱底能有多少？五块钱够了吧！”白薇毫不退让。

邝海生气得大笑，回头看向周遭人。

“嫌少？六块，不能再多了。”白薇如同在菜市场讨价还价，说着慢悠悠地从小包里拿出六块钱，递到了邝海生面前。

见状，老船员等人不禁笑了出来。

邝海生觉得白薇让自己在兄弟面前丢了面子，突然瞪眼一声怒喝：“海哥我可是有脾气的，再不走，别怪我翻脸！”

邝海生凶相毕露，吓得白薇退后两步，一时不知这钱给还是不给。

女子只觉求救无望，不再挣扎，却发现一行人从这里经过，如同抓住救命稻草，用尽全部力气大喊：“天晴！欧阳天晴——”

邝海生诧异地看向女子。

老船员等人都傻了眼，白薇也颇感意外。

听到声音，玲姐一行停住脚步。天晴只觉得声音有点熟悉，便把手搭在额头上打望着，只听见女子喊道：“是我啊！小蝉——我是何小蝉！”

天晴定睛一看，没有多想就放下包袱，将粗大的辫子向后一甩，迈开大步向小蝉的方向狂奔。

玲姐本想去拉，可根本拉不住，只好捡起天晴的包袱追了过去。

眨眼工夫，天晴已跑到小蝉身边，喜极而泣道：“小蝉，真的是你呀！”

小蝉连忙点头，一副可怜巴巴的模样。

说着，天晴旁若无人地将挂在小蝉脖子上的绳子拽下一扔，扶起她连珠炮似的问：“你怎么过番来了？也坐的这条船？我怎么没看见你？”

邝海生顿觉颜面无光，哭笑不得地接上话茬儿：“你当然看不见了，她没买船票，藏在机舱里呀！”

天晴这才注意到杵在一旁小流氓打扮的邝海生。

“他要把我扔到海里喂鱼！”小蝉委屈地看向天晴。

天晴指向邝海生：“是你吗？你想害死我的姐妹？”

邝海生不屑地瞥了一眼天晴：“她是你姐妹啊。刚才还装哑巴呢，心机好重的，你可要防着她点啊！”

天晴不甘示弱地向前一步，叉腰道：“自小一起长大的姐妹，要你挑拨！信不信我把你丢到海里？”

邝海生有些来气：“呀，好大口气啊！还敢这么指着我，不想活了？你打听打听我是哪个，安祥山街小霸王，星洲地头蛇海哥啊！”

天晴冷笑一声：“你是地头蛇？那我就是三水过海的龙！今天我就要试试这星洲的水是深是浅！”说着握紧了拳头。

老船员轻蔑地笑了：“三水来的？当红头婆的？这么神气啊！”

众人一听此话，都笑了起来。

阿九打量着这群“红头巾”，悄悄趴在邝海生耳边道：“海哥，要教训的，她敢自称是龙，那我们龙王帮的脸面可就没了！”

邝海生死死瞪着天晴：“找死是吧？”

“你才找死！”天晴挺直了腰板，昂着头，回瞪邝海生。

“呀，老火焖鸭，我看你是只剩下嘴硬了！”

“我的拳头更硬，你要不要尝尝？”

邝海生本想给天晴一个台阶下，不料反被将了一军，一时语塞。

美花站在玲姐背后，小声地嘀咕：“玲姐，怎么办？”

“天晴……”

玲姐话还没说完就被天晴打断了：“看见了吧，我有这么多姐妹，动起手来，就你们几个？哼！”天晴知道玲姐要劝自己，怕输了气势。

邝海生也不是吃素的，早已洞察了玲姐紧张的表情，他笑着逼近天晴：“她们过番都是为了吃饱饭，会跟着你这个疯婆娘一起拼命？你打错主意了吧！”邝海生得意地扬了扬手，“别蹚这趟浑水了，走远点！”

天晴挺直胸脯，一脸正气：“吓唬谁啊，真没想到一到星洲就碰上了你这样的臭无赖！”

“你说我什么？”

“臭无赖！几个大男人欺负我姐妹，不是臭无赖是什么？告诉你，在老家，像你这样的，我可没少打！”天晴的拳头握得更紧了。

邝海生咬牙切齿，装出一副凶神恶煞之相企图吓住天晴：“疯婆娘，给你台阶你不下，我看你是寿星公上吊，嫌命长了！”

天晴毫不示弱：“耍嘴皮子啊，有本事动手，我不怕你，臭无赖！”

两人越凑越近，一触即发之际，邝海生竟突然一笑：“凑这么近，不好吧，我长这么大，除了我妈，没女人凑我这么近过！”

天晴正在气头上，脱口而出：“你叫声妈，我今日不打你。”

邝海生难以置信地看向天晴，重新打量眼前这个女子：“我不缺妈，缺个老婆，我叫你一声老婆，你敢答应吗？”

“你敢！”

邝海生贱贱一笑，眯起双眼，故意拉长调子：“老……”

"婆"字刚一出口，天晴一巴掌便挥到了邝海生的面颊上，围观的众人皆是一愣。

邝海生刚捂住半边脸，天晴没等他反应，跟着又是一记窝心脚。

邝海生被踹了个仰面朝天，爬起来坐在地上，双手捂脸叫苦不迭。

阿九别过头去，不忍看大哥的惨状。

玲姐吓坏了，正不知如何是好，忽听远处鸣锣开道，一支游神队伍自此经过，前面是黑白无常开道，后面有神牌、仪仗、彩轿等，气势庄肃。

玲姐大喜，一把拉住天晴，低声道："快走！"天晴瞪了一眼邝海生说："臭无赖，我叫你占我便宜！"说完一手拉住小蝉，小蝉慌张跟上。

一向沉稳的老船员坐不住了："哎，就让她们这么走了？龙王帮派来的是废物呀！"说着，冲身后那两个打手命令道："兄弟们，上！"只见两个打手从腰间掏出明晃晃的刀，追向天晴一行人。站在一旁的白薇吓了一跳。

小翠边跑边回头，发现持刀打手冲来，吓得一阵尖叫，众女子顿时慌乱挤成一团。

邝海生回过神来，大喝一声："站住！"他拍拍屁股起身，仿佛什么都没发生，走到老船员身旁，压低声音说，"没看见白天女游神啊，我是不想惹麻烦，别说我没提醒你啊。"

老船员瞥见游神队伍越来越近，无奈挥了挥手，忍下这口气。两打手见状也收起了刀。

白薇瞅准时机，走到邝海生身边说："说好的六块钱，我替她把船票补上。"

邝海生本就不在意这点钱，看了眼老船员。

白薇顺势将钱塞到老船员手里，补充道："钱你们拿了，这事就算过去了。"

天晴望向白薇，小声问小蝉："她是谁？"

小蝉摇头说："不认识，是来帮我出头的。"天晴一听此话，便上前提起白薇的大箱子。

白薇一把按住，说："不用，我自己提得动。"

天晴连忙说："多谢你帮我姐妹出头，六块钱以后会还给你的。你留下姓名，地址。"

"我叫白薇，地址嘛，暂时还没有，钱就不用还了，祝你们好运，有缘再见。"说完，白薇提着箱子径自走了。

此时，游神的队伍刚好在女子们面前走，众人都看傻了眼。

玲姐捂着胸口，长出一口气："吓死我了！"

天晴看向玲姐，有些不解："玲姐，没什么好怕的。你都看见了，只要我们硬气，坏人自然就害怕了，这是小时候奶奶教我的！"

玲姐瞪向天晴，很是为她这副初生牛犊不怕虎的模样担忧："你真以为那些人是怕你啊，他们怕的是白天女！"

天晴这才仔细看了游神队伍，疑惑道："白天女？"

"这是星洲的神，专门保护女子不被欺负的，特别是穷苦女子，还不快拜拜！"说罢，玲姐双手合十拜神，表情十分虔诚。

天晴这才发现男男女女都在拜神，便也和小蝉学着双手合十去拜神。

阳光打在海面上，波光粼粼，就好似邝海生荡漾的心。

邝海生卷着裤腿，双脚蹚在水里，不时弯下腰，捧起海水拍打着脸，努力回忆刚才和天晴的邂逅，自言自语道："舒服，舒服，真舒服……"

阿九跟在后面，一头雾水："海哥，你说什么呢？"

邝海生没有回答阿九，反而提高音量问："刚才我叫老婆，她答应了吗？"

"没有啊！"

"不可能，我都听见了！"海生一本正经地说。

"真没有啊，她直接抽了你一个耳光！"阿九补刀。

邝海生猛回头看向阿九："我怎么觉得她答应了呢？"

"海哥，你没事吧？"阿九觉得自己的老大有些古怪。

"有事。"邝海生腿一软，瘫坐在水里，"我完了，这疯婆娘手上有毒。"

阿九闻言有些紧张，正欲问，只见邝海生一跃而起，嚷道："好像有一种毒，叫什么来着……情毒，对，就是这个！你明白是什么意思吧。我这辈子算是完了，我整个人，都是那疯婆娘的了！"

"海哥，你到底有事没事啊？"

"有事！我要死了！你还不快去追那疯婆娘，让她回来给你大哥偿命啊！"说完，邝海生向前跑去，阿九紧随其后。邝海生不时回头叮嘱："阿九，追上了你要叫她大嫂！"

"那么凶的大嫂，我不要啊！"

街道上熙熙攘攘，很多从星洲码头下船的人横穿街道，逼停了过往不少车辆。陆家二少爷陆雪樵来码头接人，自然也避免不了停下车。陆雪樵坐在驾驶座看向窗外，不由得皱紧了眉头："小弟，你看看，这趟船是塞了多少人进去，都觉得星洲好，没命地往这里挤啊。"

副驾上坐着陆家三少爷陆雪亭，正是码头上撞到白薇的西装青年。他随着哥哥的目光向外望去，路边满是浩浩荡荡下船的人。正逢玲姐带着众女子从汽车旁走过，天晴、小蝉、美花、小翠等一张张年轻的面孔引起了陆雪亭的关注。

"哇！这么多年轻女孩子，都同我一艘船！在船上我怎么一个都没遇到？"

"她们都是舱底客，你当然看不到了。"

陆雪亭一脸好奇："这么多女孩子来星洲做什么？"

"做工咯，这里面一定有来给我们陆家盖大楼的，你信不信？"陆雪樵一脸骄傲。

"女子盖楼？在工地上做苦力？"陆雪亭难以置信。

"对！要不要去看看我们陆家盖大楼的工地？就在附近，那将是星洲最宏伟的建筑！"

“好啊！”陆雪亭有些兴奋地搓手。

一会儿工夫，陆氏兄弟便到了陆氏工地。工地场所不小，工种齐全，但最为显眼的莫过于两队女工，一队戴着红头巾，另一队戴着蓝头巾。陆雪亭一下车，目光就停留在这群红头巾身上：她们每人一条扁担，挑两只桶，桶里装满了砂灰。烈日当空，只望见红头巾下一张张黢黑的脸，和那豆粒大小的汗珠。

陆雪亭不免面露心疼的神色。

陆雪樵打趣道：“怎么，怜香惜玉了？三弟，你和小时候一样，一点没变啊。”

陆雪亭尴尬笑笑：“怎么这么多女工？”

“是这样，总督府颁布了限制令，不允许男丁过番做工，现在只能女人来了。”陆雪樵继续得意道，“因为这个限制令，星洲的男工都贵了，可女工便宜啊，干活又不比男工差，我们头家实际上是赚了。”

陆雪亭望着远处若有所思，未再多言。

工地上，蓝头巾挑着砖，正在上楼梯，楼梯十分陡仄，一不小心就有摔下去的危险。工头强哥、臭鱼仔却依然在催促着蓝头巾加速，同时不忘叫嚷着让红头巾也快点。在工头的催促下，红头巾与蓝头巾更加让人同情。陆雪亭不忍看那场景，待了一会儿，便以无聊为由，同陆雪樵说想早点回家。不巧车子开到星洲街道时，迎面被游神队伍拦住。

陆雪樵气不打一处来，狠狠拍方向盘：“妈的，晦气！”

陆雪亭的反应却截然不同：“游神，好玩。二哥，我下去看看。”

陆雪樵脸色极为难看，喊道：“不许下车！这是白天女！南兰！”

陆雪亭愣了一下：“大嫂？”

陆雪樵闻言更气：“什么大嫂？她是害死大哥的妖精！”

陆雪亭不再说话，只是隔着玻璃向外张望。黑白无常打扮的两名男子在前带路，八人抬的大轿紧随其后。轿子盖着绣帘，看不见里面。陆雪亭试探地问：“我倒是记得，南兰每年都要扮成白天女游神。”

陆雪樵恨恨地道：“一年两次，这个月和下个月，一游就游一天，星洲大街小巷走个遍，招摇得很！”

“她现在还和我们住在一起吗？”陆雪亭本想叫大嫂，看二哥阴沉的脸色，默默改成了“她”。

“当然没有，大哥出事以后，她开了个女神酒店，我看应该叫妖精酒店！生意好，全是因为招引男人！”陆雪樵一脸愤怒。

“二哥你别这么说，大嫂是个好人！”

“好什么？她害死了大哥！”

“这件事，当年收到家里的信我就觉得蹊跷，警察不是也没破案嘛！我记得大嫂是个很善良的人，我不太相信她会害死大哥，我记得他们之间的感情也是很好的！”

陆雪樵不由得提高了声调：“感情好？你别忘了她是白天女，我看她是给大哥下了降头，要不然怎么会对她着迷！整整四年了，大哥活不见人，死不见尸。”

“二哥，我看你们，都对南兰有些偏见。”说完，陆雪亭望向窗外，幼时的记忆猛地浮现在他的脑海里。那时的陆雪亭不过十岁，只记得大嫂南兰身段婀娜，一身娘惹装束极为精致，却记不清大嫂的面容。厨房的灶台上是大嫂亲自熬的娘惹汤，咕嘟嘟地冒泡。大嫂拿长柄勺在汤锅中盛出一勺，倒在碗里，递到了自己面前说：“小弟，喝汤。”

“传说中，白天女就是要杀夫的！”陆雪樵的声音把陆雪亭拉回了现实，“她妈是上一代的白天女，就亲手杀了她爸！星洲的老人都知道！至于为什么找不到尸体，我怀疑大哥是被那女人熬成了汤，喝了！”

陆雪亭不禁打了个寒战：“小时候我常喝她熬的汤，汤很好喝……哪天我要去看看她。二哥有没有去住过女神酒店？”

“开玩笑！我陆雪樵能住她的妖精酒店吗？哼！对了，你刚才那些话可别让妈听见，当心挨板子！”

陆雪亭有意和二哥打趣：“板子只会打你，妈才不舍得打我呢。”

陆雪樵手握方向盘，无奈笑了：“也是，你和大哥都得妈的宠，就我不招待见。”说完，脚踩油门，一溜烟走了。

第二章　初来乍到

星洲街道吊桥上，车水马龙，人群熙熙攘攘，初来乍到的女孩们好奇地注视着眼前的景象。椰影摇曳，穿着纱笼裙的马来妇女头顶的竹箩筐装满了香蕉、榴莲、水翁等水果，赤裸着上身的印度苦力赶着车经过，人力车夫在冒着热气的路面赤脚奔走，高鼻金发的洋人居高临下地俯视这一切，驻守桥头的大胡子印度警察不住地吹口哨以示威严。路旁不时驶过的马车、穿插的大汽车，形成一派热闹景象。

小蝉走在一旁，伸手摸了摸自己的脏脸，心想自己现在一定很狼狈，又瞅见街道旁有一个水龙头，便跑去洗脸，边洗还边打量着周边的人。不多时，就换了一张白净的脸。

天晴催促着扔给小蝉一块手绢：“快走，待会追不上了。”小蝉胡乱地擦着脸，随天晴一起去追姐妹们的队伍。两人落在了队伍的最后，天晴趁机问：“你不是要嫁人的吗？怎么过番来了？”

小蝉叹了口气道：“我见着那男的了，矮脚仔，眼睛这么一眯眯，丑死了，我才看不上呢！

我赶紧跑去追你，追到码头的时候你都上船了，我又没钱买船票，一着急，瞧了个空就溜上船了。”

天晴瞪圆了眼睛，望向小蝉：“你胆子真不小啊，就这么两手空空地来了？换洗衣服都没一件？”

“我不怕，反正有你嘛，天晴，我从小就当你是我亲姐姐的！”此刻的小蝉十分俏皮，挽着天晴的手臂，露出孩童般的微笑。

“不要脸，你八月生，我九月生，你还大我一个月呐！”天晴虽语气嫌弃，面上却是一副大姐关切小妹的神情。

“我不管，你就是我阿姐，你去哪儿我就去哪儿！我知道你仗义，你有一口饭，总不会让我挨饿的嘛！”小蝉认定要黏住天晴了，天晴摇摇头，没好气地白了她一眼。

突然，马路对面传来邝海生的喊声：“疯婆娘——”邝海生似乎在昭告天下，边跑边喊，“疯婆娘！你慢点走啊……我叫邝海生！叫我阿海呀！我今年二十五！无父无母！也没讨老婆！今天你我不打不相识，我看，你我是罗锅睡到碓窝里，再合适不过了！做我老婆吧！”

姐妹们看着后面的天晴，不禁都笑了起来。唯玲姐一见是邝海生，面露难色。天晴没好气地走着，不想搭理邝海生。

“不说话就是答应了！老婆，你叫什么名字？”邝海生仍旧一副嬉皮笑脸的样子。

天晴仍然不理，小蝉却仔细打量着：“这个邝海生其实蛮英俊的。”

天晴怒斥邝海生：“你闭嘴，忘了要把你扔海里了？”又转脸喝止小蝉：“不许看那个臭无赖！”小蝉不敢再多看，紧紧抱住天晴的胳膊。

“老婆，你就告诉我名字吧，你不说，下次见面怎么打招呼？”邝海生的心思全在天晴身上，一不留神撞在一个大胡子印度警察身上，那警察足足比邝海生高一头。邝海生连忙点头：“对不起，长官。”

那印度警察学了些中文，用蹩脚的中文打趣：“不用问名字，直接叫老婆，你不是已经这么叫了嘛。”

“喔，多谢长官！”邝海生看无事，便绕过印度警察人叫：“老婆，老婆等等我——”

天晴攥紧了拳头，强忍着怒火。邝海生一看更来劲，试图穿越马路去追，前脚刚迈出，险些被一辆车撞到，司机还使劲按喇叭。邝海生回头一瞧，吓了一跳。开车的女人正是龙王帮帮主林龙青的妹妹林龙娇，她三十出头的模样，一头利落短发，英气勃勃。彼时，她一手把着方向盘，冷眼瞪着邝海生。

邝海生连忙恭恭敬敬上前，追着邝海生而来的阿九也吓了一跳。“哪个是你老婆？要不要我开车送你们去入洞房？”林龙娇语气不善。

邝海生不好意思地笑了：“娇姐别笑话我，闹着玩呢。”

林龙娇不愿多废话：“上车，我哥找你有事。”邝海生略感失望地看了眼已经远去的天晴，便随林龙娇一道上了车。

红日西斜，天色渐晚，豆腐街笼罩在一片金红色的光线中。

玲姐领着天晴等十来个女子，鱼贯进入一条窄街。窄街两旁是一长排三层楼房，底层是店屋，楼上是住家。窗外伸着晾衣服的竹竿，空气中萦绕着广东乐曲。整个豆腐街很热闹，洋溢着生活气息，姑娘们四处打量，发现这里的红头巾一下多了起来。此刻，写信摊前就有两个年纪略长的红头巾排队等着写信佬写家书。

小蝉对天晴小声嘀咕："这红头巾，玲姐戴着还好，别人戴着好丑啊！"天晴制止道："别瞎说。""就是丑嘛，跟个官帽子似的，我戴着肯定不好看。"看到天晴瞪着自己，小蝉这才闭上了嘴。

路边一个正在支面线摊的中年汉子一见玲姐，喜上眉梢："玲姐，又接新人来了？"

玲姐低眸一笑："面线伯，今天生意好啊？"

面线伯热情中带着亲昵："借玲姐吉言，好！待会来吃一碗，给你留了最好的汤头！"

玲姐笑着道了谢，便带着女孩们继续往前走，行到一座杂楼前，停下了脚步。只见杂楼门口挂着一块小竖匾，上面写着：豆腐庄。门里走出来两个红头巾，同玲姐点头打招呼。

玲姐点头，转身对天晴等人说："以后咱们就都住在这儿，七姑娘最早过番来，心里念着家乡姐妹，给大家找活儿干，又担心大家来了无瓦遮头，就长租下豆腐庄，你们可一定要记得七姑娘的好，听她的话，从心里头尊重她，爱戴她。"女孩们纷纷点头，跟着玲姐进了豆腐庄。豆腐庄是个二层小楼，中间围出一个天井，楼上楼下数根伸展在外的竹竿，晾着一件件蓝衣黑裤，还有那如同一面面小红旗般的红色头巾。

此时，一楼的厨房正在做饭，众女正稀奇地观望着杂楼，忽然二楼传来一声怒骂："你就是个白痴！"玲姐正要上楼，一听这声音便停住了脚步，身后的女孩们也都停住了。只见一个碗从屋里飞出，在楼梯上滚了下来，显然是有人正在发脾气。怒骂声并未停歇："你是在哪儿吃多了猪油蒙了心？"继而传来另一个女人的哭声。

这时，一个比玲姐小几岁模样的红头巾从楼上跑下："玲姐，七姑娘跟秀禾发火了。"这人是瑛姐，过番已两三年，瑛姐继而小声道，"要不先带姐妹们上去安顿？"

玲姐犹豫地看了一眼人群中的小蝉："不好，多了一个人，还是等七姑娘看过再说吧。"瑛姐有些意外，看了眼小蝉，顿时明白。小蝉与玲姐对视，却不明白其中缘由。

此刻二楼正中的房间内，一中年女子站在桌边，一手扶桌，正气得脸色发青。她就是红头巾的大家姐七姑娘，年纪与玲姐相当，身架子高大结实，眉眼英气。站在七姑娘对面的，是一个二十五六岁的纤细女子，红头巾下的面孔颇有几分秀美，名叫秀禾。她满眼泪水地低声道："七姑娘，我也是想很久了，现在我干足一天得六毛钱，要是出去帮有钱的人家做工，不住家的那种，早上，下午，晚上可以跑三家，一家四毛就是一块二……"

“你这是都算计好了？”七姑娘语气里夹杂着怒火。秀禾只低着头不作声。七姑娘挽起袖管，一顿怒骂：“一天做三家？你想得美！星洲的女佣有那么好找活干吗？”

“我勤快点，不在头家住，也不吃头家的饭，我想应该能找到的。”秀禾抹了一把泪。

七姑娘态度稍缓，苦口婆心劝道：“你是铁打的呀？一天到晚做工，你不要命呀！”

“没法子呀，家里急着用钱——”

七姑娘一时气愤，声调不觉又高了起来：“男人讨小老婆叫急着用钱？”

秀禾低下头，无奈地表示：“要生崽嘛。”

七姑娘气得仿佛没了脾气，又柔声起来：“秀禾，姐妹们中你是最苦的！赚的钱都寄回家，自己一点都不留，你已经仁至义尽了！现在男人要讨小老婆，倒要你出钱？你还理他？听我的，从今往后，一毛钱都不给他寄，看他还讨不讨小老婆！”

秀禾都不以为然：“不怪他，我在星洲做工，没法给他生崽呀！公婆着急嘛！”

七姑娘扶额，少顷，提了一个折中的建议：“那你买张船票回乡去，给他生完崽再回来！”秀禾慌忙说：“那可不行，我回了乡，一家老小吃什么？我拜过他家祠堂，我没办法——将来我做工做不动了，要返乡进祖坟的！小老婆若给他生了一男半女，将来我回去，也会赡养我的……”秀禾还沉浸在幻想中。

七姑娘撮火地一顿数落：“娶了小老婆，生了孩子，人家就是一家人了，哪还有你的份儿！你就是个掏钱的银箩！钱都掏给人家了，人家凭什么给你个外人养老？”

“我做工赚钱给他讨小老婆嘛，还养活他一家人，人总有良心的……”

七姑娘面色铁青，摇了摇头，瘫坐在床沿上：“不是白痴就是中了邪！天也拦不住了，你是铁了心不做红头巾了？不后悔？”

秀禾艰难地点点头，随即扑通跪在地上，“请七姑娘成全！”

“我又不是你妈，你跪我干什么？起来！摘了吧！”七姑娘自知劝说无用，也不再挽留，“红头巾，你摘了，便再也戴不上，这规矩你是知道的吧？”

秀禾摸了摸头上的红头巾，眼泪夺眶而出，她颤抖着摘下红头巾，露出一头秀发。

七姑娘悲情道：“凡三水女子来星洲做工，戴上红头巾，就是我阿七的姐妹；摘了红头巾，你在星洲是死是活，就跟我没关系了，莫再回来找我。”

秀禾泣不成声，只默默点头，双手将红头巾捧给七姑娘。七姑娘接过，扔在一旁，起身不再看秀禾。

秀禾拿起包裹走到门口，“七姑娘，这几年多谢你对秀禾的照顾。”说完，深鞠一躬，秀禾抱着包袱走出门，瞥见二楼楼道里一众姐妹都在看她，反而不敢抬头。路过玲姐时，秀禾刚要说什么，只听七姑娘的声音从楼上传来：“阿玲！新人面前没点规矩！”玲姐噤了声，含泪看着秀禾。秀禾也压抑着喉咙里的哭声，继续低着头向外走。

“秀禾姐！我是天晴啊，欧阳天晴，在家乡时，我们在一个工地上干过活，我跟着我阿爸，那时候我还小，才十四……”

秀禾认出了天晴，刚要说话，七姑娘的声音又传来：“阿玲！告诉新来的规矩！”

玲姐无奈，含泪大声说：“她摘了红头巾，我们……不再同她讲话！”说罢，玲姐看向秀禾。

秀禾无奈地向天晴点了下头，快步向外走去。天晴还想叫她，被身旁的小蝉一把拉住。天晴就这样望着秀禾，直到她走出了豆腐庄。

这是天晴来到星洲的第一天，却见到了这个与她们命运相仿的“前辈”，摘下红头巾离开豆腐庄。小蝉、美花、小翠等人看着秀禾，也在心中担忧自己的未来和命运。

门帘忽地拉开，七姑娘扫视楼下一众新来的姐妹。玲姐见状，连忙提醒：“姐妹们，这位就是七姑娘，我们红头巾的大家姐。”天晴等人连忙鞠躬问好。七姑娘顺着楼梯往下走，边走边打量着天井里的姑娘们。

天晴正视七姑娘，不卑不亢，但因为秀禾的关系，对七姑娘也笑不起来。七姑娘的目光移向何小蝉，只见她满身油污，两手空空，心中便有了数：“你叫什么？”小蝉目光慌乱，不敢与之对视，左右看看，发现七姑娘的目光牢牢锁在自己身上，有些为难。

天晴看出了小蝉的窘况，大方地说：“她叫何小蝉，我叫欧阳天晴，我们俩是同村姐妹，从小就在一起玩耍。”

“我问你了吗？”七姑娘挑眉。

天晴没有胆怯：“她胆小，在生人面前难开口，我怕你等着，才替她讲的。”

七姑娘对天晴说：“刚才跟秀禾说话的就是你吧？你是个厉害的。”

就在这时，玲姐从七姑娘的屋里捧出一摞红头巾来。七姑娘直勾勾地盯着天晴：“我问你，名册上有十二个三水姐妹过番，我这里就准备了十二条红头巾，如今，怎么多出一个人？”天晴不知如何回答。七姑娘目不斜视，“何小蝉，我不用看名册就知道上面没有这个名字。她两手空空，一身油污，根本就不是坐船来的！躲在舱底机房，没被抓住扔进海里喂鱼，命可够大的，这种人，我不收！”

何小蝉一时愣住，却不得不在心里感叹七姑娘眼睛之毒。天晴忙替小蝉说话：“可她已经来了星洲，孤身一人该怎么办呐？”

“那是她的事，现在就给我离开豆腐庄！”七姑娘说话不给人留反驳的余地。

“大家姐，您刚才称我们是三水姐妹，让我心里暖了一下，小蝉她确实是三水人，这个假不了，她和我一个村的，两家之间就隔了几棵大树，我们俩要好，从小玩到大，都是三水姐妹，七姑娘您就把她留下吧。”天晴仍试图劝说七姑娘。

七姑娘毫不退让：“偷着上船，谁知道她身上绑着什么事？万一招惹来麻烦呢？我说了不能留就不能留，你费这么多话干什么？”

玲姐出来打圆场：“七姑娘，她没出过远门，也没见过世面，这刚到星洲，人生地不熟的，你把她撵出去，让她住哪儿？万一有什么三长两短……”

“你住嘴！”七姑娘眼睛一横。

见没缓和的余地，天晴只说：“好吧，小蝉，看来我帮不了你了……”

小蝉以为天晴要抛弃自己，不料天晴竟一狠心道：“我只能和你一起走了，谁让我们是姐妹呢，走！”说罢，天晴拉起小蝉就要往外走，没承想小蝉却不肯，挣开她的手，扑通跪倒在七姑娘面前：“七姑娘，我叫何小蝉。我没买船票是因为家里太穷了，六岁那年我阿爸得了重病，为了给他治病，家里的房子和地都卖了，也没救活他！”小蝉声泪俱下，场面让人心疼。

听到这,天晴瞪大了眼睛,可也无法阻拦。“我阿妈不容易啊,真是含辛茹苦才把我养大！现在也病了，干不动活了，我过番来就是为了挣点钱，寄回去，让我阿妈能多活几年！我不怕苦，再多再累的活我都能干！求求您让我留下，我肯定好好干活，不给七姑娘丢人！不给咱们三水姐妹丢人！”

七姑娘见眼前跪着的小蝉，一时不知如何是好。好心的玲姐已经急出了眼泪，想上前搀扶又不敢，瞧了瞧小蝉，上前问道：“你能吃苦？我怎么瞧着，不像是能下力干活的样子？”

小蝉立刻打包票：“我能！我真能！我发誓！”

瑛姐很是感动，转身对七姑娘说：“她倒真是一片孝心，听得我眼泪都下来了，秀禾不是走了嘛，要不把这个留下，顶秀禾人头？”

七姑娘叹了口气，转身向楼上走去。

玲姐高兴地上前扶起她说：“快起来，还不快谢谢七姑娘！”

小蝉这才明白，瞬间转悲为喜，朝楼上大声喊道：“多谢七姑娘！”全然不见刚刚的可怜模样。

天晴见小蝉成功留下，松了口气。小蝉转过头看天晴，挤了挤眼睛，天晴白了她一眼。

此时，安祥山街龙王帮正厅内，高大威武的帮主林龙青正吩咐手下邝海生。“过马六甲之前，先挂上龙王帮的旗子，海盗自然会给我几分面子。阿海，这一路上所有的事都由你做主了，可别给龙王帮丢人啊。”邝海生嘴上答应着，但有些不愿意去，刚想说什么，却瞥到了林龙娇的目光。

林龙青闻言：“怎么了？”

阿海支吾说没事。

龙哥不耐烦：“你怎么吞吞吐吐的，有话直说！”

林龙娇接过话，语带不满：“人家有相好的了，不舍得离开星洲。”

林龙青挑眉，兴奋地看向邝海生。邝海生还在狡辩：“没有！娇姐，我都说了，闹着玩的，哪里可以在龙哥面前让我丢人呢？”说着使劲地向林龙娇使眼色，然后嬉皮笑脸地问林龙青能否派别人去。林龙青一瞪眼，邝海生连忙解释：“我是南瓜长在瓦盆里，没啥大出息。押船这么大的事，我怕做不来。”

林龙青扬手作打人之势：“浑蛋！我这是提拔你！你想一辈子在码头干杂活？”

邝海生被骂得直躲，偷偷看向林龙娇。远处的阿九也跟着邝海生做同样的表情，仿佛一起在挨骂。林龙娇揶揄：“我哥是想给你个机会，让你多挣点钱，你要不去就算了，再点别的兄弟！”

“我去，我去……”邝海生知道龙哥有意提拔自己，赶忙答应。

从龙王帮出来，夕阳已快落山，邝海生和阿九在街上随意溜达。“海哥，昨天你不还去天福宫烧香，盼着龙哥提拔，今天这是怎么了？”阿九很是疑惑。

邝海生有些不好意思，挠了挠头：“我不是已经有心上人了嘛，这一走……”

“哎呀，那个凶婆娘，调戏一下也就算了，你还当真呐？”

“你懂什么？我烧香许愿求的就是要个老婆！天福宫可真灵验呀，昨天才拜拜，今天我老婆就来星洲了……”邝海生拍拍被天晴抽过的脸颊，自言自语道：“哎哟，老婆，龙哥派我去押船，怕是十天半月见不到你了，你可要等我回来，别被那些烂仔追走呀……”

阿九打量着邝海生，瞧着他那没出息的样子，半晌摊了摊手：“我阿九跟了你这样的大哥，什么时候才能混出人样啊？”

阿海装凶：“嘿，你小子，欠揍是不是？”

阿九转而正经道：“你难道没看出来娇姐对你有意思吗？”

“瞎说！”邝海生双手放在背后，在街上大跨步走着。

“你不是没看出来，你就是装糊涂！放着给龙哥当妹夫的机会你不要，去追一个刚下船的红头婆？哎呀！”

邝海生敲了一下阿九的头：“叫什么红头婆，多难听！”

阿九嘟囔：“街上都这么叫的嘛！”

邝海生又伸手给了阿九一掌，眼前浮现出天晴的模样，咧着嘴笑：“你没看见都是年轻女孩嘛，以后叫红头巾，还稍微好听一点。”

“真是鬼迷心窍了！”阿九说完就跑。

邝海生追上去说：“你说谁呀？我打断你的腿呀！”

第三章　家庭教师

天光只余一线，斜照着陆家大宅，这是一栋占地颇广的花园洋房。洋房有三层，第一层的西南角是陆家的后厨，十分阔朗，分隔开的中西灶台前，几个白衣黑裤的女佣正在忙碌。

后厨的小用餐区，白薇端坐在碎花布的餐桌前，面带微笑等待着。陆家二少奶奶金碧云坐在对面，正低头读一封信。金碧云气质优雅，身段柔美，穿件浅蓝色旗袍，颈上挂一串白色珍珠项链，耳下还坠了两颗，这套首饰很显眼，举动间华光闪烁。靠在金碧云身边的男孩正是她的独子陆展元，正瞪大眼睛瞧着白薇。

金碧云看罢信，抬起头端详白薇，说："白小姐是留过洋的呀，肯屈就来给我家展元当家庭教师，可真是他的福气！"

白薇轻声笑道："二少奶奶客气了。"

"How many years has Miss White lived in the UK?"（白小姐在英国几年？）金碧云突然用英文试探道。

白薇一愣，流利地用英文回答："For four years.I studied for three years and spent another year interning at a newspaper in Birmingham."（四年，读了三年书，又在伯明翰的报社实习了一年。）

金碧云对白薇的英文很满意，目光变得更加友善了。

白薇用中文询问道："二少奶奶的英文说得真好，您也留过洋？"

"我要是留过洋就好了，自己能教展元，就不用请人了。我只会这一句半句，还说得不好。"

"不，您的发音非常标准。"

金碧云道："让白小姐见笑了。"话音一转，金碧云用修长的手指点了点信，"这麦太太其实我们并不那么熟，只是去年她和麦先生来星洲的时候，在我家里做过一次客。当时我好像提过想给展元找个家庭教师补习英文，她人倒是挺热心的，写了这么长的推荐信。"

"麦太太热心得很，知道我要来星洲，就主动帮我介绍星洲最有名望的陆家。"白薇解释道。

金碧云笑了笑说："一句话，既夸了麦太太，也捧了我们陆家，白小姐真是有见识的。"金碧云不觉上下打量了白薇一番，白薇穿戴整齐，却没佩戴一件首饰。

"白小姐留过英，在上海也是不可多得的人才吧？怎么会想着来星洲做个家庭教师？"

白薇若有所思："家父年轻的时候也来过星洲，对这里念念不忘，如今他不在了，我想替父亲故地重游，也算是了却他的心愿。"

金碧云轻扶一下鬓角："这可是大孝啊，值得敬佩。只是外人都说我陆家家大业大，我管了家才知道，虚架子而已，这一个月四十块，我可是给不起的！"

"那您看，多少合适？"

金碧云低头摸了摸陆展元的脑袋，问："展元，你说，请白小姐这么好的家庭教师帮你补习英文，多少钱合适呀？"

陆展元一脸天真，大声说道："给四百吧！姐姐长这么好看！应该多给些！"

金碧云收敛了笑容："白小姐，展元上的是星洲最好的学校，你来了，也就是晚上给他补补课，吃住在我们家，一个月三十块，可以了吧？"

白薇低头思忖着，片刻道："那就听二少奶奶的。"

此时，一个大嗓门传来："姐，怎么还不开饭啊？我都要饿扁了！"来人是金碧云的妹妹金碧华，年纪与白薇差不多，脂浓粉艳，一头乌黑的长发打了卷，沉甸甸堆在肩上，穿件浅金色的连衣裙，上身收得很紧，下面做了个大伞摆，裹着沉甸甸的肉身，动作之间，金鳞闪烁，仿佛一尾活鱼。

金碧华进门就朝摆好的菜盘而去，用叉子叉起点心就要吃。

金碧云制止道："别吃！你今天这裙子腰身窄，吃多了崩开怎么办？你不是想给你的雪亭哥哥留个好印象吗？"

金碧华听完怏怏放下叉子，又盯住金碧云脖子上的项链，继而看自己的光脖子说："姐，你这项链真好看，妈就是偏心眼，就这么一条好的，给了你！到我的时候就什么都没有了，你看我这脖子还光着呢！"

金碧云立刻变了脸色："碧华，有客人在。"

金碧华这才注意到坐在一旁的白薇，又瞥了一眼白薇脚边的行李箱："坐船来的？你跟陆雪亭一条船？你跟他一起来的？你和他是……"金碧华在猜测中已经急得两眼放光。

白薇起身道："我叫白薇，是来应聘小少爷的家庭教师的。"

"家庭教师啊，吓死我了。"金碧华长出了口气。

金碧云对白薇赔礼道："舍妹金碧华，从小被我惯坏了。"

金碧华轻哼了一声："你什么时候惯我了？你要真惯我，就把项链给我戴！"

金碧云低声劝道："我就这么一件像样的首饰，让你姐夫看见了，我怎么说？"

"小气！"金碧华一脸不悦。

正在这时，陆展元跑了过来："妈，奶奶和三叔，还有我爸下楼了！"

两位小大姐跑了出来，向在厨房里指挥的一名中年女人，使劲地点着头。

中年女人是黄妈，她转过身对金碧云说："二少奶奶，可以开饭了。"

金碧云一边点头，一边示意展元和金碧华去餐厅，悄声对白薇说："白小姐，今天不巧，我三弟从海外留学归来，我就不能单独招待你了，晚饭黄妈会安排。"

黄妈来到白薇身边，轻声说："请随我来。"说着，黄妈就去提白薇的箱子。

白薇抢前一步："不敢劳驾，我自己提。"

黄妈一愣，看向白薇，白薇始终面带微笑。

黄妈带着白薇走过长长的甬道，长廊右侧的客厅里传来陆家人的欢声笑语。白薇目光斜移，透过雕花窗户，可以看见客厅里的情景。三少爷陆雪亭正抱起陆展元旋转着，而二房陆雪樵和金碧云夫妇扶着老太太端坐在正座上，金碧华正围着陆雪亭转个不休。白薇紧锁眉头，仿佛有心事，神情也恍惚了起来。

黄妈引着白薇走进房间，白薇四下打量，落地长窗，窗外是陆家花园。大床摆在当中，齐墙摆了一溜白色的家具：梳妆台、写字桌、衣柜。

“这房间真漂亮。”

黄妈则见怪不怪地冷声道：“晚饭很快就送过来。”说完黄妈就要走，白薇拉住她的手，并快速从口袋里掏出钱来，递到黄妈手里：“谢谢你了，黄妈。”

“这？”黄妈愣住了，脸色慢慢转变，并仔细看了眼白薇：“白小姐是吧？这钱我可不敢收，我连箱子都没帮您提。”

说着，黄妈将钱递还，白薇又将钱推了回去：“以后还不知道有多少事情要麻烦你呢！”

“那谢谢白小姐了。”

黄妈仔细打量着白薇，目光中带着一丝疑惑离开。

白薇把箱子拎到床头凳上，打开。箱子中，层层衣物下面，一本厚厚的笔记和一沓子被丝带系上的信笺被白薇拿了出来。箱子缝隙间，还有一个淡蓝色的绸缎小包。白薇将小包拿了出来，正要打开之际，突然传来敲门声，白薇吓了一跳，连忙将包塞到衣服下。

白薇警惕地走向门，用另一只手轻轻地拉开房门。门口西洋送餐小车上放着精致的饭菜，餐具尤为精致。白薇探头向远处望去，只看见黄妈的背影，白薇松了口气。

陆家的花园中郁郁葱葱，生长着各类南洋奇花异草。金碧华拉着陆雪亭，穿着金色裙子的她在月光的映衬下闪闪发光，宛如一条大金鱼。而一脸心思的陆雪亭还在惦念着白天邂逅的白薇。

见陆雪亭一脸心思，金碧华只好没话找话：“雪亭哥哥你看，月亮又大又圆。”

陆雪亭望着月亮，却高兴不起来：“是啊，好美，月圆之夜本是团圆之时，可惜，大哥已经不在了。”

金碧华有些焦急：“雪亭哥哥，你别唉声叹气的，你大哥不在了，现在不是有我嘛。”

陆雪亭应付道：“是啊，金家妹妹都长成大姑娘了。”

金碧华转了个圈，扭捏起来：“我今天这条裙子，好看吗？”

“你穿着……挺好看的！”陆雪亭说得很违心。

金碧华得了意，陀螺似的，滴溜溜又转了一个圈：“这是托人从香港带过来的新货，顶时髦的样子，我就知道你会喜欢！”双手撩着发卷，凑近问，“那发型呢？”

陆雪亭继续哄着说：“金家妹妹这么漂亮，什么发型都好看了！”

金碧华笑得合不拢嘴，突然觉得失了淑女的高贵，别过脸去，娇嗔道：“讨厌！这花前月下的，雪亭哥哥嘴巴这么甜，有什么企图啊？”

陆雪亭暗暗叹了口气，实在招架不住，于是假装打了个哈欠，伸着懒腰：“怎么突然困了……金家妹妹，你住哪个房间？我送你回去，早点休息吧。”

金碧华瞪圆了一双大眼：“我还不困呢！”忽地一声尖叫，扑进陆雪亭的怀里，陆雪亭大惊：

“怎么了？”

金碧华闭眼指着陆雪亭身后一处花丛：“鬼！雪亭哥哥，你身后有鬼啊！”

陆雪亭警觉地回头望去，见花丛后隐约有白色影子，厉声道：“谁在那儿？”

一个白衣女子的身影走出花丛，金碧华缓缓抬眼，发现是白薇，大声斥责：“你……你走路怎么不出声？你是来偷听的吗？”

白薇舒了一口气：“我睡不着，出来透口气，没想到遇见二位，怕打搅，索性在那没动，真不好意思。”

白薇穿着一件白色的连衣裙，袅袅婷婷，说话也很是得体，陆雪亭仔细打量着对方：“这位小姐是？我是不是见过你？”

白薇摇了摇头：“没有吧？”

陆雪亭恍然大悟：“船上，我的行李，打扰了你拍照！”

白薇也随即想起来了，认出对方。

陆雪亭抽出胳膊，向前走了两步：“坐同一条船到的星洲，又在我家里遇到了你，真是有缘。”

金碧华气得直瞪眼，可陆雪亭却当没看见，继续问道：“小姐贵姓？”

“免贵姓白，白薇，小少爷的家庭教师。”

陆雪亭礼貌地伸出了手：“我叫陆雪亭，小少爷的三叔。”

可白薇并没伸手，微微点头：“哦，三少爷好。”

陆雪亭也不尴尬，收回手道：“我今天倒是听二嫂说给展元找了个家庭教师补习英文，你也在欧洲留学过？你学的什么专业？”

白薇尴尬了，不是没有专业可报，而是她看见陆雪亭身后金碧华气愤地甩手而去。

陆雪亭摆了摆手：“不用管她，她爱吃醋，从小就这样。我是学建筑的，这个专业我并不喜欢，可是我们家是星洲最有名的建筑商嘛，家里让学，我也没办法。”

白薇听言不知如何是好。

而此时陆雪樵正躺在床上，金碧云在帮他按着腿。金碧云一边按摩一边说：“你天天在外面，我连个说话的人都没有，实在闷得慌，就让碧华过来陪我住两天。”

陆雪樵语气冰冷：“那她干吗穿成那样？跟条大金鱼似的，晃得我眼晕！”

金碧云笑道：“那你别看她，看我就行了。”

说完，金碧云向陆雪樵凑了过去，陆雪樵搂住金碧云的脖子：“别以为我不知道，你们金家就是盯上我们陆家了，金家的姑娘，一个个的，都想往我们陆家送，是吧？”

“亲上加亲不好吗？”金碧云倒是理直气壮。

“不好，你这个妹妹有点十三点，你不知道吗？”

金碧云尴尬之际，咣当一声，门被推开，金碧华冲了进来。

金碧云连忙下床，可金碧华仿佛没看到床上的姐夫，径自扑在床铺上，捶打着床铺，大放悲声。

陆雪樵掩了衣服，又惊又怒："你干什么？"

金碧华一头闹哄哄的卷发立时滚在金碧云的怀里："姐！你把那个家庭教师撵走！现在就撵！"

金碧云一手捂住她的嘴："你小点声，到底发生什么了？"

金碧华小声哭泣："雪亭哥哥本来是要送我回房间的，可关键时刻，那个白薇跑出来勾引他，俩人一见面就说有缘分，眉来眼去的，气死我了！"

"白薇？谁啊？"陆雪樵一脸疑惑。

"是我给展元请的家庭教师，上海的麦太太推荐，今天才来的。"金碧云说完转身对金碧华说："碧华，你先回屋去睡觉，有什么事明天再说。"

金碧华不依不饶："我不！陆家现在不是你管家嘛，你赶紧让那个白薇现在就卷铺盖滚蛋！"

侧躺在床上的陆雪樵不屑地撇了撇嘴。

金碧云急了："越来越不像话了！老太太都睡下了，你这么哭闹，还有没有点大家闺秀的样子？"

金碧华被震住了，委屈道："姐，你凶我？"

忽然砰的一声锣响，仿佛打雷。金碧华一声尖叫，直接扎进了金碧云的怀里。

"敲锣……"金碧云好像预感到了什么，她和陆雪樵对视一眼，登时明白是怎么回事。

花园里，陆雪亭和白薇也听到了锣声，正在疑惑中。

"大半夜的，怎么会有人敲锣？"陆雪亭话音未落，又一声炸雷般的锣声传来。

随着这锣声，陆家老太太陆陈氏从帐子里翻身坐了起来，咬牙说："她来了！一定是她来了！"

黄妈正跑了进来："老太太，你说的是谁啊？"

陆陈氏抓着帐子，怒喊："还能有谁？那个会下降头的妖女！四年前的今天，我儿子被她害了，我没办法让她偿命，她还不依不饶，每一年的今天都来闹腾，她这是不想让我活了呀——"

此刻，乌云遮月，阴风阵阵。

陆家大宅门口的街道上，两个摇摇晃晃的庞然大物缓步走来——样子狰狞恐怖的黑白无常。那黑白无常，一高一矮，高的惨白瘦长，吊眼吐舌，头戴"一见发财"的高帽。另一个黑矮宽胖，狮鼻厚唇，左手拿"赏善罚恶"火牌，头戴"天下太平"的低帽。虽说一高一矮，矮的也足有两米以上，高的再高出半个身子。后面跟着敲锣击鼓，还有抬旗的、举牌的……

队伍浩浩荡荡而来。

白薇和陆雪亭走出门口，白薇表情大骇："这是……"

"这是游神，当地的习俗，今天一下船，我就在街上遇到了。"陆雪亭解释道。

"游神？大半夜的，游到你家门口来，这也是当地习俗？"

没等陆雪亭回答，金碧华和金碧云跑了出来，身后还跟着几个女仆。此时的金碧华显得很悍勇，一马当先，冲将上去："黑白无常？有毛病呀你们！大半夜的跑到人家门口来，踩了高跷了不起呀！"

果然，那黑白无常只不过是常人踩了高跷假扮的。黑白无常一让身，同样踩着高跷的袒胸露乳大汉闪出，手持一面大锣，对着金碧华大吼一声："冤亲债主！退——"

举牌的却高声吆喝："白天女巡游过此，众鬼回避！"

金碧云拉金碧华退到一边，金碧华不忿道："姐，不能让，让了我们就成鬼了！跟他们拼了！"说着，金碧华撸胳膊挽袖子就要跟人打架。

金碧云低声喝道："你这像什么样子？没看见雪亭吗？"

金碧华瞟见了陆雪亭，只好退后。

白薇自言自语道："星洲白天女……"

陆雪亭认真解释："主掌赏罚的神，据说专门保护女子不受欺负。"

沉沉的月辉之下，让出一顶彩轿，那轿描龙画彩，四角插着四面旗。

这时，陆雪樵带着几个家仆，手持棍棒，冲出陆家。

陆雪樵拦住队伍大骂："装神弄鬼！欺人太甚！给我滚出来！"见轿子没动静，陆雪樵又喊，"南兰！滚出来！"

听到南兰的名字，白薇大惊："南兰？"

陆雪亭低声道："轿里的白天女，名叫南兰，也是我的大嫂，陆家曾经的大少奶奶。"

白薇表情变得复杂起来，显然她对这个名字并不陌生。

陆雪樵喝道："连着三年了，每年的今天你都到我们陆家门口来捣乱，今天我非得让你看看我的厉害！给我上！"陆雪樵举起棍棒，带着家仆，冲向游神的队伍。

那持锣的壮汉一声响锣。

一个巨大的牌子举到陆雪樵面前："杀人偿命！"

陆雪樵被挡到一边，又一声锣响，另一个巨大的牌子扫了过来："欠债还钱！"几个家仆被扫得七零八落。

陆雪樵气得七窍生烟，好不容易稳住阵脚，大喝一声："都给我听着，今天砸烂她的轿子，谁立头功，这金表就是谁的！给我上！"

家仆们闻言个个奋勇，忽然一声枪响，家仆们又瞬间都抱住了脑袋。

只见彩轿帘里不知何时伸出一支双管猎枪，正对着天空的枪口里，悠悠冒着白烟。

陆雪樵壮着胆子骂道："南兰！你拿着枪吓唬谁啊？打我一个试试？"说完陆雪樵又要上前。只见枪管一横，一发火光窜出，子弹擦着陆雪樵的头顶飞了过去。陆雪樵哎呀一声，一屁股坐到地上。

金碧云尖叫一声，金碧华吓得直捂脸，而白薇却很冷静，手迅速伸进手中的绸缎包。

帘子一挑，一个女人从轿里出来，立于月光中。女人一袭白裙，腰缠金带，脖颈和手臂上挂满了金饰，头戴一顶纯金花冠，花冠之下，乌黑的长发被编成一条条小辫子，每条辫子都绑上了丝带。而此时的她，双手正端着那把枪，瞄准陆雪樵。

陆雪樵吓得叫唤："别开枪！南兰！"

名叫南兰的女人语气冰冷，闻者生寒："不许叫我的名字！上了神轿我便是白天女，你冲撞神驾，死有余辜！"

金碧云不顾一切地扑了过去，在后面抱住陆雪樵："别开枪！咱们妯娌一场，给我个面子，我知道你跟雪樵有点误会，可你也犯不上杀人呐！"

南兰看着金碧云冷笑："想救你男人，干吗不到他身前来替他挡枪子啊？"

此言一出，金碧云和陆雪樵下意识地对视彼此。

南兰冷哼一声："陆雪樵，这就是你不善待女人的下场，去死吧，别指望她为你收尸！"说罢，南兰瞄向陆雪樵，就要扣动扳机。

正在这时，陆雪亭大喝一声："等等！"南兰的视线中，陆雪亭大踏步过去挡在陆雪樵身前。陆雪亭拱手问候道："大嫂。"

南兰认出是陆雪亭："小弟，是你吗？"

"是我，是不是长得太高了，大嫂都不认识了？"

南兰面容瞬间柔和不少。

"大嫂，把枪放下，都是一家人，你何必这样？"

南兰幽幽道："谁跟你们是一家人？你们陆家欠我的，我早晚会叫你们加倍奉还！"说罢，南兰转身钻进轿里，身影被帘子再次盖住。

一声锣响，大汉一声吼："神行——回避——"

陆雪亭向后让了让，锣鼓喧天，那游神的队伍缓缓向前行去。

陆雪亭望着远去的队伍发呆："这么多年不见，大嫂还是这么美……"

白薇的声音传来："令人恐惧的美……"陆雪亭回身，却见白薇目光冷冷地看着远去的队伍："她杀过人，只有凶手才会有那样的眼神。"

陆雪亭没想到白薇会这么说，望着眼前谜一样的女人，充满了好奇。

第四章　姐妹同心

夜色如水，傍晚微风阵阵，暑气消了一半。

豆腐庄的院子里，玲姐站在天井中间向楼上大喊了一声："开饭了！"一时间，几十个红头巾从屋里冒出头来，忙不迭地向楼下拥来。几十个女子挤在一楼不大的区域内，有些桌椅板凳，都被老红头巾占了，有的女子为了凉快，端着碗坐在台阶上。

小蝉端着一碗饭，不知该在哪儿吃。天晴也端着碗过来，一眼就明白了小蝉的心思："走，回屋吃去。"二人端着碗向楼上走去。晚饭是绿不绿黑不黑的菜叶，上下铺的宿舍里，天晴和小蝉每人端着一碗饭，并排坐在天晴下铺的床上。小蝉一脸嫌弃："这是什么菜啊？"

天晴却一脸满足："香的，应该是拿盐风干了，放在饭上一起蒸熟的，快吃！"

五大三粗的阿贵撩帘进门："哟，你俩怎么跑屋里吃来了，故意招苍蝇啊？"

天晴连忙站起，还没等说话，阿贵继续说："那苍蝇嗡嗡地往你脸上叮，你睡得着觉？就算你睡得着，我还睡不着！我阿贵最怕苍蝇，赶紧出去，以后只要是吃的就不许带进来，你俩给我记住咯！"

天晴和小蝉灰溜溜地走了，顺势往上，爬到了豆腐庄的屋顶上。

"这个阿贵可真凶，我就不明白了，怎么到星洲就遇不到好人呢？"小蝉吐槽道。

此时天晴和小蝉正坐在房顶吃饭，天晴已经吃了半碗，小蝉却只吃了几口。

天晴笑了："那位白小姐你忘了？萍水相逢就那么帮你，不是好人？"

小蝉不屑地道："她呀，为了不认识的人都肯撒钱，肯定是大户人家的千金小姐，那种身份的，就愿意当好人，为的是别人都谢她、尊敬她，这样才能嫁到更有钱的人家里去。"

"嘁，富家小姐的心思，你还挺懂似的。"天晴笑道。

小蝉摸了摸自己的脸蛋："都是一个鼻子两个眼睛，我长得其实也不比她差，就是爹没人家的好，娘没人家的好，所以这会儿，不知道人家在哪儿吃山珍海味，我，只能在这房顶上扒干饭。哎，命啊，对我何小蝉真是不公平！"

"你还说命不好，你起码有爹有娘，从小没亏着吃穿。"天晴突然板着脸，"对了，何小蝉，你今天可撒谎了，你爹活得好好的，你妈也没病。"

小蝉理直气壮道："我不那么说，能留下来吗？今晚咱俩睡大街去啊！"

天晴没好气地瞪了她一眼。

小蝉赔笑道："行了天晴，咱们到了星洲，你那个耿直性子也得改改，有时候也多用点心眼，比多用力气还好使！"

天晴不屑地"嘁"了一声。

小蝉顺势搂住天晴："反正我是拿你当亲姐的，要不我也不能跟着你过番来呀！"

小蝉的心情一下子好了许多："哎，咱们三水夜可没这么亮，你看那片灯火多好看呐，好像天上的星星，难怪叫作星洲。那边应该都是好房子吧？有一天我也要住进去。"

天晴语气平静："别做梦了，再好也不如自己的家，我们过番是来赚钱的，赚够了就回去，我得给我爹盖栋好点的房子，他这一辈子净给别人盖屋了，自己住的倒像个窝棚。"

天晴发现小蝉一碗饭并没吃多少："你还不赶紧吃饭，你一直躲在机舱里，没吃没喝的，饿坏了吧？"

小蝉笑了："我哪有那么白痴？知道我为什么躲在机舱里吗？旁边就是厨房，等夜深人静的时候，我从小门钻进去，什么吃的都有，临下船之前还吃了两个烧鹅腿呢！要不能被抓到吗？"

小蝉自顾自地说："吃饱了以后我还可以溜到甲板上去吹风，头天上去的时候，我就看到桅杆上有两只燕子，之前听说南洋也有燕子，我不信，我想，海那么大，燕子怎么能飞得过来呢？这回我算知道了，它们是和我们一起坐船过番来的！我觉得那两只燕子就像咱们俩，欧阳天晴和何小蝉，一起过番到星洲，讨好生活来了！"

天晴用手指点了点小蝉的额头："讨好生活，要靠卖力气干活，就算你肚子里有油水也得吃，不然明天到工地，有你好看。"

"才不怕呢，我何小蝉有欧阳天晴罩着，啥都不怕！"

天晴讪笑道："少耍贫嘴，快吃！"

"我真的吃不下，除非你给我唱歌，就唱你经常唱的那首！"小蝉央求道。

天晴没好气地摆了摆手："去去去。"

小蝉挎住了天晴的胳膊撒娇："唱嘛，听了你的歌声，我就有胃口了，不想家了，也不害怕了。"说着，小蝉将头靠在天晴肩膀。

天晴无奈地开始唱歌，唱的是广东民谣，小蝉也跟着轻轻地哼着，远处的星洲华灯初上，从海面吹来的凉风好不惬意，也吹走了两个女孩这一天的疲惫。歌声飘向远方，飘到豆腐街上空，也飘进了大家姐七姑娘的房间里。

入夜，玲姐走进七姑娘的房间，发现屋内没有开灯，七姑娘站在窗前，月光照出她背影的轮廓。桌上放着一碗和天晴等人一样的饭，一动没动。

玲姐不解："七姑娘是没胃口？我下去给您端碗面线吧，面线伯说今天的汤头好。"

七姑娘幽幽地说："这歌，秀禾也会唱。"

玲姐立刻不敢说话了，她知道七姑娘想秀禾了。秀禾其实是七姑娘的表妹。

玲姐安慰道："七姑娘，您也别太担心，秀禾她就是一时没想明白，星洲不大，我一定能找到她的，跟她好好聊聊，让她知道您的好意，想通了，也就回来了。"

七姑娘叹了口气，冷冷地说："已经摘了红头巾，回来也不允许她再进豆腐庄的门！"

玲姐不敢再说什么。

七姑娘望向窗外，眼神里闪过一丝担忧。

早上四五点的豆腐庄只有微微的晨曦。屋外传来一声尖利的哨声，正在睡觉的天晴猛地睁开了眼睛。隔壁床的阿贵噌地起身，瞟了一眼天晴："发什么呆，起床了！"

天晴揉了揉眼，迅速起身，叫醒了睡在她上铺的小蝉。

小蝉向外瞟了一眼："天还没亮呢，再让我睡一会……"

阿贵不满道："过番来干吗？留在家里，让你娘抱着你睡岂不更香！"

同屋的瑛姐劝慰道："阿贵，她们才来，你少说两句。"

阿贵给瑛姐面子，出了门。

瑛姐转对小蝉说："新来的都睡不够，过几天就习惯了。"说完，瑛姐也出了门。

小蝉挣扎着，再次躺下蒙住了头，谁料天晴一把掀开被子："快起来吧，第一天可别耽误了出工。"

二楼一圈环形阳台上，女工们用水盆洗着脸，隔一两米一个，都是乌黑油亮的长发，地上洒落着水珠，充满了生机和朝气。小蝉和天晴也都在二楼洗脸，两人用一个水盆。

这时，玲姐走向二人，问道："昨天晚上在房顶唱歌的是哪一个呀？"

小蝉看了一眼天晴，天晴道歉："对不起，是不是吵到大家了？"

玲姐笑了笑："没有，你嗓子好，待会我唱的时候，你仔细听，学会了以后领着大家一起唱。"说罢玲姐走了，而天晴愣在原地。

红头巾们收拾差不多完毕，玲姐向前走着，便开了嗓："一折日头唔晒面……"

小蝉和天晴一脸疑惑，不远处刚洗完脸的小翠和美花也不明所以，可是老红头巾们都已经开始跟着唱，并快步走向宿舍。楼下的姐妹们已拿起红头巾开始折起来，并跟唱道："一折日头唔晒面……"

玲姐继续唱着："二折雨水唔浇头……"

天晴已经明白，连忙拉着小蝉往屋里跑。每个人的床头都有一块红头巾，阿贵、瑛姐已经在折，边折边唱："二折雨水唔浇头……"天晴和小蝉学着样子。

玲姐楼上楼下地看着姐妹们的行动，并唱道："三折揾多好银圆……"

天晴折着红头巾，没折对，瑛姐上前帮她。瑛姐和阿贵等人继续唱着："三折揾多好银圆，揾到银圆往家返，合家昌旺福满堂……"

歌声唱完，瑛姐已经帮天晴把头巾戴在头上，天晴感激道："多谢瑛姐！"

而此时小蝉也要往头上戴，可头巾一下散了，急得要哭。

瑛姐笑了："你从第一下就没折好，来，我教你。"

阿贵瞟了眼小蝉："那个八成学得会，这个手指头就不分瓣儿……"话音未落，阿贵已经出门。

小蝉突然意识到什么："哎，她骂我！"

天晴拉住小蝉："行了，快好好跟瑛姐学折头巾吧！"

小蝉气哼哼地嘟囔着："手指头不分瓣儿，那不是鸭子吗！"

热气腾腾的厨房里，一大锅米饭在蒸汽上熏蒸着。轮班做饭的红头巾将米饭和菜干一一装进饭盒。随后玲姐、阿贵将饭盒发放到女工们的手里。

院子里，几十人的红头巾队伍排列整齐。

玲姐清了清嗓子，说："今天有新来的姐妹，不得不多说几句……"

站在队伍里的天晴、小蝉、美花、小翠等人噤声。

"戴上了红头巾，你们便是三水姐妹的脸面，一会到了工地，下力气，不偷懒，别给七姑娘丢人！"

天晴向二楼望去，七姑娘刚好出现在她的视线中。七姑娘目光严厉，喝道："阿玲说得不对，不是莫给我丢人，是别给你们自己丢人！"

在鸡鸣鸟叫声中，女工们行走在仍未醒来的豆腐街上，她们拿着扁担和竹筐，竹筐里都放着各自的饭盒。街道的尽头，一轮红日冉冉升起。带队的玲姐不由得停下脚步，女工们都跟着驻足，仰起脸，迎接星洲初升的太阳。小蝉趁人不注意，把红头巾往上推了一点，露出自己的额发，又用手挑了几缕头发下来。小蝉从兜里掏出个小镜子来，这是她一直藏在身上的，她瞟了眼镜中的自己，觉得不够满意，又在红头巾里拽出了一缕头发。

众人到了工地的时候，天已大亮，一座已经搭建到第四层的楼房骨架展现在眼前。

小翠好奇地问："玲姐，这楼要搭多高啊？"

"十二层。"

小翠感到惊讶："呀，十二层啊！"

"对，这将是星洲最高的楼。"

天晴听了也很兴奋，小蝉也美滋滋地说："我爹娘要是听说我来星洲盖十二层的高楼，他们俩准吓得睡不着觉！"

天晴想起了自己的父亲："我爹知道会竖大拇指，他在工地上干了一辈子活，可从来没盖过这么大的楼。等这栋楼盖好了，我要在楼前面拍一张照片，给我爹带回去！"

美花凑近玲姐身边，问道："玲姐，这么高的楼，头家是谁啊？"

玲姐解释说："听说大头家是个英国人，二头家就是星洲最有名的建筑商陆家。"

"那头家们会来工地吗？"小蝉眼中闪过一抹异色。

"那些大头家们当然不会来了，就算来咱们也见不着。管工地的是判头[①]余家，在星洲也很有名的。余老爷上个月回槟城去住了，现在主事的是余家少爷，都叫他小头家。"众姐妹

---

① 粤语中指包工头。

们点着头。

工地里已经有一些男工在来来往往，几个男工赤着黝黑的上身，眼珠不错地盯住新来的天晴、小蝉等人。

女工们都很不自在。这时，一个特别精壮的名叫来福的男工走了过来："玲姐，来新人啦！"玲姐只是笑了笑，也不搭话。

众女工都目不斜视，只有小蝉情不自禁地去看男工，扭头之际，正被前排的扁担勾中了红头巾，头巾一下散开了。小蝉一声尖叫，头发散落，红头巾被她拽了下来，盖在了头上。

男工们一阵哈哈大笑。

来福坏笑道："哟，新娘子快把红盖头揭开！"恰此时，小蝉摘掉红头巾，露出了漂亮的脸蛋。众男工一下子把目光全集中在小蝉脸上。

"好靓的女孩啊！"

来福凑上前："靓女，干吗来做粗工，嫁给我，我养你啊！"说完试图凑近小蝉。

天晴的扁担挥了过去："回家养你妈啊！少在这占便宜！"

来福吓了一跳："喔！这个这么凶的？"

玲姐出声制止："天晴，别理他们，少说话。"

红头巾的队伍继续向前走，来福不依不饶地喊道："南洋太阳毒，晒啊晒，三水妹很快就变成三水婆了，要嫁人早点嫁啊，不然没人要咯！"此时的小蝉抓着红头巾，低头走在队伍里，有些无地自容。

瑛姐有点不高兴，责问小蝉："你的头巾是我帮你戴的，怎么会掉？你是不是往外拽头发了？"

"我这额头光光的不好看……"小蝉有些不好意思。

玲姐听了也有些生气："早上唱的你一句都没记住？红头巾是为了遮太阳、挡雨水，不是为了好看的，赶紧重新戴上，外面绝不能留头发！"

终于开工了，阿贵麻利地担起一铁桶砂灰，不光是她，老红头巾们干起活来都很利落。轮到新人了，玲姐为她们装砂灰，玲姐一边装一边嘱咐着："待会儿你们就跟着阿瑛，由她给你们新来的领工。"眼见砂灰越装越多，小蝉有些发怵，果然轮到她去挑的时候，根本担不起来。玲姐无奈，又铲出了一锹，示意小蝉走。

领头的瑛姐回头道："姐妹们，都跟着我，我怎么走你们就怎么走。"

瑛姐带着队伍绕过一个近处的楼梯，走远处的楼梯，向高处运送砂灰。

近处的楼梯上，一队戴蓝头巾的女工也正在做着和红头巾同样的活。

一名蓝头巾女工跟在为首的蓝头巾身后，汇报道："金枝姐，她们又添新人了。"

另一蓝头巾也附和着说："一添就是十几个。"

这个名叫金枝的正是蓝头巾的头目，厉声喝道："哪那么多废话？我眼睛又不瞎，看得见！”说着，金枝便挑着砂灰，带头登上了近处的楼梯，身后的蓝头巾们紧随其后。

天晴挑着担，踩着颤巍巍的楼板缓慢前进。楼梯一半靠墙，另一半悬空，若踩不稳，随时有掉下去的危险。“上楼梯，莫贪快，要走得稳当，一步是一步。”听到瑛姐的嘱咐后，天晴稳步前行。

小蝉体力不行，楼梯的空档又大，根本走不稳当，她的担子挑得惊心动魄。等到第二趟的时候，已经有些累了。

玲姐早已看出，给小蝉装得更少了。小蝉颤颤巍巍地挑起扁担，却被人一把薅住，小蝉一个踉跄，铁桶落地。头戴帽子，衣服大敞，露出胸毛的工头强哥看着小蝉，笑道：“这次来的模样倒都挺好，这么靓，能干活吗？”

玲姐解释着：“强哥，靓是靓的，活都能干，乡下干惯了的。”

“是吗？可这还没平桶呢？”

小蝉有些尴尬。

玲姐赔笑道：“强哥，新人嘛，头一天上工，让她适应适应。”

“新人我给的也是五毛五一天，头一天上工，不给钱，你干吗？”强哥脸上横肉直颤，很凶的样子。

“怪我了，小蝉回来，添桶。”瑛姐无奈，拿起铁锹，往小蝉的铁桶里添。

小蝉担忧：“再多，我怕我……”

天晴大大方方地将自己的桶放在了砂灰堆旁，高声说：“她差多少，我替她担。”

强哥打量着天晴：“哟呵，这个长得也靓，你有力气？”

“玲姐，添桶。”天晴根本不看强哥。

玲姐连忙使眼色：“天晴，别逞强。”

“放心吧玲姐。”天晴从玲姐手里接过铁锹，盛了两锹砂灰放在自己桶里，拍实，又添上一铁锹，转而对强哥说：“够了吗？”

“要是一路走一路撒怎么算？”强哥显然是有意刁难。

“那算我白干，不要工钱。”

强哥瞪了天晴一眼：“行啊，我倒要看看！”

“小蝉，腰上用力，慢慢起身，别晃，跟着我。”说罢，天晴轻松地挑起扁担，又平又稳。

小蝉也挑起扁担，费力地跟上。

天晴腰板挺直，很快追上了瑛姐，一看就是熟练工。

一直死盯天晴的强哥有些意外：“难怪这么硬气，有两下子。肩膀硬没关系，嘴别这么硬，以后见我客气点！别怪我没提醒你！”

强哥恶狠狠地说完，瞪向小蝉，小蝉连忙赔笑脸。

一排十三人，头戴红头巾的女子们沿着的楼梯向上运送砂灰，成了工地上一道靓丽的风景线。

第五章　工地色魔

工地上，烈阳高照。

一天下来，新来的红头巾已经适应了劳动环境。天晴依旧充满活力，挑了一满桶砂灰，小蝉跟在天晴后面，虽吃力也能挑半桶，美花和小翠一边挑一边相互鼓励。阿贵则风风火火，干得又快又好，路过小蝉时还不忘白她一眼。老红头巾中瑛姐是最会关心人的，不时地提醒新来的姐妹注意安全。负责装桶的玲姐这回也只给天晴装了半桶。

天晴疑惑地看道："这，不满啊。"

玲姐低声说："猪头强这会儿没盯着，轻松一趟吧。"

"玲姐，你管他叫什么？猪头强？"天晴爽朗地笑出了声。

"你看他那个样子，大家背地里都这么叫。"

天晴笑着说："不管那个猪头强在不在，玲姐，你就添吧，是我自己要帮小蝉分担的，我得说到做到。"

玲姐皱着眉头："别逞强，连着十几趟，我怕你累坏了。"

"真没事玲姐，我从小就跟着我爸在工地上给人盖屋，心里有数。"说着，天晴自己拿起铁锹，和玲姐一起装。

看着天晴满是汗水的脸，玲姐不觉有些心疼。

瑛姐又一次绕过近处的楼梯，小翠很疑惑，转身对美花说："近处有楼梯，干吗让我们绕远啊？"

"还是跟着瑛姐吧，大家都跟着，咱俩别……"美花不敢偷懒。

小翠笑嘻嘻地说："我就是说说，新来的头一天上工，不从众还想出众啊？"便追着队伍去了。

再到玲姐处添砂灰时，天晴有些不好意思地问："玲姐，我要去方便一下，厕所在哪啊？"

玲姐有些尴尬："工地上哪有厕所啊，你看那边……"她指着一片堆积废料的地方："女工们都在那儿……"

"我也想去，咱俩一起吧。"小蝉在一旁说。

天晴和小蝉绕到了废料堆后面。

小蝉有些担心："那些男工们的眼睛本来就不安分，要是被他们偷看了去，怎么办？"

天晴环顾四周说："这样，你先，我替你守着。"

"行，待会儿我再帮你守。"小蝉往废料更深处钻去。

天晴向外溜达着，刚走几步，隔着废料突然发现了一个人影，看上去鬼鬼祟祟的。她立刻警惕起来，从废料中抽出一个木方子，朝那身影走去，发现那人正试图从废料的缝隙偷看小蝉，顿时火冒三丈，大声喊道："小蝉，快出来！有人偷看！"

天晴径自挥着木方子向那人抡去，边抡边喊："我叫你偷看！臭流氓，我叫你偷看！"那人被击中，连忙躲闪。天晴不管三七二十一，好几下打在了那人背上、胳膊上，方子都打折了。

小蝉钻了出来，也随手找来一根方子，却根本帮不上忙。这时，强哥带人跑过来，定睛一看被打的人，吓坏了，连忙上前抢过天晴手里的木方子。

天晴喝道："快打这个流氓，他偷看女工上厕所！"

强哥呵斥："闭嘴吧你！你知道你打的是谁吗？"继而挤出笑脸转向那人，"小头家，您没事吧？"

被叫作小头家的原来是这个工程的施工方的少爷余世襄，只见他艰难地活动着胳膊，扶正被打歪的眼镜后说："还好，胳膊应该没折。"

强哥连忙捡起原本在余世襄手里，现被打落在地上的记原料的册子和卷尺。天晴和小蝉都有些傻眼，跑来的红头巾们也吓傻了。玲姐连忙上前解释着："小头家，你看，这误会了……"

天晴立刻挺身说："没误会！偷看女人上厕所就要挨打！我不管他是谁！"

此言一出，场面一下子尴尬了，女工们都鄙视地看向余世襄，余世襄不好辩解，只说："可是你们为什么要在这里上厕所？"

天晴也被问住了，转头看向玲姐，玲姐有些尴尬地答道："是我告诉她们这个地方的，姐妹们一般都在这……"

余世襄看向强哥："工地没有女厕所吗？"

强哥嬉皮笑脸地表示："男厕所也没有，工程要紧，厕不厕所的……"

余世襄面露不悦："这怎么行？工地上女工这么多，连个厕所都没有？阿强，你怎么做事的？"

"小头家，一直都是这样的，以前咱们盖大楼也都是没有的。"

余世襄突然正言厉色起来："以前是以前，现在我管事，不允许这样！到我办公室来看图纸，把厕所的位置定下来，明天就盖！"

强哥忙哈着腰，跟在余世襄后面："是是是，小头家，打人的这个红头巾，我让她滚蛋吧？"

余世襄活动着胳膊，看了一眼天晴说："工期这么紧你还要随便开人？"推了推眼镜就走了。强哥屁颠屁颠地跟着，只留众姐妹面面相觑。

一向温和的玲姐严厉了起来："你好大胆子，连小头家都敢打。"

"我又不知道他是谁，他那个样子就是像要偷看别人的。"

"那也太冒失了，这里是星洲，你一个女孩子，动不动就跟人家动手，这个脾气不改改，以后要吃大亏的！这要换作别的头家，你还不害得我们红头巾姐妹全都丢了工？"

天晴知道这次自己险些害了众姐妹，十分自责，低头不再反驳玲姐。

强哥跟着余世襄回到了工地临时搭建的办公室内。余世襄开门见山地说："刚才我是去看废料，本来是想找回收废料的，估个价，卖了，也算省些成本，现在不卖了，找能用的，搭建厕所，连夜干，明天开工前必须搭好！"

一夜完成，强哥不敢相信自己的耳朵，余世襄气定神闲地问道："这很难吗？"

强哥忙答应着："不难不难……"又看见余世襄龇牙咧嘴地揉着胳膊，他连忙献计，"那个打人的叫欧阳天晴，你看那个凶巴巴的样子，不能把她留在工地上，要不以后不定惹出什么祸来，明天我随便找个借口，把她撵走！"

余世襄反问道："要不是你们连厕所都不搭建，我会被误认为流氓吗？"

强哥被骂，心里很不爽，盘算着要给欧阳天晴一点颜色瞧瞧。

落日照在豆腐庄的牌匾上，下工的红头巾们一窝蜂涌入庄内，院里一下热闹起来。姐妹们摘下红头巾，清洗着上面一日劳作下来积攒的汗渍、泥灰。

洗完的红头巾晾在竹竿上，如同一面面随风飘扬的旗帜。

一盆水从头上浇了下来，小蝉啊的惨叫一声。

另一个冲凉间里的阿贵听见："叫唤什么，杀猪似的，难听死了！"

小蝉不敢顶嘴，望着天晴默默降低了声音："疼……疼死我了……"

天晴看着小蝉肩膀上磨破的血泡，"你就忍着点吧，谁让你这么细皮嫩肉的，没办法，总得磨几天，磨出茧子来就好了。"

小蝉抱怨道："可这活也太累了，我都要累死了。"

一旁冲凉的美花不客气地说："还好意思说累，你一趟才挑多少？"

"我又没跟你说话，我跟天晴撒撒娇，也不行啊？"

"天晴是你什么人啊，你跟她撒娇？"小翠也在一旁阴阳怪气。

"她是我姐。"小蝉说得很硬气。

美花嘲讽道："那你以后也跟着人家姓得了！"

天晴默不作声，在自己的头上浇了一盆水。

冲完凉准备回房，天晴和小蝉在楼梯上遇到了玲姐。

"欧阳天晴，你来一下，七姑娘有话跟你说。"

天晴不明所以，只好把盆递给小蝉，跟着玲姐去了七姑娘房里。七姑娘看向天晴："你今天帮她，明天也能帮她，但能帮她一辈子吗？"

天晴脱口而出："只要一直在一起做工，当然能了。"

七姑娘颇为头疼："欧阳天晴，我知道你能干，也会干，还仗义，高看你一眼，才把你叫到我屋里来，记住我的话，从明天起，不许再帮何小蝉。出去吧。"

天晴愣住了，玲姐示意天晴跟自己出去，天晴跟着出了门。二人走在楼道上，玲姐低声说："七姑娘也是好意。"

天晴一脸诧异："我怎么没看出来？"

玲姐反问："你帮了她，大伙看在眼里，心里都会敬重你，可她呢？日久天长，谁还能看得起她何小蝉？她怎么在星洲立足？"

天晴一下愣住了。

玲姐接着说："我也是听七姑娘说了才想明白，我们虽是女人，但谁不想成为让别人竖大拇指的女人？你再帮她就是害她了。"

天晴恍然大悟。

今晚是明月，月光照在豆腐庄的屋顶上，洒下银色的光芒。天晴和小蝉端着两碗干饭爬上屋顶。累了一天的小蝉也没心思吃，只顾着揉着肩膀。

"我真恨我自己，太阳这么毒，红头巾的活这么苦，我过番来干什么？真是糊涂啊我！"

"来都来了，后悔有什么用？你忘了老话了，吃得苦中苦，方为人上人！"

小蝉一脸丧气："吃这样的苦，一天五毛五，什么时候才能熬成人上人啊？早知道，还不如嫁人算了。"

"嫁人？一辈子像你妈那样？"

小蝉一下急了："那不行！我妈每天做不完的活，家里做完做外头，外头做完做家里，我爸喝多了酒，还要打骂。要嫁我也嫁个好男人，这女人啊，嫁个好男人，就是好命，嫁个坏男人，就是坏命。"

天晴瞪了一眼小蝉："你这叫什么话？男人成了女人的命了？凭什么？我不认！咱们现在靠力气吃饭，一辈子不用看男人脸色，多好。"

小蝉委屈道："好是好，可我真挑不动呀，这肩膀也太疼了。"

一个声音从远处传来："谁喊肩膀疼呢？明天多带条毛巾，垫在肩上就能好很多。"

来人正是瑛姐，"不过也就是三五天的事，挺过去就过去了。"

"瑛姐，你觉得我能挺得过去吗？"小蝉希望从瑛姐口中得到肯定的答案。

瑛姐笑着望向小蝉："我第一天比你挑得还少呢，也没少被工头骂！今天我看了，你不是挑不动满桶，只是没干过，不知道怎么用力。"

天晴立马表示："瑛姐，明天我会好好教她的。"

"那就好，有好姐妹一起上工，小蝉你有福的。"

小蝉看向天晴，眼中满是感激。

瑛姐一手拿着小纸包，一手端着大水缸子，望着自己的双手，这才说道："四处找不到人，就知道你们俩跑这来了，这里倒是凉快，连水都没有，吃得下吗？"

说着，瑛姐就递上水缸子，还递上一个纸包。一打开，里面是腊肉。

"哇，这么香的腊肉！"小蝉迫不及待地夹起一块，放在嘴里。

天晴有些犹豫："瑛姐，这……"

瑛姐微笑着让天晴放心："吃吧，每人都有。"说完就走了。

小蝉一扫阴霾："原来开工有腊肉吃，咱们俩上来早了，险些错过，你快吃，可香了！"

天晴也饿坏了，吃了一口："嗯，真香！"

小蝉一时发奋："哎呀，这一天可把我饿坏了，今天这碗饭，我粒米都不剩，明天非得把桶挑起来！"

说完，二人就着腊肉大口大口地吃饭，相视而笑。

经过第一天的劳作，新来的红头巾们逐渐适应工地上的强度，唯独小蝉依然吃力得紧。天晴指导小蝉用力要领，并在她腰上拍了拍："这使劲儿！"小蝉咬着牙挑起扁担往前走。

工头强哥溜达了过来，连忙追着去看桶，见桶里是平的，有些吃惊。又因为挑不出错来，心中十分不爽。

小蝉也没给强哥好脸色，白了他一眼。到了楼梯口，天晴停住了脚步："小蝉，你先上吧。"小蝉打趣道："你是怕我踩不稳，摔下来砸到别人吧？"

天晴笑了："只要能挑得起来，就不怕上楼梯，别着急，稳住脚步，一步是一步。"

小蝉点了点头，绕过天晴，先踏上楼梯。小蝉艰难地爬着，汗水不住地从她脸上滚落。跟在后面的天晴死死盯着小蝉的脚步，比小蝉还要紧张。

又一次添桶，强哥巡视着，专找天晴的茬儿。

见天晴要起身去担，强哥走了过来："等等，这个不满。"

玲姐愣住了，天晴桶里的明明和别人一样多。

"强哥，都是一样的……"

"我怎么就看着不满呢？工地上你说了算还是我说了算？"

玲姐不知如何是好，天晴不想玲姐为难，从玲姐手里拿过铁锹，给自己桶里拍了两锹，二话不说担起。见众人离开，玲姐好言同强哥商量："强哥，您大度，何必针对她一个小丫头？"

"废话，打了小头家，还害得我连夜给她修厕所，这小丫头了不起啊！从此以后，只要是她，就得加分量！不愿意干可以走人，不要以为星洲找不到干活的人！"强哥咧着嘴气哼哼地走了。

扛着空扁担的瑛姐带姐妹们下楼梯，指着远处的厕所："你们看，女厕所，昨天晚上连夜盖的。"

美花感叹道："呀，那个小头家说话还真算数。"

……

第六章　势成水火

午休时间，天空有些阴霾，男工女工们都各自找了宽敞的地方吃饭。

红头巾与蓝头巾向来不对付，更是离得很远。

美花边吃边刁难："何小蝉，你昨天装得挺像啊！"

小蝉不解道："我装什么了？"

美花一副明知故问的神情："装得挑不起来满桶，就是为了少干活呗？"

"我没装！"小蝉急忙辩解。

"那怎么今天一下就挑起来了？"

小蝉想了想，打趣道："因为昨晚吃了腊肉饭嘛，天天吃腊肉饭，我天天能干活！"

阿贵突然一愣："腊肉饭？你在哪吃的？"

"啊？不是每人都有吗？"小蝉疑惑地看向瑛姐。

阿贵不满地望向瑛姐："阿瑛，你买了腊肉不请老姐妹吃，专门讨好新来的，你什么意思？她们能念你的好吗？"瑛姐微笑不语。

玲姐打趣道："阿贵，阿瑛是什么人你还不知道？她需要讨好新来的吗？她是怕这些刚过番的姐妹，头一天上工不适应，累得回到家也没胃口，若不吃，身体一下就垮了，才花自己的钱买好吃的分给大家。你是老姐妹了，怎么还挑上眼了？我和阿瑛一趟船过番来的，还没分到一块腊肉呢，我说什么了？"

瑛姐也笑了："阿贵不就是爱挑眼嘛，她爱说什么就说什么，我都当没听见。"

几个老红头巾笑了起来，她们的关系向来非常亲密。

天晴正挨着瑛姐坐，听到这些对话，她一下子哽咽了："瑛姐……"

瑛姐回头看向天晴："嘿，天晴，你这是干什么？"

瑛姐又看向小蝉，此刻小蝉已经落了泪，美花和小翠也是。

"哎呀，你们干什么，不就是几块腊肉嘛，想吃哪天我再买！"

玲姐打断大家的对话："好了，大家快点吃，看这天，怕是要下雨的，工头让咱们赶在下雨前把所有的砂灰运上去。"

众人不再搭话，加快了吃饭的速度。

天阴得越来越厉害，红头巾们紧张地运着料。另一端，蓝头巾也在抓紧抢工。

以阿贵为代表的老红头巾加紧了步伐，每桶甚至还要多装一些。瑛姐、天晴带领的新红头巾们也在尽量努力。阿贵与瑛姐碰面时，不由得抱怨两句："阿瑛，新来的也太慢了吧？下午我们已经比她们多两趟了！"

瑛姐笑道："阿贵，你算那么清楚干吗？"

“我刚来的时候哪个不跟我算了？”阿贵也很委屈。

“成成成，你们老的歇一趟还不行吗？”瑛姐同阿贵商量着。

“不行，明知抢工，谁稀罕歇着？只是她们新来的心里有点数，别偷懒！”阿贵喊小蝉、美花、小翠三人。

为了抢工，天晴干脆自己装桶，而且装得比平时更满了。

玲姐都看在眼里：“天晴，差不多了。”

“我多装一点，省得让别人说闲话。”

小蝉咬了咬牙：“玲姐，再给我加一些。”

美花也给小翠添了一锨：“你也加点！再跟阿贵碰上，把胸膛挺起来！别跟真偷懒了似的！”

小翠嘟囔着：“我腿都快折了，有近道干吗非绕远，要是走近处的楼梯，不就快了嘛……”

美花想了想，说：“从小你就有心眼儿，走。”于是率先迈向近处的楼梯。

近处的楼梯也相对宽敞，但与远处的楼梯一样，都是一侧靠墙，一侧悬空的。

美花和小翠得意地走着。突然，美花眼前出现一片女人的脚。

美花抬头，只见台阶上方四五个蓝头巾堵住了去路。

美花客气地说：“大姐，让一让。”

蓝头巾大家姐金枝站在最前方，她一声断喝：“你们怎么走这来了？阿七给了你们红头巾，就没教你们规矩吗？还有那阿玲、阿瑛、阿贵，都干什么吃的？”

身边一名年纪大的蓝头巾附和道：“她们红头巾什么时候有过规矩！”

另一蓝头巾也讥讽着：“就是，你看这一个个的，脸白眉细，哪像是工地里边干活的？”

美花还是礼貌地请求着：“各位大姐，我们俩走错了路，请你们让一让，下一趟我们不走这个楼梯了还不行？”

金枝表情严肃，道：“不行，走错了就原道返回去，规矩就是规矩！”

小翠有些着急：“这马上就要下雨了，我们就是为了能快一点，你们何必这么难为我们？”

金枝提了提音量：“为了快？那你就是故意走我们楼梯了？”

小翠意识到自己说错了话，站在一旁不再作声。

一个蓝头巾语气颇为不善：“赚钱快的地方有的是，比如妓院，你怎么不去？”

美花也不再忍耐：“我们不过就是走错了，你怎么这么说话？”

另一个蓝头巾轻蔑地说：“跟你们说话都是给脸了，再不回去，我打你们下去！”说着抡起扁担就要打。

美花脾气上来，口无遮拦起来：“你打我一个试试？我们红头巾不是好惹的！真打起来，我们俩打你们一个！”

金枝怒道：“不是走错了，是故意来挑事的？我今天打你，看看阿七阿玲她们，哪个敢来？”

说着，金枝就要打。

美花还挑着担子，万一被抡上了，躲的机会都没有。

小翠已经尖叫了起来。

一声断喝传来："住手！"

赶来的正是瑛姐，她身后还跟着天晴和小蝉。

瑛姐忙赔不是："对不住啊金枝姐，这两个没跟上，肯定是累晕了头，走错了楼梯。"

年纪大的蓝头巾立刻反驳道："不是，人家说了，就是为了快。"

"那怪我了，没教好。"

金枝双手抱在胸前："教得挺好，你们红头巾人多，两个打我们一个，不是好惹的！"

瑛姐一时不知所措："这，这是哪的话……"

金枝用手一指美花："她说的！"

瑛姐诧异地看向美花。

美花有些心虚："是我说的，又怎么样？"

"这就是你的不对了，快给金枝姐认错。"和蔼的瑛姐瞪大了眼睛。

美花不情愿地道了歉："我错了。"

蓝头巾们露出傲慢的神情。

瑛姐赔笑道："您看，她认错了，明天我和阿玲买凉茶给您赔罪，您就让一让，让她俩上去吧。"

金枝只说了四个字："原路返回。"

瑛姐有些为难："金枝姐，上山容易下山难，您这边的楼梯又比我们的陡些，她们是新来的，挑着满桶的砂灰，下去恐怕难啊。"

金枝冷冷地看向玲姐："这关我的事吗？"

瑛姐忍住不满："好。天晴，你把小翠的接过来。美花，给我。"

天晴答应着上前去接小翠的担子。

美花却不肯给："不用，我挑得下去。"说完，美花换个肩往回走。可美花正在气头上，一脚没踩稳就要摔。瑛姐一直跟在美花身旁，连忙用身体撑住了美花。

美花松了一口气："多谢瑛姐。"

刚说完，美花发现瑛姐脸色不对。

小蝉一声尖叫："瑛姐，你的脚！"

天晴等人都看向瑛姐的脚，原来为了能够扶住美花，瑛姐的脚不慎踏入了安全踏板之外的区域，那里很多木板上都有铁钉倒立。木板上的钉子扎进了瑛姐的脚掌。瑛姐对天晴等人说："踩钉子上了。你们先把桶挑下去，不用管我。"

小蝉和小翠冲上来帮瑛姐。瑛姐扶住二人，使劲将脚拽了出来，脸色瞬间变了。一根带锈迹的钉子显露出来，上面还有瑛姐的血。瑛姐的鞋被钉在钉子上，脚被钉子洞穿，拔出来的瞬间淌满了血。众人见状都围了上来，瑛姐坐在石头上使劲地向外挤脚上的血。阿贵劈头盖脸地指着美花和小翠骂："你们两个好死不死的，干吗去招惹那个金枝？说，为什么走那边的楼梯，谁的主意？"

美花和小翠很委屈，却不肯互相出卖。

天晴急着说："阿贵姐，现在最要紧的是送瑛姐去医院，其他的事回头再说吧。"

瑛姐安慰道："不用去医院，扎个钉子，有什么大不了的。"

天晴却很担忧："小蝉告诉我了，那钉子上有锈，很脏，在老家的时候，有一回工地上的一个男工，就是因为钉子扎了脚，结果就……"

"别说不吉利的话……"玲姐话没说完，就听强哥一声喊："都围在这干什么？偷懒啊？"

众人回头看向强哥，臭鱼仔也跟着一起来了，二人手里还拿着棍子。

臭鱼仔补充着："早就说了，下雨前把料运上去，怎么回事啊？"

强哥大声呵斥："你们红头巾真是越来越不像话了！"

众人面面相觑不知如何是好，瑛姐连忙挥手示意大家去干活。

只有天晴不肯走，她上前两步，迎上强哥："我们没有偷懒，是有人受伤了，需要去医院！"

强哥瞟了一眼被玲姐、阿贵围着的瑛姐，假意关心："从上面掉下来了？有没有摔破脑袋？眼睛还能不能睁？"

又转到瑛姐面前说："这不是好好的吗？"

天晴追过来补充："脚上扎钉子了！"

"扎个脚有什么大惊小怪的？上医院要花钱的，自己不小心扎了脚，难道要我花钱送你去医院啊？欧阳天晴，别以为小头家给你修了厕所，你就了不起了，赶紧给我干活去，不然我就让你知道我的厉害。"说完，强哥用手里的棍子指着天晴。

天晴气得说不出话来，扭头向余世襄的办公室跑去。

余世襄听清了原委，坐在书桌前问："扎了脚？也是你们红头巾？"

天晴喘着大气说："是，是我们的瑛姐，一个大钉子，把脚扎穿了！"

余世襄望着天晴问："还能走路吗？"

天晴摇了摇头，见状，余世襄起身出门。一见小头家来了，强哥忙迎上前："哎呀，小头家，你不能太给她们脸，昨天才修厕所，今天又要讹我们花钱去医院啊！"

"快去准备个门板。"余世襄命令道。

远远地，天晴听到啪啪的抽打声。

天晴跑向瑛姐，只见瑛姐正用鞋底使劲儿地去抽自己的脚掌，连抽带挤，血一直向地上流。

余世襄走上前来问："这是干什么？"

瑛姐有些惶恐地说："怎么惊动小头家了……"

天晴担心地问："瑛姐，你这样打，不疼吗？"

"再疼也得把血水打出来，我上回就是这么做的。阿瑛，你这力道不够，给我，我来帮你。"阿贵老到地说。

说着，阿贵抢过鞋底，更加用力地帮瑛姐抽打脚。

"把血水打出来有一定的道理，但还是要听医生的。"余世襄回头，见强哥和臭鱼仔找到了门板，大声喊道："你们快点！"

强哥和臭鱼仔虽不情愿，也只好加快脚步。

二人将门板放在地上。

余世襄见状说："别打了，坐上去，让他们抬你去医院。"

阿贵停止了手上的动作。

瑛姐犯了难："不用，这么点小伤，犯不上的。"

余世襄看向天晴。

天晴忙上前劝说："瑛姐，你这可不是小伤！小头家答应亲自带你去医院了，他会讲英文，能和洋大夫说清楚的！"

"天晴，怎敢劳驾小头家？玲姐……"瑛姐为难地看向玲姐。

玲姐接过话："是这样小头家，我们商量过了，就不去医院了，豆腐庄有金疮药，再说工地上扎脚的也不是第一回了，养上几天也就好了。"

强哥见缝插针补充道："就是嘛，我还以为红头巾都不懂事了呢，原来就是你这个新来的娇气。这么娇气过番来干什么？嫁个老爷享福去啊？"

天晴刚想跟强哥理论，却被玲姐拦住。

玲姐转向强哥卑微地说："强哥，虽然耽误一会儿，但下雨前我们一定把料运上去。阿贵，你也开工吧。"

阿贵点了点头，转身忙活去了。运料的小蝉、美花、小翠挑扁担经过，虽担心，却不敢上前搭话。"天晴，你照顾阿瑛，坐巴士回去。"说完，玲姐从兜里掏出一些钱，塞到天晴手里。天晴看向玲姐，玲姐使了个眼色，天晴只好点头，转而看向余世襄："对不住啊小头家，让您白跑了一趟。"

强哥奉承道："小头家，快回吧，待会儿下雨别浇到你。"

余世襄一脸担忧，又看了眼天晴，转身离开。

第七章　襄王有梦

清晨，陆家二少奶奶金碧云领着小少爷陆展元向庭院走。

陆展元为躲避上学，一个劲地往屋里逃。金碧云一手托着书包，一手拉着儿子，不与他多说什么。

白薇已在院中恭候多时，金碧云笑着拍了拍儿子的肩膀："叫白老师。"然后问，"你这是在等我们？"

白薇笑了笑说："是呀，我想送小少爷上学，若光等着他回来补课，也太清闲了。"陆展元高兴地转着圈说："好！有美丽的白老师送我，我就爱上学了！"

白薇接过金碧云手中的书包，同二太太点头告辞，便携着陆展元一同上了车。

陆展元笑眯眯地对白薇说："我还是想管你叫姐姐，可我妈不让。"

白薇浅笑道："小少爷，要听妈妈的话呀。"

"以后我妈在的时候我就叫你白老师，不在，我就叫你姐姐，好不好？"

"不好。"白薇看向窗外，一口回绝。

"为什么？"

"要是叫姐姐，我给你补课的时候你就该不专心了，所以妈妈说的是对的。"

陆展元觉得姐姐态度有些奇怪，便不再问下去。

金碧云看着车子远离，便转身进了院子，没走几步，就被妹妹金碧华堵在长廊上。

金碧华向姐姐抱怨道："昨天回到屋里我才想起来，白天女来捣乱的时候，她和陆雪亭在一起！这把我气得，一整晚都没合眼！"

"二小姐连个家庭教师都怕，对自己就这么没信心？"金碧云轻蔑一笑。

金碧华支支吾吾地说："不是！是那个白薇长得……好看。"

"那有什么用？"

"她留学过欧洲，肯定也是有家世的呀！"金碧华生怕陆雪亭被白薇抢走。

金碧云嗤笑一声："漂洋过海，来当一个家庭教师，三十块一个月也干，即便有家世，怕也早就败落了。"

"咱们金家不也败落了嘛……"

金碧云猛地恶狠狠瞪着金碧华："那不一样，你姐姐起码嫁进了陆家，也还没让你这金二小姐出去自己赚钱糊口！"

"也是，那你也得让她赶紧滚蛋，这节骨眼上，冒出来这么个女人跟我争陆雪亭，多危险啊！"

金碧云笑着帮妹妹整理发髻："你放心，如果让我看出苗头来，我一定撵她走。"

“啊？今天不撵啊？”

“三十块请个留欧的家庭教师，多大的便宜？展元功课好了，老太太不就更喜欢他了吗？我还指着母凭子贵呢……”金碧云一副心有成算的表情。

送走儿子，金碧云端着一杯咖啡，轻轻推开了卧室的门。

陆雪樵本是睁眼望着天花板，思索着什么，听见有动静，故意闭上了眼睛。

金碧云轻手轻脚地将咖啡放在了床头柜上：“雪樵，该起床了，咖啡煮好了，你闻闻香不香？”

金碧云看着床上装睡的陆雪樵说：“我知道你醒了，不想起啊？那就躺着，我给你按按腿。”说着，金碧云走到床尾准备给陆雪樵揉腿。

陆雪樵抬起一脚踹向金碧云。

“哎呀”一声，金碧云倒退两步。

未等金碧云反应，陆雪樵起身，端起咖啡朝金碧云脸上泼去。

金碧云委屈地看着他：“雪樵……”

“你还委屈了？你心里有我这个男人吗？昨天南兰问得好啊，为什么不替我挡子弹？巴不得我死了，想借着你儿子抢了我们陆家的财产吧？”

金碧云一时慌乱，不知如何解释：“我没有！我……下次我一定替你挡子弹！”

听到这话，陆雪樵更是怒气难遏：“你还想让我有下次？”将咖啡杯朝金碧云扔去。

金碧云躲了过去，咖啡杯落地摔个粉碎。

陆雪樵一副全然不在乎的模样，又一头倒在床上。

金碧云又恨又怕，浑身战栗，面上仍装得楚楚可怜，她掏出手绢擦脸，继而上前：“雪樵，是我不对，你别生气了。”

“少废话！”陆雪樵又坐了起来：“自从你管了家，我就越来越穷了，手里一点活钱都没有，每天在外面谈生意，多少应酬，没钱能行吗？”

金碧云侧身瘫坐在地上，哽咽道：“每月该给你的一次也没少过呀！”

“不够花！”

金碧云欲言又止：“家里的钱都是有数的，花销又多……”

“我不管，今天先给我一千块，我有用。”

金碧云慢慢直起身：“我没有。”

陆雪樵又扬起手，金碧云这回不躲了：“你打吧，大不了你拉着我到妈那去打，让妈评评理！”

陆雪樵甩手，放弃了，从另一侧翻身下床。

金碧云神色黯淡，默默地拾起地上的碎瓷片。

将陆展元送到学校后，白薇便回到陆家，走到餐厅外的长廊处，她的眼睛有意地向屋内瞟着，正赶上仆人扶着陆陈氏从楼上下来。

白薇见状稍加思索便要进屋，可就在这时，陆雪亭的声音从白薇身后传来："白小姐？"

陆雪亭邀请白薇出去转转，说要尽地主之谊，却被拒绝了。白薇转身要走，却被陆雪亭拦住："展元放学之前你是没事做的，我也闲得无聊，我去欧洲这几年，星洲美景都只能出现在梦中，就算你陪我还不行吗？"

"我是家庭教师，要备课的，多谢三少爷的盛情，告辞。"白薇不再给陆雪亭机会。

此时，正在客厅插花的金碧云听到了这一切，稍稍放下了对白薇的提防。白薇前脚刚走，金碧华的声音就从陆雪亭身后响起："雪亭哥哥，我正四处找你呢。"

陆雪亭看着白薇的背影，有意大声道："碧华，我也在找你啊，我们兜风去吧，我亲自为金家妹妹驾车如何？"

金碧华受宠若惊："好啊好啊！"

陆雪亭本就是做样子给白薇看，上了车又念起芙蓉餐厅做的吃食，估摸着白薇也会喜欢，便改了主意，向金碧华提议去街上逛逛。

汽车一路开到星洲最繁华的街道，二人在街上没逛一会儿，陆雪亭就借口自己饿了，带金碧华去了芙蓉餐厅。不一会儿，天雷作响，用完餐二人便打道回府。回到陆家门口，陆雪亭赶忙打伞下车，拉开后座门，从里面拎出两个食盒就往屋里跑。

坐在副驾座的金碧华娇滴滴地叫道："雪亭哥哥，你不该打着伞来接我吗？"

陆雪亭这才回头："喔，把你忘了，你先等会儿啊。"说着，向院内跑去。

金碧华气得瞪大了眼睛，索性冒雨冲进大门。

白薇此时正在书房教陆展元英文，陆展元有模有样地重复着。

"嗯，太好了，展元真聪明，今天的发音比昨天好多了。"白薇带着嘉许的目光摸了摸陆展元的脑袋。

陆雪亭这时赶了过来，站在长廊隔着窗户叫道："白小姐——"随手将雨伞扔在走廊里便进了门。

白薇一愣。

"这家餐厅的点心真的不错，跟我小时候吃的一个味道，带回来些给你尝尝。"说着，陆雪亭递上一个打包好的食盒，继而又递出另一食盒："这是肉干，这家店的肉干有三种口味，每种都好吃，我在欧洲时最想的就是它了！"

白薇有些尴尬。

陆展元敲着桌子，装作大人模样："三叔，她是我的。"

陆雪亭一愣："你说什么？"

"你追我的家庭教师，不用先讨好我吗？"

"白小姐吃的时候会分一些给你的。"陆雪亭觉得不好意思，说完扭头就走，金碧华浑身湿漉漉地站在了长廊里，清楚地听到了这一切。

白薇在房内踱着步，故意敞着门留意外面的动静。

餐车声传来，白薇连忙拿起桌上的两盒吃食向外走，要送给黄妈。

黄妈看了一眼包装完好的盒子，问："为什么？不喜欢三少爷送的食物"

"三少爷要送，我没办法拒绝，但我要是吃了，金小姐会不开心，那是二少奶奶的妹妹，我不能得罪。"

黄妈看着白薇点了点头，对她张弛有度、行止有数的姿态另眼相看。

第八章　临终心愿

虽说是阴天，但在巴士上隔窗可见星洲闹市的美景，往来人影匆匆，一辆马车从旁边经过，天晴目不转睛地望着窗外。

"天晴啊，你有拍拖吗？"

天晴一愣："没有啊！您怎么突然问这个？"

瑛姐笑了："那，你有没有喜欢的人呢？"

"也没有啊……"

"现在还没有，将来一定会有的。"瑛姐脸上洋溢着幸福的微笑。

天晴惊喜回头："瑛姐，那你是有喜欢的人了？"

瑛姐很大方地说："有啊。"

天晴追问道："在老家还是在星洲啊？"

"我比你还小就离开了老家，喜欢的人，当然是在这里啦！"

"哦……他叫什么名，住在哪条街？"

"叫什么名我就不知道了，住哪我也不知道，但我知道在哪能看到他……"说着瑛姐就往外看天："我看这雨好像还下不起来，要不你陪我去看看？"

天晴有些犹豫："你的脚……"

"哎，没事的！今天正好是个机会！"

天晴和瑛姐到了学校门口，只见大门紧闭，学校里空无一人。

天晴劝说："先回去上药吧，瑛姐，找机会我再陪你来。"

瑛姐有些失望："那好吧，看样子好像是放学了。"

瑛姐告诉天晴："我是一年前认识他的，那时，我们干活的工地就在学校旁边，正轮到我回豆腐庄挑午饭。"

瑛姐挑着担子走过学校，险些与一名男教师撞上，躲闪之际，他手里的书掉在了水坑里，然一时匆忙，竟没在意。是瑛姐捡了回来，细细擦干压平，第二日等在校门，寻机会还给了他。

瑛姐有些羞涩地低下了头："那天以后，我就老想他，做工想、吃饭想、睡觉想……后来一有机会，就偷偷跑到学校去，就是为了看他一眼……"

瑛姐笑着看向天晴："天晴，我是不是有点不要脸啊？"

天晴摇了摇头，紧紧搂住瑛姐的胳膊。

巴士到站，二人下了车回到豆腐庄。

天晴扶瑛姐艰难走着，正巧碰上了买菜回来的七姑娘。七姑娘吓了一跳，快步上前："阿瑛，怎么了？"

瑛姐强忍着疼痛，轻描淡写地说道："扎了。"

天晴心直口快，直接说道："扎得很重，大钉子把脚都扎穿了！"

七姑娘疑惑地望向瑛姐："阿瑛，你向来稳重，怎么会呢？"

天晴刚要说什么，被瑛姐一把握住手制止："就是都说我稳重，这才大意了嘛。"

七姑娘眼神顿时锋利起来，对天晴说："把阿瑛扶到屋里，洗干净脚，等我拿金疮药来。"

宿舍内，七姑娘帮瑛姐清洗了伤口，再用纱布帮她裹脚。裹罢，七姑娘拿起瑛姐的鞋说："这鞋底也磨得太薄了，你家里又没人，不用寄钱回去，为什么不换双新鞋？"

瑛姐笑道："嗨，都说了是大意嘛，七姑娘就别骂我了。"

天晴端着洗脚水下楼，仍放心不下瑛姐，倒完水便端着空木盆又回到了门口，见七姑娘拿着金疮药从屋里出来，忙支支吾吾上前："七姑娘……"

七姑娘一眼便明白了："有事？到我屋里去说。"

二人前脚刚踏进房里，天晴便急着说："我觉得这样不行，在老家的时候，我干活的工地就有人扎了脚，没当回事，结果没几天，人就没了。"

七姑娘却十分平静："是有那么一种病，我听说过，星洲的工地上也因为这病死过人。"

"您既然知道，就应该立刻送瑛姐去医院啊！"

七姑娘看向天晴："阿瑛告诉我了，说你找了小头家，可结果阿瑛不是也没去医院吗？她觉得伤没那么重，去医院不值当。"

天晴心急，语气不觉重了起来："说到底就是心疼钱，在工地上做工挣钱少，瑛姐当然舍不得！七姑娘，您是大家姐，出了这样的事，您得管！您要是出钱，瑛姐肯定会去医院！”

七姑娘愣住了：“你是在教我怎么做大家姐？”

“不敢，但如果我是你，我一定把姐妹们看得最重，而不是钱！”天晴直截了当。

这话仿佛戳了七姑娘的心窝子，她冷冷道：“你出去。”

天晴气得转身出门，回到二楼阳台上，只听雷声阵阵，乌云翻滚，心情更是沉闷。雨稀里哗啦地下着，刚返工回来的红头巾都围在瑛姐宿舍外面，询问着瑛姐的情况。

宿舍内，阿贵按摩着瑛姐的腿。一边揉腿一边抹眼泪：“我可挨过扎，不大点的小钉子扎进去，疼了好多天，你这得多受罪……”

美花收衣服，抱着盆说：“我去给您洗衣服，以后您的衣服都由我洗了。”

小翠忙补充：“还有鞋，我会做鞋，回头给您做双底子厚的。”

“嗐，哪至于？不就是脚上扎了个钉子吗，你们就把我伺候得跟皇太后一样。你们做完工走路回来，我可是搭巴士回来的，你们这么对我，我可是不好意思了！”

阿贵冷冷地说：“美花要给你洗衣服，小翠要给你做鞋，就让她洗，就让她做，不然她们心里也不好受，不过用不着这会儿洗，现在外面下着雨呢，洗完了晾哪？”

美花和小翠听了这话，尴尬起来。

“阿贵说得对，放下放下，好不容易今天下工早，咱们一块聊会儿天！美花，你去街尾的烧腊铺，砍一块钱的叉烧和烧肉回来，给大家加菜！”说着，瑛姐掏钱给美花。

美花吓坏了：“一块钱？两天的工钱呀，瑛姐，我们害你扎了脚，这钱得我出！”

瑛姐忙做嘘声状，压着声音道：“扎脚是我自己不小心，跟你有什么关系？刚才的话以后不要说了。”

美花看向瑛姐，瑛姐眨着眼，示意美花不要再说下去。

瑛姐转移话题：“钱赚来就是要花的，我不像你们，要往家里寄钱，我在乡下一个亲人都没有了，钱是花不完的，加菜是我说的，钱当然要我出了！”

美花着实不好意思：“那……这一块钱我先拿着，挣了工钱还你！”

瑛姐还想争论，小蝉突然说：“都别争了，天晴已经去了街尾的烧腊铺，她说今天的钱由她出。”

众人都愣住了，看向小蝉。

天晴打着伞跑进了街尾的烧腊铺，挂在档口上的烧腊已空，只剩下一些零碎的叉烧、烧肉。店主边收拾边说：“收店了，明天再来吧！”

天晴有些失望，可她不甘心，仍向柜台张望着。

“就剩下这些头尾，待会儿有几个老兄弟要来找我喝酒，大家一分也就没了。”

天晴摸了下口袋里的钱，请求道：“大叔，卖给我吧，我就住豆腐庄，都是街坊。”

“知道，你戴着红头巾呢嘛。你要多少钱的，一毛还是一毛五？”

“这些头尾我想都要，一块钱够吗？”

“你不会要请所有的红头巾一起吃吧？可你是新来的？我看你面生啊？”

“新来的就不能请大家一起吃吗？”

店主笑了说：“也是……好，都给你了，我和那几个老兄弟下馆子去！”

“太好了。”说着，天晴递上一块钱。

“不要这么多，本来就不打算卖的嘛，给两毛钱吧。”

店主看着天晴吃惊的表情道：“你都说了，我们是街坊！”

天晴连忙答谢。

回到豆腐庄，阿贵、天晴等人将买来的烧腊和卤味的头尾切得很碎，让每个人都能分到。盛完饭的姐妹们排队领着叉烧和腊肉，每个人脸上都洋溢着幸福的笑容。

瑛姐被搀到一个椅子旁坐下，她跟大家有说有笑，完全忘了受伤的事。

只有七姑娘和玲姐待在屋里，玲姐一五一十地道出了事情的原委。

七姑娘叹了口气：“原来是这么回事，蓝头巾……”

“怪我，没把这里面的利害说得太透，所以那两个新来的……”

七姑娘厉声道：“别什么事都先怪自己！这是你的毛病！我跟薛金枝同一条船过番来，她那个霸道劲儿我还不知道吗？欺人太甚！明天我去工地！”

玲姐急忙阻拦：“别，七姑娘，不是早就说好的嘛，凡是跟蓝头巾在一个工地开工，您都不用去的，今天是个小意外，以后不会了。”

这时，有人敲门，是阿贵。阿贵端着一碗饭，上面有叉烧和腊味：“七姑娘，给您送饭来了。”

七姑娘瞟了一眼：“我说外面这么热闹，加菜了呀？”

“是天晴买的，她昨天吃了阿瑛的，今天就买了好多回来，姐妹们都能分得到。”阿贵提天晴时脸上难得出现了开心的神情。

夜幕降临，大雨滂沱，路灯置于黑暗中，灯光显得格外微弱。星洲街头寂寥无人，豆腐庄内一片祥和，姑娘们睡得很香，突然一声低沉的呻吟打破了这份宁静。

天晴醒了，她微微起身，试探地问：“瑛姐，是你吗？你怎么了？”

瑛姐已经在床上疼得满头大汗，她实在受不了了，终于声嘶力竭地叫了出来。

众人都赶了过来，围在瑛姐身边。

幽暗的灯光下，瑛姐全身肌肉紧绷，苍白的脸都僵硬了，嘴巴张不开，说不出话来，只能睁着眼睛看着大家。瑛姐的脚已经肿了起来，伤口紫得发黑。

七姑娘生气说：“让你去医院，你就不听话，非说那要命的病轮不到你身上，这回倒好！愣着干什么，快把她扶到我身上来！”

说着，七姑娘一俯身，天晴、玲姐、阿贵等人连忙将瑛姐放在七姑娘的身上。

七姑娘背起瑛姐就往外走。

玲姐问道："七姑娘，去哪？"

"四排坡医院！"说着，七姑娘一抬胳膊，"钥匙，去我屋里，把钱都带上！"

玲姐会意，掏出钥匙，快速回屋。

七姑娘背着瑛姐下楼，后面追出来的天晴、阿贵、小蝉等人有的帮忙打伞，有的拿东西。众人来到豆腐庄门口，街道上不知何时积了很深的水，小蝉使劲举伞去为七姑娘挡雨。

七姑娘吼道："给我打伞有什么用？找块大点的油布，把阿瑛裹上！"

"哎！"阿贵连忙跑回豆腐庄。

天晴看着门口的积水："怎么一下子积了这么多水啊？"

七姑娘回道："南洋就是这样，一下雨就积水，天一放晴，水也就没了。"

天晴怕七姑娘吃不消，便说："让我来背瑛姐吧，您指路。"

"你？"七姑娘打量了一下天晴，"算了，这一路上都蹚水，深一脚浅一脚的我不放心，你帮我托着她的脚吧，别让雨水泡了伤口。"

瑛姐气若游丝："七姑娘……把我……放下……我自己……"

七姑娘心疼地呵斥道："你就别说话了，留点力气吧！要是早去医院，何苦这样？"

"对不起七姑娘，之前我好像误会你了。"七姑娘看了眼天晴，没有搭话，大声道，"别跟那么多人，没用。"

七姑娘大踏步地踏进水中，天晴托着瑛姐的脚跟在一旁。

跑出来的玲姐叮嘱阿贵："阿贵，明早我要是没回来，你带着姐妹们开工！"

"好。"阿贵答应道。

"玲姐，让我跟着一起去吧。"美花十分担心瑛姐的状况。

"都说了不让去那么多人，放心吧，有七姑娘在，都回去睡觉！"玲姐蹚着水追了出去。

又陆续有十几个姐妹跑下楼来，都被阿贵拦住。

次日清晨，太阳从海岸线上升起，阳光洒在波光粼粼的海面上。

女工们已经开始干活，美花和小翠低着头干活，两个人都十分愧疚。

余世襄四处张望，拦住了一个红头巾问："怎么没见到那个叫欧阳天晴的？"

小蝉刚好听到，连忙搭话："哦，小头家找天晴啊，我知道！我叫何小蝉，是和天晴一起来的，我们从小就是好姐妹。"小蝉忙不迭地介绍着自己。可余世襄对她没什么兴趣，只问道："她今天怎么没来？"

"昨天那个扎脚的瑛姐，小头家还记得吗，她夜里突然就病了，天晴送去医院了。"

余世襄心不在焉地问是否严重。

"应该是挺严重的，姐妹们都在担心，说可能是得了那种要命的病……"说着，小蝉就要掉眼泪。

“知道在哪家医院吗？”

“我听七姑娘说，好像叫四排坡医院……”

余世襄点了点头，转身离去。

医院的走廊里，七姑娘用蹩脚的英文同医生和护士交谈着。

医生难过地摇了摇头，回道：“No，No，No，我已经尽力了，你们来得太晚了……”

七姑娘一个踉跄险些摔倒，在一旁的天晴连忙上前扶住。

医生转身离开，护士进入病房撤走了输液装置。

天晴不敢相信这个事实。

七姑娘擦干泪水来到瑛姐身旁，心疼地看着她。

此时的瑛姐却发出了声音：“回去……我……要……回去……”

“好，我们回去！天晴，你先去医院门口，拦一辆黄包车。”

天晴强忍着眼泪使劲地点头，跑了出去，正抹着眼泪，遇上寻找而来的余世襄。

余世襄问阿瑛的情况。

天晴一下哭了出来，极度的悲痛让天晴说不出话来。

余世襄见天晴哭，叹了口气：“我明白了，那现在……我能为她做些什么？”

豆腐街上，余世襄的车夫拉着黄包车缓慢地行进着，瑛姐斜靠在车上。七姑娘握着瑛姐的手紧紧地跟在车旁，天晴陪着余世襄走在车后面。

写信佬发现瑛姐，站了起来，使劲儿地推着眼镜。

做小买卖的商贩同样察觉到了什么，与身边的摊贩交换眼神。

面线伯迎上前：“玲姐，阿瑛这是……”

玲姐看了面线伯一眼，没说出话来。

面线伯顿时明白了：“我……我给她煮碗面线吧，不要钱……”

玲姐更说不出话来。

到了庄内，天晴端了两碗水，一碗给上座的余世襄，另一碗给坐在墙根的车夫。

“喝了这碗茶，小头家就回去吧，谢谢你用黄包车送瑛姐回来。”

余世襄注视着天晴说：“我不急着走，看看还有什么可以帮到你的。”

这时玲姐跑了出来说：“天晴，你来！阿瑛好像在找你！”

天晴连忙往楼上跑去。

瑛姐看见天晴，一把握住了她的手，另一只手向外指着。

天晴望着瑛姐，她铁青的脸仿佛用目光在向天晴诉说着什么。天晴回忆昨日瑛姐与她讲述的事，此刻瑛姐的微笑和目光都与昨天一模一样。天晴恍然大悟，试探着问：“瑛姐，你是不是想去学校，看他？”瑛姐立刻松了口气，重重点头。

瑛姐先点头，又摇头，她用手比画自己的头，仿佛用尽了全身力气：“红头巾……怕他不认识我……”

天晴下楼来到余世襄面前说：“我能再借用您的黄包车吗？这次不劳驾这位大哥了，我们自己拉！”

余世襄看着天晴为难的神情说：“当然可以，你看，我留在这帮上忙了吧。”

打扮整洁的瑛姐斜靠在黄包车上。

同样打扮整洁、戴好红头巾的天晴、七姑娘、玲姐三人站在黄包车旁。

学校里有些学生在玩耍，但没有老师。

七姑娘绕到黄包车另一侧的天晴身旁，小声道：“天晴，你去把那个老师叫出来。”

“可我不知道他的名字，也不知道长什么样，怎么叫啊？”

七姑娘看向瑛姐犯了难。

此时的瑛姐目光已经没了神采，也说不出话来。

哨声传来，一名身材挺拔、衣着简洁得体的男教师出现，他将玩耍的学生们集结在一起，瑛姐的眼神突然亮了。她瞬间神情一凛，仿佛呼吸都困难起来，使劲挪动了两下，试图将身体坐直，却险些从黄包车上跌落下来，口中也早已激动得说不出一句话来。天晴和玲姐见状，连忙扶住了瑛姐。

七姑娘道：“应该就是他了。”

七姑娘、玲姐都希望帮瑛姐，但手足无措。

天晴急了：“我去把他叫过来！”说着就要冲出去。

瑛姐一把抓住了天晴的手，无力地摇了摇头。

天晴说：“你不是喜欢他吗？我把他叫来，你当面告诉他！”

瑛姐笑了笑摇头，七姑娘瞬间明白瑛姐的想法，劝道：“算了吧天晴，阿瑛不想打扰人家。”瑛姐微微点头，天晴伤心地别过脸去，眼泪簌簌地落下。

瑛姐又看向男教师，他拿着书来回踱步，身材修长、风度翩翩，瑛姐混沌的目光逐渐变得美好。男教师无意间瞟见了坐在黄包车上的瑛姐和她身边的三人，善意地微笑点头，便继续给同学们上课。瑛姐的眼睛绽放出幸福的光芒，微笑地点头回应着。可惜这瞬间太短暂，瑛姐累了，挺不直身体，向黄包车靠去，瑛姐缓缓合上双眼，嘴角还挂着微笑。

第九章　剑拔弩张

安顿完瑛姐的身后事，天晴心情无比沉重，望着天上月亮默默流泪。瑛姐就这么走了，连自己喜欢的人叫什么名字都不知道。

小蝉与天晴背对背感叹道：“唉，那是瑛姐没有你这么好的命啊，欧阳天晴，你长得也不比我好看，怎么比我招人喜欢多了呢？”

“你说什么呢？”天晴转过身来。

小蝉噘着嘴道：“我说得不对吗？连小头家都看上你了。”

“别胡说！哪有这样的事！”

小蝉一本正经地表示：“要不是看上你了，挨打能白挨？那天你没去工地，小头家去找你，我可听见他叫你名字了，叫得可亲了！”

天晴恼了起来：“瞎说！”

小蝉反驳道：“要不是因为你，小头家能把自己的黄包车借给瑛姐坐？他难道不知道那是快死的人啊？”

“是啊，真要感谢小头家。”

“好啊，那你明天就去！”小蝉乘胜追击。

“我一直在心里谢着呢，肯定要去的。”

“我没开玩笑，天晴，女追男隔层纱，既然他看上你了，那你就主动点吧，那个词叫什么来着，投怀送抱啊！你就是小头家娘了！那你这南洋可是没白下，我都要跟着沾光啦！”

天晴没好气地在小蝉脑袋上杵了一下，不露声色地望着远方。

夜已深，街道上都熄了灯，玲姐和阿贵蹲在地上烧着纸。阿贵已泣不成声：“阿瑛啊，你在那边好好的，缺什么少什么，姐妹们都会给你送的。”说着，又将一些元宝放进火堆。

七姑娘望着远方，突然冷冷地说：“阿瑛不能白死，咱们红头巾跟她们蓝头巾必须有个了结。”阿贵和玲姐都看向七姑娘，想说什么却又不知如何开口：“七姑娘……”月光打在七姑娘的身上，照着她坚挺而又清瘦的身体。

清晨，朝阳升起。一排红头巾在街上走着，失去了往日的颜色。今天领队的是七姑娘，而非玲姐。七姑娘戴着红头巾，打扮与其他姐妹无异，小蝉和天晴走在队伍的末尾。

一个干瘦的老伯正挑着一筐东西由此经过。天晴突然发现了什么，停住了脚步，她的目光始终注意着老伯的鞋，老伯的鞋很宽，也很厚，鞋底是块橡胶。

天晴拦下老伯礼貌地问：“我想请教一下，您的鞋在哪里能买得到？”

老伯笑道：“不是买的，我儿子给大老板当司机，就是开汽车的，轮胎旧了，没用了，我老婆就拿来给我做鞋了！”

天晴仿佛想到了什么，欣喜地同老伯道谢，便向队伍追去。

今天的活是向楼上运砖，其他红头巾都按部就班，只有天晴挑得极快。

小蝉拦住天晴：“天晴，你今天干吗这么快啊？又没人逼你。”

“我是想多赶出几趟来，待会儿好去见一下小头家。”

小蝉惊喜地叫道：“呀！你想通了，要去投怀送抱了？”

天晴瞪了她一眼：“再说这种话我撕烂你的嘴！”

“是，再也不敢了，小头家娘。”说完，飞快地跑了。

天晴无奈，继续加速运送着，待活做得差不多了，便跑去了余世襄的办公室，天晴站在门外，犹豫着想去开门，正赶上强哥出门。强哥瞪了她一眼说：“你不干活，跑到这来干什么？”

“我找小头家。”

“又有什么事啊？动不动就找小头家，你是谁啊？”

正在天晴尴尬之际，身后出现了余世襄的身影。

余世襄拎着公文包，明显是才来，他叫道：“欧阳天晴？”

天晴连忙回身。

“你来得正好，我今天来工地就是想找你的。”

天晴没好意思说话，只是笑了笑。

强哥是个有眼力见儿的人，冲办公室里喊着：“臭鱼仔，别老躲在屋里抽烟，去工地了！”

被叫作臭鱼仔的瘦猴连忙从办公室里跑出。

屋内烟气缭绕，一进屋，余世襄皱着眉头道：“哎呀，好大的烟味！到我的里间来坐吧。”说着，余世襄打开了门，“快进来，不然烟就进来了。”

里间是余世襄的小办公室，有个小茶几，还有一张临时休息的床，天晴一下不自在了。余世襄倒了一杯凉茶，递给天晴，问找他有什么事。

“我想请小头家帮忙买一些旧轮胎。”

余世襄有些不解：“旧轮胎？做什么？”

“今天早上在街上看到一个老伯，穿的鞋很特别，底子很厚，很结实的样子，钉子肯定扎不透，老伯说鞋底是汽车的旧轮胎做的，我想工地的姐妹们能有这样一双鞋，就肯定不会再发生瑛姐那样的事了。”

余世襄想了想，笑道：“我早听说你有力气，打人的勇气我也领教过了。”

说着，余世襄抖了下被打的胳膊。

天晴有些不好意思，没有接话。

“没想到你还这么有脑子，这么热心，看来我找你是找对人了。”

天晴愣了下："小头家找我也有事啊？"

"你坐！"说着余世襄将办公桌后的椅子拉了出来，自己坐到了床上。

天晴只好坐在椅子上。

余世襄开门见山地说："我想提拔你当工头。"

天晴大吃一惊："啊？我是女的……"

"对呀，你不觉得工地上需要一个女工头吗？你看那个阿强，虽然跟了我们余家多年，可那个样子……唉，总会让人觉得我们余家欺负工人，现在工地上女工越来越多，有一个你这样的女工头，多好。"

"多谢小头家的好意，我是新来的，我真的干不来，我得回去干活了，旧轮胎的事，拜托小头家！"说完天晴鞠了个躬，就往外跑。

望着天晴的背影，余世襄有些失望。

挑扁担运砖的七姑娘，目光如刀，狠狠地盯着蓝头巾干活的队伍。而金枝也正看着红头巾的方向，有蓝头巾在身后提醒她，嘟囔着什么，金枝抬起头，与七姑娘两人对视，继而露出厌恶的表情。

蓝头巾的队伍挑着砖走向近处那相对窄而陡的楼梯，很快一个四层的楼梯就被所有的蓝头巾占满了，正当领头的金枝即将踏上四层顶部施工区的时候，七姑娘带着阿贵等一众老的红头巾迎面拦住了她们。

金枝一愣，停住脚步，她这一停，四层楼梯上的所有女工都停住。最下排的女工向上张望，觉得不对劲儿之际，玲姐已经带着另外二十个红头巾将她们的退路封住。

金枝向下张望，立刻明白了："阿七，你想干什么？"

七姑娘冷着脸道："阿瑛就是在这楼梯上出的事，我让你血债血偿！"

金枝轻笑一声："打架？谁怕你！"

"哼，谁跟你打？我们现在要从这下去，你们给我往后退！"

说着，七姑娘就往前逼了几步。

挑着扁担的金枝不敢放下，只好往后退。

金枝不愿输了气势，大喊道："姐妹们站稳脚，别扔扁担，当心砖头砸到底下的姐妹！"

此处楼梯台阶间缝隙都很大，一旦一整筐砖头掉出，一整楼的人都得遭殃。

七姑娘旁观冷眼道："不扔扁担，好啊，我看你们能挑多久！"说着，又往前逼近了几个台阶。

金枝只得后退，她一退，其他人也得跟着退，蓝头巾们开始拥挤，扁担互相碰撞，有的已经挑不住了。有的砖已经倾斜，马上就要掉下去。所有的蓝头巾都强撑着，下面的蓝头巾不时抬头看，担心上面的砖头砸下。而上面的蓝头巾也担心由于拥挤，自己会掉下去。

回到工地的天晴，问小蝉发生了什么事。

小蝉咂巴着嘴："七姑娘可真厉害，这下蓝头巾连摔带砸，得死几个吧？这算是为瑛姐报仇了。"

美花赞叹道："难怪是大家姐，真为姐妹们出气！"小翠点头附和。

天晴见没法跟大家理论，赶快跑向事发地。

形势越来越紧急，蓝头巾站在楼梯上岌岌可危，已经有瘦弱者挑不动了，只见人群中一个年轻的蓝头巾哭出声来。金枝急了："我跟她们拼了！下面的姐妹们躲着点砖头！我绝不会自己摔下去，大不了我拽着这个阿七一起死！"说完，就要扔扁担，底层的蓝头巾被吓得直缩脑袋。

可阿贵怎么会让金枝上前，早已竖起了扁担，隔开了她与七姑娘的距离。金枝虽气，却也不敢扔了。正在这时，天晴在下面大喊："七姑娘——"

剑拔弩张的气氛一下子被打破。

七姑娘蹙着眉头看向楼下："那是谁啊？"

天晴喊道："我是欧阳天晴，我刚才见到小头家了，他知道你今天来了工地，让我请你过去，有事跟你商量！"

七姑娘怒道："这没你的事，躲远点！"

天晴胡乱说着："不行啊七姑娘，小头家还说了，警察马上就要来了，你非得过去不可！"

七姑娘、阿贵等人皆是一愣。

在下方堵着的玲姐也看向天晴。

天晴见七姑娘等人仍不动地方，只能向另外一处地方喊着："强哥，你别四处找了，我们的大家姐七姑娘就在这边！小头家不是要见她吗？你过来请啊！"

远处强哥和几个工头从角落里探出头来，强哥嘟囔着："喊什么呢?!"

臭鱼仔眼神好："好像是红头巾和蓝头巾较上劲了。"

"有些日子没闹了，这些臭婆娘，看看去！"强哥一挥手，几个工头以及一些男工，向这边走来。

七姑娘一咬牙，恶狠狠地瞪了一眼金枝，不情愿地向后一挥手。

身后的老红头巾们一个个向后退着，都到了平台后，便转身散了。

午饭时间，红头巾们在阴凉处心不在焉地吃着饭，小翠、美花、小蝉等人一直望着工地旁的小树林。七姑娘、阿贵、玲姐都对天晴怒目而视。

阿贵愤愤不平道："没想到坏事的居然是你！你这就给我摘了红头巾，滚得远远的！"

天晴也不恼，心平气和地同阿贵解释："阿贵姐，你消消气，我知道你们都跟瑛姐是好姐妹，瑛姐走了你们难过，可做事总要想想后果。刚才那可不是一条人命的事，警察会抓人的！以后咱们三水姐妹在工地上就再也找不到活干了！"

“你还好意思提三水姐妹？你这个吃里爬外的东西！我们三水女人从此以后不认你欧阳天晴！”阿贵甩着脸，不想再与天晴多说一个字。

天晴回道：“我很清楚，我能一过番就有活干，就是因为我是三水姐妹，有大家姐关照，看着别人欺负我们红头巾，我也生气，可我们不能成为杀人凶手啊！万一大家姐被警察抓了，姐妹们怎么办？玲姐你想过没有？”

玲姐愣住了，看向七姑娘。

阿贵恶狠狠地瞪着天晴：“阿瑛对你不错，你就不怕夜里她化成恶鬼来找你算账！”

天晴苦笑道：“瑛姐是最善良的，她也不愿意我们和蓝头巾起冲突，瑛姐要是真来找我，我倒要跟她拉着手，好好说说贴心的话。”

阿贵怒吼：“你就是说得好听！给我跪下，向七姑娘认错！”

天晴自认为没有做错什么：“我不跪，我问心无愧，为什么要跪？”

阿贵气得要抡扁担打天晴，被七姑娘一把拦住。

七姑娘冷冷地看着天晴：“阿贵，你忘了，人家攀上小头家当靠山了，你敢打她，不怕被撵出工地？”

阿贵不愿相信地望着七姑娘，七姑娘抬头看天说：“看来老天也不让我们给阿瑛报仇，算了……”说着带着阿贵和玲姐走出树林，只剩下天晴一个人待在原地。

第十章　上门无赖

小蝉在屋顶上吃着饭，抬头望见天晴的碗摆在一旁没动，才发现天晴哭了问：“你怎么了，天晴？”

天晴抹了一把眼泪说：“恐怕待不下去，得自己找活干了。”

小蝉放下碗筷：“你要走了，我怎么办？没人罩着我，我更要被欺负了！”

天晴没有心情搭理小蝉。

小蝉一把拉住天晴的胳膊道：“其实你不用走，也没人敢撵你。”

天晴叹了口气：“这里又不是我们说了算。”

“不一定喔，我告诉玲姐了，你是要做小头家娘的，让她掂量掂量，以后红头巾没准全要靠你才能有活干呢。”小蝉嬉皮笑脸地说。

天晴甩开小蝉的手，急得站了起来：“你怎么能这样胡说？”

小蝉上前拉住天晴，委屈道：“我不这么说，她们真让你摘掉红头巾走人怎么办？剩下我一个孤苦伶仃的，我怕。”

天晴欲言又止。看天晴没有责怪自己，小蝉说出了心里话："我说的又不是没影的事，小头家不是让你当工头吗？你去当啊，管着她们，看她们以后哪个还敢给你眼色！之后你再让我当个小工头，省得我每天肩膀起泡，死疼死疼的。"

"我怎么有你这样的姐妹，真倒霉。"天晴生气了。

小蝉反倒笑了："认倒霉吧，反正你是甩不掉的，何小蝉这辈子都跟着欧阳天晴了！"

"不要脸！"

小蝉朝天晴做着鬼脸。

吃完晚饭，阿贵、玲姐来到七姑娘房里，阿贵率先开口："一个新来的，连七姑娘都不放在眼里，必须把她撵走，不然以后红头巾就不会是一条心了！"

玲姐也是有口难言："本来我是很喜欢天晴的，阿瑛更喜欢她，可没想到，我们要给阿瑛报仇，她却冒出来了，这我们将来怎么见阿瑛啊？"

七姑娘对着窗外长长地叹了口气，继而转过身语重心长地说："她是对的，今天她说的句句在理，我心服口服。"

阿贵一脸焦虑："七姑娘，已经有人在议论，说红头巾的事您做不了主了，被一个新来的摆布，这样下去会乱的！"

七姑娘厉声道："今天的事要不是天晴阻止，那才真乱了。怪我一时冲动，险些酿成大错。好了，这事过去了，谁也不要为难天晴。"

玲姐问道："那蓝头巾呢？"

"我们三水姐妹，全当看不见她们吧！我与薛金枝的仇是我们两个的事，早晚我会跟她单独了结。"说完，七姑娘又望向窗外。

日头高照，红头巾与蓝头巾挑着桶走各自的路线。金枝与七姑娘相遇，没了昨日的剑拔弩张，跟在金枝身后的蓝头巾轻声嘟囔着："金枝姐，昨天她们那么欺负我们，这口气就这么咽下去了？"

金枝倒是清醒："她们人多，不忍还能怎么样？我虽然跟阿七有仇，可那个阿瑛是个好人，脚上扎个钉子就死了，我也是真没想到，心里还真有点内疚……你们都记着，以后碰到红头巾，绕着点走！"

七姑娘视若不见，径直走了。

到了饭点，蓝头巾和红头巾各自开饭，互不干扰；小蝉和天晴倒像是局外人，蹲在角落里吃饭。小蝉叨咕："处处白眼，一上午都没人跟我说话，等我当了小工头，看我怎么教训她们。"

天晴白了一眼："说什么呢你？"

小蝉撩了一下钻出来的鬓角，幽幽地说："我过过嘴瘾还不行啊？有你这个姐妹是挺好，但被你连累也真够惨哪……"

天晴并不在意这些，反而振奋起来："我看你就是个话痨，没人跟我说话我倒觉得蛮好的，好好吃饭，卖力气干活，赚够了钱，我就回去给我爸盖个像模像样的好屋。"

"不当小头家娘了？"

"做梦吧！哪有天上掉烧鹅的好事……"天晴话音未落，一个棕榈叶包从天而降。

天晴望着四下没人，连忙扒拉开，居然真是一只烧鹅。小蝉喜出望外："烧鹅？真从天上往下掉啊！"

天晴直接拽下个鹅腿咬了一口说："呀，好香啊，快吃！"

小蝉不敢下口，左看看，右看看："都不知道是谁送的，你就敢吃？"

"扔到我们脚下，就是我们的咯，装神弄鬼的不出来，谁又能找得到。"天晴故意把声音说得很大，来了招引蛇出洞。

果然，不远处的一棵树上有人回话了："香吧？"

天晴听这声音耳熟，啃着鹅腿站了起来，只见邝海生从树上纵身一跃，跳了下来，还不忘理理自己的头发。小蝉一眼认出，脸色有些惊恐："是那个……邝海生！"

几乎同时，天晴大叫："臭无赖？"

看天晴没忘记自己，邝海生傻乐着喊道："疯婆娘，给你送烧鹅你还骂我？不过不错，这么多天没忘了你阿海哥呀！"

天晴吃着烧鹅，没有搭话，众人听见声音，朝天晴所在方向望去。

七姑娘瞧了一眼问："阿玲，那是谁？"

玲姐思索一番低语道："看着眼熟，好像在码头上，我接她们的时候就见过，是个烂仔……"七姑娘脸色一沉，怕再生事端。

转眼间，邝海生已经小跑至天晴身边："前些天我去了一趟槟城，回来知道你们红头巾在这里开工，我就来啦！怎么样，烧鹅好不好吃？"

"凑合吧。"

邝海生凑近一步，上下打量天晴，嬉笑道："还有更好吃的，明天给你买。哎呀，晒黑了啊，不过这个颜色我更喜欢了。"

"臭无赖，这里是工地，你最好滚远点，不然我的巴掌抽得更响。"说着天晴扬起了胳膊。

邝海生歪着头道："想让我走也行，先告诉我你的名字。"

天晴看向小蝉："你在听什么？有人说话吗？我怎么没听到？快吃，臭无赖孝敬的，不吃白不吃，吃完干活去。"

见天晴不搭理，邝海生有些生气："哎，问你个名字有这么难吗？"

"她叫欧阳天晴，我叫何小蝉，阿海哥好！"小蝉突然做出一副奉承模样。

天晴气得瞪大双眼："是臭无赖！叫什么阿海哥？"

"不用哥，阿海就好。"邝海生冲小蝉挤眼。

说完，邝海生绕到了天晴面前，仿佛憧憬着二人的未来:“阿海，天晴，多般配，天一晴，大海就好航船嘛。”天晴皮笑肉不笑，拿着烧鹅向七姑娘走去：“有只鹅，大家分着吃吧。”

七姑娘仍然面无表情，玲姐将烧鹅接过，打了个圆场:“大家都吃好了，带回去晚上吃吧。”说完玲姐便喊道，“姐妹们，开工啦！”

见众姐妹散去，玲姐凑近小声地问道，有麻烦吗？”

天晴点了点头：“没想到他找到这里来了。”

阿贵嘲讽道：“真厉害，一下船就拍拖啊？”

玲姐替天晴解释道：“阿贵，不是这么回事，那天我在场！”

七姑娘一手推开阿贵，看着天晴：“你打算怎么办？”

天晴有些伤神：“我也不知道，得把他撵走，要不，麻烦七姑娘帮我找下小头家，他应该能治这种无赖。”

七姑娘点了点头：“对呀，你的事，小头家应该会管，我去帮你请，不过对付无赖，应该找猪头强……阿玲你去叫，就说这个人我们根本不认识，让他撵走。”

说完，七姑娘和玲姐分头去了。此时邝海生已经跟了过来，嬉皮笑脸地同众人打招呼:“你们都是我老婆的同乡姐妹啊，大家好，认识一下，叫我阿海！”姐妹们纷纷低头离去，避开邝海生。

天晴根本就没正眼瞧阿海，整理着手头的工具开始干活。邝海生跟上来，看似帮忙实则捣乱：“其实你们干的这活我也熟，你信不信？今天运什么？砖啊？我今天没事，要不要我帮你扛扁担？我阿海特别有力气的！”

天晴握紧拳头蹙着眉，扯开嗓门：“你最好离远点，不然我用扁担抽你！”

邝海生半弯着身子，油嘴滑舌道：“只要你答应做我老婆，我让你随便抽，好不好？”

天晴正不知如何应对，便听强哥的声音传来：“谁敢在我的地盘捣乱？不想活啦?!”只见强哥端着碗走在最前面，臭鱼仔和另外两名打手模样的人晃着膀子，跟着玲姐一同来了。

听到这声音，邝海生慢慢地回过头：“猪——头——强——”

看清来人，强哥一改往日虚张声势的模样，忙赔笑道：“阿海啊，好久不见！你又壮了好多呀！”

邝海生捞了块强哥碗里的肉塞进嘴，揽住强哥的肩膀小声道：“阿强，我今天来帮我老婆挑担子，你别管啊……”强哥望向邝海生，疑惑道：“你老婆？哪一个？”

邝海生冲着天晴抬了抬下巴。

强哥一脸诧异。

邝海生眉头一紧：“怎么？你这表情什么意思？觉得我眼光不行？”

强哥忙挥着手解释：“不不不……”

“那你还不竖大拇指？”

强哥勉强竖起大拇指。

邝海生顺势一推，强哥踉跄一步，险些摔倒。为了找回颜面，强哥瞪了一眼玲姐："哎呀，我当是谁呢，饭都不让我吃完，真是的……"

说完，强哥一挥手，带着几人走了。玲姐追上强哥，问道："强哥，你认识他？"

"阿海嘛，能不认识？"说完强哥又小声嘟囔着，"我头一次见他追女孩子，怎么是欧阳天晴呢……"

玲姐追问道："他是做什么的？"

强哥苦笑："以前也在工地，后来出去混啦，现在跟了龙哥，我惹不起了。"

玲姐不敢相信自己的耳朵，重复道："龙王帮？"

强哥鄙夷地看着玲姐："对呀，你也来星洲好几年了，不会没听说过吧？"

玲姐自然听说过，却没想到这种人会出现在自己身边，不由得担心起天晴。

姐妹们陆续做起了活，天晴不愿和邝海生再纠缠下去，挑起了担子去铲砂灰。

邝海生一把抢过小蝉的担子，跟天晴并肩向前走着。其他红头巾姐妹见来了个男人，不知该怎么办，筐里虽都装好了砖，却没人动弹，在旁边观望。

天晴很是无奈，瞥见远处七姑娘正引着余世襄快步走来，顿时眼睛一亮。余世襄向来看不惯这类流氓，推了推眼镜，一脸不耐烦。

余世襄顺着玲姐指的方向望去，这才发现"流氓"是邝海生。

一直看着天晴的邝海生也发现对面来了人，转头向余世襄望去。

几乎同时，余世襄慌忙转身就往回走。

七姑娘傻了，忙叫道："哎，小头家……"

余世襄埋头走着说："我突然想起件急事，这边的事你们自己解决吧！"

"谁啊？看着有点眼熟……小襄子？怎么不过来叫人哪？越来越没礼貌了！"邝海生看似自言自语，实则有意炫耀。天晴听出了门道，快步走上楼梯。邝海生也跟上，一边挑还一边故意颠着扁担。

装砖处，七姑娘和玲姐看着远处的天晴和海生，露出无奈的神情。待天晴和邝海生往返回到装砖处，七姑娘上前问道："阿海是吧？"

"哎，是我。"

七姑娘假意关切："多谢你帮我们挑砖，这活辛苦，请回吧。"

邝海生坦言："我帮的是欧阳天晴，再说这活也不辛苦，你是撵不走我的，别费口舌了，待会儿我会告诉猪头强，我做的这份工全都记在我老婆身上！"

天晴心生一计说："谁是你老婆！我中意的男人，要力气比我大才行。既然你不走，今天我们就比试比试，如果你比不过我，以后就不许再来这捣乱。"

邝海生双手搭在担子上，一副志在必得的模样："跟我比试？那你这是秀才手巾，包书（输）！"

天晴不甘示弱望向邝海生："我们比的是力气，不是俏皮话。"

"那要是我赢了你，怎么办呢？"

天晴想了想："我就不再叫你臭无赖。"

邝海生坏笑道："就这？要叫老公才行啊！"

天晴瞪起眼睛，小蝉解围道："阿海哥，你这赌注下得太大了，哪个女孩肯和你比啊？"

邝海生稍做妥协："那这样好啦，我赢了，晚上一起吃饭？"

小蝉很是满意："这个可以，我替她做主了，但得带上我一起去吃。"

"好啊！只要是天晴的姐妹都可以来，我阿海请得起！"

天晴瞪向小蝉："你就这么嘴馋吗？"

小蝉凑近，低声道："我是在帮你啊，你都说要比了，赌注上不能吃亏呀。"

天晴无奈，看向邝海生："你是个男人，说话得算数，输了，以后就不许再来！"

四筐沉甸甸的砖头，二人各挑起两筐，为了获胜，邝海生大踏步向前走，快速爬上楼梯，很快超过了天晴。天晴则四平八稳，一步一个脚印。邝海生在楼道上一边挑，一边得意地喊着："这挑砖上楼梯可不容易，老婆你小心！"

"臭无赖，你现在反悔还来得及。"

邝海生油嘴滑舌道："我怎么会反悔，我是怕把你累坏了！"阿九在工地旁的大树上注视着这一切，实在不理解海哥到底看上那个女人哪一点。

很快，挑担子进入第二回合。邝海生体力尚且充沛，可一味地追求速度，反倒失了先机，很快累得气喘吁吁，而天晴求稳，一趟接着一趟。红头巾们在一旁数着，见喘息的邝海生被天晴追上，高兴地欢呼起来。邝海生急切地挑起砖头，强撑着往前冲，早天晴一步踏上楼梯。

天晴不紧不慢，仍保持着自己的步调。

邝海生的腿像灌了铅一样，碍于面子仍强撑着。

工地上的男工也放下手中的活，看着热闹。

"阿海，加油啊！别输给红头巾！"

"对啊，别把男人的脸丢光了！"

人群里的来福却满头官司，叹了一口气说："一来我就看中这个，可阿海也来跟着捣乱，这可怎么办？"

旁边的男工调侃道："来福，原来你看上的是天晴啊？"

来福为了找回面子，说起了天晴的不是："我是觉得她能干，不过这么招惹男人，我可不要！明天我得好好看看，哪个又能干又本分，我家的屋早盖好了，就等着婆娘！"

说话间，二人将砖卸在四楼，邝海生站在楼梯口大汗淋漓、喘着粗气道："疯婆娘吃什么长大的，这么大力气的？”

天晴得意道：“认输就赶紧走，以后别再来了。”

邝海生耍无赖，对天晴噘嘴：“这么能干，以后养我好了。”

“臭无赖，要你好看！”天晴快步走下楼梯。

邝海生的腿已经有点走不动了，步伐踉跄地跟在天晴后面，喊着：“等我呀老婆！”

看着邝海生就要输了，阿九叹了口气，快步跑出了树林。

邝海生刚下楼，就见阿九大喊大叫着跑来：“海哥！你怎么在这呢？我找遍了整个星洲才找到你啊！”

邝海生正有气没处撒，没好气地说道：“什么事快说！我这跟你大嫂比试呢，别扰乱军心！”

阿九大喊：“龙哥叫你回去，帮里有大事，需要跟你商量。”

邝海生听得云里雾里：“什么？”

阿九使劲挤眉弄眼，邝海生才明白过来：“老婆！我突然有点急事，这场比试先暂停，以后找机会继续！”

天晴怒道：“你已经输了，还找什么借口？真是臭无赖！以后不许再来捣乱！”

邝海生佯装生气道：“我没输！我阿海堂堂七尺男儿，怎么会输给你？我今天真的有大事！”说着又面向众人，“你们都听着啊，这场比试不算，改天重新比！”

说完，邝海生瞅了眼天晴，扭头就跑。

众人愣愣地看向天晴，天晴气得叉腰想骂。

小蝉也觉得邝海生耍赖，对一旁的小翠道：“这……真是太能耍赖了！”

一旁看热闹的男工们也在议论着，纷纷对着天晴竖起大拇指。

七姑娘笑了笑：“天晴，好样的，没给咱红头巾丢人！这个人要是有点脸面，以后肯定不敢再来了！”

红头巾们欢呼着，天晴面上同众人微笑，心里却很不舒服。

第二篇

白天女

第十一章　上海女人

柔和的日光将陆家中西合璧的大宅子拢入怀中。书桌前，白薇神色严厉地握着笔，在画纸上用力地画着，没了往日的温柔娴静。白薇放下笔，伸手抚摸着桌上的笔记本和那些厚厚的信件，继而充满怨恨地望向刚完工的画像，画中人竟是白日里遇见的白天女南兰。

另一边，刚刚晨起的金碧云四处寻找金碧华的身影，终于在公园的角落里发现了正在小声啜泣的金碧华。金碧云拿起手帕替妹妹拭泪:“怎么了，我的金二小姐，你怎么还哭上了？”

金碧华哽咽着道：“今天就叫那个家庭教师走人，不然，我就不再认你这个姐姐！”

金碧云哄小孩般安慰道：“她又没招惹你，你的雪亭哥哥不是每天都开车带你出去兜风嘛。”

金碧华收起了眼泪，凶巴巴地说:“是带我出去了，可一直心不在焉的，吃到什么好吃的，都要带回来，我以为他要孝敬他妈呢，结果都是给那个白薇的！更可气的是，昨天，我看上一瓶香水，他买了，我以为是要送给我的，可他……”

金碧云问：“他送给白薇了？”

“是啊！他说那香水淡雅，不适合我，适合白薇！气死我了！”

金碧云叹了口气：“竟有这样的事，那我只能解雇她了。可你也要想好了，就算是白薇走人了，你能拴得住陆雪亭吗？”

刚高兴起来的金碧华又撇起嘴：“陆雪亭跟我姐夫一样，见一个爱一个，是不好拴哪！”

金碧云皱眉：“怎么扯上你姐夫了？”

金碧华自知失言，金碧云也不计较，同妹妹分享着自己的经验：“其实男人都这样，三弟年轻，心思又正飘着呢，你想拴住他，恐怕也是吃力不讨好啊。”

“那我怎么办呢？”金碧华有些着急。

金碧云看着妹妹，露出无奈的神情：“这一家之主是谁你不知道？你把老太太哄开心了，陆雪亭自然就得娶你。我早就让你多陪陪老太太，你怎么就不肯呢？”

“我肯！只要能嫁给陆雪亭，现在让我做什么我都做！可我怎么才能把那老古董哄高兴了呀？姐，你教教我。”说着，金碧华拉住姐姐的手。

金碧云早已想好对策：“老太太自从那天被南兰惊着了，这几天就没胃口，你去煮她最爱吃的绍兴鸡粥给她送去吧。”

金碧华面露难色：“煮粥？我哪会啊？我只会吃！”

金碧云悄悄地凑到碧华耳边：“一大早我就吩咐过了，灶上正炖着呢，你直接捧了去，谁知道是哪个做的？”

金碧华抿着嘴笑道：“姐，你真疼我！”

将陆展元送上学后，白薇闲来无事便去灶房逛逛，迎面遇上了黄妈，便问道："有什么需要我帮忙的吗？"

黄妈对白薇印象不错，点头微笑道："饿了吧，我给你准备点心。"

"我不饿，我就是实在闲着没事，来找事情做的。"

"你是教书的先生，厨房哪有事情让你做呀？"

正说着，金碧华摇摇摆摆走进来，一见白薇也在，便道："哟，家庭教师有没有规矩，跑到厨房偷吃来了？"

黄妈听着皱起了眉头。

白薇却不急不躁，落落大方地回答："金小姐早呀，陆家请我来教书是管一日三餐的，我若来吃，也不能算偷呀。"

金碧华瞪了白薇一眼，得意地说道："你嘴真厉害，难怪要跟我抢雪亭哥哥。你不会得逞的，我已经跟我姐说了，她让你现在就收拾行李走人。"

白薇一时语塞。

金碧华"哼"了一声，不再理会白薇，问："给老太太炖的绍兴鸡粥好了吗？"

黄妈没好气地答道："正炖着呢。"

"还没好？太阳都这么高了，你们是不是偷懒，起晚了？"说着用手一一指向众人。两个厨娘明面上唯唯诺诺，暗地里翻了个白眼，黄妈是家里的老人，不与她多说什么。见无人说话，金碧华径直走到灶前。灶上炖着的三个小砂锅中，第一个里面的粳米中浮着鸡肉，金碧华拿起勺子搅了搅，尝了一口道："好香呀！这不已经熟了嘛！"

金碧华见一旁早已准备好了精致瓷碗、勺子和小菜，拿大勺子在锅里盛了起来，动作十分笨拙。黄妈看不过去了，开口道："怕这火候还不到……"

"我都尝了，早熟了！"

"你这是……待会儿我会给老太太送到屋里去的。"

黄妈支吾着想要解释什么，却被金碧华打断："不用了，今天这粥，本小姐亲自去送，你看着点家庭教师，别让她把陆家的好东西带走了。"

说着，金碧华捧了托盘，白了一眼白薇走出厨房。白薇自是恼怒地转身就走，刚要出门，身后传来黄妈的声音："白小姐。"白薇闻声回头。

黄妈走到白薇身边，面露难色道："白小姐，想麻烦你帮我个忙，刚刚你看见了，金小姐给老太太送粥去了，她走了我才发现盛错了，那锅粥是给二少爷煮的，这才是给老太太的。"说完，黄妈示意手里的托盘，上面粥、小菜、勺都与金碧华端走那碗相似。

黄妈一脸恳切地望着白薇："老太太牙不好了，喝粥喜欢煮得烂烂的，白小姐，能不能麻烦你给老太太送去？"

白薇为难道："来了这么多天，我一直没机会跟老太太打个招呼，现在去送粥，合适吗？"

“合适！”黄妈低声道，“白小姐是个顶聪明的人，能不能继续留在陆家，就看你自己了。”说完，将托盘径自放在了白薇手上。

梳妆镜前，陆陈氏从首饰盒里取出一串碧绿的翡翠，在脖子上比了比，点了点头，丫鬟立刻上前帮她戴好。陆陈氏瞟了一眼镜子，看到金碧云正在插花，瓶子却是放歪的。陆陈氏冷语道：“左边一点。”

金碧云转过头，望着陆陈氏的后背，谦恭地说：“是，妈，您这眼神真好，在镜子里瞟一眼都比我看得准。”

陆陈氏摸着颈上戴的翡翠项链，瞥了一眼金碧云：“唉，一瓶花也摆不好，也不知道你们金家的小姐都是怎么教的。”金碧云赔着笑，插花的手不觉加了力度。

门外高跟鞋的声音当当作响，陆陈氏皱眉向门口望去。金碧华捧着托盘走了进来，一见陆陈氏瞪着自己，吓得站在门口，不知如何是好。金碧云忙走过去，接下金碧华手里的托盘说：“妈，碧华听说您这几天胃口不好，就起了个大早，亲手给您炖了绍兴鸡粥。”

“她？亲手？”

金碧华讪笑了两声，忙点头。

金碧云恭敬地将粥放在桌上：“她是听我说的，知道您最爱这个粥，您尝尝？”

金碧云冲着金碧华使了眼色。

金碧华连忙上前，拿起勺子递给陆陈氏。

陆陈氏接过勺子，有意嘲讽道：“金二小姐，竟有这份孝心？”

金碧华不知道该怎么接话，金碧云打圆场：“碧华是我亲妹妹，您是知道的，我们的妈去得早，在我们姐俩的心里，您就跟我们亲妈一样！”

陆陈氏瞧着金碧华：“金二小姐有意思呀，平日看见我，跟条黄鱼似的悄没声地就溜了，听你姐姐这么说，我才知道，你是把对我的孝心藏在心里了？”

金碧华高兴了，故意抬高音量：“啊，对！老太太，我在心里头可孝顺您了！”

见妹妹着实不会回话，金碧云忙补充道：“妈，我嫁进陆家的时候她不是还小嘛，每次来家里做客，我都叮嘱她守规矩，所以见着您，有些怕，才躲的。”

陆陈氏听了这话，十分满意，笑着点了点头。

金碧云见状忙奉承道：“您快尝尝吧，这粥从厨房端过来，应该不烫了。”

陆陈氏低头舀了一勺放进嘴里，细细品了品，又歪头思忖片刻。

金家两姐妹颇为在意陆陈氏的反应，屏住呼吸不敢言语，一时间，房内鸦雀无声。

金碧华见陆陈氏嘴角似乎露出一丝笑意，不合时宜地问了句：“好喝吧？”

陆陈氏却一张嘴要吐，一旁的小大姐连忙递过空碗。陆陈氏将粥吐在碗里，轻轻地“呸”了一声，顺手又端起一碗茶水漱口，吐在碗里。

陆陈氏用手帕擦着嘴角说："好硬的米呀，这是要硌掉我的牙吗？"

"妈，那是碧华没做好！她头一回煮这个粥，您千万担待！"

陆陈氏不满道："我说什么了？我这不担待着吗？"

金碧云扭身看向金碧华："碧华，你快去厨房，再给老太太做一份绍兴鸡粥来！"

"重做呀？那要熬够火候。"陆陈氏有意提高音量。

"这回一定！"

"那还不得中午了？为了这碗粥，午饭我也不吃了吗？"

金碧云一时语塞："那……"

陆陈氏长叹一声："算了吧，我也没指着你们金家这样的破落户调教出来的二小姐，能给我煮出顺口的粥。"

金碧云面色凝重道："妈，您这么说，碧华……"说着瞥见金碧华气得瞪大眼睛就要骂街，金碧云也一时不知所措。

正在这时，门口传来轻轻的敲门声。

白薇捧着个托盘站在门口，金碧华和金碧云对视一眼。

白薇道："老太太，您的粥，我能给您送进来吗？"

陆陈氏见白薇落落大方，举止优雅，一时愣了神，招了招手示意她进来。

陆陈氏紧紧盯着白薇："你是谁呀？怎么在我家里？"

"回老太太话，我叫白薇，是二少奶奶给小少爷请的家庭教师。"

陆陈氏看向金碧云："家庭教师？教展元什么？"

未等金碧云开口，白薇回道："我帮小少爷补习英文。"

陆陈氏点了点头。

"那您慢慢吃，我先出去了。"

陆陈氏叫住白薇："别走。"

白薇只好站在一旁，可陆陈氏也不说话，只是拿起勺来喝粥，一勺接着一勺。

转眼一碗粥见了底，陆陈氏用手绢擦了擦嘴，笑道："这碗粥，想必是白小姐做给我的了？"

白薇解释道："不是我……"

"那是谁？"陆陈氏看向白薇。

白薇思索片刻道："其实粥是金二小姐煮的，我去厨房时正见她忙得不亦乐乎，应该是怕您饿着，着急送过来，又正赶上别人给二少爷盛粥，就拿错了，厨房这才发现，就让我帮忙给您送来。"

金碧云没想到白薇会为妹妹说话，也顾不上白薇到底安的什么心思，连忙上前："白小姐，谢谢你呀！我就说嘛，碧华知道妈牙口不好，怎么会把粥煮得那么硬呢，原来是拿错了。碧华，下回你可不能这么粗心！"

“我不是着急嘛……”

陆陈氏笑道：“那我错怪了金二小姐了，你这手艺还可以。”

金碧华讪笑着说：“老太太爱吃，明早我还给您煮！”

陆陈氏一脸和善地看着白薇问：“白小姐哪里人呀？”

“上海。”

陆陈氏一下亲热起来：“哎呀，难怪听你讲话亲切，我也是上海人呀！结果到了南洋，遍地都是福建人、广东人，我想找个上海人说话都找不到啊！来来来，快坐，给我讲讲现在上海什么样啦？”

白薇有些尴尬，看了眼金碧云。

陆陈氏也看向金碧云，斥责道：“这没你们两个的事了，我好不容易碰到了一个同乡，说说话，你们俩在这听着，有意思吗？”

金碧云讪讪道：“妈，那我和碧华先下去了。”

见金碧云转身走了，金碧华慌忙跟上。

白薇应付了一早上，有些疲惫，打算回房间休息会儿。刚要推开门，却发现门虚掩着，白薇推门而入，书桌前伏案看画的陆雪亭闻声站了起来。

“三少爷？”白薇一脸错愕。

陆雪亭耸了耸肩道：“对不起白小姐，家里客房设计得有点问题，里面可以插门，外面却没法上锁。刚才我来的时候，轻轻一推门就开了。待会儿就跟黄妈说去，让她在外面给你加个锁，这样我就不会发现白小姐不仅英文教得好，而且还是个艺术家了。”说着，陆雪亭指了指书桌上的南兰画像。

而此时书桌上，除了这张画，信和笔记本早已不在。

还好收起来了，白薇松了口气：“哪有什么艺术家，我就是喜欢乱画几笔而已。”

“白小姐好像对南兰格外感兴趣？”

“也没有，只是她扮成白天女那个样子，很特别，让我一看就记住了。这个神，我在别的地方从来没有听说过。”白薇淡淡地说。

陆雪亭看着南兰的画像出了神：“大嫂她确实很特别，她有很多种样子，有时候是西洋贵妇的样子，还有时候会打扮成娘惹的样子。当然，游神的时候，就是你画的这个样子。每个样子都很得体，都很美。”

白薇饶有兴致地问：“我很奇怪，她杀了你大哥，你怎么一点都不恨她？”

“大哥出事的时候，我在海外，事情究竟是怎么样，我也不清楚。再说大哥只是失踪，到现在也没有找到尸体，有人说大哥是被大嫂熬了汤……”

白薇有些吃惊道：“熬汤？”

“无稽之谈，我是不信的！”

陆雪亭接着说道：“其实之前大哥也失踪过一个月，把家人都急坏了，再出现的时候，就带着大嫂，他们已经结婚了，之前根本没有征得我妈的同意，所以我妈一开始就对南兰有偏见。”

白薇冷笑道：“什么偏见？也是因为门第配不上你们陆家？”

陆雪亭沉浸在回忆中，并未注意到白薇的神情：“那倒不是，只是南兰的家里发生过很多怪事，尤其她那个白天女的身份，我妈一直说大哥是被她下降头迷住了！”

“降头？你见过她用降头吗？”白薇有些好奇。

“没有！她继承的财产遍布欧洲和南洋，家财万贯。有钱又漂亮的女人，哪个男人不喜欢？还用得着下降头迷男人吗？”

白薇追问道：“那你觉得是不是南兰杀了你大哥？”

陆雪亭没有回答，看着白薇：“白小姐对侦探感兴趣？”

“只是好奇。”白薇努力掩饰自己的慌张。

陆雪亭道：“你刚才用的那个‘也’字是什么意思？”

白薇反问道：“我说过这个字吗？”

“你说‘也是因为门第配不上’的时候。”

白薇用微笑掩饰自己的不满：“哦，小说看多了，现在上海很多作家喜欢写爱情故事，里面男男女女爱而不得，不都是因为所谓的门不当户不对吗？”

陆雪亭点了点头：“我就最讨厌这句话，我大哥二哥其实都深受其害，我是不会屈服的。爱情才是婚姻唯一的理由，谁也别想用门第观念来束缚我陆雪亭！”

看白薇对南兰如此有兴趣，陆雪亭接着说道：“我正打算去找南兰当面问清楚大哥的事，你跟我一起去吗？”

“为什么要叫我一起？”

“我们有缘分，可你来了这么久，都没让我尽地主之谊。南兰的女神酒店在星洲很有名的，我请你去喝一杯咖啡，你不会拒绝我吧？”

白薇盘算着，便顺势答应：“三少爷这么说，好像我再拒绝就失礼了。”

第十二章　星洲神女

女神酒店是典型的新文艺复兴式建筑，高顶天花板、随处可见的游廊与高大的热带植物辉映成趣。酒店大厅的大理石地板、铁铸的欧式门廊、雕花的红木楼梯，以及石膏装饰的精美浮雕无不体现着女主人南兰的高贵品味。

酒店一共有八层，此时，站在最顶层套房里的南兰正在窗前。贴身仆人桃姐来到她身后说：“理查德先生来了，在酒店大堂里等您。”南兰伸着懒腰，回身向桃姐笑道：“那就让他多等一会儿吧，我还没想好穿什么衣服呢。对了，桃姐你帮我选衣服吧，我懒得费脑子，我要配那颗蓝色的水滴钻石。”

桃姐点了点头，便去准备。

大堂里，侍者们穿梭在客人中间，黑白交错，与别家酒店很是不同。原来女神酒店有个不成文的规矩，侍者只收女子，服装一律白衣配黑裙。等级高的则不同，客人一眼便可明了。站在楼梯边的领班经理，穿黑色的西裤马甲，白衬衣上打了一个领结。

一头金发的理查德坐在房间角落靠窗的沙发上，百无聊赖地晃着杯子中的威士忌。

不远处另外一个长桌上，四五个打扮入时的贵妇正在喝下午茶，点心摆了一桌，谈话时夹杂着英文、马来文，非常聒噪。突然，贵妇们停止谈论，都向一个方向望去。

只见南兰正在缓缓走下楼梯，穿着一袭黑色的拖地缎面礼服，胸前戴着一颗蓝色的水滴形钻，头发高高挽起，高贵而得体。正在上楼梯的两名客人，看见南兰高贵冷艳的模样，摘掉礼帽，行绅士礼。南兰还礼，直奔理查德而来。

大厅里，几名贵妇望着南兰，露出嫉妒的目光。

理查德站起身，张开双手说道：“喔,我的女神。”

南兰轻步走向理查德，优雅地伸出一只手。

理查德轻快地在南兰戴着钻戒的手上亲吻了一下，并赞叹道：“你真美！南兰，你是星洲最美的一朵兰花。”

南兰用调侃的语气回复说：“你的意思是，在星洲还有其他种类的花可以和我比美吗？”

理查德尴尬地笑了笑：“喔，我对女神的赞美居然有瑕疵，对不起！”

南兰坐下，稍稍抬手，桃姐捧着托盘走了过来。

托盘上放着印章和一个信封，南兰从信封中抽出一张支票，递给理查德，说，“支票上的数字你还满意吧？”

理查德有些尴尬：“我本来还想跟女神再讨论一下金额的问题，没想到……”

南兰笑着说：“比你预想的还要更多？”

理查德感慨万分：“是的，我这三年的南洋之旅居然画上了这么完美的句号！太感谢了，南兰小姐，你是我心中永远的女神。”

南兰提醒道：“那合约呢？”

理查德立刻打开公文包，取出一式两份的文件，以及一些图纸，摊开放在桌子上。接过桃姐递过来的印章，南兰轻轻地在印泥盒里点着，用力地按在一份合同上。

理查德祝贺南兰：“这栋大楼，我的公司占比是百分之六十五，现在全部转让，您是这栋大楼的大头家了！”

此时南兰正在认真地给另一份合同盖章。

理查德疑惑看向南兰：“那么我想知道，南兰小姐怎么会对建筑大楼有了兴趣？”

南兰神色冷淡道：“我没有任何兴趣。”说罢，将印章移开。

理查德拿着合同在手里抖了抖：“那……这是为什么？”

南兰没有作答，反问道：“你占比百分之六十五，那剩下的股权是谁的呢？”

“星洲陆家！你们当地最有名的建筑商。”

“管事的？”

“陆雪樵，一个不怎么样的合伙人。”

南兰神色凝重：“那就对了。”

理查德猜测着：“南兰小姐，你收购我的股权，不会是为了陆家吧？”

“你真聪明。”南兰笑道。

理查德追问：“你和陆家之间，有交情还是有仇恨？”

南兰冷笑道：“都有，故事太长了，我相信你没有耐心听下去，我也懒得讲。”

说着，南兰起身同理查德告别：“祝你回欧洲的旅途愉快。”

理查德起身支支吾吾道：“我这次来星洲还是留下了深深的遗憾。”

“什么？”

“你不肯嫁给我。”

南兰轻蔑地笑道：“如果我肯，你敢娶吗？在星洲，很多人都相信，我是个女巫，杀死了自己的丈夫，还把他熬成了汤。”

理查德耸了耸肩，满不在乎地表示：“像你这样美丽富有的女人身边，总是会萦绕着很多的传闻。”

南兰压低了声音盯着理查德：“如果传闻是真的呢？”

理查德一愣，望向南兰，近距离中，南兰的眼神中突然闪过一道寒光。

理查德故作轻松，双手一摊笑道：“我就知道南兰小姐是在开玩笑……”

未待理查德将话说完，南兰决然地表示：“去把我们的交易告诉你的合伙人，并告诉他，身为大头家的我，决定停工——”

“为什么？那将是星洲最宏伟的建筑！”

看着理查德的惊愕，南兰一脸淡定。“作为大头家，我很开心能够拥有它，包括停工的权利。”南兰提高了音量：“赶紧回欧洲吧，这栋大楼已经跟你没关系了，你的眼睛瞪得再大也没用。”南兰冷笑着转身而去。

陆雪樵悠闲地在房内喝着咖啡，不怀好意地看着在旁边打扫卫生的梨花。梨花是陆家的仆人，十分爱美，衣服的腰收得比别人要瘦一些，衬托得身材也比别人前凸后翘一些。

陆雪樵在屋里心不在焉地溜达着，见离梨花越来越近，突然伸手向梨花腰间摸去。

梨花吓了一跳，却未反抗，一脸娇羞地望着陆雪樵："哎呀，二少爷，你吓死我了！"陆雪樵顺势搂住梨花，又是一阵乱摸。

梨花一俯身，滋溜跑了，到门口时又回过身来："你不怕被二少奶奶看见，我还怕呢，以后你可别这样了！"说完扭头就跑。陆雪樵坏笑着望着梨花远去的背影，心里痒痒的。

电话铃声响起，陆雪樵慢悠悠地走上前拿起话筒。

电话那头的理查德一边将南兰收购股权的事一字不差地告知陆雪樵，一边收拾着凌乱的办公室。陆雪樵神色严肃，半晌才说道："怎么会这样？要出让股权这事，你之前可从来没跟我提起。"

电话那头，理查德没好气地答道："我跟你说有用吗？你们陆家如果有钱收走我的股权，就不至于经常拖欠投资款了！"

陆雪樵很尴尬，可当他听见"南兰"这个宛如毒蛇的名字，陆雪樵吓得跳起身来。

"我的天啊，理查德，这个南兰，她想干什么？你不能卖给她！"陆雪樵气得直接将咖啡撂在了一旁，狂躁地对着电话那头大喊："绝对不能！"

"你有资格跟我这么讲话吗？合约已经签了，你大喊大叫也没有用了！陆雪樵，再会了，如果你有机会去伦敦，我自然会请你喝上一杯的。对了，差点忘了告诉你了，美丽的南兰小姐决定停工。"

一听这话，陆雪樵大喊道："什么？停工？要停多久？"

"那你只能去问她了。"理查德十分无奈，挂断了电话。

陆雪樵缓缓放下听筒，眼珠飞转着，瞬间想通了其中的原委，顿时火冒三丈，一巴掌打翻了桌上的咖啡，杯子掉在地上，摔得粉碎。

金碧云听到声响赶忙跑来，见到一地狼藉，忙问道："雪樵，怎么了？"

陆雪樵置若罔闻，沉浸在愤怒中，自顾自地说道："她是想置我们陆家于死地啊！"

金碧云一头雾水，十分着急。

陆雪樵面目狰狞，一拳砸在桌子上："停工，钱都押在那栋大楼里，我们拖得起吗？她一定是知道我们在银行有贷款，想拖死我！这个恶毒的女人！我非得杀了她！"

金碧云吓得直往后退："别着急，冷静地想一想，总会有办法的。"

陆雪樵有气没处撒，指着金碧云大骂："闭嘴！你们金家要是像南兰她们家那么有钱，我至于走到今天这个地步吗？你给我滚出去！"

金碧云瞧着陆雪樵在气头上，只得恨恨地退出客厅，悄悄在门口站着。

陆雪樵忽而眼神一定，深吸一口气，抄起电话拨通了号码，客套地同电话那端寒暄着："龙哥，是我呀，陆雪樵。今天有没有空？搓几圈麻将啊？"

过了会儿，换好衣服的陆雪樵气哼哼地下楼。

一直关注着楼上动静的陆雪亭连忙迎上："二哥，我看二嫂瘦了不少，你也对她好点。"

陆雪樵眼睛一厉，说出了自己的不满："大哥一走，陆家的生意都压在我身上，压得我心力交瘁，跟自己老婆发发脾气也要听你教训？"

陆雪亭忙解释道："不是这个意思，生意上有什么事你也可以说出来，我帮你出出主意。"

陆雪樵冷笑着，看着这个不知天高地厚的弟弟，冷哼道："好啊，那天我带你去看的那栋大楼，归别人了。"

"怎么会有这样的事，我们陆家不是建筑商吗？"

"你以为还是从前呢？大哥走了，公司很多钱不知去向，仅靠我们自己，能盖那么大的楼吗？我们只有百分之三十五的股份，没有控制权啊！现在其他股份被仇家收购了，怎么办？你有什么好主意，出吧！"陆雪樵有意为难。

陆雪亭一向受宠，从未操心过家里的生意，虽在欧洲留学了几年，也还没有接触过实际的工事。听到这些，他也无能为力："我听着都头大，确实为难二哥了。"

陆雪樵轻蔑地"哼"了一声，说："你以为我容易啊，以后少多嘴！"

陆雪亭杵在原地，流露出晦暗不明的神情。

陆雪樵开着车，一溜烟朝龙王帮驶去。

下了车，陆雪樵抬头便望见龙王帮外挂着的牌子，上书一个"龙"字，飘逸、潇洒，带着几分霸气。陆雪樵在门前摩挲着双手踌躇了片刻，走进了龙王帮。不一会儿，龙王帮正厅内，一扇龙凤花鸟图案的绢素屏风后，一场四个人的麻将局已然开始了，其中一人正是陆雪樵。除了陆雪樵外，还有面朝外坐着的林龙青，以及两个穿着旗袍、打扮妖艳的美人。麻将桌上的陆雪樵面上早已没了局促和犹疑，俨然一副已和林龙青相熟的模样。

邝海生站在屏风前，皱着眉头，不停地眨着眼。

林龙青瞅见问道："阿海，你怎么还在这站着？不需要准备东西吗？"

"龙哥，我……"邝海生的脚在地上蹭着，"阿海不沾人命的！"

屏风后，正在打牌的林龙青悠然地说着："谁叫你杀人了？"

邝海生发着牢骚："叫我去放火，火一烧起来，那栋楼里的人不都得死啊？跟杀人是一样。"

林龙青一副恨铁不成钢的模样："废物！叫你烧的是个空楼！"

邝海生直截了当地问："烧空楼干什么？"

林龙青愣了半晌，突然反应过来："烧空楼干什么？陆二爷不是骗我吧？"

陆雪樵接着叹了口气，假装很无奈的样子："那栋老楼一直空着，一个人都没有，我可以打包票。我大哥就是被南兰在那栋老楼里害死的，我看她也是不敢去住。"

林龙青像哄小孩般地嘱咐道："阿海，你都听见了，没人住的，去吧！"

“哎。”邝海生不情愿地答应着，又往侧面走了一步，看清了陆雪樵的脸才转身离去。

林龙青有些可惜地感叹着：“那栋老房子烧了，还是蛮可惜的。南兰他妈妈当白天女的时候，我奶奶可带我去过，房子好漂亮的。”

陆雪樵打了一张牌：“五万。”

林龙青大手一推：“胡了！我捉的就是五魁！”

陆雪樵奉承道：“龙哥的手气真好啊。”说完，点钱。

林龙青将钱分给两个女人，示意她们离开。

遣散了众人，厅内独留林龙青和陆雪樵喝茶闲聊。林龙青喝了口茶，开门见山道：“南兰在星洲神通广大，跟洋人的关系也很不一般，龙王帮替你出头办这件事，可是冒好大危险的，陆二爷怎么赏兄弟们啊？”

“龙哥，我最近手头有点紧……”

未等陆雪樵把话说完，林龙青一瞪眼喝道：“你玩我啊？”

“那哪能呢？”陆雪樵连忙取出一个锦盒放在牌桌上，将锦盒推向林龙青。

林龙青打开锦盒，里面是一套天女珠项链和耳坠。那珠子被灯光一照，闪出晶莹的光芒，可见价格不菲。

穹顶和屏风将客厅与卧室隔离开来，四周摆放着的热带植物和大丛大丛的兰花给屋内增添了一番生气，清高典雅而又倔强的兰花显示出主人不凡的品位。

南兰坐在沙发上悠闲地喝咖啡，桃姐关上小房间的门朝南兰走去：“文件和印章锁进保险柜了！”

南兰愉悦地说：“那陆家的命运，就锁进我保险柜里了？陆雪樵那个蠢材，把家底都投到了那栋大楼里，居然是和理查德这个见利忘义的家伙合作，真是可笑。”说着喝了口咖啡，似笑非笑地问道，“桃姐，你说我们要是半年不开工，陆雪樵会不会上吊啊？他要上吊了，他妈会怎么样？”

桃姐犹豫片刻道：“半年不开工，你的投资也受损失啊。”

“那我不管，只要能对付陆家，这些钱我宁愿不要！”

“这次，是不是做得有点太绝了？”桃姐有些担忧南兰的一意孤行会酿成大错。

南兰放下手中的咖啡，眼神中颇有些伤感：“如果你看到当年的我，如何为了一个男人委曲求全，如果你知道我得到了他们陆家什么样的‘报答’，你就会理解我今天的行为，还会嫌我出手太晚了。”

座钟滴答指向下午三时，仿佛旧人轻声呼唤，给这悠悠的时光按下了慢速播放键。

南兰起身望向桃姐：“时候差不多了，我得回老楼给我妈上香去。”

“我以为小姐忘了呢。”

“今天是我妈在阳间的生日，我怎么会忘？帮我换衣服吧，我妈喜欢我娘惹的打扮。”

发髻单鬓梳着，下身着荷兰洋布纱笼裙，西洋风格的蓝白色低胸衬肩外搭。一身娘惹打扮的南兰走下楼梯，神色凝重，与大厅内客人们言笑晏晏的场景格格不入。

绕过钢琴师，南兰快步闪进钢琴后面的帷幕。帷幕与墙的缝隙间有一扇不易察觉的小门，随行的桃姐快走两步，打开小门。

女神酒店的小门通向的竟是南兰老宅的后门。这是个典型的娘惹风格的建筑，南兰穿越天井，跨过楼道，来到老宅小祠堂。

小祠堂里挂满了各种照片，画像中的白天女只有十五六岁的模样，异常美丽。南兰的目光久久注视着白天女画像，原来画像中的白天女正是南兰的母亲。

上完香，南兰双手合十向母亲拜着：“妈妈，生日快乐，想你了……”

画像旁边还摆放着南兰幼时与父母的合影，合影旁边是南兰与一个男人的结婚照，男人很帅气，三十来岁，与她年龄相仿。南兰的心弦仿佛一下子被拨动了，泪水不争气地流了下来。桃姐看了心疼，轻声道：“我还是把这张照片扔了吧，免得你一看到就伤心。”

“不，挂在这挺好，提醒我永远都不要相信男人，不管他曾经对你有多好。”南兰抹掉了眼泪。

祭拜完母亲，南兰原路返回，刚从帷幕后拐出，一个穿着褶皱西装、戴眼镜的华人男子突然闪出，企图拥抱南兰。

桃姐连忙上前拉住那个男人。

男人甩开桃姐的手，激动地对南兰道：“南兰小姐，是我呀，布鲁斯·李，你的小学同学！”

桃姐一脸不屑：“你怎么又来了？南兰小姐不是拒绝过你了吗？”

李先生瞅着桃姐，十分嚣张：“可我们是有感情的！”又转头深情地看向南兰，“南兰，我从小就爱慕你，那个时候你经常带水果到学校，每次都不忘分给我！自从你成了白天女，你的每一次游神盛会我也都会跟随你！我至今未娶，你也不年轻了，总要有归宿，我就是你最好的归宿！”

南兰淡淡一笑：“我记得去年已经借过你钱了。”

李先生十分窘迫，下意识地整了整衣衫。

桃姐不忘补刀：“前年就借过一次，到现在还没还，而且每次来喝酒都是赊账。”

李先生尴尬不已，忙解释道：“我这次不是来借钱的，我是求婚的！嫁给我吧，南兰！”

南兰不屑与之打交道，径自上了楼。

“我会一直在这里等你，直到你答应我！”李先生十分诚恳地立下了誓言。

一波未平一波又起，一个醉醺醺的洋人跌跌撞撞地走来，嘴里叫喊着吸引了众人的目光：“南兰，亲爱的南兰——”南兰刚要转身，身后的桃姐提醒道：“小姐不用回头，是那个追求你的葡萄牙人。”

南兰微微一笑，往卧室走去。

“南兰，你别走啊，我是你的亨得利，我就喜欢你这种打扮，那么神秘，那么东方，那么的美！”亨得利仍胡乱叫喊着，见南兰不见了踪影，踉踉跄跄地往楼上追去。

女经理刚要阻拦，李先生突然冲出，在背后猛地给了亨得利一拳。亨得利被打得一个踉跄摔倒在楼梯上。

李先生见势，骑在他的身上，左一拳，右一拳：“南兰是我的！不许你亵渎！”

亨得利奋起抓住李先生的手，两人较起劲来，滚下了楼梯。大厅里一时乱了起来，众人交头接耳，议论纷纷。一个年轻女仆跑到顶楼：“楼下大堂两位客人打起来了，砸烂了很多东西！”

南兰顿冷笑了一声说：“把他们都给我撵出去！今天晚上有舞会，别让他们闹坏了我的心情。”

此时，亨得利和李先生正互相抓着头发厮打着，很多人在一旁看热闹。桃姐手里拿着一根棍子，身后跟着四个五大三粗的厨师，两名华人两名洋人。桃姐眼神示意，四名厨师会意上前，两人提溜一个，将二人抬了起来。亨得利和李先生的双脚离地，叫喊着：“放开我！放开我！”

吃下午茶的贵妇、弹钢琴的演奏家、喝咖啡的优雅客人都被他们的丑态逗笑了。厨师将亨得利和李先生扔在了女神酒店门口主路两侧的草坪上。见二人跌倒在地，十分狼狈，女人们不由得发出一阵笑声。两个男人都不服气，但也不想再打了，互相对视片刻后，目光都望向酒店顶楼那扇紧闭的窗子。

“南兰——南兰——”

“南兰——南兰——”

仿佛比赛般，二人呼喊南兰的声音一声大过一声。

南兰有些累了，本倚靠在柔软的大床上闭目休息，没想到外头又传来呼喊声。

南兰睁开眼，面露不悦，起身打开了窗户。见南兰的身影出现在窗前，李先生捋了一把头发喊道：“南兰！为什么！你不肯答应我的追求?!”

“滚出我的草坪。”

李先生十分悲哀地喊道:“南兰！我爱了你三十多年了,从我们读小学的时候就开始了！”相比李先生所谓的誓言，南兰更在乎自己园中的花木。“你在干什么？不许摘我的花！”南兰大声呵斥。

可是亨得利已经摘下了花，他假装绅士行礼：“南兰！这鲜花代表我对你的心意！求你一定要嫁给我！我三天后就回葡萄牙了！跟我走吧，和我一起去见我的妈妈！”

南兰一脸不屑，面带冷笑。眼瞅自己处于下风，李先生忙跳出来说道：“南兰！你不要相信他！这个穷鬼佬是看上了你的钱！”这又何尝不是他自己的真实想法。

“闭嘴！你这个诬陷别人的东方小人！”亨得利没了绅士模样，把花扔在了李先生脸上。李先生冲了过去，二人又扭打在一起，互相抓着头发。看着自己精心养的花被糟蹋了，南兰愤恨地喊道：“你们俩到别的地方打去，别弄脏了我的草坪！”此时两人都在试图挽回颜面，根本听不进南兰的话。

见劝说无果，南兰冲向屋内，从桌前的长筒枪匣里拿出了那把双管猎枪，朝窗外便打了一枪。

砰的一声枪响，吓走了树林里的鸟儿，扭打在一起的亨得利和李先生也停住了手，看热闹的人们也都惊呆了。

李先生和亨得利不自觉地分开，抬头向南兰看去，南兰抬着双管猎枪，对准二人。李先生率先开口：“南兰！你要干什么？”

亨得利也劝说道，仿佛二人商量好一般：“别开玩笑，枪口不能对人的！”

南兰有意挑逗：“我这把猎枪里还有一发子弹，谁让我打一枪，我就给谁一个追求我的机会。”

亨得利颇有撒娇的意思：“你要打死你未来的丈夫吗？”

“听清楚！是追求我的机会！要想成功，恐怕一枪不够。”说着，南兰故意拿枪对着亨得利上下扫了一番。二人面面相觑，都有些心虚。

南兰开口道：“放心吧，我不会打你们的要害的，我的枪法很准，腿？”说着，南兰瞄向亨得利。

亨得利吓得立刻蹲下。

“或者肩膀？”南兰调转枪头对准李先生。

李先生赶忙捂住自己的肩膀。

“不需要你们决斗，你们两个，哪一个愿意接受我这爱情的子弹呢？说！谁？”南兰悠悠地说着，枪管在二人间移动。

二人跟着蛇形走位，终于，李先生泄气了，向后退了几大步。

南兰扬起嘴角，轻蔑地笑道：“你这是放弃了吗？布鲁斯·李？”

李先生边跑边说：“南兰！你！你不是个好女人！你欺骗了我的感情！”

南兰的枪口指向亨得利，挑衅道：“那你呢？亨得利？”

亨得利伸出手指责道：“上帝啊！你的心肠怎么这么歹毒！你的枪口居然对着深爱你的男人！”

“看来你是不愿意放弃机会了？那我开枪了？”说着，南兰瞄准了他。

“不！”亨得利一转身，撒腿就跑。

南兰转身去收枪，正赶上桃姐进屋：“胆子可真小，就是嘴巴好用。大部分男人都是一个样儿，愚蠢又贪婪，总是妄图以最小的代价获取最大的利益！”

桃姐上前关了窗：“当年的他不就是接受了你的子弹吗？”

“别提了，他那样的男人，还真不容易遇到。”说着，南兰已经将枪装进盒内。

桃姐嘱咐道：“提醒你，小姐，今年的游神大典快到了，你还没有去猎鹿。”

“是啊，游神大典需要白天女亲手猎鹿作为祭物，这规矩也不知是谁定的，太残忍了。”南兰心不在焉地答道。

不远处一个皮肤黝黑、留着小胡子的南洋人，正拿着望远镜注视着这一切。他个子很高大，穿着也与其他人不同。见南兰转身离开窗口，小胡子南洋人放下望远镜，面对窗外喝起了酒，看着落荒而逃的李先生和亨得利，脸上浮现出一丝别有深意的笑容。

小酒吧里灯光昏暗，屋顶一个雪亮的灯泡照亮了吧台里的酒保。

过了没一会儿，酒吧里来了一对客人，便是李先生和亨得利。

亨得利嘲笑道：“虽然打架我们不分胜负，但你跑得确实比我快。”

一杯酒灌进喉咙之后，李先生又颓废了下来：“我也是走投无路了，要不是生意破产，我早回槟城与老婆孩子团聚了！”

亨得利若有所思：“是啊，我的赌债要到期了！”

二人再次对视，都笑了。

李先生问道：“你真的买了船票？”

亨得利盯着李的眼睛低语道：“没有，我是来星洲淘金的，现在两手空空怎么走？布鲁斯，你知道在哪能弄到枪吗？”

李先生有些警觉，身子往后一靠：“你想干什么？”

亨得利一瞪眼：“离开星洲前，我想干票大的！”

“我也想啊！可是，枪，我没门路。”

二人说着，突然听到一声响声，只见小胡子南洋人随意地将腰间的一把手枪拽了出来，放在桌上。

二人眼睛一亮，见南洋人又将另一把手枪放在另一侧的桌子上。

李先生和亨得利对视一眼，二人大胆地走向对方，并邀请他喝酒。

南洋人抱拳道：“不瞒二位，我叫郑千，是个海盗。我的大船就停在海上，正缺一个压船的夫人，我听你们刚才议论一个女人，绝顶美貌，极端危险，我喜欢。”

李先生突然握住手枪，对准了郑千：“原来你也在打南兰的主意！亨得利，看住这个海盗，别让他跑了，我去叫警察！”

郑千轻笑一声：“你手里握着枪，却说我是海盗，警察来了会相信谁啊？”

李先生愣住了。

亨得利端枪对着郑千，不满道："我们一起干事，凭什么女人归你？"

郑千早已看穿二人的心思："抢来的钱和财宝你们俩平分，我只要女人，这不公平吗？"亨得利和李先生对视着，很明显，他们觉得这是再合适不过的买卖。

郑千笑了："如果愿意一起干，我们就干一杯，不愿意，你们俩随时可以去叫警察。不过现在枪里没子弹，你们能不能走出这个屋子，那看运气咯。"说着，郑千抖了抖皮外套的内胆，里面露出一排排雪亮的飞刀。

李先生并没有怕，而是兴奋起来："厉害！有郑兄在，干票大的，我们一定能成！"说着，李先生双眼放光地端起酒杯，看向亨得利。

亨得利会意："看来我是不会空着手离开星洲了，干杯！"

第十三章　四女齐聚

工地里，一切又恢复了往昔，男工们盖楼，女工们运料，天晴担着空扁担来到装料处。七姑娘道："天晴，你歇两趟。"

"我不累。"天晴大大咧咧地回道，并未明白话中的含义。

七姑娘犹豫片刻："我是想让你去找一下小头家，昨天听说有无赖纠缠你，小头家很生气，可一见到人……"

天晴回忆着昨日余世襄见到邝海生时的神情。

"他们可能认识，那个叫阿海的无赖来工地让小头家很难堪，你是不是应该去道个歉啊？"

天晴又想到邝海生看到余世襄背影时说的话，为难地答应。

此刻，余世襄正皱着眉头在办公室里踱步，突然听到敲门声，没好气地问有什么事。

天晴愧疚地说："昨天那个无赖到工地上来，是因我而起，我来道歉。"

"这也算是个事吗？"

"耽误了好大工夫呢，我认罚，扣我几天工钱都行。"

余世襄烦躁地揉了揉额头："行了，你去把阿强、臭鱼仔、来福、七姑娘，还有蓝头巾的那个大家姐，都帮我叫来，尽快。"

天晴不明所以，答应便往回跑。

一会儿工夫，强哥、臭鱼仔、来福、七姑娘、金枝都站在办公室里。

余世襄十分头疼地说："这栋大楼换了大头家，要停工了。"

金枝急切地问着："停工，到底是停多久啊？"

余世襄扶了扶额："没说。"

七姑娘有些上火："我们人最多，要是不给个停工的期限，我怎么跟姐妹们交代啊？"

"也没人给我交代啊。"面向众人，余世襄也是十分无奈。

强哥倒是问到了点上："新的大头家是英国人、法国人，还是葡萄牙人啊？"

"星洲人，还是个女的，我是惹不起，我们余家做判头的佣金能不能给，还不知道呢，你们若有疑问，干脆直接问她去得了。"

来福不解，追问道："到底是谁啊？"

余世襄长吁一口气："南兰，女神酒店的主人，星洲白天女，你们应该都知道到哪去找她。"

七姑娘站在一旁，这次她真的没办法了。

豆腐庄内，红头巾们或三三两两，或独自发呆。七姑娘也坐在天井里，神色茫然。良久，老红头巾阿凤突然开口："一天不开工，一天就没饭食啦！"

玲姐忙喝道："这叫什么话？七姑娘不会让大家饿着！"

话音未落，另一个姐妹带着哭腔道："可家里的老人孩子还等着我寄钱回去养呢！"

玲姐忙上前安慰："你别哭呀！安心等几天啦！那么大的一栋楼，也不能一直不开工啊！"

二楼楼上，天晴和小蝉并肩坐着。小蝉揉着肩膀，轻声地说："我觉得挺好，终于可以歇歇了，明天我要好好睡个懒觉。"

天晴没理她，起身下楼走到七姑娘身旁："七姑娘，我们能找别的工地做吗？"

七姑娘摇摇头："不行，说是停工，没说大楼就不盖了，要是换了地方，人家用工的时候又找不到人，我们三水红头巾的名声就败了。"

玲姐补充道："星洲工地是不少，可也不是所有工地都用女工的，再说，普通人家盖栋小楼能用几个工人？要不是七姑娘接了这个大工程，今年也不能又从老家招你们十几个人来。"

天晴说道："这个新头家我听说过的，刚到星洲第一天，我们就赶上白天女的游神队伍，对吧玲姐？如果不是她，小蝉就被无赖们欺负了！玲姐还告诉我，白天女是专门保护女人的神，特别是穷苦女人，既然白天女就是新的大头家，她一定不会故意为难我们红头巾。七姑娘，我觉得咱们应该去找她，问清楚情况，也告诉她我们的难处，没准明天就开工了呢？"

七姑娘苦笑一声："想得太简单了，我来星洲这么久了，又怎么会没听说过这个南兰小姐，她很不好打交道的。"

阿贵同七姑娘想法一样："就是啊，哪有头家会搭理我们这些卖苦力的？"

玲姐走到天晴身边，低声道："天晴，你是有点异想天开了，不是每个头家都像余世襄少爷那样，你打了人家，人家不怪罪，还给我们盖厕所。”

天晴笑着望向玲姐：“我从小跟着我爸给人家盖屋，当然知道头家都不好打商量，但也不是不能商量。”继而又转向七姑娘，看似同七姑娘说，实则给大家打气，“我十五岁那年就碰到了这样一件事，有个头家天天改主意，盖好的屋顶，没有理由就让拆了重盖，工期又催得紧，我和我爸饭都没得吃，觉也没得睡，赶了两天才做好，可他睡到日上三竿，起来一看，又要改回原样，我就要去与那头家争！我爸劝我，说头家反复无常是常有的事，我们做工的就当吃个亏，改了回来就好。我偏不依我爸，去找头家讲理，现在虽然记不得当时是怎么说的了，反正头家就不让改了，还说我和我爸辛苦，吃饭的时候送了半只烧鸭来。自打那时起我便知道，事情再难，也要尽力去争取。七姑娘，你觉得我说的有道理吗？若不试，怎么知道自己不行？”

“你的意思，是让我去找新头家谈判？”七姑娘叹了口气，摇了摇头，“我阿七没这个能耐。”

天晴自告奋勇道：“那我去，替姐妹们要个说法，您看，我行吗？”说着，看向七姑娘。

“你愿意替大伙出头没什么不行，只是像我们这种身份，见得到人家吗？”七姑娘始终认为这事行不通。

玲姐小声提醒道：“对呀，那可是星洲最有钱的女人，你去哪里找人家？”

“她不是开了女神酒店吗？又有什么难见的？”天晴很是自信。

天晴在街道上走着，小蝉在身后鬼鬼祟祟地跟着。

天晴也不回头，淡淡地说：“出来吧，早知道你跟来了！”藏在暗处的小蝉只得现身。

“为什么跟着我？”

“不放心你一个人嘛。”

“那就大大方方地一起去啊，我刚才问了路，一直走，右转就到了。”

小蝉快走两步，挎上了天晴，天晴欣慰地笑了笑。

月光下，一对戴着红头巾的姐妹走在星洲的夜路上。

二人一起向前走，小蝉嘟囔道：“我早怎么没看出来你这么白痴……”

天晴皱着眉头：“你说什么？”

小蝉讪讪地说着：“那么多人都不出头，轮到你一个新来的了？”

“不开工就没有工钱，我这也是为了自己呀！”

小蝉噘着小嘴道：“你又饿不着，就算当不上小头家娘，做阿海嫂也不错的。”

天晴一板脸：“你又要胡说什么！”

“你没看出来吗？连猪头强都怕阿海，还有小头家，一见到阿海扭身就走，也是怕的！这说明他在星洲还挺厉害的！”

天晴停下脚步，看向小蝉。

“你这么瞪着我干吗？”

天晴厉色道：“我很讨厌那个臭无赖，我才不会见他呢！你以后也少在我面前提他！”

小蝉见天晴有些生气，想撒娇蒙混过去：“可是求阿海给咱们两个人找事做，总比求白天女，让几十人开工，更容易些嘛！”

“谁去求白天女？虽然她是大头家，我们是卖力气挣钱的，可我们也不低她一等啊，我就是帮姐妹们问清楚，她为什么停工，有没有正当理由，打算什么时候再开工，有没有定下日子……”说完，天晴甩开小蝉径自向前走。

小蝉只得跟上，嬉皮笑脸道：“等等我，我给你做伴壮胆，我们是好姐妹嘛！”

晚上补完课后，陆展元对白薇说道：“谢谢您，明天见！”

白薇点头，微笑回应：“明天见。”

一旁的金碧云用眼神示意女仆将陆展元带走。

白薇看向金碧云：“展元少爷真聪明，英文进步很快。”

金碧云有意顿了顿：“我倒是觉得你还好，毕竟你在教我儿子读书嘛，可是我妹妹……”说着，做出一脸无奈的样子。

白薇明白金碧云想的什么，先一步做出恭敬模样：“也不知道金二小姐为什么会反感我，但一定是我做得不好，还请二少奶奶在令妹面前多为我美言。”

“为了这份工作，你愿意这么卑微？”

“哪有什么卑微，生计嘛，比什么都重要。还有就是，我觉得金二小姐和陆家的三少爷实在是非常般配，真盼着他们早日喜结连理。”

金碧云看了白薇半晌，轻声笑着：“你这么说，我想碧华听了也就放心了。”说完，金碧云要走。

白薇叫住金碧云：“不过还有个事我得先跟您说一声，今天晚上我想出去一下，是三少爷约了我，实在是盛情难却。”

“去吧，你能先告诉我就是心里没鬼了，玩得开心点。”金碧云笑着，眼中却闪过一丝阴云。

月色中，一辆汽车已经停在了陆家门口。

白薇身着长裙，手里提着个淡蓝色绸缎小包，从大门里走出。陆雪亭西装笔挺，头发也梳得油亮，想来十分重视今晚的约会。见白薇出现，陆雪亭连忙下车，拉开副驾驶的车门说：“我已经在此恭候多时，还怕约得太早，白小姐忘了呢。”

“那怎么会，只是展元用功，今天教得久了些。”说着，白薇上车。

陆雪亭坐回驾驶位，看着副驾上的白薇，由衷地赞美道：“你这身打扮，让我立刻有了想请你跳一支舞的冲动。白小姐会跳舞吧？”

白薇淡然回应：“跳得不好。”

“我可以教你。”说着，陆雪亭发动了汽车。

望着汽车远去，树后的金碧云走了出来，眼中神色不明，连忙向屋内走去。

金碧华正坐在躺椅上，脸上涂满了红色的不明液体，一个佣人在旁扇着扇子。

金碧云快步走来，忙用手帕捂住鼻子：“碧华，你在干什么？怎么这么臭啊？”

涂成大红脸的金碧华不敢大声说话，轻轻努嘴道：“我也得忍着，这是秘方，我今天才学的，能让皮肤更白更嫩！”

金碧云拍着妹妹的肩膀，催促道：“快起来，把脸洗干净！”

“不行！才糊上，不能动的！”

“你的雪亭哥哥已经带着别的女人走了，你接着糊吧！”金碧云说完就走。

金碧华腾地蹦了起来，不再顾脸上的“秘方”，急切地问道：“雪亭哥哥去哪里了，我追他去！”

“他开汽车走的，你追得上吗？”

“那他带谁走的？”金碧华追问道。

金碧云停了下来，看着妹妹：“还能有谁？”

“那个家庭教师！你就不该把她留在家里！”说着，金碧华哭了起来。

金碧云嘴角上扬，得意一笑：“行了，别号了，这个白薇来得就古怪，送粥的戏码更是演得让人拍案叫绝，一下子就成了老太太眼前的红人，我今天故意放她出去，就是想查查她到底是什么来路！”

金碧华瞪大了双眼：“怎么查？”

金碧云冷冷一笑，随后两姐妹便去了白薇房间翻箱倒柜。

翻找完衣柜无果，金碧云想起初见时白薇护着行李箱的场面，便觉有蹊跷：“她的行李箱呢？”

想了想，金碧云跪在地上向床底探去，行李箱果然在这里。

打开行李箱，里面放着白薇的相机和一个笔记本。

金碧云取出笔记本，一页一页地翻看，里面贴着各种剪报，报上都是多年来陆家的各种消息。

金碧华疑惑地看着：“姐，这不都是你们陆家的事情吗？”

金碧云翻到最后一页，上面竟然贴着陆雪霖失踪的消息，还配上了南兰白天女打扮的照片。

“这个白薇到底是什么人……”金碧云拿着手中的笔记本，久久失神。

车上的白薇对陆家发生的一切浑然不知，发现开车的陆雪亭不时看自己，白薇严肃道：“三少爷开车不用看路吗？”

“你怎么好像有点不开心？”

“没有啊，来星洲这么久了，还是第一次出来，心里很激动的。我这个人就是这样，即便内心有一团火，可能脸上也挂着冰霜。”说着，白薇故意冲陆雪亭笑了笑。

陆雪亭一脸惊喜：“哇，这分明是句诗嘛！白小姐，其实我很喜欢看你笑，你笑起来，让我觉得那么亲切，那么熟悉……”

白薇收敛了笑容，若有所思地望向窗外。

陆家房内，陆陈氏坐在镜子前洗漱着，不经意地问：“白小姐出去了？”

“三少爷开车带她出去的，好像是早就约好的。”

陆陈氏点了点头：“你说，雪亭之前就常带点心回来给她？”

黄妈回道：“可她从来没吃过，连盒子都不打开，就直接送来给我。”

陆陈氏若有所思：“这就不一般了，那些所谓的大家闺秀也不一定能做得到。”

“她还给我赏钱呢，不止一次。”黄妈的言语中满是对白薇的欣赏。

陆陈氏起身说：“那就更不一般了，从上海来的，倒让我想起了一位故人。”

黄妈上前搀扶：“是啊，我也是一下子就想起了她。”

“我问过年纪，刚好对得上，就是不知道她说的是不是实话。那眉眼……”

黄妈接话：“倒是不十分像，但身上那个劲儿……”

“你说得对，神似。”陆陈氏与黄妈对视一眼，陷入了沉思。

华丽的水晶灯投射淡淡的光芒，五彩缤纷的热带花木扑面送来香气，柔和的萨克斯曲为女神酒店今日的晚宴增添了别样风味。

一对中年夫妇进入女神酒店，女侍者正在身后搬他们的行李。

女人看上去有些文艺气质，怀里抱着一本英文小说。

桃姐在大厅发现二人的身影，连忙迎上：“平先生、平太太，欢迎你们入住女神酒店，房间已经打扫好了，还是你们去年来星洲度假时住的那个套房。”

平太太面无表情，朝着远处望去。

平先生礼谢后，问道：“我喜欢吃的娘惹菜准备好了吗？”

“当然！平先生是在餐厅就餐还是在房间里？”

“房间里吧，我吃完就要睡了，这一路上太困了！”

桃姐微微俯身，做“请”的手势：“好的，那二位请吧。”

桃姐指向身后的楼梯，行李生已经搬着箱子向楼上走去。

平太太突然道：“我不回房间，这音乐太适合读这本小说了。”

平先生耸耸肩，轻轻地对桃姐说：“她坐在哪里就把菜送到哪里吧，我真的很饿了。”

桃姐会意：“明白，我这就去安排。”

平先生中年发福，虽有钱，却显得十分平庸，走在平太太身后，活像跟屁虫。平太太把书放到离舞厅很近的一张餐桌上，优雅地坐下。书的封面是一个海盗和一个金发碧眼的妇人在甲板上相拥的油画。平太太好像对这封面极其喜欢，笑了笑才翻开。平先生坐在对面，满眼都是太太，可太太并未抬头看自己一眼。片刻工夫，侍者将餐食上齐。平太太仍然认真看着小说，而平先生则是大口大口地吃着面前丰盛的娘惹菜，喝汤还发出很大的声音。平太太不屑地白了平先生一眼，平先生却丝毫没发现。

平太太看了眼书，无奈地叹了口气：“谁来拯救我这平凡的人生，奇迹何时出现？”

平先生听后忙擦嘴问道：“亲爱的你要什么？鸡是吗？太好了，你终于有胃口了，可是鸡刚刚被我吃掉了，我马上让他们做一份新的来给你！”

平太太气坏了：“我在读小说，请你不要打扰我。还有，如果你喝汤的声音能小一点，就更好了。”

“呃，对不起，我又出声音了吗？对不起对不起……”平先生不知该如何解释，在太太的白眼中羞愧地低下头，眼前的美食顿时索然无味。

没多久，白薇和陆雪亭步入女神酒店，服务员将二人引向舞厅。

白薇一路上观察着女神酒店，这里富丽堂皇，二层主要是餐区，可以俯视楼下的情景，男男女女穿着光鲜亮丽。演奏家弹奏着欢快的舞曲，舞池里几对男女伴着音乐翩翩起舞。

陆雪亭点完饮品便向白薇道：“白小姐，我有点迫不及待了，我们先跳支舞好吗？”

白薇看向四周：“等等吧，来了女神酒店，我们还没看到这里面的女神呢。”

陆雪亭会意，向侍者问道：“请问你们的大头家南兰今天会来这里吗？”

“是的，今天有舞会，她当然会来。”

突然，陆雪亭眼睛一亮，冲白薇叫道：“她来了！”

只见身着晚礼服的南兰在几个男人的簇拥下来到舞厅。这些人中有中国人，还有洋人，显然都是南兰的朋友。

舞厅里的朋友热情地同南兰打着招呼，南兰微笑着与他们行贴面礼。

南兰就像一阵风，在舞厅里飘来飘去，白薇的目光却始终跟随着南兰。

“你看，今天的她和你那天看见的白天女，是不是很不一样？”

白薇点了点头，轻声道：“完全不一样，如果不是你带着我，我恐怕根本认不出来是她。”此时，白薇左手紧紧握住了绸缎小包。

南兰正与人寒暄，发现不远处一个年轻人站了起来，直直地看着自己。抬眼望去，发现竟是陆雪亭。南兰款款走向陆雪亭，仔细打量着：“那天我都没仔细看你，你真的长大了。

什么时候回来的？”

陆雪亭热情地介绍自己的近况：“见面那天才下船，我的学业结束了，大嫂，这么多年不见，你还是这么……”

“别叫我大嫂，请叫我南兰小姐。是想夸我漂亮吗？你是知道我年纪的，别说违心的话。”说着，南兰神色严肃起来。

陆雪亭立在一旁，很是尴尬。

南兰语气不善：“你来找我干什么？得到消息了？来为你们陆家求情？”

陆雪亭很是不解：“什么消息？求什么情？”

南兰轻笑一声：“哦，看来陆雪樵没告诉你，那你就不用知道了，本来跟你也没关系。”

陆雪亭愧疚地看着南兰：“我能看得出来，你和我们陆家矛盾很大，可这几天一直想起小时候你对我的好，所以特意来看望你。”

见陆雪亭一脸真诚，南兰语气和缓了些：“难得陆家还有个真诚的男人。”说着挥手示意侍者端几杯香槟送来。

南兰拿了一杯递给陆雪亭，陆雪亭接过酒杯，向南兰敬酒。

二人碰杯，刚喝一口，南兰却突然发现陆雪亭身后的白薇一直死死盯着自己。

陆雪亭当即为二人作了介绍。

南兰点了点头，示意侍者送上一杯香槟。

南兰轻轻地与白薇碰杯，又与陆雪亭碰杯，一饮而尽。

南兰放下酒杯，笑着说：“小弟在欧洲有没有学和女孩子跳舞？”

陆雪亭会意，立刻做了一个邀舞的姿态。

南兰把手搭在陆雪亭的手上，二人旋转进了舞池。

白薇端着酒杯，目光始终在南兰身上。南兰和陆雪亭在舞池中旋转，陆雪亭还插空冲白薇使了个眼色，示意她稍等。白薇举起酒杯对陆雪亭笑了笑，目光仍在南兰身上，丝毫不避讳。南兰边跳边说：“那位白小姐，怎么一直盯着我？盯得人心里发毛。”

“那天白天女游神路过我家门口，白小姐也在，被你的风采所折服，一直念念不忘。”

南兰笑了起来：“我现在都开始吸引女人了吗？”

“反正我是从小就仰慕你。”陆雪亭油嘴滑舌地说，不过这确实是心里话。

南兰神色凝重：“你不相信是我杀了你大哥。”

陆雪亭正色答道：“这些天我一直在思考这个问题，我认为应该相信证据，如果没有法律的判定，不能随便把什么罪名安在一个人身上。”

南兰欣慰地看着陆雪亭，像是回到了过去：“小弟，你从小就是个善良的孩子，将来也要做个善良的男人，别让女孩子为你伤心。”

“我从小就觉得大嫂是个善良的女人，现在仍然这样认为，却不知道那些匪夷所思的传言是怎么来的。”

称谓虽然又回到了小弟与大嫂，可话里的内容，并不会阻断已生的隔阂。

南兰淡淡一笑：“原来你不是替陆家求情，而是来追查杀人凶手的，哈哈。”

这时，有新客人进门，站在门口的服务员立刻上前，引着客人向楼梯方向走去。天晴和小蝉趁机钻进了一旁的小门，溜进了大堂。天晴四处观察，想找个人多的地方打探情况，小蝉怯生生地躲在天晴背后：“这好像不是我们该来的地方，还是出去吧。”

“你怕什么？挺起腰杆来！那边人多，我们去那边打听打听。”

小蝉和天晴走进舞厅，灯红酒绿，看着男男女女翩翩起舞，一时失了神，小蝉眼里满是羡慕。二人的穿着与这里格格不入，尤其是她们的红头巾，很多客人看见立刻投去诧异的目光。一个女仆发现了天晴和小蝉，快步上前：“你们是怎么进来的？是想找活干吗？那得白天来啊！”

天晴解释着：“我们不是来找活干的。”

看到这边的动静，桃姐走了过来：“怎么回事？”

女仆忙认错：“桃姐，不能怪我，不知道她们是怎么混进来的……”

听女仆这么说，天晴上前一步：“您是这里管事的吧？我们不是混进来的，就是从大门走进来的。我来找这里的大头家，南兰小姐。”

桃姐一愣道：“找南兰小姐？什么事？”

天晴表明来意：“我们是工地上的红头巾，今天得到了停工的消息，姐妹们让我来问问情况。”

桃姐劝道：“可现在是舞会时间，不方便，你们明天再来吧。”

“我们希望明天就开工，一天都不想耽误，就请您帮着通融一下，让我们见见她吧，谢谢您了。”说着，天晴深深鞠了一躬，小蝉也跟着鞠躬。

受了大礼，桃姐一时不知所措：“哎呀，你是听不懂我说的话吗？好吧，那我就说得直白一点，这里不是你们该来的地方，快出去吧！”

小蝉有些害怕，揪着天晴的衣角不敢松手，天晴却一下来了脾气：“南兰小姐是你的头家，也是我们的头家，我们来这里找她，你凭什么让我们出去？如果她正忙着，我们可以等。”说着，天晴拉起小蝉，就往舞厅里面走。

临近门口的座位都满了，天晴拉着小蝉快速来到舞厅中央的一处沙发坐下。天晴挺直了腰杆，不在意旁人异样的目光。小蝉根本不敢坐，畏畏缩缩地站在一旁。桃姐跟了上来，蹙着眉道：“你不能坐在这里！”说着，就上前拉天晴。

天晴甩开桃姐的手：“别碰我！”

桃姐有些气愤：“你是成心来捣乱的？我这就叫人把你扔出去！”

“发生什么事了？这两个女孩是我朋友。”只见白薇款款走来。天晴还在辨认，一旁的小蝉已经跳过去抓着白薇的手。

小蝉既惊喜又高兴：“白小姐，是你啊！”

白薇向小蝉笑了笑，继而对桃姐道：“我是和陆家三少爷一起来的，他正在和南兰小姐跳舞。”说着指向舞池里的南兰和陆雪亭，“如果你们不介意，我可以请我的两个朋友一起坐吗？”

桃姐讪讪地走开了。

南兰和陆雪亭也看见了这边的混乱。南兰有些疑惑地看向陆雪亭：“那两个戴头巾的女孩也是你朋友？”

“不是，没见过。”

三人坐下，小蝉满脸欢喜地望向白薇：“白小姐，我们真有缘分，又见到你了！”天晴答谢道，“谢谢你替我们解围。”

白薇笑了笑：“上次都没有问你们的名字。”

“我叫欧阳天晴。”

“何小蝉！”

“那你们怎么到这里来了？”

“我是来找白天女南兰，刚才听你说那个就是，对吗？”说着，天晴指向南兰。

白薇点了点头。

一旁的小蝉看着南兰，很是羡慕：“她的衣服真好看，那些首饰更好看，一定很贵的……”

三人坐在一起画面的被不远处的南兰看在眼里，她敏锐地察觉到了什么：“奇怪，好像是来找我的。”话音刚落，钢琴伴奏声戛然而止，一曲结束。

舞池中的南兰和陆雪亭走向白薇，桃姐跟在身后告知方才的事。

天晴见状连忙向前迎了两步：“南兰小姐，你好。”

南兰点头示意：“嗯，过来坐吧。”

这时，一名衣着华丽的西洋女歌手来到钢琴旁，跟着琴声开始歌唱。

南兰端坐在大沙发上，悠闲地品着酒。天晴和小蝉站在南兰面前，没敢坐，只是同南兰讲明来此处的缘由。

等天晴陈述完毕，南兰淡然地表示：“原因？没有任何原因，就是我想停工，不行吗？”

天晴恳切地请求着：“如果没有正当理由的话，我希望明天可以开工。”

南兰气笑了：“我已经拿下了那栋大楼的控制权，我愿意停工就停工，需要什么正当理由？”

天晴追问道：“那你打算什么时候再开工呢？”

南兰放下酒杯："如果我喜欢，可以永远不开工，又怎么样？"

看着南兰满不在乎的神情，天晴不觉加大音量："停工对你可能没什么，但那是我们几十个红头巾的生计。很多姐妹等着工钱，寄回乡下，养活老人、孩子呢！"天晴一口气说完，仍努力控制情绪，"虽然你是头家，可你也是女人，请你想一想我们的难处。既然没有停工的理由，就请你明天正常开工吧！"

南兰瞟了眼不远处的陆雪亭，疑惑道："是陆雪樵派你来的吗？"

天晴愣住了："我不认识你说的这个人，我是代表红头巾姐妹来找你的！"

南兰也不在乎这些，手指轻轻拂过发髻："你说得我头都疼了，就像你不认识陆雪樵一样，我也不认识你的红头巾姐妹呀。不管你是谁派来的，或者代表谁，我已经见你了，你可以走了。"

天晴仍穷追不舍："那明天开工吗？"

"不。"南兰态度决然，说着起身离开。

"我们顶着星洲的大太阳，流着汗水，靠双手一块块地搬砖头，靠双脚一步步地爬楼梯，靠一副肩膀挑着和我们一样重的箩筐，你们的大楼才一点点盖起来！我们哪里做错了？你说停工就停工，我们红头巾也是人，我不指望你有同情心，但你身为头家，总得讲规矩吧！"

南兰听到这话又转过身来，她看向天晴的目光多了几分欣赏，却仍然不怒自威地说："我是头家，开不开工自然都有我的道理，我不可能只考虑你们红头巾拿不拿工钱，我也有我想拿回来的东西啊。"

天晴不屑一笑："看来白天女就是个传说，骗人的。我才下船就有人告诉我，白天女是这里专门保护女人的神，尤其是穷苦女人，可今天得见真容，我真后悔那天拜了你的轿子！"说着，天晴回身对小蝉道，"小蝉，我们走，不再求这个女人了，大不了回三水去，我们有手有脚，有的是力气，在哪里都能靠自己养活自己！"说完，天晴拉着小蝉向外走。

天晴和小蝉向外走着，被翩翩起舞的情侣逼得改变路线，又回到了舞厅中央。

女歌手唱得正投入之际，一把飞刀从她面前划过，正钉在身后的墙上。女中音一下变成女高音，将整个舞厅的气氛彻底破坏。钢琴演奏声骤停，钢琴师吓得趴在琴键上。

只见李先生和亨得利一人举着一把枪，冲到舞厅中间。

"别动！想活命就都别动！"

客人们都被吓到了，一动不动地站在原处。

小蝉更是被吓到了天晴身后，因为李先生的枪正对着她们，天晴紧张得大气都不敢喘。随即郑千举着两把刀，大摇大摆地踏上钢琴，大声喝道："女士们，先生们，别紧张，打劫而已！"

见身后的女歌手转身要跑，郑千从兜里掏出一把飞刀顺手一甩，飞刀穿透女歌手礼服肩头的蓬松处，将女歌手钉在了柱子上。女歌手花容失色，大声尖叫起来，郑千向女歌手示意噤声，表情中满是嘲弄。

女歌手颤抖着双手捂住嘴，郑千顺手又从衣襟里掏出一把飞刀玩着，声音洪亮："为了你们的人身安全，请不要乱跑乱叫。先生们，请把你们的手表、钞票都掏出来，放在桌上；漂亮的女士们，请把你们的珠宝也都交出来！”

一个站在前排的胖女人恐惧地尖叫起来，下意识用手捂住胸前的珠宝。亨得利冲上前去，一把拉开胖女人的胳膊，将她胸前的蓝宝石拽了下来，放在兜里。面对枪口，胖女人只剩下发抖，完全不敢反抗。平太太还在看小说，看着眼前的一切，眼神里放出期盼的光芒。身旁的平先生也醒了，正了正假发，赶忙将金表、钞票全都放在桌上。

郑千看到平先生的表现十分满意，用刀指着众人喊道：“那位先生做得就很好，各位听清楚了，好好配合，按我刚才说的做，我是不想伤害你们的。”

南兰镇定自若，在一旁思索着对策，而白薇紧紧握住手中的小包。

这边，李先生和亨得利用事先准备好的布袋子开始装赃物。郑千清了清嗓子：“自我介绍一下，我叫郑千，是一名海盗，这次在星洲上岸，是想找一位女士做我的压船夫人，她将和我一起去大海上乘风破浪——”

平太太听了这话，激动得直颤抖，她将看到最后的书轻轻扣在桌上，故意将坐姿调整得更端正一些。书的封面上描绘着海盗和少女在甲板上拥吻的场景。与其他贵妇人不同，平太太眼里的郑千不是强盗，而是救自己出火海的勇士。

“大家请放心，我只带走一个女人……南兰小姐，你在哪里啊？”郑千抬头张望着。

平太太听了这话有些失望。

“大哥，那个就是！”李先生指着南兰。

舞厅里所有认识南兰的都看向了她。

郑千当然是认识南兰的，但装作第一次看到：“果然名不虚传，星洲最有魅力的女人。”

南兰站起身呵斥道：“亨得利，姓李的，你们这两个下流的东西，竟然招来了海盗！”

亨得利用蹩脚的中文说道：“是你玩弄了我的感情！”

李先生附和：“对，是你先无情无义的！”

南兰环视众人：“大家不要害怕，这几个蠢贼很快就会被警察抓去枪毙。”

突然郑千手一甩，飞刀切断了电话线，吧台里正要报警的桃姐吓得扔掉了电话，退了好几步。“忘了告诉你们，我的飞刀可以在甲板上，取另一艘船上水手的性命，哪位不信，可以再试试。”说着，郑千一掀衣服，衣服内衬挂着整齐的三排飞刀，“我这里的飞刀有的是。”

现场一下安静下来，郑千看着亨得利和李先生，命令二人：“你们两个动作快点，大家还等着继续跳舞呢。”说完，郑千手握飞刀，把控场内形势。

亨得利的枪扫过平太太，见她身上什么都没有，有些失望，便收走了平先生的钱物。李先生的枪对准了天晴，却发现天晴和小蝉身上什么也没有。

“这两个穷女人怎么跑到这里来了？让开！”李先生喊着，枪口一直对着天晴。

天晴和小蝉只能后退，退着退着就退到南兰面前不远处。

李先生拨开天晴，用枪对准南兰："把你的项链摘下来，说好的，财富归我们的！"南兰不摘，只是死死盯着李先生。

"我让你摘下来！"说着,李先生就抓向南兰胸前的钻石项链。他的手眼看就要碰到钻石，突然被天晴抓住，天晴一用力，李先生的腕子被翻了过来。

李先生连忙拿枪指向天晴。

危急时刻，陆雪亭猛地抓住李先生握枪的手，子弹打向了房顶。

郑千随手一甩，一把飞刀正扎在陆雪亭肩膀。

陆雪亭栽倒在地上，小蝉也被顺势带倒，二人几乎同时摔在地上，脸贴着脸。

陆雪亭这才发现自己带倒了一个女孩，忙说:"对不起……"说完，陆雪亭就要挣扎起身。

此时，李先生已经甩开天晴，狠狠在陆雪亭身后踹了一脚，正准备对着地上的陆雪亭开枪，南兰一声断喝:"不许开枪！如果你敢杀他，我就跟你拼命，女神酒店自我之下几十个人，我看看你们有多少颗子弹！"听到南兰的话，桃姐等服务员都往前走了两步，虽说都是女的，但人数不少。

李先生愣住，看向郑千。

郑千摇了摇头。

李先生又气得指向天晴要开枪："你这个死婆娘敢捣乱！"

小蝉惊呼，爬起身冲向天晴，却被天晴拦在身后。

南兰也挡在天晴身前："也不许杀她！"

天晴有些意外。

南兰假意妥协:"你叫郑千？我可以跟你走,但条件是你们不能在我的酒店伤害任何人！"躺在地上的陆雪亭挣扎着要起身拼命。

南兰唯恐陆雪亭再受伤害:"小弟你别动，就躺在那，待会儿去医院。"陆雪亭看向南兰，挣扎要起身。郑千的飞刀和李先生的枪又同时指向陆雪亭。

南兰向陆雪亭使着眼色："这个人飞刀厉害，没必要跟他硬拼，我很久没坐船了，出去吹吹海风，又不会有什么事。"

郑千对南兰道："那我们走吧。"

南兰走向郑千，示意往门口走。

郑千一把抓过南兰，将刀卡在南兰脖子上："从大门出去太容易惊动巡街的警察了，这里不是有个小门通向你的老宅吗？那里的街道寂静，去海边也很方便。我已经踩过点了，带路吧。"

南兰无奈，只得向帷幕方向走去。

南兰边走边道："海盗，我是星洲白天女化身，你绑架我上船，不怕诅咒吗？海风会吹折你的桅杆，闪电会劈开你的甲板，海浪会吞噬掉你的船。”

郑千十分不屑：“可海盗不信白天女，我们拜海神，你要不要试一试，看看白天女和海神哪个更厉害？一个女神一个男神，也许他们会相爱生个小神仙出来？”

南兰气得说不出话来。

郑千看李先生和亨得利还在搜刮，叫道：“我的两位兄弟，不要太贪婪，该走了！”李先生和亨得利系好麻袋，回身用枪对准大家，向郑千方向聚拢。

突然，平太太站了起来，大声道：“等一等！搞错了！一定是搞错了！”

说着平太太向郑千走去，身后的平先生撅着屁股忙去拉：“老婆……”

平太太没理会平先生，只盯着郑千：“你要带她走吗？”

郑千皱眉，不知该说什么。

平太太一脸忧伤：“不对呀！不应该是这样的！你不是应该带我走吗?!”

“啊？”郑千着实有点蒙。

平太太突然快步跑向郑千，她的举动太过惊人，亨得利和李先生也只当她与郑千有旧，举着枪，却都没拦她。

郑千也惊到了，一时间不知所措。

平太太推开南兰，一把拉住郑千的胳膊，毫无畏惧：“你一定是弄错了！你再好好看看我！”

郑千被这平平无奇的中年太太一顿揉搓，彻底蒙了：“我看什么？”

“你一直在寻找的，不应该是我吗？”

郑千一脸嫌弃：“这位太太，咱俩没见过吧？”

平太太却满心欢喜：“可你刚刚一进来，我就知道，你是我生命中注定的那个打破我平淡生活、给我奇迹的男人！而我，我就是你寻找了一辈子的女人，你那些海上的生活，我都在书里读到过，你进来的那一刻，我还在读！我一直为今天的相遇做着准备，你看。”说着，平太太将小说举在郑千面前。

小说封面近距离贴着郑千的鼻尖，郑千皱眉看着。

平太太有些痴，拉住郑千的胳膊摇晃着：“这就是命运！这就是命中注定！”

“这位太太，我要带走的是南兰，不是你，你快让开吧，不然我兄弟的子弹会走火的！”说完，郑千用眼神使劲给亨得利暗示。

亨得利这才明白，将枪举起对准平太太。

平太太却视若无睹：“你为什么要带走她？她根本不了解你！但是我了解你呀，海上骑士！我知道你生活的全部细节！太平洋的朝霞，印度洋的落日，海风徐徐吹来，我们在甲板上相拥。哪怕风暴来临，你也会保护我，我毫不畏惧，我是个渴望冒险的女人，我对即将开始的生活充满期待！”

平太太突然指向南兰："而那个女人，她除了脸蛋，还有什么？她的内在是苍白的！她根本配不上你！"

"太太，不好意思，我就是个庸俗而好色的男人，我觉得她挺配得上我的。如果你再不让开，我的刀……"郑千实在说不出杀掉这个女人的话，他看着远处的平先生，生气地叫嚷着，"嗨，快把你的精神病太太带走好不好？"

平先生虽怯懦，却不忘维护自己的太太："我老婆不是精神病，你别胡说。"

郑千实在没有办法，冲亨得利喊道："亨得利，把她弄走！"

亨得利上前一把抓住平太太的肩膀，就要往外拉。

平太太不肯撒手："海上骑士！你会后悔的！我才是你生命中最珍贵的那个人！"

亨得利一使劲儿："去你的吧！"

平太太被甩出很远，亨得利气愤地举枪就要开。

"老婆——"平先生飞身扑向平太太，他抱住平太太，使劲转身挡住了枪口。

枪响了，子弹打飞了平先生的假发套，平太太在平先生怀里惊恐不已。

被掀翻假发的平先生转过身来，眼睛瞪得牛一样，握紧双拳，向亨得利冲去。

亨得利对准平先生，准备再次射击。

此时郑千三人正站在大厅中央，头顶是巨大的平底玻璃吊灯。白薇早就观察到了这一点，突然从包里拽出枪，对着吊灯便是"嘭、嘭"两枪。

南兰等人惊愕地看向白薇，露出疑惑的目光。

吊灯被打碎，像无数利刃一样砸向下面的三人，三人全都受了伤。

平先生愣了片刻后，直扑亨得利，一拳拳砸在他的脸上："我叫你对我老婆开枪！"

腿部和肩头受伤的郑千上前一脚踹开平先生，平太太赶忙上前抱住平先生。

舞厅里一阵大乱，南兰趁乱径自向帷幕后的小门跑去。天晴、白薇、小蝉尾随而来。南兰连忙打开小门进去，郑千双手持刀在后面追赶。

眼见郑千就要追进来，天晴推一边的门，白薇和小蝉推另一边的门，三人合力竟将郑千挡在门外。

南兰连忙上前插上了门闩。

天晴四处观察着，发现一个能撑门的木棍："你们推着门！"

南兰连忙帮助推门，天晴用两根木棍死死地将门卡住。

帷幕内，郑千用尽全力撞了几下门，却没撞开。

外面一阵嘈杂，郑千明白大局已定，无奈地摇了摇头。

见没人再撞门，四人松了口气。

天晴道："大头家，我们在这守着门，你赶紧出去叫警察！"

"不用了，酒店里那么多人，这一乱，早就有人去喊警察了，等那边安全了，桃姐自然会来接我的。”说完，南兰就往里面走，“都跟我来吧。”

南兰提着裙子走在前方带路，余下三人在后面跟着。

白薇神色慌张，枪口一直对着离她近在咫尺的南兰。

一辆黄包车驶来，停在南兰老宅外，拉车的正是邝海生。

邝海生问帮忙推车的阿九：“是这吗？”

“错不了，女神酒店背后，白天女的老宅嘛。”

邝海生四下溜达观察着：“这倒是像是没人住的样子……”

“管他有没有人呢，干完活咱就走人，有龙哥撑着怕啥？”

邝海生瞅了一眼阿九：“那可不行！我跟龙哥说了，杀人的事我们不沾！你去敲门，看看里面有没有人？”

阿九有些无奈：“海哥，有你这样的吗？放火还先告诉人家？再说，出钱的头家不都说这老房子里没人了吗？”

“那个陆二爷看着不像什么好东西，我不信他！你不去啊？我自己去！”说着，邝海生径自走向大门，用手砸着门，没见有回应。

“好了海哥，你声音再大点警察就来了。”说着，阿九将黄包车的苫布掀开，里面装着汽油和棉纱。

“等一等！”邝海生又向一旁走去，敲了敲侧面的窗户，贴着耳听里面的动静。

见无人回应，车旁的阿九使劲倒着汽油，将棉丝全都弄湿，又将一部分棉丝甩进老宅。一会儿工夫，棉丝已经将老宅一圈围住。

邝海生将空汽油桶扔在了一旁，见阿九回来，问道：“这边点火，不会烧到女神酒店去吧？”

“女神酒店的墙多厚啊，烧不过去！”

邝海生还在犹豫：“要不还是算了吧？打个架、收个欠债什么的，我还行，这放火的事，真没干过！阿九，我劝你也别做了。”

阿九劝道：“海哥，事到临头反悔，龙哥要罚的！”

邝海生无所谓地表示：“大不了挨顿打！”

阿九双手插兜，看向远处的女神酒店：“我们是出来混的！好不容易龙哥器重，给你事做，你这个样子，我跟着你，什么时候才能混出来？什么时候能像龙哥那样有自己的街面？”

邝海生也觉得阿九说得有道理，但心中拿不定主意，一个劲地挠头。

“海哥，要不抽根烟，好好想想？”说着，阿九一手拿着烟，一手打着打火机。

邝海生心里正烦着，顺势一打，这一打，将打火机打飞了出去，正落在地上沾满汽油的棉丝上。

阿九想去捡打火机，可火迅速地燃烧起来了。

因为有汽油，火势迅速顺着阿九放的棉丝着进老宅院里。

四人摸索着到了老宅祠堂，南兰轻车熟路地打开了祠堂内的灯，屋里瞬间亮了起来。南兰回头看着天晴和小蝉，笑着问："我们刚刚吵得那么凶，你为什么还会帮我？"

天晴爽朗一笑："一码是一码，总不能看着海盗把头家抢走吧？"

南兰很是欣赏："你叫什么名字？"

"欧阳天晴！"

小蝉忙巴结道："大头家！我叫何小蝉！"

南兰苦笑："别头家头家地叫了，我们也算是共过生死，我叫南兰，叫我名字就好了。"

此时的白薇正看着墙上南兰的结婚照，她下意识地凑近，死死盯着照片上的男人。南兰发现白薇正在看照片，瞟了一眼枪，有意试探："我身边那个男人英俊吧？可惜已经死了。"

白薇没回头，也试探着："是你的丈夫吧？他看上去很年轻，怎么会？"

"被我杀了……"听到这话，白薇下意识把枪攥得更紧。

可没想到南兰紧接着道："这是星洲的传言，很多人都愿意相信白天女杀夫的，你们信吗？"

白薇嘴唇抽动了一下，就要回手射击的她决定放弃。

小蝉和天晴虽与此事无关，但听南兰这么说，也是有些诧异。

南兰走到白薇身边："白小姐枪法真好，你怎么会随身带枪呢？"

白薇转身，看着手里的枪："孤身一人，带把枪是为了防身。"

二人四目相对，南兰目光柔和起来，可心中的疑虑并未打消："这个习惯好，我刚才要是带枪，那个讨厌的葡萄牙人和姓李的，我一枪一个全给崩了！"

白薇审视着南兰，试探地问道："那天在陆家门口，我见过你开枪，杀人对南兰小姐来说并不是难事。"

南兰耸了耸肩："也不容易，今天这个海盗就挺难对付的，要不是你开枪打碎了灯罩，我已经被他绑走了。"

小蝉突然吸了吸鼻子："南兰小姐，你点蜡烛了吗？怎么这么大味啊？"

白薇也闻着："是啊，烧木头的味道。"

天晴突然发现什么："有烟，外面都是烟！"

南兰向祠堂门口冲去，刚一出门，又被烟呛了回来。

院内仿佛火海，有些地方的火苗已经蹿上房顶。

南兰愤恨道："海盗竟然放火烧房子！他想烧死我们呀！"

众人都慌了神，天晴倒是冷静："无论如何，我们得先离开这个房间，冲到天井里去！"

"那要憋一口气，捂住口鼻！"

天晴看向白薇，很明显这是有科学依据的，于是便第一个这么做，冲了出去，紧接着是小蝉，然后是南兰和白薇。但天井里情况同样糟糕，四处都是火光，后院的火甚至更大。

南兰傻眼了："完了，女神酒店也回不去了，怎么办？"

天晴冷静分析着："这是你的家呀，还有别的门吗？"

南兰思索片刻指向前方："有啊，前门！"

天晴想冲向前门，看着浓烟和火又退了回来。

天晴四处观察着，见天井里有个大石槽子，里面装满了水。于是立刻摘掉红头巾，塞进石槽。瞬间，红头巾已经沾满了水。

天晴冲小蝉喊道："小蝉，快！"小蝉照做。刚从祠堂跑出来的白薇看见天晴的动作顿时明白，将外套脱下沾湿。南兰不知所措，双手还提着晚礼服的大裙摆。

天晴上前，用力抓住裙子中间的部位，使劲地撕。

"小蝉，帮忙！"

两人一起用力，竟将裙子的大下摆整个撕了下来，只剩下内里白色的衬裙。

天晴迅速将整条裙子都浸泡在水里，然后披在南兰身上，将南兰大部分身体都遮挡住。她这才有时间用红头巾将自己盖好："我们一起冲出去吧！"

四人向前跑着，前堂的门梁突然掉了下来，大火一下阻断了她们前行的路。火光映红了四人的脸，光影中四人心思各异。天晴急切地在原地徘徊，想着救急的办法；南兰从未遇见过这种情景，不知从何下手；白薇不甘地看向南兰，自己的任务还未完成，就要命丧于此；小蝉十分恐惧，眼泪止不住地流。

阿九站在老宅外，看着院内火势冲天，冲邝海生嬉皮笑脸道："现在扑都扑不灭了，走吧，回去找龙哥邀功，拿赏钱喝酒去啦！"

邝海生看着火光，心里有一种说不出的滋味："我阿海也成了名副其实的烂仔，白纸写黑字，改都改不过来了。"

说着，二人拉着黄包车准备走。

火光中，小蝉突然大声喊着："救命啊！"

邝海生猛地回头："我怎么听着有人喊救命，不会里边有人吧？"

阿九一把抓住邝海生："你别发癔症了！真的该走了，不然警察来了就说不清楚了。"

邝海生不肯走，扔下黄包车就往回跑。

白薇和天晴也喊了起来。

邝海生竖起耳朵："你听，就是有人！这声音好像是我老婆！"

"是有人喊，但怎么可能是那个红头巾呢？她跑这来干什么？火这么大，我们也救不了！快跑吧！警察来了，就要吃一辈子牢饭了！"阿九使劲拽着邝海生往外走。

邝海生甩开阿九，跑到了老宅外，侧耳向里听着。

老宅内，南兰闭着眼睛，似乎已经放弃挣扎：“你们都别喊了，这老宅的附近就没有人住！”

天晴等人听了这话，仿佛被泼了冷水，露出绝望的神情。

小蝉嗓子已经哭哑：“那我们也不能等着烧死啊！”

白薇提议：“先回到天井去吧。”

见没声了，邝海生试探着喊：“是欧阳天晴吗？老婆？里面是你吗？”

阿九在后面急得直跺脚，四下张望，唯恐招来警察。

四人已跑回天井，里面根本听不见邝海生的喊声，四处都在掉火，天井里的安全区域越来越小。天晴指着一个方向向南兰问道：“那里是厨房吗？”

“是！”

“厨房有后门吗？”

“没有，有窗！”

天晴听着不顾一切地冲了进去。

一会儿，天晴跑回：“窗子太高，火也大，出不去！”

南兰见天晴吓了一跳：“那你这是干什么？”说着，南兰指向天晴手里的菜刀。

天晴将菜刀放在地上，用红头巾沾水：“刚才我看见过道上右手边的墙都是木板做的，我试试能不能劈开一条路。”

天晴动作利落，说话间已将沾了水的红头巾再次披上，攥着菜刀冲向火海，铆足劲往墙上砍着。过堂的木板比较薄，但在这么大的火势面前，想砍断也不容易。

南兰望着天晴惊叹道：“她怎么这么勇敢！”

天晴用力地砍着，已经砍出了豁口。

此时邝海生也跑了过来，冲屋内喊道：“里面是有人吗？”

天晴闻声回应：“有人！快救火！里面有好几个人呢！”

邝海生大叫：“等着！”说着向原路跑回。

天晴又一刀劈去，突然上方掉下一根木梁，正砸在天晴头上，将她砸倒。

三女见到这一幕，惊恐地叫着。

小蝉不顾一切地冲了进去，瘦小的她用尽全身力气将天晴从火海中拽起，拖回天井中。

天晴头昏脑涨，一屁股坐在地上。小蝉立刻用手往天晴脸上撩着水。

天晴缓了过来，顶着满头的血，起身又冲了进去。

白薇捡起地上的棍子，也冲了进去。只剩小蝉和南兰二人紧紧地靠在一起。

天晴在火堆中捡起菜刀，踢开着火的木头，继续砍木板。白薇在一旁使劲用木棍去捅，豁口越来越大。天晴手中的动作越来越慢，很明显没了力气。南兰瞪大了眼睛，猛地冲进火海：

“给我！”

已经抡不动菜刀的天晴只好递给南兰。南兰双手握刀，狠狠向木板劈去。小蝉也赶忙跑来，接过白薇手中的棍子去杵。

邝海生出去找工具，手忙脚乱，倒推着黄包车就往回跑。

到了老宅门口，邝海生冲里面大喊一声：“我来了，你们让开！”

追来的阿九没想到天晴真在里面，直接傻了眼。

四人听到声音连忙退后。

啊的一声大叫，邝海生用黄包车向那扇木墙撞去。

一下，两下，三下……

此时的天晴一直在犯晕，毕竟刚才那下砸得不轻，她眼前的视线有些模糊。恍惚中天晴看见那面墙被撞倒了。

邝海生站在外面大喊：“你们快出来！”

小蝉惊喜地大叫一声得救了就往外跑。

第一个跑出来的是小蝉，然后是白薇和南兰。跑在最后的天晴被倒塌的房梁阻碍了去路，被火海淹没。

邝海生挨个扒拉三个黑脸的女人看。小蝉这才意识到，回头大喊：“天晴！”

小蝉声嘶力竭的叫喊让邝海生意识到什么，只见他奋不顾身地冲进火海。

“海哥，你不活了！”阿九在后面大叫着，想拉住邝海生却来不及了。

突然整个过道顶层轰然坍塌，只剩木材燃烧留下的噼噼啪啪声。

阿九跑了过来，无处下手，嘴里喃喃地叫着：“海哥……海哥……”

火光映红三人的脸，她们已经说不出话了，只有泪水无声淌着。

第十四章　峰回路转

突然，火海中出现了一个身影，不，是两个人。

邝海生与天晴相互搀扶着跨过残垣，钻过着火的断梁，冲出了火海。邝海生头上也淌着血，很明显是被砸伤了。天晴强打精神看向邝海生，他坚毅的脸庞深深地印在了她的脑海中。

众人欢呼着扑上。

邝海生累得瘫倒，连同天晴一起摔在了地上。

海平面上，一轮红日跃出，照耀着星洲这个充满希望的地方。

一个宽敞的大病房里，南兰斜靠在床上，天晴躺在另一张床上，头和两只胳膊都包着纱布。

桃姐正站在南兰的身旁汇报昨日的情况："亨得利被平先生打得鼻口流血，那个姓李的还想逞威风，结果被陆家三爷夺了枪，等警察来的时候，这两个坏蛋都被打惨了。"

南兰扑哧笑了一声说："活该。"

躺在一旁的天晴也醒了，微微地睁开眼睛并未作声，回忆着昨天的事。

南兰想到了什么："雪亭倒是不错，比他二哥强多了，可惜跟他大哥还是没得比。"

桃姐嘴角一撇："那个人把你伤得这么惨，你还夸他。对了，警察刚才来消息，说放火的不是海盗，海盗从女神酒店逃走的时候，老宅已经着了，警察还发现了两个大汽油桶，说是有人蓄谋，故意纵火。"

听到这，天晴皱了皱眉头，转过头，看向南兰。

南兰以为是自己把天晴吵醒了，忙说："不好意思，吵到你了？"

天晴摇了摇头，"这是医院吗？我怎么睡在这了？"天晴说着就要起身。

南兰赶忙下床："别动，你头被砸破了，胳膊上还有烧伤，医生刚给你换完药，你是不能动的。"

"不行啊头家，我得回去，姐妹们还等着我的消息呢。"

"别急，我问你，你们红头巾，专门是在工地上盖房子的？"

"对。"

"你十三岁起就跟着你爸在工地上给别人盖房子？"

天晴疑惑道："对啊，头家怎么知道？"

南兰不满地看着天晴："昨天不是说了，不要再叫头家，我的命是你救的，怎么还这么见外？"

天晴实话实说："哪有什么救命，我自己也不想被烧死呀。"

南兰笑了笑："你倒是实在人，远没你那同伴精明。"

天晴差点忘了小蝉，忙问道："小蝉？她人呢？受伤了没有？"

"没有，第一个跑出来的，就燎焦几根头发。"

天晴松了口气："小蝉跟您说什么了？"

原来今日天晴还未醒时，小蝉便已经找过南兰并表明来意，南兰便问小蝉红头巾里天晴有没有话语权。小蝉拍着胸脯表示："当然说了算了！天晴虽然才来星洲没几天，可在红头巾里，那是一言九鼎！不然那么多姐妹，怎么会是她来找您讨说法呢？"

天晴有些无奈："什么一言九鼎，小蝉怎么能胡说？"

"你以为她说什么我就信什么？我自己不会看啊？你昨天质问我那派头，要不是管着几十个人，也没那底气吧？"

天晴向南兰道歉："啊？我是帮姐妹们争取开工的机会，有些心急，顶撞你了，对不起。可南兰小姐，我还是想恳求你不要停工。"

南兰故作严肃，一口回绝："不行。"

天晴有些尴尬："那你想好什么时候开工了吗？"

"没有。"

天晴叹了口气："这下姐妹们怕是要失望了。"

南兰哈哈笑了两声："不会的，她们只会欢天喜地，因为我已经让小蝉带好消息回去了。"

天晴一愣，看向南兰，只见她嘴角露出不明意味的微笑。

天色已经大亮，豆腐庄内姐妹们有的戴了红头巾，有的散发，有的正在洗漱，有的晾衣服，也有的抱着饭碗，漫不经心地吃饭，但每个人脸上都挂着一丝忧愁。

七姑娘在楼梯拐角处踱着步，不时望向门外。

玲姐前脚进门，七姑娘和一众红头巾连忙迎上，一楼二楼的姐妹也都关注着玲姐带回来的消息。

七姑娘急忙问道："找着人了吗？"

玲姐摇头："没有，昨天女神酒店出了大事，海盗抢劫，又是枪又是刀的，女神酒店背后就是新头家的家，也被一把火烧了。"

七姑娘一脸担忧："那天晴和小蝉……"

"有人见过她们俩进了女神酒店，戴着红头巾，好认嘛。可就是没人知道她们的下落。"

"说什么呢？"小蝉大摇大摆地走了进来，衣服乌糟糟的，头发斜扎在脑后，手里还提着半湿不干的红头巾。

七姑娘一看小蝉，面露不悦。

阿贵哼了一声："看你这样子，出去干什么好事了？还号称要去找新头家，见到人了吗？"

小蝉得意道："当然见到了。"

玲姐忙问："头家怎么说？今天开不开工？"

"不开。"

红头巾们沉默下来。

七姑娘追问道："那明天呢？"

小蝉悠哉地表示："也不开，新头家说，大楼不盖了，停了。"

七姑娘一下没了精神头，阿贵连讽刺小蝉的气力也没了。

阿凤一把拽下红头巾："早知道是这样，自己找活干糊口咯！"

其他红头巾面面相觑，有人已经发出悲声。

玲姐观察着姐妹们的情绪，忙换个话茬："小蝉，怎么就你一个人回来了，天晴去哪了？"

“天晴啊，在四排坡医院咯。”

七姑娘有些着急：“阿玲说有海盗抢劫，还放了火，你快说，天晴到底受的什么伤？”

“哎呀，这一晚上，我和天晴那可真是九死一生，海盗的枪口就对着我鼻子尖啊！”小蝉夸张地描绘着，和说书的先生没有两样。

余世襄刚要进豆腐庄，便听见小蝉的声音，余世襄停住了脚步。

“我和天晴好不容易从女神酒店逃出去，结果又着了火，四面八方都是火啊！要不是这条红头巾，我怕是要被烧得你们都认不出来了……”

七姑娘急切的声音传来：“你别卖关子了，快说，天晴伤得重不重！”

小蝉这才正经起来：“轻是不轻的，但也不太重，好像要在医院住三天。”

七姑娘责怪道：“那你干吗不留下照顾她？”

小蝉很是自豪：“轮不到我，南兰小姐亲自陪着照顾呢。”

众人都愣了。

七姑娘问道：“为什么？”

“天晴是她的救命恩人哪！”

见众姐妹疑惑的目光，小蝉笑了：“告诉你们吧，是新头家派我回来的，就是怕你们着急！”

小蝉接着说：“她说让我们歇上三天，主要是等天晴出院，然后就帮她把被烧了的房子重新盖起来。”

“三天后就能开工了？”小翠惊喜万分，和美花对视了一眼。

阿贵、玲姐、七姑娘露出难以置信的神情。

阿凤身边一名老红头巾劝道：“阿凤啊，就三天，可以等的。”

阿凤就坡下驴：“是啊，这三天也不一定能找到别的活干……”

整个院子瞬间热闹起来。

小蝉喝了口水：“先别着急乐，我还没说完呢！”

院子再次安静下来了。

小蝉望着众人笑了笑：“南兰小姐还说了，我们歇这三天，她也出工钱！”

玲姐不敢相信：“有这样的好事？”

阿贵上前一步，指着：“何小蝉，你可别信口胡说！”

“阿贵你不信？那若是领到工钱，你给我，到时候可别赖账！”

阿贵一下傻眼了，高兴得一手去拉七姑娘，一手拉住玲姐，不知如何是好。

小蝉一脸得意：“还有呢，南兰小姐说要把工程全权交给天晴管！我们红头巾里要出大人物了！”

还没进门的余世襄转身走了。

另一间病房里，护士们在给邝海生和陆雪亭打着针。

陆雪亭一言不发，而邝海生却在一旁惨叫，整个走廊回荡的都是他的声音。

印度籍护士给邝海生打完针，摇着头，做了个非常无奈的表情。

邝海生夸张地揉着屁股，提裤子时发现一旁的陆雪亭也在做着同样的动作。

陆雪亭有些尴尬，冲邝海生笑了笑。

邝海生还在夸张地嘟囔着。

“有那么疼吗？”

“好像倒也不疼，我就是没打过针，怕。”

陆雪亭笑了笑：“给我们打的是止痛针，如果你不打，回头你的头可就真要疼了。”

邝海生用手轻抚被包着的脑袋。

陆雪亭见状问道：“这位先生，你头上的伤怎么弄的？”

“被烧着的木头砸的！这位兄弟，你的肩膀怎么伤的？”

“被一个海盗的飞刀刺中了。”

邝海生觉得陆雪亭是在显摆，清清嗓子说：“我挨这一下，可是为了救人！女人，英雄救美！”

“我挨这一刀也是为了救人，有男有女，救了一大片。”

邝海生投去敬佩的眼光：“有两下子啊，兄弟！”

陆雪亭也打趣道：“你了不起啊，先生。”

二人对视，哈哈大笑起来。

“从来没人管我叫过先生。”

“我也是第一回被人称呼兄弟。认识一下，在下陆雪亭。”说着，陆雪亭伸出手。

邝海生尴尬地握了握：“我，邝海生，叫我阿海。”

“邝先生做哪一行？”

邝海生不好意思地摸了摸头：“咱俩这都一起受难了，我这就不跟你吹牛了，我就是个最胆小的混混。兄弟，你是大老板吧？”

陆雪亭也小声地说着：“老板？我自己还一分钱没赚过呢，我就是个最没用的少爷。”

二人相视一笑，隔着病床又握了握手。

此时安静的走廊中，一阵尖锐的高跟鞋声传来。

金碧华撞开门冲了进来：“雪亭哥哥——”

浓香扑鼻，呛得邝海生直捏鼻子。

金碧华脸上挂着泪滴：“雪亭哥哥！听说你受了伤，我好担心呀！”说着，金碧华扑进了陆雪亭的怀抱。

陆雪亭被抱住了伤口："疼疼疼——我的伤——"

金碧华吓得连忙弹开，辨认着伤口，像哄小孩一样夸张地吹着伤口。

疼劲儿过去的陆雪亭尴尬地直瞅刚刚结识的邝海生。

金碧华这才看向邝海生："你是谁啊？怎么跟三少爷住一个病房？雪亭哥哥，这医院怎么搞的，难道不知道你是星洲最有名的建筑商，陆家的三少爷吗？"

"医院又不是酒店，病床有限的。"

金碧华想起什么似的，突然一板脸："你是因为那个白薇才受伤的吧？昨天知道你带她出去，我就应该把你追回来！"

陆雪亭呵斥道："不要乱讲，跟白小姐没有关系，海盗要加害我大嫂，也就是南兰小姐，我出手相救才受的伤。"

没等金碧华反应，邝海生"腾"地站了起来："等会儿！你，陆家的三爷，为了救女神酒店的南兰受的伤？"

"对呀，怎么了？"

邝海生大吃一惊："陆雪樵是你哥？"

"对呀，二哥。"

邝海生疑惑不解，摇了摇头："奇怪……好，你们说话吧，我不插嘴了。"说完，邝海生溜达着出了门。

楼道里，邝海生拉住一个护士打探情况，说着看向远处的病房。

透过病房的玻璃，邝海生觑见天晴一个人躺在床上。

邝海生推开了一条缝，小心翼翼地喊着："老婆。"

天晴看向邝海生，有些紧张。

"听医生说你也没有危险了，真是太好了，昨天的事你还记得不？是我救的你！"

"你怎么会在那个地方？"

邝海生一下被问住："啊？你是我老婆嘛，你在哪我就会在哪啊！"

天晴指着邝海生："臭无赖，我警告你，以后不要再乱叫了！"

"昨天我在墙外可清清楚楚地听见你叫我阿海了，很好听的！你怎么又叫我臭无赖了？老婆！"

天晴向旁边瞟着，急得恨不得抽邝海生。

邝海生这才意识到屋里还有其他人，猛回头发现南兰正站在一旁看着。

邝海生见是南兰，一激灵："不好意思，这还有别人……我先走。"说着，灰溜溜就要出门。

南兰叫住邝海生："等一等。"

邝海生驻足，一脸尴尬。

“阿海是吧，多谢你啊，那老宅附近并没有人住，我正好奇怎么会突然来了救兵，原来你是跟着天晴找到那的。”

邝海生看见天晴怀疑的目光，忙改口道：“也不是，我刚好路过。”

“你是拉黄包车的？”

邝海生又看到了天晴疑惑的目光：“也不是，我刚好借了辆车……”

“那车撞坏了，要赔给人家的，多少钱，你到女神酒店去，找一个叫桃姐的领。”

邝海生连忙拒绝。

南兰诚恳地表示：“不用客气，你们靠卖力气赚钱不容易，还有，你治伤的钱，桃姐也已经给了医院了，饭菜每天会有人送来，你多住几天，彻底好了再走。”

“啊？这多不好意思……”

南兰看向天晴：“这个人不错，敢舍命救你的人要珍惜。天晴，我也该走了，明天再来看你。”说完，南兰冲邝海生点头笑了笑，就走了。

见南兰出门，邝海生特别着急地想告诉她什么，可是最终没有张口。

邝海生回身见天晴正恶狠狠地瞪着自己：“你怎么这个眼神？”

天晴质问道：“你想跟南兰小姐说什么？”

邝海生答道：“我是想问问她是不是跟陆家有仇。”

“你怎么知道她跟谁家有仇？”

邝海生一时语塞：“不知道，我就是猜的。”

天晴低眸，神色黯淡：“火是怎么着起来的？”

“这个我就不知道了，老房子失火嘛，不是经常的事。”

“警察在附近发现了汽油桶，是有人故意放火。你一直跟着我，等在外面，应该看到放火的人了吧？”

邝海生目光游离：“没有，我有点困，打瞌睡来着。”

天晴厉色叫道：“你撒谎！”

邝海生吓得一哆嗦。

“昨天根本不是南兰小姐约的我，我去的是女神酒店，也不是那处老房子，你跟着我又是怎么找到那的？”

“啊？”

“臭无赖，我可知道你是干什么的，火是你放的吧，你是受谁指使，收了多少黑钱？说！”

邝海生难挡心里的慌乱：“你又不是警察，瞎说什么。”

“好，那我这就去告诉警察，让他们审你，看你招不招！”邝海生扑通跪到了地上，“老婆，饶命啊！”

天晴傻了，呆愣半晌：“真是你。”

“你是诈我？哎哟……”邝海生悔得抽了自己一个嘴巴，“我接的活就是烧个空房子，谁知道里面有人啊，而且还是我老婆，我要知道你在里面，说什么也不能……我错了，天晴！”

“出去，别让我再看到你。”天晴大颗大颗地掉着眼泪，跌坐回床上。

邝海生跪在地上，万念俱灰。

这时，门突然被推开，打破了室内尴尬的氛围。二人向门口望去，见阿九和林龙娇站在门口。阿九一见邝海生在地上跪着，一脸嫌弃，连忙扭过身去。

林龙娇皱起眉头，眼睛凌厉起来，问邝海生的病房在哪里之后，朝病房走去。

金碧华见到来了一个女人，叫嚣道：“你谁啊？”

“你是谁啊？”林龙娇都没正眼看金碧华。

“我……你管呢？这是我雪亭哥哥的病房，你来干什么？”

“这也是我阿海弟弟的病房，你在这干什么？”

“你……你敢教训我？”说着，金碧华拿手去指林龙娇。

林龙娇一跃而起：“在星洲，就没有我不敢教训的人！”

金碧华叫嚷道：“想打架是吧！”说着向前一步，直挺挺地顶到了林龙娇身上。

身后的陆雪亭一直在观望。

林龙娇瞟了陆雪亭一眼：“你这个哥哥靠不住。走吧，这是男人的病房，你别在这占地方了。”

金碧华板起脸问道，“你到底是谁啊？”

“林龙娇，龙王帮大小姐。”

金碧华也介绍自己：“我是金碧华，金家二小姐！”

第十五章　身份成谜

医院大厅，两名洋医生正跟南兰说着话。

其中一位院长语重心长地说：“南兰小姐，虽然你的检查各方面都很正常，但我们还是建议您在医院多观察两天。”

“不必了。”南兰微笑回应。

另一名医生说：“可你是我们的主要赞助商之一，难得来一次……”

南兰盯着那名医生，眼神犀利：“我希望永远都不再来。”

说错话的医生很尴尬，院长忙打圆场：“对对对，祝南兰小姐永远健康！”

“我要走了。”南兰很是不屑与这些人打交道，转身欲走，二人连忙前面引后面护送地往外走。

南兰往外走着，看见迎面而来的陆陈氏，突然停住了脚步。

陆陈氏在黄妈搀扶下，刚进大厅便撞见南兰，更是下意识地停步。

陆陈氏有些惧怕南兰，侧过头去不看她。

这让南兰着实气愤。南兰径自走向陆陈氏。

黄妈连忙转到陆陈氏的另一侧，生怕老太太受到伤害。

陆陈氏故作镇定道："别怕，我就不信，光天化日的，她敢在医院里对我下毒手！"

南兰慢悠悠地走到陆陈氏面前："我怎么会对您下毒手？我南兰是有家教的，妈——"说着南兰故意拉长声调。

这一声"妈"叫得陆陈氏更是恼怒。

"四年了，我们还是头一回见面，您若不躲我，我还真觉得自己对不起您，这一躲，倒让我明白了许多，他的阴谋并没有瞒着您，或者，你就是同谋！"南兰说着说着，疾言厉色起来。

陆陈氏没敢搭话，南兰清了清嗓子继续道："回去告诉他，放火没烧死我，刺客也没得手，我南兰还活着。让他也别装死了，我对你们陆家，绝不会手下留情的！"

说完，南兰头也不回地走了。

开门声让床上的陆雪亭一激灵，他连忙起身喊："妈……"

陆陈氏一句话都说不出来，上前将陆雪亭抱在怀里。

"三少爷怎么这么不小心，可把老太太急坏了。"

"你呀，就不应该去招惹那个南兰，记住妈的话，一辈子不要再见她，离她远远的！"

陆雪亭刚想反驳，见黄妈使劲眨眼，只好答应。

没等陆雪亭说完，陆陈氏一脸担忧地问道："昨天白小姐和你在一起，她怎么样？"

陆雪亭回想起昨日白薇开枪的画面，觉得不宜说出，便道："挺好的，她躲得远远的，也没有受伤。"

陆陈氏看了眼黄妈，长长叹了口气。

陆雪亭假装撒娇道："妈，你儿子受伤了，你只顾埋怨，倒担心上家庭教师了！"

陆陈氏有些尴尬地看向黄妈，很明显二人有事隐瞒。

一张照片放在白薇的书桌上，正是南兰老宅祠堂里挂着的那张结婚照，但此时已经没有了相框。

原来昨日在南兰老宅祠堂时，白薇趁乱悄悄取下了照片。拿到照片那一刻，白薇双手颤抖，思索片刻后，将照片塞进衣服内贴身的地方。

白薇捧着照片，死死盯着照片中的男人。

突然，白薇拿起一把剪子将照片剪开，南兰的部分被扣在桌面上。

照片上只剩下那个男人，陆家大少爷陆雪霖成熟帅气的脸。

昨日南兰的话一直回响在白薇耳边，白薇抚摸着照片，悲伤的泪水滴落在陆雪霖的脸上。

“咚咚咚……”一阵敲门声传来。

“谁？”白薇望向门口。

见没有人回答，敲门声却更大了。白薇连忙起身将照片藏在被子底下，发现手枪还在桌上，慌忙将手枪也藏在被子底下。

白薇打开门，装作一副刚起床的样子：“不好意思二少奶奶，今天起晚了，没赶上送展元上学。”

金碧云站在门口，假意关心道：“能理解，你快天亮了才回来，哪还起得来啊？守着门干什么，不让我进吗？”

金碧云进门，将手中提的小布包放在桌上，端坐着道：“一早星洲所有的报纸，都在写昨天的女神酒店，白小姐就在场，惊心动魄吧？”

“是啊，真有些后怕。”

金碧云随口说着：“报纸上写，有个年轻女子连开两枪打碎了灯罩，伤了海盗，我怎么觉得有点像是白小姐？”

白薇强装淡定：“要是我就好了，长这么大我还没摸过枪呢，当时我就在那女侠身边，她可比我漂亮多了。”

金碧云并没有怀疑过白薇有枪，所以也没当回事，便切入正题：“有件事，我想请白小姐当面给我个解释……”说着，金碧云打开布包，用手指轻轻点了点。

白薇发现是自己的笔记本，微微一愣。

金碧云翻开笔记本，微笑着看向白薇：“这上面为什么贴的都是我们陆家的事情呀？满满登登的，贴了一整本，好用心哪！”继而眼神一厉，“说，你到底是什么人？”

“二少奶奶搜查我的东西，是有了既定的怀疑？”

“一个陌生女人住进我家，教我儿子，哄我婆婆，还吊着我小叔子，我不得查查吗？”

白薇顺势接过话：“对呀，我一个女孩子漂洋过海，住在不熟悉的地方，要看主人家的脸色，还要看主人家亲戚的脸色，甚至连下人也不敢得罪，若是不查清楚，我敢来吗？”

被白薇这一问，金碧云倒是一时说不出话来。

“二少奶奶，你还查出什么别的没有？如果没有，我们俩也算是扯平了。”

金碧云蹙着眉看向白薇：“我跟你扯什么平？”

“我不该大费心机地查陆家，二少奶奶也不该在我不在家的时候翻我的箱子。但我们都这么做了，女人嘛，需要安全感，我是理解二少奶奶的，若二少奶奶不原谅我，那我就只能请辞了。”

金碧云哼了一声：“难道你觉得我还会留你吗？”

白薇威胁道：“我跟老太太特别投缘，走之前得去跟老人家告个别。也想把这个本子给老太太看看，把我的用意解释给她听。老太太特别好客，又很在乎陆家的脸面，就是不知道二少奶奶翻我箱子这事，我能不能跟老人家说呀？”

金碧云看向白薇，怒形于色。白薇却一脸的笑容，没有半点畏缩。

金碧云权衡利弊，挤出笑容：“白小姐，你刚才说扯平，我都没听懂怎么回事，现在听明白了，确实是有来有往，扯平了。”

“那我们以后就互相信任了？”

“我其实一直就是信任你的,不然怎么放心把展元交给你！”说着,金碧云握住白薇的手，“对了，我那个妹妹呀，不懂事，也不会说话，要是有什么冒犯的地方，白小姐看我的面子，别和她计较。”

白薇违心夸赞：“金二小姐率真，可爱得很呢！”

“哎哟，这是我听过的，夸碧华最准的一句话了！”

二人各怀鬼胎，面笑心不笑地奉承着对方。

“坦白局”白薇大获全胜，金碧云也无话可说，借口照顾老太太，起身就走。

白薇站在房门前同金碧云挥手再见。金碧云一步三回头，关切地喊着：“快回去再睡会，晚上还得给展元辅导功课呢。”

“多谢二少奶奶。”见金碧云的身影消失在拐角，白薇脸色骤变。

白薇快步走入房间，插好门。搬把椅子放在柜子前，站上椅子，白薇伸手在柜子上头摸索着，将一沓厚厚的信封拿了出来。

白薇把信封抱在胸前，长嘘了口气。

陆陈氏自医院回来后，旧恨新愁交织在一起，午饭也没胃口，一直在桌旁抹着眼泪。

陆雪樵埋怨着：“妈，吃饭了，你这样哭哭啼啼的，我们也没法吃啊，”

陆陈氏猛地一拍桌子：“你还有脸吃饭？我没跟你说过吗？少招惹那个南兰，你怎么不告诉雪亭？”

陆雪樵夹了口菜，阴阳怪气道：“这个怪不得我，他一下船我就说了，可是人家大嫂啊小弟的，关系好嘛！”

陆陈氏瞥了陆雪樵一眼：“你大哥就是不应该娶她！什么白天女，三十岁了都嫁不出去，雪霖也不知道怎么就被她给迷上了！我就那么一个好儿子呀，要模样有模样，要学识有学识，要胆魄有胆魄，又会做生意，又孝顺……我的儿啊！”陆陈氏说着又掉了眼泪。

陆雪樵不耐烦地放下碗筷。

一旁的黄妈上前安慰道："老太太，您别伤心了，我先扶你回去歇着，待会儿我去厨房单做点给你送屋里去？"

陆陈氏点着头，在黄妈的搀扶下走了。

见陆陈氏上了楼，金碧云一改受气媳妇的模样，一挥手，示意所有下人都退下。

下人们都走了，金碧云憋不住笑了出来。

陆雪樵撇着嘴，没好气道："你笑什么？"

金碧云似笑非笑地冲着陆雪樵："就一个好儿子，你是坏的呗。"

陆雪樵把胳膊搭在椅子上，端出一副无所谓的姿态："这有什么？好歹这次没单骂我，连老三不是一起挨骂了？"

金碧云说："报纸上说抢劫的时候，南兰家那栋老宅子也被烧了？"

"烧得好！"陆雪樵喝了口酒，假装跟他没关系。

"报纸上还说，火着得挺蹊跷的，警察还发现了油桶，怀疑是有人故意纵火，正在调查。"

陆雪樵应付着，满脸心虚："活该，她南兰就是得罪人太多了。"

金碧云轻飘飘地来了句："不是你找人放的火吗？"

金碧云又笑了，笑得无比开心。

"你这个疯女人，今天老笑什么？"

金碧云拿着手帕在陆雪樵身上打了几下："没想到，万万没想到，我男人一下子这么硬气了！你说我能不想笑吗？"

本想生气的陆雪樵也演不下去了，"你怎么看出来的？"

金碧云得意道："南兰房子被烧了，你没乐得满屋跳脚，那指定就是你自己找人干的，没跑了！我这一上午，都在心里给你竖大拇指呢！"

陆雪樵笑了笑。

"不过老公，你快拿镜子照照去。"

"照什么？"

金碧云半俯着身，盯着陆雪樵的脸道："一脸的心虚。"

"我凭什么心虚啊？她南兰买走了理查德的股份，不就是针对陆家、针对我吗？她以为我是好惹的啊？我不得让她见识见识二爷的厉害？"说着，陆雪樵得意地扬了扬头。

笑得满眼开花的金碧云突然一板脸："可是你并没有达到目的呀，我已经派人去打听了，南兰并没有接着盖大楼的意思，正找人帮她翻盖房子呢。"

陆雪樵一捶桌子："那可怎么办哪，钱都押在这栋大楼里，咱们陆家等着被南兰拖垮不成？"

金碧云灵机一动："要我说，就一条路，你去找南兰，毕竟管她叫过大嫂嘛，向她服软，大不了下跪，让她把你那百分之三十的股份也买走。你就别贪大了，再找地方盖小点的楼去……”

“不行！我给她下跪？门儿都没有！”说着，陆雪樵突然看着金碧云，“要不你去吧，你们之间没什么过节，跟我比起来，她更给你面子。”

金碧云起身平了平衣上的褶皱：“南兰从没拿正眼看过我，我算什么呀？”

“算什么？现在陆家归你管！就凭这个，就应该你去跟她谈！”

金碧云做出一副可怜模样：“要是我男人对我好，我倒是也愿意试一下。”

“我对你怎么不好了？”

金碧云捏着手帕：“你每天都出去，我有男人和没男人一样的。”

陆雪樵绕到金碧云身后，拦腰将她抱起，花言巧语哄道：“我每天出去也是迫不得已呀，还不是为了陆家的买卖，应酬嘛！我心里还是最疼你的。”说着，在金碧云脸上亲了一口。

金碧云一脸娇羞：“二爷，这个不好，别让下人们看见。”

陆雪樵假意斥责：“那还不快回屋！”说着，搂着金碧云就往楼上走。

从医院回来，南兰整理了心情便去忙着收拾昨日的局面。

女神酒店门口，南兰盛装等待着平先生夫妻二人，几个女仆正在往汽车上运送行李。平太太出门，手里还拿着那本小说，但已不似之前那般珍视，只是用两个手指捏着。望见南兰，平太太有些尴尬。南兰却热情地张开了手臂。

平太太顺手将小说扔在酒店门口的垃圾箱盖子上，快步走向南兰。两位女士亲切地行拥抱礼。

“听说平太太是酒店的常客，我之前都没有接待过，真是失礼。”

“南兰小姐，你太客气了，刚才酒店通知我们不用结账，谢谢呀。”

“应该的，昨天晚上的事，我也要谢谢你。”

平太太紧握着南兰的手：“是我应该感谢你！昨天的奇遇让我发现，一直陪伴着我过平淡生活的那个人，才是真正的英雄！”

正在这时，平先生走了出来。

南兰看见平先生，说：“你的英雄来了。”

平先生看见垃圾箱盖子上的小说，连忙捡起，不忘撣撣上面的灰尘：“老婆，好好的小说，怎么扔了？”

平太太抢过小说，随手一扔：“这本小说一点都不好，写得太虚假了。”

小说在空中旋转，再次落在垃圾箱盖子上。平太太冷不防地抱住平先生，甲板上的海盗与少女此刻仿佛照进现实。

“你隐藏得太深了，勇敢的骑士。”说着，平太太踮起脚尖，在平先生的面颊上亲吻了一下，轻轻地伸出手正了正平先生头上那顶又歪了的假发。

平先生望着妻子，又惊又喜，满眼幸福。

南兰目光柔和，在一旁露出羡慕的笑容。

此时，天晴躺在医院的病床上辗转反侧，脑中全是邝海生火场救自己的场景。可是想起救自己和放火的是同一个人，天晴是又气又恨。

恰逢敲门声传来。天晴以为是邝海生，大声地喊道："我说了，永远不想再看到你！"

门还是被推开了，来人却是洋医生："你的情绪不好吗？"

"没有！我以为是……"天晴说不下去了。

医生告诉天晴，有一位姓余的绅士自称是她的朋友，来看望她，天晴顿时想到是余世襄。

没一会儿，一束大花伸进屋来，天晴顺着花望过去，只见余世襄穿着一身非常得体的衣服，确实配得上"绅士"的称谓。

"欧阳小姐，祝你早日康复。"余世襄礼貌地献上花。

天晴婉拒："小头家，这么漂亮的花，我不敢收！"

余世襄笑道："这是专门为你买的花，你不收，我该送给谁呢？"

天晴十分拘谨，一时不知该说什么。

余世襄望着天晴，眼中满是关切："怎么这么不小心啊，医生介绍了你的病情，伤得挺重的，真让人担心。"

天晴不敢看余世襄的眼睛，连忙转过头去。

余世襄见状，轻声问道："你要喝水吗？我给你倒。"

"不用，该我给小头家倒水。"

"你是病人，不能下床。"说着，余世襄便起身倒水，"这不是在工地上，你不应该叫我小头家，你可以叫我余先生，当然，我更愿意你叫我世襄。"

余世襄将水递给天晴，眨了眨眼："喝呀。"

天晴只好端杯，乖乖地完成了余世襄交给的任务。

"谢谢……"

未等天晴说完，余世襄说："我是来告别的。星洲没有工程了，我就只能回槟城去了。"余世襄叹了口气，"其实做判头是子承父业，我本人是学建筑学的，并自认为是个非常优秀的设计师，我还特别喜欢星洲，在这里盖大楼是我的梦想。可惜啊，我没有留过洋，没人肯用我。现在大楼停工了，判头的工作也丢了，我只能走了。"

天晴眼前一亮："你是设计师？"

"对呀，我们盖的这栋大楼虽然也有设计师，但那洋人画了图就走人，细节都是我定的。"

天晴喝了口水，欣喜道："我正愁不知道在哪能找到设计师呢！"

余世襄愣了愣："你要找设计师？"

天晴有些不好意思："工程并不是很大，就是女神酒店后面的那栋老房子。失了火，主人想重建，希望我帮她找人，不知道小头家能不能屈就？"

余世襄来了兴致，侃侃而谈："那栋房子我知道，是不大，但那是星洲很著名的建筑，房子的主人应该是南兰小姐吧？她可是星洲的大人物，如果能为她效力，是我的荣幸！"

"太好了！小头家，我们这就去看工地！"说着天晴就要下床。

余世襄一把扶住："不行！你现在是病人！没有什么事情比你的身体更重要！别让我担心。"

余世襄充满爱意的目光让天晴的心都化了，天晴只好乖乖回到床上躺好，轻声细语道："其实我已经好了……"

余世襄摇了摇头："你身上还有烧伤，不能见太阳的，现在外面正是大日头。"

"那我们晚一些，等太阳快落山了？"

余世襄有些无奈："难怪南兰小姐会把这么重要的工程交给你，你是我见过的最负责任的人。好吧，下午五点，我来医院接你，一起去看工地。"

天晴点了点头，脸上竟有些羞涩，这是天晴人生从未感受过的重视与温暖。

余世襄走时正遇上阿九，阿九回房便去把这件事告诉邝海生。

"我老婆的病还没好，怎么就跟他出去了？"

阿九翻白眼。

"你跟上去，看看我老婆做什么去了！"

阿九十分不情愿，但还是照做。

余世襄驾车驶到南兰老宅附近，夕阳下的断壁残垣倒是另有风情。

一进入废墟，余世襄就忙活起来，这是他非常热爱的工作。余世襄用脚丈量，找到原有的地基，拿出纸笔趴在断梁上便开始绘制草图。

天晴在废墟中看着，望着木头上的大铁钉，有些出神。突然一个铁钉横刺而出，天晴回响起瑛姐扎脚的瞬间，目光骤惊。

见余世襄走来，天晴忙喊道："小心钉子！"

余世襄穿的皮鞋质量很好，根本不会扎到，一脚将带钉子的木头踢开："草图有了，具体的尺寸需要丈量，待会儿你帮我。"

"好。小头家，上次我跟你说过，想找些旧轮胎……"

余世襄满心都在图纸身上，随口答道："我想起来了，我家里就有一个，找机会让人从槟城带过来。"说罢，余世襄打开包找卷尺。

见状，天晴有些失落。

阿九躲在废墟的残垣断壁间，将二人对话听得一清二楚。

“天晴！你还真在这里啊！”小蝉的声音从远处传来，她并没有戴红头巾，只穿着普通轻便衣服，飞快地跑来。

天晴问道：“小蝉，你怎么来了？”

小蝉看着天晴：“医院没找到人，一想你就是来这了。天晴，小头家怎么也来了？”

“小头家是设计师啊，我们为南兰小姐翻盖房子，不是需要设计师吗？”

小蝉眼珠一转：“哦，那是你请小头家来的？以后，你们俩谁管谁叫头家？”小蝉心眼多，说到了天晴根本没想到的问题。

天晴忙打断：“你瞎说什么？咱们是干力气活的，什么时候也成不了头家呀。”

余世襄扶了扶眼镜：“小蝉说得有道理，南兰小姐把工程交给你，那你就是判头，也就是所有工人的头家，也包括我这个设计师，这说得过去。”

天晴打着圆场：“没有的事！别听小蝉瞎说，如果小头家肯接这个活，那工程还是交给你负责，这一点，我会跟南兰小姐说清楚的。”

小蝉表示反对，天晴使劲地拉了一下小蝉。

余世襄并不在意这些：“那是以后的事，我们先干活吧，把精细的数字丈量出来，先做设计方案，给南兰小姐过目。”

天晴答应着，接过卷尺的另一头，可她的手还包扎着，小蝉抢了过来：“我来，你歇着！”说完，小蝉拉着卷尺的一头就向废墟的一头走。

突然，小蝉大叫一声，天晴和余世襄朝小蝉的方向望去。

原来是小蝉一脚踢到了藏在附近的阿九。

阿九有些尴尬：“海哥让我跟着嘛，我替海哥保护你们呀！”

天晴赶来：“小蝉，别理他！”

小蝉瞪向阿九：“听见没有，不理你。让开！”

阿九只能灰溜溜地走了，回到医院时，天色已晚。

邝海生站在楼道里揉脑袋：“不理你那就是不理我咯，那你也不能回来啊！我老婆伤还没好就去干活，万一她口渴了呢？你起码应该砍几个椰子送过去给她解渴啊！”

“海哥，要买你自己买吧，那个凶婆娘我怎么没看出来好啊，倒是小蝉还不错，那天在海边，她脸上脏兮兮的，没看出来，原来是个漂亮女孩！”

邝海生一脸骄傲：“她是我老婆的姐妹嘛，等我追到了老婆，你自然可以追小蝉。”

“要是这么说起来还可以……”阿九有些动摇。

邝海生踹了阿九一脚：“那你还不快去送椰子，不然老婆不理我的！”

阿九揉着屁股："送椰子人家也不会要的，不如送旧轮胎。"
邝海生有点摸不着头脑："轮胎？干什么用？"
"我也不知道，但大嫂一定很想要啊。"
邝海生瞪大了眼睛："那还等什么？"
阿九翻了个白眼，赶忙跑了。

邝海生回到房里，将脑袋上的纱布拽了下来，不小心牵动了伤口，有点疼。
陆雪亭见状问道："你干什么？"
"有要紧的事办，医院不住了。"
"那怎么行？"陆雪亭有些担心。
"我本来伤得就不重，也没那么娇气的，陆兄弟，后会有期！"说完，邝海生抱拳。
陆雪亭也连忙抱拳："邝先生，慢走。"
邝海生本迈步准备走了，又回头道："你这先生叫得我挺舒服的，可还是不习惯，叫阿海啦。"
陆雪亭思索片刻："你年长，以后我就叫你阿海哥。"
"那我不是南瓜藤爬电杆，高攀了？我的雪亭兄弟！"说着，邝海生有些得意忘形，一把就要去拍陆雪亭的肩膀。
陆雪亭连忙躲，邝海生的手也在伤口前停住了。
二人哈哈大笑起来。

白薇今日一整天未出房门，黄妈来送饭，她也是借口昨日吓到了，不曾开门。
陆雪霖的照片立在桌上，背后倚靠的正是那一沓书信，南兰的照片被随意丢在一边。
白薇淡定地给枪里压子弹，动作并不熟练，一颗，又一颗……她瞟了一眼照片上的南兰，放下枪，点燃了火柴，原本被裁剪过的切口瞬间被烧得卷边。

第十六章　照片男子

金碧云在梳妆台前打扮着自己，陆雪樵光着膀子慵懒地躺在床上。
"要不要先打个电话约一下？"
"你都说了她是故意针对你，我约了，南兰还能见我吗？"
陆雪樵想了想："也是。"

金碧云停下手中的动作,回头看着陆雪樵,撒娇道:“我就直接去女神酒店碰运气咯,老公,你可真是为难我了!”

陆雪樵卖好:“太太辛苦了!”

金碧云趁机抱怨:“你光拿嘴说有什么用?我好几年没添置新衣服了,听说南兰好几个屋子的衣服都有,我代表陆家去找她谈判,总不能显得太寒酸吧?”

陆雪樵有些不快:“你现在说这个有什么用?事情这么急,难道等着你先去买衣服啊?”

“那倒不用,不过你得记得给我补上,我也不要什么时髦样子,能配上我这套珍珠首饰的就好。”说着,金碧云轻轻地拍了拍桌上的首饰盒。

陆雪樵心里咯噔一下,嘴上应付着好,连忙起身,快速地穿衣服。

金碧云化得差不多了,打开了首饰盒,发现里面竟是空空如也。

金碧云大叫一声:“天呐,我的珍珠首饰呢?”

陆雪樵在一旁不敢接话。

“家里进贼了?不,一定是下人们手脚不干净!”金碧云全然没了往日大家闺秀的模样,声嘶力竭地喊,“来人啊——”

梨花应声进门:“二少奶奶。”

金碧云脸上怒气隐现:“出贼了!把所有下人都给我叫到院子里,我要挨个审!”

陆雪樵不敢看金碧云,转而对梨花呵斥道:“审什么审?你给我出去!”

梨花抬头看了一眼,低着头走了。

陆雪樵道:“碧云,不就是一套首饰嘛,你弄这么大动静,让妈知道,多难看!”

金碧云怒目回头道:“是你……是你把我的首饰拿走了。”

陆雪樵扭过头去不看金碧云的眼睛。

“陆雪樵,你为什么这么做?”

陆雪樵赔笑着:“我手头不是紧嘛,找人家办事总得表示表示啦!”

“你拿我的珍珠首饰去表示?那是我的陪嫁!我跟你拼啦——”说完,金碧云上前就去抓陆雪樵的脸。

陆雪樵自知理亏,伸手去挡金碧云的利爪,但脸上仍是被指甲划了两道血口子。

陆雪樵急了,用力将金碧云扔在床上:“疯了呀你!”

金碧云趴在床头,披头散发,双眼通红像是要吃人:“那套首饰就是我金碧云的命,陆雪樵,你给我要回来!”

“都给龙哥了,人家也给办了事,怎么往回要?”

金碧云咬牙切齿地瞪着陆雪樵:“你就不怕晚上你睡着了,我拿把刀来……”

“你敢!我现在就弄死你!”说着,陆雪樵伸手抄起一件坚硬的器物,就要往金碧云头上砸。

金碧云昂首，直挺挺地瞪着陆雪樵。

陆雪樵不敢下手，将手里的东西一扔："疯子，你就是个疯子！"说完，陆雪樵转身出了门。

金碧云整个人像泄了气，趴在床上无声地哭着。

不久，金碧云缓了过来，起身理了理自己的头发，嘴里念叨着："林龙青……"

夕阳下，金碧云的黑色裙摆随风飘动，尖嘴高跟鞋更是衬得身材婀娜多姿。陆家工人长顺吹着口哨在花园里洗车，见金碧云优雅地走来，忙恭敬点头："二少奶奶好。"

只见金碧云手里端着一盘点心："长顺，厨房刚做的点心，给你尝尝。"

长顺满脸笑容地接过，一副要谢主隆恩的样子。

金碧云接着问道："你家二爷平时都去哪里打牌啊？"

"恭锡街啦……"长顺是个聪明人，突然意识到什么，连忙改口，"地方多了，二爷都是自己开车出去，我也不清楚……"

金碧云也不在意，直奔主题："有个叫林龙青的，是二爷的牌友？"

"龙哥呀，那是个厉害的人物。"

"你知道他住哪吗？"

"安祥山街龙公馆，龙王帮嘛，到街上去打听打听，哪个都知道！"

金碧云点了点头，转身离去，在门口上了一辆黄包车。

天色已晚，路灯一点点亮了起来，一辆黄包车穿过星洲的大街小巷，传来车轱辘的摩擦声音。微风吹拂着金碧云的鬓发，金碧云抬腿换了个姿势，欣赏着星洲的夜景，黑色丝绒旗袍下红色的衬裙若隐若现。

车夫驶到龙王帮附近便停了车，金碧云也不恼，缓缓朝门口走去。龙字匾额下是金碧云穿着旗袍的背影，她敲了敲门，微微低着头，俨然是一个教养良好的富家太太。

林龙娇打开门，上下打量来人，疑惑道："太太，你敲错门了吧？"

金碧云抬起头："安祥山街龙公馆，应该没错吧，我找林龙青。"

"你是谁呀？"

金碧云言行得体、落落大方："名字嘛，龙哥恐怕没听过，麻烦通报陆家二少奶奶求见便是。"

金碧云在幽暗中熠熠闪烁，林龙娇无法拒绝她的请求。

林龙娇将金碧云带到小厅内："你先在这等一会儿吧，我哥正在商量生意上的事，客人们走了，我再来叫你。"

"原来是大小姐，失敬，待会儿我能单独见龙哥吗？"

林龙娇看金碧云半晌，也没废话，打了个响指转身走了。

屋里环境很压抑，金碧云坐下，看不出是忐忑还是坦然。

林龙青应付完前厅的事，距离金碧云到来已有两三个小时。

黑暗中，林龙青一脚踏进门来："不是说有人在等我吗？人呢！"

屋里没有开灯。"我在。"极暗的光亮下，金碧云慢慢站了起来。

林龙青吓了一跳："怎么不开灯啊？"

"我是客，没人给我开灯，我只好这样等了。"

林龙青走到开关旁，打开了灯。屋里亮了起来，也照亮了金碧云。林龙青打量着金碧云，妙曼身姿虽未见脸，已觉惊艳。

金碧云先开口打着招呼："龙哥，你好呀。"

"陆家的二少奶奶，我们好像没见过吧？"

"没有，我叫金碧云。"

林龙青打趣道："那我怎么称呼你呀？陆雪樵也喊我一声龙哥，叫弟妹咯？"

"若是我跟他一起来，龙哥自然是该叫弟妹的，可现在是我一个人。"

金碧云话中有话，弄得林龙青一愣。

"龙哥是想问，我一个女人家，怎么会这样跑来？"

"是啊，有什么事需要我帮忙？"

金碧云看向林龙青："帮忙倒不用，我只想拿回自己的东西。"

林龙青一皱眉头，想起了陆雪樵送给自己的珍珠首饰。

见林龙青脸一沉，明显不高兴起来，金碧云忙说："我知道龙哥收这套首饰，是帮陆雪樵办了事情。"

林龙青打量着她道："这么说，你是带钱来的？"

"没有。"金碧云捏了捏空空如也的小包。

林龙青感觉被戏弄了，面露不悦："你好胆量啊，空着手来我龙王帮，想要回你那套珠子？"

金碧云却不接话："给不给是龙哥的事，我是来做客的，等了这么久都等饿了，龙王帮不会不管饭吧？"

林龙青愣了，半晌笑了出来。

屏风后，之前打麻将的地方满满地摆了一桌子饭菜，都是星洲特色小菜。

金碧云起身为林龙青倒酒。

"你这是反客为主了？"

"空着手来的，只能这样了。"说罢，金碧云给自己倒酒，端起酒杯，"我敬龙哥。"

二人碰杯，金碧云一饮而尽。

林龙青放下酒杯，咂巴着嘴："那珠子对你这么重要？"

金碧云神色凝重，眼中闪过了一丝忧伤："是我的嫁妆。"

林龙青嘲讽道："你不讲，我还以为是陆雪樵送你的呢！"

“不，是别的男人送的。”金碧云也不遮掩。

林龙青一愣：“你管你爸叫别的男人？”

“嫁妆，不一定是父母给的。”

林龙青又是一愣，半晌，笑道：“真没想到陆老二竟有你这样的老婆。”

酒精作用下，金碧云目光流曳，不时用手指揉捏着自己的耳垂。

林龙青的嘴角露出难以捉摸的笑容：“我真想知道，你到底是个什么样的女人。”

金碧云似醉似醒：“有机会慢慢讲给龙哥听，但我自己也不一定就了解自己，别人眼中的我和你眼中的我肯定不一样，你眼中的我和真正的我也不会一样。”

林龙青更加感兴趣：“有意思，读过书的女人说起话来，就是不一样。”

“唱歌也不一样，龙哥，我空着手来要回我的东西，你一定不高兴，我唱首歌给你听呀，权当赔罪……”龙哥未来得及答话，金碧云已经唱了起来。她唱得抑扬婉转，眼中逐渐湿润了起来。金碧云沉浸在自己的世界中，她在唱给自己听。

龙哥看着金碧云，不由得心生怜悯。

拖着疲惫的身体回到房内，金碧云小心翼翼地把珍珠首饰放回原处，望着镜中的自己，是自己，又仿佛不认识自己。金碧云的手抚过自己的脖颈，回味着昨晚与林龙青的耳鬓厮磨，竟然毫无羞耻之感。

白薇一路上心事重重地来到女神酒店。

白薇进门，正赶上南兰沿阶而下，向门口走去。

南兰见到白薇后高兴地拉住了她的手，“我在楼上看见天晴和小蝉早就来了，她们在废墟里又是量又是画的，已经在准备为我翻盖房子了。我就在房间里准备了晚宴，当时就想，如果白小姐也在，我们四个劫后余生的女人喝上一杯，该有多好啊！没想到你真的来了！”

南兰的热情让白薇一时无所适从。

南兰对身后的桃姐道：“桃姐，我要先招呼白小姐，你去帮我请那两个女孩。”

“好的。”桃姐说着便去老宅邀请天晴和小蝉参加晚宴，天晴在略显惊讶之后答应参加，余世襄自我介绍一番，又表示要把测量的数据整理。小蝉满眼放光，兴奋之余又发愁了，没有漂亮的衣服，桃姐微笑表示已经为天晴和小蝉都准备好了。

大厅不够安静，南兰便邀请白薇到自己的房间做客。南兰拿了一杯饮料递给白薇：“班东有没有喝过？是南洋风味，用玫瑰做的饮料，星洲女人最爱喝，越喝越美，白小姐你尝尝合不合口？”

白薇尝一口：“好喝。”

南兰瞟着白薇，看见她的包就摆在桌上：“昨天刚见的时候，还以为你是小弟的女朋友呢，我就想提醒你，给陆家做媳妇可不是个好差事。”

白薇笑了笑：“南兰小姐是深有感触吧？”

“白小姐没这个打算吗？”

南兰目光犀利，白薇只好回道：“没有，那是绝对不可能的事。”说着，白薇岔开话题，“今天特地过来，是有样东西交还给你。”

南兰有些疑惑：“还给我？什么东西？”

白薇从信封里拿出照片：“这是我在火场里捡的，可惜烧掉了一半。”说着，白薇把那一半照片放在了南兰面前。

“昨天听南兰小姐说，原本照片上的男人，你丈夫……”

南兰起身，把头转向一旁：“我不想谈他，照片帮我扔了吧。”说着，南兰就去给自己倒饮品。

“南兰小姐在回避过去？回避就意味着它永远不会过去……”

南兰转过身看着白薇。白薇继续道：“我能看到，你在压抑痛苦，你的心里生了病。”

南兰没了刚才的热情，冷冷道：“怎么，白小姐是医生？”

“有些病是医生看不好的，但我能，如果南兰小姐相信我。”

“我们是过命的交情，我当然信你，不过，孩子，今天不是时候，我不想搅了晚宴的兴致。”

白薇此刻不是请求，而是命令的语气：“南兰小姐，我还是想请你说说你的丈夫，说说你们的过去。”

南兰发现白薇手握着枪，在桌下对准了自己，眸色骤冷：“是谁雇你来的呀，陆雪霖吗？”

这名字让白薇一颤。白薇抑制着内心的愤怒：“你刚才说的，是你丈夫的名字吧？他已经死了，又怎么会雇我？”

南兰看着白薇：“昨天在祠堂，你就盯着我丈夫的照片看，你认识他？”

“不认识，但却听说是你杀了他，我想知道真相。”

南兰冷静分析着：“私家侦探？看来你的雇主另有其人了？陆雪樵还是陆雪亭？不可能是那个老太太。”

“没有人雇我，我只想知道真相。”白薇已经顾不得掩饰，目光中充满杀意。

南兰装作不在意的模样：“你有枪，但我相信你不是杀手，不然昨天你就不会开枪救我了。”

白薇正准备扣动扳机。

“你刚才说医生看不好的病，你能。你是学文学的吧？想写小说？那你最好另选一个故事，我已经拒绝了星洲本地的三个作家，我的故事不适合写小说，现在读者更喜欢喜剧，而我的，是彻头彻尾的悲剧。”说这话时，南兰看向那张被烧得残破的照片，一行泪突然流淌了下来。

这泪水一下子打动了白薇，她握枪的手也松了。

南兰拭泪：“不好意思，求你帮我扔了它吧，最好烧了，它的另一半不是已经化为灰烬了吗？它本该在一起的……”南兰又揉了揉眼睛，转过身去，走到窗前放松，“我得活动活动，调整一下心情。”

桌下，白薇扣着扳机的手指彻底松开了，她放弃了暗杀南兰的最佳机会。

门开了，桃姐带着小蝉进门。白薇见状，用另一只手将照片收了起来。

小蝉已经换了身漂亮的衣服，如同贵族小姐。

南兰一扫忧伤，夸赞：“小蝉，你好漂亮！”

小蝉道：“是衣服太好看了，我从来都没穿过这么贵重的衣服！”

这时天晴进门，她还穿着原来那套衣服，戴着红头巾：“南兰小姐好！白小姐也在啊！”

白薇手中握着枪，只能坐着打招呼。

南兰瞟了一眼白薇，对天晴道：“天晴，为你准备的衣服不合适？”

“是我不习惯，再说身上有伤，医生还给上了药，也怕把新衣服弄脏了。”

“这样也好，你穿什么都好看，坐吧！”

天晴犹豫地开口：“等一等！南兰小姐，我有事想单独跟你说。”

“回头再说吧，我们的晚宴就要开始了。”

“这件事还是早告诉您比较好。”

见天晴十分执着，南兰没了办法：“那好吧，进屋来。”说着，南兰引着天晴进了里间。

白薇看向小蝉：“你是头一次来吧，窗外的风光特别美。”待小蝉跑到窗口向外张望，白薇迅速将枪塞进小包，并将照片和小包都放到了不显眼的地方。

另一边，南兰看着天晴，语重心长地说：“我跟你说过，敢舍命救你的人要珍惜。”

天晴一五一十地道出自己和邝海生相识的过程，但对阿海故意放火一事仍无法释怀。

“我会告诉警察不要再追查放火的人了。”南兰说。

“南兰小姐，您可不能因为我就放过他！那样我心里过不去啊！”

南兰反问道：“可是他毕竟救了你，现在又要因为你被警察抓走，你心里就过得去了？”

天晴来之前已经考虑过这个问题，没多想便说：“这个我也想过了，等他从牢里出来，我再报答他救我的恩情。”

南兰神色严厉地看着天晴：“海盗和纵火犯一旦抓到，都是死刑，总督查尔斯爵士是我的好朋友，他已经给警察打过电话了。”

天晴的脸一下抽搐起来，她没想到惩罚会这么重。

南兰从天晴的讲述中判断，邝海生并非大奸大恶之徒，死刑也绝非小事，她不忍心地劝说着天晴：“我猜，这个阿海受人指使放这一把火，最多也就赚二十块，也是为了生计，若是有钱人家的大少爷，又怎么可能在街上混呢？虽说有罪，可不至死，最该死的是那背后的主谋。再说，他肯拼上自己的性命救你，说明这个男人不会太坏。你真的忍心，他年纪轻轻就被判处死刑吗？”

天晴杵在原地，回想着近日邝海生的种种，心情很复杂。

优美的音乐从女神酒店顶楼的窗户中飘出，四人先是干了火里逃生的第一杯酒。南兰和白薇喝的是酒，小蝉和天晴不胜酒力，便以水代酒。

精致的法餐放到了每个人的面前，南兰和白薇熟练地用着刀叉，并示范给小蝉和天晴看。小蝉和天晴在一旁有模有样地学着。

精美的汤品、精致的点心，晚宴看上去其乐融融，四个女人目光流转，有惺惺相惜，有崇拜羡慕，有真诚相待，也有笑里藏刀。

南兰突然拉住了白薇的手，另一只手拉住了天晴，唱起岭南风格的民谣。小蝉也学着南兰的样子，一手拉天晴，一手拉白薇，四个女人围成了一个圆。白薇注视着南兰，歌声中，南兰的目光是那么温柔，可是她唱着唱着却落下了眼泪。

南兰也望向白薇，此刻，白薇的目光有些游离。

星洲街道，繁星璀璨。

天晴挎着包，里面装的是小蝉换下来的衣服。

小蝉在旁高兴地哼着小曲，自言自语道："吃上这样一顿晚宴，也算没白来一回星洲，我好像觉得这辈子都没白活哎！"

天晴也喝了酒，人是微醺的状态，她瞅了小蝉一眼，在自己的世界里荡漾。

小蝉拎着裙摆，不停地转来转去，竟独自跳起舞来，毕竟小蝉没学过跳舞，样子可爱却也是个四不像。

天晴忍不住问道："你在干什么？"

"跳舞啊，在女神酒店学的，像不像？可惜那天我没有这么漂亮的衣服，要不，没准能和陆家三少爷一起跳个舞呢！"

天晴不觉提高音调："三少爷？"

小蝉傻乐着："对，和白小姐在一起的那个，昨天晚上我还梦到了他呢！"

天晴四下看看，街上还有很多行人。

"你小点声啊，做梦想男人，你也不害臊？"

小蝉反问天晴："你敢说你没有想过？"

天晴一下被问住了。小蝉凑近，一把挎住天晴的胳膊："说，你最近想的是小头家还是阿海哥啊？要说实话喔！"

天晴借着酒劲说："我呢，本来讨厌阿海的，那天觉得自己马上就要被烧成灰了，却突然被别人抱了起来，我睁开眼一看是他，之后昏昏沉沉的，做梦一直梦到的也是他。"

小蝉大喜，惊讶道："这么说你还是喜欢阿海了？"

“什么呀！我是被烧糊涂了，尤其知道了是他放的火，我怎么还会……”天晴一下停住，和小蝉对视一眼。

小蝉瞪大了眼睛：“火是阿海哥放的？”

“嘘……我真是喝醉了，南兰小姐嘱咐我不要跟别人讲的。”

小蝉很是不满，噘着嘴道：“我是别人啊？”

“我不是这个意思。酒可真不是好东西，害得我都不知道该说什么了。”

二人继续走着，不再说话。

小蝉坚持跟天晴到医院住一晚，不回豆腐庄。

女神酒店里，南兰拿着一杯红酒，摇晃着喝了一口，女仆们在收拾着杯盘。

桃姐走到南兰身边：“小姐，别喝了，也该休息了。”

“有两件事：一、告诉警察，是谁烧了房子我已经知道了，但不想追究，让他们别查了。二、白小姐不是家庭教师那么简单，得查查她。”

“明白了。”

“但那是个善良的孩子，手里有枪，却不会杀人，只会救人。”

第十七章　各怀心事

阿九兴冲冲朝邝海生跑来，一屁股坐在邝海生对面，抢过邝海生面前的炒牛河便吃。

阿九满嘴河粉，含糊不清地说开旧车行的人不识抬举，不肯给旧轮胎。阿九想给车行的人一点颜色看看，点了车行。可邝海生听阿九这样说立即反对，表示不能再干这种放火的事，最后给阿九十块钱去买旧轮胎。

台灯下，被烧毁的南兰照片又被摆放在桌上，而另一半也被白薇拿了出来。看着照片，白薇眼前不停地闪现这两天的画面，她没办法把杀死陆雪霖的凶手与今晚认识的南兰画上等号。

抚摸着陆雪霖的照片，白薇眼泪再也不受控制，流了下来：“我没能杀了她给你报仇，她已经有了防备，以后恐怕再也没有机会了，我真无能！”

哭累了，白薇便趴在书桌上，拿着那叠厚厚的信件，一封一封地看着。

窗外隐隐约约露出光芒，白薇一夜未睡，又喝了酒，有些口渴。可她拿起水瓶，里面空了，便起身去厨房。

天色微亮，白薇来得太早，厨房连做饭的下人都没有起。白薇找了几个水瓶，才倒出一碗水来，正打算喝，突然听见脚步声。来人正是金碧云，和昨晚一样的打扮，只是多了些疲惫。原来金碧云也在找水喝，看到白薇后不顾仪态，往喉咙里灌水，喝完水，金碧云突然说白薇昨晚出去了，并没有给展元补习英语。白薇震惊自己的外出竟被发现了。但金碧云反而轻松地说白薇前些天装得太过了，让人忍不住要怀疑，现在反而更好。

金碧云走了，白薇也没喝成水，一屁股坐在椅子上发呆。

清晨，太阳高高升起，照亮了豆腐街，也照耀着面线伯迫不及待的心。面线伯今日出摊特别早，不时地向豆腐庄门口张望着。见玲姐出现，面线伯激动地说："早啊玲姐！这就下锅！"说着，面线伯就将面线下到了锅里。水花滚滚，映衬着面线伯笑开花的脸。

玲姐同样满脸笑容："你来得可真早。"

"能见到玲姐，再早我也愿意来啊！"

"小点声！"说着，玲姐将两个饭盒放在了摊位上。

"玲姐啊，昨天晚上咱俩说的那个事，待会儿可别忘了跟七姑娘提啊。"

玲姐有些羞涩："我要是说出口，可就收不回来了，你想好了，不后悔的？"

面线伯鼓捣着水中的面线，热气也盖不住他的笑脸："我们也认识两三年了，我是什么人，你还不清楚？对玲姐我可是实心实意的，又怎么会后悔呢？"

玲姐含羞地笑了笑。

豆腐庄里，红头巾姐妹们已经起了床，有的在洗漱，有的在旁嬉闹。因为不用出工，所以都不用戴红头巾，二楼的阳台上，正在洗头的三个姑娘，一排乌黑的秀发，显得格外的美。

玲姐端着两个饭盒径直朝七姑娘房里走去。

打开饭盒，香气扑鼻而来，面线汤里浇头十足，种类丰盛。

七姑娘打趣道："嚯，这么足的浇头，面线伯为了讨好我们阿玲，可是下足了本钱喔。"

玲姐娇羞得如小姑娘一般。

七姑娘假装嫌弃："别恶心人了，装什么害羞的小女孩！说吧，这一大早就献殷勤，面线伯打的是什么主意啊？"

玲姐低着头，轻声细语地说："昨晚，他跟我说，他想娶我……"

七姑娘一愣："那你昨晚回屋了没有？"

玲姐猛地一下抬起头："我当然回了呀！七姑娘，我是那种随便的女人嘛！"

"看把你急的……"七姑娘突然笑了一声。

玲姐这才知道七姑娘在逗自己，更不好意思了。

七姑娘看着玲姐感叹道："嫁吧！你是寡妇，他是鳏夫，不是正合适？豆腐庄就是你娘家，我要风风光光地把你嫁出去，只是他那间屋太破了，我都担心哪天下大雨，塌了。"

“这些年我也攒了一些钱的，我想，等嫁过去以后，就把钱拿出来，和他一起，盖间新屋。”

二人开始吃面线，玲姐满脸的幸福。

七姑娘感叹道：“这么多年了，大多数姐妹还是挣到钱就回三水，你也算是第一个留在星洲的，替你高兴啊！我现在最惦记的就是秀禾，你聪明，不像秀禾那个傻子……”转而情绪又一变，“我提她干什么，好好的面线都吃不下了。”

“秀禾我可是了解的，她有心，不会忘了你的，没准哪天就回豆腐庄看你了！”

七姑娘口是心非地说：“谁要她回来看我？摘了红头巾，就别想再进豆腐庄，这是规矩！”

星洲街头，秀禾抱着一个小布包飞快地跑着，边跑边往嘴里添着吃食。不当红头巾的这些日子，秀禾白了一些，但脸上仿佛更憔悴了。

角落里，秀禾快步跑进女神酒店，迎面碰上桃姐。

秀禾忙道歉：“对不起，我怕是又来晚了吧。”

“没有啊，今天还早了五分钟呢，快去换衣服吧。”

秀禾一下高兴起来：“哎，谢谢桃姐！”

换好衣服，秀禾跪在地上擦着大厅的地板，大堂里没多少客人。

秀禾擦得格外快，干活又快又好，十分麻利。

医院病房里，一纸一笔，天晴站在窗前画着南兰老宅的草图，不是很像，天晴不满意地摇着头。

门被轻轻推开，天晴浑然不知。

“画得不错。”一个声音在天晴身后传来，余世襄正站在天晴身后，他个子高，刚好越过天晴的肩看到草图。

说着，余世襄便从包里拿出各类图纸，包括外观的效果图。

天晴感叹道：“你画得真好！”

余世襄并不自傲：“那是因为有参考。”说着，余世襄找出了那栋老房子的两张外观照片，一张是在报纸上，一张是纯粹的照片。

天晴看着照片，又对照着效果图。

“这栋房子始建于九十八年前，快一百年了，如果南兰小姐同意这次翻建，我想在设计上做一些革新，变化大的主要是后院和二层的整体布局……”说着，余世襄翻着厚厚的图纸。

余世襄想找小蝉一起来听，可以多个人出主意，却没见到小蝉，天晴也不知小蝉的去向。

小蝉一大早就跑到了陆雪亭所在的病房。

看到躺在床上睡着的陆雪亭，小蝉靠在门上，没敢坐，因为屋里除了床没什么合适的地方，也怕自己的裙子坐下不好看。

陆雪亭翻了个身，感觉口渴，去摸床头的水杯。

机会来了，小蝉轻步上前，拿起水杯，放在陆雪亭的手里。

陆雪亭看了一眼小蝉，示意要起身。小蝉忙扶着陆雪亭坐起。

陆雪亭以为这就是护士小姐，可小蝉告诉陆雪亭她不是护士，在女神酒店他们摔在了一起。

陆雪亭看着小蝉，眼前闪回那一幕："我想起来了，是我把你绊倒的，当时你戴着个红头巾，怪模怪样的那种。"

这下小蝉反倒不好意思了："是啊，我也觉得那头巾难看。"

陆雪亭肯定地点着头："现在看上去是比当时漂亮多了！"

听到这话，小蝉一扫刚刚的尴尬，不无得意地捏着裙角。

陆雪亭突然说："我想起来了，你和你的同伴是白薇的朋友，你能告诉我你们是怎么认识的吗？"

"码头上认识的呀。"

"你说细致点。"陆雪亭渴望从小蝉嘴里得知一些有用信息。

小蝉很为难，不知怎么介绍白薇才能避开自己逃票的尴尬。

陆雪亭侃侃而谈："白薇对我来说是个谜一样的女孩，比如说，她有枪，而且在危急时刻，敢开枪，瞬间改变战局！但她又在我们陆家当一个家庭教师，面对冷嘲热讽也不在乎。"转而陆雪亭又摇了摇头，"我非常清楚，自己已经喜欢上她了，所以我真的很想了解她，你能帮我吗？"

小蝉傻了，半晌说不出话来。

陆雪亭突然意识到什么，便不再往下说。

第十八章　曲线救国

两辆汽车停在女神酒店门口，一个派头十足、打扮夸张的女人下了车，她扶了扶墨镜，四下扫视一番，径自走向酒店。

女人的随从和酒店服务人员跟随其后，有拎箱的，有捧帽盒的，有提着鸟笼的，还有抱着狗的，显得格外夸张。

天晴和余世襄朝酒店走来，余世襄拿着公文包，二人见女人如此派头，便放慢了脚步，等她先过去。

正在擦地板的秀禾见有人进门，连忙起身退到一旁，鞠着躬大声地说："女神酒店欢迎您，正在擦地，请贵客小心地滑。”

女人仿佛根本没听见，眼都不抬一下，突然脚下打滑。

秀禾连忙上去，一把扶住了女人：“太太，您没事吧？”

女人猛地一甩，十分嫌弃秀禾的脏手：“想摔死我呀！”

秀禾不知如何是好，恰好桃姐过来：“怎么回事？”

女人指着秀禾：“她把这地上弄得都是水，想摔死人啊！”

桃姐看向秀禾：“你在擦地？有没有提醒客人？”

秀禾有些委屈：“我说了。”

女人趾高气扬地看向秀禾，一脸不屑：“我可没听见。”

秀禾连忙道：“都是我的错，请太太原谅！”秀禾说着，深鞠一躬。

桃姐跟着道歉：“谭小姐，她才来，干活也没有门道，您没事吧？”

被叫做谭小姐的是粤剧名伶谭玉卿，她操着夸张的戏腔：“吓我这一大跳，你说有事没事啊？”

桃姐赔笑着：“怪我了，知道您要来，不知道您来得这么早，没在门口迎接，您要骂，骂我还不行？”

谭玉卿又指向秀禾，瞪了一眼：“她还管我叫太太，你没听见？”

“秀禾，快给谭小姐道歉。”

秀禾又鞠一躬：“谭小姐对不起！”

谭玉卿始终都没拿正眼看秀禾，被抱着的狗从仆人怀里跳了下来，冲秀禾汪汪地叫着。秀禾被吓得向后退了两步，一下子把谭玉卿逗笑了：“呵，你倒是懂得替主人出气呀？”

狗又叫了两声。

“别叫了，白玉娇，你那破嗓子是也要唱戏吗？”狗像是听懂人话一般，安静地坐在地上。谭玉卿蹲下身抱起狗，“房间准备好了吗？”

“接到您的电报就赶紧腾出了那个套房，前两天就准备好了！”

“嗯，每回来你们酒店住得都还算舒服，就是今天这个擦地的不长眼睛。”说完，谭玉卿一行趾高气扬地走了。

秀禾又委屈又尴尬，正想去擦地上的脚印，背后传来天晴的声音，“秀禾姐！”

秀禾回头，发现是天晴。

天晴很是开心，拉起秀禾的手：“秀禾姐，原来你在这里做工啊？”秀禾点头。

天晴也替秀禾不公：“刚才那女的真不像话，我明明听见你提醒了，她就是故意为难你！”

“可别这么说，她是贵客，贵客一不高兴我就要丢了工的。”秀禾一脸苦笑。

“那就回豆腐庄呀，何苦受这个气？南兰小姐，就是这女神酒店的大头家，她把重建老宅的活都交给红头巾姐妹了，你随时可以回来，我们一起开工！”

“红头巾摘了就再也回不去了，再说我也不是做这一份工，我上午在这里，下午、晚上在别人家里做，头家都待我挺好的，有时还会留我吃饭呢。”

“一天做三份工啊，秀禾姐，你吃得消吗？”

秀禾笑了笑：“是有些累，可咱们过番来不就为多挣一点钱养家吗？”秀禾看了一眼天晴身后的余世襄，“好了，我不陪你讲话了，我要做工了。”

这时，桃姐刚好送完谭玉卿回来，秀禾连忙起身：“对不起桃姐，给您惹麻烦了。”

“没事，这个谭小姐就是事情多，以后当心，抹布再拧干一点。”

秀禾点了点头，迅速去水桶旁拧抹布，继续擦地。

桃姐走向天晴：“天晴小姐，你们来了。”

“桃姐，老宅翻盖的图纸想请南兰小姐过目。”

“她快天亮了才睡，晚上之前恐怕醒不了了，这样，你把图纸放下，等她醒了，我拿给她看。”

天晴有些为难，看了余世襄一眼。

“没问题！”说着，余世襄把公文包里的图纸全部拿出递给桃姐，“那就请您转给南兰小姐，有任何不满意的地方，余世襄随时修改。”

小蝉从陆雪亭那儿回来，就坐在病床上发呆，天晴进来了她都浑然不知。

“小蝉，你跑到哪里去了？”

小蝉懒洋洋的，面无表情道：“我还要问你呢，你跑到哪里去了？”

“我去干的是正事，你一大早说去水房洗漱一下，怎么就不见了？”

小蝉不想回答，反问天晴：“别问我了，你去干什么正事了？”

“小头家辛苦了一夜，画出了图纸，我带他去女神酒店了。”

天晴已经开始收拾东西，小蝉一脸诧异。

“你干什么？”

“今天早上换药的时候我已经问过医生了，我住在这里除了换药没别的事，那就回去咯，明天再来换药就可以了。”

小蝉去拉天晴的手：“别啊，我还想在这再睡一晚上呢，这房间又宽敞又干净的……”

天晴停了停手中的活：“南兰小姐的钱不是钱啊，已经好了还住在医院里，哪有这种道理？快跟我回去，小头家的黄包车还在下面等着呢。”

星洲街道上，余世襄家的车夫拉着小蝉和天晴兜转着。小蝉高兴极了，任由风吹着自己的面颊。继而，小蝉趴在天晴耳边小声地说：“天晴，我算跟你沾光了，坐上黄包车了！”

天晴不在意这些，淡然一笑：“我跟着我爸给人家盖屋的时候也见过不少小姐，有的也大字不识，甚至还有的，脚那么小，走路都要人扶，又有什么好？”

小蝉撇了撇嘴："我没当过嘛，肯定是羡慕咯。就像南兰小姐，生下来就有花不完的钱，你不羡慕？"

"不，你是知道的，我很小的时候，我妈就走了，所以我从小最羡慕的人是你，有爸有妈，还有哥哥弟弟。南兰小姐虽有钱，却没见她有一个亲人，她心里恐怕有你我想象不到的苦，有什么好羡慕的？"

小蝉想了想："天晴，你也没念过几天书，怎么说起话来就让人服气呢？"

天晴哼了一声，二人吹着风，看着星洲街头人来人往。

余世襄已先一步到达，站在豆腐街口等着二人，见车来了，正要去迎。

突然，余世襄停下了脚步。

对面也来了辆黄包车，车上装满了货物，一片残破的苫布罩着，拉车的正是邝海生，阿九气喘吁吁地跟在后面跑。

发现对面的车，邝海生也停住了脚步。

余世襄立刻转头对天晴道："那我就先回去了。"说完，余世襄就要走。

天晴看见了对面的邝海生，瞬间明白了什么。

邝海生突然大声道："小襄子，你给我站住！"

余世襄只得驻足，硬着头皮回过身，但也不往前走。

邝海生将车一放，径自冲向余世襄："你怎么回事？见到我就溜，可不是一回了！"说着，邝海生就在余世襄胸前杵了一拳。

天晴从车上急匆匆地跳下："臭无赖，你干什么？"

邝海生头也不回："哎呀，没你的事。"说着，邝海生伸手一搂余世襄，比他高半头的余世襄只得矮下身，"你一个当判头的，这么关心红头巾吗？还用自己的黄包车送人家女孩子？怎么，看上小蝉了？那裙子你给买的？"

余世襄只是笑着摇了摇头。

邝海生低声道："那个叫天晴的，做你表嫂怎么样？"

余世襄愣住了，片刻才说："表哥的事，我哪敢说。"

邝海生很满意："那你以后要关照啊，我老婆，你表嫂啊。"

余世襄只好点头。

邝海生松开胳膊，在余世襄后背拍了一巴掌："走吧！"

余世襄回头，发现天晴正在看自己，无奈地笑了笑，便转身走了。

天晴叫着小蝉："小蝉，你还不下来？"小蝉连忙下车。天晴对车夫道谢："大哥，辛苦你了，快去追你家少爷吧。"车夫点头答应。

路边的写信佬和面线伯将这一切看得一清二楚。在写信佬摊前的三个红头巾也对天晴、小蝉二人投去了羡慕的目光。

天晴将包裹递给小蝉，看向邝海生。

邝海生嬉皮笑脸上前："老婆！"

"闭嘴！你跟我来。"天晴快步向豆腐街角落走去，邝海生连忙跟上。

角落里，天晴质问邝海生："你来干什么？"

"看老婆啊！"

"再叫一声，我就告诉警察！"

邝海生嬉笑道："不至于吧？我叫你什么，警察不管的。"

天晴白了他一眼："你自己做了什么你忘了？"

"那件事？那可是要命的，你没那么狠吧？咱们再怎么样也是朋友……"

天晴扭过头去："我欧阳天晴没有杀人放火的朋友！"

"是放火了，没杀过人。我向你发誓，我那天真的不知道你们在那老房子里面，不然我……"说着邝海生捂了捂脑袋，做出痛苦的表情，"我这里也被砸了个大坑的。"

"少在这装可怜，你活该。我不想再见到你，如果以后你再到我干活的地方，或者我住的地方来骚扰我，我就去告诉警察。我说到做到！"

天晴的话像泼了盆冷水在邝海生身上，"小点声，我在外面混的，要脸面，别让人家听见好不好？"

"那你快离开这里！"

"知道你在生我的气，不想见我，本来还以为你要在医院多住几天的嘛，就趁机来送东西，没想到……"

天晴不想听，一口打断："谁要你送的东西？"

"不要？阿九说你一定很想要的，我可是费了九牛二虎之力才搞来的！"邝海生说着，就向黄包车走去，一把掀开破苫布，底下是满满一车的旧轮胎。邝海生比画着旧轮胎，期待天晴的惊喜表情。

天晴愣在原地，眼神复杂。

邝海生不会说甜言蜜语，有的只是力气，叫上阿九把旧轮胎卸到天井里就走了。

天井里，十几个女孩子围着小蝉，瞅着她身上的高档裙子很是羡慕。七姑娘和玲姐从楼梯上快步而下，一眼便望见了堆在院子里的十几个轮胎。

七姑娘来到天晴身边："不是说要在医院里住三天吗？怎么回来了？"

"我跟医生讲好了，明天回去换药，就不在医院住了。"

玲姐担心之前的事会在二人心中留下隔阂，便说："天晴，你受了伤，七姑娘很担心的。"

天晴会意："多谢七姑娘，多谢玲姐。"

七姑娘看着天晴还包着的胳膊和头："以后可要小心。"又疑惑地指着地上的轮胎，"你这是要做什么？”

“做鞋。”

“鞋？”玲姐感到诧异。

天晴解释着：“轮胎是橡胶做的，很硬的，要是用它当底子做鞋，上工地时就安全多了。”

七姑娘蹲下，去按轮胎：“你怎么想到的？”众姐妹见状也围了过来，二楼还有很多人向下张望。

“我哪有那么好的脑子啊，我是在街上看到的。我们可以把底子做大一点，厚一点，不光钉子扎不着，踩在碎石子上，应该也不会硌脚了。就是不知道这些轮胎够不够给大伙每人都做一双鞋的。”

七姑娘看着天晴，半晌说不出话来。她努力控制着情绪，“姐妹们，天晴这个主意好，我们现在就用这个做鞋，以后我们红头巾下工地，都穿橡胶鞋！”

阳光照进豆腐庄内，众姐妹齐心制作轮胎鞋。

轮胎被剖开，有的地方打薄、磨平，两个年纪大的老红头巾用刀子割橡胶，将橡胶割成鞋形，专门有人负责在橡胶上打孔。

七姑娘负责裁布条，布条的材质跟红头巾的完全一样。已经获得鞋底的姐妹们则用布条穿着鞋带，整个豆腐庄里忙得不亦乐乎。

小蝉穿着橡胶鞋不情愿地走了出来，伸着脚左转右转：“太丑了！天晴出的这是什么馊主意……”

一旁正在穿鞋带的阿贵没好气地说着：“嫌丑你别穿，扎了脚，找阿瑛去！”

身后不远处的美花听到此话，埋怨道：“阿贵，你嘴也太损了吧。”

阿贵起身，拍了拍鞋：“我眼里不揉沙子，表面上好得跟亲姐妹似的，背后还说人家坏话。”

小蝉挺着胸脯，撇了撇嘴：“我和天晴从小玩到大，都是这样的，她都不生我的气，你管得着吗？”

“我就不许你说天晴一个不字！”阿贵此话一出，小蝉和美花都傻眼了。

小翠凑了过来：“阿贵，你以前可没少数落天晴。”

“以前是以前，现在是现在，你看看天晴，干什么事都想着大伙，我这出去耍了一天，回来还得了双鞋呢，换做你们，自己有就行了，谁会想着姐妹们？”

小蝉眼珠一转，趁机凑到阿贵身边：“阿贵姐啊，照你这么说，不如我们推天晴当大家姐吧？”

阿贵一下愣住了。

小蝉接着道：“可不止一双鞋的事，我们马上要跟着天晴去开工了，没天晴就没钱赚，她不该当大家姐？美花、小翠，你们说呢？”

刚换了一只橡胶鞋的阿贵使劲眨着眼睛，说不出话来。小翠和美花不知盘算着什么。

七姑娘房里，她与玲姐和天晴三人对坐在桌边。

天晴为难地张口道："南兰小姐确实是这么说的，但我想，这么大的工程，我们干不来，所以我就又请了小头家，这个还没来得及跟七姑娘商量。"

"为什么要和我商量？

"你是大家姐呀。"

七姑娘轻笑一声："这个新头家我见都没见过，她信得过的是你欧阳天晴，不是我。我刚才也和阿玲商量了，既然是跟着你开工，以后你就是大家姐了。"

天晴忙推脱："啊？那可不行！新头家南兰小姐，她信得过的是红头巾，不是我一个人，现在工程也是交给所有姐妹，大事还得您做主。"

玲姐打圆场："我就说嘛，天晴这孩子……"

没等玲姐说完，门猛地被撞开了，阿贵气哼哼地冲了进来。

一见七姑娘和天晴坐在一起，阿贵怔住了。

半晌，玲姐开口："阿贵，你怎么了？"

只见阿贵一只脚穿着橡胶鞋，另一只脚还趿拉着布鞋。

"我就是想问一下，以后红头巾，谁是大家姐？"

此话一出，三人全被问蒙了。

阿贵恶狠狠地瞪向天晴："我阿贵认的是七姑娘，我不管别人怎么收买人心……"说着，阿贵跺了一脚橡胶鞋，"想替了七姑娘当大家姐，我可不答应！我宁愿摘了红头巾走人！"

七姑娘和玲姐面面相觑，天晴更是一头雾水。

回到宿舍，天晴不好在众人面前提起这事，便叫小蝉去了屋顶。一问才知，是小蝉在阿贵面前说想让天晴做大家姐。

天晴冲着小蝉吼道："何小蝉！你怎么能说出这种话来？"

小蝉一脸无所谓："怎么了？谁有能耐谁当大家姐，不应该吗？"

"你是不是忘了，你刚到星洲的时候，若不是七姑娘收留你……"

小蝉打断天晴："我不念她的好，要不是你帮我，她才不会留下我呢！"

天晴气道："你还不明白吗？她是好心，你却不领情？"

小蝉瞪着天晴，沉默半晌，还是倔强地低下头，不说话了，显然是被天晴说服，又拉不下面子，转身就要走，被天晴一把扯住。小蝉再也忍不住，咧嘴号啕大哭起来。

"我也不是讨厌她，我只是想你能出人头地。你要是抓不住，老天爷不会再给你机会！这次好不容易能做南兰小姐的工程，我想着你如果能凭这个当上大家姐，我也能沾你点光。"

天晴只好安慰道："好了好了，别哭了，我不说你了，你以后说话也注意点，我不想当大家姐，更不想什么出人头地。"

没想到小蝉却说："我想！我下南洋来，就是不认命！我想活得好一点，你要是当了大家姐，别人就会高看我一眼，不是吗？南兰小姐把这活给了你，你就是判头，应该让他们叫你头家！我不是也能当个二头家吗？可你，你找什么余世襄啊，你就是傻！"

天晴被骂得愣住了："我还真没你那么多心眼，我只想干上几年，就回三水陪老爸去。"

"你就是嘴硬！你往那边看！"顺着小蝉手指的方向，远处一片灯火通明。

小蝉望着远方，心有不甘："我们好不容易到了这里，为什么要回去？三水有什么，有那么高的楼吗？你不想每天都在女神酒店那样的地方吃饭吗？我们穿着好看的裙子跳舞，想上街的时候还能坐黄包车，你舍得回去？"

天晴板起脸："小蝉，你是不是做着梦呢？醒醒吧！说了半天，你有说过靠什么赚钱吗？不用干活，饭就到嘴边，好衣服就来了？黄包车可以坐，也许有一天我们还能坐上汽车呢，但得靠自己！我是请了余世襄，那是因为我们需要一个设计师，我并没有说把工程交给他，那样南兰小姐也不会答应。"

小蝉抹了抹眼泪，一下高兴了起来："天晴，谁说你没心眼的，你就是装！你这样，既有了设计师，工程还是归你管，那你就已经是头家了？"

"头家是南兰小姐！我和大家一起开工，赚工钱就是了！南兰小姐信任我一个初来乍到的红头巾，我尽力替她做事，难道不是理所应当的吗？"

小蝉点着头，仿佛顿悟一般："我明白了，你的意思是不急着当头家，放长线钓大鱼！我就等着和你一起坐汽车了！"

天晴气得直翻白眼，她知道自己与小蝉各有各的逻辑，争不出对错，也不再多说。

日出东方，海上的朝霞编织出一幅华丽的彩图，豆腐庄的姑娘们从睡梦中依次醒来。楼上楼下都是洗漱的女工，小蝉和天晴仍用一个水盆洗着脸。

玲姐走了过来："天晴，从今天起，你领大伙唱。"

天晴抬头，脸上湿漉漉的："啊？不，还是玲姐唱得好听。"

玲姐笑道："你年轻，嗓子好，让你唱你就唱。"

小蝉用胳膊使着小动作，示意天晴唱。天晴只好开口。

一折日头唔晒面

整个豆腐庄里立刻传来众人合唱的声音：

一折日头唔晒面

二折雨水唔浇头

三折揾多好银圆

揾到银圆往家返

合家昌旺福满堂……

天晴的歌声传到其他姐妹的宿舍，红头巾们坐在床沿边，边唱边系着胶鞋上红布条做的鞋带。

朝霞如火，晨曦中一排红头巾整齐地走着，每人脚上都有一双新胶鞋，胶鞋的红带子与红头巾相映生辉，每个人的脸上都洋溢着幸福的微笑。揉着惺忪睡眼的阿九看见了这一幕，脸上露出了笑容，转身就跑。

阿九站在早餐摊前，向邝海生汇报着未来大嫂的情况。

“做鞋？我老婆真是聪明，工地上钉子多，经常扎脚，穿上这样的鞋就不会被扎，也省得我担心她了！”

邝海生一脸的笑容，阿九却沉着脸，撇嘴，又抢过邝海生的早餐吃着。

邝海生板了板脸：“知道你大嫂现在最缺什么吗？”

“什么？”阿九歪着头。

邝海生眉头一挑：“最缺人捧场啊！多叫点兄弟，去捧你大嫂的人场。”

第三篇

女儿情

第十九章　金家姊妹

龙王帮客厅，一溜敞开的珠宝盒子放在桌子上，里头摆着各色珍珠首饰。今晚林龙青没有打麻将，倒是研究起珠宝来。一个珠宝商打扮的男人站在一边，咧着满嘴金牙奉承道："龙哥看中哪个便讲，龙哥喜欢了，我就用进货的价格转让，一分钱不会赚您的！"

林龙青冲林龙娇笑道："阿娇呀，你瞧着哪个好？"

"我不喜欢这些东西，你又不是不知道。"林龙娇站在一旁擦枪，满脸不耐烦。

林龙青细细挑选着："又不是给你的，帮我看看，配上次让你去估价的那套白珠子。"

林龙娇回想到那日的情景，不由得皱了皱眉头。

"这套珠子怎么样？"林龙青随口问道。

林龙娇扫视着桌上的珠宝，凭眼缘捡起了一个独镶一大颗珍珠的云朵胸针："这个咯！"

林龙青把它拎在手里看了看："你可给我瞧仔细了，配得上上次那套珠？"

没等林龙娇说话，珠宝商忙上前，奉若珍宝似的半托着："哎呀，阿娇小姐真是识货！这是东洋天女珠！这么大的一颗，实在是难得！我带来的这些里面，这颗是最好的！要不是龙哥，我是不会轻易拿出来的！"

林龙青挑着眉，似信非信地看向珠宝商。半晌，挥了挥手。

林龙娇不耐烦地瞥了一眼："外头领钱去。"

珠宝商点头不迭，迅速打包起其他的珍珠，快速走出。

林龙青把珍珠胸针拿在胸前比画一番，眯着眼瞧着镜子："这珠子好在哪啊？我怎么看不出来？"

"那套珠子你不是已经还给人家了吗？配了还有什么用？"

"我就是帮她配的。"

林龙娇来了兴致，放下手中的枪，一脸好奇地看向林龙青："哥，这么多年，我没见你对哪个女人这么用心思！那女人好在哪，我可也看不出来啊。"

林龙青明白妹妹话中的意思："我不是用心思，我这是……英雄识英雄。"说着，林龙青拍了拍胸脯。

"你说那个女人是英雄？我可更看不出来了。"林龙娇一脸不屑，又把玩起桌上的枪。

林龙青对林龙娇摆了摆手："她不是英雄，是个枭雄——女人我见得多了，这个可不一般！"

林龙娇不屑地撇了撇嘴，没正眼看林龙青那个傻样。

林龙青打量着珠子，自顾自说着："哎呀，我怎么觉得还是配不上那一套呢？珠宝商的话不能信，阿娇，明天你再找人帮我估一下价格，看看到底能不能配得上那套，我林龙青送的礼物，可不能丢人啊。”

黄包车停在陆家大门前，陆雪樵在外面玩了一宿，疲惫地瘫坐在黄包车上。

陆雪樵长吁了一口气，手扶着车身艰难地起身下车，抬眼正见白薇拉着陆展元出门。

梳妆镜前打扮的金碧云听到开门声，连忙起身：“雪樵。”

“嗯。”说着，陆雪樵将公文包扔给金碧云，脱着外衣，金碧云连忙上前帮忙。

陆雪樵嘟囔着：“刚才见到那个家庭教师了，难怪雪亭喜欢，本来就是那种男人看着都喜欢的长相嘛，没得办法，你那个十三点的妹妹，没希望了。”

金碧云本想发作，却还是忍住赔笑：“你当姐夫的，这样说碧华，她听见可要伤心的。”

陆雪樵嘲讽道：“她本来就是十三点，还不让说呀？老三可不比我傻，不会娶她的。”

陆雪樵说着开始脱衬衫、脱裤子，随手扔在地上。

金碧云岔开话题：“你怎么一夜没回来呀？”

陆雪樵瞟了眼金碧云，甚是不满：“我发现自从我妈让你管家以后，你越来越没规矩了，连我你都要管啊？现在生意难做，尤其是那栋大楼，被南兰卡了脖子，我不得找朋友应酬，疏通关系，想办法反败为胜吗？又陪喝酒，又陪打牌，这一晚上，累死我了，回来还要听你唠叨？”

金碧云娇嗔着，手指轻轻拍打着陆雪樵：“不敢。雪樵，我就是随便一问，你发什么脾气嘛。”

陆雪樵甩开上前哄他的金碧云，一头栽倒在床上。

金碧云只好去捡衣服。看到衬衫领子上明显的唇印，金碧云咬着牙：“既然辛苦了整个晚上，你就好好睡一天吧，我去吩咐厨房晚上炖个汤，给二爷好好补补。”

陆雪樵嗯了一声，翻了个身睡了过去。

金碧云气愤又不能发作，恨不得撕碎手中的衣服。

医院这边，陆雪亭的床头桌上摆满了水果，还有一堆啃得乱七八糟的水果皮。

金碧华满嘴塞的都是水果，手中的动作也未停，又剥了一个香蕉送到陆雪亭嘴边：“雪亭哥哥，你吃个香蕉！”

陆雪亭无奈地摇了摇头：“还是你吃吧。”

又眼珠一转，假意关心金碧华：“你在医院里陪我半天了，会不会太闷？”

“当然闷了……啊，不闷！只要能陪着雪亭哥哥，做什么我都不闷！”金碧华连忙摆着手。

陆雪亭哄小孩似的拍了拍金碧华：“这里的医生和护士照顾我很辛苦，我想给她们买些点心、肉干，还有咖啡，以表达我的谢意。可我实在不方便出去，辛苦你跑一趟好不好？”

“好啊！能帮到雪亭哥哥，我当然愿意啦！”金碧华早就想出去逛街，又没有好的借口，这下里子面子都有了，自是十分乐意。

“那就辛苦金家妹妹了。”

金碧华接过钱："没事没事，逛街我最爱了！"说着，金碧华将后半截香蕉塞进嘴里就向外走，又想起什么，回身拿起了手包，调整着仪态在病房门口冲陆雪亭淑女般地挥了挥手。

支走了金碧华，陆雪亭舒缓地叹了口气，便起身穿皮鞋，拿起外套，匆忙地向外走，也不顾身上的疼痛。

陆家书房里，白薇正在给陆展元考试。

伴随着白薇与陆展元的声音，陆雪亭已经来到了书房的窗外。背对着窗子的白薇毫无察觉。

陆展元眼睛一亮，看向窗外。

白薇回身，这才发现陆雪亭在窗外站着，无奈向外走去。陆雪亭见状，快步跟着。

"三少爷，现在是我上课的时间，有话请您快点说。"

陆雪亭像小孩子一样求安慰："我受了伤，你为什么不去医院看我？"

白薇大方答道："金小姐不是每天都去吗？老太太回来也告诉我了，您的伤并无大碍。"

陆雪亭想要的不是这个答案："我是和你一起出去受的伤，你就这么不关心我吗？"

白薇想了想才开口："说起来还要多谢三少爷，枪的事，你帮我保守秘密了。其实关心是关心的，但我怕，假如去医院看你，会带来不必要的麻烦。"

陆雪亭情绪有些激动："有什么麻烦？怕人误会？是不是因为金碧华？二嫂嫁进陆家好多年，她妹妹我自然从小就认识了，亲戚嘛，可我对金二小姐根本没有意思，你难道看不出来吗？"

白薇不想继续纠缠下去："那是你们的事，我要去给展元上课了。"说着，白薇要走，擦肩而过时，陆雪亭一把拉住了白薇的手："白小姐，我喜欢你！"

白薇一激灵，颤抖着声音："放开我！"

陆雪亭的手悬在半空中："你就这么讨厌我吗？"

"三少爷，你刚才说的话我当没听见，你也当没说过，这话要是传出去，我在陆家可就难待了！"

陆雪亭凑了过来："白小姐，你不是个普通的家庭教师。"

白薇警惕地抬起头来。

"可我不在乎，我不管你到底是谁，也不管你为什么要委曲求全留在这里，这一刻，你活生生站在我面前，你就是我喜欢的那个女孩！你就是我的爱情！"

陆雪亭这一顿不管不顾的热烈表白让白薇感到窒息。

"在欧洲，我确实经历过恋爱，但没有一次这么真实，这么强烈！我很确定我爱你，白薇……"

白薇长叹了一口气，厉色道："别再说了！不然你会后悔的！"

“后悔？”陆雪亭苦笑着，“我知道你有枪，难道我正常地表达自己的感情，你会杀了我吗？”

“不会，但请您……”白薇用的是“您”，而不是“你”，也不是“三少爷”，白薇紧张地措着辞，“不要再这样，否则，我就用枪结束自己的生命！”

白薇有些慌乱，踉跄而去。

陆雪亭傻了，他明白这是最坚定的拒绝。

不远处的绿植后闪现出一个身影，是一直服侍陆陈氏的娣娣。白薇快步回到房里，关上门大口大口地喘着粗气。她慢慢蹲了下去，用手捂住脸低声哭了起来。

陆家小餐厅厨房，金碧云正在里面煮着醒酒汤。

金碧华猛地推开了门：“姐！我不活了！”

金碧云见金碧华不成体统的样子，四下看了看，屋里只有两个厨娘和两个小大姐，都在忙活着，便说：“你们先都出去。”

下人们闻声退下。

金碧云上前帮金碧华整理发髻：“你又怎么了？”

金碧华一跺脚：“我好心好意在医院里陪着他，结果他把我支开，自己跑回家了！”

“雪亭回来了？我怎么没见到？”

金碧华翻着眼：“他又不是回来看你的！我刚才都问了，他回来直接就去找了白薇！那个家庭教师，我让你把她撵走，你偏不听我的，就是你引狼入室！”

金碧云一瞪眼，呵斥道：“你讲什么？你还真是十三点啊？还引狼入室，她吃了你啦？你那雪亭哥哥像个本分少爷吗？他在欧洲那么多年，那金发碧眼的洋女朋友，恐怕也不止一个吧？你还怕一个白小姐？”

金碧华瞬间蔫了：“我怕！我长得倒不比她差，可不知道为什么，往她边上一站，我就觉得自己矮一截。”

金碧云眉毛一挑，双手搭在进金碧华的肩膀上：“这事跟白小姐没关系，全看你自己。”

“什么？我自己能怎么办呢？”

金碧云摸了摸妹妹的脸蛋：“俗话说男追女隔座山，女追男隔层纱，什么意思你不懂？”

金碧华还是一脸茫然。

金碧云摇着头叹了口气：“我就这么说吧，你找机会和他……”

金碧华甩开姐姐的手，别过头：“那不行，我可是淑女！”

金碧云也不再遮掩，索性把话说明白：“要我看，男人也不一定都喜欢淑女，再说，装淑女你装得过白薇吗？你索性就火辣一点，主动一点，抓住机会，只要睡在了一起，生米煮成熟饭，他们陆家就得认。”

金碧华一脸诧异："姐，这种话你也能说得出口？"

金碧云倒是轻松应答："你要是不想当陆家的三少奶奶，那就当我没说咯。"

金碧华有些犹豫："我……"话还没说出口，金碧华仿佛想到什么扑哧笑出了声，"你不会是也用了这个办法，才嫁给我姐夫的吧？"

"胡说！"金碧云急了眼，大声斥责着，这件事仿佛触动了她的底线。

"凶什么凶？不就是那什么嘛，我豁出去了！"

金碧华气哼哼地从门口出来，正见一辆汽车飞驰而来，险些撞到她。门一开，坐在驾驶座的林龙娇跳了下来。

金碧华惊讶地指着林龙娇："哎，是你！你怎么来了？"

林龙娇反问金碧华："你怎么在这？"

"这是陆家，我姐姐是陆家二少奶奶啊！"

林龙娇直言来意："我就是来找你姐姐的。"

"啊？"

"麻烦通禀一声。"

金碧华想了想："等着！"转身就往回走。

林龙娇拢着肩膀靠在车上，挑了下眉："新香水的味道不错，真适合你。"

"那是，好多人都说这香水好闻，适合我，谢谢你啊！"说着，金碧华羞答答地跑开了。

金碧云来到林龙娇面前，接过她手中的锦盒。

"这是什么？"

"我阿哥说，小礼物，陆太太别见笑。"

金碧云有些吃惊："龙哥给我的礼物？"

"是啊，特意叫了珠宝商上门，专为你挑的。"

金碧云有些疑惑，轻轻打开锦盒，那颗珍珠胸针熠熠闪烁着光芒。

"这是我阿哥特意为陆太太那套珠配的，他说，原来只有项链和耳环，加上这个才配成一套，如果配不上陆太太那套珠，你就丢进垃圾桶。"

金碧云合上盒子，一瞬间有些犹豫，但还是紧紧把那珠宝盒子握在手心。金碧云认真地一字字道："碧云谢谢龙哥了。"

"他还……"

金碧云看着林龙娇，不明所以。

林龙娇压低声音道："想问问陆太太今晚得不得空？若得空，阿哥在龙公馆备了酒菜，专为陆太太备的……"

金碧云讪笑着："再谢谢龙哥了！可我没空呀——"

林龙娇看着金碧云，一笑表示理解，打了个响指就要上车。

一直在门里的金碧华跑了出来："哎，等等！你们俩说完了？说完你也不能就走啊，还有我呢！"

金碧云蹙眉："碧华，别闹，别耽误林大小姐的时间。"

林龙娇打趣道："我没事，空得很。你想干吗，再买瓶香水去？"

"不不不，我去医院，太远了，你得送我。"

"上车。"林龙娇回答得干净利落。

"哎，碧华，你们认识？"

金碧华冲金碧云俏皮地笑道："当然！"

林龙娇将金碧华送到医院门口就走了。

金碧华大跨步上楼，推开门，见陆雪亭正靠在床上发呆，本想发脾气，想了想又忍住了，用极度夸张的语气说着："雪亭哥哥，你让我买的点心、肉干和咖啡，我都买回来送给医生和护士了。"

陆雪亭轻轻点了点头。

见陆雪亭根本不看自己，金碧华强忍怒火，一屁股坐在陆雪亭床上。半晌，金碧华猛地转身："陆雪亭，我金碧华也是大家闺秀，星洲名门……"

陆雪亭突然开口，打断了金碧华即将开始的演讲："长得还美……"

金碧华恶狠狠的表情一下凝固了。

"又温柔……"

金碧华立刻挤出笑容。

"最是善解人意……"

金碧华喜笑颜开，眼神中绽放出异样的光芒。她迅速调整着脸上的表情，让自己看起来尽量的美、温柔、善解人意，"雪亭哥哥，是有人让你伤心了吗？看到你这样，我真的很心疼。"

陆雪亭苦笑着道："我想出去喝酒。"

金碧华立刻接道："雪亭哥哥想做什么，我都要陪着你。"她边说边拉起陆雪亭的胳膊往外走，"我们去哪喝，雪亭哥哥，我陪你不醉不归。"

第二十章　死缠烂打

烈日当空，老宅废墟上红头巾的身影忙碌着。

七姑娘和天晴带人将垃圾和还能用的原料分开，玲姐带有经验的老红头巾在腾开的区域挖掘地基，新红头巾们清扫着废墟。余世襄站在一群女工中间，格外显眼，他不时地用脚丈量土地，或用眼睛调线，有模有样。一切工作井然有序地开展着。

南兰站在酒店后窗口向外看着，轻声问道：“那个男的……”

桃姐向工地方向看着：“他叫余世襄。”

“行啊阿桃，你居然能一下叫出他的名字来。”

“不是我记性好，是人家有意告诉我的，两回，清清楚楚地报上大名，还让我代他问你好呢。”

“哦？”南兰回头看向桃姐，若有所思。

桃姐继续道：“我打听了，你在理查德手里买的那栋大楼，就是雇的他们余家做判头。昨天我给你的图纸，应该就是他画的。”

“图纸，我还没来得及看呢。你帮我拿过来，我就在这看了。”

桃姐应声去了。

太阳正毒，邝海生、阿九带着三个小混混推车而来，车上除了椰子，还有菜板和砍椰子的刀。邝海生示意阿九赶紧开始，阿九和小弟们手脚麻利，几刀就砍出两个椰子。

邝海生跳上平板车，一手捧着一个椰子，大声喊着要送椰子给大家喝。

阿贵问道：“凭什么送我们椰子喝？”

邝海生张口就来：“这还用得着问吗？你们都是天晴的姐妹，天晴是我……”

天晴已经停下了手里的活，狠狠地瞪着邝海生。

邝海生瞥见天晴恶狠狠的目光，回想起往日天晴的话，硬生生将老婆俩字憋了回去：“我不是去过工地嘛，你们都知道的呀！快来喝吧，兄弟们刚上树砍的，个个新鲜得很哪！”

小蝉有些累，眼巴巴地看向天晴：“天晴，你发个话，我们歇会，喝个椰子解解渴吧，不能让阿海哥白忙活啊！”

“我不认识他，要喝你自己喝去。”天晴继续干活。

所有的姐妹也不再看热闹，埋头干自己的话。

邝海生很尴尬，回头看了看阿九，给自己找台阶：“人家忙得很，没空停下工来喝，你们快点砍，砍完一个一个去送！”

窗边，南兰坐在酒店过道的小圆桌上看着图纸，在存在疑义的图纸上画着圆圈，并用英文标注着修改的方案。

桃姐走来道：“让厨房煮了凉茶，待会儿给她们送去。”

南兰边看图边说：“不必了，你去把那车椰子买了吧，不然有的尴尬了。”

“椰子？”桃姐不解。

“你自己看。”

桃姐向下张望，不由皱起了眉头。

邝海生用手托着砍好的椰子，一直跟在天晴后面。

天晴本想发作，看见玲姐冲自己使着眼色，便忍着压低声音道：“要是不想让我跟你翻脸，你就带着人赶紧走开！”

邝海生仍是一副嬉皮笑脸的样子：“你长得这么好看，翻了脸肯定更好看啦！你在码头上打我那一巴掌，现在想起来心里还甜呢！”

“你要怎样才肯走？”

邝海生得寸进尺：“要不你答应晚上和我约会吧，我就走。”

“臭无赖！”天晴恶狠狠地瞪了邝海生一眼，继续干活。

邝海生也不生气，又去追七姑娘，一脸恳切：“您歇会儿，喝个椰子吧，解解渴。”

这是七姑娘第一次仔细观察邝海生，邝海生的样子并不凶，也不像流氓，这反倒让她很别扭。

邝海生接着说：“我知道你是大家姐，你就喝一个吧，给我阿海个面子，你们红头巾不吃亏的！”

七姑娘望着邝海生嬉皮笑脸的模样，想了半晌，不知道怎么应付，摇了摇头，径自干活去了。

其他的小弟们也跟邝海生一样，举着椰子，挨个地追着红头巾们。

阿九追着小蝉，小蝉压低声音问道：“甜吗？”

“甜得很！”

“我还真渴了，可是……”小蝉瞅了一眼不远处的天晴，“她不喝，谁也不敢喝的。要不你先去给她？”

阿九忙拒绝：“咦，她那么凶，我可不敢。”

小蝉偷笑着干活去了。

见七姑娘也不理睬自己，邝海生一把拉过余世襄：“小襄子，你喝！”

余世襄冷声回道：“我不渴。”

“不渴也得喝！我阿海是出来混的，你得给我面子！喝！喝完了大声告诉她们，甜得很哪！”邝海生有点急了。

余世襄扶了扶眼镜，摆出一副说教的模样：“你这样有意思吗？我知道你没有正事可做，但我们有。这里是工地，你别来捣乱好不好？”

邝海生瞬间恼火：“教训上我了？”说着，邝海生用空着的手去抓余世襄的脖领子，拿出椰子就要砸。

余世襄不想再出丑，握紧着拳头瞪着邝海生。

看见这一幕，天晴抄起根木棍子冲向这边。附近的几名红头巾看这架势要干仗，纷纷停下手中的活张望着，气氛一度很紧张。

桃姐及时赶到："阿海是吧？"

邝海生转过头看向桃姐。

"你的椰子甜吗？拿过来给我尝尝！"

邝海生手里的椰子马上就要当凶器了，有人给台阶下，他顺势松开余世襄，气哼哼地向桃姐走去。

天晴拎着棍子站在原地，气得直咬牙。

桃姐捧着椰子喝了一口，指着那车椰子："还真甜，数数多少个，我都买了。"

"哎呀别捣乱！我不卖的！"

桃姐低声道："你不卖，这有人会喝你的椰子吗？"

邝海生这才反应过来。

桃姐故意端出南兰震慑邝海生："这里的头家是谁你应该知道，不会是故意来捣乱的吧？"

"没有，我……那个女孩是我……"邝海生指着天晴支支吾吾的，那两个字想说又不敢说。

"我知道，你卖给我，我保证让天晴喝了解渴，还不行吗？"

邝海生想了想，又看了眼远处满脸怒意的天晴，只好妥协地点了点头。

邝海生一行人将椰子卸下，摆在工地一旁，拉着车就走了。

桃姐拍了拍手："大伙歇一歇，南兰小姐请大家喝椰子了！"

众人全停了下来，七姑娘和天晴对视了一眼，天晴赶忙低头继续干活，甚至不太敢看七姑娘。

天晴没有去喝椰汁，径直走向余世襄，满脸歉意："对不起，那个无赖……"

"没事，我认识他很多年了，他从小就这样，不讲道理的。"

天晴看着余世襄委屈而无奈的神情，快步向邝海生走远的地方追去。

街角树荫下，平板车被扔在一边，上面还放着菜板和刀。

阿九背靠着树嘲讽道："不赖，没白爬树，还赚到钱了！跟着海哥混，混成卖水果的小贩咯！"

邝海生懒得理他，双眼无神地盯着空空的平板车。

远处，天晴追至，大声地喊着："邝海生！"

邝海生一回头，发现是天晴，脸上立刻绽放出笑容。刚要喊老婆，只见天晴用手一指，便挂着笑，快步向天晴跑去。

邝海生想着自己今天确实莽撞，低头道歉："我这人心眼实，只想着天气太热了，送椰子来给你们解渴，不过，好像让你很难堪啊……"

天晴没接话，直接问道："你今天晚上有空吗？"

邝海生不敢相信自己的耳朵，半晌，才连忙答应。

他转而激动地晃着阿九的肩膀："阿九啊，你大嫂主动要和我约会啦！"

阿九和三个小弟也高兴，起着哄。

天晴不说话，只是含笑看着邝海生。

小食摊的香味从远处飘来，二人吃着饭，天晴的脸上风轻云淡，就像什么都没发生一样。邝海生头上被砸得最严重处，还有一块小包扎。天晴头上的纱布已经取掉，只有胳膊上还包着纱布。

邝海生看着天晴吃饭，满脸笑意地介绍自己："其实我小时候过得挺好的，也有人叫我少爷来着，不像现在，五行缺金——没有钱。那是因为有一年闹瘟疫，我爸我妈都死了。我要过饭的，在工地上干过活，挖过沙，也打过鱼，都是卖力气，一直混得不好。直到后来碰到了龙哥，安祥山街龙哥，林龙青，在星洲很有名的，所以我现在才是这样嘛，大家都给我面子的……"

见天晴一语不发，邝海生问道："你怎么不说话呀？"

天晴也不抬头："这么多好吃的，顾不上。"

邝海生宠溺地笑了笑："那我替你说。我听小蝉说了，你在乡下还有个爸爸，你来星洲是想赚钱给爸爸盖屋的，赚够了就要回去。我想了两个主意，第一呢，我们一起回三水，把你爸接来，在星洲给他盖个好点的屋。当然啦，星洲盖屋肯定比乡下贵咯，但没关系，以后我让龙哥多给我派些能赚到钱的活干！"

天晴慢慢吃着，看脸上的表情好像对这个话题并不满意。

邝海生又给天晴夹了许多菜："这个主意你不中意啊？没关系，下一个你肯定中意！那就是我和你一起回三水，买两张船票，我们随时都可以走啊！龙哥很有门路的，让他帮忙介绍，将来我们就在星洲和三水之间做生意嘛，没准能赚到成了头家呢！即便不行，你那么有力气，我也不差，我们俩一起卖力气，在乡下也能把日子过得好好的。总之，只要我们两个人在一起，我就开心啦！"

天晴还在吃，仿佛没听见。

邝海生抱怨着："你怎么不说话呀？你这样，我就变成了关门放炮仗——自己点火自己听响啦！"

天晴终于抬头："我听见了，这么多好吃的，你不吃吗？"

邝海生一时语塞："啊……吃！"

邝海生象征性地吃着，眼睛不时地瞟着天晴。

"我今天是不是讲话太多了，也不知道哪是头哪是尾的，一通竹筒倒豆子——一个不留，全讲给你听了，以后要在一个屋里头住嘛，阿海是什么样的阿海，得让你知道！”邝海生热情地诉说着。

天晴放下筷子，冷不丁地说：“讲完了？”

邝海生满眼期待地看向天晴的脸：“完了，你讲，该你讲了，我很想听你小时候的事啊！”

天晴正色道：“我从来没有想过在星洲嫁人，我是要回三水的，也不可能带任何人回去，我漂洋过海为的是生计，你去工地上捣乱，会害得我没办法赚钱，丢了饭碗。”

邝海生傻了眼，手中的筷子一时不知放下还是端着。

“我以前叫你臭无赖，不应该，我向你道歉。你救过我一命，又送了我那么多轮胎，阿海哥，我谢谢你。今天来也算给了你面子，但如果以后你再去骚扰我，我就只能把那件事告诉警察了。”说完，天晴站起身。

邝海生起身想去拉：“天晴……”

天晴冷漠地看着邝海生：“别再纠缠我，我也永远不想再看到你。”礼貌地向七嫂和肥哥点头示意后，天晴转身向远处走去。

邝海生呆愣在原地，天晴这个突然的回复让他难以置信，不觉间，邝海生脸上突然落下一滴泪水。

阿九瞪大眼睛，从来没见过邝海生像今晚这样伤心。

邝海生想把自己灌醉，一杯接着一杯，嘴里嘟囔着：“老婆，我哪里做得不好……老婆，你可以打我骂我，但你不能不让我见你啊……我的老婆……”

阿九一脸担忧：“海哥，你喝醉了，我送你回去吧。”

邝海生扬了扬胳膊：“你才醉了呢！我清醒得很！这里，是我阿海从小长大的地方，你大嫂来过了！可她又走了……”

“走了！”邝海生落下了眼泪。

“海哥，真的要走了，这里不是咱们的地盘啊！”阿九上前架邝海生，被邝海生一把甩开。

邝海生突然看向远处。街边岔路口上，六名持刀拿棍的帮派人士逼着三个十六七岁的小混混向后退着。

邝海生眯着眼，摇头晃脑，显然已经喝醉了：“怎么回事？那三个好像是我们龙王帮的兄弟……”

阿九定眼看了看：“是阿水哥小弟的小弟，不能算啦。”

“怎么不算？”邝海生顺手抄起酒瓶就冲了过去。

阿九一把没抓住，也只好跟上。

一场械斗即将发生，那六人马上就要动手，三名混混在旁瑟瑟发抖，眼看着就要哭。邝海生跑来，一声怒喝："你们想干什么?!"

为首者看向邝海生："我们跟的是帛兰街虎哥，他们三个在我们地盘上坏了规矩，我们得替虎哥教育他们，阿海，你就别管闲事啦！"

邝海生仰着头，用鼻孔当眼睛："大猫的人？那也不能随便欺负人啊！"

为首者指着邝海生，大吼道："你管虎哥叫什么！"

邝海生双眼一瞪："大猫！"

六人都气坏了，为首者也不怕事："这可不是你们龙王帮的地盘，阿海，你成心挑衅，可怪不得我们！"六人亮出手里的兵器，就要跟邝海生拼命。

邝海生拿酒瓶拍打着手，看向阿九，笑道："急了，好玩……"

阿九在邝海生身后忙喊着："海哥，走啊，我们没带家伙呀！"

见六人抄家伙走向邝海生，阿九掉头就跑。

邝海生也不跑，笑着猛地往墙上一磕手里的酒瓶子。酒瓶应声而碎，变成了尖利的凶器。邝海生满脸狰狞地大叫着冲上。

阿九回头看，直接傻了眼，邝海生以一敌六，场面十分壮观。

第二十一章　恋爱哲学

陆雪亭带着金碧华来到了女神酒店，驻唱歌手唱着爱情曲，却怎么也唱不进陆雪亭的心中。女仆拉开一个醒酒器，慢条斯理地往里倒着红酒。

金碧华四下打量着酒店环境，望着瓶里的红酒，呆呆地问道："女神酒店，我还是第一次来呢，酒很贵吧？"

陆雪亭没理会金碧华，拒绝了女仆的服务，自己拿起醒酒器往杯里倒着酒。

金碧华想起了什么，撇了撇嘴："上一次雪亭哥哥是带白小姐来的，要是带着我，怎么能受伤呢？"

陆雪亭冷声道："不要提白薇。"说着陆雪亭便端杯。

金碧华也连忙端杯，想与陆雪亭碰杯，可陆雪亭却一饮而尽。

"雪亭哥哥，喝得太快了吧？还没上菜呢。"

"菜？我不吃，今天我只想喝酒。"说完，陆雪亭又给自己倒酒。

金碧华无奈地看向陆雪亭："你这样喝，不怕喝醉了吗？"

陆雪亭轻笑一声："酒不醉人人自醉，有金家妹妹陪我，我不该醉吗？"说完，陆雪亭又一口干了。

陆雪亭的话纯属逢场作戏，金碧华却露出了娇羞的神情。看着眼前的陆雪亭，金碧华打算拿捏一把，立马调整好仪态，慢条斯理道："雪亭哥哥，我要讲你了呀，我们从小一起长大，青梅竹马，可是这次回来，你对我一直不冷不热的，今天你是故意支开我，回去找白小姐的吧？我都生气了！"

陆雪亭不耐烦地吼道："不要再提她！"

金碧华吓了一跳，陆雪亭看见金碧华惊恐的目光，连道："你生气了呀，那我赔罪……"说完，陆雪亭又要喝。

金碧华连忙制止："哎哎哎，赔罪就好，不罚酒的！你今天怎么突然对我这么好？人家说男人晚上请女人喝酒，都是别有用心的。"

陆雪亭真是喝醉了，一嘴酒气凑到金碧华耳边："我就是别有用心，你是陪还是不陪呀？"

"……陪呀！只要雪亭哥哥需要我，我永远陪你。喝酒，好不好啊？"金碧华羞涩地看着陆雪亭。

二人碰杯，陆雪亭又干了。金碧华仿佛得到了承诺，也高兴地干了杯。

醒酒器里的红酒很快见了底，陆雪亭将另一瓶红酒往新的醒酒器里倒着。红酒汹涌而下，将醒酒器一下子染红。

金碧华劝道："雪亭哥哥，不喝了吧？我真的喝不下了。"

陆雪亭冲金碧华大喊："让你陪我喝，没让你喝！"

说着陆雪亭继续倒酒，金碧华想去阻拦，却被陆雪亭推开。

陆雪亭端着酒杯，神色恍惚："我从来没被女孩子拒绝过，可我今天知道了被人拒绝的滋味，真不好受……"说完，陆雪亭一饮而尽。

金碧华以为说的是自己，忙解释："雪亭哥哥，我没有拒绝你啊，我就是喝不下了……"

"我没说你！"陆雪亭自言自语着，"你可能根本想不到，这是我第一次找到了爱情！"

金碧华本来有些失望，听到后面的话以为在说自己，又娇羞地笑了起来。

"我第一次感受到爱情的存在，第一次鼓起勇气追求我的爱情！可命运就是这么残忍，我被我的爱情残忍地拒绝了！"说着，陆雪亭哭了起来。

"雪亭哥哥，你别哭啊，你一个大男人，别人看了以为我欺负你了呢！"金碧华环视着周遭的先生太太们，觉得十分丢人。

陆雪亭突然死死盯住金碧华："你爱过吗？"

金碧华张大了嘴很是吃惊，半晌才道："你怎么这么问人家？这让我怎么回答呀？"

陆雪亭眼神迷离："你爱过我吗？"

金碧华假装羞涩："我……我不知道啊雪亭哥哥……"

陆雪亭突然又严肃起来，认真道："我知道，我告诉你，你根本不爱我。"

金碧华脸上的羞涩变成了后悔："啊？不是啊雪亭哥哥，你误会了，我是淑女嘛，刚才是不好意思直截了当嘛，我们门当户对，亲上加亲，我当然是爱你的啦……"

陆雪亭果断打断："不！你只是想嫁给我！甚至不是你，是你姐姐、我二嫂想让你嫁给我，对吧？"

金碧华冷静下来，她明白陆雪亭不只是喝醉了，也是在严肃地跟自己讨论问题。

"你要这么说也是，可大家不都是这样吗？我也是没办法……"金碧华低下头，有些伤感，"我们金家败得早，现在也没什么嫁妆，我姐又骂我没用，说我十三点，还说我这个样子，能嫁给你是我唯一的机会。要是你不娶我，那我下半辈子肯定有大苦头吃了……"

说着，金碧华流下了眼泪："雪亭哥哥，从小你就对我蛮好的，要不你就娶了我吧！"

陆雪亭笑了，摇了摇头："金家妹妹，你听我说，我们必须要和自己的爱情结合，如果不能嫁给爱情，那下半辈子才真的要吃大苦头的！你觉得你姐姐和我二哥幸福吗？她每天都在吃苦头，你难道看不出来？"

金碧华努力思忖着，她不懂，真的不懂。

陆雪亭借着酒劲上前去摸金碧华的脸："金家妹妹不是十三点，你生得这么好看，又单纯又可爱，一定会找到真心爱你，你也是真心爱他的人。"说着，陆雪亭将手拿开，"如果相爱，嫁妆又算什么，一文不值！只有爱情才是真正的财富，金家妹妹，我相信你一定可以嫁给爱情的！"

金碧华呆呆地看着陆雪亭。

陆雪亭郑重地点着头："真的。"说完，陆雪亭又端起酒杯喝着。

金碧华连忙去抢："雪亭哥哥，你已经醉了，不能再喝了！"

"你不懂……来，你陪我，祝愿我们都能找到自己的爱情，干杯！"陆雪亭大口大口地往嘴里倒着，可只喝了一半，就一口吐了出来。

一旁的客人们都嫌弃地离开。金碧华连忙架住要摔倒的陆雪亭："洗手间！洗手间在哪里啊?!"

服务人员上前引路，帮金碧华架着陆雪亭离开。

厕所里传来陆雪亭呕吐的声音，金碧华站在门外焦急地等待。

酒醉的陆雪亭从厕所出来，一把搂住金碧华："碧华妹妹，有你真好，我们接着喝……"

"不喝了，我送你回医院吧。"

陆雪亭把头靠在金碧华的肩膀上："四处都是药水味，我讨厌医院！"

"那我们回家？"

"家我也不回！我的爱情在那里，可她拒绝了我，我还回去做什么！"

金碧华这才明白："你被白小姐拒绝了呀？"

“你笑话我？幸灾乐祸？不用你陪了！”说着，陆雪亭甩开金碧华。

金碧华想了想又追上去扶住他：“不能回去啦，你刚才吐了一地，回去好丢脸的！”

“那还不容易，这里是酒店，有的是地方喝酒。来人，给我开一个房间，我要和我的金家妹妹一醉方休！”陆雪亭大喊大叫，弄得金碧华很不好意思。

服务人员立刻应声跑了过来。远处的桃姐撞见这一幕，摇了摇头。

南兰在屋内擦拭着自己的双管猎枪。

桃姐端着一杯茶进门，见南兰擦枪，笑了笑：“我正想提醒你呢，要游神了，再不猎鹿就来不及了。”

南兰感叹道：“是啊，一年两度，坤月的游神要走遍星洲的大街小巷，畅月的游神要猎一头雄鹿做祭品，真残忍啊！”

“你是白天女，这样的话可不该从你的嘴里说出来。”

南兰笑了笑，无奈地耸了耸肩。

桃姐犹豫片刻，不知当讲不当讲：“刚才看见陆雪亭了。”

“哦？他的伤好了吗？”

“应该是好了吧，喝醉了，带了个女孩子，开了个房间。”

南兰笑了笑：“小弟长大了……你说的那女孩子不是白小姐吧？”

桃姐没好气道：“不是，我以前没见过的。”

南兰笑着停了停手里的动作：“他们陆家的男人，看来真的是都一样啊。”

女侍者将二人引到房间。陆雪亭拿着一杯威士忌，把酒紧贴在自己眼前，既是在看酒，又是在看酒杯后的金碧华。透过酒杯，模模糊糊中，金碧华的样子变成了白薇。几步之外，金碧华抑制着紧张：“雪亭哥哥，你早点休息吧，我走了……”说着，金碧华起身，却被陆雪亭一把拉住。他痴痴笑着道：“音乐，音乐呢？这么美好的夜晚，我们跳舞吧。”

这倒是金碧华特别希望的浪漫场景。金碧华上前拨动留声机，音乐飘了出来，屋内的氛围一下暧昧起来。陆雪亭搂着金碧华跳舞，可说是跳舞，陆雪亭却仿佛昏昏欲睡。

一个踉跄，陆雪亭险些摔倒。金碧华也没站稳，跌坐在床上，陆雪亭顺势将其压在身下。

陆雪亭看着近在咫尺的金碧华，笑了笑：“真好看……你的眼睛，你的眉毛，都好看……”

金碧华瞪大了眼睛，不知该如何是好。陆雪亭慢慢凑近，仿佛要亲吻金碧华。

金碧华猛地将陆雪亭推到一旁：“雪亭哥哥，我用一下洗手间啊！”金碧华迅速逃离，钻进了洗手间。

陆雪亭伸手仿佛要拉，却根本没有力气，他完全醉了，躺倒在床上。

金碧华打开洗手间的水龙头，闭着眼睛倚在门上，将手放在水管下冲着，尽量让自己清醒。

做好心理建设，金碧华走出洗手间，却发现陆雪亭已经躺在床上睡着了。

金碧华脸上的笑容凝结了，她小心翼翼地来到陆雪亭身边，细细打量着陆雪亭的脸：“雪亭哥哥，你的眼睛，你的眉毛也都好看……”说着，金碧华伸手要去摸，但并没有碰触，只是在脸上的轮廓浮动着。

“但是你问我爱不爱你？我现在好像还不明白怎么样才是爱一个人，但我知道，雪亭哥哥你是不爱我的。不过我要谢谢你，你今天让我明白了，不能嫁给不爱自己的人。”金碧华像是同陆雪亭说，又像是和另一个自己交流。

金碧华起身，远远地看着陆雪亭：“你说得对，我金碧华总有一天会找到自己的爱情，我一定要嫁给爱情！不然，我的后半辈子是要吃苦头的……”金碧华转身离开，脚步轻盈，仿佛很久都没那么高兴了。

灯光昏暗的院落里，阿九忙不迭地向一个房间冲去。

林龙娇正巧路过，觉得不对劲：“阿九！你干什么呢？”

阿九一时着急，没瞒住阿海受伤的事，把来龙去脉讲了一遍，两人把靠在门口的阿海扶了进来。

邝海生打架虽占了上风，身上也有不少的伤。

客厅里，林龙娇已经为邝海生包扎好，他的胳膊上、手上、脸上，四处裹着纱布。

“这么大的酒味，阿海，你今天喝了多少酒啊？”

“我还没喝好呢，阿九这小子他不陪我。娇姐，要不你陪我喝吧，我们一醉……一醉……”

“方休。”林龙娇满脸的温柔。

邝海生嘿嘿地笑着：“对，一醉方休！”

“好，我陪你喝，你今天这么勇，我应该敬你一杯。”

林龙娇把林龙青收藏的红酒拿了出来，犒劳阿海。

邝海生已经满脸通红：“干！”他喝完就靠在了椅子上。林龙娇没有醉，看着浑身上下都包着纱布的邝海生，试探地问道：“阿海啊，我知道你今天有心事，讲出来让娇姐听听吧，会舒服一点。”

“没事情，我得走了……”邝海生说着就要起身，站在那左右摇晃。

林龙娇忙起身架住邝海生：“往哪走啊，你那半间破屋有什么好回的，今天就住在这吧。”

“不是回家，我是要去豆腐街。”

“豆腐街？你去那干什么？”

“找人。”

林龙娇有一搭没一搭地回着：“找哪一个？”

“我老婆。”

“你老婆住在豆腐街啊？”林龙娇以为邝海生喝多了开玩笑，继续问着。

“是啊，我老婆是红头巾，她会盖屋，好厉害好有力气的，我都没比过她……她打我也好疼的……”邝海生说着，手摸向脸，又一屁股坐在椅子上。

林龙娇呆愣了半晌，拿起酒杯又干了一杯：“你老婆叫什么名字啊？”

邝海生傻乐着：“欧阳天晴，好听吧？”

林龙娇默默记下这个名字。

突然，邝海生哭了：“我老婆不要我了，没人要我了……妈……”

邝海生的一声“妈”，让林龙娇很是诧异。醉了的邝海生说着就要倒，林龙娇见状忙揽住。

邝海生顺势靠在了林龙娇的肩上：“妈，我老婆她不要我了……”

林龙娇虽气，却又心疼地抚摸着邝海生的头发，安抚着这个受伤的年轻人：“好啦，别哭了，女人有的是，她不要你了，自然有人要的。”

邝海生哭着：“不嘛，我就要这个老婆，我这辈子就要她了……”

林龙娇无奈，只得像母亲一样轻轻地拍打着邝海生，温柔地说：“你先睡一会儿，睡醒了再说。”

随着林龙娇的拍打，邝海生片刻便睡着了。

门被推开，林龙青探进头来。林龙娇瞪了林龙青一眼，示意他赶紧走。

林龙青笑道：“阿娇，你小心喔！女人不能心疼男人，你拿男人当自己的孩子，就是爱上他了！”

林龙娇没好气道：“你别乱讲！”

林龙青打趣道：“你是我亲妹子，我可是为你好啊！阿海对我很忠诚，要不我跟他讲，让他娶了你吧！

“我才不稀罕呢！”

“嘴巴越硬，心里越软啊！”说罢，林龙青笑着走了。

天晴坐在豆腐庄屋顶上想着心事，眼角不禁流下泪水。

小蝉蹑手蹑脚地走来，突然开口道：“分手了？”

“什么叫分手？我又什么时候跟他交往过？”

小蝉走到天晴身边坐下：“可我看你蛮不舍得哟。”

“谁不舍得？”

小蝉指着天晴的脸：“掉眼泪了，你骗得了别人，骗不了我的。”

天晴擦拭泪水：“我是可怜他……今天听他讲了好多，也是个苦命的，从小受了不少苦，后来进了那个什么龙王帮，也是为了生计，他并不是个坏人。真希望他能改邪归正，好好做人。”

“你心里还是有他。”

“再瞎说撕烂你的嘴……明天到工地，你干活用心点。”

第二十二章　似曾相识

白薇正在屋中收拾行李，心事重重。

突然有人敲门。白薇皱了皱眉头，将书信、枪等东西用衣服盖好，快速合拢箱子，上前开门。

小大姐娣娣举着一件旗袍站在门口。

白薇看着这件淡紫色的旗袍，还是老式的款，肩膀裙角微微褪色，唯有上头彩线绣就的紫薇花仍是活生生的。

白薇疑惑地问道：“请我吃点心，为什么还要让我换衣服？”

“是这样的，老太太今天早上起来特别高兴，然后就亲手在柜子里翻出这件衣服，说是她年轻时候穿过的，特意让我给白小姐您送来，我想她可能是看您穿上这旗袍，就能想起自己年轻时的样子吧？我也是猜啊，白小姐。”娣娣很憨实，向白薇说着。

白薇有些为难，想要拒绝：“可，我很少穿旗袍的呀。”

“反正老太太挺高兴的，一早上都在笑，她很希望您换上这件衣服。”

白薇皱了皱眉，迫不得已接过旗袍，用手摸着：“这花绣得真好，活灵活现的。”

“白小姐认不认识，这到底是什么花啊？”

白薇抚摸着旗袍上的花纹，不假思索地答道：“紫薇花。”

已经换上旗袍的白薇跟着娣娣在长廊上走着，迎面的一个门里，金碧云跨了出来。

娣娣连忙打招呼：“二少奶奶好！”

白薇也很尴尬：“二少奶奶好。”

金碧云抬眼，瞅见娣娣身后的白薇，愣了半晌，开口道：“白小姐好。哎呀，你这件旗袍可真特别，是老工了吧？这绣的花可真别致！”

白薇笑着没回答。

一旁的娣娣多嘴道：“是老太太以前的衣服，从上海带来的，老太太请白小姐去吃点心呢！”

白薇更加尴尬，笑着看向金碧云。

金碧云违心地说着：“那快去吧，别让老太太等太久啊。白小姐，谢谢你陪我妈说话，她老人家高兴，是我们全家的福气呀！”

白薇只能点头，一句话也接不上，跟着娣娣往老太太房里走。

金碧云转身，脸色立刻阴沉起来，慢慢放缓了脚步。

白薇穿着旗袍站在陆陈氏面前，落落大方。

看着白薇亭亭玉立的模样，陆陈氏仿佛见到了旧人："哎呀，白小姐，你再转个身，让我看看这衣服合不合适。"

白薇听话地转过身去，陆陈氏更加仔细地打量一遍，趁白薇背身之际，与黄妈对视了一眼。

陆陈氏夸赞着："还真挺合适的。"

黄妈会意："难得难得，这么件老衣服，拿出来哪都不改，白小姐穿着就合适，这可真是你和老太太的缘分呐！"

"是啊是啊，缘分……"陆陈氏一把拉住白薇的手，"快坐。"

白薇微笑点头，坐了下来。

黄妈一挥手，娣娣送上点心。

"条头糕？"白薇有些吃惊。

陆陈氏慈祥地看着白薇："今天早上黄妈刚刚做好的，便叫白小姐过来尝尝鲜嘛，快吃快吃。"见白薇吃着条头糕，陆陈氏和黄妈相视一笑。

娣娣在屋内伺候着，门口没有下人。金碧云蹑手蹑脚地来到房门口，侧耳向里听着。

陆陈氏笑着问道："白小姐，合不合口啊？"

白薇赞不绝口："好吃！黄妈这手艺，呱呱叫啊！"

黄妈也笑着回应："白小姐穿上这旗袍也真是呱呱叫！"

白薇意识到自己失了态，连忙起身："那是这衣服好，我还是站着吧，别给弄皱了！"

"哎，不会的，你坐你坐。"陆陈氏起身拉着白薇坐下，又道，"这衣服倒也不是我的，不过白小姐穿在身上，是真合身啊！"

"不是您的？那是谁的呀？"

陆陈氏顿了顿，有意盯着白薇的脸："是一位故人，白小姐穿上这旗袍，就跟这衣服的主人更像了，仿佛那故人又站在我面前一样。"

金碧云在门外偷听着，一脸疑惑。

白薇已经猜到了什么，佯装镇定，端坐着等着接下来的发问。

"这旗袍的主人也住在上海，这衣服上面绣的紫薇花就是她的名字。"陆陈氏一字一顿道，"她的名字叫黎紫薇，白小姐应该听过吧？"

门外的金碧云一头雾水，竖起耳朵仔细听着，害怕漏掉任何细节。

白薇没有回答，思考着措辞。

黄妈接起话茬："要说也真是巧了！不但衣服合身，长得像，名字也像！都有一个"薇"字不是？"

白薇浅浅一笑："我叫白薇是因为奶奶叫孙落薇，爸爸常说奶奶名字好听，便让我用了奶奶名字里的一个"薇"字，结果我妈妈天天讲我爸爸，说给我起的名字不好，跟奶奶的名字比起来，失了意境。"

黄妈追问道："那白小姐的妈妈叫什么名字呀？"

白薇镇定自若地说："我妈妈叫张慧玉。"

"张慧玉？"陆陈氏皱起了眉头。

黄妈假意赞赏："这名字也好听呀！爸爸呢？"

"爸爸叫白允画。"

陆陈氏看向白薇，面露不悦，黄妈接着问："做生意的是吧？"

"也不能算什么大生意，做点小买卖而已。"

陆陈氏和黄妈对视了一眼，都陷入沉思。

尴尬之际，屋里的西洋自鸣钟突然响了，钟里的小鸟吱吱叫着。

白薇借机告辞："老太太，黄妈做的点心真好吃，我可是沾了您的光，下次再做别忘了叫我。不过今天我得跟您告假，也不耽误您太多时间了。"

陆陈氏疑惑地看向白薇："你要？"

"展元少爷这两天特别用功，我答应送他个礼物，这会儿得上街去选了，不能让他放学回来失望不是？"

"哦，好，那你去吧。"

听到这声音，金碧云立刻扭身离开。

望着白薇远去的身影，陆陈氏叹了口气："黄妈，你说我们是不是搞错了？"

黄妈语气倒是肯定："不会，平日里我瞧着白小姐和那黎紫薇神态动作就有几分像，穿上那件旗袍，倒更像黎紫薇脱了个影子出来，还能错得了？"

黄妈又提醒道："你想想当初是怎么对那黎紫薇的？白薇若真是她女儿，来了南洋，也不会认你的呀。"

陆陈氏点了点头："早知道雪霖来了星洲会遇上南兰这个女人，我当初还不如答应他和黎紫薇结婚呢！可惜这世上没卖后悔药的呀。"陆陈氏说着，掉了眼泪。

黄妈忙上前安慰："老太太，你可别伤心了，若这个白小姐真的是大少爷的骨肉，您还得早做打算呀。"

陆陈氏收起了情绪："是啊，雪霖给我留下了大孙女，那就是陆家的长孙女，我得认！"

很明显，陆陈氏误解了黄妈的意思。

黄妈提醒道："您别高兴得太早了，这么多年过去了，她突然来了星洲，还混到咱们家当家庭教师，怕的是她有备而来，来者不善啊！"

陆陈氏一愣："会吗？"

黄妈忆起过往："当年在上海，黎紫薇可是给你跪了三天三夜呀，她能不恨？她从小会怎么教女儿呀？"

陆陈氏神色暗淡下来："我怎么没往这想……"

"自从女神酒店出了事，我就四处找当时在场的人打听，越打听我越后怕，报纸上写的那个拿枪的，我怎么听着都像是白小姐啊！"

陆陈氏吓得猛地站了起来："不会，这孩子看着就面善，那个有枪的肯定不是她！"

黄妈犹豫着开口："老太太，有个事我一直瞒你。"

陆陈氏抬头："什么事？"

"大少爷那些年常往上海汇钱……"

"给黎紫薇？"

"我想应该是，这大少爷突然出了意外，钱可就断了，人家现在找上门来，到底是要认亲，还是怀恨在心，可说不准啊！"

陆陈氏一屁股坐了下来。

此时的门外依旧有人偷听，并非金碧云，而是伺候陆陈氏的小大姐娣娣。娣娣眼珠乱转，不知打的什么主意。

金碧云在屋里溜达，嘴里嘟囔道："黎紫薇……"

陆雪樵正在打领带："你嘀咕什么呢？"

"雪樵我问你，你认不认识一个叫黎紫薇的人？"

陆雪樵不耐烦地回道："不认识。你什么意思？不会是在外面打听我有没有女人呢吧？"

"哎呀，不是！你再好好想想，你们陆家在上海的时候，有没有听过这个名字？"

陆雪樵皱着眉头思索着："上海？"

金碧云提醒着："黎紫薇，你就一点印象都没有吗？"

"那是什么时候的事了……"正说着，陆雪樵突然愣住，"叫什么来着？我突然想起大哥在上海好像交过一个女朋友，叫什么薇的……"

金碧云忙追问："你大哥的女朋友？那你还记得那女人后来怎么样了吗？"

"不知道，那个时候我还在上学嘛。那个什么薇好像是个舞女，想嫁给我大哥，我爸我妈又怎么会答应呢？寻死觅活的，好像闹得很凶哎！后来我们全家都来了南洋，谁知道她怎么样了。"

金碧云的眼珠转动着，脑中快速思索着这些事情的来龙去脉。

“那是什么时候的事？”

陆雪樵想了想：“应该有二十年了吧，那个时候我比展元也大不了多少的。”

“二十年了……”金碧云皱着眉头，她仿佛明白了什么，“白小姐也二十岁了。”

陆雪樵看了她一眼：“嗯？这跟那个家庭教师有什么关系？”

金碧云笑了笑：“肯定是没关系啦，我瞎说的。”

白薇回到房里，又将陆雪霖的照片，连着那些信拿了出来。信封上，漂亮的小楷字迹“爱女陆白薇启，陆雪霖”。

白薇抚摸着信上的字迹，眼泪瞬间滴落：“父亲，今天她们拿出母亲年轻时的衣服让我穿，我想，应该是认出我了。我本来打算离开这里，可现在我决定不走了，我答应过母亲，要把您带回上海与她合葬，所以我必须找到您的尸体！父亲，你在哪里呀？”

而此时，女神酒店顶楼的窗户关了起来。娣娣站在屋里，向南兰汇报着陆家近日的情况，南兰随即给了她一些首饰作为打赏。

“大少奶奶说的哪里话，是您出钱葬了我的爸妈，大恩大德，我这辈子没法报答的！”娣娣紧紧地握住南兰的手，眼里满是感激。

南兰点了点头：“老太太身体还好？”

“好，就是心脏的毛病好像比以前更厉害了，稍微生点气、着点急就得吃药。”娣娣想了想，替南兰不值，“大少奶奶你人可真好，她那么对你，你还惦记着她？”

南兰耸耸肩笑了笑：“那个名字你记得准吗？”

娣娣思索着：“准，就是黎——紫——薇！”

南兰神色凝重起来，思绪飘向了远方。记得有一次，陆雪霖在睡梦中喊出一个“紫薇”的名字，待陆雪霖醒后，南兰好奇追问，陆雪霖倒是十分坦荡地承认那是过去恋人的名字。

南兰起身踱着步：“我曾经对陆雪霖的死深信不疑，可最近却经常梦到他。他们陆家编了那么多谣言针对我，就让我更含糊了。娣娣呀，你每天都跟着老太太，依你看，大少爷到底死没死？”

娣娣张大了嘴，她没想到南兰会问这个问题。

南兰想了想：“他是个孝子，如果他离开星洲就是为了躲我，应该不会瞒着他妈的。”

娣娣看了眼桃姐，桃姐会意：“这事对南兰小姐很重要，你怎么想就直说。”

娣娣直言不讳道：“我觉得大爷他……当然是早就不在人世了。老太太常一个人哭的，在她心中，只有大爷最重要嘛，这事应该假不了的。老太太心脏的毛病也是因为大爷走了，才一天比一天厉害的呀！”

南兰心头一震，半晌才缓过来，说："那天我在医院见到老太太了，我诈她，也没诈出什么结果来。陆雪霖啊，莫非你真的死了？"

南兰继而叹了口气，眼眸低下，一滴泪水无声地落了下来："你就是我前世欠下的孽债，不打招呼就来，走也走得无踪无影，连个尸首都找不着。"

桃姐和娣娣看到南兰流泪，有些不知所措。南兰觉察失态了，忙拭泪："哎呀，我怎么还会为他掉眼泪，真是奇怪……阿桃，多给娣娣拿些钱，派个车赶紧送她回去，出来太久了，别让陆家的人怀疑。"

娣娣也不过多停留，鞠躬告辞。

南兰望着远处的双管猎枪，目光无神，回想起十年前和陆雪霖初遇时的场景。

那日是游神节前夕，南兰一身猎装，满肩飘逸秀发，带着双管猎枪，穿行在晨雾之中。低矮的灌木中，雄鹿的鹿角忽隐忽现。

南兰发现，隐蔽在树后，慢慢地举起了猎枪。见雄鹿昂头驻足，南兰瞄准开枪。雄鹿纵身一跃跑了，南兰有些失望，没回过神来，又听到男子的惨叫声。

南兰朝声音奔去，拨开灌木，看见了一个穿着英式猎装的男子倒在地上，猎枪扔在身旁。男子痛苦地呻吟着，他的肩膀上，鲜血渗了出来。南兰连忙丢下猎枪，俯身探看男子的伤势。男子正是陆雪霖，这是二人第一次见面。

南兰很内疚，忙道歉："对不起，我不知道这片林子里还有第二个猎人！我是来猎鹿的，子弹怎么打到了你……"

陆雪霖痛得眉头紧皱，却还在开玩笑："我就是你的鹿……"

南兰一时没反应过来："你说什么？"

陆雪霖笑了笑，嘴角形成了迷人的弧度："我姓陆啊，被白天女的子弹打中，也许是我的幸运。"

南兰仔细地看着陆雪霖："你认识我？"

"游神的时候我在街上见过你，没想到成了你的猎物。"

南兰把受伤的陆雪霖带回了家，为他上药。

"你真的不去医院？"南兰满脸担忧。

陆雪霖咬着牙，认真地说道："算命的说我今年有一劫，我怕死在医院里，你白天女是神，我相信你一定能救活我。"

此刻南兰眼中，陆雪霖是迷人的，他打开了她的心房。

南兰怕陆雪霖饿肚子，亲自去厨房做了自己拿手的娘惹菜，还盛了娘惹汤喂陆雪霖。

"你住哪啊，我叫司机送你回家。"

陆雪霖喝了一口，眼含笑意："你的汤炖得这么好喝，我不舍得走啊。"

“可是家人会担心你的。”

“我要是无家可归呢？”陆雪霖的眼睛写满了故事。

南兰走到酒柜旁，倒了一杯威士忌，一饮而尽，试图压制回忆带给她的痛苦。可南兰终究还是放不下，摸着酒柜上的枪，闭上了眼睛。

第二十三章　衣冠禽兽

老宅废墟上的破烂物品已经被清理成堆，有几辆木头推车在装着垃圾运往垃圾场，还能用的物品也被红头巾们分好了类，摆放整齐。

余世襄不时向路口瞧着，似是很害怕什么。

小蝉凑了过来：“小头家，你看什么呢？”

“不知道昨天那个捣乱的混混今天还会不会来……”

小蝉笑了笑：“我看你半天了，就知道你是怕他。放心吧，天晴已经把他制住了，他不会再来了。”

余世襄并不相信，有些不屑道：“天晴有这么大本事？那个小混混可不好对付的。”

小蝉挑了挑眉：“他有把柄在天晴手里，敢捣乱，不要命啦？”

“什么把柄？”

“这个我可不能告诉你，不过要是没有他，我们今天也没有工开喔！”

小蝉是个好嘚瑟的主，故意把话说一半，以显示自己的神通。可言多必失，余世襄又是个极度聪明的人，他琢磨着小蝉的话，瞅了瞅工地，已经猜了个大概。

余世襄凑向正在干活的天晴。天晴因为净捡脏活干，身上脸上都有被烧焦木炭蹭黑的地方。

余世襄递过一张干净的手帕。

天晴看了看：“我太脏了，可不敢用您的手帕。”

“没事，来，我帮你擦。”余世襄说着就要上手。

天晴忙躲闪：“小头家，这样不好，让姐妹们看到该说闲话了。”

“好吧。”余世襄笑了笑，将手帕收起，继续道，“南兰小姐应该已经看过设计图了吧，她有没有说些什么她自己的想法？”

“还没有。”

余世襄有些失望：“哦。昨天我又想了一夜，又想出一些要修改的地方，想当面跟南兰小姐沟通一下，要不你帮忙约个时间？”

“这样不好吧，我们在这里干活，南兰小姐在上面都能看得到的。”说着，天晴指了指高处的窗户。

余世襄向窗户望去，心中有了新的主意。

天晴用商量的语气说着：“等我们把这里都清理干净，能正式开工的时候，我想南兰小姐自然会来找我们的。再有，我这个样子，去女神酒店不是打扰了人家生意？”

“嗯，有道理。”虽然有些不快，但余世襄还是点了点头，“天晴，你想得真周到。”应付了一句，余世襄便转身朝女神酒店走去。

睡梦中，邝海生揉着纱布包着的伤口，纱布已经被蹭得七扭八歪，邝海生索性拽下，却把自己疼醒了。

“我怎么睡在这了……”邝海生自语着，踉跄出门。

阿九蹲在路边，腿都等麻了：“我的阿海哥啊，你可算出来了，你一直睡不醒，我也不敢进去叫你，都在这等你半天了。”

邝海生揉着脑袋：“喝多了。”

阿九凑上前，一脸贱笑：“怎么样了海哥？”

“什么怎么样？”

阿九挑着眉：“昨天晚上美不美啊，娇姐很猛的吧？”

“你胡说什么？”邝海生还是蒙蒙的状态。

阿九继续犯贱：“咦，我都看见了，你别装了，娇姐把你搂在怀里，温柔得很呢，你敢说没跟她睡在一起？”

邝海生一下急了，一把拽住阿九的脖领子，把他按到墙上：“你再胡说我掐死你！”

阿九还是不太相信：“真没睡啊？”

“当然没有！我是有老婆的人，娇姐是谁，龙哥的亲妹妹！我敢以下犯上吗？”

阿九有些失望：“没有啊？我还以为你跟娇姐好了，我跟着你在龙王帮腰杆也能硬一些呢！海哥呀，娇姐对你不错的，昨天听说你受伤了，抄枪就要跟人去拼命啊！你把那个红头婆忘了吧，她已经害得你够惨的了！”

邝海生晃了晃阿九的肩膀：“对了，我老婆昨天拒绝了我，可她为什么拒绝我？为什么？阿九，你告诉我为什么？”

阿九无力地劝说着：“海哥你醒醒吧，那个红头婆有什么好？还凶巴巴的，比娇姐差远了！”

邝海生严肃起来：“阿九我告诉你，我很尊敬娇姐，但我不可能娶娇姐，你再乱讲，被帮里兄弟听到，我还怎么做人？”

阿九见状不再说话。

邝海生正经不过一秒："我老婆拒绝我一定是我哪做得不好！"他突然笑了笑，像是想到什么好主意："她不想看见我，但没讲过不想看见你呀，你去给我跟着她，弄明白她到底为什么拒绝我！"

阿九无奈："海哥，太没出息了吧？"

邝海生威胁道："你去不去，你要不去，我就不再认你这个兄弟！"

阿九无奈地摇着头走了。

酒店房间里，陆雪亭昏昏沉沉地醒来，突然觉得一阵恶心，起身冲进洗手间。洗手间里，他往脸上使劲地扇着水，让自己清醒。

酒店大堂，桃姐手里拎着装双管猎枪的箱子，跟在南兰身后。

打扮整齐的陆雪亭正与南兰相遇。南兰打趣道："我听说小弟有女朋友了？怎么不带给我看看？"

陆雪亭尴尬地笑了笑："哪里，昨天心情不好，陪我喝酒的是二嫂的妹妹。我跟她没什么，开房间只是为了喝酒，让大嫂见笑了……"

南兰拍了拍陆雪亭："别着急走，让厨房给你做碗粥吧，喝醉了胃里难受的。"

桃姐连忙叫来女仆安排饭。

"多谢大嫂。"

南兰关切地看向陆雪亭："什么事心情不好了？"

陆雪亭一愣，他脸上的难堪让南兰一眼看出他失恋了。

南兰不再追问："小弟是大男人了，既然不想说，我就不问了，但是你记住，不管我和陆家有什么矛盾，我都会拿你当亲人，下次再想找人陪你喝酒，就来这，我陪你喝。"

南兰的话让陆雪亭眼里噙满泪水："谢谢您，大嫂。"

一声咿咿呀呀的唱腔声传来，打破了二人温情的场面。循声望去，只见谭玉卿站在唱台唱起了粤剧。

陆雪亭问道："她唱的是什么？"

桃姐答道："粤曲。谭玉卿是个粤曲名伶，前些年红极一时的。"

舞台上的谭玉卿刚好看向南兰，不再往下唱。南兰与谭玉卿，二人年龄相近。两个有些故事的女人隔空对视。南兰示意谭玉卿继续唱。

谭玉卿点了点头，继续唱。

这一来一去，大厅里的许多人都关注到了谭玉卿，有人围了上去。

一见有人来，谭玉卿唱至高潮处，感情奔涌而出。

在最合适的点儿上，南兰率先鼓掌，陆雪亭跟着鼓掌，带动了全场氛围。

谭玉卿沉浸在众人的掌声中，半晌才收回神思："哎呀，不好意思了，老没唱了，嗓子痒痒，打扰各位了。"

南兰更使劲地鼓掌，众人更热闹起来。

桃姐插话道："这是来住了好几天了，见没人认识她，就……"

南兰点了点头："明白，毕竟人家红过嘛，寂寞不得，我理解。"

"是啊，红的时候，因为漂亮，还有个外号，叫百花杀呢。"

南兰对着陆雪亭使了个眼色："小弟啊，去找谭小姐要个签名，她准高兴。"

"难怪女神酒店生意这么好，大嫂对客人可真是细心，我这就去！"说着，陆雪亭走向谭玉卿，大声道，"是谭玉卿小姐吧？今日一睹芳容，小生荣幸之至，能跟您要个签名吗？"

"好啊！"谭玉卿笑得花枝乱颤。

南兰也笑了，转身往外走去，边走边道："这讨女人喜欢的本事，他们陆家的少爷是不用教的。"

桃姐笑了笑。

"她嗓子不错，扮相应该也还可以，怎么不唱了呢？"

"她退得早，现在红的是她师妹白玉娇。"

"为什么退了？"

桃姐嗤之以鼻道："都说找到了好码头，跟了个槟城的要员，有钱有势的，就不唱了呗。"

"哦，嫁人了。"

桃姐摇摇头："不是。"

"做小呀？"南兰停下脚步，诧异地望向远处的谭玉卿，只见三四个男人由于陆雪亭的带头，都在围着谭玉卿要签名。

桃姐继续说着听来的流言："听说根本没让她进门，瞧不上她唱戏的出身，好像她也没给人家生个一儿半女，所以这些年，她就在马六甲、星洲、槟城，换着酒店住。"

南兰叹了口气："嗐，那图什么呀，还不如一直唱下去，唱它一辈子不也挺好……"说罢，南兰转身向门口走去，急匆匆跑进来的秀禾险些撞到她。

"不好意思大头家……"秀禾向后退了两步，鞠着躬，快速走了。

"她怎么这么慌慌张张的？"

桃姐解释着："她叫秀禾，来打零工的，跑快点是怕晚了被罚。"

南兰摇了摇头："唉，女人啊，真是各有各的难处啊。"

二人说着向外走去，侍者已经将车停在酒店门口，南兰坐上驾驶位，桃姐将箱子放在车后座上。

桃姐有些担心："要不要多带几个人？"

“我是白天女，猎鹿还要人保护？那可就没人信我咯。”南兰拍了拍方向盘，“放心吧。”说着，南兰发动汽车，就要走。

好巧不巧，余世襄快步跑来，故意站在南兰的车前，南兰只好刹车。桃姐迎上前，面露不悦：“你看着点车呀！”

余世襄忙装出一副不知情的样子：“哎呀，南兰小姐是要出去呀，我来得真不是时候，那我下次再来吧。”

南兰探头问道：“这位先生，是找我吗？”

余世襄答非所问：“尊敬的南兰小姐，我是余世襄，之前给您的老宅做了一个设计方案，不知道您看了没有？我又有些新想法，想当面与您沟通，可我来得不巧，能不能跟您约个时间，等您有空时，请您指教。”

南兰笑了笑：“既然来了，那就现在吧。”

回到酒店内，南兰品着咖啡，打量着余世襄。余世襄此时近乎谄媚。

“这房子有近百年的历史，当年前能在星洲盖这样的房子，可见您祖上的财力。而整个房子设计、布局如此之合理，可就不是单单有钱能做到的了，是对建筑美学的深刻理解，中西合璧、细节精致、美轮美奂。总之，我觉得您这栋房子，是星洲建筑史上的奇葩！请允许我对南兰小姐的祖辈致以我衷心的敬意！”余世襄极力夸赞着。

南兰礼貌性地笑了笑：“多谢啊。可惜，这房子并不是我们家盖的，是我祖父从别人手里买来的。”

余世襄有些尴尬：“是吗……那更证明您的祖父有眼光，选中了星洲最有价值的建筑。”

尴尬之余，桃姐捧着那摞设计图纸走来，放到了桌面上。

南兰用手指点了点：“这是你的设计图，我在上面做了一些标注，你自己看吧。”

其实南兰提意见的地方并不多，只有三四处。余世襄拿起看着，发现一些细节处的标注用的都是英文。逐一看完后，余世襄瞪大了眼睛，站起身，恭维道：“尊敬的南兰小姐，您学过建筑学？”

“没有啊。”

余世襄装作一副难以置信的模样：“怎么可能？这么专业的意见，即便是设计师也不一定能提得出来呀！而且还有直观的改造方案，真是让我惭愧，这几处，刚好是提交图纸后，我日思夜想觉得不妥，想进一步改进的，没想到都被您看出来了。”

“你别夸我了，你这设计图做得蛮用心的。听说你之前是做判头的？”

“对呀，我们这种小人物，南兰小姐当然是没听说过的了，刚好有这个机会，跟您介绍一下。我们余家是星洲最守信用的判头了，我也算是子承父业，入行不久，但我很热爱这个行业。”余世襄拐着弯夸自己。

南兰称赞道："能干一行爱一行就很好呀。"

余世襄顺坡下驴，话中有话："干我们这行最重要就是熟门熟路，凡是跟建筑有关的进货渠道，那基本掌握在我们余家手里。我每天思考的，就是怎么合理地用工用料，怎样既保证质量，又为大头家省钱。还有就是，星洲所有的高级工匠，做铁艺的、做木工雕花的、做砖雕瓦雕的、做最漂亮的手工地砖的，我也都能找得到，而且他们都会给我面子，以最便宜的工钱接活。"

南兰若有所思地喝了口咖啡："哦，我要是早认识你就好了，可惜翻修老宅，我已经交给天晴了。"

"天晴？"余世襄仿佛不认识天晴的样子，"您是说那个红头巾欧阳天晴吗？南兰小姐敢将如此大的工程，交给一个初出江湖的红头巾，您的这份魄力，让余世襄佩服。"

"照你这么说，我是有些冒险了？"南兰放下手中的咖啡，眼神中透出一丝狡黠。

"也不能这么说，南兰小姐信任的人肯定错不了，当然了，她一个红头巾去进货、上料，恐怕会多用一些钱，找那些能工巧匠嘛，工钱也便宜不了。"余世襄的后半句说得很随意，但却一直瞟着南兰，见南兰有认同感，又添油加醋道，"其实这么小的工地，几十个红头巾在上面，用得着吗？哪个不都是要给工钱的？当然了，南兰小姐是星洲首富，不会在乎这点钱嘛。"

"谁家的钱也不是海风吹来的。"南兰看着余世襄，故意逗他道，"只可惜这个工程太小了，不然倒是可以请余先生做判头。"

余世襄腾地站了起来："不小不小！南兰小姐的工程，再小，我余世襄也义无反顾啊！"

见南兰满意地点了点头，余世襄立刻接话道："那，翻建老宅的这个工程您交给我了？您大可放心，总比让她们胡闹强多了。"

南兰抬起头道："好啊，有劳余少爷了。"

余世襄很高兴，外露的兴奋都被南兰看在眼里。南兰心生一计，将话锋一转："理查德和陆家合资盖的那栋大楼，也是你做的判头？"

"对，不仅做判头，那个英国的大胡子设计师留下一堆图就走人了，有些地方画得不清不楚，都得我帮他重新画。不过说实话，那栋大楼选址好，设计方案也能算得上一流，未来一定是星洲标志性的建筑。您想，那是一栋十二层的大楼啊，目前星洲最高的楼只不过七层而已。您有没有想过站在天上俯瞰星洲的感觉，美丽的海湾，平缓的山峦，尽收眼底啊！南兰小姐，我听说您买下了理查德的股份，真有远见，也只有您才能配得上那么伟大的建筑！"

"可是我停工了呀。"

"我正想问您原因呢……"

"我不喜欢合伙人。"

余世襄忙附和道："您是说陆家？我也不喜欢！那个陆雪樵就是个花花公子，什么都不会，而且陆家好像财力不足，还用了很多银行的钱。如果南兰小姐想把陆家踢出去，在下余世襄不才，愿意替您去谈判。”

南兰“诡计”得逞，拿起笔在设计图上写下了一个数字，转向余世襄：“这个数字之内，如果能把陆家的百分之三十股权收回来，我给你奖金。”

余世襄看了眼数字，抱了抱拳：“请南兰小姐静候佳音。”

从南兰房里走出，余世襄一改卑躬屈膝的下贱模样，正了正衣领，大跨步地往外走。

桃姐进屋，把枪盒子放在桌上：“这就不去猎鹿了？”

南兰嘴角上扬：“鹿宝宝其实乖得很，我本来就心疼，不舍得打。反正游神还有几天，我先看看这出好戏。这个余世襄，难怪你能记住他的名字，是有些与众不同啊。”

桃姐有些诧异：“你很欣赏他？”

“对呀，已经委以重任了。”南兰冲桃姐开心地笑着，桃姐一脸茫然。

转眼，余世襄已经得意扬扬地坐在陆雪樵的办公室里。

男秘书上前：“已经给头家打过电话了，他正在赶过来的路上。听说是南兰小姐的特别代表，头家说让我一定好好照顾。您喝点什么？”

余世襄眼皮都不抬一下：“咖啡吧。”

秘书去给余世襄冲咖啡。余世襄跷着二郎腿，回想着几天前他来此地的情景。

那日听到停工的消息，又不能坐以待毙，余世襄便拎着两盒礼物去打探情况。推开门，见陆雪樵两脚搭在桌上，正皱眉发呆，看都不看自己一眼。余世襄小心翼翼地凑上前：“这是我爸爸托人从槟城带来的，不成敬意，请您笑纳。”

陆雪樵不冷不热道：“放下吧。”

余世襄将礼物放下：“二爷，您看我们的大楼什么时候再开工……”

陆雪樵瞥了他一眼：“你问我，我怎么知道？”

“那欠我们的费用，您什么时候能给结一下？”

陆雪樵站起身来，指着余世襄：“是来要钱的呀？当初求我的时候你怎么说的？这才停工几天，你就先造反了？”

余世襄赔笑说：“二爷您误会了，不是造反哪，我要的是按合同规定，该给我们的第二笔钱，那里面有我做判头的酬劳，工头和工人的工钱，有时零散进些沙料、石灰，也是我们余家垫付的，搭进去很多了。”

陆雪樵气不打一处来：“你搭进去多少跟我有什么关系？我只有百分之三十的股份，那百分之七十是别人的！”

余世襄仍是低声下气，好言说着其中的弯弯绕绕：“二爷，话可不能这么说，我的合约是跟您签的，您和大股东之间的合约不是也规定建筑工地您负责吗？如果我没记错，为此您可是多分红的呀！”

陆雪樵正烦着，把所有怒火都撒在余世襄头上：“分红分红！那是得大楼盖起来卖出去我才能分红！现在停在这里，我借了银行的钱，每天都要还利息的，你还来跟我要钱？滚出去！”说着，陆雪樵一甩手将礼物扔到地上，头都不抬地又骂了句“滚”。

余世襄强忍怒火，攥着拳头，灰溜溜地出了门。

开门声打断了余世襄的回忆。陆雪樵快步进门，一见余世襄，没搭理：“南兰派来的人呢？”

秘书在旁提醒：“就是这位余先生。”

余世襄这才放下二郎腿，端出一副绅士模样：“陆先生请坐吧，我代表南兰小姐来，跟你谈谈这栋大楼的事。”

“你？”陆雪樵傻了眼，半晌才开口，“代表南兰？好啊！”话虽这么说，陆雪樵仍是一脸蔑视，他一屁股坐在沙发上，等余世襄先开口。

待余世襄道明其中原委，陆雪樵气得一拍桌子：“欺人太甚！南兰简直欺人太甚！那把火怎么没把她烧死啊！”

陆雪樵自知失言，眼神飘忽不定，这一切都被余世襄看在眼里：“这已经是我能为陆老板争取到的最好价格了，要是再拖下去，也许这个钱，南兰小姐都不肯出的。你们之间是不是有什么恩怨啊？怎么南兰小姐听到陆先生的名字就感觉很气啊？”

陆雪樵揉着额头：“走走走！说完了你就赶紧走！”

余世襄微笑着：“多谢陆先生，上次我来这，你可是用‘滚’字，撵我出去的。”

“你……余世襄，你什么时候变成了南兰的人？你跟她一起算计我？”

余世襄没有回答他的问题，自顾自说着：“别怪我没提醒你，这个价钱成交的前提，是你要把欠我的钱先还清。”说完余世襄板着脸，起身拍了拍裤腿，大大方方地出了办公室。

陆雪樵气得一把将咖啡杯甩在地上。

余世襄得意地坐在自己的黄包车上，往女神酒店去。他又跷起了二郎腿，风拂过额头，他把头发向后梳着，一副胜券在握的样子。

南兰落座：“这么快就回来了，有好消息？”

余世襄站在南兰对面，一脸春风得意：“陆雪樵虽然嘴硬，但我看他心里很虚，我想他撑不了多久了，一定会接受我代您给他开出的价钱。”

南兰抬眼看向余世襄：“你开了多少？”

余世襄拿笔在设计图上写下一个数字。

南兰有些意外：“这么低？那省下来的钱，我按什么比例给你奖金合适呢？”

余世襄笑了笑：“我不是为了奖金，为南兰小姐做事，必当尽心尽力。”

“据你分析，这个价钱成交的可能性有多大？”

余世襄自信地比着手势：“八成。”

南兰有些质疑，但还是满意地点了点头：“不错，余少爷辛苦了。”

南兰言语中带有送客之意，可余世襄没有告辞，径自坐在了南兰对面：“南兰小姐，我还有一件非常重要的事情向您汇报。”

“什么事？”

余世襄凑近：“老宅失火，您不觉得很蹊跷吗？”

南兰有些意外：“是蹊跷啊。”

余世襄邀着功：“我知道您跟陆雪樵之间有恩怨，也许就是他找人放的火呢。您与总督大人是朋友，若将陆雪樵法办了，这笔钱也都省了。”

南兰惊讶地看向余世襄：“下手这么狠？不好吧？”

余世襄显得一片真心：“他们纵火，难道不是想烧死您吗？对待这种人不能手软哪！”

南兰假装失望：“其实我也怀疑过是陆雪樵背后指使，但抓不到纵火的人，光怀疑可是没有用的。”

余世襄挑了挑眉：“纵火的人嘛，我倒是能猜个八九不离十。”

“哦？”南兰有意套话。

“龙王帮的一个小混混，嫌疑很大，不如就由您，通知警察把他抓起来，只要严加审讯，由不得他不招！再由他指认陆雪樵，那不仅这大楼的三成股份，连老宅都得由他们陆家出钱帮您翻盖啊！”余世襄说得热血沸腾。

南兰厉色看了眼余世襄：“余少爷，你管得太多了，老宅着火这件事，我已经跟警察说过不再追查了。”

余世襄讪讪道：“啊，不追查也好，南兰小姐大度，难怪在星洲有如此的盛名啊。”

献媚不成，余世襄只得告辞。

南兰老宅，几辆车仍在运着垃圾，更多的红头巾还在收拾场地。

余世襄的黄包车驶来，他懒得下车，跷着二郎腿，就近向七姑娘招手：“哎哎！”

“小头家，您有什么事？”

“去给我把欧阳天晴叫来。”七姑娘应声而去。

天晴穿过正在干活的姐妹们，来到余世襄面前：“小头家，您有事？”

“别干了，跟我走。”

“去哪里？”

余世襄瞥了一眼天晴：“看你这脏兮兮的样子能去哪里啊？就去大楼工地的办公室吧。”

“做什么？”

余世襄顿了一下："我的设计图纸南兰小姐看过了，刚才专门把我请过去聊天，也提了一些意见，我总得告诉你吧？"

天晴惊喜："太好了，南兰小姐有了意见，我们当然得商量商量！不过，我得晚一些再去，活还没干完呢。"

余世襄有些不耐烦："让她们干吧！"

天晴为难道："小头家，红头巾有红头巾的规矩，我少干了，别的姐妹就得多干，这不合适。麻烦您先走，我晚点去。"

余世襄想了想："也好，一个人来啊！"说完，余世襄一挥手，黄包车拉着他就走了。

天晴没多想，回去继续干活。小蝉在远处目睹着一切，不知在琢磨什么。一个久违而熟悉的身影出现在远处，原来是陆家工地里的男工来福。来福在人群中寻找着，脸上终于露出了笑容。来福找到了自己的目标——美花，可犹豫着，最终没敢上前，原路退了回去。

无用的男人，只会做事后诸葛，陆雪樵把一腔怒火撒在金碧云头上。

金碧云前脚刚踏进办公室，陆雪樵就指着她的鼻子骂："你这个女人，让你办什么事都办不好！我上次让你去找南兰谈，为了一串珠子，你不去，现在倒好，她派人上门来了，开出的价钱连我们还银行的利息都不够啊！"

金碧云不恼，却在一旁笑了起来。

"你还笑得出来？"

金碧云还是微笑着："先前我劝过你，把那三成股份换成钱赶紧退出来，现在我看倒是不急咯。"

陆雪樵不解："为什么？钱不光是陆家的，还有一些是跟银行借的，每天都在生利息啊！"

金碧云不紧不慢地说："老公，你想啊，这才停工几天，南兰就急着派人找你谈判，就说明她拿走那些股份，不光是针对陆家，她还是很看重那栋大楼的。既然她看重那栋大楼，我们又干吗要着急出手呢？慢慢跟她谈条件就好啦。"

陆雪樵思索着："你说得倒是有一定道理，可我现在手上没钱，撑不住啊！"

金碧云抬头看了看陆雪樵，心中已有成算："这不正好是个机会，跟妈要钱去呀，你们陆家的家底都在老太太保险柜里锁着，放在公司里的钱又能有几个呀？现在不正是机会？生意做得不好，不是你陆老二没本事，是南兰在算计陆家，老太太最恨南兰了，她能看着她儿子败在那女人手里？"

"有道理啊！"陆雪樵一把将金碧云搂在怀里，狠狠地亲了一口。商量好对策，二人就打道回府。

客厅里，陆陈氏颤抖着站了起来："陆老二啊陆老二，你可真够废物的，居然败在了南兰那女人的手上？”

金碧云在旁低着头，一句话也不说。

陆雪樵也不气：“妈，她是一般女人吗？她是会下降头的！再说，虽然陆家公司是我管着的，可我手头上有几个钱？南兰财大气粗，我想打赢她，太难了！”

“没见过你这样没出息的！做生意哪有不难的？你爷爷不是白手起家？你爸在生意上也亏损过，不是又都赚回来了吗？咱们陆家刚到星洲的时候，不也被洋人骗过，那时候你爸重病，是你大哥力挽狂澜，又把公司做起来，做成了星洲最大的建筑商！你都忘了？”

陆雪樵没了耐心：“你光骂我有什么用？我爷爷、我爸、我大哥都是生意场上了不起的人物！我不是废物嘛，陆家这么一大摊子，都压在我一个废物身上，我现在是腿软腰软肩膀也软，早就撑不住了！要不你让老三来接公司的生意？”

陆陈氏猛地一拍桌子：“黄妈，你去把雪亭叫来！”

黄妈面露难色：“恐怕叫不来啊。”

“怎么了？”

“三少爷昨晚去跟朋友喝酒，一夜未归，刚刚快到中午了才回来，一身的酒味，我就帮他熬了醒酒的汤，现在才喝了睡下，怕是叫不醒。”

陆陈氏听着干着急，陆雪樵却笑了：“快交给老三，我也想每天花天酒地吃喝玩乐呢，谁愿意管啊？反正跟银行借钱押的是咱们家的房子，您老人家不怕银行来家里贴封条，我都无所谓啦。”

陆陈氏也是气极无奈：“你……你浑蛋！不就是要钱嘛，我给你！陆家的公司不能倒，就算败，也不能败在南兰手里！”

陆雪樵信誓旦旦道：“好，只要妈您给钱，我就帮您把公司扛住。”

“在这等着！”陆陈氏起身，黄妈连忙上前搀扶。

金碧云见状，上前宽慰道：“二爷，挨几句骂不要紧的，你可别气着。”

“我从小被骂大的，挨骂我都习惯了，只要给钱，我才不生气呢！”陆雪樵一脸无所谓。

金碧云给陆雪樵捏着肩膀，怂恿道：“那二爷这就给南兰打电话去。”

“给她打电话，说什么？”

“就说我们陆家愿意跟她一起盖那栋大楼，现在她是大头家，愿意停工，我们奉陪，停到什么时候都陪着。”

“好主意，我不生气，可得好好气气南兰！”陆雪樵一脸得意地去打电话。

做完工，天晴回豆腐庄洗漱干净，换了身衣服，便向余世襄在工地的临时办公室走去。

天晴敲了敲门。

“进来。”

阿九跟了天晴一天，在不远处望见天晴进了门，轻蔑地哼了一声，转头去打小报告了。

见外间没有人，天晴喊着："小头家，我来了。"

余世襄再次喊道："进来。"

天晴无奈，只得走向里间。

里间，余世襄正侧躺在床上。天晴连忙背过身："不好意思小头家，打扰您休息了。"

"你客气什么，过来。"

"我还是在外面等您吧。"

"别走！"余世襄只好起身，"欧阳天晴，你说你看着挺聪明的，怎么其实有点傻呀？我怎么说你呢？你还记不记得上次，也在这屋，我让你当工头。"

"记得。"

余世襄坏笑着："你还说你不干，以为我真的让你一个女人去当工头啊？其实我就是看中你了嘛！"

天晴一愣，不好接话。

"你说我一个少爷，在这工地里，每天多无聊，你要是当了工头，也就不用干活了，平时就在这照顾照顾我。中午顶着大太阳的时候，我习惯睡个午觉，你可以陪我一起呀……"说着余世襄就要上前搂住天晴。

天晴终于忍不住了："小头家，请不要讲这些，你不是要跟我商量设计图的事吗？南兰小姐怎么说的？"

"设计上的事，我说了你也听不懂啊。哦对了，工程南兰小姐已经交给我了，有我余世襄在，不会出任何问题。"听到余世襄这么说，天晴很意外。

余世襄继续着："可不是我抢走了你的生意，是这个生意，你一个红头巾根本就做不了。不过没有你，我也很难结识南兰小姐。我想了，这个工程赚来的钱我会分一些给你，就作为你的嫁妆吧。"

"你说什么？"天晴不敢相信自己的耳朵，更不愿相信眼前这个猥琐模样的人是余世襄。

余世襄蹙着眉："我都说这么明白了，你还没听懂？你是乡下来的，一点嫁妆都没有，想进我们余家，恐怕难啊。我帮你赚些钱，当嫁妆好啦！"

"我从来没有奢望过嫁给小头家，你的好意，用不着！"说完，天晴气冲冲地就往外走。

余世襄一把拉住天晴："你这样就有点不识抬举了吧？"

天晴想挣脱，却被余世襄拦住。余世襄色眯眯地盯着天晴："其实我早就看上你了，自从那次你拿棍子打我，我就觉得你和别的红头巾不一样，有意思。嫁给我吧，以后你的那些姐妹就要叫你头家娘了，这是多好的机会！说实话，你也不算漂亮女孩，余少爷身边不缺漂亮的，你就是走了狗屎运，以后再也不用风吹日晒，戴着这难看的红头巾每天干苦力了！"

说着，余世襄一把拽掉天晴的红头巾，秀发散落，看起来格外清新脱俗。

天晴连忙捡起地上的红头巾："你怎么能这样？请你放尊重一点！"

"你们女孩子来星洲，最好的归宿不就是嫁个有钱人吗？还不快投怀送抱等什么？等我看上别人，你后悔都来不及！"说着，余世襄就上前要拥吻天晴。

天晴用力挣脱，跑到了外间。余世襄从后追赶，拽住天晴的头发，一把抱住天晴。

天晴挣扎着，大声地喊着："来人啊——救命啊——"

"你喊也没有用，整个工地都停工了，你声音再大都是喊给我听的！"余世襄将天晴抱回里间，猛地把天晴推向床边。

天晴使劲地厮打叫喊着："救命啊——救命啊——"

工地上，邝海生和阿九快步朝办公室赶来。

邝海生还是不信阿九的话："你看清楚了，天晴来这了？不能吧？我跟小襄子说过，天晴是我老婆，他敢勾引表嫂？"

阿九耸着肩，一副幸灾乐祸的样子。

二人说着走近办公室。听见天晴喊救命的声音，邝海生眼睛一瞪，一脚踹开了办公室的门。

"谁啊？"余世襄听到动静，冲到外间，发现来人竟是邝海生。

邝海生拨开余世襄冲进里间，看到天晴衣冠不整。

天晴一见邝海生，满脸的委屈，将头扭到一旁。

邝海生急了，一拳砸向余世襄，阿九也跟着打。

天晴抽噎着："阿海，你们别打他了。"

邝海生气不打一处来："老婆，他敢非礼你？我今天宰了他！"

余世襄捂着头："不是啊表哥，我是约她来看图纸的！"

邝海生不相信余世襄的鬼话，按着他的头："有这么看图纸的吗？"

"她勾引我呀！"余世襄怕挨揍，居然喊出了这句话。

天晴怒了，她攥着拳头冲上前，一拳砸在余世襄的脸上，随即夺门而出，邝海生赶忙跟着追了出去。

第二十四章　恶有恶报

华灯初上，天晴一个人走在街上，把所有懊恼都藏在了心中。

二十米开外，邝海生和阿九跟在后面。

“海哥，她就是有眼不识金镶玉，趁这个时候你追上去，让她给你服软、认错！”

邝海生瞪着阿九：“什么意思，你是想说你大嫂做错事了？”

“也不是，但她差点被余世襄给……你还要追她？”

“你混账！明明是余世襄那小子不厚道，跟你大嫂有什么关系？她要是那种女人，能喊救命吗？”邝海生抬手就要揍阿九。

阿九忙求饶：“行行行，她没错，我错了。海哥，还没吃饭呢……”

“饿着！天黑，她一个人不安全，现在星洲乱着呢，我们得送她回去。”邝海生继续跟着，不远不近地保护天晴。

“要送你送，我要饿死了！”说完，阿九转身，一溜烟跑了。

豆腐庄街头，来福坐在面线伯的摊前，碗中的面线早已吃完，但他仍盯着豆腐庄不肯离开。

见天晴快步走来，来福本想叫住天晴说说话。但天晴步伐很快，低着头，谁都不理，来福只能作罢。邝海生见天晴进了豆腐庄，这才放下心来，摇了摇头，转身走了。

小蝉站在楼梯上向外张望，见天晴进门，连忙下来迎接：“天晴，回来啦，吃饭了没有？”

天晴没理会小蝉，上楼去了。

小蝉噘着嘴：“哎，你怎么不理人啊？”她还是放心不下天晴，端了碗饭去了楼顶，“我给你留的，快吃吧。”

天晴望着远方，双目无神：“我不想吃。”

“那我陪你说说话吧。”小蝉放下碗筷，坐到了天晴身边。

“我也不想说话。”

“天晴，发生什么事了？”

天晴一句话也不说。半晌，天晴看着小蝉，哭了出来。小蝉不知道发生了什么，也不敢打扰，僵硬地支着胳膊猜测着。

来福仍在坐立不安地等着。

面线伯上前搭话：“面线早就吃完了，你这是在等人啊？”

见小翠出来，来福眼睛一亮，连忙放下扇子往小翠身后看，可是等了半天，也没见着美花的身影。

来福有些着急，再看小翠，已经拐弯向远处走去。来福估摸着美花不会出来了，索性起身向小翠身影消失的方向追去。

星洲街头，一个人鬼鬼祟祟地走进公用电话亭拨着号码，那人抬头，竟是鼻青脸肿的余世襄。

“警察局吗？女神酒店南兰小姐的老宅前几天失火，报上说是恶意纵火，我知道纵火犯是谁……”

肥哥和七嫂的摊位前，阿九正在吃着东西。邝海生悄悄来到阿九身后。

阿九察觉：“哎，来了？”

邝海生无奈道：“我不来，你结账吗？欠肥哥和七嫂多少了？说，吃饭为什么不给钱？”

阿九嬉皮笑脸成性：“我跟你一样，五行缺金，没有钱，因为我大哥㞞啊！”

邝海生严肃地对阿九说：“这里都是我的老邻居，以后吃霸王餐不许来这里！”邝海生喊着，“七嫂，肥哥，把他欠的账单都拿过来，我一次帮他结干净了！”

阿九开心极了，喝了口酒：“这还差不多，终于像大哥了，再来一大盘烧肉、半斤酒啊！”

邝海生没好气地瞪着阿九，阿九回了个鬼脸。

肉和酒很快上桌，正在倒酒的阿九突然愣住：“海哥，喝不上了，快跑！”

“跑什么？”

阿九颤巍巍地拍了拍阿海：“看你身后啊！”

阿海回头，上次被打的那六个人走来，他们都还未愈，有人包着脑袋，有人吊着胳膊，身后跟了十几个小弟，都手持凶器，明显是报复来了。

“快跑，再不跑来不及了！”

邝海生却没动，他不想被邻居看见自己认㞞，想拼一次。

七嫂小声提醒：“阿海，跑啊！”

邝海生看向七嫂，七嫂近乎是恳求的目光。没想到邝海生猛地去抄案上的菜刀，七嫂一把按住：“不行啊，阿海，跑！”

见七嫂不给菜刀，邝海生空手冲去。虎哥的手下们却突然收了凶器，四散而逃。不明所以的邝海生哈哈大笑：“这群鼠辈——”

猛地回过身，发现七嫂、阿九等人的眼神不对，邝海生这才发现警察们带着一名华人翻译走来，原来那些人是被警察吓跑的。

邝海生大方地迎向警察：“您好，警官！辛苦了！”

警长问道：“刚刚发生了什么？”

华人翻译冲邝海生翻译着。

邝海生挑着眉，一脸正气：“那些人是流氓嘛，经常来这边惹是生非！下次您见到他们一定要抓，一个也不能放过！”

翻译问：“这里有个叫邝海生的，你认识吗？”

邝海生拍了拍胸脯：“就是我啊，不用叫大名，叫我阿海就好啦！”

警长听明白了邝海生的话，指着他，用生硬的中文道："你就是？"

邝海生咧着嘴笑道："没错呀，这里的人都认识我的。"

警长看了看七嫂、肥哥、阿九。三人忙点头。警长一挥手，两名警察上前就给邝海生戴上了手铐。

邝海生傻了："惹事的是那些人，你不去抓他们怎么抓我啊？喂！警官！怎么回事？误会了吧！"

七嫂和肥哥愣在原地，不知如何是好。阿九思索片刻，便跑回龙王帮搬救兵。

龙王帮内，林龙青从里间出来，便问道："老虎不认账？"

林龙娇手里转着左轮手枪的子弹夹："不认，那六个人也被我堵到了，都发了毒誓，说没人报告警察。"

"那抓阿海，还能有什么事？"

"刚才我也一直在想，不会是那件事吧？"说着林龙娇抄起桌上的打火机，点着。

望着火苗，林龙青恍然大悟："放火？那事做得挺干净的，没人知道啊。"

林龙娇犹豫着看向林龙青："一个叫欧阳天晴的红头巾恐怕是知道的。"

"红头巾？什么东西？"

林龙娇十分懊恼，将子弹夹往桌上一拍："都怪我，早知今日，当时在医院就该灭口！大哥，你赶紧找朋友打听打听，不管花多少钱，都先把阿海保回来！"

林龙青急得在屋里打转："要真是那件事就保不出来了！南兰那女人，连总督都是她的朋友，总警长更是女神酒店的常客！这回恐怕是要引火烧身了，警察下手狠着呢，阿海没进去过，恐怕撑不了多久。你先收拾东西，我们先去马六甲，避避风头。"

林龙娇不屑地起身："跑路？要跑你跑，不把阿海救出来，我绝不离开星洲。"说完，林龙娇转身走了。

警局审讯室里，邝海生被吊了起来，两名大胡子警察站在一旁，手里拿着刑具。翻译劝说着："阿海呀，别撑着了，是谁指使你干的，说出来吧。"

邝海生抬起了头："没人指使！"

"你是个穷人，女神酒店的大门都进不去，能跟南兰小姐有什么仇啊？"

"那你别管！"

"哎，兄弟，我这是为你好！我知道，让你干这事的一定是有钱人嘛，你说出来，就不用受皮肉之苦啦！"

邝海生被问得没了耐心："没人指使，就是我自己想放火！"

翻译无奈地摇了摇头，回身对警长道："他在找死。"

警察伸出大拇指，说了句中文："好样的。"话是这么说，可鞭子已经抽向邝海生。一鞭接着一鞭，邝海生咬牙硬挺着。

清晨，桃姐早早敲了敲南兰的房门，南兰慵懒起身，去开门："这么早叫我，什么事啊？"

"警察局打电话过来，说纵火犯抓到了，就是个小混混，没什么幕后指使。要枪毙，想问你有没有空去参观行刑。"

南兰伸了个懒腰："枪毙人有什么好看的？"南兰刚要关门，突然问道，"他们有没有说纵火犯叫什么？"

"邝海生。"

"阿海？"南兰瞬间清醒，脸上表情严肃起来，"这件事我不是说过不让他们追究了吗？"

"是啊，现在具体又是怎么回事，我也不清楚。"

"没有阿海，我们四个就被烧死了。"说完，南兰转身而去。

老宅废墟处，红头巾们开始新一轮的劳作。天晴还没从昨日的惊吓中缓过来，有些心不在焉。

远处，余世襄坐在黄包车上闭目养神，强哥和臭鱼仔一路小跑，跟着黄包车。行至工地，强哥上前谄媚地迎余世襄下车。余世襄派头十足地起身，只是站在车上，并没有下来。

强哥喊着："都过来都过来——"

红头巾们发现强哥，下意识地围拢。天晴望向余世襄，神色暗淡下来。

小蝉凑向天晴："怎么回事？猪头强来干什么？"

天晴没回答，跟众人围拢了过去。

余世襄趾高气扬地说："南兰小姐把工地交给我负责了，这么小的工程，我是不可能每天都来的，阿强会帮我看着。"

强哥上前一步，拍了拍胸脯："老规矩啊，干活不许偷懒，得对得起小头家赏饭！要是被强哥我看见偷奸耍滑的，绝不客气！"

七姑娘、玲姐、阿贵三人面面相觑。

强哥狗仗人势："还有，这么小的工地，几十个红头婆挤在这里，干什么？挤着吃白饭啊？就算小头家仁慈，你们红头巾也不好意思这样吧？最多留十五个，剩下的赶紧走人！"说着，强哥指着七姑娘，"阿七，你点人吧！"

天晴终于忍不住了，挤出人群："到底怎么回事？南兰小姐是把这里交给我负责的。"

余世襄看向天晴，嚣张地说："你一个新来的红头巾也敢揽工程？真是不自量力。我不知道你是怎么蒙骗南兰小姐的，是否惩罚你，那是南兰小姐的权力，我就不过问了。"

天晴脸上怒气隐现，又不好发作。

余世襄冷笑着指向众人："昨天南兰小姐已经说了，这个工程交给我负责。欧阳天晴，听说你是这里最能干的，那就把留在工地上的机会给别人吧，南兰小姐算对你不错了，好像还请你赴过晚宴呢，现在带个头走吧，也为南兰小姐节约些成本。"

众人看向天晴，各怀鬼胎。小蝉揪着天晴的衣角，十分担忧。天晴大声道："大家别听他的，我去找南兰小姐当面问清楚！"

天晴还没走，只听远处一声叫喊："欧阳天晴——"以林龙娇为首的十五六个龙王帮帮众虎视眈眈而来。

一见这架势，强哥连忙往余世襄身后躲。余世襄也没见过这阵仗，连连后退。

林龙娇向身后的阿九问道："哪个是欧阳天晴？"

阿九一脸恨意指着："就是那个！"

林龙娇气势汹汹地指着天晴："过来！"

天晴不明所以，向林龙娇走去。

七姑娘和玲姐对视一眼。七姑娘猛地抄起一根棍子，跟上天晴，玲姐连忙照做。阿贵是个仗义的，也抄起了棍子。有红头巾学着样子，抄棍子跟上。瞬间，所有红头巾都跟在了天晴身后。小翠和美花看这架势要打架，都有些紧张。小蝉没拿棍子，却紧跟着天晴。

三四十个红头巾和十几个龙王帮的人对峙着。

天晴率先开口："这位大姐，你找我什么事？"

林龙娇不答，向小弟们示意："兄弟们，就是她害的阿海，砍她！"第一排的兄弟们猛地抽出刀，冲上前就要砍天晴。

"住手！"七姑娘快步拦在天晴身前，抄棍子指着对方。几名老红头巾跟着七姑娘上前，持棍站成一排，将天晴保护起来。

"哟嗬，你们这些红头婆心还挺齐的。"说着，林龙娇掏出两把手枪。

天晴没有要走的意思，大声道："七姑娘，你们让开，我不信光天化日之下，他们敢无缘无故地行凶！"

七姑娘手作防护状，回头焦急地冲天晴喊："天晴，你别犯傻，这些人不会跟你讲道理的，你快跑！"

"我跑了岂不连累姐妹们！你们让开，看他们能把我怎么样！"

林龙娇笑了笑，面露凶相："挺会说话的呀，难怪阿海被你迷住，说，你为什么出卖阿海？"

天晴皱眉，她根本不知道发生了什么。

远处的余世襄听到林龙娇的话，嘴角上扬，想着："等着看好戏咯。"

阿九哭着骂道："海哥对你那么好！昨天才刚救了你，你却恩将仇报，良心让狗吃了！"

天晴一头雾水，林龙娇见状更是怒不可遏："欧阳天晴你还装什么糊涂？那天在医院我看见了，当时就怪我手软，让你活到了现在！"

“等一等，阿海他到底怎么了？”

阿九仇恨地瞪着天晴：“娇姐，她还装！”

“我知道南兰有钱，在星洲呼风唤雨，警察为了拍她的马屁，很快就会枪毙阿海，你不是他老婆吗？正好，你先去给他当陪葬吧！”说着，林龙娇举枪往前逼着。

天晴迎枪而上：“虽然我不知道你说的怎么回事，我也没报过警，但这件事因我而起，你冲我来，别连累我的姐妹们！”

林龙娇倒有些敬佩：“有种，你是我枪下死的第一个女人。”说着，林龙娇就要开枪。

阿九喊着：“你们这些死红头婆都退后，别崩一身血！”拿刀的兄弟们上前硬生生地将红头巾逼在了后面。

玲姐一脸的泪水：“天晴！”

就在这时，一个声音从远处传来：“娇姐，干吗用枪指着我老婆啊？”

众人循声望去，只见邝海生浑身是伤，衣服都被皮鞭抽烂了。余世襄一见邝海生出现，立刻躲到暗处。

林龙娇冲向邝海生，龙王帮的兄弟们也都围拢过去。林龙娇心疼地看着邝海生：“阿海，你怎么被打成这样了？”

阿九抱着邝海生大哭：“海哥——”

邝海生笑着：“行了，别丢人了！”说着，假装嫌弃，推开了阿九。

林龙娇又气又心疼：“都怪那个红头婆出卖你，你现在认清她是什么人了吧？”

“不是呀娇姐，南兰小姐问警察了，是一个男的向警察告的密呀！还有，这里是南兰小姐的工地，我们不能在这里捣乱的，她是白天女啊，神啊！我马上就要被打死了，是她从警察手里把我救出来的。”

林龙娇有些难以置信。

邝海生双手合十，恳切地望着林龙娇：“求你了娇姐，快带着兄弟们走吧，不然南兰小姐来了，多尴尬呀！”

林龙娇无奈，一挥手，带着人走了。

邝海生向远处抱拳：“天晴，诸位大姐小妹，不好意思啊，我阿海又给你们添麻烦了，我保证以后再也不来捣乱，我那些兄弟们也是……”说完邝海生鞠了一躬，扭头跟着林龙娇走了。

余世襄从暗处走出，惊魂未定。

一辆小轿车停在老宅门口，南兰款款下车。

天晴感激地看向南兰，余世襄也连忙跑了过来，强哥和臭鱼仔紧跟身后。

还没等余世襄开口，强哥直接行了一个九十度的鞠躬礼：“大头家好！”

南兰看向强哥和臭鱼仔："这两个人是干什么的？"

强哥忙回复："啊？我们是工头啊，跟着小头家来帮大头家管工地的。"

南兰脸色一变，冷冷道："我的工地需要你们管吗？看到你这样的人我就不舒服，赶紧走。"

强哥和臭鱼仔表情尴尬，看向余世襄。

余世襄喊道："南兰小姐叫你们走就赶紧走啊！"

二人交换一下眼神，灰溜溜地跑了。

余世襄自认为在南兰那里非常得脸："南兰小姐，刚才已经按昨天跟您汇报过的，让她们红头巾调整人数了，我想留十五个应该差不多。另外，我准备明天开始打地基，男工也已经找好了，砖雕的、木雕的和铁艺的高级工人，已经打好了招呼，随用随到。"

南兰点着头："你安排得很好，可工地我是交给天晴负责的。"

"啊？南兰小姐，可您昨天跟我……"

南兰反问道："昨天我们见过面吗？"

余世襄一下愣住了，明白自己被南兰耍了。

"这一片红头巾帮我干活，多喜庆呀，我在楼上看着可高兴了，一个也不许走啊。"南兰笑着走向天晴，拉起她的手，"天晴，前两天你给了我份图纸，我看了，画得真不怎么样，设计师很不专业，你看走眼了。"

余世襄万万没想到会是这样，半晌道："南兰，你耍我？"

南兰回身，眼神一厉："余世襄，知道你在跟谁说话吗？"

余世襄气急败坏地指着南兰："你不就是星洲白天女吗？装神弄鬼，你吓唬不了我！"

"我现在不是白天女，可你脚下站着的就是我家的土地，立刻滚出去！"

"你……"余世襄气得说不出话。

"怎么，还要我找人撵你？"说着，南兰看向七姑娘，"你们怎么都拿着棍子呀？难道工地上有野狗来捣乱？那还不打出去？"

众人都害怕余世襄，只有阿贵最虎，第一个冲上前去："南兰小姐让你滚啊！"

余下的红头巾一哄而上。余世襄气得一甩胳膊，愤愤而去。

天晴终于从这剧变的事态缓过神来："南兰小姐……"

南兰微笑着："天晴，你现在什么也不用说，下午两点，到我房间去，到时候我们慢慢聊。"

说完，南兰环视众人："中午厨房会送娘惹点心来，你们替我尝尝好不好吃。"

七姑娘带头道谢："多谢大头家。"

龙王帮小客厅里，林龙娇把阿九叫了过去，单独问话。

"男的……你好好地给我想，到底是谁想害死阿海？"

阿九想着："不会是那个余世襄吧？昨天海哥打了他。"

林龙娇眼神凶狠起来："余世襄？"

阿九看着林龙娇的眼神，犹豫道："也许不是啦，放火的事他不知道，再说他毕竟是海哥表弟嘛。可不是他会是谁呢？"

"不管了，把这个余世襄绑来问个清楚！"

阿九应声而去。

余世襄一个人失魂落魄地在星洲街头走着，连黄包车都没坐，他想破脑袋也没想明白，事情为什么会在一夜之间变成这个样子。

突然间，他身后两人撑起一个麻袋，跳起向余世襄头上盖去。余世襄挣扎着，却被人一棍子打晕，整个人装进了麻袋。

麻袋被扔上一辆黄包车，拉车的正是阿九。阿九一摆手，打闷棍的两人迅速离开。

一个破旧的仓库里，阿九把一盆水泼到余世襄脸上，被绑在椅子上的余世襄醒了。

林龙娇一脚跨在余世襄身旁，问道："你叫什么名字？"

余世襄回答："我叫余世襄，这是哪里？为什么要绑架我？"

林龙娇猛地一巴掌抽在余世襄脸上。

一名小弟走上前："娇姐呀，别把你的手打疼了，这种人交给我们啦。"

林龙娇拍了拍手："也好，这个人知道龙王帮的一些事，要是让他活着，恐怕会连累大家，你们一人一刀做了他吧。"

七八个人围上前，每人手里都拿着砍刀。阿九有些怵，但也只能点头。

余世襄极力挣扎着："饶命啊大姐！别撕票呀，我家里有钱，这就发电报让我爸爸给你钱，别杀我呀！"

林龙娇轻笑一声："你以为我是绑票的？我稀罕你那几个钱吗？阿九，动手啊！给阿海报仇！"

阿九红着眼，从别人手里抢过刀，第一个就要砍。

"住手！"邝海生破门而入。

余世襄像是抓住了救命稻草，大喊着："表哥，快救我呀！"

邝海生快跑几步，护在余世襄身前。

林龙娇呵斥着："不是让你好好养伤吗？出来干什么？"

邝海生一心在余世襄身上："别杀他，他是我表弟啊！"

林龙娇蹙眉："这没你的事，他必须得死，不然麻烦早晚会找到龙王帮。"

"娇姐，求你了，别杀我表弟啊！"

"你怎么这么没出息？是他向警察举报你是纵火犯的！你认他当表弟，他可不认你是表哥呀！你赶紧出去！”林龙娇将邝海生推至一旁，“兄弟们手脚麻利点，做完喝酒去了！”

“娇姐——”邝海生扑通一声跪地，“我舅舅就这么一个孩子……”

林龙娇一副恨铁不成钢的模样：“你舅舅是怎么对你的你忘了？他吞了你爸爸留给你的钱，占了你们家的房子，还让你在工地上受苦，连顿饱饭都不给你吃！”

邝海生抬头望着林龙娇：“可他们姓余，和我妈一个姓啊，余家是我妈的娘家，小襄子是我妈的亲侄子，他要是死了，我对不起我妈的。娇姐，放了他吧！”

林龙娇不言语。

邝海生没起身，跪着蹭向余世襄：“小襄子，你向娇姐保证，你什么都不知道，也不会再向警察告密了！”

“我保证，我保证！”

“保证有个屁用！立刻滚出星洲，永远不许再回来！”

余世襄小鸡啄米般点头：“是，是，是……”

林龙娇一把将邝海生拽起：“阿海呀，男儿膝下有黄金，你为了这种人下跪值得吗？”

站起来的邝海生回头看着余世襄。

“行了别看了，没我的话，兄弟们不会做了他的。”

林龙娇话音未落，阿九一脚将余世襄踹倒：“但也不能便宜了他呀！兄弟们，打！把刀扔了，上去用脚踹！”

邝海生想去救，但被林龙娇拉着，无法上前。

地上的余世襄被打得嗷嗷乱叫，要多狼狈有多狼狈。

第二十五章　陆家三少

林龙娇想着邝海生被关在里面，一定饿坏了，便带他到街上吃饭。

“哎，你怎么心不在焉的样子？”

邝海生犹豫道：“娇姐，我不能再吃了，南兰小姐接我出来的时候，让我下午两点去女神酒店找她。”

凌晨，南兰得知邝海生被抓走的消息，直奔警局，把邝海生接了出去。

“我以为龙哥会来救我，但万万没想到是您。南兰小姐，那老房子是我点的，我该死的！”邝海生十分后悔自己的所作所为。

南兰笑了笑：“你倒真是个实在人，什么都说，就不怕我是帮警察来诈你的？”

邝海生一愣，半晌才哭着说："不会，你是神，我小时候常看你游神的，我知道你帮助穷苦人，你是好人，我点了白天女的房子，我妈要是知道了也不会原谅我的。"

南兰拍了拍邝海生的肩膀："好了阿海，这事过去了，其实我早就知道是你，是谁找的龙王帮报复我，我也知道。"南兰顿了顿继续说，"但我不想追究了，他们会放你走的。我约了亨特警长，看看是谁这么热心，非要帮我抓纵火犯。"

"南兰小姐，你真的不追究？"

南兰没接话："我听说你不管怎么挨打，都不说出幕后指使人的名字，也算个好样的了。"

林龙娇有些气愤："那老女人不会是看上你了吧？"

"娇姐开什么玩笑，她是我老婆的朋友！"

邝海生又提天晴，林龙娇气得扭过头去。邝海生自知失言，忙道："那我去了……"

"去吧去吧。"

邝海生起身走了，林龙娇望着邝海生的背影，眼中满是失落。

邝海生回家换了身衣服，便往女神酒店走。刚进大堂，一眼瞅见南兰坐在窗边，连忙上前："南兰小姐，我来了。"

南兰笑了笑："你先坐，喝杯咖啡。"

邝海生顾不得喝，就要说话："南兰小姐……"

南兰打断："等会儿再说话，人还没来呢。"

邝海生顺着南兰的视线望去，发现天晴走了过来，猛地站起来。

天晴走过来，也有些不知所措。

南兰打趣道："阿海，天晴来了，你就不敢坐了？"

"啊，敢！"邝海生一屁股坐下。

"天晴，你也坐。"南兰搅着咖啡，又漫不经心地问道，"阿海，是谁向警察举报的，我已经查到了，你想不想知道？"

"已经知道了，是余世襄。"

听到这里，天晴一愣。

南兰看了眼天晴，继续说："哦，是吗？你这个安祥山街小霸王还真有些手段！"

邝海生讪笑着："不是我呀，是帮里查到的。"

"嗯，龙王帮在星洲也是真厉害的，打算怎么报仇啊？"

"报仇？娇姐和兄弟们要为我报仇的，被我拦下了。"

南兰不解："为什么？"

邝海生语气平静："小襄子他是我表弟呀，我舅舅的儿子。"

“这么说，你舅舅对你有恩？”

“没有……我小时候也是个少爷来的，后来爸妈走了，也不知道怎么回事，家里的屋就变成舅舅的了，钱也是，我就只能在工地上干苦力，还吃不饱，也没钱赚，他们不给的。”邝海生说着，也有些伤感。

南兰听得有些生气：“霸占你家财产，还这么待你，这样的舅舅你也认？”

邝海生挠了挠头：“不认又能怎么样，今天我不让兄弟们砍小襄子，也是因为我妈，毕竟他姓余，是我妈的娘家人。”

南兰笑了：“你倒是个厚道人。”

天晴全程都没说话，只是静静地听着。

南兰转看向天晴：“天晴，你刚来星洲不久，除了那些红头巾姐妹，也不认识别人，我这个老宅翻建，工程说大不大，说小也不小，总要去拉沙石、采购原料、找些技术工人，这都需要熟门熟路的帮你，你看阿海怎么样？”

天晴一愣，还没反应过来，阿海早满口答应。

南兰喝了口咖啡：“可你大哥，龙王帮的林龙青愿不愿意呀？”

邝海生一下傻了，很明显，他想到过不了林龙青这一关。

南兰笑了，已经替邝海生想好借口：“你回去告诉他，就说我把你从警察那赎出来，你来帮我干活是还人情，烧房子的事，我也就不再追究了。如果他不让你来，警察要再追究放火的事，我可就不管了。”

“其实最难的是没有设计师……”天晴也默认了此事，但又想起另一个难处，犹豫着开口。

“谁说没有的，陆家三少爷就是个现成的，他在欧洲学的是建筑专业，就让他来帮我设计吧，省得他每天喝酒，烂醉如泥，身体都要喝坏了。”

天晴面露难色：“陆家三少爷，我倒是见过，但不熟……”

邝海生自告奋勇：“我熟啊！他是我兄弟啊！”

“那就更好啦，你去找他，就说我聘他当设计师。”

邝海生一口答应：“行，交给我！”

南兰嘱咐着邝海生：“不过我有言在先，设计师也好，你这个采买也罢，都要听天晴的，这个工程她是总负责。”南兰接着说，“天晴，有了左膀右臂，你就大胆地干活吧，要是再盖不好，我可拿你是问。”

经过这番波折，天晴终于明白南兰的好意，她站起身，微微行礼：“南兰小姐，欧阳天晴不会辜负你的期望！”

邝海生一想到能和天晴在一起干活，高兴得顾不上白天黑夜，就往陆家跑。

酒意未消的陆雪亭晃晃荡荡地出门，见在门口等自己的是邝海生，不禁兴奋了起来。

陆雪亭指着邝海生，夸张地叫着：“邝——先——生——”

邝海生也做出同样夸张的姿势：“陆——兄——弟——”

说着，两人抱在了一起。陆雪亭一拳锤在邝海生胸前，邝海生立刻嗷嗷叫着疼了起来。

陆雪亭问道：“怎么了？”

“受伤了受伤了。”

陆雪亭这才看到邝海生头上手上都是伤：“几天没见，你怎么又受这么多伤？”

“一言难尽啊！你怎么样？伤都好了吗？”说着，邝海生碰了碰陆雪亭的伤口。

“伤是好多了，可喝了顿大酒，现在还晕乎乎的。”

邝海生笑了：“我也是因为喝醉了，才落得这么惨！”

“哪天我们两个喝一次，看谁先把谁喝倒！”

邝海生打趣道：“好啊好啊！你是少爷，你请客啊！”

二人哈哈大笑。

陆雪亭转念一想：“你来找我，不会就是为了喝酒吧？”

邝海生摇头：“不，有事，正经事啊！”

豆腐庄的屋顶已经成了小蝉和天晴姐俩的谈话基地。

小蝉瞪大了眼睛：“让阿海哥来帮你盖屋？天晴，南兰小姐是在有意撮合你们呀！她对你可真好，不仅让你当判头，还给你找老公哎！”

天晴叹了口气：“南兰小姐怕阿海每天打打杀杀不走正道，才给他找点事而已，你别瞎想。”

小蝉哼了一声，咬着牙说：“这个小头家余世襄，看着人模人样的，居然能干出那种事来，真是可恶！”

天晴自责道：“也怪我瞎了眼，把他当好人。”

“南兰小姐可真厉害，她应该早就看出余世襄是伪君子。”

天晴看向远方：“是啊，想成为像她那样的人，我们不知道还要历练多少年……”

“南兰可是星洲最有钱的人，你想像她一样？”

天晴白了她一眼：“我说的不是像她一样有钱，是想像她眼睛一样毒，不再被虚假的人蒙蔽！”说着，天晴紧紧握住了拳头，暗自发狠。

清晨，阳光透过淡薄的云层，照耀着星洲大地。

红头巾们一来到工地，就看见陆雪亭拿着专业的设备在勘探地形，明显比余世襄正规多了，邝海生和阿九在一旁帮忙。

小蝉痴痴地念叨着：“三少爷，他怎么来了？”

“陆家三少爷是南兰小姐指定的设计师。”

小蝉窃喜："这么说，我们每天都在一起开工？"

"差不多吧，但设计师应该不是每天都在的。"

小蝉犯着花痴："偶尔来一次也好啊！你看他多帅，可比那个人面兽心的余世襄强多了！"

天晴蹙眉道："你说什么呢？"

小蝉伏在天晴耳边："我做梦都想嫁给这样的男人，虽然我知道机会渺茫，但只要有一丝希望，我就不会放弃。"

天晴无奈地看了小蝉一眼。

说话间，一身猎装的南兰在桃姐陪伴下走来，身后还跟着几个人。众人见状连忙行礼。南兰看向陆雪亭："小弟，来我这里做设计师，跟家里人说了吗？"

"没有，我是个独立的人，我有权安排自己的工作。"

南兰温柔地笑了笑："你就嘴硬吧，回头让你妈知道了，肯定打你板子。"

"那也值得，这是我人生的第一份工作，我会干好的！"

南兰点了点头："你这个劲头倒是有点像你大哥。"

说者无心，陆雪亭却听者有意，更信任南兰了。

南兰面向大家："诸位，感谢大伙来为我翻建老宅，今天正式开工，我们放两挂鞭炮，驱魔辟邪，开工大吉！"

众人叫好欢呼着。

"天晴，阿海，你们两个每人点一挂！"

二人只得领命，点燃鞭炮。鞭炮噼里啪啦地响着，透过烟火，小蝉眼睛一直盯着陆雪亭。陆雪亭瞥见了小蝉，习惯性地报以微笑。小蝉心里美滋滋的。

邝海生嬉皮笑脸地看着天晴，甚是高兴。天晴察觉了邝海生，目光一厉，邝海生连忙回避。

正式开工了，天晴指挥着现场，红头巾们开始挖掘地基，一切似乎已经开始步入正轨了。

工地一角的小翠痴痴地笑，不时地摸着手腕上的银镯子。美花看到这一幕，皱起了眉头。小翠故意转着身体，不让美花看到自己的手腕。可越是这样，美花越是好奇。

邝海生跑向天晴："我这就带人去拉砂子，砂厂的老何是朋友，去了就拉，来回最多一个半小时。"

天晴点头，低声道："以后没事别老盯着我看。"

邝海生眼珠一转："听你的，我去了啊。"

"去吧。"

邝海生即刻点起了人马，三辆车九个红头巾，整齐地出发了。

陆雪亭此时拿着画夹子，悠闲地坐在椅子上，在现场画起了图，身旁还有尺子、笔等各种工具，东西齐全。

小蝉跑了过来："三少爷。"

陆雪亭拿着笔停在半空中，眯着眼道："何——小——蝉！"

小蝉有些暗喜，立即和陆雪亭搭起话，还说要帮他跑腿。

陆雪亭想了想："跑腿倒不用，不过我这个人很怕闷的，今天晚上怕是没人陪我吃饭了，要不我们一起啊？你想吃什么？"

"啊，什么都行，听你的。"

雪亭去工地的事很快传到了陆陈氏耳里，陆陈氏气得早饭都没有吃。

"他一回到星洲，我就让他帮雪樵打理公司，这……咱们陆家是星洲最有名的建筑商，他不在自家，却给那个女人当设计师，传出去，陆家的脸面何在？"

黄妈劝道："老太太别生气，也不能怪三少爷，咱们陆家名气虽大，大少爷在时，那自是星洲最了不起的，可这几年就那么一个工地，咱们还是小股东，现在不也停了嘛，三少爷哪有用武之地呀。"

见陆陈氏气得说不出话来，黄妈犹豫着，还是开了口："还有就是，三少爷那天喝多了，是和金二小姐一起，还在女神酒店开了房间……"

陆陈氏一拍桌子："不成器的东西！这种事倒是像他爸了！"

"那金二小姐……"

陆陈氏态度坚决，眼神也变得凶狠起来："绝对不行！老二老三都娶了金家的女人，那我们陆家不是要改姓了？这个金碧云，虽然拿不住她的把柄，但我总觉得她心术不正，现在又要把妹妹弄进来，就更是居心叵测！绝不能让陆家的财产落在她们姐妹手里！玉玲……"说着，陆陈氏一把拉住黄妈的手。

黄妈一激灵："您叫我呀，这称呼我可几十年没听过了。"

"这不就是你的名吗？"

黄妈笑了笑："您倒是从小就这么喊我。"

"你是我的陪嫁丫头，跟我几十年了，我现在就信你。"说着，陆陈氏攥着黄妈的手不觉加重力道，"我最近老有不祥的预感，胸口闷得比以前更厉害了，我怕有个意外，我这俩傻儿子被人算计呀。"

"老太太，您可别这么说，您那点毛病，只要按时吃药不会有事的！再说，不还有急救药嘛，灵得很的！"

陆陈氏摇了摇头："人老了，有些事不得不早做打算。昨夜我一宿没睡，想了个主意……"

黄妈不忍见陆陈氏伤心，便自告奋勇去找白薇，请她穿上之前那件旗袍去看看陆陈氏。

穿着紫薇花旗袍的白薇再次出现在陆陈氏房里。

陆陈氏平心静气，和蔼地看着白薇，心中却是无限波澜。

白薇上前："白薇给老太太请安。"

陆陈氏点了点头，起身拉着白薇的手："随我来。"

见陆陈氏没有称呼自己白小姐，白薇心中有些疑惑。

陆陈氏拉着白薇的手，缓步走进一间面积不小的卧室，室内装修既有老上海的韵味，又有西方的艺术元素。柚木夹板制成的护墙板更是笼罩了整套居所，沙发背后放着一架陈旧的老式相机，墙面正中央有一张非常精致的照片，正是陆雪霖。照片上的他，嘴角挂着灿烂的微笑，眉宇间透着一股魅力。

白薇看着照片，有些失神，见陆陈氏扫了自己一眼，白薇忙将目光收回。陆陈氏则借着照片和旗袍说起了陆雪霖和黎紫薇的故事。

"这是我大儿子陆雪霖的房间。昨天我跟你提过这件旗袍昔日的主人黎紫薇，她和我这大儿子……"

白薇竖起耳朵，却听陆陈氏重重地叹了口气："有缘无分啊！"

陆陈氏没多说，只用四个字总结白薇最想听的故事。

陆陈氏转而看向白薇："但他们俩应该有个女儿，老太太我明人不说暗话，见到你我就觉得像黎紫薇，你从上海来，恍惚间我倒觉得你就是我孙女。"

白薇倒退了两步。

陆陈氏语气逼人："不管你承不承认，也不管你是不是，我想认你当我的孙女，你可愿意？"

"这……"

"你看啊，我有三个儿子，当年自己就想生个女儿，可老天爷没给呀，现在老了，就想有个女孩在身边，贴心不是？我想认你当孙女，如何？"

"老太太，我……陆家门庭高贵……"白薇眼神一阵慌乱。

"哎，今天不说什么门第，我就是看你顺眼。怎么，老太太我不配给你当奶奶？"

"不是呀，我……我给您磕头！"白薇此时已经眼眶泛红，她强忍泪水，说着就要跪地磕头。

陆陈氏连忙扶着："别……"

白薇有些疑惑。

一旁的黄妈说道："白小姐，认亲可是大事，您先不急，老太太已经看了时辰了，明天一早，二少爷，三少爷都要见证的！"

白薇一时说不出话来。

陆陈氏上前抱住白薇，轻声地在她耳畔说道："你不反对，就是给奶奶赎罪的机会，我高兴啊！"说着，陆陈氏老泪纵横。

回到房里，黄妈在一旁抹着眼泪。

“你抹什么眼泪？”

“老太太，我替您高兴啊！”

陆陈氏欣慰地笑着：“她就是我孙女，虽然嘴上没说，但那眼神已经承认了。”

黄妈也是眉开眼笑：“这下好了，就算之前心中有怨恨，现在也化解了，若她真是那个在女神酒店开枪的女侠，那不也成了您的保镖了？”

第二十六章　粤剧名伶

星洲街道，秀禾如往日一样向女神酒店奔跑着。

一辆黄包车驶过，车上坐着一个六十岁左右的男人。男人戴着金丝边的眼镜，看到奔跑中的秀禾，不禁有了兴趣。看见秀禾丰满的臀部和纤细的腰肢，男人推了推眼镜框，吩咐着车夫：“慢点慢点！”

男人仔细地打量着，看够了，又对车夫道：“快点快点，超过这女孩子。”

黄包车夫加快速度，男人转过头，看着秀禾的正脸。秀禾发现男人看自己，有些不好意思，但怕耽误时间，不敢停，只能低下头奔跑。男人愈发感兴趣，露出满意的神情。

此时，坐黄包车看秀禾的男人已经出现在谭玉卿房里。

谭玉卿冲男人喊道：“他不来？为什么？”

男人小声咕叽着：“你老了。”

谭玉卿怒指他道：“老吴，你……”

“哎哎，不是我说你老，是你男人嫌你老了！你想想，他当初为什么找你？不就是因为家里那个老了吗？再说，这些年你也没给他生个儿子……”

“是他不要的！他说我色艺双绝，怕生了孩子就没了身段！”

老吴头头是道：“男人的嘴，骗人的鬼呀！比你年轻的，他现在又找了不止一个，而且我听说好像已经有……”老吴比画着说，“怀上了的！”

“骗子！他说除了我再也看不上别的女人了！当初山盟海誓，说什么白头到老，骗子！”谭玉卿气得开始砸东西。

手边有什么摔什么，先是台灯被摔在了地上，后是花瓶壮烈牺牲。谭玉卿边摔，边如唱戏一般：“负心的人啊，不得好死——”

秀禾两只脚跑得再快也赶不上黄包车的速度，匆匆换完衣服，忙向桃姐道歉："不好意思，我来晚了吧。"

"不晚，408房间，那个谭小姐发脾气，砸了很多东西，需要人收拾，你赶紧上去吧。对了，她在气头上，你小心点。"桃姐叮嘱道。

秀禾答应着上楼，却喃喃道："谭小姐……"秀禾为难地皱起眉头。

进到谭玉卿房里，秀禾开始小心翼翼地收拾地上的碎片。干活的瞬间，秀禾下意识抬头，发现老吴正色眯眯地盯着自己，连忙把头低下。

老吴却道："我们见过的，还记得我吧？"

秀禾只好应承着点头，继续干活。

谭玉卿站在窗前，还未消气，老吴走到她身旁，在她耳边嘀咕着。秀禾小心地打扫着，偶尔也抬头看谭玉卿的方向。

不知老吴跟谭玉卿说了什么，谭玉卿也正回头盯着秀禾。秀禾连忙低头继续干，却听见谭玉卿的高跟鞋逐渐近了，一时心慌意乱，不小心扎了手，血立刻从伤口中涌出。

"哎呀，扎着了！快，给我看看！"谭玉卿上前抓过秀禾的手，帮她挤着伤口里的血，又拿出雪白的手帕裹在秀禾的手上。

"谭小姐，这可使不得！"

谭玉卿笑靥如花："没事的，你叫什么名字？"

谭玉卿和蔼得让秀禾很不适应："我叫秀禾。"

谭玉卿重复着："秀禾……"

老吴在一旁听着，插嘴道："名字好！有乡野味道！"

谭玉卿回头瞪了老吴一眼，老吴不再插嘴。秀禾也紧张得不敢抬头。

耽误了几日，南兰今天终于得空去狩猎。

热带雨林中，南兰身着狩猎装在林中寻找着。见雄鹿的鹿角在灌木丛中出现了，南兰连忙隐蔽。

然而第一枪未中，鹿突然凶狠地向她扑来。这只鹿仿佛通了人性，伺机报复南兰。南兰一时慌乱，打偏了方向，子弹被鹿避开。

雄鹿再次冲向南兰，南兰快步向一棵大树后跑去，借助大树躲过鹿的第二次冲锋。鹿冲过树后调头，虎视眈眈地看着南兰，准备发动第三次进攻，南兰已然避无可避。千钧一发之际，一把飞刀飞来，正中鹿身。

雄鹿顿时疼痛难忍，在地上翻滚着。待缓过神来，雄鹿看向飞刀袭来的方向，挣扎站起，加速向远处灌木丛冲去。鹿的速度极快，灌木丛中躲着的人被高高顶起，重重摔在地上。

南兰连忙上子弹，朝鹿的方向开枪。雄鹿已经没了战斗力，放弃了二次进攻，落荒而逃。南兰端枪跑了过去，只见灌木丛中的草地上一片鲜血，一人手捂腹部，明显是被鹿角豁开了伤口。

南兰走近："你怎么样？"

那人疼得在地上打滚，无法回答。眼看着那人晕了过去，南兰小心走近，将他的脸扳正，她大吃一惊。男人竟然是那日打劫的海盗郑千。南兰生怕自己看错，用枪挑开郑千的衣服，发现两排挂着的飞刀，确认了他的身份。

望着昏迷不醒的郑千，南兰无奈地叹了口气，今日打猎怕要就此作罢。

两名洋医生正在简易的手术台上为郑千做着室外临时手术。

桃姐跑来，见南兰正安然无恙地擦拭着自己的双管猎枪，松了口气。

桃姐凑向南兰，看着不远处手术台："那是人吗？"

"对，男人。"

桃姐指着手术台上的郑千，颇为无奈："你是来猎鹿的，猎个男人干什么？没有几天就游神了，到时候没有鹿，可怎么好？"

"那可不是一般的男人，你自己过去看看。"南兰继续擦枪。

桃姐走了过去，吓了一跳。

"那个海盗！你怎么还找医生来救他？"

南兰不咸不淡道："我是白天女，岂能见死不救？"

"那我赶紧叫警察去！"说着，桃姐就要走。

南兰连忙制止："叫警察干什么？"

桃姐还没从上次的惊吓中走出来："他是海盗啊！飞刀厉害得很！万一医生给他治好了，你不就危险了？"

南兰笑了："都伤成那样了，危险的是他，你知道他是怎么受伤的吗？"

"不是中了你的子弹？"

"不是，被鹿角顶的。"

看着桃姐疑惑的神情，南兰慢悠悠地说道："他应该是一直跟着我，要是被他劫到船上，海风那么大，我可受不了，再说我也晕船啊。"

南兰无所谓的样子，让桃姐更加担心事态变化："你还笑得出来，我还是先去叫警察吧！"

南兰忙阻拦："不不不，不能叫警察，他是为了救我才受的伤，虽然跟着我，却没下手绑架，还在关键的时候出手相救……"

"那你打算怎么安置他？"

“刚才医生也问了同样的问题，要把他带回医院去做手术，我没同意。你回去收拾个房间，之后把他带回去养伤。”

“啊？那……”

南兰摸了摸手中的双管猎枪：“放心吧，我有把握收服他。”

“你收服一个海盗干什么？”

南兰望向郑千，露出难以捉摸的笑容：“这是件多有趣的事啊！”

日落西山，谭玉卿今天心情很不错，坐在酒店门口的长椅上看人来人往，那条叫白玉娇的狗就趴在她的身旁。

两名女学生向谭玉卿跑来，她们都准备了本子和笔，一脸崇拜地看着谭玉卿。

“谭小姐，签个名吧？”

墨镜后的谭玉卿露出满足的微笑，边签边道：“难得你们这么年轻，也晓得我，听过我的戏吗？哪出啊？”

“是我奶奶喜欢您，她看到报纸，说您住在女神酒店，就让我来找您要签名，她看到一定会开心的！”

谭玉卿的笑容立刻消失，大力地签完最后一笔，力透纸背，随后抬头问道：“看来听戏的都是老人，你们年轻人不听戏干吗呢？”

“我们也听，不过我们喜欢听的是白玉娇。”

谭玉卿的脸立刻拉了下来，没想到身旁的狗也汪汪叫了起来。

谭玉卿扑哧一声笑了：“原来你们也知道它叫白玉娇啊，你看，它听见你们叫它了。”

两个女学生不明所以。

谭玉卿命令道：“白玉娇，给我作个揖。”狗立刻起身作揖。

眼镜女孩傻笑着：“还有这么巧的事？你的狗和师妹叫一个名字？”

谭玉卿摸了摸狗，眼中没了笑意：“我哪有什么师妹，只有这条狗啊。”

两个女学生言谢，议论着走了。谭玉卿的脸又沉了下来。

狗还在叫着，谭玉卿烦躁起来：“行了，别叫了，滚一边去。”

谭玉卿张望着酒店门口，仿佛在等待什么。

不一会儿，酒店侧门，秀禾溜了出来，快步跑着。

“秀禾——”

秀禾发现，连忙上前：“谭小姐，您晚上好，我先走了。”

“等等。”谭玉卿观察着，“你这是赶着还要去做工？”

“是呀。”

谭玉卿一脸心疼的模样："我听说你一天要打三份工？"

秀禾有些吃惊："您怎么知道？"

谭玉卿撇了撇嘴："今天你在我屋里扎了手，我觉得挺不好意思的，就打听你了呗。"

秀禾有些不好意思："谭小姐，其实我们见过面的，您来酒店的第一天，我擦地，差点让您摔倒了。"

谭玉卿眼神中立刻闪过一丝不自在，继而张大嘴："哎呀，原来那个就是你！对不起啊，那天我正生病呢，心可烦了，骂了你，其实我平时没那么凶的。"

秀禾受宠若惊："谭小姐，您千万别这么说，您是名角嘛，脾气大点是应该的，再说也确实是我的错。"

谭玉卿笑了："我还以为你不知道我是角儿呢。"

"怎么会呢？我从小到大都听您唱戏的！"

谭玉卿来了兴致："那你学一句给我听。"

"这……"

"你看，撒谎骗我了不是？"

"没有，那行，我就献丑一句。"说着，秀禾张嘴唱了句粤剧《白蛇传》。

"哎呀呀呀，老吴的眼睛真厉害，你果然是唱戏的苗子！"谭玉卿极度夸张地双手拉住了秀禾。

秀禾诚惶诚恐。

谭玉卿眨巴着双眼："老吴就是今天在我屋里的那个，是我的演出经理，今天一眼就看出你是个学戏的苗子，还建议我收你为徒呢，你可愿意？"

"啊？学唱戏这事我是听说过的，第一是从小就要学，第二，当学徒是要伺候师父的，几年没有工钱，我可不行，家里等着钱用……"秀禾突然又不好意思起来，"哎呀呀，谭小姐，我真是痴心妄想了，还真当您要收我为徒呢，您这么大的角儿，怎么可能收我呢？抱歉谭小姐，我要赶着去做工，先走了。"

谭玉卿再次叫住秀禾："你等一等！"说着，谭玉卿起身走向秀禾，严肃道，"你不是痴心妄想，我也没跟你开玩笑，是真的想收你为徒，我收徒不是为了有人伺候，你连师父也不用叫，只叫我师姐就行，我还给你钱，很多钱。你去把那份工辞了吧，不，三份工都辞了，包括女神酒店的，一天跑三家，累死累活的能赚几个钱？要是把你这么好的一个苗子耽误了，那可对不起祖师爷。"

秀禾低着头："谭小姐，您别取笑我了，我是什么苗子，我要走了。"

"我是认真的，你现在一天赚多少工钱，我翻三倍给你。你要是想学戏，明天一早就来，我要是等不到你，就只能在星洲物色别人了。反正我现在要收徒弟，立刻就要收，得我真传者，最多三个月就能登台唱戏，若是以后成了角儿，赚钱又算得了什么呢？"说着，谭玉卿转身，

“白玉娇，走了。”

秀禾一脸惊惶，忽然缓过神来：“谭小姐，您真不是逗我的？”

谭玉卿回身：“我不光唱《白蛇传》，也唱穆桂英，我告诉你，军中无戏言。明早八点，等你来拜师，过时不候——”谭玉卿用浓郁的戏腔说着，进了酒店。

秀禾望着谭玉卿的背影，不知道自己的人生将迎来巨大变化。

陆雪亭和小蝉在酒店大堂里优雅地对坐着。小蝉还是工地上那套衣服，只是没戴红头巾，此时她心里美得不知如何是好。

小蝉试探性地问道：“三少爷，我们第一次见面就是在这里，你还记得吗？”

“当然，那天恐怕会让我终生难忘的。”

小蝉忽然害羞起来：“真不好意思三少爷，早知道来这么好的地方吃饭，我应该换上南兰小姐送我的那件裙子，说不定还能跟三少爷一起跳舞。”

陆雪亭看向小蝉：“你会跳舞？”

小蝉摇着头。

“一次没跳过？”

小蝉点了点头：“是啊，我从三水老家来星洲没几天，别说跳了，看都只看过一回，就是您和南兰小姐跳，跳得真好。”

“我倒是可以教你，但今天不行，一会我得回趟家，白天在工地上看到我们陆家的人了，应该是我妈派来监视我的，她要是知道我来给南兰盖屋肯定生气，我得回去哄哄她。再说，你也没穿裙子。”

小蝉满脸兴奋：“那下次我穿了裙子，你要教我跳舞！”

陆雪亭没想到，小蝉竟如此大胆爽快，她和憨直又扭捏的金碧华不同，和聪慧却深不可测的白薇也不同。她落落大方，敢言敢行，颇有几分可爱。想到这里，陆雪亭也爽快答应：“好！”

“三少爷说话算数！”

“君子一言，驷马难追。”

二人说着干了一杯。小蝉抿了一口，却见陆雪亭一脸的尴尬，没喝。小蝉回头望去，见金碧华正站在身后盯着自己，一下愣住了。金碧华上下打量着小蝉，嫌弃地问道：“你是谁啊？”

“何小蝉，怎么了？”

“你是干什么的？”

小蝉如实回答：“我是三水红头巾，和三少爷在一个工地上开工。”

“干苦力的呀？”金碧华简直不敢相信，转而怒气冲冲地看向陆雪亭，“陆雪亭，你口口声声说爱情，我倒是都听进去了，可你跟我没有爱情，难道跟一个红头巾吗？”

陆雪亭忙解释：“金家妹妹，你说什么呢？小蝉只不过是我的一个普通朋友。”

金碧华正在气头上，说话也口无遮拦："普通朋友就约会啊？有没有开房间啊？"

陆雪亭呵斥道："你不像话了吧？"继而抱歉地看向小蝉，"小蝉，金家小姐是我亲戚，从小就认识，她说话很直率的。"

没等小蝉说话，金碧华先道："是，我直率，有什么说什么。"

说着，金碧华指着小蝉："哎，你这个红头巾，好歹也要有点自知之明吧？你算个什么东西，也敢惦记雪亭哥哥？谁给的勇气？谁给的自信？你这连痴心妄想都算不上，完全就是做梦！"

这一番羞辱对小蝉来说确实很难接受，她涨得满脸通红，扭身就走。

"小蝉……金碧华，你太不像话了！随便就出言侮辱别人！红头巾怎么了？为什么不能跟我一起吃饭？你对人这么没有礼貌，简直不可救药！"陆雪亭冲金碧华怒吼着，连忙起身去追小蝉。

小蝉跑着，气得快要哭出来了，她强忍泪水，突然意识到什么。

不知何时，陆雪亭已经追上，就在小蝉身后默默跟着。小蝉回身："对不起三少爷，我给您丢人了。"

陆雪亭忙道歉："不，是我在你面前丢脸了，这个金小姐是我二嫂的妹妹，她和她姐姐都希望她嫁给我，我本来只是单纯不喜欢，但今天她让我非常地反感。"

小蝉仍心存幻想："三少爷是在替我出头吗？"

"我只是觉得很抱歉，真的，对不起。"说着，陆雪亭认真地鞠了一躬。

小蝉有些失落："三少爷大可不必这样。"

陆雪亭转移话题道："这个金碧华，害得我们连饭都吃不成，小蝉，你饿了吧，我们再找个地方吃饭。"

"不用了，您家里不是还有事吗？要不您先回去，我自己找得到豆腐庄的。"

"那可不行，我今天看报纸说，有很多单身女子走夜路的时候失踪，从这回豆腐庄有很长一段夜路，你一个人我可不放心。就让我这个满怀歉意的人送你回去吧！"

小蝉是个没心没肺的丫头："那太好了！对了，我们豆腐庄门口，面线伯的面线很好吃的，你送我回去，我们去吃！"

"好呀！我请你吃面线赔罪。"

小蝉摆了摆手，一口拒绝："那不行，我虽然靠卖苦力赚工钱，女神酒店的好酒好菜我请不起，但一碗面线的话，我还请得起。"

"听你的！"陆雪亭从小蝉脸上看到了骨气，看向小蝉的目光也有所变化。

女神酒店的某间房里，郑千慢慢地睁开了眼睛，模糊中，他看见了南兰的身影："我死了吗？白天女，这是你的天庭吗？"

南兰想了想，用严厉的声音道:“对，你已经死了，这里就是我的天庭，你这个海盗抢劫、伤人的事做得太多了吧？等一下你就会被扔进地狱里，受尽各种折磨，永世不得托生！”

郑千已然清醒，便配合南兰演一场戏：“没事，怎么折磨我都不怕，只要能让我多看一会你的美貌就好。”说着，郑千伸手去摸南兰，却发现自己被绑着。

“你好大的胆子！”说着，南兰回身拿枪顶住郑千，“说，为什么跟着我？”

郑千忍着痛，龇牙咧嘴道：“我需要一个船长夫人嘛。”

“你想劫持我？”

“对。”

“那你发飞刀打鹿是为了救我？”

“我的船长夫人就要被鹿顶死了，我能不出手相救？谁知道那鹿成精了，居然报复我。哎呀，疼死我了。”

南兰气道：“我的枪口指着你，你就不求饶吗？”

郑千无力地笑了：“为什么要求饶？你要想杀我，还用得着自己动手吗？不让医生救我，或者直接让警察来，我都是一个死。”

南兰放下枪：“你是笃定自己不会死了？万一我把你带回来，是为了慢慢折磨你，亲手杀了你呢？”

“你长得这么美，绝不是那种人。水，给我点水喝。”

南兰连忙将枪放在一旁，去端水。

刚给郑千喂完水，郑千又是一阵疼，晕了过去。

南兰看着郑千，眼神中很是无措。

第四篇

金兰劫

第二十七章　失踪姐妹

面线伯今晚生意很是不错，邝海生和天晴也来光顾。

邝海生吃着吃着抬起头来："谢谢你请我吃面线呀！"

天晴吃着面线，一脸严肃："没见过你这么赖皮的，问你要多少工钱死活不说，就想赖着不走，等着我请你吃饭。"

"对呀，谈什么工钱嘛，我们不是一家人吗？老婆！"

话刚出口，见天晴眼神一厉，邝海生立刻抽了自己个嘴巴："对不起，我又忘了！"

天晴没过多计较，又谈回了正事："一码是一码，南兰小姐让你来帮我，就是要算工钱的，既然你不说，工钱就由我定咯？"

"好啊，你定。"邝海生嬉皮笑脸着，瞥见天晴碗里的汤要见底，忙招呼面线伯加汤。

面线伯提着汤壶慢悠悠走了过来，没话找话说："我早就跟玲姐说过了，阿海比那个姓余的少爷要可靠得多呀！"

邝海生听了，冲着面线伯一番挤眉弄眼，面线伯却不知所以："你瞪我干什么？我在帮你说话呀！那个余世襄前些天也来过这里，我撞见他了。他是听见天晴救了南兰小姐的命，马上就要有好事情了，才去讨好天晴的，那种人呀，不可信的！"

面线伯撇了撇嘴，继续说着："阿海一看就实在，那天送过来那么多旧轮胎，我看到你们都做成鞋子穿了，再也不怕扎脚了。天晴啊，你可不要选错了，这样的男人不好找的！"

正说着，小蝉笑嘻嘻地向这边跑来："面线伯，我要两碗面线！"

"小蝉？"面线伯回头，看向小蝉身后的陆雪亭，愣住了。

邝海生看到陆雪亭，来了精神："哎呀，陆兄弟，你不是说要带小蝉去吃好的吗？怎么……"

"别提了，选来选去，小蝉说还是这里的面线最好吃，就回来了。"陆雪亭这么说是为了让小蝉不尴尬。

小蝉会意："是啊，天晴，阿海哥也请你吃面线啊？"

邝海生在一旁插话，很是得意："不是我请，是天晴请啦。"

"那，邝先生，你的陆兄弟和你一起吃请咯。"陆雪亭也学着邝海生的模样，要起宝来。

路灯下，两个男人开心地笑着，天晴和小蝉各有心事，却不说透。

回到豆腐庄，小蝉一个人坐在屋顶上，望着陆雪亭消失的方向，唱起了天晴唱的那首歌。

"好啦，别唱啦，吵到别人睡觉了。"天晴缓步走到小蝉身边坐下。

"就要唱，我今天高兴！"

"你是等着阿贵上来骂你才肯停是不是？"

小蝉撇着嘴想了想，只能乖乖闭上嘴巴。

“你怎么这么高兴？”

小蝉看了看空中的星星，又看向天晴，郑重其事道：“三少爷人真好，我真没想到他这么维护我，值了，我这次来星洲真的来值了。”

“你不会是喜欢三少爷吧？”

“对啊，我见他第一面就喜欢上了！”小蝉也不遮掩，大大方方地承认。

见天晴欲言又止，小蝉打断道：“哎，你不会也要劝我有自知之明吧？我知道自己配不上三少爷，但我喜欢跟他在一起的感觉，才不管将来怎么样呢！只要有一个又一个这样美丽的夜晚，我就开心了。你也不错嘛，阿海哥在工地围着你转，姐妹们可是都很羡慕的哟！”

天晴没来得及反驳，便被楼下突然传来的叫骂声吸引了注意力。

“你良心都让狗吃了？”

伴随着骂声，还有一个女人嘤嘤的哭声。那人仍在大骂着：“叫你臭美！我抓花你的脸！”

天晴看了眼小蝉：“是美花？”

“哭的好像是小翠？”

二人连忙起身下屋顶。

屋内姐妹们被吵醒，也纷纷起身去看。只见小翠护着手腕往院里跑，可还是被美花追上了。见美花抬手要打，姐妹中有人上前护小翠，有人上前拉美花，楼上楼下一阵大乱。

天晴赶到楼下：“怎么回事？有话不能好好讲，为什么要打人？”

玲姐外衣都没来得及穿，急匆匆地从屋里出来：“美花，你怎么回事？”

“你让她自己讲！”美花气势汹汹地指着小翠。

小翠不言语，只是低头紧紧捂住自己的手腕。

美花见状，更是气不打一处来，向众人揭示着小翠的“罪行”：“在家的时候，她跟我哥千好万好，我拿她当大嫂的！来了星洲就变心了，给我哥戴了绿帽子！”

众人很是惊讶，玲姐同样如此：“只知道你们俩平时就好，原来还有这么一层……”

没想到小翠突然哭了起来：“不对！我同你哥没定过亲！”

美花急了眼，什么都往外说：“你收了我哥三块衣料，你们两个还拉过手、亲过嘴的！”

小翠见四周姐妹们乱哄哄笑起来，委屈地摇着头，眼泪更是不受控制流了下来。

为了证明自己，美花一甩手指着小翠的鼻子：“那你发誓！说谎就死爸死妈死全家！”

小翠不敢发誓，愣在原地无声哭泣着。

“你就是水性杨花！”

见美花愈发口无遮拦，玲姐上前阻拦：“美花，你先别说这些乱七八糟的了，到底怎么回事？”

美花指着小翠，向众人绘声绘色地描述着："有眼睛的都能看清楚！刚一来星洲，她就在工地上跟那个叫来福的勾勾搭搭，当我瞎啊？"

"等等，美花，你说的谁？来福吗？我们怎么没看出来？"

众姐妹低声议论起来，大家都和天晴的想法一致。

"就是啊，我倒觉得来福看你看得更多点。"小蝉天天干活不认真，只顾着这些事，看得很是清楚。

"谁要他看我！小翠就是勾搭来福了！狐狸精！"

美花的话太过难听，天晴忍不住站了出来："什么'勾搭''狐狸精'的，多难听啊！不管小翠跟你哥怎么样，他们之前不是没定亲吗？再说，大家都是一起过番来的姐妹，你还跟小翠好得跟一个人似的，都让姐妹们羡慕，你现在生她的气，不理她就是了，何必当这么多人的面让她没脸啊？"

美花正在气头上，听不得天晴说教的话，双手一抱，冲天晴龇着牙："哟，欧阳天晴，当自己是警察吗？你平时管东管西也就算了，还管上我了？凭什么？"

小蝉挤到美花面前："就凭天晴带着大家出工，她就能管你！要是没有天晴，你今天都没工钱赚，还有闲工夫在这吵啊？"

"你也跟着多嘴？我骂这个小贱货，跟你们俩有什么关系？"

"谁是小贱货?!"小翠终于顶了一句。

"你还敢顶嘴？大家看看，奸夫给你的定情物就在你手上！"说着，美花上前强行举起小翠的手。

小翠手腕上是一个崭新的银镯子，众人看见，都在议论："呀，银镯子！"

"你敢说这不是来福给你的？那天晚上你出去，来福就在后面跟着，别以为我没看见！"

原来那晚美花走出豆腐庄，正好看见来福起身去追小翠。

美花得理不饶人，越说越不像话："你说，你给他什么好处了？是不是让他带回去睡了！"

小翠哭着："我没有！你再骂我，我就不活了！我一头撞死！"小翠说着就要撞墙。

天晴眼疾手快，上前一把抱住小翠："美花，就算小翠真跟来福相好，你也管不着，你何苦在这逼她？"

"我给你脸，你真拿自己当大家姐啊？护着她是吧？信不信我连你一起打?!"美花从一旁抄起个晾衣服的竹竿就要打人。

"够了！"七姑娘的声音突然传来。

没想到美花恶人先告状，哭丧着脸："七姑娘，小翠她对不起我哥，我跟她说理，天晴就动手打我……"

"我又不是没长眼睛，怎么回事我都看到了！美花，你太不像话了！"七姑娘下楼，走向美花，抡起巴掌抽在了她的脸上。

美花不可置信地望着七姑娘："你打我？"

七姑娘呵斥道："你这么闹，我不打你，豆腐庄就没规矩了！我们都是从三水过番来的，来了星洲，戴上红头巾就是姐妹！姐妹就应该互相谅解、互相帮扶！可你先是把小翠往死里逼，又跟天晴动手，你不该打吗？"

美花捂着脸，指着院内众人："你们……你们合起伙来对付我！"

"没人对付你，这就是豆腐庄的规矩，你若服管，向天晴和小翠认个错，这事全当没发生过；若不服管，我出钱给你买船票，立刻回三水去！"

美花大口喘着粗气，明显不服气。

玲姐出来打着圆场："美花，你确实过分了，赶紧跟天晴和小翠道歉，七姑娘会原谅你的。"

美花大吼着："你们都欺负我，我走！不当红头巾，我也饿不死！饿死也不让你们可怜！"说完，美花一扭身向外跑去。

玲姐看着就要去追，七姑娘上前阻止："不要追她！你现在追上去有什么用？等她气消了，自己会回来的。"

可大家都没想到，最担心美花的还是小翠："我……我就是稀罕这镯子好，想戴两天，我……不是美花说的那么回事，她误会我了，她误会了，这可怎么好啊，我也说不清楚了……"小翠哭着蹲在地上，头发也被美花撕扯得乱糟糟的。

吃完喝完，陆雪亭刚溜达到家门口，被车灯晃得捂住眼睛。

"三少爷，帮个忙吧，二少爷喝多了。"

陆雪亭连忙过来搀扶："二哥……"

陆雪樵笑眯眯地揽住陆雪亭的肩膀："小弟，你在这等着接我呢？"

"是啊，接你的，走吧。"说着，陆雪亭搂着陆雪樵往院里走。

"好大的味啊！"

"你小子前两天不也喝多了嘛，还嫌我一身酒味？"

"说的不是酒味，是一身的女人香水味啊！你这样回来，不怕二嫂跟你急？"

"她敢！一点嫁妆都没有的落魄小姐，我娶她就是她的福分！还跟我急眼？凭什么？"

"二哥，你也顾及一下二嫂的感受嘛。"

"我顾及她，谁顾及我呀？妈从来都看不上我，她最喜欢的是大哥，大哥要什么她给什么。然后就是你，你要去欧洲她就让你去呀，我那个时候要是去欧洲读书，能是现在这样吗？"陆雪樵满嘴牢骚地向院里走着。

二人刚走到长廊下，黄妈迎上前，看样子已经等候多时。

陆雪樵借着酒意翻着白眼："老黄，不去伺候我妈睡觉，你在这盯着我们干什么？"

"是这样，明天家里有大事，老太太让你们都不要出门。"

陆雪亭疑惑："什么大事？"

"老太太就是这么说的，到了明早，二位少爷自然就知道了。"

陆雪樵瞬间酒醒了一半，看向陆雪亭，陆雪亭也摸不着头脑。

邝海生今晚心情很是舒畅，走在回家的路上，悠哉地哼起了小曲。

突然，身后有动静，邝海生以为是其他帮派报复，假装没在意。当来人走近的时候，邝海生猛回头，一个鹰爪手掐向那人脖子，却被来人擒住手腕，一把匕首反顶在他的脖子上。

邝海生吓了一跳，看清是谁才松了口气："娇姐？您怎么不知会我一声呢？"

"龙王帮的兄弟跑到工地上去干杂活，给红头婆打下手，你也没知会我一声啊？"

邝海生直咧嘴。

"我想喝酒。"

"啊，那我陪娇姐喝酒？"

林龙娇打了个响指，往一个方向走去，邝海生只得跟上。

众姐妹都洗漱躺下了，玲姐还是放心不下，站在豆腐庄内焦急地向外望着。

面线伯正准备收摊："玲姐呀，吃碗面线吧，给你留着好汤头呢。"

"我哪吃得下呀？这美花怎么还不回来？"

面线伯一愣，像是想起了什么："美花出去了？什么时候啊？"

"有一个钟头了吧。"

"哎呀，这么晚她出去干什么？最近街上很乱的，有人牙子专门绑女工和妈姐呀！"

玲姐被"人牙子"这个词吓住了，赶忙回屋找七姑娘。

七姑娘一听，也是吓得不轻，拿起一个盆大劲儿敲着："都起来都起来——"

很快，红头巾姐妹们都到院内集合。

七姑娘向姐妹们道明缘由："姐妹们，玲姐刚刚听说最近星洲出了人牙子，专门拐女工和妈姐，也不知是真是假……"

小蝉一激灵："对呀，今天三少爷送我回来的时候也是这么说的，他说不能一个女孩走夜路，很不安全！"

"都怪我都怪我！稀罕这镯子，臭美！美花要是出了事，我可对不起她了……"小翠自责地哭了起来。

"小翠别哭了，要怪只能怪我，我不该当着大伙面动手打她。她这一跑，现在还没回来，我实在不太放心，还请大家看着我的面子，帮忙一块出门找找美花。"

天晴也动员大家："七姑娘可别这么讲，不用看谁的面子，都是三水姐妹。走，大伙现在就出门去找美花！"

玲姐永远是最贴心的，不忘叮嘱大家："姐妹们自己也要小心啊！多几个人搭着伴，可千万别落了单！"

众人点头，三五成群，纷纷出了门。

星洲街上已经几乎没有行人。几个红头巾姐妹在阿贵的带领下四处寻找美花，甚至有人大喊着美花的名字。天晴、小蝉、玲姐、小翠走在另一条街上，寻找着美花。不一会儿，竟走散了。

四周黑压压的，小蝉有些害怕："前面太黑了，不好找的，天晴，我们回大路吧。"为了安全起见，二人往回走去。

突然，天晴和小蝉停住了脚步。来路上出现四个男人猥琐的身影，逆光中看不清脸，他们不怀好意地走向天晴和小蝉。

天晴把小蝉护在身后："你们是什么人？拦路干什么？"

四个男人不搭话，继续逼近。

小蝉在后面喊着："来人啊！救命啊！"

喊声传出，二楼开着的一扇窗户突然关上，灯也灭了。天晴和小蝉见没人管，扭头就跑，却跑到了死胡同，一道高墙横在胡同的尽头。

小蝉满脸绝望，天晴上前查看高墙，试图寻找出路。

"怎么办天晴？我们要被抓走了！"

天晴一咬牙，蹲下身子："快！踩住我的肩，你先上去！"

小蝉连忙踩上天晴的肩膀，努力向上攀去。天晴咬着牙站起身，小蝉的手抓住墙头，天晴一使劲，将小蝉的身体送上墙头。

小蝉骑在墙上忙向下喊："天晴，拉住我的手！你上来！"

天晴努力往上攀爬，但那墙既高又滑，实在上不去："小蝉，你走！快走！现在你还能逃掉！"

小蝉哭着摇头。

胡同口，两个男人已经发现了天晴和小蝉。

天晴看着二人渐近，大吼一声："去喊人！不然来不及了！快！"

小蝉一咬牙，消失在墙头。

天晴回过头，颤抖着双手，从柴垛中抽出一根木棍："别过来！过来我就不客气了！"她用木棍反抗了一会儿，却还是被一人用木棍击中，装进麻袋带走了。

小蝉在墙壁后蜷缩着身体，听着男人远去的脚步声，眼里闪动着惊魂未定的泪光。她定了定神，快速往豆腐庄跑去。

深夜的豆腐庄依旧灯火通明，红头巾姐妹们大半已经回来。玲姐焦急地看向门口。二楼上，七姑娘也眉头紧锁地等待着消息。

小蝉跌跌撞撞，上气不接下气地跑进院内。

玲姐忙问道："小蝉，找到美花了吗？"

小蝉哭丧着脸，七姑娘觉察到不对劲："小蝉！天晴呢？"

小蝉夹带着哭腔大喊道："天晴……天晴被人牙子劫走了！"

第二十八章　落入虎口

七姑娘等人不甘坐以待毙，连夜跑向警察局报案。

大办公区里，几个警察正在听七姑娘描述。警察们也很同情她们，用纸笔一一记录。

突然，一个洋警官从里间出来，喊着："快走快走，奥利弗太太的狗丢了，那可是她的宝贝，很昂贵的，你们几个赶紧过去，就算把那附近翻个底朝天，也要帮奥利弗太太把狗找到！"

众警察连忙立正敬礼，急匆匆地出警去了。

玲姐气得大喊："我们的事你们不管了？"

七姑娘抓住玲姐，示意她别着急。

那洋警官一脸不耐烦地走了过来："吵什么吵什么？你们怎么回事？"

七姑娘和玲姐强压怒火，继续赔着笑说明情况。洋警官皱眉听着，拿起笔假装记录着。七姑娘脸上的笑十分卑微，完全没有在豆腐庄里的威严模样。

小蝉和阿贵、小翠等人站在警察局外面。透过窗玻璃，小蝉看出了门道："这些警察指望不上呀！"阿贵和小翠也是空着急，又无计可施。

警察草草敷衍了几句，七姑娘和玲姐只能无奈出门。

见二人出门，小翠忙迎上前："七姑娘，警察什么时候去救美花还有天晴？"

七姑娘无力地说着："只是说记下了，什么时候去救，不知道。"

玲姐气道："我们的命真不值钱，还不如那些富家太太的一条狗！"

小翠又哭了起来，小蝉不耐烦道："你别哭了！哭有什么用？如果是我被绑走了，现在站在这里的是天晴，她一定会想办法，而不是哭！"

所有人一致看向小蝉，小蝉得意一笑："警察靠不住，我们还有朋友嘛！"

七姑娘眼前一亮："小蝉说得对，去找新头家！南兰小姐跟天晴最要好，她一定会帮忙的！"

小蝉仍有私心，想趁此机会再见一见陆雪亭，又想起他家是星洲最大的建筑商，应该也能帮上忙，便拐弯抹角道："对，南兰小姐有钱，又是白天女，在星洲地界上是最有办法的！七姑娘，您是我们的大家姐，就请您去找南兰小姐。"

七姑娘疑惑道："你不是跟南兰小姐更熟一些吗？"

小蝉点了点头："熟倒是熟，可这个时候就得把所有能帮忙的人全都找来！我去陆家，找陆家的三少爷帮帮忙！"

小翠补充着："还有那个阿海哥，他不是说自己是什么小霸王吗？他想和天晴拍拖，一定会帮忙的！"

"天晴！天晴！"星洲荒郊某仓库内，美花焦急地呼唤着。天晴慢慢睁开眼睛，美花忙道："天晴你醒了？吓死我了！我以为你死了——"

天晴扶着头，仍有些晕，慢慢地坐起身："美花？我和小蝉去找你，大家都在找你，你怎么不回豆腐庄，大家都很着急……"

见美花一下子哭了，天晴这才意识到什么，努力地回想着。天晴环视四周，黑暗的仓库内，只有月光的投影。

美花凑在天晴耳边低语道："我们都被人牙子抓了！听她们讲，我们是要被卖到海外去了！"

美花此话一出，屋内传来压抑的哭声。

天晴循着声音看去，原来屋内还坐了十几个女子，这些年轻女子都是妈姐和底层女工的装扮，有些人的衣服破旧，脸上还沾了脏污，显然已经被关了些时日，剩下的几个衣服新些，应该是刚来的，哭声最大。

美花一直哭着："都怪我，一个人往外跑，连累了你……"

角落里，靠墙坐着的一个女子冷冷地对美花道："新来的都别哭这么大声！外头都是荒地，你哭破了喉咙，也只有野狗听得见，只会招来一顿打，没准连我们都要连着遭殃。"

美花吓得赶紧闭上了嘴。

天晴瞧向那个年轻女人，黑暗中看不清脸，天晴礼貌问道："这位姐妹，那你知不知道，这些人抓我们做什么？"

这个女人叫王巧玲，她不冷不热道："卖掉咯！运过海去卖，是卖成家奴还是妓女，就看运气了。"

美花忍不住又哭出了声来。

天晴强忍着眩晕感，起身在屋内查看：这屋子是砖石砌成，徒有四壁，铁门紧锁，唯有高处开着一扇小窗，斜透进些天光，实在是个插翅难飞的处所。

美花起身抱住天晴："天晴，我好害怕呀！我们真的会被卖成妓女吗？我不想啊！天晴！我不要做妓女呀！做了妓女就进不了祖坟了！"

天晴拍了拍美花的后背，安抚道：“别怕，我被抓的时候，小蝉和我在一起，她逃掉了——我想，她现在已经回到了豆腐庄，七姑娘一定会想办法救我们的！”

王巧玲闻言，又冷笑了一声。

天晴有些生气：“你笑什么？”

“笑你天真呀！这些人牙子为什么专绑我们，就是因为我们好欺负；你看看这屋里的女孩个个都是背井离乡、漂洋过海来星洲的，个个都是孤身一人，那些头家，没了女工，再找一个就是了！在这星洲，没有人会为了我们大动干戈！”

天晴正色道：“我们不一样，我们是三水红头巾，有一大帮姐妹住在一起，今天我们俩出了事，其他姐妹们一定会想办法救我们的！”转而天晴又安抚美花说，“美花你放心，除了七姑娘还有南兰小姐、阿海、陆家三少爷、白薇小姐……他们都是好人，都会救我们的。”

王巧玲不屑地看着天晴：“你想得美呀！谁想救你，不都得去找警察，那些洋人，会管你一个红头巾的死活？”

天晴还想说什么，忽然感觉到自己的头剧烈地疼痛，用手一摸，沾了一把鲜血。

美花赶忙上前扶着：“天晴！你流了好多血！歇会吧！”

天晴甩甩手，强忍着，随即陷入更剧烈的头痛。

海平面上，太阳缓缓升起，星洲已经蒙蒙亮了。

踏着晨光，昨日袭击天晴的斗鸡眼拎着一些吃食向仓库走来，与另两个看守会合。仓库四周的草很高，一片荒凉景象。

微弱的晨光将仓库照亮。天晴卧于稻草中，已奄奄一息。

美花上前摸天晴的头，被烫得收回了手。美花试探地叫着：“天晴，你醒醒，你烧得厉害，可别就这样睡过去，你别吓唬我！”

坐在黑暗里的王巧玲低声问道：“她发烧了？”

“是，好烫啊！”

王巧玲忙做嘘声的手势：“你小点声，别让外面听见，前两天有一个烧得打摆子的，就被拖出去了，恐怕连全尸都落不下！”

美花吓得捂住了嘴，看向昏迷的天晴。

哗啦一声，铁门发出动静。隔着铁栅栏，一个布袋子扔了进来。布袋子落地，敞着的口中，滚出十几个干粮，女孩们连忙上前捡着吃。

铁栅栏上方，斗鸡眼虽长得不够端正，眼神倒是毒辣：“十三个？怎么少了一个？”

美花守着天晴，心虚道：“有，有人在睡觉——”看了眼昏迷不醒的天晴，美花声音颤抖着，“天晴，起来了——吃饭了——”

男人眯起了眼睛："不会是死了吧？"

刀疤脸的声音传来："死了不怕，就怕得病，传染别人，全死了，咱们可就白忙活了。进去看看烧不烧，发烧了就得立刻拖出来！"说着就准备开门。

美花看向王巧玲求助，正巧，王巧玲的面前正有一摊泥，她双手胡乱抓了一把泥糊在脸上，猛地冲了过去。

刀疤脸正准备开门，吓得忙后退一步。

"放我出去咯！这里这么脏，不要把我同她们关在一起，我跟她们不一样的！"巧玲不断对男人抛着媚眼，还上手去摸。

"发什么癔症？让开！"刀疤脸挤着脑袋靠在铁框边，左看右看。美花使劲挡着天晴，另两名女孩会意，边吃东西，边配合美花挡人。

王巧玲解着领子上的纽扣："你放我出去啦，好不好咯！咱俩好好聊聊，你想聊什么，都行呀！"说着，巧玲就去抱那男人。

刀疤脸咒骂了一声："疯婆娘滚远点！有没有人发烧啊？"

王巧玲搔首弄姿："没有呀！你不就想挑个女人嘛，挑我就好了，这里边我最靓的！"

"恶心！"刀疤脸哐当关上了门上的小铁窗。

王巧玲听见脚步远离的声音，迅速跑到天晴身边。王巧玲拍了拍胸口，长舒一口气："真怕他看上我，幸亏把脸抹得这么黑！"

"走远了？"美花低声问道。

王巧玲点了点头，伸手去摸天晴的额头。昏迷中的天晴紧紧地闭着眼睛，嘴唇干裂发白。

"谢谢，你为什么帮我们？"

王巧玲看着昏迷中的天晴："她不是讲有人会来救我们吗？这是我们所有人唯一的希望。"王巧玲嘴硬心软，端来一碗水向天晴头上浇着，帮她降温退热："现在他们一共抓了十四个女孩，我听到他们讲，抓十五个就运走，在那之前，希望真的有人来救你们。"

美花郑重点了点头："是真的！我们的姐妹一定会救我们出去！"

王巧玲又去找了一碗水："把她扶起来。"

美花扶起天晴，王巧玲往天晴的嘴里一点点喂着水。

"她叫什么？"王巧玲问道。

"天晴。"

王巧玲抓住天晴的手："天晴，天晴，你的姐妹会来救我们，你也一定要活着！"

第二十九章　水深火热

夜里南兰翻来覆去睡不着，起身去了郑千房里。

听见动静，昏睡中的郑千警惕地睁开眼睛，发现来人是南兰，又赶忙闭上眼睛。南兰并未察觉，绕过床，看见郑千满头大汗，束缚着郑千手脚的绳子都完好无损，南兰继而放心地帮他擦了擦汗。

郑千假装说梦话："白天女……白天女……"

南兰下意识向后退了一步，发现是郑千昏迷中的梦话，才又凑近。

郑千的声音再次传来："白天女，你真美……你没把我交给警察，你是个好女人，我这个海盗配不上你……"

桃姐走进房间，手上端着托盘："你确定自己给他换药吗？"

南兰打趣道："咱们女神酒店除了厨师都是女人，我不给他换，让谁换？要不你来？"

桃姐一脸鄙夷："我才不呢！这个臭海盗上次差点没拿飞刀要我的命，给他换药，我怕我勒死他！"

南兰笑了笑："好啊，那你就勒死他吧，反正一条活生生的生命，你看看自己以后能不能心安。"

桃姐不再接话，尴尬地转过头去。

窗外的晨曦照进谭玉卿房间的浴室。满浴缸的泡泡中，秀禾不自然地坐在里面。秀禾昨晚考虑了一宿，谭玉卿提出的条件实在诱人，去尝试一下也不会损失什么。

见谭玉卿进门，秀禾很紧张，连忙把身子往泡泡里藏。

谭玉卿笑得很甜："我马上就是你师姐了，跟你亲姐亲妈没什么两样，你有什么不好意思的。"

谭玉卿索性一捋旗袍坐在浴缸边上，用手向秀禾肩头撩起一些泡泡。秀禾更加不好意思。

谭玉卿问了两句话，知道秀禾家中状况，更因她还没生过孩子满意。

"唉，为了赚点辛苦钱，弄得至亲分离，连孩子都要不上，我的师妹呀，你可真够可怜的！"说着，谭玉卿笑了起来，不知是可怜自己，还是可怜秀禾。

洗漱完，谭玉卿拿出一件旗袍，让秀禾穿在身上，秀禾甚至有点不敢站直身体。

谭玉卿上下打量着："这就是我当年的衣服，你穿着怎么这么合适啊？"

秀禾摸了摸："我没穿过这么好的衣服。"

谭玉卿用手比画着："站直了，收腹，挺胸。"秀禾努力地调整着站姿。

谭玉卿点点头："跟我学唱戏，以后你得站有站样，坐有坐样，该怎么走路，怎么喝茶，怎么吃东西，你都得跟我学。”

“这……学戏还要学这些？”

谭玉卿一脸傲慢，端出了为人师长的架势：“那是，我教的可不是会唱两段儿的票友，跟着我，不久的将来你就是角儿！”说着，谭玉卿递过一个信封。

秀禾接过，打开一看是钱，吓了一跳：“这么多！”

谭玉卿没正眼看秀禾：“看把你吓得，没有足够的钱，你跟着师姐我，心里不虚啊？心虚怎么能学好当角儿的本事？拿着，以后跟着我，啥都能缺，就不能缺这个。”谭玉卿接着说，“从现在起，你每天跟着我，我好好地教你，包你脱胎换骨。”

秀禾本是半信半疑，可手中沉甸甸的钞票和谭玉卿的话让她再次充满期待。

邝海生和林龙娇喝了半宿酒，夜里晕乎乎地回到龙王帮。

晨光洒进了小客厅，邝海生迷糊着伸了个懒腰。喝醉了的林龙娇躺在榻上，大长腿搭在邝海生身上。邝海生没喝多，小心翼翼地推开林龙娇的腿，起身就要溜。

没想到林龙娇突然出声：“阿海啊。”

邝海生像被施了定身法，站在原地。

“我想嫁给你行不行啊？”

邝海生吓了一跳，没敢出声。他回身探头，发现林龙娇还睡着，说的是梦话，这才松了口气。

龙王帮院子里，邝海生使劲地往脸上撩着冷水，喝了酒，需要让自己清醒过来。

“邝海生。”林龙娇的声音从身后传来。

邝海生一激灵，连忙转身：“娇姐，您多睡会儿吧。”

“你是以为我醉了吗？”

“是，娇姐，你现在酒量不行啊，昨天你才没喝几杯……”

“我是装醉的！我很不像女人吗？”说着，林龙娇揪起邝海生的脖领子按在了墙上。

邝海生赔笑着：“没有啊，娇姐很棒的……”

林龙娇质问道：“那你怎么不动心？我躺在你旁边，一晚上你碰都不碰我一下？”

邝海生收起了吊儿郎当的模样，认真地看着林龙娇：“娇姐，我拿你当大姐的，怎么能干那种缺德事啊？而且我有老婆的……”

林龙娇有些失望：“我不如那个红头婆？”

“不是啊！娇姐您是人上人，我怎么能配得上呢？”

林龙娇点了点头：“好啊，我林龙娇丢人也算丢到头了，算了，我以后不再难为你。”说着，林龙娇流下一滴眼泪。

邝海生一下难受了：“娇姐，你别这样，我看着很心疼啊！”

林龙娇耍着小性子："心疼你老婆去！老娘有人心疼，用不着你！"

邝海生一时不知说些什么。

林龙娇低着头，半晌，语气低沉道："其实你小子根本不适合在帮派里混，走吧，既然找到了正事，就别再回来了。"

邝海生点了点头，便向外走，突然回头道："娇姐，我也有两句话想跟你说。"

林龙娇不语，等着听。

邝海生说了一番掏心窝子的话："我知道你上过很多年学，也知道你的英文说得很棒的。其实，娇姐也不应该在帮派里混，整日喊打喊杀，实在不太安全。"

邝海生说得无比真挚，林龙娇转过头，看着邝海生，笑了："帮里这么多兄弟，可没人对我说过这番话。"

"那是他们都不知道心疼你呀。"此言一出，邝海生又有些后悔。

林龙娇打着趣，想缓解一下尴尬的气氛："这话要是让你老婆听到，你会不会挨打？"

邝海生低头不敢说话。林龙娇上前，狠狠地拍了拍邝海生的肩膀："我也想过要去欧洲继续读书，我呀，想不拿刀不拿枪，就只能离开星洲了。"

"好啊！等您再回来，就是名流了嘛，到时候嫁一个大大有钱的大头家，多生几个孩子开枝散叶，阿海祝福您呀！"

林龙娇踢了一脚："去你的，谁稀罕什么大头家？你娇姐我也不稀罕嫁人！"林龙娇一立眼睛，不再言语。

但邝海生还是真心地高兴，笑着走出了门。但刚一踏出大门，就被来找他的红头巾告知了天晴和美花被人牙子掳走的消息。

另一边，七姑娘和玲姐在女神酒店门口焦急地等待着。

终于有人打开了女神酒店的大门，七姑娘和玲姐连忙迎上。

一个经理模样的人看着二人，七姑娘自报家门："我们是帮南兰小姐盖屋的红头巾！"

经理笑了笑："要是之前呀，你们是不允许进酒店的，但昨天南兰小姐吩咐过，红头巾来了就让进，怕你们在后面盖屋上厕所不方便。"

七姑娘欣喜道："那太好了！那在哪里能见到南兰小姐啊？"

"这么早见南兰小姐？那可见不着。这样吧，你们两个去大厅找个不起眼的地方坐着，找机会，我帮你们通禀。老老实实坐着啊，别瞎跑！"

七姑娘和玲姐欲言又止，但也只好连连点头，进入大堂，找到一个角落的沙发坐下，望着空无一人的大堂，左右张望着。

谭玉卿房里，老吴在一旁吆喝着："拜祖师爷！"

只见祖师爷雕像被请了出来，谭玉卿带着秀禾上香，秀禾像模像样地学着。

老吴假装正经，但瞟向秀禾之时还是色眯眯的："礼毕——给师姐敬茶！"

谭玉卿端正地坐下，秀禾端过茶，恭敬地递给谭玉卿。

谭玉卿接过茶，象征性地喝了一口，放下茶，一把拉住秀禾的手："师妹呀，从今以后你就和我一起住，拿自己当主人，也可以拿你自己当我妹妹。"

老吴也乐呵着："可别辜负谭小姐对你的期望呀。"

秀禾有些激动："好的师姐，这是秀禾哪辈子修来的福分，能跟您学戏，还有这么好的地方住，我觉得像做梦一样。"

谭玉卿笑着看向秀禾："不是梦，是真的。老吴，今天我新收了小师妹，我们去下面吃早餐吧，让他们准备得丰富点！"

"好的谭小姐，我现在去吩咐！"

远处的老吴冲谭玉卿挥着手。谭玉卿带着秀禾，优雅地走去。秀禾学着谭玉卿的步伐，款款地走下楼梯，正被七姑娘和玲姐看见。秀禾本想上前去打招呼，却被谭玉卿喝止，谭玉卿警告她，要想学戏、挣钱，以后就不准与红头巾来往。

赚钱对秀禾来说太重要了，她只能停住脚步，远远地冲七姑娘笑了笑。七姑娘和玲姐站了起来，远远地看着秀禾跟随谭玉卿走向吃早餐的地方。

看着一大桌丰盛的早餐，秀禾眼神里隐藏不住渴望。

谭玉卿居中而坐，示意秀禾侧面坐下。秀禾刚坐下，谭玉卿呵斥道："站起来。"秀禾连忙又起身。

谭玉卿起身，玉手撩动旗袍，优雅地坐下："再做一遍。"秀禾是个聪明的人，学着谭玉卿的样子又做了一遍。

谭玉卿满意地点了点头，看着秀禾饥饿的眼神，嘱咐道："别急着吃，一样最好就吃一口。"

坐在对面的老吴干笑着："谭小姐啊，你这一带秀禾小姐，就让我想起当年你带白玉娇时的情景啊……"

谭玉卿瞪了一眼："别提她！对了，我的玉娇还没吃饭呢，你捡些好的上去，喂喂它。"

老吴答应着起身。秀禾听着，明白这里面有事，也没敢多问，悄悄朝七姑娘的方向看去。

七姑娘和玲姐远远地看着秀禾，她们明白秀禾不会过来了，只得坐下。

玲姐安慰着："这好像是给前面那位小姐做了随从还是怎么的，但看样子过得挺好的，七姑娘，您也不用再为她担心了。"

"我从来就没有担心过。难怪不回豆腐庄，人家现在这样了，又怎么可能会回去？"七姑娘自嘲着，又看了看楼梯方向，“这南兰小姐也不知道什么时候才能下来，天晴和美花都丢了多长时间了呀！”

“七姑娘别急，我们再耐心点，急也没别的办法，只能等啊。”

晨起，桃姐按南兰吩咐去给郑千送饭。一进门，桃姐吓了一跳，手中的饭一并掉在地上，一个大汉堡在地上滚了几圈。

郑千根本不在屋里，捆绑的麻绳散落四处。窗子大开，显然，郑千是翻窗逃跑了。

南兰从里间走出，一阵风迎面吹来。只见外间角落的一扇窗户开着，白纱随风飘扬。南兰向窗外看，她也忘了是自己打开的窗户，还是别人帮她开的。南兰刚将窗户关好，桃姐冲了进来：“不好了！跑了！跑了！”

“谁跑了？”

“那个海盗！”

南兰摸了摸窗口，没有吃惊，反倒有些好奇：“他到底是不是人呀？伤那么重，还被绑得那么结实，他跑得了？”

桃姐又急又气：“他本来就不是人，是强盗呀！我早就跟你说过！赶紧叫警察吧！”

南兰摆了摆手：“算了，跑就跑了吧，叫警察干什么，有些事，警察是没用的。”

“可我不放心，怕他躲在哪里，万一伤着你，或者哪位贵客……”

南兰笑着宽慰道：“放心吧，就算是铁打的，他也得先找地方养伤去，别大惊小怪的。”

说话间，那名经理走了进来：“南兰小姐，大堂里有两个红头巾在等您。”

“是上次来参加宴会的天晴和小蝉吧？让她们上来。”

“不是，是两个年纪大一点的。”

说着，经理将七姑娘和玲姐请到南兰房里。

七姑娘说明事情原委，恳切地望着南兰：“事情就是这样的，大头家神通广大，还请您帮忙把天晴和美花找回来，我们豆腐庄的所有红头巾求求您了！”

二人满眼泪水，使劲给南兰鞠躬。

南兰伸手示意七姑娘别激动：“你先别着急，怎么会有人绑架红头巾呢？有没有要赎金？”

七姑娘神色复杂：“不知道啊。”

桃姐说道：“小姐，恐怕不是要赎金，而是挑一些好看的、年轻的女孩去卖。”

南兰诧异道：“卖女孩？”

桃姐点了点头：“星洲以前就有过这样的事，只不过您不知道。”

南兰脸色骤变：“我是星洲白天女，有这样的事我竟不知道？岂有此理！”

桃姐补充道：“这有什么新鲜的，绑这些女孩就因为她们是社会底层嘛，丢了也没有头家去找的，而且消息只是在街头巷尾传一传，进不了女神酒店的。”

南兰气得直哆嗦：“居然有这样的事，我这就给亨特打电话！”

七姑娘不解：“亨特是谁？”

“警察，星洲的警长。”说着，南兰就拨了号码，“我先得骂他一顿，这种恶劣的事情在星洲发生，他这个警长是怎么干的！”

南兰气得发抖，可电话没人接，她用力扣下电话，再拨。

突然一个声音传来：“有些事，警察是没用的。”

南兰吓了一跳，猛回头。桃姐看去，更是吓坏了。

一处绿植后面，郑千捂着伤口坏笑着，慢悠悠地走了出来。

南兰很是疑惑：“你是怎么脱身的？”

郑千轻浮地挑着眉毛：“你那绳子绑得一点也不结实。”郑千又看向桃姐，“汉堡很好吃，就是有点小，你们女人勉强够吃，我胃口大，填不饱肚子的！”

南兰向后退着，迅速抄起枪对准郑千：“你到我房里来干什么？”

郑千笑道：“我本是不想来的，可找不到我的飞刀啊，肯定是被你带到自己的房间了，那我就只能来了。”说着，郑千将外套掀起，里面满满的飞刀。

这架势将七姑娘、玲姐、桃姐都吓坏了。

“别开枪啊，白天女，你的枪法那么烂，连鹿都打不到，万一一枪没打死我，让我伸手去摸刀，我这飞刀一出，四个女人刚好够啊……”说着，四把飞刀已经出现在郑千的双手上。

郑千笑着，又将飞刀收了起来：“其实你们也不用怕，我现在有伤在身，飞刀扔不准的。我知道，一现身就凶多吉少，可刚才实在没忍住，是怕你们把女工被绑架的事想得太过简单了。”

郑千看向南兰，一本正经道：“你要找的那个什么警长根本救不了这些女孩子，这点我可以向你保证。”说罢，郑千又看向桃姐，“我是伤员，需要补充体力，那汉堡能不能给我再做一个大点的，最好还有奶油蘑菇汤。”

桃姐强笑着，咬着后槽牙说道：“好，你等着！”说完，桃姐转身出了门。

郑千懒散地靠在沙发上，双腿搭在茶几上，让受伤的部位得以舒展，随后漫不经心道：“事实上，星洲常年都有人往三藩那边的唐人街提供这样的女孩子。”

南兰不觉加重了语气：“常年？”

“是的，星洲临着外海，没有台风，航线方便稳定，而且这里的很多女工是从乡下来的，她们失踪了也不会有太大动静。”

南兰不敢相信，追问道：“一个个好端端的大活人，从星洲被运走，那些人牙子怎么做到的？”

“绑的女孩通常不会超过二十个，之后便用货船把人运出去。当然，为了让女孩们听话，人牙子可能会给她们喂下大量安眠药，这样，女孩们就像货物一样啦，想运到哪里就运到哪里。”

“可三藩那么远，怎么也要走一个月吧？那些女孩子就一直被藏在舱底？”

“是的，很多人会在途中死去，尸体立刻被扔进大海。”郑千脸上毫无波澜，只是客观陈述一个事实。

南兰紧张起来，玲姐已经哭了出来。七姑娘干淌着眼泪，捂嘴不让自己出声。

郑千面无表情，继续说着：“沉入大海恐怕已经是最好的结局了，幸存的人，到了那边会被卖成妓女，是那种完全的卖身，最底层的妓女，每天可能需要接十几个客人……”

“别说了！”南兰一声咆哮打断了郑千。

郑千轻哼一声：“还有更可怕的，如果在船上致伤致残的，那些人牙子可能会用药物把她们毒哑，再卖到异族馆里去。”

玲姐抽噎着：“什么是异族馆？”

“给洋人看的，没有双腿的美人鱼，没有手臂的美人蛇，都是被人工制造出来的。”

这话说完，七姑娘也抑制不住恐惧，哭出声来。

南兰别过脸去：“我不想听了！你就告诉我，到底是什么人在星洲做这种可怕的事。”

“买家是三藩那边的黑帮，那么我想卖家……”郑千欲言又止地看向南兰。

“肯定也与黑帮有关系！能在街上绑架女孩子，必然是黑帮没跑了。”南兰再次拿起电话。

“你干什么？给那个亨特打电话，让他去查黑帮吗？”

“当然！”

郑千慢悠悠道：“来不及了，虽然我平时在大海上，但我也知道，星洲街面复杂，大大小小的，不止十几个黑帮。你让警察去查，等他们查到的时候，人早被运走了。而且敢出来混的又不是傻子，他们难道把人藏到家里等着警察去翻啊？”

南兰放下电话：“可是我们该做点什么？怎么才能把人救出来？”

郑千像是在开玩笑：“你不是白天女吗？你有神力的，现在就呼唤台风呀。”

南兰点了点头：“对，这是个好主意，让所有的船都不能出海，只有这样才能争取时间救出那些女孩子。”

七姑娘和玲姐难以置信地看向南兰，郑千冲南兰竖起了大拇指。

南兰继而说道：“你这个海盗虽然很可恶，但聪明，这个主意太好了，我现在就去办。”

郑千傻了眼：“你真能呼唤台风？”

“那是，我是白天女，保护星洲的穷苦女人义不容辞，且无所不能！”说完，南兰就要出门。

郑千刚要起身拦，桃姐忽然出现在他身后，用一个绳套猛地套住了郑千的脖子。

郑千下意识地就要去摸飞刀，两名大汉上前按住了郑千的手，本就有伤的郑千痛苦呻吟着。

南兰冷冷地看着，她早就看见了桃姐带人来，故意做了场戏分散郑千的注意力。

桃姐横眉冷眼："把他衣服扒下来，里面有飞刀！"

两名厨师麻利地将郑千的衣服扒下。

郑千气不打一处来："白天女，我好心好意地帮你出主意，你却暗算我？"

南兰无辜地看向郑千："不是我的主意，在女神酒店，一切都是阿桃说了算。"

郑千抬头瞪着桃姐，桃姐怒道："你这个海盗！要不是小姐心慈手软，早把你交给警察枪毙了！"

说罢，桃姐又看向南兰："这回可不能再耽搁了，他的伤好得太快了，让他活着，我们就危险了！"

南兰耸了耸肩："你讲得有道理，但就不给警察添麻烦了，就把他捆在我这里吧，阿桃啊，你专门看着他，若有想逃走的迹象，可以立刻杀了他，用猎枪、菜刀什么都行……还有，阿七，阿玲，救人的事交给我，你们就回去吧，安慰好红头巾姐妹们，今天不用开工，让大家都上街去打探消息，看看能不能找到绑架天晴那些坏蛋的蛛丝马迹。"

七姑娘和玲姐点了点头，南兰转身出门。

郑千在后边喊着："南兰，你太卑鄙了！要不是你刚才分散了我的注意力，他们不可能偷袭成功的！我看错你了！你不是女神！你是女妖精！"

南兰回头看了一眼，挥了挥手："随你叫我什么，我要去忙了。"

郑千仍然有些疑惑，他又看向桃姐："阿桃大姐，她真的会呼唤台风啊？"

桃姐瞪着郑千，对手下道："把他的舌头割下来，我不愿意听到他说话！"

郑千吓得紧紧闭上了嘴。

第三十章　白薇认亲

小蝉一直在陆家门口等待着，见陆展元的车走了，连忙迎上金碧云："这位太太……"

金碧云头都懒得回："找差事还是要饭？来错地方了。"

小蝉忙摆手："不是，我找三少爷。"

金碧云怒目回头："三少爷也是你叫的？"说着，金碧云上下打量着小蝉，"红头巾是吧？我倒是听说小弟去了工地，怎么，才去一天就搭上女孩了？小弟可真有本事啊！"

说着，金碧云进了门，没同小蝉多言语。小蝉也是个厉害的人，可在金碧云面前却一点辙都没有。

小蝉在路边焦急地等待着，可今天陆家因为有大事，门口有下人守着，旁人进不了门。

陆雪亭、陆雪樵按黄妈昨日交代的时间，早早来到客厅坐着。金碧云坐在角落，默默琢磨着陆陈氏的用意。

陆雪樵斜躺在沙发上，打了个哈欠："这么早就叫我们起来，到底什么事啊？"

话音未落，陆陈氏握着白薇的手出现在楼梯口。黄妈在前开路，二人缓缓从楼梯上走下。

白薇打扮得跟平时略有不同，看起来更加像大家闺秀，少了些许的书卷气。

陆雪樵等不及了，直接问道："妈，什么事啊？"

陆陈氏根本不理，径自坐在主座上，向众人宣布："今天，我要认亲！"

金碧云心中一颤，不知怎么阻止。

陆陈氏慈爱地看向白薇："我与白小姐投缘，看着她就能想起你大哥来，这是多么奇妙的缘分。雪霖走得早，没留下一儿半女，我今天就认下白小姐当孙女，你们听好了，不是干孙女，从今天起，她就是我们陆家的长房大小姐！"

陆雪亭不敢相信，白薇竟然以这种方式彻底地拒绝了自己。

金碧云使劲瞪着陆雪樵，陆雪樵会意："妈，这怎么突然要认孙女啊，您要是喜欢女孩，我让碧云给你生一个……"

陆陈氏一口打断："陆雪樵，我不是在跟你商量！你也老大不小了，以后这个家没人叫你少爷了。"

黄妈走上前："大伙都听着，今天老太太认孙女，家里有了大小姐，再见到头家，要叫二爷，二太太，三爷。"

下人们齐声答应。

陆雪樵瞟了眼金碧云，无奈地耸了耸肩，金碧云知道已经无力回天。

"我孙女以后不再住客房了，就搬到雪霖房间去住吧，家里人，要像对我一样对我孙女！金碧云呀，你先带大小姐熟悉一下这个家，你那脑子也不够用，以后管好自己的男人和孩子就行，家交给我孙女管。"

金碧云隐藏着心中的不快，连忙起身："是，妈。"

认亲仪式开始，一旁的黄妈大声喊道："认亲！上茶——"

下人立刻端上一杯茶。黄妈上前："大小姐。"

白薇端过敬给陆陈氏："奶奶请喝茶。"

陆陈氏接过，刚要喝，白薇却郑重其事地退后，跪在地上，端端正正地磕了三个头。陆陈氏立刻满眼泪水，带着笑意道："你们看，我这孙女多讲礼数！快起来快起来！"

白薇起身，陆陈氏放下茶，把白薇紧紧抱在怀里，掏出事先准备好的红包和首饰递给白薇。看见这一幕，金碧云想着自己的身世，心中一阵心酸。

又有人递上茶，白薇接过，来到陆雪樵身旁："二叔请喝茶。"

陆雪樵尴尬地接过茶杯，喝了一口："哎。"

白薇又端了一杯茶，敬给金碧云："二婶请喝茶。"金碧云也答应着。

白薇接过最后一杯茶，来到陆雪亭面前："三叔请喝茶。"

陆雪亭接过茶杯，缓缓看向陆陈氏："妈，你认白小姐当孙女，是因为我吧？"

陆陈氏也没给陆雪亭面子，直言："跟你有什么关系？你把自己想得太重了吧？你愿意去给南兰当设计师，我管不着你，在这个家里，以后这就是你亲侄女，你当叔叔的可要好好对她！"

"是。"陆雪亭不情愿地应答。

窗外，金碧华向屋里偷看着，这突来的变化，让她更加云里雾里。

突然，外面传来叫喊声，小蝉不知何时已经闯进了院子，两名下人想拉都拉不住。

小蝉大声地喊着："三少爷，三少爷，我有要紧的事找你啊！我是小蝉呀——"

屋里众人听到喊声，很是诧异。陆陈氏看向金碧云，呵斥道："你这家怎么管的？这是怎么回事？"

金碧云率先出门，陆雪亭嘴里念叨着："小蝉？"紧随其后，快步走出客厅。白薇听着声音耳熟，也跟出了门。

到了院里，金碧云指着下人们训斥："你们干什么吃的？今天陆家有要紧的事，我没吩咐过你们吗？"一个资历老的下人站了出来："这个女人跟疯了一样，拉不住啊！"

说话间，陆雪亭已经出门，小蝉像见到救星一样："三少爷，天晴被人牙子抓走了，求你帮忙想办法救她吧！"小蝉忽然又看见白薇，心神一动，"白小姐？你也在这？太好了！你有枪，快帮我救救天晴吧！"

小蝉话一出，金碧云和金碧华立刻警觉地看向白薇。跟出来的陆陈氏和黄妈也下意识地看向白薇。陆雪樵显然有些害怕，不自觉地往后退了一步。

白薇顾不得解释，看向陆陈氏："奶奶，对不起，这女孩是我的朋友，我得去一下。"说完，白薇和陆雪亭一起跑向小蝉。

小蝉缓了口气，将事情一五一十地告知陆雪亭和白薇。陆雪亭听后直接冲向门口的汽车，坐上驾驶位，推开了副驾驶的门喊着："小蝉，上来！"

小蝉快速地坐上了副驾驶。白薇也从大门走出，手里拿着那个绸缎小包，坐上了车。

车刚要发动，金碧华也跑了出来："等等我！"说着挤进后座。

"你……"

金碧华撇着嘴："你是不是很奇怪我为什么也要跟来啊？我找白薇有事，你开你的车就是了。"

陆雪亭无奈，脚踩油门，发动汽车走了。

车内，金碧华有意挑衅白薇："白薇啊，你现在认了老太太当奶奶，以后就得管雪亭哥哥叫三叔了。"

白薇淡然答道："我已经叫过了。"

金碧华嘲讽似的笑了笑："你从上海来星洲，费这么大劲混进陆家，不是为了嫁给他呀？"

"当然不是。"

"那你这是拱手相让了？我不就变成了胜利者？"

"我从来没有想过和你竞争。"

二人的话让开车的陆雪亭很尴尬，小蝉坐在一边竖起耳朵，听得津津有味。

金碧华看着后视镜，轻声一笑："陆雪亭，你听到了没有？"

陆雪亭应付一句："我心里很急，你们两个最好不要出声！"

金碧华白了他一眼："我偏要讲话！陆雪亭，我和白薇之间的竞争，我胜出了！但我不想嫁给你，我曾经想过，现在改主意了，因为你不爱我，我也不爱你！"金碧华最后一句话说得很重。

陆雪亭耸了耸肩："谢天谢地。"

"我也要感谢你，你让我明白了嫁人不是嫁豪门，钱和爱情比起来一文不值，我要嫁给我的爱情！"

白薇看向金碧华，不禁笑了："嫁给爱情应该是最开心的事，金二小姐能够想明白这个道理，我由衷地替你高兴。"

金碧华转头，满脸歉意地看着白薇："白薇呀，我一直对你冷嘲热讽，也当面骂过你，背后下过绊子，对不起啊。"

"哪有的事，我从来没觉得，我们以后就是亲戚了。"

金碧华又说："对了，将来你要叫三婶的那个人，你可要有心理准备哦，是个乡下来的红头婆也说不定啊……"

陆雪亭知道金碧华是在嘲讽小蝉，扭头看向小蝉。小蝉没有回避陆雪亭的目光，反倒挺直了胸膛："我还是第一次坐汽车呢，好舒服。雪亭，我们是先去跟南兰小姐会合，还是去找阿海？"

小蝉的话气得后座的金碧华瞪大了眼睛，她没想到这么明显的挑衅，小蝉根本不接。

陆雪亭不无欣赏地看了眼小蝉："现在的关键是要找到天晴她们的下落，到底是被谁绑的，绑到了哪里，也就是说，消息最重要。南兰自然有她的办法，阿海身在江湖，也有他的门路，先不与他们会合，我们另辟蹊径，寻找情报！"

小蝉别过脸去："你说得真有道理！可情报是什么意思？"

见二人不搭理自己，金碧华实在忍不住了："陆雪亭，我刚才讲的话，你全当没听见吗？"

陆雪亭没好气道："人命关天之际，无关紧要的话最好别讲！"

几人到了一家咖啡馆，承诺给提供情报的人报酬，收集同样有女工走失的主家住址。

另一边，南兰一脚油门奔向总督府，下车后不顾门口女秘书阻拦，气势汹汹地走向总督办公室。星洲总督查尔斯身穿黑色绸缎西装，正坐在真皮沙发上和两个手下商讨问题。

门外快速的脚步声和女秘书的惊叫同时传来。门突然被推开，南兰径自闯入。身后的女秘书惊慌失措道："对不起总督先生，她是硬闯进来的……"

南兰喘着气，尽力平稳着自己的呼吸。

查尔斯起身迎上前，用一口流利的中文赞美道："哦，白天女，我太喜欢你这身打扮了，简直是我心目中最完美的东方女人应该有的样子！"

南兰调整好气息，淡然一笑："我根本就没来得及换衣服。"

查尔斯双手张开，姿势颇为夸张："那又有什么呢？每次见到，你的美都令我惊叹！"

南兰在查尔斯的西装上随手拍打一下，显然是老朋友间的问候："别光耍嘴皮子了，查尔斯，你的女神今天需要你。"

"哦？女神理当得到供奉，说吧，需要我为你做什么？"

南兰径直坐下，右手敲打着桌面："封海。"

查尔斯一愣："对不起，是我听错了吗？你能再说一遍吗？"

南兰厉色道："我让你封海，封掉进出星洲的所有船只！"

女秘书等人面面相觑，查尔斯意识到事情重大，挥了挥手，示意女秘书和两人退下。

听明南兰此行的目的，查尔斯哈哈大笑起来，笑声回荡在整间屋子："红头巾？你最好的朋友？"

"是的。"南兰表情严肃起来，"我实在不懂，查尔斯爵士，这件事好笑在哪里？"

查尔斯的笑声越来越大："抱歉抱歉，这是我今年听过最大的笑话，在我心中你一直是高高在上的，我无法想象你和红头巾站在一起是什么样子。"

南兰耐着性子："查尔斯，这件事对我很重要，我希望你不要让我失望。"

查尔斯还在贫嘴："好！你是我永远的女神，我会为你提供最大的警力支持，但是封海，这里面牵扯的事情太多了！"

"不需要太久，一天就够了。"

查尔斯耸了耸肩："为了几个红头巾和妈姐封海？太荒唐了吧？"

南兰语气强硬起来，用手咚咚在桌子上敲了几下："几个红头巾和妈姐？查尔斯，你怎么能说出这样的话来？你是星洲权力的巅峰，不能对生命这么淡漠吧？更何况，这些你看不起的女人们正在一砖一瓦地建设星洲，或是替星洲人做家务、做吃的，照顾他们的孩子！没有她们，就没有今天的星洲！你作为总督，可以不感谢她们，但至少应该尊重她们！"

查尔斯没了先前的幽默，正色道:“白天女说得对，但我友善地提醒你，我不能滥用权力，比如，封海。”

南兰起身，缓步走到查尔斯身边，轻声在他耳边说道：“查尔斯爵士，我亲爱的朋友，我也友善地提醒你，如果星洲出现贩卖女孩的丑闻，而你这个总督毫无作为，恐怕你不能愉快地度过剩下的任期，因为白天女会站在你的对面，与所有星洲百姓和你抗争到底！”

查尔斯赔笑道：“南兰小姐，我们是朋友，不是敌人！”

“那就想想办法吧，帮助你的朋友。”南兰微笑地拿起了电话，祈求之中带着淡淡的威胁。

查尔斯面露难色，没有接手的意思：“南兰，你这样让我很为难。”

“中国有句话叫人命关天，为了拯救那些被拐卖、随时可能会失去生命的女孩子，你做什么都是对的！”

查尔斯被南兰坚定的眼神震慑到，无奈接过了电话。

“我是查尔斯，我要下达一个很重要的命令，封海。是的，立刻封海，禁止所有船只出入星洲码头。”

挂断电话，查尔斯微笑着看着南兰：“这下你满意了吧，我的女神。可我还是不明白，你们东方不是对尊卑很有界定吗？这些卑微的女人真的值得你这样做？”

南兰神色坚定：“无论在东方还是西方，生命就是生命，每一条生命都有尊严，都值得受到尊重。我是白天女，专门为穷苦女人代言的神。记住我刚才说过的话，等你任期结束以后，我希望你把这些带回西方去，让你的家乡能够更了解真正的东方。”

查尔斯沉默良久，开口道:“南兰小姐，我会立刻调集所有的警力，封锁码头，逐一排查。还有军舰，我们的海军将在海上巡逻，搜查所有可疑船只，尽快救出那些女孩子。”

南兰伸出手，露出了友善的笑容：“谢谢你，亲爱的查尔斯爵士！”

第三十一章　无处可逃

昏迷中，天晴再次梦到了自己的故乡，那个她渴望爱、失去爱的地方。

梦中的她回到了自己八岁的时候。小天晴一步步踏上台阶，台阶的尽头是深深的河水，望不到小桥的终点。也许是饿了太久的缘故，小天晴走路摇摇晃晃，即将坠河之际，一只小鸟突然飞来，正是她救过的那只白花雀。

白花雀在半空中叽叽喳喳地叫着，小天晴一下充满力量，言语中满是希望：“小晴，你回来了，那我阿妈也会回来对吗？”

白花雀懂事地点着头，小天晴伸出手，白花雀飞回天晴手里。

小天晴走到神树下，磕头跪拜，期盼妈妈早日归来。

一阵鸟叫声，把天晴从童年拉回现实。一只白花雀，不知何时穿过仓库的铁网站上了窗口，它蹦着、叫着，仿佛在为天晴加油鼓劲。

天晴眯着双眼向白花雀的方向望去。远远的，白花雀黑色的眼珠仿佛在看着天晴。

天晴不敢相信，伸出手想要去摸："小晴，是你吗？你跟着我来星洲了吗？"白花雀又叫了几声，振翅飞走了，原来这一切都是天晴的幻觉。

见天晴醒来，美花和王巧玲赶紧拥了过来。可天晴还在说着胡话："小晴！小晴，你去哪里啊?!"

王巧玲和美花在一旁不知如何是好。

天晴晃了晃头，眼前终于清晰起来。她仔细地观察着所在的位置，想着整件事情的经过。

王巧玲上前摸天晴的头，高兴地大喊："太好了，不烫了！"

美花上前，一把将天晴拥在怀里："天晴，你吓死我了，要是让他们知道你发烧，你可就活不成了！"

"渴，我渴……"

王巧玲连忙去端水，天晴接过水碗大口大口地喝着。

仓库外，两只狗看见独眼阿飞叼着一支草棍走来，汪汪地叫了起来。

阿飞，一个三十多岁的壮年汉子，刀削一般的瘦脸上戴着一个单边眼罩，身着黑色的唐云纱，内里敞怀，穿着一件已经污糟的白汗衫，朝仓库走来。

听到狗叫，天晴知道有人来了，蹑手蹑脚地来到仓库门口，借着缝隙向外偷听。

守着仓库门的三个人贩子看见阿飞，连忙迎上，阿飞瞟了眼狗："你这狗怎么训的？这么爱叫？不怕招来人啊？"

刀疤脸哈着腰，连忙答应："阿飞哥说的是，我们再训……"

阿飞没给那人好脸："训？这种狗训得出来吗？咬人的狗不叫，叫的，杀了炖肉，下酒！"三个人贩子连忙点头，其中一人撸起袖子向狗窝走去。

阿飞来到门口，拉开小铁门往里瞅了瞅："几个了？"

斗鸡眼立马奉承着上前："十四个。"

阿飞一把将小铁门关上，气愤地指着三人："一共就要十五个，拖了这么久？再这么拖下去，发不了船了！你们几个给我听好了，今天晚上就再给我搞一个来，不然别怪我阿飞翻脸不认人！"

三个人贩子连忙点头，你瞅我，我瞅你，害怕极了。

天晴回过头看向王巧玲，王巧玲轻声道："听到了吧，十五个，现在还差一个，时间不多了，你的姐妹怎么还不来救我们？"

天晴十分肯定地答道："她们一定在想办法，但应该还没找到地方……刚才这个独眼龙应该是头目，他平时不在这里，外面平时几个人站岗？"

天晴与王巧玲对视一眼，心照不宣。

远处一个小喽啰飞快地跑来，气喘吁吁地喊着阿飞的名字。不知小喽啰在阿飞耳边咕叽着什么，阿飞蹙了蹙眉。

小喽啰继续说着："所有船都被要求留在星洲码头，警察和海军全出动了，排着队地搜查，还专门搜舱底啊！"

阿飞一愣，猜疑道："不会是冲我们来的吧？"

刀疤脸大手一挥："不会，里面这些不是女工就是妈姐，警察怎么会为了她们……"

斗鸡眼转了转眼珠，提议道："可是阿飞哥，警察一动，我们再去抓人肯定更难了，万一有个闪失……是吧？要不少一个就少一个吧？"

阿飞点了点头："也是，实在不行，十四个就十四个吧，今天夜里就走。"

王巧玲趴在门口，听到了几人的对话，心里恐慌极了。

"刚才我梦见了白花雀和老家的神树，那神树几百岁了，灵验得很，若它保佑，我们一定能逃出去。"说着，天晴环视着仓库里的十几个女孩子，又看向王巧玲，"你叫什么名字？"

"我叫王巧玲，福建人。"

"美花，巧玲，我们不能在这等死，既然没人救我们，我们就自己救自己！你们同意吗？"天晴虽体力不支，望向二人的眼神却异常坚定。

美花一向信任天晴，这次也不例外。

"好，那我们三个先找姐妹们一个一个地讲，只要我们十四个一条心，接下来就好办了。"

另一边，为了营救天晴等人，陆家、南兰都在出力，以阿海为代表的龙王帮也不例外。

龙王帮的小客厅里，阿海、林龙娇，刚刚来找阿海的阿贵、小翠以及一众小弟聚集在一起商讨对策。又有两名帮派弟兄跑进小客厅，向众人汇报着封海的情况。

林龙娇很是诧异，不知星洲谁人能有这般本领。

"一定是南兰小姐！她能耐大着呢！"

林龙娇不屑一笑："就是你现在的头家？能让星洲总督封海，可真是了不起啊。阿海，恭喜你啊，你跟对人啦！"

"娇姐就别笑话我了，现在我们已经查到，不是我老婆一个人被绑了，十几个啊，都是年轻的女孩子！除了做工的、妈姐，还有才到星洲来没找到活干的，几天之内这么多人一起失踪，这可不是一两个人牙子干的事！"

林龙娇点点头："阿海现在越来越有脑子了，我也觉得这件事跟星洲本地的帮派有关。"

阿海得意一笑："一定有的！兄弟们，谁愿意跟着我一条街一条街地打过去，看看是哪个帮派的人在当人牙子！"

林龙娇拿起枪擦了起来："傻子！打不了三条街，这么点兄弟就打光了！听我的，所有兄弟都到街上去，问清楚每一个丢了的女孩子是在哪里丢的，地方越清楚越好，不管是大街面还是小巷子，都先摸清楚再说！"

邝海生和一众小弟冲了出去。

林龙娇看着面前的阿贵和小翠："你们还没吃饭吧？"

看着面前杀伐决断的林龙娇，阿贵和小翠害怕得不敢说话。

林龙娇又问了一遍，小翠忙摆手。

林龙娇也不挽留："要是不吃饭你们就先回去吧，在这里也帮不上忙，万一也被人牙子绑走就麻烦了。"

阿贵、小翠点头致谢，麻利地跑回豆腐庄。

四个人贩子在仓库外候着，一边吃着狗肉，一边喝酒聊天。

突然，仓库内传来大声的呼喊："天晴！天晴！你醒醒！你不要死啊！"

刀疤脸连忙放下筷子："死一个？本来就不够呢，再少一个，阿飞哥回来还不打死我们呀？"

斗鸡眼也慌了神："快进去看看，死一个不要紧，万一得了那种会传染的病，都死了就麻烦了！"

四个人说着，打开了仓库的大门。

铁门打开了，斗鸡眼和一个小喽啰拿着棍棒走了进来。

"别哭了！摸摸这女人烫不烫？"斗鸡眼命令道。

王巧玲一边用手假装擦眼泪，一边假装去摸天晴的脸，夸张道："烫！烫得厉害啊！"

"烫就还没死，你号什么？"

王巧玲假装害怕，缩在一旁不说话。

人贩子小声嘀咕着，准备把天晴拖出去喂狗，说着就要上前拖天晴，手中的棍子自然就交到了一只手里。

看准了这个时机，美花和王巧玲突然冲向他们二人，抓住了他们手里的棍子。小喽啰一个踉跄摔在地上。没等二人反应，天晴猛地睁眼，运足力气踹出一脚，直中斗鸡眼的腹肚，斗鸡眼被踹了一个跟头。紧跟着天晴又去踹那个小喽啰。

众女子一拥而上，将两人按在地上，抢过棍子，就向两个人贩子抡去。

刀疤脸和另一个小喽啰看二人那么长时间还没出来，觉得不对劲，抄起家伙，刚打算进仓库看个所以然，就看王巧玲和天晴各拿了一根棍子冲了出来。

猛地对阵十几个女人，纵使是男女力量有悬殊，这两个男人也有点慌。只见刀疤脸突然恶狠狠地将匕首挥向天晴。

天晴一个侧身直接避开，但紧接着第二刀又快速落下。眼看天晴避无可避，就要被砍中，王巧玲一棍打掉了刀疤脸手里的匕首。刀疤脸吃痛大叫了一声，捂着手直喊疼。

天晴和王巧玲看准时机，又合力将旁边的小喽啰打倒在地。

“大家分开跑！快跑！外面会合！”天晴冲众人大喊一声。

众女子刚要动身，没想到几条恶狗从不同方向冲了出来，上前就撕咬女孩们的裤腿。女孩们的裤脚被恶犬撕扯着，有的还被咬中，哭天喊地，乱成一团。

大多数女人都被狗吓得退了回来，但天晴不怕，因为她知道，要是害怕就没有退路可走。一只恶狗凶猛地向天晴冲了过来，被一脚踹开，恶狗被踹得哼唧了两声，又上前想要撕咬天晴。天晴举起手里的棍子就要往恶狗身上打去，突然，恶狗却乖乖地躲开了。

王巧玲和美花跟在天晴后面，难以置信地看向天晴。

美花疑惑道：“奇怪，为什么这些恶狗不怕别人，却都怕你呢？”

天晴手中紧紧握住棍子打量着四周：“它可不是怕我，它是怕挨踢，也怕我手中的棍子，这狗都会捡软柿子咬。”

看着女孩们四处逃窜，王巧玲无奈道：“那现在怎么办？这边还有那么多条狗，她们也不能都像你一样。”

天晴略加思考：“我们三个找机会先跑出去，再去找警察来救她们，大家不能都待在这边。”

说时迟那时快，三人趁着人贩子不注意，飞快地向远处跑去。

而剩下的十余个女孩则迅速被人贩子们拿下，轰赶着关回了仓库。

天晴三人铆足了劲跑到了一处丛林中，天色阴沉，草木高大却不易隐藏，处处都透露着诡异。三人一刻也不敢停留，向大路上跑去，时不时地回头看有没有人追上来。奔跑中的三个女人，脸上表情各异，但唯一相同的是劫后余生的惊恐，和狂奔的疲惫。

突然，美花大叫一声，她的脚被地上的绳套套住，咕咚摔倒在地。

天晴听到美花的摔倒声，回头望去，草中又站起了一个人，正是人贩子阿飞。

阿飞愤怒地说道：“敢跑？你们这些娘们，吃了豹子胆了，我绑回来的女人还没有一个能从我手里跑得了的呢！不让你们吃点苦头，你们不晓得我阿飞的厉害。”

天晴和王巧玲对视一眼，还没等天晴说什么，王巧玲就已经迅速地扭身向一个方向跑去。天晴会意，立刻往不同的方向跑。

看着两个女人朝不同的方向跑去，阿飞想了想，便去追天晴。

高高的草木中，逃跑的天晴，追赶的阿飞，一刻都没停下过。直到跑到一个礁石林立的海边沙滩上，天晴实在无处可跑了。

天晴见此情况，扭身想跳海，却被阿飞一个箭步上前抓住，猛地摔在地上。天晴使出浑身力气与阿飞搏斗，但根本不是对手。

两人的搏斗中天晴显得格外狼狈，阿飞始终占上风，一拳又一拳打在天晴脸上。终于，天晴坚持不住了，满脸是血地倒在地上。

阿飞唾了一口，抓起天晴的一只脚，嘴角流血的天晴被拖着走，奄奄一息。

另一个方向的王巧玲飞奔着，根本没有人追她。王巧玲边跑边回身看，感到了生的希望。

远处，一辆汽车缓缓驶来。王巧玲拼命地冲上前拦住车，大喊着："救命啊！救命啊——"

一个大胖子看到王巧玲这个情况，开门从车上下来。

王巧玲急促地喊道："先生，快救救我啊！求你救救我，我被人牙子绑了！"

大胖子正是帛兰街虎哥，虎哥微笑着看着王巧玲，诡异地笑道："好呀！"突然伸手，一个锁喉掐住王巧玲的脖子。王巧玲瞬间窒息，红了脸，瞪大了眼睛，无力挣扎着。

奄奄一息的天晴、美花和王巧玲再次被绳子捆了起来，重新被扔回仓库里。铁门又被咣的一声关上。

美花哇地哭了出来，整个仓库接二连三传来低沉的哭泣声。

虚弱的天晴再次睁开眼睛，看向不远处同样目光倔强的王巧玲，二人苦笑着对视一眼，惺惺相惜起来。

门外阿飞殷勤地走向虎哥："虎哥，幸好你来得及时啊，不然这下就被这几个丫头片子跑掉了。"

虎哥摆了摆手笑道："小事情，跟我一起去三藩。那位少堂主怎么讲呀？"

阿飞一撸袖子，不屑道："我根本没告诉他，小孩牙子还想管我？笑话！"

"那就讲好了，今天夜里就走。"

阿飞点了点头，抱拳道："说好了，我阿飞今后就跟着虎哥了，刀山火海，万死不辞！"

虎哥拍了拍阿飞肩膀宽慰道："好兄弟，我先回趟家，晚上见。"说完虎哥就上车走了。

阿飞见汽车远去，转身脸就阴了下来："把门打开！"

刀疤脸打开门，阿飞带着几个手下气势汹汹地进了门。

阿飞扫视了一圈，指着天晴道："把她拉出去，分尸喂狗！"

女人们听到这话，全部都吓坏了。

刀疤脸坏笑道："啊？飞哥，这女孩子挺靓的，我看挺值钱的，就拉去喂狗岂不可惜？"

阿飞斜瞥了天晴一眼，道："你看看她的眼神，她不服啊！怎么打都不会服，她就是领头的，闹事的，错不了！你们说，逃跑是不是她的主意？这个头头还留着干吗？"

在阿飞的震慑下，很多女人生怕下一个被拉去分尸的就是自己，不自觉地点着头。

阿飞嚣张道："你们几个都看见了吧？不杀鸡儆猴，这一路上她们能认命？"说完，阿飞便走向天晴，亲自去拖她。

美花躲在角落浑身颤抖，小声叫着天晴的名字。王巧玲目光呆滞，已然放弃希望。

阿飞站到天晴面前，居高临下瞪着她，可天晴仍没有半分求饶的意思。

"你要死了，别怪我，要怪就怪你自己，不会服软。"

天晴啐了阿飞一口。

阿飞笑得更加残忍："拿刀来，我就在这里下手，让她们都看着，我看看哪个还敢跑！"说着斗鸡眼将一把杀猪用的尖刀递给阿飞。

美花哭出了声，王巧玲紧咬着嘴唇，眼泪簌簌地落下，仓库里其他的女孩子见状都吓得哭了起来。

"阿飞——"一个与阿飞年纪相仿的人站在仓库门口，向阿飞招手。

阿飞只好放下刀，向外走去。刀子往地上一甩，就扎在天晴的脸旁，天晴惊出一身冷汗。

那人在阿飞耳旁小声嘀咕着，阿飞皱了皱眉头："我要是不去呢？"

"阿飞，你还是去一下吧，要不所有跟过你的兄弟都得倒霉，再说，本来没有什么证据，不能把你怎么样，可你要不去，那就是抗命，按堂里的规矩，可就不好办了。"

阿飞咬着牙，唾了一口："小孩牙子，当年我就应该找机会弄死他！"说着，阿飞回头叮嘱二人，"把她们看好了，别再出乱子！"

刀疤脸和斗鸡眼连忙点头，随即跑到天晴身边，把刀一下拔了出来，故意在天晴脸前晃了几下："让你多活一会儿，老实点！"

门再一次被关上了，美花和王巧玲爬向天晴，三个人都泪流满面。

第三十二章　阿海闯堂

咖啡馆里，陆雪亭等人忙活了半天，还在收集信息。

一名印度人叽里呱啦说了半天，但说的东西跟人牙子毫无关联。

陆雪亭听不下去，不耐烦地摆了摆手："行了行了，小蝉，给他钱，让他走吧！"

小蝉不情愿地把钱递了出去，印度人千恩万谢地走了。

地图上已经被白薇画得满满当当，白薇边收拾工具边道："信息已经足够了。"

"好，我们走，现在可以找南兰和阿海会合了。"还没等陆雪亭起身，门突然打开，阿海带着龙王帮十几个兄弟走了进来。

阿海一愣："陆兄弟，你怎么在这里？"

陆雪亭也吃了一惊："哎，阿海兄弟，我正要去找你呢，你怎么来了？"

"兄弟们一大早就去四处打探，说好了在这聚齐，没想到碰一起了。"

陆雪亭激动地拍掌："太好了，就把我们的消息整合一下，来！"十几个人迅速围在一起，七嘴八舌地说着自己的消息。

林龙娇跟在阿海后面，慢悠悠地进了门。看着一群人讨论得热火朝天，她懒得上前，四下瞅了瞅，却意外发现了金碧华的身影。

金碧华也看到了林龙娇，激动地站起身叫着阿娇，林龙娇微微点头，冲金碧华打了个响指。

服务员上了两杯咖啡，摆在金碧华和林龙娇面前。金碧华百般无聊地搅着咖啡："我可真是没出息，明知道他不爱我，可我就是想跟着他。阿娇，你看看他这副贱德行，星洲最有名建筑商陆家的三少爷，为了个红头婆的事，在这里三教九流的谁都见，还号称是在寻找情报？真是可笑！我就这么跟着他，他却当我是空气，看都不看我一眼……"说着，金碧华戳了戳林龙娇，不太明白林龙娇为什么也在这里。

林龙娇看了一眼不远处交流情报的邝海生，耸了耸肩："还不是一样。"金碧华大吃一惊，以为林龙娇也和陆雪亭交往过。

"什么呀？没脑子的货。"林龙娇嘟囔着骂了一句。

"又骂我！"金碧华噘起嘴，用镊子夹起一块糖放进了林龙娇的咖啡里。

林龙娇放下咖啡："我不喜欢放糖。"金碧华却又放了一块。

"我说了，我不喜欢放糖！"

"要放三块糖才是一杯完美的咖啡。"说完，金碧华夹起第三块糖，放进林龙娇的咖啡杯里。

林龙娇气得直瞪眼睛，金碧华仿佛根本没看见："你试试，不会错的，我喝咖啡从来都是放三块糖的！"

金碧华又向自己杯里放了三块糖，满脸笑意地举杯："干杯！"

林龙娇气得直仰脖，把头扭向了阿海那边。

众人的讨论终于有了结果，阿海指着地图总结道："你们看啊，这条街就是天晴出事的地方，还有这条路上……这条街……这个路口，也都确定有人被绑，而且每个地方不止一个。我粗略算了一下，这五天内，星洲就已经丢了十二三个女孩子，也许更多！"

白薇看着地图盘算着："观盛前街，槟榔街，甲必丹街……"

陆雪亭看向阿海："这些都是不同帮派的地盘？"

"对，嫌疑最大的就是我刚才说的那四个帮派。"

陆雪亭严肃道："阿海，你我各挑两个，上门去让他们说清楚，你先挑。"

没等邝海生说话，不远处的林龙娇不屑道："小白脸，你太狂了吧？你以为星洲的帮派都是你家开的咖啡厅啊？那些地方，你能活着进去就不容易，但绝没可能活着出来。还有你呀阿海，就凭你，哪个你也惹不起！”

“娇姐，这四个帮派我也不打算惹。”

陆雪亭、白薇和小蝉不可思议地看向阿海。阿海挑了挑眉，将手按在地图中间：“我打算去万鹤堂。”

林龙娇走了过来，疑惑道：“万鹤堂？没有女孩子在万鹤堂的地盘上出事啊？”

阿海在地图上比画着：“出事的四个地方分别归四个帮派管，但你们发现没有，所有出事的街道，相邻的都是万鹤堂的地盘。”

陆雪亭提议同阿海一道去万鹤堂，林龙娇却一口制止：“万鹤堂是星洲第一大帮，老堂主为人正直，威信极高，刚刚才过世，人家正在办丧事，你们去兴师问罪，还是这种事，不等于送命吗？”

“阿娇小姐，那怎么办啊？”小蝉在一旁干着急。

林龙娇想了想：“阿海，你跟我回去找我哥商量一下，让龙王帮先送上拜帖，等人家什么时候有空了，咱们再登门。”

小蝉追问着具体日期，林龙娇无奈地表示丧事办完还得几天。

阿海可等不了，忙说：“来不及了，娇姐，我知道你是为我好，我好歹是混过江湖的，也晓得万鹤堂的名气，规矩多嘛，动不动就要砍人啦，我们这么多人去肯定不行。我不打着龙哥的旗号，也绝不会给龙王帮招惹是非，我邝海生去找老婆，总行吧？”

“阿海，我知道你对那个红头巾动了真情，可犯不上搭上命吧！”林龙娇更担心阿海的安全。

“天晴要是死了，我阿海活着也没意思。”阿海语气异常坚定。

陆雪亭为缓解紧张的气氛，笑了笑：“我跟你一起去，我不是什么江湖人物，也不管他的名气和规矩。万鹤堂，叫这么清雅的名字，总不会是阎王殿吧？”

白薇起身，准备同众人一起去。小蝉犹豫着，但还是开了口，也要一起走。

陆雪亭阻止道：“你就别去了，你们这些女工在星洲毕竟没有社会地位，讲话人家也不会听，而且人多反倒会麻烦。阿海，我去开车，我和白小姐陪你。”

阿海点着头向外走，林龙娇大喝道：“邝海生，你不能去！我打赌你有去无回！”

阿海猛回身，同样吼着：“连老婆都保护不了，我活着有什么用？我非要闯闯万鹤堂不可！”阿海和林龙娇相识多年，这是他第一次这般跟林龙娇说话。

“你……”所有人都傻了，尤其是龙王帮的兄弟们，更是瞠目结舌。

阿海缓了缓语气：“对不起娇姐，辜负您的一番好意，龙王帮对我的大恩大德，阿海来生再报。”说着冲林龙娇鞠了一躬，转身毅然决然地出了门。

小蝉迈出了脚步，但是一想到凶险，她还是更担心自己的安危，扭头跑回豆腐庄和众姐妹会合。

林龙娇目视阿海走出咖啡厅，再也装不下去，捂住嘴流下泪来。看着伤心的林龙娇，金碧华上前拍着她的肩膀。

不知何时，天空忽然下起了大雨，负责守着仓库的四个人贩子躲在棚子里避雨。被关着的女人们也都听到了雨声。天晴绝望地看向窗外，梦中白花雀站过的地方只有淅淅沥沥的雨。

陆雪亭一脚油门将车开在万鹤堂门口，大雨也未阻挡三人的步伐，三人淋着雨走进万鹤堂，以往威严的万鹤堂如今一幅遗像，挂在正厅。

大厅门口的房檐下，一名万鹤堂小弟在一中年女人面前汇报情况。

女人皱了皱眉头："闯堂？哪个帮派的，来了多少人？"

"还有个女的，但好像就一个是江湖上的人，叫邝海生。"

女人不屑道："哪来的无名小辈也敢闯万鹤堂？"

"他说他老婆被人牙子绑了，怀疑那人牙子跟咱们万鹤堂……"

"原来是这件事。你先应付一会儿，我去跟少堂主讲。"说着，中年女人转身进了大厅。

厅内，一个身材高挑、穿着重孝的英俊青年看着面前的中年女人，叹了口气："我就说嘛，没有不透风的墙，果然有人找上门来了。幸好我们先有察觉，不然人可就丢大了。那个阿飞来了吗？"

原来眼前的男子正是万鹤堂少堂主叶鹤鸣，他的目光清澈，竟不像帮派人士。

那中年女人常玉蝶微微躬身："应该在路上了，我想，他不敢不来。"

听罢，叶鹤鸣起身往外走。外间，叶鹤鸣在离灵堂有些距离的地方坐下。大厅里，七八个武人个个威风凛凛，常玉蝶跟着的叶鹤鸣倒像个文弱书生。腰间也挂着孝的常玉蝶大声喝道："何人闯堂？放他进来！"

阿海为首，陆雪亭和白薇一左一右进门，三人头上肩膀上都湿透了。

常玉蝶呵斥道："哪来的无名小子，还不跪下给少堂主磕头！"

阿海自是不会磕头，刚要说什么，却一把被白薇拉住。白薇示意阿海先别着急，随后上前两步："诸位好，我是从上海来的白薇，初到星洲，有些规矩不懂，但见万鹤堂挂了孝，听说是老堂主病故不久，我们能否先拜祭一下老人家？"

白薇言辞诚恳，叶鹤鸣自是没理由拒绝，起身示意三人祭拜。

三人一一上前给老堂主上香，鞠躬行礼。叶鹤鸣行孝子礼，深深地鞠躬。礼罢，叶鹤鸣回坐在高堂之上："既然不是闯堂，是来做客的，那就请坐吧。"

阿海三人落座，没等三人说话，常玉蝶率先出声："你们有什么事？"

阿海捋了捋袖子，一脚踩在椅子上："我老婆被绑架了，除了她还有十几个女孩子，我查了地图，虽然她们被绑的地方都不是万鹤堂的街面，却都跟万鹤堂挨得很近。所以我阿海今日冒犯，擅自闯堂，就是想请你们给个说法！"

阿海话音刚落，几个彪形大汉猛地起身。白薇连忙解释："阿海！人家拿我们当客，你讲什么闯堂啊？"

阿海一股脑说出自己的来意："做客也好，闯堂也罢，反正已经大不敬了！老婆已经失踪一天了，生死不知，我心里着急！我不会讲话，还请你们原谅！我也没有什么明确的证据，但十几个女孩子失踪，到现在一个都找不到，这么大的事，在星洲恐怕除了万鹤堂，别人也做不到吧？所以我就找上门来了。我知道你们万鹤堂规矩多，对我爱怎么样怎么样，但是必须把我老婆放了！"

叶鹤鸣默默观察着阿海，没有说话，但阿海的做派，倒是让常玉蝶有些顾忌："这位兄弟在哪谋生啊？"

"我就在街上混饭的，没在哪谋生！"

一名小弟走到常玉蝶耳边低语着，常玉蝶一改之前的忌惮模样："哦，龙王帮的？老堂主升天，林龙青倒是带他妹妹来磕过头，可不知道你们龙王帮还有你邝海生这号人物啊？"

"我今天来跟龙哥没关系！"

"既然是在街上混的，就应该知道我们万鹤堂是什么地方。当人牙子、绑女孩这种事，我们从来不做！老堂主仙逝，少堂主是登报发过声明的，万鹤堂从此不再过问江湖上的事，你难道不看报纸吗？"

阿海一时语塞，常玉蝶继续道："你若是看了报纸，今天来便是挑衅，把命留下再走！若没看，老堂主发丧期间闯堂捣乱，先自己卸掉一条胳膊吧，不然连你这两位朋友就都别走了！"

这话听着着实吓人，阿海急了眼，一拍桌子吼道："你们别仗势欺人！说你们万鹤堂不做绑票的事，我也得信啊！就算你们几个不做，你们下面那么多人，你能保证个个都不做吗？"

常玉蝶和叶鹤鸣对视一眼，脸上都有些难看。

阿海拍了拍胸脯道："把你们万鹤堂的人都叫来，让我挨个盘问一遍，若是没人绑我老婆，我自会把命留下！我邝海生一言九鼎，决不食言！"

"想叫万鹤堂所有兄弟来跟你对质……"说着常玉蝶看了一眼身旁的彪形大汉们，"之前有过这规矩吗？"

"有！先自己剁下一只手来，我们就召集人！"说着，大汉将一把刀哐当一下扔在地上。

常玉蝶厉色道："听见了吗？这就是我们万鹤堂的规矩。"

"这叫什么规矩！"陆雪亭急了，刚上前两步，两把枪就顶到了他的头顶。

持枪大汉大吼一声："小白脸，你不是江湖人，闭上嘴，退后！"

陆雪亭无奈举起双手，向后退步。白薇手里紧紧地攥着绸缎小包，但此时根本不是动武的时候。

半晌，阿海突然道："你们说话算数？"

“万鹤堂从来没有说话不算数的时候。”

“好！”说着阿海将手放在地上，顺势抄刀就要剁。

白薇突然大喊：“等一等！少堂主，这位大姐，阿海也是心急，若有冒犯还请你们原谅。他原本是江湖人，可现在不是了。”

邝海生不解，疑惑地看向白薇。

“他在给女神酒店的头家南兰小姐盖房子，不是吗，阿海？”白薇冲阿海使着眼色。

“啊，是啊！”

“他已经退出了龙王帮，做起了正经事，所以对他，不应该按江湖规矩。”

听到这里，常玉蝶不屑地笑了：“这位小姐可真厉害，搬出了南兰，吓唬我们？我知道她有钱有地位，可万鹤堂是谁能吓得住的吗？”

白薇也不回避，淡然一笑：“吓唬这个词怎么讲啊？我只是陈述事实。阿海，你已不是江湖人，把刀扔了，我们跟少堂主讲道理。少堂主一看就是个慈悲善良的人，他要你一只手又有什么用呢？”

阿海看了看白薇，又看了看一直不说话的叶鹤鸣，支支吾吾道：“白小姐……”

白薇拿准了叶鹤鸣的性子，斥责道：“都怪你，在江湖上混久了，一进门就说什么闯堂，不然人家对待客人，哪有这砍手的残忍规矩？”

阿海会意，站了起来，一下把刀扔在了地上，所有的大汉都向前一步，面露凶光。

叶鹤鸣也觉十分有理，低声对常玉蝶道：“为了家人不顾自己死活，值得敬佩。算了，反正阿飞已经在路上了，等他到了，就让他们两个当面对质吧。”

话音刚落，外面突然传来喊声：“阿飞到——”

阿飞昂首阔步进了门，从三人面前经过。阿飞的凶相让阿海等人多少有些畏惧。

阿飞走到叶鹤鸣面前，抱了抱拳：“少堂主，您找我有事？”

“阿飞哥，最近星洲地面出了些事，你听说了吗？”

“哎，这么大的星洲，哪天不出事啊？您说的是哪一桩？”

“女工和妈姐被绑的事。”

“哎哟，有这事啊？还真没听说。”阿飞面不改色心不跳地撒着谎。

叶鹤鸣质疑道：“不是你做的吧？”

被人看破了心事，阿飞有些恼火：“这是什么意思？你是少堂主，你说什么就是什么呗。”

阿海坐在一旁忍不住了：“原来是你绑了我老婆，快把我老婆交回来！”

阿飞侧眼看去，见一个无名小卒在正厅放肆，突然一个大嗓门：“这是星洲第一大帮万鹤堂！这名头是兄弟们拼了命、一仗一仗打出来的。现在一个外人，敢对自家兄弟吆五喝六，没人管啊？老堂主一死，万鹤堂就不再是万鹤堂了吗？”

阿飞大声嚷嚷着，完全未将已逝的老堂主放在眼里，更不必说少堂主叶鹤鸣。

叶鹤鸣一脸淡定，常玉蝶可不惯着他：“阿飞！吆五喝六的是你！少堂主面前，你像什么样子？”

“哟，玉蝶姐，你训斥得好！”阿飞阴阳怪气，说着，猛地往下一拉脖领子，白背心下露出身上的刀疤，“我阿飞为万鹤堂上过刀山，下过火海，你呢？你算什么东西！”

常玉蝶气得脸色发青，刚想说些什么，阿飞又阴阳怪气：“难怪有兄弟说少堂主还在吃奶，要不怎么就轮到你在万鹤堂指手画脚了？”

阿飞转头要走，叶鹤鸣上前阻拦：“等一等阿飞哥，就算看在我父亲的面上，也请你给客人们一个答复，不然人家不走，万鹤堂岂不是难堪？”

阿飞很不耐烦，叶鹤鸣恭维道：“你是万鹤堂的老兄弟、大功臣，这么简单的事你不该推辞吧？”

“让我给他答复？好啊！可就按闯堂的规矩，他能打赢我，我就如实说，要是被我打死，那可就白死啊！”说着，阿飞瞪向阿海，“小子，你敢吗？”

“敢！”阿海也不㞞。

“那，来吧！”

眼见二人就要动手，常玉蝶喝道：“等一等！灵堂在此，外边打去！”

常玉蝶和叶鹤鸣走出了大门。一众万鹤堂打手早已在门口站好，白薇和陆雪亭也站在另一侧。阿飞和阿海僵持着，大雨滂沱，很快打湿了二人的衣襟。

阿飞挑衅地冲阿海勾了勾手指，二人厮打起来。阿海功夫并不高明，左勾拳、右勾拳，全都打了空。阿飞看着阿海三脚猫的功夫，一个侧踢直中阿海腰部，阿海无力招架，忙向后退了几步。阿飞不想再耽搁，一个重摔将阿海摔倒在地，用膝盖抵在他的上身，顺手抄起匕首就要刺向阿海。

白薇连忙喝止，从绸缎包里掏出手枪，对准阿飞。可立刻有两把枪顶住了她的后脑勺。白薇不敢轻举妄动，待在原地寻找时机。

叶鹤鸣轻飘飘地来了句：“这种事不许第三个人插手，更不许用枪。”

白薇愤愤不平道：“可是不公平，阿海没有武器！”

叶鹤鸣向身旁看去，一名大汉立刻将一把匕首扔在了阿海身前。

阿海捂着肩膀，捡起匕首不顾一切地向阿飞刺去。可阿飞是用刀高手，阿海哪里打得过。刀光中，阿飞一刀刺中阿海的肩部。又一阵乱打，阿海腿部又中了一刀。阿飞套路不断，一个侧转，阿海的后背被划了一个大口子。

阿海终于支撑不住，哐当一声倒在地上。

阿飞一把揪住邝海生的脖领子将他提起，挑衅道：“你老婆确实在我手上，我会把她卖到三藩去，那的洋人喜欢中国女孩，一天能帮我赚不少钱呢……”

“我老婆在哪里？把我老婆交出来！”阿海胡乱抡拳，可根本打不到阿飞。

阿飞放肆地笑着：“就你这本事，也配有老婆？我这就送你上路，到了阴间，让阎王爷再给你找个老婆吧！”说着，阿飞一刀就要刺向阿海的要害。

千钧一发之际，一个白影闪到阿飞面前，紧紧抓住了阿飞的腕子。

阿飞瞬间脸色通红：“少堂主？”

“为什么干这种事？”

“我们是黑帮！你这不让干，那不让干，我靠什么赚钱，靠什么养兄弟们？”

叶鹤鸣摇了摇头：“败类，若我爸还活着，也会清理门户的。”

阿飞企图用手反抓叶鹤鸣：“叶鹤鸣，小孩牙子，你够狠……”说着，阿飞嘴角已经淌出血来。

阿海抬头向阿飞看去，原来叶鹤鸣早已抓着阿飞的手，翻腕将刀插进了阿飞的胸膛。叶鹤鸣向前一送，匕首插得更深了。阿飞面目狰狞，凶狠地盯着叶鹤鸣，直愣愣地倒在了地上。

阿海受此惊吓，险些摔倒。陆雪亭连忙冲过去，架住阿海。

四个万鹤堂帮众跑出，用竹席为阿飞草草收尸。

雨停了，成团的乌云已经飘远，日光透过云层照在雨后如洗的星洲。星洲的天就是这样，阴晴不定。

叶鹤鸣抬眼看着天，长吁了一口气。

常玉蝶在旁喃喃道：“阿飞一死，太阳就出来了。”

“看来阿飞是死有余辜，少堂主杀得对！”

“他早就不服管了，今日不死，日后不定还会闹出什么事来。”

“恶有恶报！”

叶鹤鸣向众人抱拳，以示感谢。叶鹤鸣又转向邝海生三人，屈身抱拳：“三位，对不住，其实万鹤堂已经查到了一些蛛丝马迹，只是不能完全确定。我也派人暗查过阿飞管的地盘，没找到那些女孩子。”

阿海仿佛又活了过来：“那现在他死了，我去哪里找我老婆呀！”

“阿飞最近跟帛兰街虎哥走得很近，好像这次去美洲，也是跟老虎同行。我只能帮你们这些了，我有重孝在身，不能跟你们去救人，抱歉。”说完，叶鹤鸣径自往院里走，下意识地瞟了一眼白薇。

常玉蝶也向阿海三人抱了抱拳：“我这就算是替少堂主送客了。”

白薇也正在注视着叶鹤鸣。二人相视一眼，白薇报以感谢的微笑。叶鹤鸣礼貌地点了点头。

得到确切消息，阿海不顾身上的疼痛，兴奋起来：“帛兰街……老虎……我老婆有救了，天晴有救了！”

正要回院的常玉蝶猛地驻足，转身冲向邝海生："你老婆叫什么？"

"天晴啊。"

"姓什么？"

"姓欧阳，叫欧阳天晴。"

常玉蝶浑身颤抖，不敢相信："广东三水人？"

"对，刚刚过番来做红头巾的。怎么？大姐，你认识我老婆啊？"

"不认识，不认识……"常玉蝶猛地转身，可那一瞬间，眼角似有泪水。

得到消息，三人马不停蹄地朝帛兰街驶去。路口，眼见林龙娇带着十几个兄弟守在那里，陆雪亭踩了个急刹车。

阿海一瘸一拐地走下车，看见兄弟们都带着家伙，一时摸不着头脑。

兄弟们嬉笑着："娇姐，海哥活着回来了！"

林龙娇上前查看，嘴巴却不饶人："就受这么点伤？你小子命够大的呀！"

一个兄弟说道："娇姐带着兄弟们说要来给你帮忙，结果龙哥派人追来，不让我们带家伙进万鹤堂的地盘，我们就只能在这等啊，娇姐都急哭了！"

林龙娇说："你闭嘴！怎么样，找到你老婆的下落了吗？"

"帛兰街老虎，他是主谋！"

林龙娇一把掏出裤腿里的枪："万鹤堂我们惹不起，百虎堂就没什么好怕的了。兄弟们，老虎干出这种丧尽天良的事，咱们占理，灭了他去！"

兄弟们齐声应和，一帮人气势汹汹冲向百虎堂。

第三十三章　雨过天晴

酒店里，郑千被五花大绑地捆在地板上，但他半倚半靠很是悠闲，反而是端着枪的桃姐累得有些抖。自南兰出门，桃姐一直保持这个姿势，生怕这个江洋大盗逃跑。

看着桃姐窘迫的样子，郑千不禁想笑。

"不许笑！你有一点不老实，我就打碎你的脑袋！"

郑千仍是一副吊儿郎当的样子："哦，不，我这种臭海盗很脏的，我的血崩在你身上，多恶心呀！管着这么大的酒店，你没别的事可做吗？"

"少废话！小姐让我看着你，你别想跑！"

说话间，南兰推门进来。桃姐总算松了口气："你可算回来了，这个海盗很不老实，把他交给警察吧！"

“警察没空管他，都在帮忙找天晴。”

郑千取笑道：“嘿，刚才下雨了，我以为台风真的来了呢。可这么快怎么就停了？你不会作法失败了吧？”

南兰耸了耸肩，很是得意：“正相反，现在没人能带那些被绑的女孩子离开星洲了。”

郑千苦笑着：“白天女，我让你刮台风，不是让你封海啊！”

“有什么区别？反正船只不许进出，那些女孩子运不走，我们就争取到了时间去营救她们呀！”

郑千哼了一声：“天真，刮台风所有船只都无法出行，而封海只能拦住大客船，拦不住暗港的小船啊！就比如我……”

看见南兰吃惊的神情，郑千继续道：“如果我是人牙子，你封了海，我会立刻警觉，现在就把人运走！”

“不可能，查尔斯已经派出军舰，在海上巡逻了。”

“那些军港里的海军老爷一定都在俱乐部里喝酒跳舞，我打赌他们把船开出军港，起码要等到明天早上！就算真的被军舰拦住，那些人牙子会等着被搜查出来吗？他们会杀掉所有女孩子，扔进大海！白天女，你这样不是在救你的朋友，是在害她们早点死啊！”郑千越说越气，轻松一抖，便将手上和胳膊上的绳子抖开，然后用手里的刀去割身上的绳子，动作干净利落，旁若无人。

南兰瞪大眼睛，很明显，郑千手和胳膊上的绳子早就被解开，而刀是从哪来的，她根本就没看见。

“哎哎哎，臭海盗！”桃姐的枪直顶向郑千的头，近在咫尺。

“哎呀大姐，你这枪举了两个小时了，累不累呀？别装了，我早知道你枪里没有子弹的！”

听郑千这么一说，桃姐下意识去看枪。只那么短短一瞬间，郑千一把抓住枪，夺过来，随手一拉枪栓。

“哇，真有子弹啊？”郑千得意一笑，一抬手将枪对准了南兰，“白天女，你就不怕她走火打死我？”

一见郑千将枪对准了南兰，桃姐连忙挡在南兰身前。

“哦，大姐，你的忠诚让我感动。南兰，想救你的朋友就跟我走，我知道一个地方，是星洲最隐蔽的暗港，当然，也是唯一的。我们得尽快赶到那里去。我的飞刀呢，大姐，麻烦帮我拿一下！”郑千完全不拿自己当外人。

桃姐不情愿地看向南兰，南兰点头示意：“就算我不信，他现在杀了你，绑架我，还不是一样？”

郑千欣赏地点了点头：“白天女就是白天女，智慧和勇气都高于常人。”

南兰不再犹豫，跟着郑千前往暗港海边的红树林里。郑千一手提着双管猎枪，一手拉着南兰的手。

看着暗港上的几条船和虎哥的两名手下，郑千得意一笑：“应该来得正是时候。”

“哪条是你的船？”

“我的船藏在树林深处，停在外面不是早就被人偷走了？”说着，郑千自信地指了指远处，“你信不信，这两条船应该就是带着那些女孩出海的。”

“这么小的船能划到美洲大陆？”

“当然不能！只要离开星洲，公海上自然有大船接应，做非法生意的都这么干，他们从来就不会走港口的。”

“所以封海并没有用……”

“现在你明白了？”

南兰无奈地点了点头。

豆腐庄内，众姐妹在院子里焦急不安地来回走着。

面线伯走进院里，四处张望着。玲姐见状从楼上跑下：“你有什么事等我出去说不行吗？”

“不是我的事，是有个叫来福的找小翠。”

玲姐凤目圆睁：“轰他走！要不是因为来福和小翠的事，哪会出这么多乱子？”

“玲姐，先别生气，人家是来找小翠的，让我传个话，我怎么轰啊？”

“那我去！”玲姐冲出门，顺手抄起一把扫帚，照着来福身上就抡，“走！以后别来豆腐庄！”

来福没头没脑地躲着，小翠见状冲了过来：“玲姐别打！不是来福的错，都怪我！都怪我贪财，没见过世面，看这银镯子好，想戴几天美一美。我跟来福根本没事，这镯子是来福让我给美花的，他看上的是美花，想让我替他求亲……”

玲姐愣住，来福更是不明所以。

“来福，我对不起你！”

“到底怎么了？”

玲姐放下手中的扫帚，低语道：“美花让人牙子抓走了。”来福一下慌了神。

恰好此刻小蝉赶回豆腐庄，和众人说明情况，便一同出了门。

白薇和陆雪亭不是帮派人士，也不好参与到帮派斗争中，只能在原地焦急等待。眼见林龙娇、阿海带着一众兄弟从百虎堂方向跑来，陆雪亭赶忙上前询问。

阿海上气不接下气道：“没人，老虎早就跑了，他的什么百虎堂，还有家里边都没人！”

小蝉也带着七八个男工和一众红头巾赶来。一时间，近百人聚在路口。

男工为首的正是来福："怎么样？找到美花她们没有？"

林龙娇摇了摇头："没有，根本没人知道老虎把那些女孩子藏到哪里去了。"

来福喃喃道："哪个老虎？百虎堂那个胖子？"说着来福回头问身边的工友，"老陈，我们是不是给他盖过仓库啊？

"对，前年的事，挺偏僻的，靠近海边！"

阿海眼睛一亮："来福，你能找到那个地方吗？"

"能啊！"

白薇也觉得那里正是藏人的好地方。众人不再耽误，由陆雪亭开车，来福坐上副驾指挥，白薇、阿海、林龙娇挤上后座一同去寻找。七姑娘和玲姐拉住小蝉，几十号人满是期待地看着汽车远去。

虎哥从百虎堂撤退，和两个人连忙朝仓库出发。一下车，四个人贩子迎上。

虎哥没工夫搭理，匆忙指挥人手："赶紧！把所有女人押上走！"

刀疤脸疑惑道："啊？不等阿飞哥了？"

"阿飞已经去见阎王了，你想追着他去啊？"

四个人贩子大吃一惊，虎哥急得直跺脚："连我的百虎堂都被人抄了！还不走，这趟买卖就要亏了，赔的是脑袋！"

轰隆一声，仓库大门打开，女人们被皮鞭子抽打着，只好往前走。遍体鳞伤的天晴走在最后，用绳子拴着，也只好往前走。

天晴四处张望着，试图寻找逃走的机会。

众人在来福的指挥下，驾车驶至仓库附近。下了车，进入仓库只发现绑人的痕迹，却没发现人，终究是晚了虎哥一步。

埋伏在暗处的南兰和郑千，此刻正遭受着蚊虫的百般叮咬，南兰叫苦不已，郑千暗暗嘲笑。

"你这个海盗，怎么对星洲这么了解？连这么偏僻的地方都找得到？"

郑千挑逗道："为了绑你去做我的压船夫人，我可是煞费苦心的。"

南兰一瞪眼睛，刚要骂。

"来了！"

南兰透过树丛，向海滩上望去。

押着女孩子们的队伍露了头，所有女孩子被绳子连成一串，还被人抽打。

南兰恨得就要冲出去，郑千一把拉住："你干什么？"

"杀了那些人牙子！"南兰咬牙切齿地从郑千手里抢过双管猎枪就瞄准。

"咱们就两个人，他们一二三四……一共九个！"

南兰也是着急上火，一时没思虑周全："那怎么办？眼睁睁地看着她们被运走吗？"

"看我的。"郑千冲南兰眨着眼，从腰间拽出一根皮筋，将皮筋一端系在树上，另一端系在另一个树杈上，又从身上取出一个金属槽，固定在树干上。一番操作后，一个简易的弩出现了，飞刀刚好可以卡在弩槽上。

人贩子一手持鞭一手持刀，虎哥两手空空地跟在队伍后面。女人们此刻已经被驱赶到沙滩上，一个接一个解绳子往船上赶，不听话的就被一脚踹在地上，接着一顿暴打。

郑千拉弩将目标对准了刀疤脸。嗖的一声，飞刀刺向二十米开外的刀疤脸，正中其咽喉，刀疤脸瞬间栽进海中。

众人一阵惊慌失措，天晴却看到了希望，四处寻找着逃生的时机。

南兰刚露出喜悦的表情，却突然又一脸惊恐。此刻，一只黄绿色的树蛙正跳落到她的脚背，鼓动着宽大的下颌。南兰虽极度害怕却不敢出声，满脸惊惧地呆立着，闭着眼不敢向下看。郑千察觉南兰神色不对，定睛一看，有些哭笑不得。他轻轻折断一根树枝，欲用树枝将树蛙轰走，不料还未动手，那树蛙便呱的一声往上跳去。南兰冷不防一惊，险些叫出声，虽被郑千制止，可两人一蛙扰动了树丛，他们终究还是暴露了。

虎哥立马从腰间掏出枪，向郑千和南兰的方向指着。一人从船上抄起了一把双管猎枪，对着树林就是一枪。郑千一把将南兰抱在怀里，用自己的身体做防护墙。

枪声过后，南兰在郑千怀里喘了口气："闷死我了，打完了！"

"别出声！"郑千话音未落，那人又开了一枪。铁砂被树林挡住了一部分，可还是有一部分中在郑千身上。郑千硬扛着没作声，立刻起身架飞刀。

持枪之人也在换子弹，但郑千的飞刀更快，一刀正中那人胸口，那人抱着枪倒地。

南兰来不及兴奋，只见郑千的胳膊上、头上都往外淌着血："你受伤了！"

郑千安慰道："没事，都是皮外伤，隔着树，又这么远，霰弹没什么威力。"

连死两人，虎哥慌了起来，大喊着："冲过去杀了他！"两名人贩子立刻拎刀冲了过去。

郑千有气无力地说着："这回你的枪用上了，等他们近点再开。"

南兰点了点头，瞄准两名人贩子。可站在自己面前的是两个活生生的人，不是野兽，南兰无法扣动扳机。

两个人贩子吓坏了，看着枪口不知如何是好。

郑千催促南兰开枪，南兰还是不敢。

斗鸡眼大喊："砍那个男的！"

郑千没有办法，只能强忍疼痛自己上手。一飞刀干掉了斗鸡眼。剩下的人贩子吓得转身要跑，郑千一把抢过双管猎枪，一枪崩在对方的后心上。剧烈活动牵动了伤口，郑千摔在了地上，呻吟着。

"海盗，你怎么样？"

郑千把枪还给南兰："再有人来就开枪，不然咱俩就没命了！你是白天女，不是废物！"

南兰点头接过枪，眼神坚定起来。

船上包括虎哥在内还有五个恶人，他们都拿女工们当挡箭牌，藏在她们身后。虎哥就在天晴身后。

突然一声呐喊从背后传来："放开我老婆——"

天晴回头，原来是阿海寻着路追来，他浑身都是伤，衣服残破，手里拎着一把大刀。阿海双眼通红，像一尊战神，抡刀就向虎哥冲去。

虎哥举枪就要射击，天晴用尽全力，用头向虎哥撞去，虎哥被撞了一个踉跄，子弹打偏了。

阿海这才意识到对方有枪，加快速度冲上去。虎哥慌乱地从地上爬起，再次举枪对准天晴，可是却听到了阿海的呐喊，又连忙回身举枪要打阿海。阿海此刻已到他眼前，那速度像草原上的猎豹，快得惊人。阿海奋力抡刀向虎哥劈去，仅一刀，虎哥毙命倒在地上。

阿海立刻去解天晴的绳子，满眼都是天晴。身后有人偷袭，阿海也未注意。好在林龙娇追至，一枪将偷袭之人打伤。偷袭之人起身就要砍林龙娇，却被她飞起一脚踹倒，近距离射杀。

陆雪亭冲来，与一个小喽啰对打，不落下风。另一名歹徒试图偷袭陆雪亭，却发现白薇的枪正指着自己，吓了一跳，不敢动手。

阿海冲至，一把夺过歹徒的刀，三拳两脚将歹徒打倒。正在互相解救的十几名女孩子发现，群起攻之，将歹徒按在地上轮番捶打。

小喽啰发现局面不对，赶忙跑路。陆雪亭欲追，林龙娇制止，一枪将要逃跑的人贩子打瘸。连日来痛苦不堪的女孩们群起攻上，将人贩子踩倒在地，一阵好打。

天晴伤势很重，有些没站稳，同样带伤的阿海上前扶住天晴。

"阿海哥……"

"老婆……"

阿海将天晴紧紧抱在怀里，可二人都有伤，站不住脚，双双跪倒在沙滩上。

美花看到这一幕，激动得满眼泪水。

来福从人群中挤了出来，跟在美花身后："美花，我来救你了！"

美花还在气头上："救我？用不着！"

来福伸出手，银镯子出现在他的手中："这……这一言难尽，回去让小翠跟你说清楚你就明白了！我是想跟你相好啊！"刚经历生死考验的美花被人表白，是又惊又喜。

红树林里，南兰看了看郑千："海盗，你好一些了没有？我们出去见雪亭他们，赶快一起去医院！"

可郑千仿佛更疼了，嘴里发出一声惨叫。南兰连忙扔掉枪，俯身去查看，却被郑千突然一把抱住，亲了一下。

“你……”

“我帮你把朋友救下了，你也该做我的压船夫人了吧？”郑千疼是真疼，不过耍嘴皮的功夫不减。

见南兰不说话，郑千虚弱地笑了笑：“我是海盗，贼不走空的。”

日落黄昏，处理好阿飞，也算是解决了堂内一件棘手的事。

叶鹤鸣拿着本书看着，见饭菜已上齐，问道：“玉蝶姐怎么不来吃饭？”

“玉蝶姐说不舒服，不想吃了，我听见她一直在屋里哭……”

叶鹤鸣有些担忧，放下书，起身去了常玉蝶房里。他轻声推开门，看见常玉蝶坐在梳妆台前，已经哭成了泪人。她背着身，根本没发现叶鹤鸣。叶鹤鸣轻轻将手放在常玉蝶肩上：“姐。”

常玉蝶吓了一跳，猛地起身：“少堂主，我没什么！”

“不对，你带我长大，我们朝夕相处十多年，你骗不了我的。”

常玉蝶号啕大哭，不再遮掩：“今天那个邝海生说要救的老婆，叫天晴，欧阳天晴，是我女儿呀！”

虽然从邝海生的话中得知天晴的讯息，她也不敢前去相认，只能派了几个万鹤堂的人跟在邝海生等人后面，好及时得知他们有没有救出天晴。

惊愕的叶鹤鸣不知如何安慰，只得轻轻拥抱常玉蝶。

见受伤的天晴和美花安全归来，整个豆腐庄一下热闹起来，红头巾挤在天井里，也有在二楼向下张望的，众人围着受伤的天晴和美花嘘寒问暖。

七姑娘上前，一手拉住天晴，一手拉住美花，满脸泪水：“你们漂洋过海来投奔我，我阿七没照顾好你们，我对不起你们呀！”

天晴和美花使劲地摇头，道：“七姑娘，不怪您，不怪您。”

天晴握住美花的手，环视众人：“七姑娘、玲姐、各位姐妹们，我和美花让大伙着急受累了，我们给你们鞠躬！”

所有的姐妹们都默默地看着，既不好还礼，也不知该说什么安慰她们。

小翠哭着跪在地上：“七姑娘，都怪我，您惩罚我吧！是我对不起大伙，要不是我看镯子好看想自己戴几天，怎么会把美花气跑呢？美花要是不跑，天晴也不会出事！罪过都在我身上！七姑娘，您就是罚一百板子，打死我我都认！”

七姑娘嗔怪道：“小翠，你说什么呢？我们豆腐庄是有些规矩，可什么时候拿板子打死人了？”

美花上前拉起小翠：“行了小翠，你别哭了，怪我性子急，也没让你说清楚，再说，好看的镯子谁不喜欢，我哥要是有钱，早早地送你一个，你还能喜欢这个吗？”说完，美花拿着镯子晃了一下，“这个死来福，送什么不好，送这破玩意，还不直接送给我，让你转送。害我也就算了，险些让天晴也把命给搭上，回头我非打扁他的脑袋！”

众人哄堂大笑，美花却突然严肃起来：“小翠，你过来，咱俩的事让天晴受罪了，咱俩给天晴磕个头！”小翠连忙和美花站到了一起，还没等蹲身，就被天晴一把拉住。

“都是一起过番来的姐妹，磕头做什么？一上船我就看出来了，你们两个是最要好的姐妹，以后不管什么事，可不能再隔着心，只要你们姐妹俩好，我受点苦就不算什么了。”

七姑娘向天晴投去赞许的目光。

一旁的小蝉酸不叽地提醒着：“天晴啊，要我说，你别光顾着跟姐妹们亲热了，你的阿海哥为了救你，伤得可是不轻，你的伤不重，还不赶紧去医院给他送点饭去？”

天晴这才反应过来，可是又有些犹豫。玲姐看出天晴的心思，出来打了个圆场：“让你们两个给急的，这两天都没买菜，刚才我看着剩下的东西不多了，就跟面线伯要了些牛肉，凑合着给阿海做了份牛肉饭，你赶紧去送吧，他伤得那么重，别让他再挨了饿。”

天晴没想到玲姐已有准备，道完谢，拿起饭盒出了门。

七姑娘缓了口气：“这一天一夜，悬着的心总算是落地了，大伙也得吃饭呀，你们都不饿？”

姐妹们突然意识到饿，一阵乱哄哄地答应着。

阿贵自告奋勇道：“我来煮饭！我煮得快！”

玲姐笑了笑：“现开伙哪来得及呀？我跟面线伯说了，让他今天别做别人的生意，把他的面线都包了，姐妹们也换换口味！”

众人欢呼着就要出门，只见来福已经抱着大托盘进门，上面放着七八碗面线。

“面线来啦！”

七姑娘问道：“来福兄弟，你怎么没走？”

“我能走吗？刚把美花救回来，我还没跟她说话呢，就被面线伯拉着帮忙。美花，饿坏了吧，你先吃！”说着，来福就把托盘放在了离美花不远的一张桌上。

“来福，你眼里、心里只有美花啊！”阿贵这一声喊，整个豆腐庄又都笑了起来。

医院病房里，林龙娇望着窗外，眼神有些忧伤。阿海躺在床上，浑身包裹着纱布，尤其是后背上，垫得老高像个罗锅。

林龙娇率先开口，打趣道：“老虎也是星洲响当当的人物，居然都被你杀了，你阿海这回可是名声大噪啊，照这么混下去，用不了多久，就可以跟我哥平起平坐了。”

“娇姐，你开什么玩笑，我杀人是为了救我老婆，我阿海以后不混江湖了。”

“你也进龙王帮小十年了吧？头一回杀人就这么惊天动地，却不是为了帮派，而是为了乡下来的一个女孩，这女孩命真好。可你知道吗？从小跟我林龙娇抢东西的，特别是女孩，没有一个得好下场的！”

阿海吓了一跳，从床上爬了起来：“她没有啊！她哪里和您抢东西了？娇姐，我求你了，你可别为难天晴！”

林龙娇叹了口气：“好你个邝海生，可真会装傻，我会跟我哥说你永远退出龙王帮。”

邝海生心里一凛，像是失去了什么。

“好好养伤吧，我决定接受你的建议，买去欧洲的船票了。”说着，林龙娇来到阿海身旁，在他脸上拍了三巴掌，那不是打，而是一种亲密的告别。

急匆匆赶来的天晴正与林龙娇相遇，天晴连忙笑着鞠躬：“这位大姐，多谢您救了我们，我听阿海叫您娇姐……也不知道娇姐喜欢什么，改日我备一份礼物，登门去感谢您的大恩！”

“谁要你的礼物？别辜负了阿海，不然星洲会多一个孤魂野鬼的。”林龙娇未给天晴说话的机会，转身走了。

阿海此时趴在床上，天晴只好蹲在地上喂他吃饭。喂着喂着，阿海突然流下眼泪。

“阿海，是伤口疼吗？”

“不是啊，是心里疼。想起你受苦，我就想哭，想起自己，我也想哭。”

天晴鼻头一酸，不知该怎么安慰。

“我本来就是孤儿啊，现在连龙王帮也没有了。”

天晴有些不好意思：“你不是还有很多朋友吗？阿九啊……”

“阿九是要跟着大哥混的，我这个大哥不做了，他早晚会去找别的大哥呀。”

天晴下意识地来了句：“那还有我啊。”后又觉失语，顿了顿，“我这个朋友，以后会照顾你的。”

阿海抬头，热辣辣地看着天晴：“不是朋友，是老婆！”

天晴本要生气，可见阿海失魂落魄的样子，无奈笑了：“好吧，看你今天受伤的分上，让你叫一回。阿海哥，谢谢你舍命相救，这份情义，我欧阳天晴会用一生去报答的。”

阿海破涕为笑：“你这么说我真开心，我一下子都不难过了！”

突然门被撞开，桃姐冲了进来。

天晴连忙从地上站起，阿海也强撑着要起身。

桃姐气喘吁吁地问二人：“你们有没有见到南兰小姐？”

阿海和天晴纷纷摇头。

“她和那个海盗去救你们了呀！”

天晴这才回想起来：“海盗？啊，当时是有人在林子里用飞刀，后来还开了两枪，可没见到人啊！”

“哎呀，这个南兰就是不听话，为了救红头巾，把自己的命搭上了，这可怎么好啊？”

阿海和天晴全傻了眼。

海面上的日落别有一番滋味，绝美的夕阳挂在天边。南兰一头长发完全散开，在海风中飘舞，她穿了一身浅色西式长裙，站在船上。

郑千吹着口哨走上甲板："你的背影配上这夕阳，简直就是我心中最美的画卷。"

南兰侧过身轻声道："说吧，绑架我的真正目的是什么？你觉得我值多少赎金，赶紧开价吧。"

郑千耸了耸肩："白天女果然痛快，可惜我并不想要赎金。"

"别以为留下我，我的所有财产就会变成你的，不把我放回去，你什么都得不到。"

"我说了我不要钱，我要船长夫人，我的美人，我的女神！"

南兰转过头，洗过澡的她未施粉黛，多了份岁月的从容。初见南兰素颜的郑千一时愣在原地。

"你看清楚，这才是我真正的容貌，你之前见的只不过是浓妆艳抹的我。我已经很老了，比你想象的可能还要老，起码比你大十岁，假如你让我跟你一起漂在海上，吹着海风，每天晕船，恐怕过不了多久我就会变得更老、更丑，对你一点吸引力都没有。"

郑千温柔地看向南兰："我不这么认为，你不施粉黛的样子更美。"

"你说什么？"南兰不敢相信这个海盗并非看中自己的钱财与美貌。

郑千正经起来："为了绑架你，我动了不少心思，你的年龄我很清楚，你只比我大六岁，这完全是我理想中的船长夫人的年纪；你的经历和传说都那么神秘，是让我对你更感兴趣的原因。嫁给我吧，南兰——"说着，郑千像变戏法一样从兜里掏出钻石戒指，单膝跪地。

钻石很大，在夕阳中熠熠生辉。南兰笑了笑，拿过戒指看着，继而随手一甩，戒指连同盒子一起飞向大海。

"哎……"像绅士一样跪在地上的郑千连忙起身，有些急了，"你扔了我的求婚戒指！南兰，你是不是忘了自己在我的海盗船上？这里什么都是我说了算，你不怕我惩罚你吗？"

南兰伸手，将一把餐叉顶在自己的脖颈上："能有什么惩罚？大不了一死，我自己来。"

"那是给你吃牛排的叉子。"

南兰眼神犀利："它足以戳破我的喉咙。送我回去，不然我只能死在你的海盗船上了，我是白天女，我死后，灵魂会诅咒你，诅咒你的船，被狂风巨浪拍得粉碎！"

郑千紧紧盯着南兰手中的叉子："你这又是何苦呢？我们商量商量，这样好不好，你跟着船四处走一走、转一转，我们来一场浪漫的旅行，这个过程中你会更加了解我，逐渐爱上我！我向你保证，和我在一起生活，一定比以前更快乐、更有意思！"

"你可以把我的尸体留下，让它陪着你旅行。"

"可无论你怎么逼我，我也没办法把你送回去呀，你的那个总督朋友已经封了海，海军正在四处巡逻，我难道为了送你自投罗网吗？”

“那就把我放小船上，我自己划回去。”

郑千十分无奈，企图寻找折中的方法：“这样，南兰，我保证不伤害你，也不会碰你！我们就像朋友一样，到各地转一转。我认识很多美丽的岛屿，从来没人涉足过的地方，那里的沙滩洁白无瑕，那里的海边，由深蓝到碧绿，清澈见底！各种颜色的珊瑚，各种颜色的鱼，对了，还有美女鲍！我挖美女鲍最擅长了，那是极品的美味！”

南兰却很严肃：“我必须立刻回去，不然星洲会一片大乱，游神的日子马上到了，要是那些穷苦女人知道白天女被绑架了，她们会无比悲伤。还有，我捐助的学校和医院可能都会出现问题，所以我必须立刻回去，我不能离开星洲！”

郑千仍不做声，“看来你是不会放我回去了。再见了海盗……”说着，南兰将餐叉向咽喉插去。

“啊——”

夕阳慢慢地落下海平面，海风中，船帆鼓了起来，海鸥点点，潦倒落魄的海盗，美丽不可方物的白天女，构成了一幅奇异美妙的画面。

第五篇

家之变

第三十四章　祖孙相认

一辆汽车停在了陆家门口。白薇下车，顺口道："谢谢你啊三叔。"

陆雪亭一把抓住了白薇的手："现在没有外人，你恐怕没必要叫我三叔吧？"

白薇愣住了，不知道该如何回答。

陆雪亭无奈道："我不知道你为什么要当我们陆家的孙女，为了钱吗？我看你不像那样的女孩。如果你讨厌我，拒绝我有很多种方法，没有必要这样！"

白薇只是笑着，眼中尽是从容："我很喜欢奶奶，我从小没见过隔辈的长辈，我也曾想象过自己有一个奶奶，甚至在梦中梦见过她的模样，但没想到她这么高贵，这么善良，这么慈祥……三叔，我跟奶奶非常投缘，能够认亲，也是我这次来星洲最高兴的事……还有就是，今天跟三叔一起，让我见识了你的智慧、勇敢，在陆家有你这样的一个长辈，也让我觉得格外地欣喜……"继而白薇话锋一转，"三叔，我们出去一天了，赶紧回去，别让奶奶着急。"

"要回你自己回，现在这个家让我觉得很别扭。"陆雪亭并未领会白薇话里的意思。

"那好吧，等三叔适应了我这个侄女，不别扭的时候，我下厨做顿饭给三叔吃。"白薇笑了笑，看着陆雪亭调转车头，径直走了。

刚进客厅门，白薇就听到背后一阵脚步声，原来是展元踩着小碎步快速向自己跑来："白老师，你可回来了！"展元扑向白薇，紧紧抱住她，"白老师，我听奶奶说，我可以叫你姐姐了，以后你永远不会离开我们家，我有姐姐了，我可以随时随地喊你姐姐了，是吗？"

"对呀，展元，我的弟弟。"白薇将陆展元悠了一圈，紧紧地抱在怀里，在展元的脸上亲了一下。

陆展元试探性地问道："姐姐，我能亲你一下吗？"

"当然！"白薇凑过脸去，展元吧唧亲了一下，姐弟二人开心地笑了，完全没注意躲在门后的金碧云。

晚饭时分，只有陆雪樵、金碧云、白薇、陆陈氏和展元一起吃饭。

陆陈氏给白薇夹着菜，白薇也夹菜给展元，好不和谐。

"谢谢姐姐！"展元亲切地看着白薇。

陆陈氏突然开口问道："展元，你喜欢姐姐对不对？"

"对！"

"从今天开始，你跟姐姐一起住。"

展元开心地蹦了起来："真的可以吗？"说着，展元看向金碧云。

陆陈氏不满："你看你妈做什么？这个家奶奶说了算，我说可以就可以。"

金碧云连忙答道："那是……展元，你既然喜欢姐姐，就跟姐姐一起住吧，姐姐能教你功课，还能陪你玩，妈妈高兴还来不及呢！"

展元一下挎住白薇的胳膊，高兴地笑了起来。

这顿饭除了展元和陆陈氏吃得满心欢喜，余下众人都各有心事。白薇吃完了，看了眼陆雪樵，发现他并不高兴，金碧云眼中也划过一丝不善。

白薇想了想，起身："奶奶，二叔二婶，我吃好了，先去收拾东西，你们慢慢吃啊。"

陆陈氏点了点头。白薇刚走，展元也学着起身："奶奶，爸爸妈妈，我也吃好了，你们慢慢吃……"

金碧云呵斥道："吃好什么了？你面前的粥和饭都没吃，你别学她！"

陆陈氏神色一厉："她，是谁啊？"

金碧云连忙道："呃，对不起妈，我这不还没习惯呢嘛……展元啊，姐姐刚搬了大屋子住，很多东西是要收拾的，你好好吃饭，别去捣乱。"

"你光说有什么用？他是个孩子，你把那碗粥给他喂下去不就完了？"金碧云答应着，过去给展元喂粥。

刚盛了一口，展元不耐烦地抱怨着："妈，我不想吃嘛……"展元顺手一打，一碗粥全扣在了金碧云身上。粥洒了金碧云一身，她尴尬委屈地看向陆陈氏，陆陈氏更是厌恶。

展元不再顽皮，低头认错。"展元，你看你怎么这么不听话？走，跟妈去厨房，妈再给你盛一碗粥喝……"金碧云拽着陆展元走了。

陆雪樵抱怨着："妈，你这个孙女认得……"

陆陈氏并没给儿子好脸色："怎么了？"

"不是，我是没意见的，我一向孝顺，妈知道对吧？您喜欢，多认几个孙女我也无所谓啦，可是你看，老三就没回来吃饭，他肯定是因为这件事情不高兴嘛！"

"老三在欧洲受了那些洋派教育，有主意了，我管不了他。"

"那您就管我呀？"

陆陈氏斥责道："我管过你吗？你的生意做得一团糟，我问过你吗？生意就不说了，连个女人也管不好！"

"我媳妇怎么不好了？我觉得还行啊……"

陆陈氏筷子一摔："你告诉金碧云，别以为我什么都不知道，让她收敛点，不然我要她好看！"

陆陈氏话里有话，弄得陆雪樵一脸尴尬。陆雪樵也没心情吃下去，只说饱了，便回到房里。

金碧云胸前的粥已经擦掉，但还是湿漉漉的。刚进门，碰见陆雪樵打着领带："雪樵，要出去呀？”

“有应酬……你过来帮我弄下领带。”

“你稍等，我的衣服被展元泼上粥了，我换一件……”

陆雪樵不耐烦道:“你又不出门,换什么衣服啊？先帮我弄领带！”金碧云无奈,只好上前。

“你离远点，别把我衣服蹭脏了！”金碧云只好用奇特的姿势，伸着胳膊帮陆雪樵。

“你怎么惹我妈了？”

金碧云装出一副可人的样子：“没有啊，我对老太太一直言听计从，我哪敢惹她啊……”

陆雪亭追问着：“你是不是有什么事瞒着我？”

“我是你媳妇，只会维护你，怎么会有事瞒着你呢？”

“那我妈今天为什么会讲那些话？我妈可不是一般的女人，虽然厉害，但从来不冤枉好人的！你讲，是不是我不在家的时候，你做了什么不守妇道的事，让我妈拿着把柄了？”

金碧云有些慌乱：“我，我真的没有……”

陆雪樵不想遮掩了:“嘴硬，好，那我就原话告诉你，我妈让你收敛点，不然要你好看！要说你也够废物的，怎么就连我妈都哄不好呢？已经让你管家了，可根本不满意，弄个干孙女来要替你，你说你丢不丢人啊？”

见金碧云不说话，陆雪樵更是得寸进尺:“我告诉你呀，二爷可要纳妾了啊，你管不了家，我找个能干的回来，不能把陆家交到外人手里呀！”说着，陆雪樵转身就往外走。

金碧云咬了咬牙，在后面问着：“二爷去哪里啊？”

“你管得着吗？用得着跟你说吗？”

“我的意思是，二爷应酬的时候少喝点，开车不安全的。”金碧云做出一副关心的姿态。

“讲这种废话有意思吗？喝多了我自然会住在外面，用不着你担心！”说着，陆雪樵一脸怒气地指着金碧云，“想想你自己的事得了！家不用你管了，连带孩子我妈都看不上你！我要是像你这么废物，我就自己死去！”

陆雪樵骂咧咧地走了，金碧云紧紧握着门框，眼神黯淡。

金碧云换好衣服，来到了陆雪霖的房间外。她轻轻地将门推开一道缝，台灯下，白薇正在给展元辅导作业。

“两岸猿声啼不住，轻舟已过万重山！”

白薇鼓掌：“太好了，一句都没差。”

展元小嘴很甜：“姐姐，你不仅英文教得好，你的华文教得更好！”

白薇宠溺地摸着展元的脑袋：“展元要是愿意，姐姐以后可以每天教你背古诗。”

“太好了！姐姐，以后你在家教我，就别让我上学了，我讨厌上学，我想二十四小时跟姐姐在一起！”

“那可不行，上学不能耽误，展元要好好上，做一个优秀的学生，奶奶才会喜欢展元，姐姐也会更喜欢展元。”说着，白薇亲密地将展元搂在怀里。

金碧云看着心中很不好受，退了出去。今晚还有几件事未完成，金碧云来不及伤感。

为讨好老太太，她煞费苦心，晚间亲自去厨房做了一碗汤端去老太太房里。

陆陈氏没好气道：“这是干吗？”

“妈，听说您身体不舒服，晚饭的时候看您没吃好，就给您做碗汤。”

“用不着，端回去自己喝吧。”

“妈，我到底哪做得不好，您对我这么不满意？”

“你过来，我告诉你。”金碧云走近陆陈氏，陆陈氏抬手就给了她一巴掌，金碧云委屈地捂住脸。

陆陈氏咬着牙，小声道：“跪下！”

金碧云只好慢慢跪下。

“你这个不要脸的女人！我问你，那天你晚上出门，第二天早上才回来，一夜没归，是干什么去了？”

金碧云一愣，忙转移话题：“雪樵那天也是一夜未归……”

“他是男人，睡在外边一天算什么？你是女人，陆家的媳妇，你丢的不是你们金家的人，是我们陆家的人！”

金碧云辩解道：“妈，我没给您丢人，我就是心里乱、闷得慌，叫了辆黄包车出去兜风，然后在小旅馆睡了一晚……”

“你跟我这么说行，可你能挨个跟那些下人解释去？我们这种人家，什么都不怕，怕的就是别人嚼耳根子！”

金碧云眼前闪回那日凌晨在厨房见到白薇的情景：“我明白了，是白薇向您告了我的状，让您觉得我不守妇道，所以您才这么对我的？”

陆陈氏大声呵斥着：“胡说！我孙女才不是告状的人呢！别以为你在我们陆家装得不错，看到你那个妹妹，我就看出你是什么货色了！我告诉你，你在我面前装可怜，没有用，你背地里做的脏事，早晚会被抖出来，丢我们陆家的脸！”

金碧云有些慌，可陆陈氏没有察觉金碧云的反应，径自道：“不过你放心，我不会坐以待毙，要是哪一天，你惹得全星洲的人都笑话我们陆家，我就让你男人写封休书给你……不对，现在不叫休妻了，叫离婚。”

“妈，你要让雪樵和我离婚？就算我做错了什么，也不至于此，更何况还有展元呢。”

“展元是我孙子，我不已经让他姐姐管他了吗？他姓陆，跟你有什么关系？干脆你现在就收拾东西走人，省得我看见你就生气。我会给你一些钱，看你现在还不算太老，再找个人还能嫁得出去。”陆陈氏越说越气，“既然你来找我，我也就不瞒你了，也算对得起你管我叫这么多年的妈了。”

金碧云眼神涣散，直接瘫坐在地上：“我进陆家快十年了，您不会对我这么狠心的。我知道您看不上我，从开始就看不上，主要是因为我们家没有嫁妆。我今天先不打扰了，留在这里只能惹您生气，等明天您气消了，我再来给您赔罪。”说着，金碧云起身走了，她背后的陆陈氏一点好脸都没有。

金碧云出门，眼神立刻变得狠毒了起来。

陆雪霖房间里，展元已经睡了，白薇为他轻轻地盖着单被。

突然，门被推开，白薇回身：“奶奶……”

陆陈氏轻轻地嘘了一声，示意白薇不要出声。她上前看着展元，满意地笑了笑：“你带孩子比那姓金的女人带得好。”

“多谢奶奶夸奖。”

陆陈氏点了点头，换了个话题：“孙女啊，认亲的时候，闯进来的那个女工说你有枪……”

见白薇没打算说，陆陈氏拍了拍她的肩膀：“你要是不想跟我解释，可以永远不解释，但你要是有话想说，也可以随时来找我，我岁数大，觉少，你多晚来找我都行。”说完，陆陈氏转身走了，白薇站在那里，陷入了沉思。

半夜，咚咚咚的敲门声传来。

陆陈氏激动地看向黄妈：“来了！快去开门！”

黄妈也是满心欢喜：“小姐？还真是你！真被老太太说中了！”

白薇进门，她手里拿着一大包东西，见黄妈在，有些尴尬。

陆陈氏会意，轻轻招了招手：“孙女，你过来坐，老黄是自己人，她是我的陪嫁丫头，跟了我几十年，信得过，你有什么话都可以当她的面说。”

“奶奶！”白薇叫一声，扑通跪倒在地磕了一个头。

“白天不是磕过头吗？你这是做什么？有什么话你就说吧。”

“奶奶，我之前跟您撒了谎，您看了这些信就明白了！”

陆陈氏接过信，没着急打开，长叹了一口气：“刚才还说，就怕没有证据能证明，老黄你看，我的亲孙女这不就来了？”

黄妈也是满脸的惊喜。

“这些应该是我的雪霖写给他女儿的信，他的女儿留在了上海，快二十年的骨肉分离，要说都怪我呀……”说着，陆陈氏抹上了眼泪。

白薇跪着挪到陆陈氏面前：“奶奶，您别哭！是我不该骗你，我就是陆雪霖的女儿，我妈叫黎紫薇……这些都是从小到大爸爸写给我的信，五年前，信突然断了，我就托人买星洲的报纸寻找消息，才知道爸爸突然失踪，生死未卜。我本想立刻来，可妈妈病倒了，直到几个月前，她含恨离世，走之前叮嘱我一定要到星洲寻找爸爸的下落。”

“黎紫薇……没想到，她也走了，唉……我也对不起你妈呀！她这辈子最怨恨的应该就是我了，是吗？”

“不，奶奶，我妈说她已经原谅您了，您做的一切都是为了爸爸的名声和前途。”

陆陈氏抹着眼泪：“不管这话是真的假的，从你嘴里说出来，我也算安心了。”

“到了星洲之后我一直隐瞒身份，是害怕您不认我……奶奶，我用家庭教师的身份骗了您，骗了家里的长辈，是大不孝，请奶奶责罚！”白薇说着又磕了一个头。

“我的大孙女，我哪舍得罚你，疼你还疼不过来呢！”陆陈氏一把将白薇抱在怀里。

陆陈氏紧握着白薇的手：“老二是个糊涂蛋，老三涉世未深，只有你爸爸才是我们陆家的顶梁柱，自从你爸爸……这个家就一天不如一天了，老天有眼，你现在回来了。”

黄妈补充道：“老太太这是对你寄予厚望，小姐，你明白吗？”

“我……”

“孙女，奶奶想把这份家业都交给你，只有交给你我才放心啊！”

“奶奶，这样不好，还有二叔、三叔啊！”

“你三叔在欧洲学的建筑，心眼儿好，将来倒是可以帮上你，至于你二叔和那个姓金的女人，就不要指望了。”

“奶奶，二叔看上去并不糊涂，二婶更是精明得很，您是不是对他们有什么误会？”

陆陈氏抚摸着白薇的手，语重心长道：“误会不了，你掌家以后，万事自己做主，不用管他们！”

回到房里的金碧云正坐在梳妆镜前打扮着自己，她又将那套珠戴了起来，并专门拿出那个胸针，别在了胸前。

金碧云唇上涂着口红，颜色格外显眼，可脸上却浮现出一丝哀怨。

金碧云向外走着，她黑色的旗袍衬得胸前的项链和胸口的胸针格外明显。两名女佣走过，连忙打着招呼：“二太太好。”可是金碧云像没看见一样向外走去。

花丛后，娣娣和另外一个小大姐正在干着活。娣娣发现了金碧云，见她明目张胆地出门，甚至有些诧异。

金碧云拦了一辆车，竟和上次是同一个车夫：“太太，今天您去哪？”

“安祥山街龙公馆。”

“得嘞，那您坐稳了。”

龙王帮门口，金碧云下了车，望着牌匾，有些失神。

开门的又是林龙娇："陆太太？"

"我记得阿娇小姐去过我家，是替龙哥请我来吃饭，我就来了。"

"那是哪一天的事了？今天我哥已经吃完了。"

金碧云微笑着："不碍事，吃完了可以再做，我自己会做，麻烦阿娇小姐帮我问一声，龙哥今天方不方便。"

林龙娇打趣道："就不用我问了吧？你跟我哥那么熟，自己进去吧。说来也巧，你妹妹约了我喝酒。"

"是吗？那真是太巧了！我那妹妹傻，又没什么酒量，阿娇小姐可要照顾她呀！"

"我哥酒量好，但是酒不醉人人自醉，也请陆太太照顾他呀。"

金碧云笑着进了门，像主人一样，慢慢地关上了门。

"这几道小菜都是你做的？"林龙青笑得合不拢嘴。

"是，龙哥尝尝合不合口味。"

"让你给我做饭，我哪世修来的这福分。"

"龙哥要是喜欢吃，我可以经常来做。"

林龙青琢磨着金碧云的话："胸针，还喜欢吗？"

"不喜欢我是不会戴的。"说着，金碧云倒了一杯酒。

林龙青接过酒："我还以为你永远不会再来了呢。"

"我曾经也以为自己永远不会再来，可龙哥这里的酒香，我忘不了，就又来了。"说着，二人碰杯，林龙青一饮而尽。

林龙青直愣愣地盯着金碧云："我真想知道你到底是个什么样的女人。"

金碧云愣住："我就是我这样的女人呀。"

"那我换个问法，你到底是谁？"

金碧云忽然笑了："还从来没有人这么问过我，我是谁？我是金家的大小姐，陆家的二少奶奶，哦对了，现在叫二太太……我是陆雪樵的媳妇，是陆展元的妈，是陆家老太太瞧不上的儿媳妇……说到底，我就是个女人而已，不过在龙哥的眼中，你说我是谁，我就是谁了。"

说这话时，林龙青给金碧云倒酒，金碧云端杯一饮而尽。

"你慢点喝。"

金碧云摆了摆手："好酒，就要喝个尽兴嘛……龙哥，我又有事要求你了，还是两手空空来的，我再给您唱个歌吧。"说着，不等林龙青答应，金碧云已经开始唱了。

金碧云唱起歌来，端庄中带着妩媚，极为诱人。林龙青听得是如痴如醉。

星洲街头某寓所里，两男两女正在打着麻将，突然电话铃响起。

一个干瘦戴眼镜的男人起身去接电话："稍等，稍等啊……"

"没事，接你电话去。"陆雪樵说着没事，手却从桌上拿到桌下，摸向身旁女人的雪白的大腿，女人向陆雪樵抛着媚眼。

男人接着电话，小声道："在的呀，您用我叫他吗？"

衣冠不整的林龙青打着电话："在就好，不用叫他……"林龙青看了看不远处，披着毯子坐在梳妆镜前的金碧云，"让他玩尽兴，最好不要走。"

电话那头，男人嘀咕着："放心吧，我刚给陆二爷介绍了新牌友，我保证明天中午之前他想不起来回家就是。"

陆雪樵已经跟大白腿的女人勾搭得差不多了："阿美，几岁啦？"

"二爷，我几岁还不要听你的了？你说几岁就几岁啦。"

陆雪樵用手拍了拍阿美的大腿："你这女人有意思啊。"

挂断电话，林龙青来到梳妆镜前，从背后环抱住金碧云："搞定了。"

"多谢啊龙哥，还有件事呢……"

"明天一早我就帮你去办。"

金碧云娇羞道："龙哥，你对我真好。"

林龙青笑了："你可真不是一般的女人啊，你是脸后面还有张脸，眼睛后面还有双眼睛，一个女人里面套着另外一个女人。"

金碧云反手围住林龙青的脖子："照你这么说，我不成俄国的套娃了？龙哥可别说得这么吓人啊。"

"除了陆老二，你还有过其他的男人吗？"

"有啊，龙哥嘛。"

林龙青笑了，突然收住，盯着金碧云问道："你杀过人吗？"

"没有啊。"

"可惜了。"

"可惜什么？难道我长得像杀过人的女人吗？"

林龙青夸奖道："我是说你的日子不是你该过的，金碧云呀，我虽然看不透你，但我能看懂你，你要是个江湖人，这星洲恐怕就没我什么事了。"

天刚蒙蒙亮，金碧云坐着黄包车回到了陆家。披散着头发，一股风尘气息，好在天色尚早，院子里静悄悄的，一个人也没有。辗转回到房里，疲倦的金碧云将包随手扔在桌上，瘫坐在梳妆镜前，看着镜中的自己，现在她已经成功收服林龙青。她又用手摸了摸胸前的胸针，仿佛已经有了缜密的计划。

突然，金碧云被吓得一激灵，浴室那潺潺的水声顿时让她警觉起来，她快步走向浴室，向里面听着，心里怦怦直跳。

金碧云屏住呼吸，仗着胆子推开了门。金碧华刚从浴缸里迈出来，她一见有人，吓得“啊”了一声。

金碧云长舒一口气：“你怎么会在这里？”

“我才回来嘛，喝了好多酒，想找你说话，结果你也不在，我就洗了个澡。”

金碧云斥责道：“在这里洗澡，也不怕被你姐夫撞上！”

金碧华撇了撇嘴：“撞上就撞上了嘛，姐夫嫌我十三点，他也不会喜欢我的。”

金碧云白了一眼，回到屋里坐下。

金碧华裹好浴巾出来，像是想到什么，突然看向金碧云：“你怎么一夜不在家……啊，对了，阿娇说你去找她哥哥了，你不会跟龙哥……”

“嘘……我也是喝了酒，喝多了。”

金碧华突然正经起来：“姐，我很少见你这个样子，其实还挺好看的，比平时那个装模作样的金碧云好看多了……姐，你在这里是不是过得不快乐？”

见金碧云没说话，金碧华追问道：“那你为什么还要留在这里？”

金碧云双目无神，淡淡说了句：“这里是我的家。”

“你可以离婚啊！离了婚，这里就不是你的家，也没人约束你了！我和阿娇商量好了，要去法国，你不也一直想去欧洲吗？我们一起去！你要是不舍得展元，就把他也带上。我们金家虽然没有钱了，可不还有栋老房子吗？把它卖了！”

金碧云一激灵：“别胡说，那老房子是爸妈留下来的，不能卖。”

“一栋老房子，你至于凶我吗？”

看见金碧华委屈的模样，金碧云调整情绪，握住她的手：“你要去欧洲就去吧，到那边要用功些，好好读读书，你若完成学业，不靠嫁人，自己混出个好前程来，我也算对得起爸妈了。”

“那你呢？每天留在这里受苦？”

金碧云苦笑着：“每个人都会有不同的人生，我在这个家里受了这么多年苦，拿不到回报，你让我怎么走？”

看着傻妹妹迷惑的眼神，金碧云不想再解释什么：“好了好了，今天陆家可能很乱，你回自己公寓里睡去吧。”

“我就在陆家睡吧，就在自己的房间里，他们爱怎么乱怎么乱。”

金碧云一口拒绝：“不行！今天你不能留在陆家，赶紧走！”

“真小气，我是你亲妹妹，在你家住两天你都撵我……好，我走！这个世界上，除了阿娇，我看没有人对我好了！”说完，金碧华裹着浴巾气冲冲地去换衣服。

天色还未大亮，陆陈氏已经戴着花镜看着白薇拿来的陆雪霖写的信，旁边的手帕、纸巾堆了一桌子。

黄妈进门，关切地问着："老太太，您不会一夜没睡吧？"

陆陈氏满眼泪水："我在看信，还没看完呢……我儿雪霖，他是个好父亲啊！这信的字里行间都是对我孙女的爱，是我糊涂啊，让他们骨肉分离……老黄，你记着，我们陆家欠白薇的，无论到什么时候都要补偿她！"

"好，我记下了……老太太，不睡觉可不行，你的心脏受不了，快睡会吧！"

"还有两封，让我看完。看着信，我就觉得雪霖仿佛在我旁边，他一个字一个字地念给我听，心里感觉好舒服……雪霖走了以后，我从来没像今晚这么开心过！"

"好吧，那您看，我去煮粥，给您补补精神。"黄妈无奈转身出门。

陆陈氏颤颤巍巍地打开一个新的信封，仔仔细细地读着。

第三十五章　蛇蝎毒妇

豆腐庄内，小翠一个人坐在屋顶上。因起得太早，小翠还没戴红头巾，任由晨风吹拂着头发。美花走来，悄声问："你怎么起得这么早？"

"你不也起得这么早。"

"我压根就没怎么睡。"

小翠十分自责道："我是整夜都没睡，想一想，你差点因为我被卖到大海对面去，要真是那样，我也只能跳海了，不然怎么有脸面回三水老家，怎么有脸面见你哥？"小翠说着，哭了起来。

美花忙替小翠抹眼泪："哎呀，我大难不死必有后福，你还哭什么呀？"

美花看了眼手腕上的镯子："难怪你喜欢，这镯子打得还怪好的。"

小翠看了眼镯子，哼了一声："来福也怪好的，人实在，有力气。你没看到，那么多男工都要帮他救你去呢，他在星洲很有面子的。"

"这么说他是个可以嫁的男人？"

"是啊，我好羡慕你的！"

"羡慕就让给你咯？"

小翠有点急："你……你这么说对得起你哥吗？我可是要当你嫂子的，你说话注意点！"

美花反倒高兴起来："小翠，你可是第一次承认是我嫂子！"

小翠低着头笑了："我以前也不是不认，我就是……嘴上不认。人家还小嘛，虽然中意你哥，但心里还是有点不甘，毕竟嫁你哥就要回乡下过一辈子。这一晚上没睡，我倒是想了一个好主意，来福有门路，很多头家都愿意请他做工的，那我们能不能求求来福，让他帮你哥找份工，叫你哥一起来星洲呢？"

"好主意！我哥来星洲，我和来福，你和我哥，我们……"美花憧憬着美好的未来，可眼神又黯淡下去，"不行啊，我们家刚在三水盖了新屋啊……"

"把屋给老人住啊！"

"可那是给我哥娶媳妇住的。"

小翠望着美花，诚恳道："你哥要是愿意娶我，我就不在乎他有没有屋！我不想回乡下，就让他来星洲，这里工钱高，哪怕暂时住窝棚，有个三年两载，我们也能买下自己的屋呀！"

美花诧异地看着小翠："小翠，没想到你这么有主意，你说得对，可盖屋欠下的钱还是要还的，我哥要是来了星洲，债主肯定以为我们不想还钱了，人家不干的，还不逼死我爸妈？"

"这个我知道，你不是答应每个月都给家里寄钱，帮你哥还钱嘛。"

美花叹了口气："是呀，再怎么样，也要一年半，我哥在乡下赚的钱，加上我寄回去的，才能还清……"

"再加上我的！反正我将来是要嫁给你哥的，我和你一起往家里寄钱，这样，用不了一年，我们就能把钱还清了，还清以后，你就让你哥来星洲找我们，好不好啊？"

美花完全没想到小翠会如此："小翠，你说的是真的吗？"

"什么真的假的，我已经在这想了一夜了，还想不明白吗？我攒下的钱，还不是将来和你哥一起用？就这么定了，我们两个一起给家里寄钱！"

美花双手握住小翠的手："嫂子，你真好！我替我哥，替我全家谢谢你！"二人抱在了一起，不仅冰释前嫌，关系还比以前更加亲近。

又到了出工的时间，七姑娘打扮整齐，戴好红头巾要出门。

玲姐进门："七姑娘，您就不用出工了。"

"这不好吧？"

"没什么不好的，您是大家姐嘛，而且工地太小……我又多留了两个人做饭，工地上人太多，有闲着没活干的，让头家看见了不好。"

七姑娘想了想道："也是，你说得对，那我不去了，这活毕竟是天晴找的，工地上的事多让她做主。"

玲姐点了点头，出了门。

姐妹们此时已经排好了队，玲姐和天晴带着大伙出发。红头巾整齐地从星洲街头走过，常玉蝶在马路另一侧观察。可她并没有认出哪个是天晴。

天色渐明，白薇起床帮展元穿衣服、洗漱，整齐的衬衫、领结打扮得展元很是神气。洗漱完毕，白薇手里拿着展元的小西装，领着展元出门吃早饭。

早餐已经摆放好，但只有展元和白薇两个人的。白薇将展元的西装搭在一旁，向娣娣问道："奶奶、二叔、二婶都不来吃早餐吗？"

"回大小姐的话，老太太好像是没睡好，天亮了才喝了一碗粥，刚睡着；二爷从来不吃早餐的，二太太好像也没起床呢。"

"哦，那我三叔一直没回来？"

"没有，三爷应该是住在外面了。"

白薇看着展元，笑了笑，吃着只有二人的早餐。

吃完早饭，白薇将西装外套给展元穿好，带着他往外走。

正在这时，两个仆人退着往院里跑，几名警察带着一个翻译冲了进来。

男仆人一见白薇："大小姐……"

白薇将展元护在身后："怎么回事？警察先生，这是私宅，你们有什么事吗？"

翻译上下打量白薇："如果我没猜错，你就是白薇吧？"

"是我。"

翻译冲警察使了个眼色："把她铐起来！"

"我犯了什么罪，为什么要铐我？"

印度警察也有些犹豫，翻译一把抢过印度警察手里的手铐，径自去铐白薇。

展元冲上去对翻译一阵拳打脚踢："别抓我姐姐！"

翻译粗暴地将展元推到一旁，白薇忙上前保护展元。翻译又来上铐，展元一口咬在翻译胳膊上。

翻译扬起手就要打，只听得金碧云一声喊："别伤我儿子！"金碧云上前抱住展元。

"妈，他们要抓我姐姐！"

金碧云看向白薇，又看向警察，再看向翻译。

"二太太吧？"翻译卑躬屈膝，一脸讨好的样子。

原来今日晨起送走金碧云后，林龙青邀请翻译去吃了个早饭。

餐桌上，林龙青将一摞钱塞给翻译。

翻译点头哈腰地收下钱："为警察提供线索是立功，龙哥帮我，怎么还给赏钱？"

"不是我赏的。"

"那是陆雪樵？"

林龙青不满："你打听这么多干什么？"

翻译嬉笑着："下回见面，不是也讨个交情嘛。"

"不是陆老二，是陆太太，金碧云，以后她的事，就是我林龙青的事，你看着办。"

翻译敬了个礼："明白了，龙哥！"

翻译一瞪眼："白薇，看来你还不服啊？她住哪个房间，带我去！"一旁的侍女梨花立刻殷勤带路。

翻译和两名警察在房里翻箱倒柜搜查着，白薇和另一个警察站在门口。

"先生，是不是有什么误会？"

"最近发生一起枪击案，有人举报你是凶手。"

屋子里的梨花有些焦急，唯恐翻不出什么证据来。终于，翻译在白薇箱子里的绸缎包中找到手枪，将手枪举起给警察看。

翻译得意道："证据已获，你这个杀人犯还有什么话说？"

白薇冷静应对："那只是我防身用的而已，我没有杀过人！"

"有没有杀过不是你说了算的！"翻译向一名警察请示，"长官，把她抓回去审问吧？"

长官点了点头，一挥手，两个警察上前将白薇拷了起来。

黄妈冲进房间，正看见这一幕，上前就要阻拦："等一等！你们为什么要抓我们家大小姐?!"

翻译一把将黄妈推到一边，黄妈想了想，赶忙转身向老太太房里跑去。

房门一下被推开，黄妈闯了进来。

"什么事啊这么乱？你不是知道我才睡下吗？"

"不好了！警察要把小姐抓走啊！"

陆陈氏惊醒："抓我孙女？为什么抓我孙女？"

金碧云不想让展元受到惊吓，准备送他去上学。可展元在地上撒泼打滚，不肯走。

"不许哭了。"金碧云上前去拉，没想到展元哭得更厉害了。

见警察铐着白薇往外走，金碧云也顾不上管展元。

陆陈氏也在黄妈的搀扶下走来："孙女！我的孙女！他们为什么抓你啊！"

"奶奶，我没事，他们就是找我问话，我应该很快就可以回来的，你别着急……"

翻译拎着枪道："证物已经搜出来了，你还在这吹牛？押走！"白薇被拉走，她使劲地回头，用眼神安慰陆陈氏。

陆陈氏急得直捂胸口。

"您千万别着急，身体要紧！我没杀过人，我向您保证！我一定会很快回来的！"说着白薇被押走了。

金碧云走向陆陈氏："妈……"

陆陈氏气愤地大喊："谁！是谁向警察告的密？"

金碧云面露难色："昨天那个红头巾闯进陆家又喊又叫的，全家上下都听见了白薇有枪……"说着金碧云环视周围下人，"你们，谁向警察告的密呀？小姐有枪，那只是玩具，你们这不是成心让老太太着急吗？"

院子里的下人们都直摇头。

"我儿子呢？我们陆家的男人呢？陆雪樵、陆雪亭都哪去了？"

"雪樵昨晚有应酬，应该是喝多了，还没回来。"

下人答道："三爷昨天走了就一直没回来……"

陆陈氏焦急地转向黄妈："老黄，用人之际只能靠你了，不管花多少钱，也要把我孙女保出来！"黄妈点头，快步去了。

陆陈氏一晕，险些摔倒。金碧云连忙上前扶住。

陆陈氏一把甩开："我不用你扶！"

金碧云一使眼色，梨花和另一小大姐立刻上前扶住陆陈氏。

刚要上前的娣娣经过金碧云时，被她伸手拦住。金碧云瞪着娣娣，娣娣连忙低头退后。

梨花上前："老太太，听说您没睡好，赶紧回去休息吧！"陆陈氏无奈，只好由二人扶着走了。

展元又哭出声来："姐姐，我要姐姐——"

金碧云一声怒喝："不许哭了！"展元被吓得一下止住声，"你是陆家的少爷，没听到你奶奶在找陆家的男人吗？你就是！哭哭赖赖的像什么样子？"

金碧云看向娣娣："娣娣……"

娣娣被点了名字，立刻上前："二太太，您叫我？"

"替我送展元上学去。"

"我得照顾老太太，她昨晚没睡好，我怕……"

金碧云打断："你替我送展元上学，我替你照顾老太太，我这个儿媳妇还不如你个下人吗？"

见金碧云这么说，娣娣连忙答应，蹲下扶起展元，拍了拍土。展元看向金碧云哭着，乖乖地跟着娣娣走了。

陆陈氏回到房里，坐在床上落着泪，面前的桌上还堆着那些信件。

"妈……"

陆陈氏没好气道："你来干什么？看我的笑话？"

金碧云装出一脸无辜的样子："我怎么敢？"

"你说，是不是你向警察告我孙女的密啊！"

金碧云笑了："不是啊，妈。"

"那你就赶紧出去！"

"我不走。"

陆陈氏抬头："你想干什么？"

"妈，我就是想来问问，昨天您说让雪樵和我离婚，是气话吧？"

"当然不是！你赶紧把陆雪樵给我找回来，离婚这事今天就办！"

金碧云神色黯淡起来："我进陆家这么多年了，在我心里，我生是陆家人，死是陆家鬼。"

"你少拿这种话来吓唬我！当初要不是没得选，我绝不会答应跟你们金家结亲。我知道我那二儿子不争气，一肚子花花肠子，在外边女人不少，我正好给你一个机会，让你抽身退出去，你现在也不算太老，改嫁还来得及。"

金碧云脸上抽搐一下："我也管了这家好几年，没有功劳也有苦劳吧？我还生了展元，孙辈唯一的男孩，我忍了这么多年，您却要撵我走？"

"忍了这么多年，你为什么要忍？你就是想等我死了，好继承家产！你想得美，我是不会让你得逞的。别在这气我，给我滚出去！"

金碧云不走："妈，你说我就犯了那么一回错，你就拿个短让我走啊？您也太狠心了吧？一点改正的机会都不给，这样像长辈吗？"

"一回错？你昨天夜里去哪里了？别以为我不知道，什么山街龙公馆，你不会是跟黑帮头子林龙青搞上了吧？"

金碧云有些诧异："妈，您怎么什么都知道，难道拉黄包车的是你的眼线？"

"是又怎么样？我告诉你，他就是我们陆家的人！陆家家大业大，不应该有个眼线在外围帮忙盯着？别让流氓、土匪算计我们陆家！"

金碧云笑了，转身凶狠地盯着陆陈氏："我千算万算，没算到我婆婆还有这个本事，好吧，我认了，不过我去见龙哥，可是你逼的。"

"你说什么？我逼你去找男人了？"

"对呀，你孙女一回来，你就要卸磨杀驴，我金碧云不得自保吗？"

"你去委身一个黑帮头子自保？"陆陈氏抡起手来就要打金碧云，可这一次金碧云准确地抓住了陆陈氏的手，使劲一推，将陆陈氏推了回去。

陆陈氏一个踉跄跌坐在床上："你，你想造反啊！"

金碧云走向书桌，看着书桌上的那些信："说我造反？你是皇上啊？"金碧云嘲讽起来，"也对，我婆婆一直拿自己当皇上，真可笑。"

陆陈氏指着金碧云："你是成心想气死我，你外面发疯去！"

金碧云忽然面色一变，怒道:“我不走！我告诉你，我二十岁就嫁了进来，这里是我的家，谁也别想撵我走！谁撵我走，我就让他走！”

陆陈氏气得双手颤抖：“你让我走？你……”

金碧云嫣然一笑：“你既然知道我的秘密，我就不妨再告诉你一些……白薇的来历我早知道，她是你孙女，陆雪霖在上海跟野女人生的……”

“你不就是在我房门口偷听了吗？算什么本事？”

金碧云轻哼一声：“可你最疼的那个大儿子陆雪霖，不光有一个女儿，还有个儿子呢，这算不算个天大的秘密？”

“你说什么？我有孙子？在哪？”陆陈氏脸上出现了极端的恐惧。

“你别瞎猜，我直接告诉你多有意思呀。”金碧云凑到陆陈氏耳边嘀嘀咕咕地说着。陆陈氏越听越气，紧紧地捂住胸口。

金碧云起身，慢悠悠地走到桌前：“所以呀，你是我妈，从哪论你都是，赖不掉的，可你居然逼着我走，不应该吧……”

陆陈氏指着桌上的药瓶：“我的药……给我药……”

金碧云拿起药瓶，扑哧一声笑了出来：“你看，现在你够不到药，不还得我帮你？”陆陈氏呻吟着想去接药。

“妈，我喂你……”在离陆陈氏不远的地方，金碧云将药瓶往远处放了一截。

陆陈氏想够却够不到，只能嘶哑地低声呻吟。

金碧云凑近陆陈氏，火上浇油道：“我还有个事情要告诉你，你最疼的、最想的、最爱的陆雪霖……”

陆陈氏睁大眼睛，瞪向金碧云，金碧云的目光中却满是嘲弄。

陆陈氏一头栽倒在床上，咽了气。

金碧云将药瓶放到了床边，伸手在陆陈氏身上摸着那个挂在脖子上的钥匙链。金碧云将钥匙取下，继而去看那些信。

突然梨花的声音传来：“二太太，我们刚才听到有动静，像老太太……”

“我妈好着呢，想跟我说说亲近的话，你们在外边守着，别让外人进来。”

梨花答应着，她与另外一个小大姐对视一眼，但也不敢忤逆。

金碧云拿起信，不紧不慢地看着，一边看信，一边坐到了陆陈氏的梳妆镜前，用钥匙打开锁着的首饰柜。金碧云从首饰柜里拿出一块块祖母绿、高档的翡翠和首饰，又用另一个钥匙打开保险柜，里面堆满了金条、珠宝盒子、土地合约。

金碧云将一个大铜盆摆在屋中央，看完一封信，就扔进火盆一封。此时陆陈氏的身体已经僵硬。

几名妈姐跑来，要进陆陈氏的房门。

梨花上前阻拦："干什么？二太太有话，不让外人进去。"

"你们没闻到烧东西的味吗？怕是失了火……"

"不会的，二太太在屋里，要是失火，她早喊了。"

众人只能在门口焦急不安。

金碧云终于把白薇所有的信件烧毁，外面的议论自是听得一清二楚，她突然大喊一声："妈呀——妈呀——"跪着扑向了陆陈氏的床。

下人们听到声音，连忙推门冲了进来，见陆陈氏死了，个个都吓得面如死灰。

第三十六章　杀人灭口

老宅废墟的清理工作已经完成，女工们正在准备挖掘新的地基，大家干活都很起劲，只有小蝉在整个工地里溜达着，一副失魂落魄的样子。玲姐走过来："找什么呢，小蝉？"

小蝉脱口而出："雪亭。"

玲姐没明白。

"哦，就是三少爷嘛，我们的设计师。"

玲姐白了一眼："那你怎么敢直呼人家的名字？"

"对不起玲姐，我叫顺嘴了。"小蝉嘴上说着对不起，其实没把玲姐当回事。

小蝉继续游荡，一副无所事事的样子。天晴看不下去了："小蝉，你没活可干吗？"

"这么多人，我就不用干了吧？天晴，我去把陆雪亭找来吧？"

"你找他做什么？"

"他是设计师，不该来工地吗？他准是忘了，我去他家叫他啊，我知道陆家地址。"

"谁告诉你设计师今天要来工地的？"

"可是……"

天晴没好气道："可是什么？人家是大户人家的少爷，用得着你喊出工？再说，你自己的活干完了没有？姐妹们都在工地上干活，就你一个闲逛，发工钱的时候，不发给你行不行啊？"

玲姐正跟天晴一起干活，劝道："小蝉要面子的，你是不是太凶了？为了救你，小蝉可真是出力不少，而且有主意。"

天晴点了点头。

玲姐继续劝道："人的一生，有这么好一个姐妹也不容易的，你可要珍惜呀。"

"放心吧玲姐，我会的，我们俩自小就好，也隔三岔五吵架，谁都不会记仇的。"

远处的角落里闪出一个身影，她在人群中寻找着，看哪个都像天晴。终于，常玉蝶锁定了天晴，脸上露出慈祥的笑容。

寓所里，陆雪樵睡得很香，还不知道噩耗即将来临。

阿美正在帮陆雪樵揉着腿，阳光透过窗帘的缝隙照到陆雪樵的脸上，陆雪樵醒了。

"对不起啊，二爷，怎么让太阳晒着您了，我的错，您再睡会儿……"说着，阿美拉好窗帘，扑到了陆雪樵的怀里。

陆雪樵抱着阿美，在她脸上亲了一口："算了，不睡了，该回家了。"

阿美打趣道："二爷怕老婆啊？"

"瞎说，我是怕我妈，她最近脾气可大了！不高兴的时候还要打我屁股呢。"

阿美笑得花枝乱颤，陆雪樵起身走了。

另一边陆雪亭也刚刚醒酒，一个酒保走了过来："先生，您终于醒了，快喝杯水。"

陆雪亭抓过水杯一饮而尽，问道："我怎么在这里？"

"您昨天晚上来了就要酒，喝醉了就趴在这睡着了，我们叫您叫不醒啊。"

"谢谢收留，没让我睡到大街上去。"陆雪亭晃着脑袋起身，准备回家。

女神酒店里，南兰一身猎装，正准备去猎鹿。

警长亨特站在南兰面前，叙述着女工绑架案的最新进展："关于女佣和女工被绑架案，我们都已经查清楚了，那个团伙一共绑架了十七个女孩子，其中有一个试图逃跑，结果被他们轮奸致死；还有两个因为得了病，发烧，他们害怕传染给其他女孩，将她们残忍杀害了……很遗憾，总督先生知道案情后大为震怒，他特意让我向南兰小姐做这份陈述，我向您保证，尊敬的南兰女士，在未来，星洲不会有这样的事情发生了。"

亨特说到这里，南兰心痛地流下眼泪。

亨特继续道："关键是，我们真的不知道死的那三名女工竟然是南兰小姐的朋友，这简直是匪夷所思！"

南兰擦拭着眼泪："那三个人不是我的朋友，我不认识她们，但她们是生活在星洲的穷苦女人，作为白天女，我要管！记着，你是警察，要尽职尽责，不论被害人的身份如何！"

"是是是，我记住了。"亨特转身离开。

南兰沉痛地看向桃姐："三个女孩无辜死去，我心里真难受，你说我还要去猎鹿吗？"正犹豫间，娣娣慌慌张张地闯了进来。

听闻白薇被抓，南兰不解："警察去陆家抓人？怎么会有这种事？"

"他们还搜出了白小姐的枪，说白小姐是杀人犯啊！"

“她是有枪，可她哪会杀人……”

桃姐担忧道：“你这大白天的，直接跑出来了，也不怕被发现？”

“不是，今天二太太让我送小少爷上学，要不我还真没机会跑来报信呢。”

南兰思忖片刻：“老太太认了白薇当孙女，看来这个孙女是真的了……好吧，看在陆雪霖的面子上，我去把她保出来。”

桃姐没多说，将娣娣送出门，转而对南兰道：“白薇要真是陆雪霖的女儿，你保她出来？不怕她报复你呀？”

“我又没有杀陆雪霖，她为什么要报复我？”

“可是星洲有那么多传闻，白薇不是也质问过你吗？”

“她当时都没开枪，现在更不会了，毕竟我们已经是朋友了嘛。”

桃姐转移话题：“明天就要游神了，你今天再不猎鹿，就没时间了……”

“猎鹿重要还是救人重要？万一白薇是被别人陷害的，那不得死在警察局里？阿桃，你怎么越来越糊涂了？”南兰责备地看了眼桃姐。

桃姐有些不好意思，叹了口气，放弃了劝说。

一夜风流，陆雪樵人虽然累，却是满面春风地坐着黄包车回到了陆家，正迷迷糊糊下了车，瞅见下人正在门口挂着孝。陆雪樵一脸疑惑，下人迎面走来，竟跪倒在地：“二爷，给您报丧，老太太走了——”

陆雪樵一激灵，扬起手就要打人：“什么？胡说！我抽你啊！”

“二爷，是真的！老太太死得蹊跷，二爷……”黄妈从院里冲了出来，已是满眼泪水。

金碧云悠悠地来到黄妈身后：“有什么蹊跷的？老黄，老太太是怎么死的，你不知道吗？还不是因为白薇装神弄鬼，冒充孙女，又藏枪，让警察抄了咱们陆家，把老太太吓死的嘛！”

黄妈一下跪倒在地：“不是这么回事，老太太死得不明不白……”

金碧云手指着黄妈，厉色道：“你闭嘴！你就是白薇的帮凶，老太太走了，你也脱不了干系！来人，先把老黄给我绑起来！”

“绑黄妈做什么？”陆雪樵云里雾里，眼前的一切发生得太快，他还没缓过神来。

金碧云上前挽住陆雪樵的胳膊，扮出一副悲伤模样：“妈走了，你现在就是一家之主，你难道任由她胡说八道，让别人看你陆雪樵的笑话啊？”

听了金碧云的话，陆雪樵才意识到陆陈氏真的不在了，踉跄着冲进院里：“妈……我妈真的死了？”

金碧云追上陆雪樵：“雪樵，你等一等！”

“等什么，我得先去看我妈！”陆雪樵说着就往楼上奔。

“沉住气，我有话要跟你讲！”说着，金碧云一把拉住陆雪樵，向自己房间走去。

“什么？那个白薇真是大哥女儿？”陆雪樵揉着脑袋，努力让自己清醒过来。

金碧云拉着陆雪樵往里间走了走，生怕有人偷听：“就算是真的，现在我们也不能承认！”

“既然是我侄女，为什么不认？再说我妈不都认过亲了吗？”

“陆家还剩多少家底，你心里有数吗？有老三跟你分还不够啊，你还想再多分出去一份？要是只想分一份家产，那还是好的，你别忘了她是带着枪来的！我真后怕，让她教展元读书，万一她把孩子害死了，她岂不要一个人独吞家产？”说着，金碧云拿出手帕拭泪。

陆雪樵半信半疑道：“她一个女孩子，有这么大胆子？”

“就怕有不怀好意的人在背后指使，你忘了，她跟南兰有交情。”

“是啊……是啊！”陆雪樵恍然大悟，“大哥要是有女儿，这么多年，他早就跟我说了，我们兄弟感情还是很好的，再说，他走了这么多年女儿才上门，这里面明显有鬼啊！”

其实陆雪樵也不傻，一听说有人要分家产，自是不愿意。金碧云瞄了一眼陆雪樵，松了口气：“雪樵，还好大是大非面前你不糊涂。”

陆雪亭宿醉也赶了回来，门口已经搭好了孝布。

“怎么回事？挂孝做什么？”

下人们都垂着头，福喜抹着眼泪：“三爷，您节哀啊！”

陆雪樵冲了出来，一把将陆雪亭抱住痛哭：“三弟啊，我们都成了没妈的孩子了——”

“妈不是好好的吗，怎么突然就……”陆雪亭一愣，推开陆雪樵向院里跑去。

到了门口，陆雪亭远远望着陆陈氏躺在床上，心里默念着母亲只是睡着了。陆雪亭轻轻地走到母亲床头，小心呼唤着陆陈氏，可是再也无人应答。直到握着母亲冰冷的双手，陆雪亭扑通跪倒在地。

陆雪樵也冲进房来，二人纷纷跪倒哭喊着。

金碧云已经戴了孝，跪在一旁抹着眼泪。

陆雪亭红着眼抽噎道：“哥、二嫂，到底怎么回事？妈是怎么走的？”

“还不是那个白薇……”金碧云开始编造是非。

南兰接到娣娣的消息，不顾桃姐阻拦，即刻给亨特警长打了个电话，吩咐侍者将车开到门口，匆忙出了门。南兰在警局门口等候，亨特将白薇带了出来：“对不起，我们不知道是您的朋友，南兰小姐，我们已经查了，那起枪击案，跟她没有关系，你可以带她回去了。”

南兰同亨特礼貌寒暄几句，亨特转身把枪还给了白薇，讪讪转身，回了警察局。

“多谢南兰小姐。”

南兰看着白薇，犹豫着开口道：“白薇，上次我们俩在一起说话，打了半天的哑谜，但其实你是谁，我已经猜得差不多，我有很多话要跟你讲。”

“南兰小姐，我也有很多话，可现在不是时候，我被警察抓走，奶奶很着急，我得回去报个平安，过几天我去女神酒店找您，我们敞开心扉地聊一次。”

“好，我等着你。”

白薇点了点头，挥手招了一辆黄包车，快步离开。

黄包车驶至陆家门口，没待白薇下车，梨花大喊一声：“哎呀，你还敢回来吗？你这个杀人犯！”

白薇走下车来，摸了摸门口挂着的孝：“我不是杀人犯，这是怎么回事？为什么挂这些东西？”

“老太太走了……”家里的王妈哽咽着答道。

梨花一横眼：“你跟她废什么话，老太太就是被她气死的，还不喊人打她！”说完，梨花冲门里吆喝着，“来人啊！”两个男人抡着棍子冲出，二话不说就要打白薇。

白薇还没缓过神来，只好掏出枪对着二人：“让开！我要见我奶奶！”

白薇持枪冲进院落，下人们吓得连忙后退。

“啊！要杀人了！二太太，白薇要杀人了——”梨花尖叫着往屋里跑。

悲愤交加的白薇一路未停，手举着枪冲进了陆陈氏的卧室。陆家两兄弟正痛苦地跪在陆陈氏的床前，金碧云抹着眼泪不知说些什么，看见白薇进门，忙止住嘴。

白薇扑跪在陆陈氏床前。

陆雪亭愤然起身：“白薇，你别在这里演戏了，我妈被你连气带吓，已经过世，你这个骗子，赶紧离开我们陆家！”

白薇抬头，一脸惊愕地看着陆雪亭：“三叔，你说什么？”

“别叫我三叔！”

“我是陆雪霖的女儿，奶奶已经认下了我，你不能不认！”

陆雪亭双手颤抖，指着白薇大骂：“我妈是被你哄骗了！你到底是什么来路，贪图我们陆家的财产，设下这么大一个局，你胃口不小啊？说，接下来你打算害死谁？是二哥还是我？”

白薇狠狠瞪着陆雪亭：“我真的是陆雪霖的女儿！我来星洲是为了调查父亲的死，陆家的财产我不稀罕！”

“你还要骗到什么时候？”

陆雪亭急火攻心，在屋里左右乱转，猛地将那本日记拍在桌上：“做了这么充足的准备，你的心机真够深啊！”

白薇看着陆陈氏冰冷的面孔，不想争辩什么：“就在这个房间，父亲给我写的所有信，我都留给了奶奶，那就是我身份的证明，都在这里，你们可以自己找来看！”

“哪有什么信……哦，我想起来了，我进门的时候，妈正生气，说白薇编了好多信骗她，气得她一宿都睡不着，命令我全给烧了，喏……”说着，金碧云指了指不远处的一铜盆灰烬。

白薇慌了神，一把扑了过去，但只抓了一把灰。陆雪樵看着白薇，大吼道：“你还想演下去吗？从上海骗到星洲，你不会是一个人吧？一共来了几个同伙？有本事你都叫出来！”

“我没有同伙！”

“我也要信你呀！我现在就打死你，给我妈报仇！”陆雪樵攥紧双拳，气愤地冲向白薇。

白薇下意识地举枪，正对着陆雪樵。

“雪樵！”金碧云上前去拉。

陆雪樵向后退了一步，陆雪亭一个箭步挡在了他身前：“好啊，你开枪，先打死我！”陆雪亭用身体顶向白薇的枪口，他的脸上悲伤中透着冷漠。

白薇绝望道：“三叔，你相信我……”

“不要再说了，我已经不想知道你是谁了。你赶紧走吧，永远不要再踏进陆家的大门了！”陆雪亭用胸口顶枪，硬生生把白薇逼了出去。

客厅里，梨花拿着白薇的箱子走来，重重摔在地上：“快走吧！二爷三爷都撵你了！别以为有枪我们就怕你，有本事你先开枪打死我！”梨花指着退下楼的白薇叫嚷着，期望能讨得陆雪樵的欢心。陆雪樵看向梨花，肯定地点了点头。

白薇生气又绝望，看着陆雪亭厌恶的目光，拎起箱子转身而去。听到楼下的动静，金碧云长出了一口气。她坐在椅子上，跷起了二郎腿，嫌弃地看着床上脸色铁青的陆陈氏，冲屋里两名年长的女仆吆喝着：“大半天了，你们都瞎忙乎什么呢？还不把老太太盖起来！”

女仆们赶忙行动起来，金碧云拍了拍手，悠闲地走了。

金碧云没去料理陆陈氏的后事，反而将用人长顺叫到了厨房。金碧云将一沓钱塞给长顺：“我知道你胆子大，在外面也有朋友，去帮我办件事。”

长顺眼前一亮，笑道：“给这么多钱，什么事我都给您办了，只要不让我杀人就行……”

“要就是呢？”

长顺的笑脸一下凝固，他有些害怕，可没想到金碧云又拿出一沓钱放在桌上。长顺看着钱心动了：“您吩咐吧，杀谁？”

金碧云狡黠一笑，趴在长顺耳边嘀咕两句。

白薇从陆家出来，提着箱子漫无目的地走在街道上。看见小食摊前嬉闹的父女，白薇满脸泪水，星洲不大也不小，却没有自己的容身之所，白薇苦笑着走到星洲海港，站在礁石上眺望着大海。回想起自己和父亲往昔的美好时光，白薇嘴角露出了幸福的笑。

那是冬天的上海，虽然降了些温度，但在父母的关爱下，小白薇从不觉寒冷。上海滩的弄堂里，陆雪霖将五岁的白薇扛在脖子上，转着，跑着。可美好的时光总是短暂，十四岁那年，白薇和父亲分离，没想到竟是最后一面。

那天白薇穿着时髦漂亮的裙子，跟着陆雪霖走在繁华的街上。

白薇抬起稚嫩的脸孔：“爸爸，你留在上海好吗？”

陆雪霖停住脚步，看向白薇：“那可不行，等你长大了，爸爸带你去南洋，我们天天在一起。”

白薇忍不住哭了起来。

“你哭什么？”

“爸爸上次也是这么说的，可一走就是九年……”

陆雪霖将白薇搂在怀里，擦拭着眼泪：“别哭了，爸爸还要待上一个月呢，才来你就哭，爸爸不高兴的！走，我带你去看电影去！”

白薇挎住陆雪霖的胳膊，擦掉眼泪，高兴地走了。

回忆多美好，现实就多残忍。白薇掏出枪，凄惨一笑：“父亲，我来星洲是为你报仇的，可是……”眼前闪回自己要杀南兰的那些瞬间，“没能报仇，甚至根本不知道南兰是不是凶手……这把枪倒害死了奶奶，要不是因为我带了枪，警察就不会来抄家，奶奶就也不会出意外……父亲，我对不起你——”白薇一狠心，将枪扔向了大海。波涛汹涌的大海，手枪掉在里面，只溅起了小小的浪花。

白薇跌坐在礁石上，望着海浪，一副生无可恋的样子，完全没有察觉到跟在她身后的长顺和另一个流氓。二人悄悄地来到白薇的身后，长顺一个眼神，流氓立马勒住白薇的脖子。白薇挣扎却动弹不了，眼见就要被勒晕，流氓松了手。

“长顺，这女孩子这么漂亮，勒死了，岂不可惜？”

“哎呀，你快勒吧，我都领赏钱了，不勒死她，难道把赏钱退回去？”

流氓坏笑一声：“不是不勒，我是觉得太可惜了。你先让我……然后我再帮你弄死她，行吧？”

长顺搓了搓手，奸笑着：“这主意不错，要来也得一起来啊！”

白薇在旁喘着粗气，这才听明白是怎么回事，她本想搏斗一番，可是已经没有了枪，身边也没有一个石头能抓得起来。趁二人没注意，白薇起身就跑，没成想鞋跟被卡在了礁石里。白薇使劲一拽，鞋带跟被扯开，她摔在了礁石间的沙地上。长顺二人追至，扑身压倒白薇。一个人按着，另一个去撕扯白薇的衣裳。

忽然，一个声音从远处传来：“住手！”

长顺抬眼看去，一个穿着运动T恤和短裤的男人出现在附近。来人正是万鹤堂少堂主叶鹤鸣。流氓不耐烦地冲着远处喝道：“哪来的学生娃，跑这么荒凉的地方跑步啊？少捣乱，滚远点！”

叶鹤鸣像是没听见，缓步走上前来。

“让你滚，你没听见啊？”

叶鹤鸣看了眼喊着救命的白薇，淡淡道："放开她。"

二人见叶鹤鸣要管闲事，一把松开白薇，同时冲上。

二人三脚猫的功夫，没两招就被叶鹤鸣打倒，流氓暗地里拿出尖刀，却被叶鹤鸣眼疾手快一脚踢飞。流氓见状落荒而逃，被叶鹤鸣踩在脚下的长顺连忙求饶："英雄饶命！英雄饶命！"

"滚！"

长顺站起就要跑，可没想到从狼狈中缓过来的白薇抓起地上的刀，向着长顺刺去。白薇下了死手，幸好长顺反应快躲过，不然小命不保。

"你干什么？非要杀人吗？"

"帮我抓住他！"叶鹤鸣下意识地帮白薇摁住了长顺。

白薇将刀架在了长顺脖子上，狠狠道："看你面熟，是陆家的人吧？"

长顺看着刀尖，忙摆手。

"还敢骗我？"白薇一使劲，长顺的脖子就被压出了血印。

刀剑无眼，长顺吓得只能供出实话："我是，我是……"

"谁让你来害我的，说！"

长顺颤抖着声音："是二太太金碧云！"

白薇向后踉跄一步，手中的刀滑落在地。她没想到对自己下毒手的竟然是这个女人。叶鹤鸣见状松了手，长顺连忙跑了。白薇根本没看救自己的人是谁，走上礁石提起箱子就要走。

"你就这么走了？"

白薇不想回头，抱歉道："对不起，给你添麻烦了，多谢救命之恩……"

"我记得你是有两个朋友的，要不要我送你到朋友的身边去，免得再出危险。"

白薇吓得一激灵，回过头去："你认识我？"

叶鹤鸣笑了笑："上次你不是去过万鹤堂吗？"

白薇上下打量着："你是那个少堂主？"

"是我。刚才他说的那个人是谁？好像是个女人的名字？她为什么要害你？"

"说来话长……真没想到是少堂主救了我，多谢。"说着，白薇鞠了一躬。

"我能帮到你什么吗？"叶鹤鸣试探性地问了句。

白薇摇了摇头，拎起箱子快步走了。

白薇光着一只脚，走起路来有些滑稽，但她没有丝毫顾忌。

叶鹤鸣注视着白薇远去的背影，转头向礁石望去，只有那只坏了的鞋的鞋带在海风中被吹起。

第三十七章　尸骨未寒

工地上到了午饭时间，小蝉端着一份饭，沿着边儿朝天晴走去，坐到离天晴半步远的地方，又不说话。

天晴早注意到她的动静，觉得好笑，终于还是主动坐过去，问道，“怎么？生我气了？”

小蝉噘着嘴，一边扒饭，一边显得十分委屈：“你现在管事，你说了算，我哪敢生你的气，你不让我开工我还开不成了呢，我和你作对不是自找苦吃吗？”

天晴无奈，好声劝道：“就是因为南兰小姐让我管工地，我才得说你。谁都知道咱俩最好，可是如果你干活这么不卖力气，被人说了闲话，以后我怎么才能服众啊？”

“我明白大道理，可我就是觉得丢面子嘛！”小蝉猛地站起身来，说着，委屈得想要哭。

天晴忙安慰道：“我知道了！以后我当着大家伙的面，不训你了还不行吗？放一百个心，有我欧阳天晴的好，就亏不了你何小蝉！”天晴语气诚恳，小蝉也顺坡下驴，道：“哎哟，天晴，我也不是那种死要面子活受罪的人。训就训吧，要是对你树立威信、以后当大家姐有好处，你打我一巴掌我都不在乎，谁让咱们是姐妹呢？我也不是不想好好干活，我今天心里有事啊！”

小蝉蔫蔫地坐在天晴身旁。

“为了陆雪亭？”

小蝉点了点头：“我担心，昨天他一直跟白小姐在一起，我心里有点打鼓呀。”

天晴没好气道：“他跟白小姐在一起，你打什么鼓？”

“哎呀，你装什么糊涂……这样好不好？今天下了工，你陪我一起去一趟陆家看看他好不好？”小蝉撒娇般地晃着天晴的胳膊。

“也是，白小姐也是救我的人，应该登门去道一声谢谢的，收工咱俩就去。”说着，天晴将自己饭里的肉片夹给小蝉，“快吃吧，下午干活别走神了。”

不远处，一个老汉推着一车甘蔗走来，常玉蝶戴着大斗笠跟在旁边。

常玉蝶戳了戳老汉，小声说：“喊。”

老汉连忙点头：“水果贱卖了！新鲜的水果贱卖了！”

“大点声！”

“哎……新鲜的水果贱卖了！甘蔗一毛钱随便吃啊！”

女工们都专心干活，无动于衷。常玉蝶很是失望，只能另想他法。

卖甘蔗的老汉已经走了，常玉蝶又换了一套行头，挎着筐在工地附近溜达着，不过仍戴着斗笠。阿九扶着阿海慢慢朝这边走来，正与常玉蝶擦肩而过。常玉蝶看见阿海，心生欢喜，有意放慢脚步等待着。邝海生伤得不轻，走起路来有点艰难。恰好这时，小蝉又在工地瞎转悠，一眼瞥见了阿海："天晴，阿海哥看你来了。"

天晴看见阿海，有些尴尬，但还是快步迎上："你怎么来了？"

阿海笑了："你这是吃着梅子问酸甜——明知故问呀，我当然是想你了，来看你啦。"

看见阿九在一旁偷笑，天晴更是不好意思。

随着阿海望去，常玉蝶终于找到了天晴。可常玉蝶不敢上前相认。

看天晴一直不说话，阿海尴尬地挠了挠头："对不住啊天晴，医生说我后背的伤，还得住上个把星期才能出院，耽误帮你干活了，你替我向南兰小姐道个歉……"

"南兰小姐不会怪你的，你快回去吧，我干活呢，没工夫陪你，你别让姐妹们笑话我好不好？"

阿海嬉皮笑脸道："行，你干活去，我就在这看着你，看一会就走。"

"讨厌……"天晴不再理邝海生，转身跑回工地。阿海笑着歪过头去，正看见向这边眺望的常玉蝶。可常玉蝶没发现，她的目光一直追随着天晴。阿海看了看常玉蝶，又看了看天晴，确认常玉蝶的目标就是天晴，就想过去问问。

常玉蝶发现阿海向自己走来，连忙转身走了。

"哎，这个人……阿九！"阿海腿脚不方便，走了两步只能停下来，在一旁闲着无聊的阿九听到喊声跑了过来，"你追上那个女的，帮我问问她是谁，总盯着我老婆，想干什么？"

阿九也看着常玉蝶的背影，十分不解："看大嫂？这是个女人啊，岁数不小了，她看大嫂干什么？"

"让你去你就去！"

阿九白了一眼跟了上去。

陆家这边，陆陈氏尸骨未寒，金碧云就已拿出女主人的款，命令家中所有女工在厨房里集合，随后换了一套黑色旗袍走进厨房，趾高气扬地看着地上气哼哼的黄妈："给她松绑。"

梨花上前给黄妈解开绳子，金碧云假意关心，上前搀扶着黄妈："黄妈呀，整个家里就数你跟老太太最亲，所以老太太一死，你受了刺激，说了些胡话，我不怪你。"

黄妈不领情，一把甩开金碧云的手："你怪我能怎么样？还能杀了我不成？"

金碧云也不再装腔，手指轻轻拂了拂衣袖："你可是这个家里的功臣，跟了老太太那么多年，我又怎么可能亏待你呢？可你是知道的，陆家虽家大业大，却有很多亏空，账上没有什么钱，养不了闲人的。以前你虽也帮我管家，但最主要的活还是伺候老太太，现在老太太走了，要不我再给你找点轻快的活干吧，我倒不是不能养您的老，只是，如果什么都不干，让别人觉得不公平不是？"

"好，你让我干什么我就干什么。"

金碧云轻笑一声："黄妈，你人真好，家里楼上楼下的，一共有七个厕所，以后就都交给你打扫了。”

黄妈立刻瞪起了眼睛，看着金碧云，金碧云的脸上却风轻云淡。

“你说什么？老太太刚走，你就让我去扫厕所？”

“不是你说的吗？我让你干什么你就干什么。你平时风光得厉害，虽说是个下人，连我也经常被你训，怎么，现在老太太走了，你不听我的话了？你要是想走，我也没办法……我记得你是苏北乡下的，回上海的船票不便宜，但你在老太太身边待了那么多年，没少得便宜，一张船票对你来说也不算什么，我就不管了。你随时可以走，留下白吃几天饭，我也不在乎。”

金碧云踱步在众人面前走着，这话既是警告黄妈，也是在下人面前立威。

黄妈颤抖着双手指着金碧云：“好你个金碧云！有眼睛的都能看得见，老太太如今尸骨未寒，你的手上、脖子上戴的都是老太太的翡翠！”

金碧云心虚，下意识摸了摸脖上戴的翡翠，黄妈大骂起来：“难怪老太太说你们金家这种破落户养出来的闺女不可靠！你个不守妇道的东西，老太太才走，你就这样对我，你不得好死！”

金碧云一个眼神，梨花冲上前去，啪地给了黄妈一个耳光。黄妈被打傻了，上去就要跟梨花拼命，却被两个人摁住了。

“你们放开我，放开我！”黄妈挣开摁住自己的人，用头向金碧云撞去。金碧云一躲，黄妈正撞到一个金属的尖利角上，当场死亡。

金碧云也慌了，她只是想惩罚一下黄妈，没想到竟然闹出了人命。在场众人皆愣住了，一个个地捂住了脸。金碧云颤抖着声音：“大伙可都看见了，黄妈跟老太太感情深，是自己寻死，去给老太太陪葬了，你们都明白吗？”

众人都摇着头，不明白什么意思，突然，金碧云一脸戾气：“我说的什么，你们没听见吗？不是我刚才说的那样，难道是被你们逼死的吗？”

下人们纷纷道：“是是是，黄妈她想不开，给老太太陪葬去了。”

金碧云拿起手帕，甩了几下：“那还不快把尸体搬走？怪晦气的。”

几个下人上前，迅速打理尸体，金碧云转而瞟向娣娣。

娣娣连忙上前：“二太太，之前我是伺候老太太的，现在她老人家走了，我不能白吃饭……刚才您说的扫厕所的活，我干吧？”

金碧云满意地笑了笑：“那就辛苦你了。”

“多谢二太太！”娣娣紧咬着牙关，将这口气咽了下去。

一身猎装打扮的南兰走出女神酒店，竟发现四名壮汉站在她的汽车前，南兰很是惊诧，桃姐却得意一笑：“这四位先生是我请来的，协助你一起去猎鹿。”

南兰无奈地看向桃姐：“白天女要亲自猎鹿、祭神，这是规矩，我不用人协助。”

桃姐拎起箱子放到了后备厢里，语重心长道："我怕海盗回来再把你掳走，那可就麻烦了。"

"不用你管，要猎鹿，我就自己去，要不，我就不去了。"南兰说着就往回走。

"好吧，如果是这样的话，我还是告诉你一个消息吧，你听了恐怕今天还是猎不成鹿。"

"什么消息？"

"陆家老太太走了。"

南兰停下脚步，猛地回头："你开什么玩笑？前几天我在医院还见过她，颐指气使的，精神着呢！"

"是真的，突发心脏病，一下子就走了。"

南兰虽厌恶陆陈氏，可毕竟和她在同一屋檐下生活过几年。听见陆陈氏过世的消息，一时难以接受。

南兰的汽车直接开到了陆家大门口，看见陆家大门口挂的孝，南兰心里五味杂陈。门口的下人们有的认识南兰，相互交换着眼神，不知如何是好。

"我是来吊唁的，叫管事的人出来接我。"

福喜连忙向屋里跑去，边跑边喊："太太！南兰来了，说要吊唁。"

正在厨房里审账本的金碧云一惊，合上账本，去了陆陈氏房里。

陆陈氏的卧室里，她的尸体被白布苫着。陆雪亭和陆雪樵兄弟二人失魂落魄地坐在一旁守着，金碧云快步走来，在陆雪樵耳畔嘀咕着。

陆雪樵皱着眉头："她来干什么？"

"说是来吊唁的。"

"谁？"陆雪亭无力地问了句。

陆雪樵咬紧牙："南兰呀！"

陆雪亭起身就要去接。

陆雪樵呵斥道："接她做什么？咱妈的心脏病，本来没什么大事，就是因为南兰害死了大哥，伤心而致！她还每年都深更半夜到我们陆家门口来游神，一次一次地，把妈吓得病情越来越重，才有了今天！妈最不愿意见到的就是她！她是来捣乱的，妈走了她都不让妈安宁啊！"

金碧云假装很委屈："小弟啊，你二哥虽然有些冲动，可他说的就是这么个理，这些年你不在家，发生的一些事你不知道。你太善良了，从小南兰对你也不错，你不愿意把她想坏，可……"

金碧云假装说不下去，转头看向陆雪樵："雪樵，你现在是一家之主，仇人杀上门来了，就得看你的了。"

金碧云一煽动，陆雪樵猛地起身冲向厨房，抄了一把最大的菜刀就往外冲。厨房里的一众女人们不知如何是好，梨花赶忙跟在后面阻拦："二爷，二爷！"

金碧云走到门口，伸手拦住众人："拦他干什么？二爷是男人，一家之主，自会有分寸，你们都好好地给我站回去，我的事还没完呢！"众人又纷纷站了回去，金碧云微笑着坐回到位置上去，一页一页地翻看账本，甚是悠闲。

手拿菜刀的陆雪樵屠夫似的冲出陆家大门。

南兰吓了一跳："陆雪樵，你干什么？"

陆雪樵咬牙切齿道："我恨不得一刀砍下你的脑袋给我妈报仇！我妈有今天都是被你气的！你还来看我们陆家笑话是不是？有我陆雪樵在，绝不会让你个妖女进门！"

南兰无奈，向后退了几步，扑通跪倒："老太太，您虽已登报与我断绝关系，但无论如何，你是我曾经丈夫的妈妈，南兰给您磕头，祝您一路走好。"南兰面上未流露出过多情感，认真地磕了三个头，起身离开。

见汽车轰鸣而去，陆雪樵虚脱般地垂下手里的菜刀。菜刀哐当一声掉在地上，陆雪樵挺起胸脯自夸道："我还收拾不了你了，一个女人，猖狂什么？"

回到酒店，南兰一脸沉重地进入大门。侍者见状连忙退让。

南兰把自己一个人关在屋里，坐在沙发上，无声地流下了泪水。

桃姐急匆匆进门，没等她说话，南兰先开口："娣娣有没有消息传回来，老太太怎么会突然就没了？"

"还没有。"

南兰有些急躁："那你来打扰我干什么？又是让我去猎鹿对吧？我不想去！"

"不不不，你先别发脾气，是白薇来了。"

南兰深吸了一口气："对，白薇，她一定知道是怎么回事……为什么不把她带上来？"

桃姐犹豫道："她现在的样子有点……我怕贸然把她带进来，会让酒店里的其他客人觉得不适，能不能借您的一双鞋给她？"

南兰收起眼泪，快步起身走了出去。只见白薇一只光脚踩在地上，衣服也被撕破了，身上、胳膊上和腿上都有明显的血痕。

"白薇，你这是怎么了？"

"一言难尽。"

桃姐拎着一双鞋也跑了出来，要递给白薇。

可没想到白薇异常坚强，她咬着牙一字一顿道："我现在不需要鞋，我需要一把枪，南兰小姐，你可以帮我吗？"

南兰很是诧异，但还是郑重点了点头。

南兰开着车，白薇坐在副驾上，手里紧紧握着一把枪。

南兰打破僵局，率先开口："你来星洲，不是做家庭教师的。"

"当然，这对南兰小姐来说，应该不只是猜测吧。"

南兰点了点头："我曾经的丈夫，陆家的大少爷……"

"陆雪霖是我父亲。"

看见白薇如此直截了当，南兰有些意外："你就这么直接承认了？"

"是的，奶奶离奇死亡，让我觉得有鬼的是陆家，而不是你南兰。"说着，白薇握枪的手不觉加大了力度。

"可是你刚才说金碧云要害你，其实我有点难以相信，她也叫过我几年大嫂的，我记得她就是个谨小慎微、毫无安全感的女人，经常被陆雪樵欺负，甚至是谩骂、殴打……"

白薇打断道："不，如果当初金碧云不是装的，那就是这几年她变了。她是我到陆家以后第一个打交道的人，她心思缜密、表里不一，极为恶毒。"

白薇坚定的神情，让南兰没办法再问下去，只能加快油门去陆家一探究竟。

南兰的汽车飞驰而至。陆雪樵正在门口送前来吊唁的客人们出门。汽车还没停好，白薇径自下车就往陆家冲。陆雪樵也顾不得有客人在："你给我站住！你这个骗子，你回来还要干什么？"

话音未落，白薇的枪已经顶住陆雪樵的脑袋，陆雪樵吓得不敢说话，不停往后退。客人们惊慌失措，一阵混乱。见白薇已经冲进院，陆雪樵心虚道："南兰，你这个妖女，你又挑唆那个女骗子来闹事！"

令陆雪樵没想到的是，南兰直接从后备箱掏出了双管猎枪，走向那些客人："这是陆家的家事，跟你们无关，你们全当没看见就好。"

陆雪樵想要上前阻拦，哪料南兰直接用枪顶到陆雪樵的胸口，吓得他"妈呀"一声抱着脑袋蹲在了地上。南兰不屑地看了一眼，转身冲进院去。

白薇一路逼着家丁和仆人后退，梨花上前阻拦："你、你，你还敢杀人啊你？"

白薇一瞪眼把枪口指向梨花，梨花连忙向与她相好的家丁使眼色，两名家丁抄棍子就要去偷袭白薇。

"我看谁敢伤她！"南兰一声喊，家丁们连忙回头。

南兰举着枪扫视院内众人："我们来处理的是陆家的家事，跟你们这些下人没关系，我的枪每年都会猎鹿，二百斤的雄鹿一枪就放倒，要是不想让我走火，就都在院子里老实站着！"这些人本就害怕南兰，见她手里又端着枪，只能落荒而逃。

金碧云站在楼梯拐角里，看见院子里发生的一切，慌忙转身往回走，回到屋里深吸一口气，把门插上。

听见外面的动静，陆雪亭从楼上赶了下来，正撞见白薇举枪。陆雪亭怒目瞪着白薇："白薇，你想干什么?!气死我妈还嫌不够，你还想杀人吗？开枪吧！”说着，陆雪亭抄起一个烛台，“只要你一枪打不倒我，死的恐怕就是你！”

陆雪亭做出要跟白薇拼命的架势。白薇一时不知如何是好。

南兰急忙赶来：“小弟。”

“大嫂？你跟她是一伙的？”

南兰想了想：“好像这么说也没错……白薇，你不用管他，去做你想做的事，把他交给我。”

白薇不再管陆雪亭，冲上楼去。陆雪亭还想追，南兰快走两步，一把拉住他。

“小弟，女人之间的事你就别掺和了。”

陆雪亭气得直捶墙：“大嫂，白薇是个骗子！”

“但我相信她。”

陆雪亭望着南兰，母亲的突然去世与对白薇的怀疑交织在心中，使他一时说不出话，掩面哭了起来。

“你忘记了，在女神酒店，危急关头，是她开枪才救了我们，如果她是个骗子，会因为我们的生命浪费子弹吗？”

陆雪亭抬起头，一时不知说些什么。

白薇冲上楼，径直朝金碧云房里跑去。推门却推不开，白薇两脚将门踹开。

金碧云刚好挂断电话，神色慌张地看向白薇：“你私闯民宅，持枪行凶，我已经打电话报告警察了。”

白薇根本不理，上前一把薅住了金碧云的头发就往外拽。

“你放开我！”金碧云不停叫唤着。

客厅已经布置成灵堂，白薇一手拿枪，正顶着金碧云的脑袋，另一只手薅着金碧云的头发，将她从楼上拖了下来。陆雪亭没想到白薇会这么做，南兰也有些意外。这时，陆雪樵从外面冲进来，见到这般情形，刚要出声，却见南兰的枪口对准了自己，连忙闭嘴。

所有下人都向门口围了过来。

令众人没想到的是，白薇松开金碧云的头发，回手就是一个嘴巴，抽得金碧云一个踉跄。金碧云刚回过神，白薇反手又是一个嘴巴。

金碧云还想说什么，白薇的枪已经顶上了她。“金碧云，陆家的二少奶奶……不对，现在应该叫二太太。你是不是以为你派出去的人已经将我杀了？那就对了，现在来找你算账的，不是白薇，白薇已经死了，我告诉你，我叫陆白薇，是陆雪霖的女儿！”

白薇不顾下人们的窃窃私语，凶狠地盯着金碧云：“我来星洲是寻找父亲的，不是来抢你们陆家家产的，你为了钱撵我出门，无所谓，可你想害死我，我就得替奶奶教训你！”缓了口气，白薇回过头去看向陆雪樵，“二叔，你老婆心术不正，你防着她点。”说着，白薇又转向陆雪亭，“三叔，你说过不让我进家门，可奶奶还躺在上面，你说了不算！我要上去正式去给奶奶磕个头，然后就走，你们陆家的家产，我不在乎，这个让我伤心的地方，我也可以永远不来！”说完，白薇就向二楼走去。

这突然的变化让陆雪亭呆愣在原地，愣了片刻，他也冲上楼去。

陆陈氏房门大开着，白薇就要进去。南兰在身后喊住：“白薇，死者为大，不要带枪进去。”白薇顿时会意。

“我在门口帮你守着，不会让他们为难你的。”南兰接过枪，一手拿手枪，一手抱着双管猎枪，站在门口。跟来的陆雪亭一头雾水，陆雪樵也跟来，却害怕地躲在陆雪亭身后。

守在屋里的两个老仆人，吓得在角落里瑟瑟发抖。白薇视若无睹，跪在陆陈氏床前恭恭敬敬地连磕三个头：“奶奶，不肖孙女陆白薇给您送行！您一路走好！”

再回首，白薇已是泪流满面。白薇扶着陆陈氏的灵柩缓缓起身，本想见奶奶最后一面，可终究不忍掀开那道天人永隔的白布，拭干眼泪出了门。

“我也送送老人家。”

白薇接过两把枪，看着南兰进了门。

进了屋，南兰没有着急磕头，而是慢慢地走向了尸体。南兰轻轻揭开了白布，陆陈氏的狰狞面目暴露在眼前。陆陈氏的脸色铁青，可见死时极为痛苦。南兰心头一紧，半晌才清醒过来。她仔细地看着尸体，更加肯定了自己的猜想。

第三十八章　往昔时光

南兰刚将双管猎枪放进后备厢，十几名警察已经聚拢到陆家大门口。

抓白薇的那名华人翻译走向金碧云：“二太太，持枪歹徒在哪里？”

顾不上整理仪表，金碧云指向南兰和白薇：“就是她们两个！枪在车上！”

南兰瞪向那名翻译，翻译居然不知好歹道：“搜凶器！”

可根本没有警察敢上前，警察领头的正是总警长亨特，他指着翻译：“你退到一边去！”翻译呆愣在一旁，不敢作声。

亨特快步来到南兰面前：“南兰小姐，没想到您在这里，有人打电话给我们……”

“我知道，是那个女人打的。”说着南兰指向金碧云，“她精神有些恍惚，她讲的话你们不用听，你们来得正好，这个家里的女主人，也就是我婆婆，她的奶奶……”

南兰顿了顿，示意亨特：“突然去世，我看死得有些蹊跷，你们应该好好查一查。”

亨特点了点头，转身大声道：“通知验尸官赶紧过来！”

一名警察一个立正跑走了。

亨特奉承道："尸体在哪里，我先去看看！"说着，亨特就要进门，陆雪樵和金碧云极为被动，只好让路。

片刻工夫，一半警察涌进陆家，另一半警察在门口拉紧戒备。陆雪亭精神恍惚，不知该信谁的话。突然间，陆雪亭发现小蝉和天晴从远处走来。

南兰上前拉住白薇，宽慰道："上车吧，人也打了，气也出了，该走了。"

白薇失魂落魄地上了车。南兰刚要上车，瞥见了天晴和小蝉，天晴和小蝉连忙向南兰点头示意。

"这里刚死了人，乱得很，应该不欢迎客人，你们两个要不要坐我的车走？"小蝉连忙摇头，天晴也表示不用，南兰看了眼陆雪亭，不再说什么，开着车走了。

闹剧上演了一天，小蝉、天晴陪着陆雪亭并排走在星洲的老街上。看着满脸忧愁的陆雪亭，天晴劝慰道："老人家刚过世，请陆少爷节哀，早点回去忙吧，不用送我们了。"

陆雪亭的脚步并没有停下来："其实不是为了送你们，我只是觉得心里很乱，想走走。"

"陆少爷，你有什么话，可以跟我们说的。"小蝉一脸担忧地看着陆雪亭。

"我妈是有心脏病的老毛病，可毫无征兆，突然去世也确实过于蹊跷，更蹊跷的是白薇……她之前做足了准备，光我们陆家的消息，就记了厚厚的一大本，真是有备而来啊……"

"什么'有备而来'？"

"她要夺家产！"

"说白薇小姐为了抢夺家产，我有点不信。实不相瞒，到今天为止，我还欠着白薇小姐六块钱呢，那是她主动替我补交的船票……她不是贪财的人啊！"

陆雪亭思忖着，一巴掌拍在自己的脑门上："对啊，她若是为家产而来的骗子，又为什么会拒绝我，冒充大哥的女儿，风险太大了，倒是嫁给我，岂不更容易些？同样是得一份家产，她何苦舍近求远？我……我怎么这么糊涂？"说着，陆雪亭一伸手，叫停一辆路过的黄包车，"送这两个女孩去豆腐街！"

小蝉认为没有必要花冤枉钱，可以自己走回去。陆雪亭一口回绝："不行，天晴刚受过伤，而且现在星洲不太平，你们两个女孩走夜路我不放心……一定要把她们送到！"车夫点了点头，从陆雪亭手中接过钱。

"你们快上车，我去找白薇当面问个清楚。"说完，陆雪亭往女神酒店方向跑去。天晴和小蝉面面相觑，不好评论些什么，坐车回到了豆腐街。

阿海正与面线伯聊天，看见黄包车驶进豆腐街，立即起身："天晴，你可回来了！"

小蝉下了车："阿海哥，你在等天晴啊？"

"是啊，你们干什么去了？还坐了黄包车回来，好阔气呀！"

天晴和小蝉对视一眼，没说什么，转而对阿海说："阿海，你受伤了，不在医院好好住着，怎么又跑出来了？白天不是见到了吗？"

阿海突然低声道："有个事我要跟你说……"

小蝉在一旁酸溜溜的："拍拖的男人嘛，每天都有话要跟他中意的女人说的……好了，我不听，你们聊吧。"小蝉说完走了。

天晴看向阿海："说吧，什么事？"

阿海一脸严肃："你认识万鹤堂的人？"

"什么堂？"

"万鹤堂，星州第一大帮派，连我们龙王帮都要让他们几分的！"

天晴摇了摇头："我才来星洲多长时间，除了你，一个星洲帮派的人我也不认识啊。"

"那怎么会呢……"

天晴追问道："到底发生什么事了？"

"是这样，上次为了救你，我闯过一回万鹤堂，后来说起你的名字，一个管事的大姐好像认识你，当时我也没多想，可今天我又在工地上见到她了，她在暗处偷看，被我发现扭头就走。我也怕自己认错了，就让阿九跟着她，结果她果然是回了万鹤堂。"

天晴无奈地看向阿海："什么乱七八糟的？工地上那么多姐妹，你怎么知道她看的是我？再说，我们是在帮南兰小姐做事情，南兰小姐是白天女嘛，在星洲特别有名，你说的那位大姐一定是听说南兰小姐的老宅被烧了，来看真假的，这还不都怪你？"

阿海一拍脑袋："对呀，我怎么没想到这个呢？甭管什么帮派的，女人都信白天女呀……还是我老婆聪明，我疑神疑鬼的，想了那么多种可能，看来都不对了。"

"行了，别胡思乱想了，你快回医院吧，赶紧把伤养好，来工地干活，住在医院里，每天都要花南兰小姐很多钱呀！"

"是啊，我也急呀，想每天回来和你在一起啊……我走了。"说着，阿海略显失望地要往回走。

"等一等！"

阿海惊喜转身，期待天晴和自己说些宽慰的话。

"明天不要再来工地了。"

天晴当头一盆冷水，阿海委屈巴巴道："那我想你怎么办？"

天晴指着阿海："你能不这么烦人吗？"

"好好好，不烦！晚安啊，做个好梦……不不不，最好不做梦，一觉睡到天亮，这样明天干活才有力气呀！"

"你能不能不这么贫嘴？"

阿海来劲了："哎，贫嘴我擅长的，祝你芝麻开花——节节高，竹笋出土——节节高，脚踏楼梯——步步高！还有，西瓜地里散步——左右逢源呀！”

天晴没搭理阿海，早就转身走了。

南兰房里，桃姐和另一个女仆正在收拾餐桌，不料陆雪亭竟撞门而入。南兰倒也没有嗔怪，笑道：“小弟来了，吃饭了没有？”

陆雪亭脸上仍有悲愤与茫然的神色，转向坐在窗边的白薇：“我不想吃东西……白薇，我有些话想向你问清楚。”

斜倚在窗边上的白薇本就心情低落，听到陆雪亭的声音，她一语不发，连头都没有抬。

“急什么？我们两个也刚吃了点东西，还什么都没说呢，你来得正好，我和白小姐约好互诉衷肠，但我想我们说的应该都是关于陆家，尤其是你大哥的事。小弟，你不是也一直想知道我和你大哥之间到底发生了什么吗？干脆坐下来一起听吧……你要咖啡还是红酒？”

“多谢大嫂，我什么都不要，我只想了解真相。”陆雪亭的眼神直勾勾地盯着白薇，在陆雪亭的注视下，白薇显得有些慌乱。

南兰瞥见，轻笑一声缓和气氛：“别怕他，你这个三叔受了刺激，我们放轻松，慢慢聊。白薇，你的故事更久些，要不你先说？”

白薇缓了口气道：“陆家的大少爷陆雪霖，当年在上海的时候是有个女朋友的，你知道吗？”

“我不知道，没人跟我提起过。”

陆雪亭摇了摇头：“我也不知道，那个时候我还很小。”

白薇眼中隐现出一丝泪光：“她叫黎紫薇，当时只有十九岁，是个舞女。”

南兰有些吃惊：“舞女？”

“对，所以即使她与陆雪霖十分相爱，却因为身份，没有办法嫁进陆家，她不求做少奶奶，只求能进门，哪怕做小也好，为了这个愿望，她不惜抛下自己的尊严去求奶奶，可是……”

南兰点着头：“结果我能想得到。”

“不，你想不到。”白薇情绪突然激动。

南兰不解道：“无外乎就是她怎么求，陆家都不会答应婚事，还能有什么？”

原来，当年陆家老太嫌弃黎紫薇的身份，她若想进陆家的门，只有一个办法，就是去学刺绣，为陆雪霖和他即将迎娶的豪门望族的新娘做绣服，如果绣得好，她就有机会进门来做小。黎紫薇高兴极了，到苏州找最好的师傅学艺，用了六个月的时间，没日没夜，才绣出了全套的喜服，还为自己绣了一件非常素雅的旗袍，一起送上门，等着陆家的回复……谈到这里，白薇觉得母亲很可笑，因为第二天就是陆家举家搬离上海的日子，却没有人告诉她。等了十几天，黎紫薇再找上门去，却发现人去楼空，房子已经换了主人。

南兰有些生气：“这不是在戏弄人吗？

白薇咬了咬牙："更残忍的是，当时的黎紫薇已经怀胎十月，就在她知道陆家已经抛弃她的时候，她临盆了，生下了一个女儿……"

"那女孩就是你。"

"对，陆白薇……她取了父亲的姓，自己的名，中间那个'白'字的意思是空欢喜了一场，一切都是梦、是虚无、是一张白纸，什么也没有！"

陆雪亭有些激动："你有什么证据吗？"

白薇哭丧着脸："我带了十几封信，都是父亲写给我的，就是证据！我给了奶奶，可今天金碧云告诉我都被烧掉了！"

陆雪亭不再追问，白薇继续道："后来我妈妈才知道，让她绣喜服是缓兵之计，陆家早就决定要来星洲了，想趁她学绣工期间，一走了之。"

南兰愤恨地把杯子哐当一声放在桌上："陆雪霖也够可恶的，居然用这种方法骗一个爱她的女孩！后来你见过他？"

白薇点了点头，她五岁那年，陆雪霖来过上海，并把事情的原委告诉了母子俩。

当年，陆家老太棒打鸳鸯，不让陆雪霖说出实情，是怕逼出人命，上了报纸，让别人笑话陆家。黎紫薇原谅了陆雪霖……后来，陆雪霖在上海住了一个月，每天都陪着白薇，这些美好回忆充满了白薇的整个童年。白薇依稀记得，十四岁时，父亲带她在街上吃生煎包，父亲第一次尝试，生煎包里的汤水溅了出来，把父亲的衣襟都打湿，白薇坐在旁边捂住嘴咯咯地笑着。

白薇紧紧握住水杯，继续回忆道："那时候他每天让我陪他散步、聊天，我觉得他是那么爱我，还说不久就会接我来星洲读书……离开上海以后，他来信更勤了，每个月都有一封。收到来信的日子就是我最快乐的时光，父亲的文采很好，他叫我亲爱的白薇，每封信的落款都是'永远爱你的爸爸'。"

白薇泣不成声。南兰看白薇情绪有些失控，起身为白薇添水。

白薇的诉说彻底打动了陆雪亭，他已不再怀疑她的身份了。

"是的，大哥的文笔很好，那个时候我已经去欧洲读书了，偶尔收到一封大哥的信，我也会高兴好几天，还会在朋友面前炫耀。"

"可是不久，信断了。我不知道发生了什么事，想来星洲找他，母亲却突然病倒了，我只能一边照顾母亲，一边收集星洲的消息……三叔，你看到的笔记本就是我在报纸上能找到的所有有关陆家的消息，后来在小报上，看到了白天女杀夫的传闻。我不信，我非常急切地想要来星洲，可母亲病重，我实在离不开，直到她离开人世。我答应妈妈，一定会找到父亲，活见人死见尸。所以，安顿好妈妈的后事，我就变卖了所有家产，来了星洲。"

三人沉默良久，南兰看向陆雪亭："小弟，白薇讲的你信吗？"

陆雪亭一脸惭愧，答案不言而喻。

南兰想到了自己的经历，苦笑道："白天女杀夫的传闻在星洲有一百年了，第一次变为现实，是在我妈妈的时候。她是上一任的白天女，那年我十三岁，为了陪我在欧洲读书，妈妈宣布白天女需要休息，几年没有游神，没有猎鹿，什么都没有，我想那个时候，星洲人恐怕已经忘了还有这样一个神的存在了。欧洲的生活很安逸，但我很想念爸爸，妈妈见我偷着哭，就买了船票，但她没有写信通知家里，她想给爸爸一个惊喜，结果……"

南兰喝了一口红酒，面露苦涩。后来，南兰才知道，她和母亲离开的那几年，爸爸和别的女人们过着快乐的生活，其中两个女人给他生了孩子。他们每个月要花掉很多钱，那都是南兰外公家的钱。爸爸跪在祠堂里向妈妈认错，妈妈原谅了他，可没想到，他却在食物里下毒，想毒死妈妈和她。幸好下人向妈妈告了密，南兰难以置信，直到那些食物毒死了一条大狗。

那一天，妈妈用白天女猎鹿的枪打死了爸爸，把他埋进了荒山，并公然承认杀夫，继而重新当起了白天女，每年两次游神，一次猎鹿，直到去世。她把白天女的神位和枪都传给了南兰。

"她让我一辈子都不要相信男人。可我非常渴望有个家，有个爱我的男人。三十岁之前，没碰到一个让我动心的，直到那一天……"

南兰说着握住了白薇的手："白薇，我对不起你的母亲，我和陆雪霖结婚穿的就是陆家从上海带来的大红喜袍，当时他们告诉我，那是在苏州请最好的绣娘绣的。我今天才知道，那是一个深爱着陆雪霖、身怀六甲的女人，怀着期待绣成的……"

南兰难以控制自己的情绪，哽咽着说不下去，白薇泪如雨下，心疼自己的母亲，也为南兰的遭遇痛心。

陆雪亭再也听不下去，起身为自己倒了杯红酒，一口干掉："陆家怎么能做出这样的事……白薇，如果你说的是真的，三叔这里替陆家向你道歉！"

陆雪亭说着就要鞠躬，白薇连忙上前扶住："不，三叔……"

陆雪亭没有起身，深深鞠了一躬："虽然这歉意一文不值，也来得太晚，但应该有，必须有！"

白薇捂住脸，控制不住泪水。

"好了……"南兰去拉二人，嘴角却是微笑，"今天的话题太沉重了，我都不想再讲下去了。"

白薇擦去眼泪，认真地看向南兰："南兰小姐，请你讲下去！我爸爸是怎么死的，他的遗骨在哪里，我答应妈妈要将他的骨灰带回上海与她合葬的！"

南兰长叹一口气，郑重道："孩子，你的愿望，我暂时无法帮你实现，因为我既不知道他是怎么死的，也不知道他的遗骨在哪里。"

白薇和陆雪亭同时看向南兰，陆雪亭解释道："白薇，大哥死的时候我不在星洲，但有一点我始终深信不疑，大嫂不会害死大哥，至于那些无聊的传闻，你不要信。在我去欧洲之前，整个陆家都很和睦，全家人，包括我妈在内，对大嫂都非常尊敬，毕竟陆家在星洲的生意很多都是靠大嫂帮忙的。”

南兰欣慰地笑了笑：“就像小弟说的那样，我们的婚后生活一直很融洽，这期间陆雪霖有时会离开星洲，六年前，他去过一次上海，待了很长时间，应该就是你说的那一次吧？回来以后，他说想要一个孩子，其实我们一直都很努力，但就是没有，就只能去求助于医生……”

那几年，南兰和雪霖几乎把星洲的医院跑了个遍，可结果总是不尽人意。记得最后一次，南兰失落地走向陆雪霖，亲口告诉他，他们永远不可能有孩子了。那一刻，陆雪霖的目光一下子凝固住，他没有说话，只是轻轻将南兰搂进了怀里。南兰心中有愧，决心在生意上帮助丈夫，他的志向是成为星洲最大的建筑商，于是她就变卖首饰为他投资……其实，高价买走首饰的，都是她自己的家族基金，后来没有首饰可卖了，就只能向基金直接拿钱。后来律师告诉她，可以用那些钱，但投资的建筑必须归南兰家族所有，而不是为陆家。

有一天，南兰在睡梦中被吵醒，她顺着楼梯往下走，听见陆雪樵在客厅里咆哮着：“什么？她的家族？她嫁进了陆家，她的姓氏前面就要加上一个陆字，她还有什么自己的家族？一个连孩子都生不出来的女人，也配跟你谈这种条件？”

已经走到楼梯口的南兰想回去，但已经来不及了，她想假装不在意，可还是难以掩饰自己的痛苦，回身跑了。作为一个妻子，她自然想倾尽全力支持她的丈夫，可家族基金的规定是改不了的，她不愿意面对老太太的冷嘲热讽，就搬回老宅去住。陆雪霖住在陆家，偶尔会来看看南兰。

回到老宅后，南兰同婚前一样，会时不时宴请朋友做客。那天人很多，还有两名外国人。宴会结束，一名法国朋友起身告别，和南兰行西方吻别礼。恰巧这时，陆雪霖进门看到这一幕，他的脸瞬时阴沉下来。

南兰端起酒杯一饮而尽：“他开始经常发脾气，不允许我会客，不允许我有任何社会交际，他辞退了家里所有用人，甚至在离开的时候会锁死门。再后来……不知什么缘故，雪霖变得暴躁起来，我们俩开始经常吵架。”

“从今以后，你不再是白天女，不许去游什么神！”

“为什么？”

“你是陆家的媳妇，装神弄鬼丢的是陆家的脸！”

“我嫁给你之前就已经是白天女了，游神是我的职责所在，星洲的穷苦人需要我，你不能粗暴地干涉我！”

“我说了，不许游神，不许猎鹿，不然就离婚！”

于是，南兰和她妈妈一样，宣布白天女要休息，中断了游神活动。直到陆家祭奠先祖的那一天，往年这个日子，陆雪霖都要和南兰一起率先给祖先磕头的，可那一天，陆雪霖并没有接南兰，直到晚上，陆雪霖才姗姗来迟……

“今天是祭奠祖先的日子，为什么你不来接我？”

“你自己为什么不去？”

“我想去的！但你锁了门，我怎么能砸坏自家的锁？”

“你有那么多忠心的仆人，还有崇拜你的信众，就没有人单独配了钥匙，趁我不在的时候，带你出去吗？”

“是有人试图这么做过，她们不愿意看到白天女被囚禁，想带我离开，但是我不愿意走，我并不觉得一个人待在家里等你有什么不好。”

南兰说到这里，叹气道：“当时只觉得你大哥像个争宠的小孩，完全是因为在乎我才会这样。”

“你什么都不用说，只要发誓没有就好了！”

“我南兰对天发誓，没有背着我的丈夫陆雪霖做任何对他不忠的事，假如我说了谎话，就让我接受上天的惩罚，让我死无全尸……好了吧？”

“好了好了，也没让你发毒誓……”

“亲爱的，你是不是听到什么传言了？”

“算了算了，都过去了，我还是相信你的……吃东西吧，我让他们专门给你做的点心。”

“真的吗？太好了！我也给你炖了娘惹汤，这可是我最拿手的汤了！”

南兰苦笑着，叹了口气：“可是等我把汤端上来的时候，雪霖躺在地上口吐白沫，他捂着肚子，非常痛苦的样子。”

陆雪亭、白薇二人同时怀疑是点心有毒。

“应该是吧……我发现桌上他带回来的点心被吃掉了几块……我当时吓坏了，连忙往外跑，一路飞奔，一直跑到了医院，那是我的家族基金投资的医院，我让最好的大夫带上最好的药去救我的丈夫，可我们赶回来的时候……屋里什么都没有，雪霖早已消失。点心也没有，一块也没有，地上只有打碎的汤碗。”

“我曾经的丈夫……”南兰眼含泪水指向二人，“你的父亲……你的大哥……就这样凭空消失了……我到陆家要人，他们说陆雪霖没回去过。我拿了很多很多钱给警察，让他们帮我寻找丈夫，但始终没有找到。我就又去问陆家有毒的点心是谁做出来的，可是陆家的人说，那天陆雪霖根本没有从家里拿走点心。”

南兰似醉似醒，给自己又倒了一大杯红酒：“你的妈妈……你的奶奶，她认为我说的一切都是谎言，她认为是我不守妇道，被陆雪霖发现了，所以我就杀了自己的丈夫，找不到尸体是因为被我熬成了汤。”

南兰轻笑一声，无奈摇着头：“这么荒谬的事居然都有人相信，好事难以传扬，这种杀夫的闹剧，街头巷尾却有人愿意信。”

白薇走上前，想要安慰南兰。南兰眼神一厉，咬牙切齿道：“我觉得陆雪霖根本没死，他就是想离开我，也许在另一个地方，有年轻漂亮的女人愿意为他生孩子……星洲很多有钱人都是这样的，在其他的地方有家庭、有孩子，而星洲的原配根本不知道！所以我就派人去找，几年过去了，毫无结果。”

南兰看着陆雪亭，仿佛看见了陆雪霖：“小弟，直到妈去世前，我一直抱有幻想，我觉得无论你大哥躲在哪里，妈一定是知道的，所以我每一年游神，都故意经过陆家，我就是想惹她生气，让躲在暗处的陆雪霖出来。现在妈走了，陆雪霖仍然没有出现，看来他真的不在人间了。”

说着，南兰将面前的红酒杯拿起一饮而尽：“小弟呀，你能来给我当设计师，我已经很欣慰了。以后你愿意来工地，就继续做下去，不来我也不会怪你，毕竟你二哥已经把妈的死怪罪在我和白薇身上。”

南兰又看向白薇，疲惫地笑了笑：“白薇，如果你还认为我是杀死你父亲的凶手，你可以随时结束我的生命，这也许是我最好的归宿……”南兰感到一阵眩晕，用手扶了下额头：“我太累了，必须睡一会儿，我讲的这些，不强迫你们相信，你们自己判断吧……”

南兰仿佛老了好几岁，慢慢起身走向里间。白薇鼻头一酸，仿佛看见了自己母亲当年痛苦的模样，也走了出去。

只有陆雪亭留在原地，啪地给了自己一巴掌：“大哥，妈走了，你若还在人间，总该回来了吧？大哥你知道吗？我好荒唐，好糊涂，我险些爱上了自己的侄女，我真不是人，真不配活在这个世上！可是大哥，妈不在了，咱们陆家需要人呀，即便讨厌自己，讨厌这个世界，我也不敢轻生啊！爸说过，所有陆家的人，都要尽一切努力让陆家延续下去，成为星洲最显赫的家族！大哥，你要是还活着该有多好啊，陆家需要主心骨啊……”陆雪亭再也忍不住，抱着头痛哭起来。

月亮高悬，已是午夜时分。一个身穿旗袍的女人走向老宅角落里的黑白屋，此人正是陆家二少奶奶金碧云。环顾四周，再三确认无人后，金碧云才缓缓打开那把已经生了锈的铁锁。此刻，房间卧室里，一个浑身凌乱的男人被绑在床上，正熟睡着。

金碧云慢慢走来，为了防止发出动静，金碧云特意脱掉自己的鞋，将鞋放在楼梯上。金碧云光着脚，悄悄地走向地下室。床的两侧有两根皮带，金碧云悄悄地将皮带搭过陆雪霖的身体。随后，她绕到床的另一侧，猛地勒紧皮带。皮带一紧，陆雪霖挣扎着醒了。

逆光中，金碧云的脸是黑暗的，可陆雪霖一看轮廓就已经认出来人，大喊道：“金碧云！你个妖女！赶紧放了我！”

金碧云轻笑一声：“妖女？那不是我们陆家对你妻子南兰的称呼吗？怎么样，我听说你最近不好好吃东西，都瘦了……陆雪霖。”那躺在床上的男子正是陆家失踪多年的大少爷——陆雪霖。

陆雪霖气得怒目圆睁：“放开我，你这个恶魔！”

金碧云讽刺道：“你怎么能称呼我是恶魔呢？这不是在我出嫁以前，你疯狂地占有我的时候，我对你的称呼吗？”

床上愤怒的陆雪霖一听这话，放弃了挣扎。由于长期不说话造成了语言障碍，陆雪霖的声音有些含糊不清：“我知道你记恨我，你已经这样折磨我……是四年还是五年了，你的仇也算报了，你该放我出去了！”

金碧云俯身趴在陆雪霖的身上，抚摸着他的胸膛：“不能，如果你不能彻底被我驯服，就一辈子留在这里。这是我们金家的老宅，我爸爸留给我的。它本来应该是我的嫁妆，如果你肯娶我的话，我就会把这栋房子陪嫁过来，可你没有。虽然你不肯要我，但我没有那么小气，还是愿意把这栋房子送给你，你住得还舒服吗？”说完，金碧云去摸陆雪霖的脸。

“别碰我，我觉得恶心！”

金碧云猛地起身，忽而又装出一副委屈模样：“不是恶心，是害怕才对吧？你现在怕我了吗？”

陆雪霖求饶：“我怕、我认输、我错了，我对不起金小姐，你放了我吧！”

“可是来不及了呀，我现在已经是你弟妹了，我在你们陆家做了七年的二少奶奶了，就在前两天，我突然变成了二奶奶，而就在今天，我又变成了女主人。”

金碧云哈哈大笑起来。

“你说什么？女主人？”

“对呀，妈走了，临走以前，我们的事，我都跟她说了……”

“妈——”陆雪霖反复挣扎着。

金碧云嫌弃地往边上挪了挪：“我知道，这个噩耗突然告诉你，你肯定接受不了，这样，我等你冷静了再来陪你，我得回去了，作为陆家的女主人，我得为我婆婆、为你妈操办丧事……好好吃饭，别再瘦下去了，你这样，看着真让人心疼。”说着，金碧云眼里泛出泪花，像是真的心疼了一样。

床上的陆雪霖继续怒吼着，但他做什么都是于事无补。

第三十九章　天女游神

清晨，一阵敲门声把南兰唤醒，敲门的正是桃姐。今天是白天女一年一度游神的日子。上次没有猎到鹿，南兰以为游神会已经取消了，结果被桃姐告知，那只雄鹿被几名大汉抓回来了，此刻正躺在酒店的地下室里。

地下室里，雄鹿骄傲的鹿角已不再高昂，被绳子紧紧束缚着，四名大汉站在鹿旁，其中一名大汉挺着胸膛道："南兰小姐，打死一头鹿很容易，可活捉一头雄鹿可太难了！我们真的是费尽了千辛万苦！"

南兰的关注点却在另一个方面："告诉我，除了它以外，你们没有伤害其他的鹿吧？"

一个大嗓门的汉子忙摆手："没有没有，桃姐吩咐了，只许抓活的。"

光头撸起袖子，凑到南兰身边："南兰小姐，您看，为了逮到它我可受伤了！"

另一个大汉见状，忙一瘸一拐地展示自己的伤口："我也是，这条腿差点没被这畜生给顶废了。"

南兰叹了口气："还好你们没有伤害其他的鹿，不然连赏钱都拿不到……阿桃，赏，加倍赏。"

四人连忙感谢。

南兰接着道："光拿赏钱可不行，你们还得把它抬到它被捕获的地方，放了。"

四个大汉面面相觑，却不敢反驳。

游神的日子，女工们也没心思干活，聚在工地小角落里议论着。美花和小翠爱热闹，只见小翠用手比画着："我听说今天有白天女游神，还会抬着一头她亲自猎杀的雄鹿。"

"我也听说了，我想去看呀！来星洲这么久，我们还没见过游神呢……"

玲姐拍了一下美花的脑袋："瞎说，你们下船的头一天不就见了？我还让你们拜了呢。"

阿贵接茬道："阿玲啊，现在南兰小姐是我们的头家，我们给她盖屋，是不是应该去看一看游神啊，就算给头家捧场嘛。"

玲姐表示需要征得七姑娘同意。

工地另一处，七姑娘和天晴站在一起。

"今天是南兰小姐游神的日子，我特意来工地，就是想知道姐妹们想不想去看热闹。"

"我刚才听到大伙议论了，都想去的。七姑娘，您觉得合适吗？"

"先说说你的想法。"

"我没想法，全听七姑娘的。"

七姑娘笑了笑："我们去，也耽误不了什么，毕竟南兰小姐是我们的头家嘛，拿着头家的工钱，哪有不给头家捧场的？就算中午不吃饭，晚上摸黑多干一会，我们把工补回来就是了。"

天晴喜上眉梢："那太好了七姑娘，我跟您想得一样！"

七姑娘点头示意天晴："招呼人吧。"

天晴大着嗓门开始喊："姐妹们，七姑娘说，大伙一起去看白天女游神啦！"

工地一下子沸腾了。

女神酒店门口聚集了很多人，男女老少都想一睹白天女的风姿，红头巾们来得早，挤在门前，星洲总督查尔斯也来了，在醒目的位置等待着，姗姗来迟的阿海和阿九也赶来看热闹，见红头巾集体过来，阿海越过人群开心地凑到天晴身边。

“你怎么又来了？我不是说……”

“你说不让我去工地，没讲不让我来女神酒店啊！我是来看南兰小姐游神的，她出钱给我治伤，我不来捧场，说不过去的。”

天晴被气得直翻白眼，拿阿海一点办法都没有。

说话间，南兰走了出来。这次游神，南兰没有穿白天女的衣服，而是穿了一身黑色的旗袍，身上还戴着白花。

老百姓们低声议论着，红头巾们也觉得不对劲。

查尔斯迎上前，试图拥抱南兰：“喔，白天女，你今天简直是太美了！”

南兰伸手示意查尔斯不要靠近：“不要盲目地夸赞别人，我今天不是白天女，我戴着孝，难道你看不出来吗？”

查尔斯仍旧不吝啬自己的夸赞：“啊？这……真的没看出来，不过它一点都不影响你的美丽。”

南兰不再理会，走向游神的轿子。

老百姓们面面相觑。

一人低声道：“怎么今天白天女是这身打扮？看着不像游神啊。”

小翠疑惑道：“怎么没有见到鹿啊？不是说要亲手射杀一头雄鹿吗？”

美花摇了摇头：“不知道啊，大头家看着好像不高兴……”

南兰走上轿子，轿夫们见势就要起轿。

“不用抬，今天没有游神，以后也不会再有了……”

现场瞬时安静下来，所有人都看着南兰。

南兰转身看向她的信众：人群中，穷苦女人居多，还有很多人都捧着香和纸。

南兰清了清嗓，正色道：“我听见有人在议论我今天的穿着，没错，我戴了孝，就在昨天，我的婆婆故去了，虽死因不明，但我可以断定她走得并不平静，并不安详。”

刚好此时，白薇提着箱子从酒店出门，听到奶奶的消息不由得心痛，停住了脚步。这时，一个中年女人也从人群中挤了进来，正是万鹤堂的常玉蝶。

阿海也一眼瞅见了常玉蝶，用胳膊肘碰了碰天晴。

天晴白了一眼：“少多嘴！”

阿海干着急，转念一想，索性离开天晴，向另一个方向挤去。

人群中一名屠夫模样的人大喊道：“说的是陆家的老太太吧？”

“南兰小姐，那老太太不是已经登报跟你断绝关系了吗？”中年女子手里捧着香炉，往前挤了挤，颇有替南兰打抱不平之势。

南兰笑了笑："是，婆婆跟我感情本来很好，却因为猎鹿游神产生了矛盾，毕竟我夫家姓陆，在华文中虽不是一个字，但读音相同。登报断绝关系是因为我丈夫失踪后，星洲便有了我杀夫熬汤的传言……可是不管怎么样，她是我婆婆，我叫了她很多年妈，所以今天，我必须为她戴孝。"

中年男子小声嘀咕了一句："那还游不游神了？"

"也没看到鹿啊！"一个小孩童向妈妈噘嘴抱怨着。

南兰慈爱地看着小孩，转而看向众人："说起鹿，就在今天早上，我见到了一头雄鹿，可爱又可怜，我没舍得猎杀它，把它放走了，我想，以任何借口残杀生灵，都是不对的，我希望善良的星洲人，永远不要再延续猎鹿的陋习！"

"不猎鹿了，那白天女还是不是白天女了？"

南兰平静地看着大家："之前，每年这个季节，白天女都有两次游神，上一次是走街串巷，今天是猎雄鹿，祭祀天神……星洲百姓信奉白天女，在场的很多人，每年都要来陪伴我，可今天我想告诉大家，无论游神还是猎鹿，都只是形式而已。"

一些上了年纪的女人愤怒地瞪着南兰，难以理解她的行为。

南兰接着说："两天前，在总督查尔斯爵士的帮助下，我和朋友们在人牙子手里解救出十四个女孩子，但警察告诉我，已经有三个女孩子被残忍地杀害了……我不明白这世上为什么会有人做买卖人口的生意，而且很多年里，一直都有人在做，而我根本不知道！作为白天女，我甚至从来没想过，星洲会有这样恶劣的事情发生！"

天晴和美花对视，那经历现在想起还有些后怕。参加解救行动的阿海已经来到了常玉蝶身后，他听着也很揪心。

南兰平复了一下心情："这件事之后，我就在想，我配做一个神吗？我本就不是神，不能预知未来，也没有神力去保护任何人！"

一个老太太突然举起拐杖，情绪激动地大喊道："你就是神！你就是白天女！"

看着老太太，南兰眼眶一下湿润起来。走下台阶，南兰拉着老太太的手："老人家，我只是个普通的女人，我的丈夫失踪四年了，我都没找到他，我可能是神吗？"

老太太怅然若失，手中的拐杖掉落在地，捂脸哭了起来。

南兰回到台上，继续着："也许白天女真的存在，但我不是，我更愿意相信它只是一个传说，因为穷苦姐妹们希望被保护，想象出来的神。"

中年男子激动喊道："我不信！南兰！你就是白天女！天赐的神女！"

南兰笑了笑："前不久，我在自己的老宅里险些被烧死，神会死吗？"

中年男子一时愣神，接不上话。

南兰捂住胸口："当时我害怕极了，那是一种真真切切的、面临死亡的恐惧，可正当我绝望的时候，我的一个朋友，一个普通的红头巾姐妹，冒着生命危险，用刀劈开了一条出路！在她的带领下，我们四个女人一起自救，最终，我们都活了下来！”

天晴、小蝉和白薇不约而同地向南兰望去。

“就在女神酒店背后，我的老宅被烧成了一片废墟，现在正在重新翻盖，也可以证明我没有向大家撒谎！”

老太太擦着眼泪抬起头。人群中又有了议论声，不过同之前的非议不同，大家开始慢慢接受南兰的说辞。

南兰张开手臂号召着：“与其相信一个虚无缥缈的神，大家更应该相信自己，女人要想不被欺负，只能自己强大起来，更应该在危难之时勇敢地出头，不仅学会保护自己，也乐于助人，去帮助别人、保护别人，那样，星洲也许会比有白天女存在的时候更加美好！如果全星洲的女人能够互相帮助，手挽手、心贴心，我们就不再是弱势群体了！”

查尔斯眼里满是惊叹：“喔，南兰，你讲得太好了！身为一个总督、一个男人，我为你喝彩！”

查尔斯说完，鼓起掌来。在场的很多男人都鼓起掌。阿九也竖起了大拇指。

南兰微笑点头：“谢谢查尔斯，谢谢为我喝彩的朋友们……我宣布，从今天开始，白天女游神活动永远取消……我代表历代白天女给大家鞠个躬，感谢过去上百年里，你们的信奉与拥戴。”南兰深深鞠了一躬，缓缓起身，环视四周，“我虽然不再是白天女了，但未来的岁月里，我仍然愿意尽我的全力，帮助所有需要帮助的人，但不是以神的名义，而是以人、以朋友的名义。”

南兰的话虽不慷慨激昂，但现场听到的人无不动容。

天晴始终注视着南兰，仿佛有种力量在向她传递。

众人激动地鼓起掌，掌声经久不衰。

阿海紧紧盯着常玉蝶，生怕她消失。常玉蝶的眼中只有天晴，没发觉阿海站在身后。

另一边，人群里闪现出梨花，她奉金碧云之命前来打探消息，挤在人群中东张西望，看见陆雪亭的身影，连忙躲了起来。

白薇遥望着南兰，脸上闪出一丝不舍，但仍拎着箱子毅然离去。独自提着箱子的她，与初来星洲的轻松相比，现在只剩满身疲倦。殊不知，一辆汽车不紧不慢地跟在白薇身后。白薇觉得有些不对劲，警惕回头，一个熟悉的身影从汽车上走了下来，正是先前救过白薇一命的叶鹤鸣。叶鹤鸣手里拿着一个盒子，拦住了白薇的去路。

白薇一愣：“是你？你怎么找到我的？不会一直跟着我吧？”

叶鹤鸣坦诚地点了点头，将盒子递给白薇。

“这是什么？”

“你打开看看就知道了。”

白薇打开盒子，发现是自己昨天掉的那只鞋。

“我把它修好了。”

“可另一只已经被我扔了。”

叶鹤鸣笑了笑：“那也没关系，这只虽然我修好了，但你也可以随时扔。”

白薇将盒子夹在腋下，拎起箱子就要走：“还是要谢谢你，告辞。”

叶鹤鸣喊住白薇：“看你这样子，是要去码头吗？”

“是。”

“要不让我的车送你？”

“你是万鹤堂的少堂主，让你送我去码头，这个情太大了，我还不起。”说着，白薇转身要走。

叶鹤鸣小跑上前：“你误会了，我说的是让我的车送你，并没有要亲自送。”

白薇不好拒绝，只能答应。

叶鹤鸣接过白薇的箱子和盒子，放在后座上，又为白薇拉开前座的车门。

上车之际，白薇略有歉意地看向叶鹤鸣：“少堂主，你这样对我，恐怕不会得到什么回报，因为我不会再回星洲了。”

叶鹤鸣微微一笑：“没关系，白薇小姐。”

“你记住了我的名字？”

“当时也没记住，是昨天偶遇，回去后想了半天，慢慢想起来的。”

白薇点了点头，钻进汽车。

望着汽车远去的影子，叶鹤鸣心中有万千话语，但脸上却波澜不惊。

游神会结束了，南兰回到酒店，没有看到白薇的身影，只能去寻陆雪亭。二人来到白薇的房间，已是人去楼空，只留有一封信压在杯子下。信上写着：

尊敬的南兰小姐，亲爱的陆雪亭、我的三叔：

我想我该离开星洲，回上海向妈妈复命了。我会告诉她，父亲在星洲娶了一个好女人，南兰不可能是杀害父亲的凶手……我会告诉妈妈，奶奶对我格外宠爱，可惜却突然离世；我会告诉妈妈，三叔是个勇敢有担当的人，正像她跟我讲起的，我的父亲一样……此来星洲，失望、绝望，但也看到了希望，人世间还有那么多美好，奶奶、三叔、展元，虽然见面不久，但都是血浓于水的亲人。南兰、天晴、小蝉，虽然认识时间不长，但我能在你们身上感觉到友情的力量，我会一辈子拿你们当作我的朋友……对不起了南兰小姐，虽然我们之间有辈分之差，但我愿意把你当作朋友。

再见了，我的亲人和朋友们，星洲，也许我永远都不会再来。

白薇

南兰长叹一口气，将信递给陆雪亭。

“好了小弟，她来星洲有她的目的，现在虽然没有找到父亲，但也算是拨开了迷雾，是必须回上海，到妈妈坟前复命了。你拦不住，也追不回。”

陆雪亭已是泪眼茫茫：“可是她在上海也是孤苦伶仃，一个亲人都没有啊！”

“我有一种预感，她会回来的……哎呀，你们陆家的事可真是乱，想起来我的头就大。”说着，南兰捂了捂胸口，“我的胸口好难受，老太太是带着怨恨走的，她不会把这心脏疼的毛病留给我了吧？”

陆雪亭破涕为笑：“大嫂，你别这么说，妈有些事情虽然做得过分，但她应该不会对你有那么大的恶意，毕竟我大哥当时和你结婚也是有目的的，若不是陆家做生意缺钱，我妈恐怕也不会同意这桩婚事。”

南兰强忍着痛笑了：“小弟呀，你虽小，但这件事的原委你还是清楚的。那你为什么不早告诉我呀？”

陆雪亭不好意思地挠了挠头：“那个时候我觉得大嫂特别漂亮，做饭也好吃，我害怕把真相告诉你，你就走了，我就再也见不到大嫂了。”

“这个理由真的很充分。”南兰苦笑。

桃姐突然进门：“小姐，亨特警长先生想见你，好像是调查陆老太太的事有了结果……”

“一起去吧小弟，听听他们怎么说。”

亨特警长正坐着等候，看见南兰走了过来，忙起身：“从法医鉴定看，基本上属于正常死亡，她应该是有心脏上的疾病……”

陆雪亭心有疑惑：“但是我妈身边一直有特效药，她难道没服药吗？”

亨特无奈地摊手：“这个法医就检查不出来了，总之，从死者的表面特征来看，不是他杀。”

“其实我也想到了，陆家的那几口人，哪个也不像是敢杀人的……只是老人家走得确实太不安详了，当时我正在气头上，金碧云又报了警，我才让你们去验尸……亲爱的亨特警长，这本是我的家事，辛苦您了！”

南兰笑着伸出手。

“南兰小姐哪里的话，为您效劳是我的荣幸。”亨特在南兰的手背上轻轻一吻，告辞离去。

“大嫂，我也该走了，我应该守在妈妈的灵柩前。”

南兰点了点头，拍了拍陆雪亭以示安慰。

“小姐，你还一直没吃东西，想吃点什么？”桃姐说。

南兰摇摇头：“浮云散尽，但眼前仍是虚无，什么都看不清楚。我现在不是神了，只是个普通的女人，我需要好好地睡一觉……”

这么说着，南兰突然看见了远处款款走来的谭玉卿和秀禾。

“谭小姐身后那个人我怎么看着眼熟？”

桃姐无奈道：“先前在酒店做工的，叫秀禾，现在被谭小姐收了当徒弟，好像不叫徒弟，叫师妹……不过也不知道她教些什么，只是带着一起吃喝玩乐。前几天还在做零工，现在就变成贵客了。”

“这倒是有意思……”

南兰说着，迎面走过去，依次打着招呼：“谭小姐好。”

谭玉卿微笑点头。

“秀禾好。”

“南兰小姐好。”秀禾受宠若惊，深深鞠了一躬。

南兰点了点头，走了。

谭玉卿回过身，面露不悦：“秀禾，你现在是我师妹了，对这个女人不用那么卑微，我们是她酒店的客人，她对我们示好是应该的。”

“是，师姐，我记住了。”

回到房里，秀禾趴在女神酒店后窗往外偷看。望着昔日的姐妹有说有笑，干得不亦乐乎，秀禾的心里不觉有些惆怅。

第六篇

母女怨

第四十章　乔装打扮

日已中天，工地开始放饭。卖甘蔗的老头又来了，仍在叫卖着，但女工们低头吃自己的饭，无动于衷。老头看向不远处戴着斗笠、乔装成挑担子的人的常玉蝶。常玉蝶的面前也有篮子，里面放着一些山竹。

“卖山竹了！给钱就卖！”常玉蝶大声吆喝。

女工们不为所动。

七姑娘和玲姐挨在一块吃饭，闲聊起来。

“这些卖水果的也真有意思，看咱们人多就想做咱们的生意。”

玲姐咽了咽口中的饭：“是啊，可他们哪知道，即便买水果，我们也要等到天擦黑的时候，卖了一天没卖出去的水果，肯定最便宜呀。这大中午的，再说给钱就卖，也一定很贵的。”

阿贵在一旁边扒拉饭边笑：“是啊是啊，我们出来干活，就是为了多攒一点钱，寄回乡下去，给孩子们吃得好一点，穿得好一点，哪舍得在自己的嘴上花钱呢？”

几个人边吃边议论着。

七姑娘放下碗筷，四下看了看：“姐妹们吃得差不多了，该开工了。”

阿贵点头起身，向众姐妹喊着开工。

一排排碗筷堆在地上，七姑娘和玲姐收拾着。

“七姑娘，要不您回去吧，工地小，人够用。”

七姑娘顿了顿，停下手中的活，打趣道：“我以为你是催着我回去，帮你把活做完呢……”

玲姐一下害羞了：“我不是那个意思！”

七姑娘笑了笑：“你不是那个意思，我也得抓紧干，好日子不是近了嘛。”

玲姐低下头：“寡妇嫁鳏夫，其实凑合一下就行了。”

“说好豆腐庄是你的娘家，要把喜事办出点模样来才行，未来呀，天晴、美花，你看她们这架势，豆腐庄等着出嫁的姑娘，少不了呢，我这个当大家姐的不能亏待你们。”

玲姐十分感激，牵起七姑娘的手。

见众人开工，常玉蝶气得将水果篮扔给卖甘蔗的老汉，径自走了。

阿海静悄悄地出现在常玉蝶身后，常玉蝶还在眺望着工地，并没有察觉。

“嗨！”阿海猛地出声。

常玉蝶吓了一跳，连忙回身。

见阿海的脸近在咫尺，常玉蝶转身就要走，阿海一个箭步，伸手拦住：“我盯了你大半天了，就为了看我老婆，乔装打扮，一会卖水果，一会戴斗笠，你到底是谁啊，报上名来！”

“你算老几？我凭什么告诉你？”常玉蝶绕过阿海就要走。

“这位大姐，我早认出你来了，我们是见过的，在万鹤堂，你在少堂主身边发号施令，好像是个挺了不起的人物……怎么，你认识我老婆呀？”

常玉蝶顿了顿：“不认识，我谁都不认识。”

说完常玉蝶又要走，阿海忍着伤，快走两步追上：“不对吧，我这已经不是第一次看到你了，我告诉你，有我在，任何人也别想做出对我老婆不利的事！”

常玉蝶停住脚步，有些疑惑：“你一口一个老婆，可我怎么看着天晴像是没嫁人呢？”

阿海仰起脖子，双手交叉，颠起腿来：“是没嫁呀，可她就是我老婆！她一到星洲就定下来了！”

常玉蝶追问道：“你下聘礼了吗？请媒人了吗？”

阿海一下吃了瘪，挠了挠头：“这、这些俗东西，天晴看不上！”

看着阿海吊儿郎当的模样，常玉蝶怒道：“没请媒人没下聘礼没订婚，你就张嘴闭嘴地叫老婆？果然是龙王帮出来的小流氓，我告诉你，离天晴远一点，不然别怪我对你不客气！”常玉蝶说完，快步走了。

被人平白无故教训一顿，阿海一脸气愤。阿海还想追，可这回常玉蝶走得快，他身上有伤追不上，只能停下脚步。

七姑娘走了，姐妹们干活也松快些。天晴见姐妹们指指点点，顺着人群向远处望去，看见了一个衣衫褴褛的女人。

美花已经认出，指着女人大喊：“是王巧玲！”

王巧玲虽已逃出魔窟，但仍穿着那身旧衣服，脸色很憔悴，好像连脸都未曾洗过，看起来十分狼狈。

天晴和美花连铁锹都来不及放下，就飞快地跑向王巧玲。

角落里，王巧玲看着二人，顿时委屈起来：“天晴、美花，我终于找到你们了……”

天晴看着王巧玲的落魄模样，不知如何开口：“巧玲，你这是……”

王巧玲无奈道：“我被绑了以后，头家立刻就找了新的女工。等我回去，他们也不用我了，说我晦气。”

美花愤怒地将铁锹插进土里：“你的头家有没有良心啊?!”

“我没地方去，昨天夜里就在桥洞下面睡了一宿。”

天晴突然后怕：“那怎么行？万一再被人牙子绑了怎么办？”

“是呀，我也怕，所以我就四处打听你们红头巾在哪里开工，这不就找来了。你们工地需要人手吗？能不能把我留下？我有力气的，以前在乡下的时候也在工地上干过活！不信你让我试试！”说着，王巧玲就一把抢过美花手里的铁锹干起活来。

王巧玲一铲接着一铲，动作行云流水，干活的速度不输任何女工。

美花兴奋不已：“天晴，巧玲还真是个干活的好手，把她留下吧？”

天晴有些犹豫。

角落里，天晴拉住了玲姐："玲姐，那个女孩子叫王巧玲，和美花我们三个一起遇过难……她挺棒的，是个挺好的人，还救过我呢！"

玲姐也不好做主，为难地看着远处干活正起劲的王巧玲："天晴，这事我说了不算，她能干活我也看见了，到晚上给她结工钱，让她走吧。"

玲姐说完，转身走了。

天晴咬了咬牙，打算夜里将王巧玲带回豆腐庄。

打探完消息，梨花回到陆家一一回禀金碧云。金碧云正坐在沙发上摆弄着桌上的插花，冷笑着："她不再是神了？好啊，她现在变成一个普通女人，那就没什么可怕的了……梨花，你说我和南兰哪个更厉害？"

梨花眼珠一转，奉承道："您现在是陆家的一家之主，大权在握，那当然是您了！"

"陆家大权有什么用？这个家是个空架子，南兰富可敌国，她用一只手都可以把我们陆家压垮！所以，要想彻底战胜南兰，还需从长计议，现在一定是她比我更厉害，记住了吗？你个傻子，长点心眼吧，别老想着勾搭你家二爷，那是我的男人！"金碧云说着，眼神凶狠起来，看似漫不经心地揪下花瓣，实则立威。

梨花连忙点头，转移话题："是是是……还有，小少爷应该是被吓坏了，昨天哭过一宿，今天也不肯上学，还在哭……"

"知道了。"金碧云拍了拍手，优雅地起身走了。

展元正在被窝里呜呜地哭着。

金碧云上前抱住展元，轻声细语地安慰："奶奶走了，你很伤心对吗？"

展元抽噎着点了点头。

金碧云摸了摸儿子的脑袋："没关系，没什么好伤心的，反正奶奶对你也不好。"

"不是，奶奶对我挺好的……"展元揉了揉泪眼。

"好什么？我的儿子，别学他们陆家的男人，都那么贱！"

"是……我想姐姐，姐姐对我好，是真好……"

金碧云一把推开展元，抓着他的肩膀，厉色道："你闭嘴！她不是你姐姐，是个骗子！你记住，除了妈以外，这个世界上没有人可以信！"

金碧云歇斯底里的模样吓得展元不敢抬眼。

金碧云满意地笑了笑，安抚展元两句，继续装好媳妇去了。

金碧云刚进房里，就看见陆雪樵在一旁翻着保险柜。瞥了眼陆陈氏的尸体，金碧云哭笑不得，陆陈氏再厉害，死后儿子还不是这个德行。

“哎？不对吧？怎么就这么点玩意？我们陆家从上海来星洲的时候还带了好多‘黄鱼’呢，怎么都没有了？”

陆雪樵看向金碧云，质问道：“金碧云，黄金呢？”

“我怎么知道？你们家来星洲十几年了，早就花光了呗。”

“不可能！我们陆家这十几年没赚钱啊？再说，我大哥娶的是南兰，南兰带来多少嫁妆，你又不是不知道，哪花得了自家的钱？不会是你把金条都偷了吧？”

“我要金条做什么？”金碧云如今已经是撒谎不眨眼。

陆雪樵嘭的一声关上保险柜的门：“你少说废话，我陆雪樵不傻！你说你是不是先打开保险柜，把我妈的钱都拿走了？”

金碧云依旧不承认。

“你不老实，我掐死你！”陆雪樵上前掐住金碧云的脖子。

金碧云一瞪眼：“我告诉你陆雪樵，你今天掐死我，我保证你三个月内流落街头！”

陆雪樵慌了，瞬时松开金碧云，往后退了几步。

金碧云摸着脖子，上下打量着陆雪樵，眼神中满是不屑：“瞧你这副德行，你妈尸骨未寒，你却要掐死自己的媳妇？陆家怎么有你这么不争气的爷们？”

没想到陆雪樵哼哼唧唧地哭了起来，像个小媳妇：“我原本以为家里有钱，能救生意呢！这什么也没有，该怎么办呀……金碧云，你要是拿了我妈的金条，就给我交出来！你别欺负我呀！”

金碧云走到陆雪樵跟前，买好道：“金条我倒是没拿，不过只要你乖乖的，我也不会让你流落街头……而且，雪樵你看，这不是还有这么多地契吗？”

“地契都是上海的，远水解不了近渴，我需要钱啊！”

金碧云白了一眼：“你要钱做什么？工地又开不了工。”

“工地开不了工才要应酬，我得去活动关系，好让工地开工啊！”

“活动谁的关系？在星洲谁能左右得了南兰？再说，南兰面前你用钱，好使吗？”

金碧云的话把陆雪樵堵死，陆雪樵干脆耍起无赖：“这……那……反正我需要钱！”

“妈还没有下葬，你就要出去耍呀？这要是传出去，你们陆家可就丢大人了……我知道你在外面有几个花钱的地方，尤其是恭锡街……别怪我没提醒你，那个地方不要再去了，不然你有难，我可不会出手相救。”

陆雪樵抬起头瞪着金碧云：“你要挟我？”

金碧云全然没了往日做小伏低的模样，径直走到桌边坐下：“我要挟你了又怎么样？你要真有本事，就像陆雪霖收拾南兰那样收拾我。可你别忘了，大哥突然就消失了，活不见人死不见尸，你要也想是这个下场，你就试试……”

陆雪樵指着金碧云：“你这个女人……金碧云，你之前老实巴交的跟个受气包一样，都是装出来的！我现在倒有点怀疑，我妈是被你害死的！”

金碧云拿起水杯正要喝水，突然眼神凌厉：“你说什么？”

陆雪樵有点害怕。

“这话你都敢说？好啊，你到外面喊去，跟记者说，让他们登到报纸上去！我告诉你，报纸上不会出现我的名字，只会说是你陆雪樵的女人害死了你妈！我看你以后在星洲怎么做人！”说着，金碧云把水杯哐当摔在桌上。

陆雪樵眨着眼睛：“我、我、我是陆家的二爷，还能被你拿住不成？”

“我从来没想拿住你，但你要是不听话，也可以试试。”

陆雪樵眼见要吃亏，只得忍住。

金碧云温婉起来，笑了笑：“想救活那栋大楼，靠钱不行，但靠小弟应该是可以的。”

“是，老三跟南兰关系好，可他不一定肯帮忙啊！”

“妈没了，陆家就剩下你们哥俩，你对他好一点，他就肯帮忙啦！”

“怎么好啊？”

金碧云起身走到陆雪樵面前，挽着他的胳膊，小鸟依人道：“比如，帮他娶个媳妇……”

“他挑得很啊，我哪里去给他找合适的？”

“碧华不是现成的？之前碧华和雪亭处得挺好，是被那个白薇搅和了，现在白薇是什么货色，大家都清楚了，小弟也该回心转意了吧？”

陆雪樵几乎是脱口而出：“你那个妹妹是个十三……”陆雪樵突然察觉到金碧云目光中的凶狠，将“点”字咽回肚子里。

“我试试吧……可不一定行啊。”

金碧云自顾自说着：“小弟娶了碧华，我们陆金两家从此就是一条心了，以后我们姐妹有的不都是你的？其实我们金家也不是一点家底都没有。”

“这么说我老岳父还留下了财产？”

趴在陆雪樵怀里的金碧云抬起头：“虽不多，救个急也够用的……金家的家底你能不能沾到光，可就看小弟和碧华的婚事能不能成了。”

陆雪樵与她对视着：“亲上加亲，怎么就不能成了？雪亭他虽然骄傲，可毕竟现在跟以前不一样了，碧华虽然有时候可爱得有点傻，但毕竟还是蛮漂亮的嘛，比不上你，但好歹是大家闺秀，我用心撮合就是！”

陆雪樵看着金碧云，表面奉承，心中颇有日后算账的打算。

金碧华回到公寓，睡到日上三竿才醒，去街上买咖啡，听见路人谈论，这才知道陆陈氏去世的消息，连忙跑回陆家。见到姐姐后，金碧华瞬间泪如雨下，一边抹泪一边说：“那老太太虽然凶一些，也从来没给过我好脸，可她对我挺好的，吃饭的时候都让我坐主桌，蛮关照的……”

金碧云可不领情：“这你也念她的好？你是我妹妹，岂有跟下人吃饭的道理？”

“可我也来得太勤了嘛。”

说着金碧华又夹起一大口叻沙塞进嘴里，嘟囔着：“老太太怎么就这么走了呢？我可真不好，还背地里咒过她，说她一身老人味，不愿意理人家……我这个当晚辈的太不懂事啦！”

金碧云安慰着：“行了，别哭了，你喜欢老太太也好，既然这样，给她当儿媳妇吧？”

金碧华一下止住泪：“你说什么？”

“现在的陆家，你姐夫是一家之主，你喜欢雪亭哥哥，让你姐夫替你做主啊！”

金碧华皱着眉头，咽下了口中的饭：“结婚是两个人的事，别人能做主吗？”

“当然了，陆家的规矩和别人家不一样。”

“可我跟陆雪亭之间没有爱情，我为什么要嫁给他？”

金碧云愣住了，抬手去摸金碧华的额头：“碧华，你是不是发烧了？说胡话呢吧？”

金碧华甩开金碧云的手，噘着嘴：“没有，我已经订了去巴黎的船票，明天就要走了……”

“订船票？你怎么没跟我说过？”

金碧华放下手中的筷子，认真看向金碧云：“姐，你不是答应我去欧洲了吗？你还说如果我能完成学业，你就对得起爸妈了啊？”

“我是那么说过，可当时是怕你太难过，安慰你的……咱们金家就剩下你我姐妹二人了，你舍得扔下我呀？”金碧云眨巴着眼看着妹妹。

“姐，我知道你比我有本事，有手腕，什么事情都搞得定，从小就是这样嘛，你还需要我？再说了，陆雪亭就是个花花公子，他今天看上个白薇，明天又看上个红头巾，以后他还不定会怎么样呢！如果我嫁给他，我就等于把自己装进了坟墓，我才不干呢！”

金碧华自知对不起姐姐，拉起她的手道歉：“对不起啊姐，我不能在星洲陪你了，我已经答应阿娇了，跟她一趟船去巴黎呀。”

金碧云的算盘落空，但还是真心替妹妹着想：“你……也罢！你个不争气的东西，我白替你操心了！”

“姐啊，我还得求你个事……”

“不就是要钱嘛，给你！”

“不是钱，是我想回老房子看看，可那荒太多年了，我害怕，想让你陪我去……”金碧华抱住金碧云的胳膊撒娇。

“我才不去呢！”金碧云一把推开妹妹的头。

“本来阿娇是要陪我去的，可龙王帮很多事要她安排妥当了才行，所以她这两天忙得很。姐，你就陪我去吧！”

“不许去！”

金碧云的状态让金碧华吓了一跳。金碧云连忙调整好自己，劝道："你不就是因为怕那老房子闹鬼，不愿意在那住，我才在外面帮你租的公寓吗？现在老太太才死，家里办着丧事，我怎么能陪你出去？碧华，懂事点。马上就要走了，星洲还有什么好吃的，去吃一顿，还有什么想买的，去买了带上，这一去少说也得三两年，欧洲再好，怕是也有东西买不到的。姐就不帮你想了，你自己想仔细，啊……"

金碧华皱眉点了点头。

金碧云接着道："姐现在有钱了，会给你多拿一些，不会让你受罪的。"

"姐，你对我真好……"金碧华哭着扎进金碧云的怀里。

余辉温柔地落在红头巾的头顶。大家已经收工，玲姐走在最前方带队。

玲姐不时向队伍后面瞟着王巧玲，一旁的阿贵嘟囔道："倒是挺能干的……"

玲姐点了点头："可是，要是以前的大工地，用的人多还好商量，现在……"

阿贵也叹了口气，两个老红头巾对视一眼，彼此心知肚明。

王巧玲心不在焉地走着："我打听了，你们红头巾只收三水人，但我还是来了。天晴，我就想着投奔你，一是走投无路，二是一起被绑时，我欣赏你，你做人光明磊落，有勇气，又有担当，我愿意和你亲近。我们是一起共过生死的姐妹，如果要是每天都能一起开工，实在是太高兴了，还有美花，是吧？"

王巧玲很全面，没忘提一下美花，让美花心里舒服不少。

王巧玲接着说："我也不想让你们为难，只是我今天实在是没有地方去了，不行我就借宿一晚，明天再做打算。"

天晴点了点头："巧玲，就像你说的，我们是生死之交，我也敬佩你，要不是你出头，我早就被那些歹人拖出去，扔到大海里了。这样，但凡有一点可能，我都会帮你的。"

王巧玲点了点头，左手紧紧地攥着美花，右手紧紧地攥着天晴。

阿海想着白天的事，坐立不安，连同阿九一道去豆腐庄外面线伯的摊前候着天晴。

"那女人叫什么来着，那天我听到有人叫过她呀，怎么想不起来了……"

阿海皱眉想着，瞟了眼一旁心不在焉的阿九，啪地当头给了一巴掌："都怪你！那天我让你追上问个清楚，你倒好，光跟着人家有什么用啊？"

阿九捂着头，委屈道："我是要追上去问的，但我看着不对，那虽是个有点上了岁数的女人，可走路生风，也蛮挺拔的，我怕是个有来路的，就没敢贸然问。"

阿海被说得哑口无言："也是……阿九，你再去一趟万鹤堂的地面上，打听打听那女人叫什么。"

阿九一下从凳子上站起："万鹤堂的地面？龙哥不许去啊……"

“你去不去？”阿海一瞪眼就要打，阿九只好不情愿地去了。

第四十一章　爱莫能助

女工们回到豆腐街，走在最前面的玲姐发现了不远处的阿海，阿海连忙起身打招呼。

玲姐看着面线伯，面线伯指了指锅里，又竖起了大拇指，意思是今天的面线好，让玲姐来吃。二人眉目之间，情意绵绵。阿贵瞥见，在一旁打趣：“面线伯，你跟玲姐打什么哑语，她不要吃，我要吃的！”

玲姐连忙阻拦：“你别听她的。”

“怎么？还没嫁过去，就怕我占他便宜了？我可没说吃面线不给钱呀！”阿贵哈哈大笑起来，玲姐脸上却羞得绯红。

“面线伯，你听到了，我要照顾你生意，阿玲不让……”

面线伯干笑着，后面的姐妹们都跟着笑。

玲姐无奈，打了阿贵一下：“阿贵，你这张嘴啊。”

天晴三人跟在队伍后面，这会儿才走到跟前。

阿海看见王巧玲，向天晴问道：“带朋友回来了？”

王巧玲连忙点头打招呼。

“我是邝海生，叫我阿海就好！我是天晴的……”

阿海没来得及介绍就被天晴打断：“人家问你是谁了吗？你怎么又来了？”

“我今天还真是有大事。”

“大事也等之后再说吧，我现在没空。”说完，天晴点点头以示歉意，像是在躲他，转身就走。

“我真有事的，你现在没空，我在这等你嘛！你有空了，我们好好聊聊——”阿海冲天晴背影喊着，天晴脚步一慢，还是径直进了门。

王巧玲在旁有些尴尬，又不知说些什么，小跑着跟在天晴后面走了。

进了门，王巧玲的打扮与其他红头巾截然不同，在整个豆腐庄里显得很特别，不免有些紧张。天晴坐也不是站也不是，连带着美花、王巧玲只能在天井里等着玲姐的好消息。不多时，玲姐出门向天井里的天晴、美花、王巧玲招呼着。

天晴拉着王巧玲的手就上台阶。

七姑娘上下打量着王巧玲。

王巧玲连忙上前行礼：“七姑娘您好，我叫王巧玲。”

七姑娘点了点头：“天晴的朋友是吧？”

“是。”

七姑娘转而看向天晴：“你这位朋友哪里人？”

天晴一下愣住了，转头看向王巧玲。

“七姑娘，我是海南人。”

七姑娘点了点头，但仍不看王巧玲，又对天晴道：“天晴，让你这位朋友先出门等一会儿。”

天晴看了眼王巧玲。王巧玲会意，和美花拉着手出了门。

王巧玲和美花刚出门，小蝉端着两碗水走了过来。

小蝉热情招呼着：“王巧玲是吧？来，快喝水！”

“谢谢你。”

“不用谢的，我叫何小蝉，跟天晴是一个村的，我们俩是最要好的姐妹，她回来的那天晚上就说起你了，听说你在人牙子面前很有主意的，我好敬佩你……”

小蝉几句话说得王巧玲热泪盈眶：“没想到你们这里的姐妹人都这么好，要是能留下来，可真是我王巧玲最大的福分！”

王巧玲这么说，小蝉却尴尬了：“这能不能留下还得看七姑娘，要是天晴做到大家姐，那就好说了……”

小蝉最后一句是嘟囔出来的，但美花知道小蝉一直有此意。

小蝉接着道：“王巧玲，天晴最仗义了，她一定会尽全力帮你。”

王巧玲十分感激，不住地点头。

七姑娘旁若无人般低头刺绣，不时地还举起来欣赏。天晴被晾在一边，无奈只好先开口：“王巧玲是和我、美花，一起被绑的，也算是生死之交，若不是她帮我，我恐怕已不在人世，所以，现在她来求我，我也实在没法子拒绝……另外，我们相处的时间虽短，但我能看出，巧玲胆大心细、手脚麻利，尤其是危难中，敢于出头顶事，也是个难得的人才……今天她也在工地上试了，活干得还漂亮呢，看得出来，她说在乡下时，在工地上干过，不是撒谎……”

天晴已无话可说，可七姑娘还在绣，并没有发问。

天晴尴尬之际，七姑娘突然招呼：“你来看。”

天晴只好凑过去，这才看清七姑娘在被面上绣的新婚夫妇的吉祥图案。

“这丝线和料子都是我从三水带来的。”

天晴真心赞叹道：“您的绣工可真好！”

七姑娘提高了音量，仿佛有意让外面听见：“好也说不上，阿玲是我们三水姐妹，在星洲出嫁，父母兄长都不在身边，我当大家姐的尽一份自己的心意罢了。”

天晴用眼神向玲姐求助，玲姐尴尬地笑了笑：“多谢七姑娘了，你们聊，我去看看饭好了没有……”

七姑娘放下手中的刺绣，起身叫住玲姐：“阿玲，你别走，我有些心里话，你一起听听也好……我是这么想的，凡是住在豆腐庄的红头巾，在星洲遇到事情，我阿七都会管，要是有一天我不在人世了，阿玲，天晴，你们两个就替我管起来。因为我们都是自小喝同一条河里的水长大的三水姐妹，同根同源，自当同声同气！”

天晴似乎明白了七姑娘话里的意思。玲姐更心知肚明，站在原地不知如何是好。

七姑娘顿了顿：“天晴，你那个朋友再好，可她不是三水人，阿玲跟我说她在工地上干了半天活，要我说，给她开一整天的工钱，打发她走吧。”

天晴试图用大道理说服七姑娘：“七姑娘，三水姐妹自是喝一条河里的水长大的，可天下的水总归同源，入了九曲河，便叫九曲河水；入了珠江，便是珠江水，若入了长江、黄河，便成了长江水、黄河水……无论哪条江、哪条河，最后不都是要汇入大海，变成大海水的嘛。”

七姑娘笑着走到天晴面前：“天晴啊，你读过几天书？”

“让您见笑了，没读过几天……”

“可你说的这一套，像是大学里的教授。”

天晴这才听出七姑娘话里讽刺的意味，尴尬地捏住衣角。

七姑娘装作没看见，踱步走到窗前，再次提高音量：“是，我们都是华人，可中国那么大，人那么多，过番来的我都管，管得起吗？你别想用大道理说服我，我是三水来的，我认家乡，也会管家乡来投靠我的姐妹，外人，我顾不上。”

天晴不死心，继续恳求：“七姑娘，虽说家乡人亲，可咱三水人不也想广交朋友吗？我能看得出来，这个王巧玲是有良心的，如果七姑娘今天帮她，未来她也一定会报答您的！”

七姑娘转过身，态度坚决：“我不求谁报答，天晴，我知道你能说会道，可你别想说服我，咱们现在干的工地，活是你找的，你让王巧玲在工地上干活我管不着，但豆腐庄是我阿七租下来的，只住愿意当红头巾的三水姐妹，外人恕不收留！”

说着，七姑娘回到床边，又拿起了针线开始做工。

天晴还要说什么，玲姐上前制止：“就这样吧天晴，七姑娘已经退了一步，你还非逼着她破规矩啊？”说话间，七姑娘“啊”了一声，正在刺绣的她一针扎在了自己手指上。

玲姐忙问：“七姑娘，你没事吧？”

“没事。”七姑娘虽然这么说，可已经气得整个人都在颤抖，不然也不会扎手。

天晴看在眼里，明白七姑娘已经给出最大让步。她很尊敬七姑娘，不敢触怒。

“天晴，去照顾你的朋友吧，虽不能住在豆腐庄，可既然来了，就是客人，留下吃顿饭吧，别让巧玲觉得我们冷落了她……”玲姐说着，不停地瞟七姑娘。

七姑娘也没有反对，也没有再出声。

天晴失魂落魄地出了门，门口小蝉、美花、王巧玲三人脸色都不好看。

天晴刚想解释：“巧玲……”

“我都听见了。”王巧玲低声打断。

“天晴，我们不是有意偷听的，不过今天七姑娘的嗓门有点大。”美花没心眼，直接说了出来。

王巧玲见状也明白：“天晴，你能这么为我争，我已经很感谢你了，不管怎么样，我王巧玲认定你欧阳天晴是朋友，朋友不能难为朋友，我走。”

“等一等，巧玲！”

听到天晴的叫喊，王巧玲还是有些骨气，未曾回头。

豆腐庄门口，天晴追上了王巧玲，美花和小蝉跟在后面。

天晴一把拉住王巧玲：“你别着急走，我再想想办法……”

王巧玲还要争着走，小蝉快跑两步拦住：“王巧玲你别走！虽然七姑娘是大家姐，可这里很多事天晴也能说了算的。刚才七姑娘不是说了嘛，留你在工地上干活，她管不着，有活干就有工钱……”

“对，有活干就有工钱，有钱还怕找不着地方住吗？走，先吃面线！”天晴拉着王巧玲就往面线伯摊上走。

王巧玲被强摁着坐下。

阿九打探消息还没回来，阿海只能在旁和面线伯闲聊打发时间。

看见天晴，阿海忙献殷勤：“吃面线是吧？好啊！天晴的朋友，我请客！”

“你一边去，让我们姐妹几个好好说话。”

天晴使着眼色，阿海会意：“行行行，我一边去。”

说着，阿海往边上挪了几步，闲坐在墙边。

四个女人也挨着坐下。

王巧玲长叹道：“天晴、美花、小蝉，你们对我这么好，我已经很感激了，你们的大家姐说的也有道理，谁让我不是三水人，我认命了。我还是再找个人家去当个女佣吧，毕竟那样的话就有地方住，不然要找地方住，工钱也就剩不下了，你们应该知道，在星洲找个地方住很贵的，工钱都不一定够。”

天晴突然想到什么，向不远处的阿海招手：“阿海！”

“什么事？”阿海连忙跑来。

“我这个朋友暂时没地方住，刚好你最近也住医院，能不能把你住处先借她住几天？我可以付你房租的。”

阿海吐掉嘴里的草根，对天晴抛了个媚眼：“没问题，房什么租啊，放心住好了！”

王巧玲有些不好意思：“这、这合适吗？”

没等天晴开口，小蝉笑嘻嘻地来了句：“合适！”

阿海解释着：“天晴有事求我，我高兴得不得了啊！”

小蝉冲王巧玲挤眉弄眼："他在追天晴，让他干什么都行，你放心住，不住白不住！"

王巧玲的泪水瞬间淌了出来："天晴，你对我实在是太好了，我王巧玲这辈子一定会报答你的！"

天晴也有些动情："说这个干吗？"

这时候，面线伯端着面线出来了："面线好了，这位姑娘，快吃吧，我多加了汤头，香着呢！"

天晴把碗往王巧玲边上推了推："你快吃吧，我们豆腐庄里有饭的！"

"那我就不好意思了……"王巧玲拿起碗筷狼吞虎咽起来，很明显，不光没有地方住，她也很久没吃东西了。

"海哥，打听到那个女人了，别人都叫她玉蝶姐！"阿九气喘吁吁地跑来。

天晴只顾着看王巧玲吃饭，没太在意阿九说了什么。

阿海问道："大名是什么？"

"常玉蝶。"

这回天晴听得一清二楚，她猛地站了起来。小蝉也跟着站了起来。

"谁叫常玉蝶？"

"我不是跟你说过嘛，这两天总有个女人在工地附近不远不近地看你，我怕是歹人，就暗中盯着她，今天已经跟她打过照面了，这人我见过，是万鹤堂一个管事的。"

天晴的脸色难看，阿海却没发现："万鹤堂虽说是星洲第一大帮，可我阿海不怕他们！放心吧天晴，有我保护你，什么玉蝶也伤不着你！"

天晴一个踉跄，阿海这才发现不对劲："天晴，你怎么了？"

"常玉蝶是天晴阿妈的名字。"

小蝉冷不丁的一句话，让阿海、阿九二人一下愣了神。

天晴看了小蝉一眼，示意她别乱说话。

天晴努力平复自己的情绪："阿海哥，工地上那么多姐妹们在一起干活，就算有歹人，又怎么敢对我下手？我也不需要谁保护，你以后别来工地了，平白无故地添麻烦……"

小蝉显得比天晴还要着急："天晴，你怎么这么说，万一真是你阿妈呢？"

"不可能！阿妈不是过番来的，再说世上没有这么巧的事，我阿妈走了那么多年，也许早就不在人世了……"天晴掩饰不住内心的慌乱，眼神也出卖了她。

王巧玲和美花更是惊得不敢多言。

阿海自从听到是天晴妈妈的名字，便一言不发，只是默默观察天晴的情绪。

大家各有心事，待王巧玲吃完就各自回家。

天晴心情很复杂，一个人跑到屋顶上坐着。小蝉蹑手蹑脚坐在天晴身旁，习惯性地靠在天晴肩上："也许真的是玉蝶姨啊……"

天晴没有接话。

“这么多年没见，我倒真想见见她，那可是咱们村最美的女人啊！”

看天晴仍然沉默，小蝉自言自语道：“小时候我好羡慕你的，我要是有那么漂亮的阿妈多好啊！个子也高，眼睛也大，皮肤还特别好……”

天晴终于忍不住打断，想要自己清净会儿。

小蝉嬉笑着抬起头：“你终于开口说话了。”

天晴白了一眼：“还不是被你烦的。”

“阿海哥说，现在她混得不错，在好厉害的地方发号施令啊！要不见见？”

“见什么见？不可能是我阿妈！天下重名重姓的有的是！”

“重名重姓的又怎么会来偷看你？”小蝉这次脑瓜很灵活。

天晴无法反驳，她转过头去，神色黯然。

小蝉干着急，嗖一下站了起来，苦口婆心地劝说天晴。天晴边听边皱着眉咬了咬自己的嘴唇，终究还是阻止小蝉说下去。

“你要真为我想，就不要再提这事。我也跟美花说了，让她权当没听见。还有，阿海要是再敢提起这件事，我就永远不理他。”

小蝉还是不放弃，试图说服天晴：“可她要是来找你呢？”

“你讨不讨厌啊?!”天晴气得快哭了。

小蝉看着天晴：“这就对了嘛，再铁石心肠的人，也不能不见自己的亲阿妈呀！”

天晴何尝不想见常玉蝶一面，可是想着她抛弃自己，想着往日父亲的话，不敢有过多念想。

小蝉仍絮絮叨叨说个不停，天晴被逼急了：“小蝉！你要是再没完没了，我就不认你这个姐妹了！你走！让我安静一会！”

“好了好了，我一句话不说，你当我是空气好啦。”小蝉安慰着天晴，不再出声。

天晴哇的一声哭了出来，扎在小蝉怀里。

小蝉拍着天晴后背，说道：“好了好了不哭了，没有阿妈这么多年，你欧阳天晴不也活得好好的吗？管她现在怎样，咱们都不认了啊。”

天晴闻言哭得更厉害，仿佛将十几年的委屈倾倒而出。

小蝉使劲地咬着嘴唇，开始后悔自己多嘴了。

万鹤堂这边，常玉蝶在厢房里来来回回地走着，不时发出叹气声。这时，叶鹤鸣拎着一个食盒慢慢走向厢房，轻轻敲着门：“玉蝶姐，是我。”

常玉蝶擦着眼泪打开门：“少堂主，您怎么来了？”

叶鹤鸣拎起手中的食盒，笑着说：“你几天都没好好吃饭了，今天我路过小坡，买了几个菜回来，应该都是你喜欢吃的。”

“少堂主，这多不好意思……”

“你不请我进去吗？”

常玉蝶连忙闪身往里让，叶鹤鸣把精致的饭菜一碟碟端了出来，摆在桌上。

“哎呀，我是个下人，少堂主，你对我也太好了……”

“我不许别人拿你当下人，你也不许说自己是下人，现在没有外人，你还是叫我阿鸣吧，我听着舒服。”

常玉蝶忙拒绝，认为现在这样叫不合规矩。

叶鹤鸣却动了感情：“您从小把我带大，替我挡过刀、挡过子弹，对我恩重如山。我虽然称您玉蝶姐，但早就视您为母亲，不能叫我的小名吗？”

常玉蝶无奈，只好叫着叶鹤鸣的小名，同他一起坐下吃饭。

叶鹤鸣很是开心，露出孩童般的微笑。

饭吃得差不多了，叶鹤鸣才试探地问起常玉蝶女儿的事情。

说到女儿，常玉蝶眼眶发红，表示自己对不起女儿。

叶鹤鸣低下眼眸，很是羞愧：“你别这么说，当年你是要回去的，还不是因为我，妈妈死了，爸爸又被仇家追杀，是我拖累了你。”

常玉蝶不想叶鹤鸣自责，把责任全都揽到自己身上：“不，小鸣，是我自私啊！乡下的日子实在太苦了，而且我那个男人太平庸了，我还是不想回去呀！”

叶鹤鸣点了点头：“想过更好的日子没有错，你的女儿也会原谅你的。”

常玉蝶面露愁色：“也不一定，我那女儿是个好女儿，可她身边那个男人……唉！”

叶鹤鸣想起那日阿海豁出命的壮举，倒说十分欣赏阿海。

常玉蝶更想女儿安稳，不同意叶鹤鸣的看法：“我找人打听了，那就是个小混混，什么都没有，以前在工地上干活，又不肯出力气，所以被人撵了出来，就跟着林龙青，也不求个上进。这……我的天晴怎么就被他缠上了呢？哎呀！”

“要不要我做些什么？”

“也不用了，毕竟十多年没见，我们为她好，她也不一定领情啊，被那小混混发现，往后我也不能去看天晴了。”

叶鹤鸣安慰道：“总归是来了星洲，比在乡下没有消息，还是要好的嘛。”

“这倒也是，女儿真是不错，才来没几天，就在工地上管事。她从小就聪明，有主意，比她大的孩子都要听她的！”常玉蝶一下子笑了出来。

“是吗？听玉蝶姐这么说，我倒挺想认识她的。”

第四十二章　纸里包火

白日里金碧云的话陆雪樵听了进去，晚上便去做陆雪亭的思想工作，二人对坐着，陆雪亭一口一口地喝着咖啡。

“大晚上的别喝咖啡了，不想睡觉了啊？”

“反正也睡不着。”

陆雪樵身体前倾，向小弟传授着他那套和女人相处的经验：“小弟，你再好好想一想，金家小妹有点傻，但傻有傻的好处，太精明的女人会给男人压力的。”

陆雪亭懒得理会，一口喝干了咖啡。陆雪樵自顾自说着，建议弟弟找对象一定要门当户对。金家虽落魄，但不至于丢了脸面。说到兴起处，陆雪樵得意地拍了拍胸脯：“就像你二嫂，不管怎么样，她是金家大小姐，做陆家的媳妇还不是太丢人嘛，而且他们金家家教还是可以的，我在外面，啊……她是不敢管的，最多有的时候醋哄哄地唠叨两句，一巴掌就抽回去了嘛，结了婚的男人，自由最重要！”

“你那叫自由吗？”

陆雪樵一时无话可说，讪讪地耸了耸肩。

“二哥，这件事情你不要劝我了，有些事我可以糊涂，关于爱情和婚姻，我不会糊涂，我宁愿一辈子不娶。我也奉劝你一句，现在妈不在了，二嫂操持这个家不容易，你对她好点，如果你还重视陆家的名声，在外面，也请收敛点。”

“嘿，你还教训上我了？”陆雪樵气得站了起来。

“不行吗？小时候你不好好学习，妈没少让我替她教训你。”

陆雪樵也不服，指着陆雪亭说着那些流言蜚语，什么在欧洲的花边新闻、睡了金碧华等张口就来。陆雪亭急得满脸通红：“你说什么？没有见过你这么当二哥的，居然给自己弟弟造谣？”

“造谣？你们两个去女神酒店喝酒，开了房间，你敢不敢承认？”

陆雪亭承认自己去喝酒开房，但和金碧华睡在一起是绝对不可能。

二人争得面红耳赤，陆雪樵一把将气愤的陆雪亭按回椅子上。半晌，陆雪樵先松了口：“唉，算了算了，妈才走，咱们兄弟两个这么大吵大嚷的不好……”

陆雪亭也不再争辩，说回了正事：“还有那栋大楼，我想现在不是跟南兰谈判的时候，妈死了她也很悲痛，要不这样，等我帮她把老宅翻盖完成，再向她提，你说呢？”

“那可不行啊，我急啊！公司的钱都押在那栋大楼上了！南兰对你不是很好吗？你就跟她说一下，毕竟曾经是一家人嘛，何必要置人于死地呢？”

陆雪亭从未觉得陆雪樵如此无耻，干脆把话挑明：“南兰老宅被人纵火，是谁指使的？

是你想置人家于死地！南兰早知道是你了，没有追究，你就该去拜佛了。”

陆雪樵一下愣住，紧张地咽了口唾沫。

“还有，白薇是大哥的亲生女儿，作为叔叔，我们要想办法把她接回陆家。”

陆雪樵睁大眼，故意装作听不懂。陆雪亭进一步解释道：“这件事不能急，也要让白薇冷静下来，但也不能拖得太久，最多一年。一年之内，我希望你和我一起去上海接她。”

陆雪樵挠了挠头：“雪亭，你是不是在国外留学留傻了？白薇是骗子！”

“她不是！我发誓，早晚有一天会把她接回陆家，不然我就不配做陆家子孙！”陆雪亭的话是说给陆雪樵的，说完，他狠狠瞪了眼陆雪樵，直接出门。

陆雪樵后知后觉，朝着陆雪亭离去的方向啐了好几口。

连日来的家庭剧变让陆雪亭伤心不已，人也憔悴了许多。他站在庭院里大口地呼吸新鲜空气，希望自己平静下来。不知何时，金碧华走了过来，并站在了陆雪亭身后。陆雪亭皱了皱眉头：“什么事？”

“我就要去欧洲了，明天的船票，可能永远都不会回来……我会在那边开始我的新生活，寻找我的爱情，我一定会幸福的。”

这话反而让陆雪亭有些内疚，淡淡一笑，说：“好，我衷心地祝福你。”

“你就没有一点要挽留我的意思吗？”

看着陆雪亭尴尬的神情，金碧华背过手：“我可真是白痴，我早就想到了，被我姐姐说了几句，我却又……我真没出息，真不该来理你！”金碧华说完，转身就要走，陆雪亭却不好意思了：“等一等！金家妹妹，要走了，我请你吃顿饭吧，毕竟我们是朋友嘛。我回来这些日子，你陪着我在星洲四处转，也带给我很多欢乐，我为你送个行，好吗？”

金碧华莞尔一笑：“这还差不多……其实吃什么无所谓，吃完饭后，你能不能陪我回趟家，就是我们金家的老宅。那房子在山上，我和姐姐从小就在那长大的，我对那房子还是挺有感情的，可是我一个人不大敢回去，我害怕……”

“好啊，要走了，想看看从小长大的地方，这个心愿应该实现。”

金碧华满是感激地看着陆雪亭，陆雪亭伸出胳膊：“我们走。”

金碧华一把挎上，二人笑着向外走去。

陆雪亭的车在山坡附近停了下来，山坡上不远处就是那栋荒凉的黑白屋。

“这房子虽然老了一些，但真挺漂亮的。”

陆雪亭下车拉开了车门，金碧华挎住陆雪亭：“雪亭哥哥，走吧，陪我进去看看。”

陆雪亭想起陆雪樵之前的质疑，一口回绝了金碧华的请求。

金碧华噘着嘴：“你不是答应我了吗？”

“我是答应你，帮你实现回老宅看看的心愿，现在不是看到了嘛。这么晚了，就咱们两个，孤男寡女，就不进屋了吧？不然会被别人误会的……”

“假正经！不陪拉倒，我自己去！”金碧华甩开陆雪亭的胳膊，大步向黑白屋走去。

老房子里空荡荡的，只有几件简单的家具。金碧华转悠着，一会儿抽泣，一会儿傻笑，毕竟这房子曾留给她无限回忆。突然，内屋传来一阵哗啦啦的铁链子声，金碧华瞬间毛骨悚然，正欲离开，却又耐不住好奇心，停住了脚步。

金碧华一步步朝地下室的方向走去。

地下室里，被五花大绑的陆雪霖听见高跟鞋的声音，习惯性大骂道：“狠毒的女人，你才是妖女，害死我妈，你不得好死！”半晌，脚步声越来越近。陆雪霖抬头使劲眨眼，才认出金碧华：“金碧华……是你吗金二小姐？快救我！”

金碧华有些害怕：“你是人是鬼啊？”

“我当然是人了，这世界上哪有鬼？鬼都在那坏女人心里！你快把我放了，你要什么好处我都给你，我们陆家有的，全是你的！”

“你真是人？你怎么在我们家啊？”

陆雪霖这才明白，金碧华和金碧云并非串通一气：“我是被歹人绑到这里来的，快救我！”

金碧华看着大铁链子，不知从何下手。

“那你去叫警察，如果能救我，你要什么我给你什么，陆家有的，都是你的！”

金碧华也是手忙脚乱：“我去叫雪亭哥哥来……”

陆雪霖眼前一亮，激动地大喊着：“小弟？小弟回来了？快！快！叫他来！”

金碧华刚一转身，突然，一只大手掐住她的脖子，将她按在了墙上。哑巴用人亚辛丑陋的脸映入金碧华眼中，金碧华认出了此人。陆雪霖用尽全力撞向亚辛，将二人撞开，金碧华险些被掐死，吓得一阵乱叫。陆雪霖大声地喊着：“快跑！快去叫警察！”

亚辛抄起木棒子，啪地向陆雪霖头上砸去，陆雪霖应声倒地。金碧华才跑两步，就在楼梯上又被掐住，眼见亚辛要将她押回来，金碧华吓得直叫：“你别杀我，你别杀我，亚辛，我是二小姐，我从小就把你当叔叔的，你不认识我了？”

亚辛仔细地看着金碧华，半晌才认出，用手语示意，不要把秘密说出去，不然就掐死她。金碧华被吓哭了，慌慌张张地往外跑，满脸惊恐。

屋外，陆雪亭见金碧华一副狼狈的样子，打趣道：“怎么了？不会真见着鬼了吧？”金碧华仿佛一下子学会了撒谎：“是，这地方有鬼，难怪我姐不让我在这住，我们走吧，再也别来了，你也不许来！”

金碧华撂下一句稀里糊涂的话，钻进了汽车。

陆雪亭也没在意，二人一同回到陆家。

金碧华一下车，就跌跌撞撞往厨房跑，陆雪亭以为她被吓到了，也没多想。恰在此时，金碧云走进厨房，看着在角落里瑟瑟发抖的金碧华："大晚上的，叫我来这干什么？"

金碧华声音发抖："只有这里方便说话，下人都被我撵走了，我刚才又仔细看了一圈，这里隔墙无耳。"

金碧云笑了："有什么话要跟我说，还隔墙无耳……我的傻妹妹长心眼了？"

没想到金碧华却突然直勾勾地盯着金碧云："姐，我今天见到一个人。"

"谁啊？"

"陆雪霖。"

金碧云一激灵，看着金碧华，已经预感到了什么。

"我回老宅了，姐，是怎么回事，你不该跟我说清楚吗？"

金碧云上前抱住颤抖的金碧华："没什么要说清楚的，爸妈都走了，这个世界上就剩咱们姐妹两个是亲人，如果你不想失去最后的亲人，就当什么都没看见，好吗？碧华。"

金碧华猛地推开金碧云，害怕地退了几步："是你把他关在那里的？对啊，亚辛最听你的，你说什么他都肯做……原来陆雪霖根本没死，是被你囚禁了……金碧云，你好可怕，你还有什么事瞒着我？"

金碧云却很平静："碧华，我所做的一切都是为了金家，你要是不信姐姐的话，就去报告警察吧，但是警察赶到，应该也找不到什么证据的。我随便一个电话打过去，亚辛就会立刻杀了陆雪霖，你是知道的，他虽然不会讲话，但不是聋子。老房子附近树林很密的，里面有各种野兽，尸体扔进去，警察连骨头都找不着。"

金碧华指着金碧云："你好狠毒！"

"如果真是那样，那就是你害死了陆雪霖。"

"你说什么？怎么变成我害死的了？"

金碧云早已想好措辞哄骗自己的傻妹妹："不是我囚禁了陆雪霖，是陆雪霖求我，让我给他找个藏身之地。南兰是白天女嘛，会下蛊或者别的什么妖术，陆雪霖觉得早晚要被害死，所以才求的我……我也真不容易，在陆家受着气，还得替陆家大爷保守秘密。"

金碧华看着金碧云，半晌才憋出几个字："你的话我不太信。"

金碧云温柔地看着妹妹："我没指望你信，可你是我的亲妹妹，总希望我好，而不是胳膊肘往外拐，想害死我，对吧？你在这等会儿啊……"

金碧云快步出门，很快，带回一个信封和两个首饰盒。见金碧华还在，金碧云松了口气，将盖着东西的衣服扔在一旁，将那个信封递给了金碧华。

金碧华打开，发现里面有很多钱。

"去了欧洲，咱们金家的二小姐也不能落魄地去做工赚钱不是？"

金碧华看着钱，喃喃道："这么多啊……"

金碧云面上波澜不惊，内心很是恐惧："我就你这么一个妹妹，爸妈都走了，我得替父母尽到责任。”说着，金碧云又打开首饰盒，里面是两副全套首饰，“这两套首饰可都比我那套珍珠好多了，不敢说价值连城，但总是值一些钱的。等你有了心爱的人，有这份嫁妆，一般的家族是不敢小看你的。”

金碧华看着首饰，摸个不停，甚是惊喜，但随即脸色一变，把东西往桌上一扔：“就这些？就想收买我？让我在欧洲嫁人，你怎么不说为了让我替你保守秘密，让我死也别回星洲啊！”

“碧华，你怎么说出这种话来，我刚才不是跟你解释了嘛……”

金碧华猛地打断：“别骗我！我不是三岁孩子，你觉得我会相信你吗？”金碧华恶狠狠地盯着金碧云，那目光让金碧云下意识向后退了几步。

“亚辛差点杀了我，我没直接去报告警察，就是想回来弄清真相！如果没有今天的事，你会给我这么多钱吗？你以为我是回来讹你的？你这两套首饰，应该是刚刚从陆老太太那里得来的吧？这是你梦寐以求的好东西，舍得给我吗？金碧云，你对我有那么好吗？小时候见爸妈宠我，你都想过要掐死我！我没忘！你这个凶狠的女人，你说，你到底还干过哪些见不得人的事！”见金碧华如此歇斯底里，金碧云傻了，慌乱中，她的手摸到了菜刀。

金碧华一番逼问后，却又突然痛苦地趴在桌上哭着：“我怎么会有你这样的姐姐，你太可怕了……”

金碧云握紧了刀，眼中露出凶光，可最终还是没忍心下手。她转念一想，扑通跪在地上。

“你干什么？”金碧华抬起头。

“我是你亲姐姐，你是我亲妹妹，我们有同一个爸爸和同一个妈妈，你去报告警察，我就是死路一条，我求你放过我……我知道，这些钱太少了，我再多拿两倍给你。放过我吧碧华，要不……”说着，金碧云抓起刀架到了自己脖子上，金碧华吓了一跳。

“我这就抹了脖子……金碧华，我的亲妹妹，求你给我买口棺材，不用太厚，也不用太大，能装下我就行，别让我变成孤魂野鬼……”

金碧云说着便泪如雨下，金碧华毕竟年轻，一下慌了神，上前夺过刀，也跪在了地上：“姐，我不要你的钱，也不要你的首饰！请你记住，这世界上有比钱更重要的东西！你嫁给我姐夫之前，是先跟陆雪霖好上的，我知道！你们的恩怨我不管了，你好自为之吧！”金碧华难以控制自己的情绪，哭得稀里哗啦，金碧云也瘫坐在地上，哭了起来。

金碧华抽噎着回到房间，给林龙娇打了电话：“对，来接我，就现在！”

“为什么现在走，明天我和你姐夫送你去码头不好吗？”

“我不敢住在你们家，我害怕。”说完，金碧华就往外走。

金碧云手里拿着钱和首饰追了上去：“碧华，答应姐姐的，不会改主意吧？”

“你放心，那件事烂在我肚子里了，你好好活着吧，替我亲亲展元，长大了让他到欧洲读书，我这个小姨虽然十三点，但会照顾他的。”金碧华转身头也不回，大步出门。

林龙娇的车已经到门口，金碧华立刻把行李放在后备厢，看都不看金碧云一眼就坐上了副驾驶上。金碧云佯装镇定，上前客套几句："阿娇小姐，辛苦了啊……"

林龙娇不说话，打了个响指，开动了车。

看着汽车驶离，金碧云像虚脱了一样，扶着门框缓缓进门。

林龙娇开着车："怎么？跟你姐吵架了？她不愿意你去欧洲？"

金碧华看着窗外："别问了，我现在心情不好，想找个地方安静地哭会儿……今天的事儿你以后不许提，一辈子都不许提！阿娇，你答应我！"林龙娇撇了撇嘴："好的，金二小姐！就你这脾气，我怎么会答应跟你一起去欧洲呢？"

"你活该！你认命吧！"

自那以后，金碧华和林龙娇再也没有回来过，她们带着遗憾和秘密离开了星洲，去了更遥远的地方。

第四十三章　姐妹失和

陆雪亭努力让自己走出母亲逝世的悲痛，第二日天蒙蒙亮就去了工地。地基已经挖好，陆雪亭观察着、丈量着，又跳了上来，点了点头："地基完全符合标准，你们干得是又快又好。"

一群红头巾围拢过来，得到肯定，大家都很高兴。

随后凑过来的来福笑道："还别说，你们女工这基础活干得确实不赖，一点都不比我们男人差……不过接下来你们可就不行了。"

阿贵第一个不同意，攥着拳头看向众人："怎么不行？上石头、上砖、运水泥、运沙子，哪样我们不行？"

美花和小翠也都瞪眼看着来福，来福一看美花，语气就软了："你们人多势众，我说不过，我闭嘴行了吧？我再也不跟你们红头巾斗嘴了，我得给美花面子啊！"

来福带来的男工们听见这话哈哈大笑，众人也都笑了起来，美花羞涩着别过脸去。

众人还在说笑，天晴把陆雪亭拉到角落里，商议着工人数量的事。

"这些天家里办丧事，我来得少，你辛苦了。"

天晴还没开口，小蝉倒是抢着说："陆少爷节哀啊。"

陆雪亭看了小蝉一眼："谢谢。"

陆雪亭说回正题："天晴，后天男工进场，你们红头巾是不是就用不着这么多人了？"

"你说得对，我准备留下十五个姐妹，陆少爷觉得如何？"

"十五个？那……"

天晴示意小蝉不要插嘴，以免影响陆雪亭判断。

陆雪亭很快明白："你多留些也行，就算全来也行，反正大嫂不在乎这点工钱。"

"不，只能留十五个，南兰小姐是大气，可我们不能白拿她的工钱，坑头家的事，我们红头巾不能做。"

小蝉直撇嘴："你就逞能吧，我看你怎么跟大家说。"

豆腐庄这边，打扮利落的七姑娘刚从外面回来，迎面遇见正收拾摊位的面线伯。

面线伯打着招呼："七姑娘出去啊？我看您这两天没少往外跑……"

七姑娘叹了口气："净瞎跑了，跑到哪里都碰一鼻子灰。"七姑娘心知南兰那块工地太小了，用不了那么多姐妹，头家是看着天晴的面子，也没让减人，但她心里有数，得赶紧出去找找活。

面线伯停下手中的活，恭维着："七姑娘辛苦啊，这么大事，您看我也帮不上忙……"

"你啊，就等着到了好日子，以后照顾好阿玲。"

面线伯憨实地笑着，不住地点头。

刚走几步，七姑娘停住脚步。一个熟悉的身影站在了不远处。

七姑娘看见，先是一喜，随即敛起笑容，恢复先前的冷漠，绕过秀禾就走，没想到秀禾竟拦住了去路。七姑娘只好停住脚步，没好气道："这位太太，请您让个路。"

"表姐你别笑话我，我来看你，你不让我进门坐一会？"

七姑娘脸上没有一丝笑意："摘了红头巾，便不能进豆腐庄，这是规矩，你又不是不知道。"

秀禾哀求着："今天姐妹们都在工地上，送饭的也出发了，我都看见了，表姐，你就让我进门说说话吧……"

七姑娘仔细打量着秀禾，别过头去："我带你来星洲是希望你靠卖力气赚钱添补家用，将来回去养老。谁想到你这一下子成别人的姨太太了，还有什么话好说？"

"我不是姨太太……"

七姑娘指着秀禾："这身穿着打扮不是姨太太是什么？"

秀禾笑了："表姐，你误会了！我是跟着师姐学唱戏，打扮成这样是师姐让的……"

"你那个师姐叫谭玉卿对吧？听说红极一时，很了不起，她怎么就看上了你？学戏这条路我又不是没听说过，那是从小学起，而且要在磨盘上掰腰压腿，鸡没叫呢就得吊嗓子！受得苦中苦，方为人上人，你这算什么？"七姑娘本已转身，不忍心，又多说了两句，"住在大酒店里吃好的穿好的，叫什么学戏？秀禾，你长点心，别怪我没提醒你，没有天上掉馅饼的好事！"

秀禾眼见着七姑娘走过自己，委屈地叫了一声"姐"。

七姑娘停步，却没回头："你毕竟是我亲表妹，你若现在回来，我阿七愿意破一回例，如果你再这么执迷不悟，就永远也别再来！"说完，头也不回地快步走了。

秀禾哭着大喊："姐，我带钱来了，这几年您对我的好我都记着，现在有钱了，我得报答你！”

七姑娘冷冷地回道：“用不着！留着钱寄回家去，给你男人讨小老婆吧！”

街上的面线伯、写信佬，还有卖青菜的大嫂都用异样的眼光看着秀禾，秀禾无地自容，大滴大滴的眼泪掉落下来。

工地这边开始放饭，大家围了一圈。天晴凑近玲姐：“玲姐，除七姑娘以外，您过番来的时间最长，在工地上干得也最长，依您看，咱们工地怎么样啊？”

玲姐没明白天晴话里的意思，直言：“挺好！天晴啊，你虽年纪轻，又能干又能算计，把工地整得利利索索，姐佩服你。”

“这个我可不敢当……就没有什么毛病吗？”天晴继续问着。

“没有啊。”

“您不觉得……我们的人……太多了吗？”

天晴这话一出口，玲姐、阿贵等人立刻怔住。

半晌，阿贵阴阳怪气道：“人多谁看不出来，不是红头巾的，都被你给留在工地上了，能不多吗？”

王巧玲放下碗筷，站起身：“是啊天晴，我听说男工马上要来了，再往后，零活力气活越来越少，用不了那么多人了，我本来就不是红头巾，明天我就不来了。”

天晴没想到王巧玲立刻表态：“巧玲，我是跟大家商量，不是要撵你的意思……”

“行了你别说了，我还是那句话，朋友不能为难朋友。”

天晴无奈地看着王巧玲：“那好吧。”

王巧玲看天晴的目光却充满感激，这让天晴得到了些许安慰。

小蝉知道天晴的意思，但见才一开口就遇到挫折，也很替天晴担心。刚刚洗完手回来的雪亭看见小蝉闷闷不乐，上前关切问道：“怎么了？”

“还不是替天晴担心啊。”

陆雪亭看向远处正在干活的天晴：“真羡慕你们姐妹之间的感情，我要是有这么好的一个朋友，此生无憾了。”

“我也可以成为你最好的朋友呀！每天担心你，惦记你，一心一意地为你好……”

陆雪亭有些尴尬，但很快坦然地接受：“谢谢你啊小蝉。”

小蝉转而又失落起来：“陆少爷，其实我有预感，这次天晴的日子不好过了。”

“怎么会？”

“你是大户人家的少爷，不知道我们这些女工的苦，谁不能出工就是丢了饭碗，会恨天晴的。”

陆雪亭这才明白。

小蝉继续道："你们陆家在星洲了不起的，陆少爷，也请你帮帮忙，我们女工和男工一样能干的，而且一天只有六毛的工钱，雇我们划算的！"

陆雪亭这才明白，小蝉是在为姐妹们的生计发愁，他点了点头："你说得对，工钱这么低，不应该找不到活干，我试试。"

小蝉激动地跳了起来："那我怎么找你呢？前几天你没来，我就想找你，但是……"

陆雪亭表示可以给自己打电话。

"打电话？"小蝉蹙着眉。

陆雪亭笑着从兜里掏出一张名片："这是我的名片，上面有电话号码，你只要找到电话亭，就可以给我打电话了。"

小蝉接过名片，使劲点了点头，温柔地看向陆雪亭道："谢谢你，陆少爷。"

陆雪亭笑了笑，挥挥手和小蝉道别。望着小蝉恢复如常的笑脸，他的心情也跟着好起来，他不知道从什么时候开始，心情竟与小蝉紧紧勾连到了一起。

日落西山，余辉照在七姑娘脸上，她看起来仿佛一下苍老了许多。又是无功而返的一天，回到屋内，七姑娘疲惫地坐在桌前，刚想给自己倒口水喝，却发现桌上压着一个信封。信封沉甸甸的，打开后一摞钱掉了出来，七姑娘有些惊讶，信上写着：

> 表姐，我是秀禾。
>
> 你还跟以前一样，房门不上锁，我就请写信佬写了封信给送进来了。
>
> 从小你就是好样的，最能干活，大人们最喜欢的七表姐。
>
> 而我，从小就是大家都看不上的，最没出息的那个小表妹。
>
> 我知道你带我过番来是可怜我，这两年也对我很照顾，我从心里谢你呢。
>
> 可是表姐，秀禾碰上了贵人，日子过得好一点了，你怎么不高兴呢？你是见不得别人比你强吗？不管怎么样，你对我有恩，我得报答，这也是我师姐谭玉卿教我的。这些钱是我报答你的，你收着吧。

看完信，七姑娘快要气炸，将信撕得粉碎扔在了地上，一拳砸向桌子。发泄完，七姑娘没了力气，瘫坐在椅子上。

红头巾们收了工往豆腐庄走，可今天姐妹们心事重重，一路上不再打闹。

天晴和小蝉走在队伍最后面，小蝉碰了下天晴："工地减人，你干吗不直接说？"

天晴有些心不在焉："我是怕姐妹们……"

"怕谁啊？有一个算一个，这些日子以来不都是靠你我才有的工钱！现在要减人，那也是名正言顺，有什么好怕的？天晴，你不能太给她们脸。”小蝉一脸不屑，狠狠瞪着队伍前面的人。

天晴拽了拽小蝉的衣角，呵斥道：“这叫什么话，小蝉，你小时候不是这样的，现在说话怎么这么刻薄？”

小蝉不搭理：“我就是见不得她们那副样子，好像你欠了她们似的，凭什么呀？”

小蝉也是为自己好，天晴语气和缓起来：“你觉得减人的事，姐妹们能接受吗？”

“现在不减人，老宅盖完了怎么办？南兰小姐还能养她们一辈子呀？南兰小姐要是真愿意出钱，那也是报答你的救命之恩，还不如直接给你呢。”

天晴笑着刮了下小蝉的鼻子：“你前面说的还在点理，后面可就是胡说了，我当时也是自己要找活路，有什么救命之恩？还让南兰小姐用钱报答啊？”天晴不再说话，对减人这件事，她有了自己的打算。

阿海和阿九也往豆腐庄的方向走着，面线伯见二人没精打采地走来，招呼阿海吃碗面线。阿海摆了摆手：“不了，什么事情都做不成，没脸吃呀。”见红头巾的队伍走来，阿海连忙像以前一样打着招呼：“阿玲姐，阿贵姐，你们好啊！”

玲姐淡淡一笑，阿贵却直接给了个白眼，径直进了门。

阿九瞥了一眼，很是不解，看向身旁的阿海。

“谁知道，女人的脸，说变就变，不会是针对我们的。”阿海并不放在心上，朝队伍后的天晴挥舞着双手。

这时，天晴走了过来：“阿海，怎么样？”

阿海无可奈何地摇了摇头。

阿九在一旁抱怨：“海哥很卖力气啦，我的脚都磨出泡啦，可是女工没那么吃香的，你们那个七姑娘犯什么神经啊？从乡下弄这么多红头婆来，现在好了，要饿死了……”

阿海一巴掌打在阿九脑袋上。

阿九捂着头，继续嘴贱：“我说的是实话嘛，不如散了……大嫂啊，你这么能干，找个人家当女佣，不难的。”

随后阿海又踹了阿九一脚，阿九这次机灵了，身子一闪躲开了。

“对不起啊，是我没本事……还有几处工地，没找到管事的人，我明天再去跑。”阿海向天晴解释道。

天晴心里有数，点了点头。

豆腐庄内，姐妹们各自忙活着。以玲姐、阿贵为首的十几个老红头巾却一直在天井里没动地方，美花和小翠也在一旁凑热闹。玲姐看着楼上紧闭的房门，说道：“看样子七姑娘不在家，咱们就听听天晴的，该怎么跟七姑娘讲，我也得先心里有个数呀。”阿贵双手一叉，点了点头。

天晴与小蝉进门，看见玲姐、阿贵等人等待，顿时明白了。玲姐直接挑明说：“天晴啊，今天在工地，我看你有话没讲清楚，现在回来了，也没有外人了，你讲吧。”

天晴犹豫着开了口：“好啊，明天男工会陆续进工地，我们要减人了，后天开始，最多用十五个。”

阿贵和玲姐对视一眼，虽然她们知道要减人，但这个数字依然超出她们的想象。

小翠一下急了：“十五个？这么少？那其他姐妹怎么办？”

天晴示意小翠先别急，继续道：“阿海和阿九已经跑了好几天了，希望帮大家找到活干，但现在……万一找不到，我想姐妹们轮流出工，我算了，每个人四天可以轮上一天。”

话音未落，阿贵大喊一声：“那岂不是四天才能领一天的工钱？哎呀，要死人哪……”

小翠紧随其后：“天晴，你不是跟南兰小姐要好吗？你去求求她，让大家都干着呗，不然我们大家一起去求，磕头也行！反正她那么富有，也不在乎我们的工钱……”

见众人不说话，小翠才意识自己说错了，讪讪退到一边。

“天晴啊，姐妹们都以为这活能一直干到完工，没想到……你这也太突然了点吧？”玲姐最擅长打圆场，把大家的心里话说了出来。

“怎么就突然了？”小蝉上前一步，摆出了吵架的样子，“阿贵，你号称自己是老工地，无所不能的样子，连我个新来的都看得出人多了，用不上，你看不出来？再说,天晴又不是大家姐，你们跟她说得着吗？”小蝉言语犀利，气势也占上风，一下子把多数想说话的人都顶了回去。

天晴戳了戳小蝉，让她少说两句。

玲姐尴尬地笑了笑：“小蝉说的也有道理，我们红头巾本来就是大家姐说了算，天晴，这么大的事，你跟七姑娘讲过吗？”

这下天晴被问住了：“我……我原本是想今晚回来跟七姑娘商量的，可你们不是问起来了吗，我就想先听听姐妹们的想法。”

阿贵也不㞞：“就是找借口！要减人不先跟七姑娘讲，你以为你是谁啊？”

天晴认真回答：“我有这想法好多天了，也想过跟七姑娘商量，可又想，七姑娘虽是大家姐，但在星洲地面也没那么熟，所以我就让阿海和阿九先在各处的工地跑一跑，打听一下哪里肯用女工。”

阿贵突然吐出两个字：“逞强……”

玲姐拦住了激动的阿贵，不再袒护天晴：“说七姑娘在星洲地面不熟，我可不爱听，我来了好几年了，每次开工可都是七姑娘给姐妹们找的，要减人，你要早和七姑娘讲才对。”

阿贵站在玲姐后面，恨不得跳起来挑衅：“对呀！也许七姑娘早就给大家找到新工地了！这才来几天，真当自己了不起啊？”

“有什么好吵的？我都听见了，天晴做得没错呀，人家找来的活，说几个人开工就几个人开工，你们有什么不服气？”玲姐、阿贵、天晴、小蝉向二楼望去，七姑娘已经站在楼梯口了。

玲姐和阿贵没想到七姑娘会这么说，天晴却听出了七姑娘话里有话。

“阿玲，阿贵，天晴，你们三个到我屋里来。”

七姑娘转而看着楼上楼下的红头巾们，大声道：“该冲凉的冲凉，该洗衣服的洗衣服，该做饭的做饭，别在这看热闹了！”七姑娘这话一出，楼上楼下的红头巾姐妹只好散去。

天晴进屋，看见阿贵斗鸡似的站在那里，便小心翼翼地将自己和陆雪亭谈话的内容告诉七姑娘。七姑娘道：“你说的是实话？”

“我在您面前不敢撒谎。”

七姑娘点了点头，看向玲姐和阿贵：“阿玲、阿贵，你们两个过番来都好几年了，也都经历过没工可开的日子，怎么不能理解天晴呢？”阿贵一下蔫了，玲姐也有些不好意思。

“啊，七姑娘，原来以前也有过这种情况，我还以为……”天晴放松了很多。

七姑娘走到天晴面前，微笑道：“其实都是三水姐妹，大家能一起赚钱，就能一起吃苦，两个月没工可开的日子我们也经历过，当年没有人讲过一个不字，你知道为什么吗？”

天晴摇了摇头，玲姐在一旁提醒：“那是因为七姑娘半个月前就会跟大家打招呼，姐妹们有心理准备。”

天晴有些尴尬：“我倒也是几天前就想到了要减人，可是……”

七姑娘直接打断：“我刚才听见了，你在尽力找新的工地，这很好。不瞒你说，我今天也出去找了，但没那么容易，我想恐怕真的要熬一段没工可开的日子了。”

七姑娘踱步走到窗边，看着下面嬉笑打闹的姐妹们，顿了顿，又道：“但也不是一点希望没有，关照过我们的一位头家答应帮忙，但他的工地要三个月以后才开工，而且规模不大，最多用二十个工。”

天晴以为自己的方案得到七姑娘的认可，道：“我想的是轮流开工，好歹隔四天能上一天，总好过一直没工开。”

七姑娘转过头，冷不丁来了句：“那你呢？”

“七姑娘什么意思，我没听懂。”天晴被问蒙了。

七姑娘平静地看着天晴：“这件事你处理得不好，要想服众，先要从自己开始。”

天晴有些诧异：“可南兰小姐让我管工程，我若不开工，恐怕没法跟南兰小姐交代吧？”

阿贵敲了敲桌子，不屑道：“这是在豆腐庄，你要先想怎么跟姐妹们交代。承认自己是红头巾，就不能真拿自己当判头，不然就摘了红头巾，让别人叫你小头家。”

阿贵的话虽然难听，但不无道理。一向和蔼的玲姐有些不好意思地打圆场：“天晴啊，姐妹们不是针对你，这样的事以前在豆腐庄也没发生过……”

天晴想了想，虽还有些委屈，但只得答应道：“我明白了，是我自作主张，只能自罚。姐妹们每天十五个，轮着开工，不算我，我帮南兰小姐盯着工地，不计工钱……这样行了吧？”

七姑娘又看向楼下的小蝉。

天晴不解，疑惑地看向七姑娘。

七姑娘背过身去看窗外，没好气道：“你忘性这么大？她原本就不在名单里，是自己过番来，硬要留在豆腐庄的，当时我收留了她，是因为那时候工地大，能容得下所有人一起开工，可现在不一样了。”

玲姐和阿贵都没想到七姑娘会说出这样的话，立在一旁，不再接话。

“跟你最为要好，要真维护你，就应该主动放弃与其他姐妹轮工的机会，王巧玲不就是这么做的吗？何小蝉若也能，你欧阳天晴便可服众。”七姑娘说着，向天晴走去，一副为天晴着想的做派。

天晴还想说什么，七姑娘没给她插话的机会：“我不难为你，你想清楚再答复我就行……去吧。”

“什么？不让我开工？凭什么！”听到天晴的话，小蝉气得直跺脚。

天晴也站了起来：“你先别急，也许很快阿海哥就能找到新的工地，那个时候很多事就迎刃而解了……”

小蝉根本听不下去，只顾诉说自己的委屈：“欧阳天晴，我拿你当亲姐姐的，你就这么对我？你是不是忘了你这差事怎么得到的？要不是我在南兰小姐面前夸你多有本事，她能信任你吗？”

“小蝉，你听我解释……”

“我不听！什么狗屁红头巾，我不戴了！”

小蝉披散着头发，从楼上跑了下来，正碰上玲姐和阿贵从宿舍里出来。阿贵被吵醒，没好气道：“在屋顶大喊大叫什么，不让别人睡了？”

“阿贵，你这个小人！”

玲姐呵斥小蝉：“你怎么跟阿贵姐说话呢，这么没礼貌？”

阿贵作势要打，小蝉挺起胸脯：“敢！敢打我，我就报警察！”

阿贵冷笑一声：“这是豆腐庄，我们红头巾的事，警察管不着！”

“你们欺负人，我不干了！我何小蝉要是不比你们混得好，我就白活一场！”小蝉大声嚷着，不承想七姑娘已经出现在门口。小蝉正在气头上，径自将手里的红头巾扔向七姑娘：“还你！我何小蝉不再是红头巾了！”

七姑娘有些意外，看着红头巾落在眼前，小蝉大步地下楼跑了。

天晴连忙去追，追出豆腐庄，却根本不见小蝉的身影。

小蝉一股脑跑出豆腐庄，半晌才平复心情。她委屈地在街上溜达着，看着前方的电话亭，突然想起什么，从兜里掏出了陆雪亭的名片。

“喂，是陆公馆吗？”

“这里是陆公馆，请问你找谁？”

“我找陆少爷，陆雪亭。”

第四十四章　意外来客

金碧云的高跟鞋把地下室的楼梯踩得嘎嘎作响，幽暗中陆雪霖听到了声音，瞬间警惕起来。她趾高气扬地走到陆雪霖面前，语气却如同绵羊般温柔：“最近好不好啦？当人看到希望，有憧憬的时候，心情都会好起来的，不是吗？碧华来了，让你看到了希望吧？你憧憬着警察来营救你……啊不，也许你想的是你的白天女南兰驾着祥云来营救你。不要做梦了，碧华是我亲妹妹，她怎么可能帮你呢？在你被我彻底驯服之前，你不可能离开这里的。”

陆雪霖垂下头，没了往日的狰狞。

“你今天好像很乖啊……”金碧云有意凑近。

陆雪霖低下的眼眸转动着，他在等待机会。

金碧云凑得更近了，伸手去摸陆雪霖的头。

陆雪霖猛地抬头向金碧云咬去，铁链发出铮铮的碰撞声。

金碧云连连后退，黑暗中，亚辛突然出现，一把锋利的尖刀紧紧握在手中。

亚辛用手语向金碧云比画着，金碧云明白了他的意思，转向陆雪霖，嫣然一笑：“陆雪霖，你可不要怪我呀，是你自己找死，我会怀念你的……”金碧云抹去挂在眼角的泪水，向外走去。

亚辛手持尖刀逼向陆雪霖，那尖刀近在咫尺，陆雪霖开始不停地磕头：“碧云，不要杀我！看在我们相爱的情分上，看在孩子的情分上，不要杀我——”

金碧云转过头来，示意亚辛先离开。亚辛的目光极为凶恶，但他还是听话地走了。

“你现在肯承认孩子是你的了？”

陆雪霖使劲地点着头，拼命抓住这最后一根救命稻草。

金碧云继续逼问：“那你当初为什么不肯接受我？”

“我没有，他本来就是陆家的少爷，他叫我大伯或者爸爸又有什么区别？”

“区别大了！天壤之别！现在他叫爸爸的那个人是个废物！蠢货！我要嫁的是陆雪霖，可你们陆家却给了我一个替代品！我恨！我恨不得将你千刀万剐！”说完，金碧云啪的一巴掌打在陆雪霖脸上。

陆雪霖低声呻吟着，但不敢叫疼。

金碧云突然变脸，弯下腰深情地抚摸陆雪霖的脸："雪霖，我打疼你了吧？你怎么不躲呀？"

金碧云疯狂的目光让陆雪霖有些害怕："我、我该打，我对不起你，求你别杀我，我愿意一辈子活在这里，只要你让我活下去……"

金碧云的手指已经滑到陆雪霖的络腮胡子，目光又变得冰冷起来："我也不忍心杀你，但我怕你的存在带给我杀身之祸，怎么办？我好矛盾。"

陆雪霖看向金碧云，唯恐自己的一个眼神或表情出现错误，二人僵在那里，黑暗中弥漫着死亡的气息。

电话亭旁，小蝉不住地向路口张望。

陆雪亭也没耽误，接到电话，连忙开到街上。

"上来吧。"

小蝉点了点头，上了车。

汽车行驶在星洲的街道上，满目尽是繁华，小蝉却没心情欣赏，只是默默流着泪。

半晌陆雪亭才注意到，将车停在路边。

小蝉抹了抹眼泪："陆少爷怎么不开了？"

"你怎么了？为什么哭？"

小蝉哇的一声哭了出来，伏在副驾台上。陆雪亭不知发生了什么，关心地将手搭在小蝉背上，轻轻地拍着、安慰着。看着小蝉难过的模样，陆雪亭无奈，直接开车去了女神酒店。

看着房间里的大床，小蝉有些心猿意马："我就住在这里吗？这可是我做梦都没想过的事啊……"

"好好睡上一觉吧，也许明天早上你就原谅天晴了，你们是最好的姐妹，请珍惜你们的友情。"说完，陆雪亭就要走。

小蝉起身感谢："多谢陆少爷。"

"谢什么，明天你就是我的助手了，可要好好工作，不许偷懒！"

小蝉点头，做了个鬼脸。

南兰下定决心不再做白天女，在房里睡了整整一天。夜里，她起身，打算检查一番酒店的经营情况，却意外发现客厅里堆着几束鲜花。

"怎么又有人来送花？"

“是亨利爵士，银行的林先生，还有律师行的詹姆斯……”桃姐又指着一束鲜艳的花束，“这个是徐董事长的太太送的。”

南兰不明白这些人送花的缘由。

桃姐笑了笑，解释道：“报上全文登载了你的演讲，送花的都是表达敬意呀。当时真把我吓坏了，你说不再游神了，不当白天女了，我真怕他们砸了女神酒店啊！没想到是这么个结果，星洲人更尊敬您了！小姐，你真了不起！”

南兰摇了摇头。

“这么好的女人，嫁到陆家，他们都不知道珍惜，还陷害你，哼，果然没一个好东西！”桃姐突然想到陆家人对南兰的所作所为，语气变得激动起来。

南兰苦笑一声：“陆家又怎么招惹你了？”

“那个三少爷，看着像个好人，可是太过风流了。”桃姐嘟囔着，眼中满是不屑，“带着金二小姐来开房间，这才几天啊，现在又换人了，居然是……哎，这个女孩真是不知道死活。”

“哪个女孩？”

“是和天晴一起的那个小蝉。”

南兰蹙着眉，快步同桃姐一道往小蝉住的房间走去。

南兰在前，桃姐在后，正赶上陆雪亭出门。

陆雪亭一愣：“大嫂？”

“你这是……”南兰站在原地，也不好开口。

陆雪亭没做亏心事，坦言道：“哦，给一个朋友开了房间，我该回去了。”

“是个女孩子吧？”

“是您认识的，小蝉。”

“你倒是半点不藏，人家是个女孩子，你这样……”

陆雪亭这才反应过来：“大嫂，我想你误会了，小蝉和天晴吵架了，很伤心。我陪她吃了点东西，主要是为了安慰她，她不想回豆腐庄去住，我就帮她开了房间。”

南兰回头看向桃姐，桃姐不好意思道：“三少爷是正人君子，是我想多了。”

看着二人尴尬的表情，南兰爽朗一笑。转念，南兰想着天晴势必会担心小蝉，嘱咐陆雪亭去豆腐庄报个信，陆雪亭点了点头，快步走了。

天晴急匆匆地从外面赶回豆腐街，陆雪亭的汽车出现在天晴身后。听见喇叭声，天晴回头，看见陆雪亭走了下来。“陆少爷？”

“我来就是想告诉你，小蝉……”

陆雪亭迟疑之际，天晴已迫不及待：“小蝉去找您了？天哪，吓死我了，我真怕她也……”

“我就是怕你担心才来的，我已经帮她找好地方住下了，今天就不回豆腐庄了。还有，最近我每天都会去工地，需要一位助手，就请小蝉了，工钱由我这边出，告诉你一声啊……

晚安。”

天晴都没反应过来是怎么回事，陆雪亭已经上车开走了。

“助手？”天晴嘀咕着，一头雾水，走回宿舍。

天晴躺在床上，看着小蝉空空的床板辗转反侧，天快破晓才入睡，但没睡几个小时，玲姐的歌声已经从楼下传来。天晴一下惊醒，坐了起来，这才发现自己睡过头了。

其他姐妹都已梳洗完毕，七姑娘走出房间叮嘱着：“姐妹们，我想大伙已经知道了，这块工地太小，用不了那么多人干活，明天起大家就要轮着上工了，今天还是一起出工，把工地收拾得利利索索的，不白拿头家一天工钱，红头巾到哪都要留下好名声！”

玲姐带头大喊一声：“听大家姐的！”

众姐妹也齐声应和。天晴没想到七姑娘会这么说，也跟着附和。七姑娘没有走在队伍最前方，反而和天晴走在最后，想来是有话要同天晴讲。

“你现在经历的事，我以前都经历过。”

天晴一愣，看向七姑娘：“您是在跟我讲话吗？”

七姑娘面目和善地看向天晴：“对呀，过番来的三水姐妹有来有回，我阿七带过不下一百人，你是最特殊的那个，别让我失望。”

工地上的活大体上干完了，剩下的不过是整理。红头巾们干劲十足，乐在其中。没戴红头巾的小蝉也随着陆雪亭来到工地上，不过小蝉没有搭理任何人，她为陆雪亭支开椅子，又支上野外临时用的桌子。看太阳有些晒人，小蝉贴心地支起遮阳伞，不时地调整方向。

这一切被其他红头巾看在眼里，别提多别扭了。陆雪亭没觉得有什么异常，与工人们商讨着施工细节，而小蝉会及时送上尺子、纸、本、水杯等。天晴也觉十分别扭，无意间瞟了眼七姑娘，七姑娘目光中毫无友善。天晴没辙，瞪向小蝉，小蝉却自我感觉良好，无视天晴的存在。一日的工作就在这种尴尬的氛围中结束，七姑娘憋着一口气，回到了豆腐庄。

一进门，没等歇脚，七姑娘把天晴、玲姐和阿贵叫到房里。房内，七姑娘气得近乎颤抖：“欧阳天晴，你是故意的！我不是没给你第二条路，让你摘了红头巾，带着何小蝉去另立门户，你嘴上说不肯，却想出这种法子来对付我？”

天晴站在一旁也是干着急：“我不想解释，但请您相信，我没有想过要对付您！”

阿贵嘲讽道：“有谁信哪？天晴啊，你对小蝉可真好，我倒是羡慕的嘞。”

玲姐也为七姑娘打抱不平：“是啊天晴，昨天你走后，七姑娘就讲，在其他地方找到活，第一个就安排小蝉开工，七姑娘这样做，就是为了树立你在姐妹心中的威信，将来好把大家姐的位置交给你，没想到你……难怪小蝉敢骂人，还扔了红头巾，原来是你们商议好的！天晴，真是辜负了七姑娘的一片苦心哪！”

天晴不知所措地看向七姑娘。

玲姐继续道:“你对一个人好,不免会被别人讲厚此薄彼,天晴啊,七姑娘还夸你远胜于她,我看你一辈子也赶不上七姑娘了！”

“我从来没想过要和七姑娘比，但小蝉去给陆少爷做助手这件事，真的不是我的主意！”天晴极力辩解。

七姑娘冷冷看着天晴:“姐妹们不会再相信你了，南兰那块工地，我们红头巾不再去了！”

“您说什么？”天晴难以置信地看着七姑娘。

“我讲得还不够清楚吗？宁愿挨饿，我们也不去了！”

天晴狠狠地咬着牙：“好，那我就找别人来做！星洲应该不缺等着活干的人！”

天晴猛回身，冲出屋去，直接冲下楼梯，眼里饱含着泪水。她确实是被冤枉的，而且性格与七姑娘同样刚烈，这种较劲，让天晴感觉头上的血管都要爆炸。

小翠和美花在楼梯口遇到天晴，被天晴的目光吓傻了，也不敢去问。天晴气哼哼地冲出豆腐庄，但她不知道该去哪里，抹了一把泪向远处走去。这时，打扮文雅的叶鹤鸣正向豆腐庄走来，看见天晴往这边走，故意停下脚步，在原地等她。待天晴走到自己身边，叶鹤鸣突然发问：“这位小姐，打扰一下……”

天晴根本没心思听叶鹤鸣说什么，大步向前走去。

叶鹤鸣连忙回身，朗声道：“欧阳天晴！”

“你怎么知道我的名字？”天晴走到叶鹤鸣身旁。

“打听到的，我听说你在红头巾里管事，我是专门来登门拜访的。”

天晴苦着脸：“我并不管事，你可以到前面的豆腐庄里去找大家姐七姑娘，或者玲姐。”

叶鹤鸣愣了一下，只好强装笑容：“可是我只想找你，我有块工地需要女工，不知道你能不能帮我？”

天晴愣住了，开口道：“你是怎么知道我们在找活干呀？是邝海生或者阿九到过你们的工地吗？”

叶鹤鸣犹豫着，还没想好措辞。

见叶鹤鸣不说话，天晴猜测，应该是七姑娘今早去打探过。

“也许是吧，不过欧阳天晴带着的红头巾干活利落，对头家负责，我早有耳闻，所以我只找你。”

天晴彻底从失落中缓了过来，忙道：“快别这么说！要是让别人听到了，我可就解释不清了……要不您先到那边坐，我去请我们大家姐出来与您谈。”

说着，天晴指着面线伯的摊位。

“我就和你谈，不好吗？要是换别人，就算了吧。”

天晴被硬生生地噎在了那里，只得答应，毕竟这种机会可遇不可求。

面线伯动作利索，片刻工夫，一碗热腾腾的面线摆在了叶鹤鸣面前。

面线伯看着叶鹤鸣，又看了看天晴，弄不清二人关系。

“你不吃吗？”叶鹤鸣礼貌问道。

天晴有些尴尬：“我们豆腐庄里有晚饭，我待会儿回去吃，您快吃，不用客气。”

叶鹤鸣闻了闻，笑道：“好香啊……老伯，再帮我煮一碗好吗？我带回去，碗我明天会派人送回来。”说完，叶鹤鸣起身来到停在远处的汽车旁，拿出一个大食盒来。

面线伯连忙道：“哎，我这就去煮……我再给你两个盘子，把碗盖上，不然汤要洒了的。”

叶鹤鸣看着面前呆呆的天晴道：“我就一个条件，这四十名红头巾，要听你管，你可以不来工地，但如果……我说的是如果，有人偷懒，故意拖工期，或者有偷工地东西之类的事情发生，我要你负责。”

面线伯竖起耳朵，假装什么也没听到，其实听得一清二楚。

天晴有些为难：“叶先生，我现在不能答应你，四十个工我们豆腐庄是出得起的，但需要和大家姐商量。”

“可以商量，明天一早我来，如果你们商量妥了，就跟着我直接去工地，如果你们不想接受这份工作，我就权当来送碗。”说着，叶鹤鸣已经起身，“面线好了没有？”

面线伯应和着，往食盒里装着面线，笑着说：“哎呀，这还是头一回有人从我这摊子上把面线带走呢，我是小本生意，不知道这盘子和碗您能不能给点押金啊？”叶鹤鸣没说什么，掏出一张钱递给面线伯。

“这么大？我找不开呀！”

“就放在你这吧，反正明天早上我还会来。”说完，叶鹤鸣拎着食盒走了。

看着叶鹤鸣的背影，天晴没想到这么好的事竟然摊到自己身上。

面线伯比天晴还要高兴：“天晴啊，这下可好了！为了给姐妹们找活干，七姑娘可是急得不行哪！阿玲也上火，牙都疼了好几天了！”

站在风中的天晴一言不发，望着叶鹤鸣的背影发呆。

“你还等什么？这么好的消息你还不回去告诉她们？”

天晴还在犹豫：“可是我……我刚才和七姑娘吵架了，说了狠话，我……”

“同住在一个屋檐下，吵吵架又算什么？你不好意思去？那我去叫阿玲把七姑娘请出来，你们就在我这里商量！”

天晴想拦，可面线伯已经高兴地冲了出去。

天晴呆坐在原位，仍难以置信，这一切来得有点突然，迎面七姑娘、玲姐、阿贵同样带着难以置信的表情跟着满脸笑容的面线伯走出大门。一见七姑娘，天晴连忙起身，毕竟刚刚吵完架，还有些不好意思。七姑娘更不好意思：“天晴啊，我都听面线伯说了，人家找的是你，你的名气很响亮啊……”

天晴不敢正视七姑娘，急切地看向面线伯：“面线伯，我已经很难做了，你还这样传话，这是害我呀……”

七姑娘堆着笑容：“天晴，你别急，不怪面线伯，怪我。同样一句话，要是阿玲讲出来就柔声细语的，我一张嘴就变了味道。”

玲姐笑着看向天晴，也恢复了往日的温柔：“刚才七姑娘的话，没有丝毫要贬低你的意思，刚才你是顶撞了她，却没有摘掉红头巾，我们就知道你说的是一时的气话。”

阿贵跟着马后炮，奉承道：“人家是来找你的，你没一走了之，也没把活带给别人，就说明你心里还有豆腐庄的姐妹。”

七姑娘继续夸着：“没一点性子，哪能做得成事？人家慕名而来，恐怕也是知道你欧阳天晴杀伐决断，敢作敢为啊。”

天晴可承受不起这些夸奖，忙摆手。

“这话可不是我讲的，是报纸上写的。”

“报纸？”

“对呀，那天南兰小姐在女神酒店门前的演讲，都登到报纸上去了，就有人猜，在火海中砸墙救人的是谁，就写到你啦，那个记者应该是不知道你的名字，只说是一个从乡下新来的红头巾，我想今天这个人一定是看了报纸，然后又找人打听，才找到我们的！”

“我……我认字太少，也没有看到报纸，可我怎么有点担心刚才那个人……万一他是个骗子，不是让姐妹们空欢喜一场？”天晴很怕希望落空，再出现之前的情景。

“怎么会空欢喜？明天早上见到他来了，我们再召集姐妹们，不就行了？”

玲姐一口否决阿贵的建议：“不行！我们三水姐妹过番来是为了赚钱养家糊口，早起一点难道就算受苦了？只要有活干，姐妹们真受点苦，也是应该的。明天一大早，把所有人都叫起来，等着人家。”

七姑娘和善地点了点头：“对，面线伯可以为你作证，你没有坏心，那人是真是假，都不会有人怪你的。”

天晴看向七姑娘，想起小蝉，心里五味杂陈。

第四十五章　飞上枝头

白天在工地上闹得很不愉快，收工后，王巧玲约阿海晚上到小食摊。毕竟自己已经受了天晴很大恩惠，不能再让她为难。王巧玲毕恭毕敬地端起一杯酒敬阿海：“阿海哥，多谢这些天的照顾，明天一早我就搬走了。”

阿海点头喝了一口，以为王巧玲已经找到住的地方，谁知王巧玲摇了摇头。

“还没找到？那你搬什么？我那破屋头，只要你不嫌弃，随便住啊！”

“可是阿海哥已经出院了，我却占着你的地方。”

“没事啊，我不是还有兄弟嘛！我住阿九那里啦！”邝海生说着，拍了拍阿九的肩膀。阿九不怀好意地笑了笑：“是啊是啊，巧玲，你要是嫌他那屋子太旧太臭，去我那里住也行啊，我那是里外间，你住里间，我住外间，我们一起住啊！”

王巧玲没接阿九的话，微微一笑，掏出钱来：“阿海哥，这是我这几天赚到的工钱，我用一半付你的房租，你看行吗？”

阿海不露声色地在桌子下狠狠踩了阿九一脚，板起脸：“给房租？我要是收了，还要不要见天晴了？天晴要是知道你给房租，以后还会认你这个姐妹吗？王巧玲，你这是被窝里喂鳄鱼——害人又害己啊！”

王巧玲一下被逗笑了：“阿海哥，你说话可真有意思……那我就不客气了，再多住上几天，将来我若混得好了，一定报答你。”

“哎呀，说远了说远了。”阿海听着这话，心中得到很大满足，还让王巧玲多吃点。

王巧玲不好让阿海破费，再次起身敬了杯酒，找了个借口就走了。望着王巧玲的背影，阿海回手就给了阿九一巴掌：“你怎么回事？跟人家女孩瞎开什么玩笑？还一起住？我看你是色胆包天了，那是你大嫂的朋友，你不懂？”

阿九嬉皮笑脸地夹了粒花生米，嘟囔着阿海不能见色忘义，只为自己着想，毕竟王巧玲各方面都挺好。

阿海没好气道：“去一边去吧，你以前看你大嫂身边的小蝉也色眯眯的。”

阿九筷子一放：“那个长得是靓，但心高气傲得很哪，根本不把我放在眼里，我看得出来。这个好啊，还给我做饭吃呢！”阿九自知说漏，连忙捂嘴。

“什么？”阿海一把拧住阿九的耳朵。

“哎呀，我假装来送东西，就稍微来早一点……”

“早是几点啊？”

“五点……”

阿海一副恨铁不成钢的模样，直骂阿九是臭流氓。

阿九咧着嘴笑了：“可她一点都没生气，还给我做了鸡饭呢，好香的，比我在街上吃过的海南鸡饭都香啊！”

阿海松开了阿九，指着他：“再有下次，我割下你的耳朵来！”

阿九伸了伸舌头，拿起筷子，又吃了起来。

阿海始终把阿九当阿弟看待，认为他还小，不着急讨老婆。

阿九往旁边挪了挪："跟你这么混下去，恐怕一辈子也讨不上了……"

"什么意思？"

"我们现在离开了龙王帮，撑腰的没了，说是给南兰小姐工地上做事，哪个给你工钱了？巧玲还能赚得到，你呢？你都没有，我更没有啦！这几天倒好，全星洲的工地都跑遍了，也没有人要红头婆干活，怕用不了几天，大嫂也没工开了，你还要养啊，哪里有钱哪？"阿九说的句句属实，弄得阿海也没了词。尴尬之际，阿海一抬眼，见叶鹤鸣正在不远处盯着自己。

叶鹤鸣远远地向邝海生挥了挥手。

阿海连忙起身，迎上："是你呀少堂主……"叶鹤鸣身上那种亦正亦邪的独特气质，弄得阿海手足无措，连忙抱拳。

叶鹤鸣也抱拳："客气了，想找你聊聊。"

阿海只好点头，回头叮嘱阿九两句，跟着叶鹤鸣去了一家咖啡厅。

阿海有些激动，手都不知道往哪里放好："您这么大的人物请我喝咖啡，我真是叫花子当驸马——受宠若惊……"

叶鹤鸣皱了皱眉头，似乎在思考这个歇后语是什么意思。

阿海见状忙改口："这话说的好像有些不对头，应该是捞虾米捞出条大鱼——意外之喜啊！"

叶鹤鸣端起面前的咖啡，细细品了一口："我认识你也是意外之喜，你敢闯万鹤堂，单挑阿飞，是个人才，愿不愿意为我做事？"

阿海试探性地询问是什么事，毕竟生计也是大问题，自己要多留个心眼。

"马尼拉有一个仓库和两个餐馆，是我爸当年逃难时在那边置的业，原本有个阿叔帮忙看着，可现在阿叔年纪大了，想回星洲来养老，交给你做呀？"

"一个仓库两个餐馆？都交给我？"阿海不敢想象。

叶鹤鸣笑了笑，示意阿海品尝面前的咖啡："是，除了工资外，我再给你一成五的分红，做上几年，你应该就是当地不小的头家了。"

阿海高兴得直咧嘴："不会吧？我捞虾米捞到的不是鱼，是金子呀！这么美的事怎么就轮到我了？"

叶鹤鸣放下手中的咖啡，只说这是二人的缘分。

"这么大的事，我现在定不下来，得商量商量……"阿海有些坐不住了，起身想去找天晴商量。

"等一等，我可是有条件的，你若答应去马尼拉帮我照顾生意，最少五年，这五年中不许回星洲。"

"这个我想到了，所以才要商量嘛，我老婆要是愿意，我带她一起去，甭说五年了，十年都行啊！"说着，阿海不好意思地挠了挠头。

叶鹤鸣顿了一下："我还有一个条件，你可以带兄弟，但不可以带女孩子。"

阿海难以理解，向叶鹤鸣问道："啊？为什么？这是万鹤堂的规矩？"

"我的规矩。"

看出阿海严重的困惑，叶鹤鸣提出了更加诱人的条件："那边漂亮的女孩子很多，讨老婆容易的，工资由你开，分红嫌少也可以再谈。这样的机会如果错过，恐怕你这辈子都不会再得到了，想仔细哦。"叶鹤鸣一口喝光咖啡，将钱压在咖啡杯下，起身走了。

阿海虽然平时看起来吊儿郎当，可也不傻，呆坐在座位上，思索着其中的利害。

收工后，小蝉兴冲冲地跟着陆雪亭回到了酒店，陆雪亭已经把要把裁人的事告知南兰，希望她做个决断。

"哦，原来是这么回事啊？这么说根源在我咯？之前你们的工地大，人人都可以开工，结果被我停了，现在又是为了给我省钱，所以才只能留下十五个。"

小蝉噘着嘴："南兰小姐，你还笑得出来啊？你不知道，今天我在她们面前装相，装得心里好难过的，一戴上那红头巾我就觉得丑，可今天没戴，我反倒觉得自己更丑了……"

陆雪亭打趣道："你不愿意给我做助手啊？"

小蝉支支吾吾地说出了自己的心里话："我……只是当着姐妹们的面，我觉得自己不应该这样做，其实我让天晴很难堪的，她现在的处境……我要是在呢，还能替她说说话，可现在，我真的很担心她呀！"

"小弟呀，你干吗不替我做主，把她们都留下？"南兰问陆雪亭。

"大嫂不在乎这点工钱，我早就想到了，但天晴的做法是对的，做工的同时也要为头家省钱，这是她们懂规矩。红头巾虽然是粗工，但她们对自己有要求，值得尊重。"

南兰点了点头，开始为天晴去想别的出路。

三人结束谈话，小蝉怕天晴受欺负，便麻烦陆雪亭送自己回去。还没到豆腐庄，小蝉就让陆雪亭停车。陆雪亭只好将车停在路边："前面拐过去才是啊。"

"你就停在这吧，我自己走进去。"

"为什么不让我送你？"

"哎呀，我今天在工地上做得不对啦，趾高气扬的，已经得罪人了，若再让陆少爷送我，豆腐庄里的姐妹也会觉得我会有意显摆，就不会原谅我了……"

陆雪亭拍打着方向盘，认为小蝉想得十分周到。

小蝉咬了咬牙，刚要下车，却被陆雪亭拉住了手。

"我看得出来，你有些为难，我在这等你一个小时，不行你就再回来。"

"你别等了，我不会回来的，我知道女神酒店的房间一天要花很多钱的，怎么能再让陆少爷破费？"

陆雪亭笑了：“谁说还要请你住女神酒店了，房间贵我也心疼的。”

小蝉疑惑地看着陆雪亭。

“我们家有客房，如果你不嫌弃陆家正在挂丧，可以跟我回家。你是我聘请的助手，住在我家里也合适。”

小蝉内心极为欢喜，甚至想直接跟着去陆家，可还是犹豫着拒绝了。

看着小蝉远去的身影，陆雪亭有些担心，还是决定在路旁等一会儿。

夜已深，寂寥的豆腐街只有面线伯一个人在收着摊。看到小蝉消瘦的身影，面线伯吆喝着：“小蝉？剩的面线不够一碗了，但也有半碗，我煮给你吃啊？”

小蝉有些受宠若惊，耷拉着眼皮：“面线伯，你还搭理我呀？”

面线伯慈祥地看着小蝉：“怎么了？我为什么不搭理小蝉呀？你可是豆腐庄最精明的女孩，我不敢得罪你的。”

小蝉凑到面线伯身边：“这么说，玲姐没告诉你？”

“告诉我什么……哦，不需要她告诉的，事情就是在我这面线摊上商量的，明天那个姓叶的头家来接，四十个红头巾，一天七毛五的工钱，比以前多了一毛五呢！”

“啊？找到活干了？真的假的？”小蝉一下激动起来。

“她们也在怀疑是真是假，我觉得错不了，那头家是开汽车来的，还留下了一张很大的钱，当盘子、碗的押金，你看！”

面线伯说着，从兜里掏出大钱，向小蝉显摆：“你个傻女孩还不知道？赶紧回去睡觉，明天到了新工地可别打瞌睡！”

小蝉振作精神，鼓起勇气，向豆腐庄走去。

玲姐和七姑娘还没睡，两个老姐妹坐在床边，商量着新工地开工的事宜。

“新工地一天七毛五，旧工地一天六毛，这多出一毛五来，怎么办呢？”

七姑娘握住玲姐的手：“你有主意吗？”

玲姐无奈摇了摇头。

“那就赶紧回去睡吧，等明天真有工地，顺利开工，赚到工钱，再犯这个愁也不迟。”

玲姐起身要走，犹豫着，又坐回七姑娘身边，提起了小蝉的去留问题。

七姑娘没好气道：“她不是已经摘了红头巾，当上了设计师的助手？”

“那个陆少爷……唉，传闻陆家少爷都花心，我怕小蝉吃亏呀。”

玲姐最是知道七姑娘的脾性，哄道：“七姑娘，你是为了试探天晴，但办法狠了点，小蝉毕竟还小，哪受得了这么大委屈？撒泼耍赖，骂就骂了，我还真跟她生气啊？”

“可她扔了红头巾，就戴不回去了。”

玲姐笑了："七姑娘，你是菩萨心肠，还跟个小孩子生气呀？"

七姑娘无奈地摇了摇头："这所谓的规矩，还不是为了三水姐妹都能吃上饭，赚到钱，不被骗哪……可现在，连我自己的表妹都没管住，唉！"

玲姐见七姑娘松了口，忙提出明天见小蝉的事。

"随你吧，我那天心急，用小蝉激天晴，也不对。她愿意回来，就当什么都没发生过。"

走到宿舍门口，屋里的灯还亮着，小蝉松了口气，可犹豫着没敢进门。

天晴在给小蝉整理着衣物，那件漂亮的裙子被叠得整整齐齐。阿贵催促天晴早点睡觉，天晴没接话，只请阿贵明早去工地给小蝉带件换洗衣服，自己要去新工地看看情况，可能来不及。阿贵嘲讽道："有少爷养着了，还要这些破衣服？"

同屋的其他女孩闻言都笑了起来。

天晴蹙着眉："阿贵姐，你别瞎开玩笑，小蝉就是一时想不开，说了气话，过两天就知道错了，自然会回来的。"

"回来？哪有那么容易？她骂了阿玲，扔了红头巾哪，豆腐庄可是有规矩的！"

天晴将衣物用布包裹好，心平气和地看着阿贵："我知道有规矩，到时候我和小蝉一起给七姑娘和玲姐道歉。"

阿贵躺在床上，也不忘翻白眼："道歉就行了？磕一百个响头也回不来！"

天晴不明白阿贵为什么对小蝉有这么大敌意。

阿贵猛地起身："我就是看不惯，你都没拿自己当判头，她倒像头家派来的监工，成天显摆跟南兰小姐的交情，好像没有她，大家就开不上工一样！长得不怎么样，老学小姐娇滴滴的，讲话嘴那个损哪……"

天晴替小蝉辩解着，阿贵却道："我已经留情面了，你看看她今天那副德行，我看是想嫁给陆少爷吧？桃花妖上身，她不知死活呀！"

门口的小蝉再也忍不下去，一脚踹开了门。

看见小蝉进门，天晴忙起身。

阿贵不依不饶道："谁让你回来的？没地住了？摘了红头巾就不能再住豆腐庄，你想回来，先给七姑娘磕头去！"

"我回来拿我自己的东西。"

小蝉毫无惧色，走到天晴叠好的衣物旁，拿起南兰送的裙子一抖："这是南兰小姐送我的，我可不能留在这里。"

小蝉使劲地抖着裙子，仿佛想抖去这条裙子在豆腐庄的经历。

"你们这些红头巾能在南兰小姐的工地开工，就是我的功劳，我显摆了，怎么着？让我何小蝉磕头认错？就为回这豆腐庄啊？我看说这话的人是没住过女神酒店！猪哪见过天鹅窝呀……”

阿贵气得下床：“你骂谁是猪啊？”

小蝉拿着裙子就往外走，回头留下了一句：“谁捡骂，骂的就是谁！”

小蝉快步离开，阿贵站在二楼追着骂：“何小蝉，你给我站住！我撕烂你的嘴！”

“小蝉！”天晴一口气追到豆腐庄外。

小蝉再也忍不住，满眼泪水，扑入了天晴的怀抱。

“小蝉，你别跟阿贵一般计较……”

小蝉只是一个劲地哭，天晴轻柔地拍了拍小蝉：“有好事了。有个头家找上门来，要用咱们四十个姐妹，还涨了工钱，你回来得正好，跟七姑娘道个歉，明天大家一起开工啦。”

小蝉仍是哭着，天晴哄着：“别哭了，让面线伯笑话……”

远处的面线伯尴尬地笑了笑，小蝉止住了哭：“欧阳天晴，你果然是我何小蝉一辈子最好的姐妹，当面、背后都替我出头。我们走吧，咱们两个姐妹在星洲混出一片天地来，气死她们！”

天晴笑着替小蝉擦眼泪：“你要气死谁呀？都是过番客，都是家乡人，哪有勺子不碰锅沿的，阿贵今天是有点过分，跟我回去找七姑娘评理……”

小蝉摇了摇头：“不必了，你若不和我一起，我就自己走。”

见玲姐、美花等人从豆腐庄追出，小蝉故意大声嚷道：“我桃花妖上身，我迷倒陆雪亭，我嫁给他！等我成了陆家的少奶奶，一定给豆腐庄送喜酒来！”小蝉语气坚决，势必要活出个人样，头也不回地走了。

天晴知道自己无法再追，失落地走回宿舍。

黑暗的小巷中，小蝉换上了那条裙子，随手将旧衣服扔在了路边的垃圾箱里。而此时，陆雪亭正在原地闭目养神，嘴角不自觉地上扬，满脑子都是与小蝉相识的一个个瞬间。陆雪亭睁眼看了看表，发动汽车准备回家，却看见小蝉的身影出现在不远处。

小蝉款款向汽车走来。

陆雪亭看呆了：“你好漂亮。”

小蝉看了看自己的胶鞋：“是裙子漂亮，没有鞋配。”

“好说，我知道一家小百货公司，夜里也开门的。”

小蝉像公主似的微微屈身：“那就谢谢陆少爷了。”

陆雪亭笑了笑，替小蝉打开车门。

汽车驶到陆家门口，白色孝布还挂在门框上。小蝉下车去开后备厢，除去脚上的新鞋，还有大大小小几个盒子。

小蝉细着嗓子：“陆少爷，今天让你破费了。我也是怕太寒酸了，给你丢人。”

陆雪亭摇了摇头："都不存在，走吧。"

没承想小蝉突然掉下了眼泪。

陆雪亭慌了神："你怎么还哭上了？"

"我无家可归，无处可去，没想到是陆少爷收留我，我怎么谢你啊……"

"哎，你别哭……"

陆雪亭越劝，小蝉哭得越厉害，哭着哭着，竟站不住蹲在了地上。

梨花和一个男仆迎了出来，一见这种情形，都转过头不敢看。

"快，把何小姐的东西接过去，准备一间客房。"

梨花答应着就往回跑，不时回头打量着小蝉。

作为金碧云的心腹，梨花很是"尽责"，第一时间将消息报给金碧云。金碧云摆弄着首饰，漫不经心道："是那个红头巾？"

"肯定是她，虽说换了衣服，但我认得出来呀！"

"哎呀，咱家三爷就不能有点出息吗？撵出去！"

梨花低着头："三爷一直陪着呢，不敢撵啊，除非您去……"

回到客房，小蝉还在哭，哭得昏天黑地，陆雪亭劝也劝不动，急得在屋里走来走去："别哭了，你已经哭了半个小时了……"

"我冷……"小蝉哭得有些哆嗦。

陆雪亭连忙去摸小蝉的额头和脸蛋："倒是没发烧，我给你倒点热水。"

"我要喝凉的，最好是冰。"

"冷你还喝冰？"

"我口干舌燥，就是想要冰……"

"你等着，我去厨房找给你。"陆雪亭快步跑了出去。

小蝉还在哭，不过此刻是真情流露。

陆雪亭一手端着暖水壶，一手端着冰杯，急匆匆地赶回房里。

小蝉一口将冰水喝了下去，冰块入嘴，冷得小蝉直接打了一个寒战。

"我就说不让你吃冰吧！"

小蝉没说话，嘎嘣嘎嘣地嚼着冰，哆嗦得更厉害。

陆雪亭见状，一把将小蝉搂在怀里。

"陆少爷，这样不好，我是您的助手，我是个红头巾，别让家里人笑话你。"

"不怕，我们去医院吧，你这是病了。"

小蝉计谋得逞，心中暗自得意："我没事，在陆少爷怀里，我暖和多了。"

“暖和就睡，我抱着你睡。”

陆雪亭笑着，门却被金碧云一把推开。

小蝉赶紧松开陆雪亭，陆雪亭丝毫没有松手的意思：“二嫂，这是我朋友，你怎么不敲门啊？”

金碧云上下打量着，说道：“这不是上一次闯到家里来的那个红头巾吗？雪亭，把她撵出去！”

小蝉脸皮再厚，听主人家下逐客令了，也不能觍着脸赖着，挣脱陆雪亭的怀抱，起身就要走。陆雪亭竟伸手拦住小蝉：“这是我的家，谁也不能撵你走……二嫂，小蝉是客人，你这样好吗？”

金碧云不屑地瞪着小蝉：“乡下来的女苦力，也成了陆家的座上宾？”

“不管是谁，我陆雪亭请回来的，难道不算客人？她已经不再是红头巾了，是我这个设计师特聘的助手！”

金碧云无奈，搬出了陆陈氏：“雪亭，妈才走，我这个当嫂子的不能不管你呀！现在外面的女孩子不能信！骗子多呀！”

“小蝉是个好女孩，二嫂，请你出去，不要打扰她休息！”

金碧云没了先前的温柔，呵斥道：“不行！这种不清不白的女孩不能随随便便住在我们陆家！之前的白薇把我们害得还不够惨吗？”

陆雪亭有些气愤：“什么叫不清不白？”

金碧云指着小蝉：“她就不清不白！你说她是你的助手，可你们两个……成何体统！”

“现在是我的助手，那我娶她行不行！”

陆雪亭身后的小蝉一激灵。

金碧云也傻了眼。

小蝉轻声道：“陆少爷，您快让开，让我走吧，我不能给你添麻烦……”

陆雪亭转过身：“小蝉，我向你求婚……”

金碧云连忙打断：“哎哎哎，小弟，这是大事，可不能意气用事……既然是你带回来的客人，随便住吧，怪二嫂多嘴了。”说完，金碧云扭头就走。

“多谢您替我出头。”

“这不叫出头吧？”

“我也不知道叫什么，刚才你说的话可吓死我了。”小蝉说着，把手捂在胸前，装出一副受惊吓的模样。

陆雪亭笑了：“我说的是娶你，我又不是老虎要吃你，有什么吓人的？”

“……总之以后不要再说了！”

陆雪亭突然在小蝉的嘴上吻了一下，一脸诚恳地说：“我是认真的，就在刚刚那一瞬，我突然发现自己已经爱上你了，从今天起，做我女朋友吧。”

小蝉呆愣在原地，目光中满是惊喜、幸福，但又有些恐惧，毕竟这一切来得太突然了。

第四十六章　天晴生母

天晴心中惦记着小蝉的事，一夜没合眼，昏昏沉沉起床洗漱，为了让自己清醒点，还不停地用冷水泼自己的脸。

玲姐凑了过来：“我都知道了，是阿贵讲话太难听了，我骂她了，今天我去南兰小姐那边的工地，我会和小蝉好好交交心，带她回来。”

天晴抬头，脸上挂满了水珠：“谢谢你玲姐，不过小蝉很要强的，她阿爸骂了她几句，她就好几年不同阿爸讲一句话……”天晴擦了擦脸，眼神中满是疲惫，“我要先下去等那位新头家了，玲姐，还是你领唱吧。”

玲姐其实也没心情唱，但日子要继续，她又唱起了那熟悉的歌谣。

清晨的豆腐街飘着淡淡的晨雾，天晴独自站在那里等待，时不时向街口张望，十几个红头巾在玲姐和阿贵的带领下走出豆腐庄。玲姐走过来，同天晴打了个招呼：“南兰小姐要是来工地，我会跟她解释的。”

“好，我最迟中午就会过去。”

阿贵今天也关心起了天晴：“天晴，至于那新头家是真是假，你也别太在意，大不了四天轮一回，还落个清闲自在呢！”天晴点了点头。

玲姐等人走了没多久，七姑娘带着四十个挑着筐的红头巾从豆腐庄里走出，排列整齐地来到天晴身旁。小翠和美花也分到了七姑娘这组。

“七姑娘早。”

“早！”与天晴的焦急相比，七姑娘倒显得风轻云淡。

薄雾散去，豆腐庄热闹起来，街头小贩的叫卖声不绝于耳。可七姑娘却是满脸焦虑，红头巾们也开始窃窃私语起来。天晴不敢看七姑娘的脸，低着头。

“欧阳小姐早。”

一个身穿西装的年轻男人走到天晴面前，正是叶鹤鸣。天晴忙招呼道：“啊，头家，您叫我天晴就好，这是我们的大家姐，七姑娘。”

叶鹤鸣象征性地打了个招呼，看着天晴和她身后的红头巾道：“都准备好了？还要再稍等一会儿，因为工地上的事我不熟，怕说不清楚，待会儿会有人来和你们对接。”

三个中年人快步跑来，在距离叶鹤鸣几米近的地方深鞠一躬，刚要开口，就被叶鹤鸣阻止。

“老李，这位是欧阳小姐，你带着她们去工地吧，照顾好。”

老李恭敬地点了点头。

叶鹤鸣微笑着看向天晴：“我跟老李讲好了，可以先付一个月的工钱，今天就付，以后也都是每个月第一天付，希望你们做工愉快。”

天晴有些迷糊，七姑娘更没想到主人家竟会如此客气，连忙道谢。

“不必了，请吧。”

天晴叫住叶鹤鸣：“头家，万一有事，我怎么找您？”

叶鹤鸣掏出名片：“你随时可以找我。”

天晴装好名片，带着女工们走了。

阿海躲在角落里注视着一切，他是跟踪叶鹤鸣来的，可阿海还是没能弄清叶鹤鸣的真实目的。天晴带着红头巾队伍从一辆车边走过，车里坐的正是常玉蝶。常玉蝶屏住呼吸，看到天晴戴着红头巾从身边经过，激动地落下眼泪。等到红头巾都过去了，前排的司机和黑衣大汉相互对视一眼，下了车。叶鹤鸣信步走来，黑衣大汉连忙拉开后车门。叶鹤鸣将头探进去：“玉蝶姐，见到天晴了？”

常玉蝶使劲地点头，眼泪止不住往下流：“看见了看见了，这么近，我女儿长大了，漂亮了。”

叶鹤鸣轻声道：“其实我倒真想去工地，看看女工怎么干活。”

常玉蝶止住哭泣：“不能去，你是万鹤堂的堂主，去那种又脏又乱的地方成何体统？要是让帮里的前辈们知道是为了我……”

“知道又怎样？当年玉蝶姐为我做过什么，我爸那些老兄弟哪个不知道？好了，下车。”

叶鹤鸣伸手将常玉蝶从车里拉了下来：“昨天面线拿回去都坨了，你还说好吃，咱们现在就去吃一碗现煮的，我刚才看见，已经出摊了。”

面线伯摊前，叶鹤鸣打开食盒，把碗推给了面线伯。

“呀，还给洗了，洗这么干净啊，您可真是太客气了。”

叶鹤鸣笑着说道：“再给我煮两碗。”

“好嘞！”面线伯正准备煮面线，发现戴着斗笠、用布捂着脸的阿海走了过来。

刚要打招呼，阿海却示意面线伯别出声，咳嗽一声，夹着嗓子道：“一碗面线，双份浇头……”

面线伯摸不着头脑，只好照办。阿海刚好背对着常玉蝶坐下，常玉蝶觉得这人背影有些怪，但只是瞟了眼，没太在意，低声问叶鹤鸣道：“她也常在这吃面线吧？”

“应该是吧。”

常玉蝶有些兴奋，眼里泛着泪花：“等她知道我们在帮她，就会原谅我了，对吗？”

叶鹤鸣点了点头："肯定会的。"

"天晴漂亮吧？"

叶鹤鸣被问住了，顿了顿，给了肯定的答复。

常玉蝶倒有些不自信："你说的是实话？"

"当然……"叶鹤鸣握住常玉蝶的手："快了，一切都会水到渠成。"

"等那个混混离开星洲，我就和她相认！"

这话阿海听得一清二楚，恨得牙根直痒痒。

常玉蝶握着叶鹤鸣的手，有些不安："可那混混要是死活赖着，不肯去马尼拉怎么办？"

"不会的，我给他开出的条件极具诱惑力，在星洲，他恐怕永远没有这样的机会。五年不能见面，他和天晴的事也自然就过去了。"

阿海恍然大悟，暗自握紧了拳头。

叶鹤鸣问常玉蝶："玉蝶姐，你真的决定这么做了？"

常玉蝶没有立即回答，她的眼神中显出几分犹豫，她知道以自己如今背靠万鹤堂的身份和地位，要对付邝海生易如反掌，可自己毕竟抛弃天晴那么多年了，真的有资格为她做这样的事吗？

常玉蝶叹了口气，可一想到邝海生的混混模样，她又恨得牙痒痒："真是不自量力，一事无成的无赖，每天混吃等死，居然惦记我的天晴，气死我了。为了天晴的幸福，我必须这么做！"

叶鹤鸣打趣道："玉蝶姐，在你心里，恐怕谁也配不上天晴了吧？"

"谁说的，你呀！"

看着叶鹤鸣呆愣的神情，常玉蝶破涕而笑："我的意思是，天晴就该找一个顶天立地的男人！"

"面线来了！小心烫啊——"面线伯的声音传来。

阿海已经气急了，猛地起身，故意一撞，面线伯手里热气腾腾的两碗面线向常玉蝶脑袋泼去。叶鹤鸣手疾眼快，起身抱住了常玉蝶。两碗面线全浇在了叶鹤鸣头上、脖子上、肩膀上。面线伯急道："阿海，你干什么？"

阿海大声喝道："原来你们想拆散我和天晴？我跟你们拼了！"说完，顺势抄起根大棍子，打在叶鹤鸣的胳膊上，烫得龇牙咧嘴的叶鹤鸣根本无力招架。阿海再次抡起棍子，常玉蝶挡在了叶鹤鸣身前，喝道："我是欧阳天晴的妈妈，有本事你打死我！"

阿海的棍子险些就下来了，却不得不收手："你真是我老婆的妈妈？"

"少占天晴的便宜！"常玉蝶啪的一巴掌抽在阿海脸上。

阿海被打傻了："你……"

常玉蝶回头看向叶鹤鸣："少堂主，你先走，回头我喊人砍了他！"

“不用，玉蝶姐。”叶鹤鸣将身上的面线抖落在地，眼神犀利地看向阿海：“你跟踪我？”

阿海手持棍棒，气势十足：“跟着你了怎么样？昨天我就看出来了，你不怀好意！”

“我让你去马尼拉替我打理生意，给你工资许你分红，不是好意？”

“你打我老婆的主意，把我支开，你去追天晴！还是好意？”阿海绕过常玉蝶，又要打叶鹤鸣。这回叶鹤鸣有所准备，一伸手抓住了棍子，抬脚将阿海踹到一边。阿海连滚带爬，抢过面线伯手中的菜刀，要与叶鹤鸣拼命。

面线伯一把抱住阿海：“不要啊阿海！人家有钱有势，警察会枪毙你的！”

“有钱有势就抢我的女人？我跟他们拼了！”阿海大声嚷嚷着，完全不顾路人异样的目光。

常玉蝶冷冷道：“我女儿什么时候变成了你的女人？”

阿海一下泄了气，常玉蝶怒气冲冲地看着他：“别以为我什么都不知道，你们是在码头上见的面，回头你就缠上了天晴。你去工地上捣乱、死缠烂打，在大街上追着我的女儿叫老婆，让人看笑话，我这个当妈的恨不得将你千刀万剐！少堂主仁慈，念你舍命救过天晴，才说让你去马尼拉，我们万鹤堂少堂主何等尊贵，你竟敢如此冒犯？邝海生，三天之内你会身首异处的！”

说完，常玉蝶扶着叶鹤鸣就走。

“站住！你们别走！”阿海满脸通红，青筋暴起，还要去拼命。

“阿海，你不要命了，你是想连我也害死啊！”面线伯死死抱住阿海，不敢松手。

天晴一行人走在街道上，老李快步追到跟前：“欧阳小姐……”

“是李伯呀，您叫我天晴就行了。”

老李答应着，却还是叫了句天晴小姐。

“刚才我看着你和大家姐一直在商量，怎么，是对我们的工地不满意吗？”

“不是！不瞒您说李伯，你们工地能找到我们红头巾是雪中送炭，我们都高兴得不得了，只是……刚才我和七姑娘商量，都觉得工地上用不了四十个人……”

老李很诧异，天晴坦言：“减到二十个人，您交代的那些活就能干完，保证不会耽误工期。”

“人多一点热闹，用四十个工是上面交代的，不用减人了，清闲一点不是更好嘛！”

天晴笑了笑：“李伯您真是好人，可我们红头巾可不敢在工地上清闲，那是浪费头家的工钱……我也看出来了，是大头家叶先生交代的，今天早上他也说他对工地上的事不熟，所以我要去给他打个电话，告诉他实际情况。”

天晴说完，朝女神酒店走去。

门口桃姐迎了上来：“天晴啊，有几天没见你了，找南兰小姐吗？”

天晴不好意思道：“不是，桃姐，我想借电话用一下，不知是否方便？”

“方便！跟我来！”

吧台里，桃姐教天晴用着电话："对，对，这就行了……"

常玉蝶回到万鹤堂，将叶鹤鸣受伤的地方都抹上了烫伤药。

"疼吧？"常玉蝶轻轻吹着，很是心疼。

叶鹤鸣笑着看向常玉蝶，口是心非地说着不痛。

"你这可是要留疤的！这个该死的小混混……"

电话声响起，常玉蝶不耐烦地走过去："喂？"

天晴礼貌答道："喂，您好，我找叶鹤鸣先生，我是在工地上帮他干活的欧阳天晴……"

"天晴……"常玉蝶下意识地叫出名来，迅速捂住嘴，又捂话筒。

常玉蝶看向叶鹤鸣："是天晴啊……"

半天没人说话，天晴以为自己打错了电话："喂，您是哪位呀？我找叶鹤鸣叶先生，我没打错吧？"

叶鹤鸣忍痛起身，接过电话："我是叶鹤鸣。"

常玉蝶不舍得离太远，心情既激动又忐忑。

"大头家您好，我是欧阳天晴，我想找您谈一谈……"

"怎么了？

"我想见见您，我现在去您名片上的地址找您，方便吗？"

常玉蝶摇了摇头，叶鹤鸣会意："不方便，你在哪，我过去找你。"

"我在女神酒店。"

"好，二十分钟后见。"

叶鹤鸣挂了电话，看向常玉蝶："你要和我一起去吗？"

常玉蝶说不出话，叶鹤鸣走到她的身边："我觉得你应该和我一起去，不然邝海生会先跟天晴讲今天的事，我担心会在你们母女间造成更大的隔阂，以后你们就更难相认了。"

"见天晴……我要见天晴吗？"常玉蝶喃喃自语，摸了摸头发，又摸了摸自己不再年轻的脸。

"你一切都好，只要把眼泪擦干就可以走了，我在车上等你。"

叶鹤鸣留给常玉蝶思考的空间，向外走去。

挂断电话，桃姐示意天晴坐在沙发上等会儿，招呼服务员给天晴上杯咖啡。

天晴点头致谢，恍恍惚惚坐下。她的心中有些忐忑，嘀咕着："接电话的女人声音好熟啊……"

桃姐看见娣娣走进大厅，远远地朝自己招手。桃姐把她带到了南兰房间。一路上，娣娣将来意说了一遍。

听着娣娣的叙述，南兰脸上露出了惊恐之色："照你这么说，老黄是被金碧云逼死的？"

娣娣点着头，眼神中充满恐惧。

南兰开始怀疑起金碧云，究竟是什么原因，让这个曾经优雅高贵、小鸟依人的女人变得如此疯狂："老黄是厉害些，可毕竟陪了老太太几十年，我要是早知道，那天我也会和白薇一样，抽她金碧云的耳光！"

"南兰小姐，我是好不容易才找到机会跑出来的，我不想回去了……"娣娣带着哭腔，祈求南兰让自己留下来。

看南兰有些犹豫，桃姐愤愤不平道："金碧云逼着娣娣扫全家的厕所，工钱也只给以前的一半，还常被别的下人打骂。"

"那陆雪樵不管吗？"

"二爷什么都不管，他女人不正经，他都不管。"

"这种事可不能瞎说！"

"不是瞎说呀！老太太就是被这个事气得犯了病！金碧云大晚上的出去，一夜一夜的不回来，不避人的！还有，这些天我越想越觉得奇怪，总觉得老太太是被她害死的！当时黄妈去找警察疏通，我被支开去帮她送孩子，老太太屋里只有她一个人，她的亲信还守着门，不让别人进去……"

"可有证据？"

"没有。"

南兰轻笑一声，她倒是小看了这个当年的受气小媳妇。

那年金碧云刚进陆家，乖巧嘴甜，十分讨人喜欢。

第一次见面时，金碧云就上前紧紧握住南兰的手，不住地夸赞："大嫂真漂亮。"

"你也漂亮。"

"我可不敢跟大嫂比，家里败落了，雪樵还能看得上我，是我的福气，也是我们金家的荣幸，只是妈对我不太满意，还请大嫂多照顾我呀！"

南兰叹了口气："那时我和陆雪霖都可怜她，常替她说话，这一转眼，她已经成了陆家的当家人，一手遮天了……"

娣娣连忙接话："可不是一手遮天嘛，我是老太太的人，万一让她知道了我还给您当耳目，那我的下场怕是跟黄妈一样啊！"

考虑到娣娣的安全，南兰答应了她的请求，吩咐桃姐为娣娣准备住处。

娣娣突然又想起什么："啊，还有，昨天陆雪亭带了个女孩子回家里去住，也跟金碧云吵得很凶的，那个女孩子先前是个红头巾……"

南兰十分诧异，一下便猜出那个女孩是小蝉，她没多说，准备去工地上看看情况。

咖啡静静地摆在桌上，天晴望着门口，没有心思品尝。

远远地，天晴看见叶鹤鸣走了进来，身旁还跟着一个四十多岁的女人，她戴着帽子，纱遮住了半边脸。

天晴正在好奇，叶鹤鸣走向了她。常玉蝶选择了距离天晴座位几米处的沙发坐下，背对着天晴。

天晴连忙起身鞠躬："头家好！是这样，特别感谢头家信任，给我们红头巾开工的机会。可我和大家姐到工地上一看，您用工用多了，那个工地并不大，有二十个人干活就足够了。"

"那……剩下的红头巾不就没活干了？"

"我们慢慢再找，也可以让大家轮着上工。"

叶鹤鸣不以为意道："何必这么麻烦，如果工地上用四十个工对你有利，就用四十个吧。我并不在意工钱，只是为了帮你。"

天晴一愣。

叶鹤鸣把自己的想法和盘托出："你从小受了不少苦，到星洲来做红头巾，也是最下等的工作，现在你带着她们开工，未来你就是红头巾的大家姐，再往后我可以让你管整个工地，也就是做现在李伯的差事……如果你不愿意在工地上风吹日晒，也可以做其他的生意，我出本钱……或者读书，星洲接受教育的形式有很多，像你这个年纪的，也有读书的机会。"

天晴疑惑地看向叶鹤鸣："我们并不熟，你为什么要帮我？"

叶鹤鸣微微一笑："受人之托。但我帮你也是有条件的，就是你要与邝海生断绝往来。"

回想近几日阿九和阿海提到的关于常玉蝶的事，天晴已经猜出了十之八九。她沉默半晌，道："我明白了，你的工地并不是真的想用红头巾。"

"这个我不承认也没办法，因为很快你就会知道了。"

"那就没什么好说的了，我去告诉大家姐。"天晴说着，就起身向外走。

眼见着谈崩了，叶鹤鸣有点懊恼。

常玉蝶竖着耳朵听天晴的声音。待天晴走到自己身边时，常玉蝶起身轻声呼唤："天晴……"

天晴像被施了法术似的，定在原地，耳边迅速回响起幼时母亲的呼唤声，以及刚才电话里的声音。

"天晴……"

天晴回过头。十几年来，这是常玉蝶第一次与女儿相见，瞬间激动泪目："是妈妈呀，天晴……"常玉蝶上前两步，就要去拥抱天晴，可天晴却下意识地退后。

"阿妈对不起你，可你要认阿妈呀！天晴，我求你了，让阿妈抱抱……"常玉蝶哽咽着，再次上前欲拥抱天晴。

天晴有些慌张，手足无措地快步退后。

南兰下楼，正撞见这一幕，决定不下去打扰，只站在远处。身后的桃姐更是惊讶地瞪大了眼睛。

“天晴，你不认识阿妈了？你为什么不叫妈妈？妈妈无时无刻不在想你啊！我的女儿！”

天晴不敢多看常玉蝶，突如其来的相认让她只想逃离。一时间，常玉蝶不知如何是好，张开双手无助地看着天晴。

叶鹤鸣大声喝道：“欧阳天晴，你给我站住！就是这位女士在暗中帮你，她是你的妈妈，她用心良苦！人活在世，孝字为先，你怎么可以不认自己的母亲？”

天晴大脑一片空白，不知该如何回答。只听见阿海的声音从背后传来：“你算老几？轮得到你教训我老婆了？”阿海气势汹汹地冲了过来，将天晴护在身后，瞪向叶鹤鸣。

一见阿海来了，常玉蝶抹去眼泪，目露凶光，走到叶鹤鸣身旁。

七姑娘、玲姐和阿贵也追了过来，一把抓住阿海的胳膊：“阿海，这是女神酒店，南兰小姐的地方，你可别惹事啊！”

眼见要打架，大厅里本来就不多的客人都避开了。

桃姐看情况不对，准备下楼打电话报警。南兰伸手制止道：“好像是天晴的家事，警察来了她更难堪。”

老宅工地上，女工们有条不紊地干活，挑砂石、搬砖头，完全不在话下。

小蝉很是惬意，懒洋洋地闭着眼靠在陆雪亭的室外椅上，穿的是昨晚新买的衣服和裤子，整个人别提有多得意。

陆雪亭顶着满头大汗朝凉棚走去，见小蝉眯着眼睛睡觉，也不打扰，轻轻绕过小蝉去找水喝。小蝉一激灵醒了，忙起身道歉。

陆雪亭拿起水杯，大口喝起水来，示意小蝉坐下：“没事，你昨天没睡好，今天就不该来。”

小蝉朝陆雪亭做了个鬼脸，顺势坐下：“我可不敢一个人留在陆家，你那位二嫂挺凶的……”

陆雪亭无奈地笑了笑，用喝水掩饰尴尬。

这边七姑娘劝不动阿海，转而拉住天晴道：“天晴啊，阿海找到工地，知道你来了女神酒店，我们担心你被欺负，没事吧？”

天晴不知怎么回答，只能摇了摇头。

阿海正在气头上，顾不上礼貌，指着叶鹤鸣大喊：“叶鹤鸣，工地上那个姓李的被我打了，你们根本不想雇红头巾，这就是一场骗局，你的诡计！说，你想怎么算计天晴？你到底什么目的？”

天晴上前去拉阿海，不想将他牵扯其中。阿海抓住天晴的胳膊，眼神中满是深情：“我不能走！他们坏着呢！他们就是想拆散咱们两个，密谋我都听见了！你阿海哥也不是好惹的，两碗热面线，全扣在姓叶的脑袋上了！”

阿海看向叶鹤鸣，挑衅道：“怎么样啊？挨了宰的鸡扔在热水里褪毛就这个滋味，好不好受啊？”

叶鹤鸣的脸色很难看，但没说话。

邝海生愈发来劲，嘴上的话刻薄起来：“跟我斗，你就是光着脚蹚草引蛇——自讨苦吃！”

天晴再次催促阿海走人，阿海却仍沉浸在自己的气愤中：“我想起来了，那个人牙子阿飞就是叶鹤鸣的手下，他也不是什么好东西呀！他骗你们去工地，四十个姐妹啊！他是想害你们呀！”

常玉蝶怒斥道：“你说什么？邝海生，没有少堂主你就死在阿飞的刀下了！你这个无赖，恩将仇报！”

阿海不接话，绕过常玉蝶朝叶鹤鸣走去：“还想三天之内让我身首异处？你以为我阿海是好惹的？我今天就让你见识见识安祥山街小霸王的厉害！”说完，阿海从腰间拽出一把匕首，要与叶鹤鸣单挑。

“阿海！”

“老婆，你别管！任何人都别想让我们分开！”阿海举着刀瞪着叶鹤鸣。

楼梯上，南兰一副恨铁不成钢的模样：“阿海这浑小子，本来占理，现在成行凶了。”

桃姐见状就要大声阻止。南兰没说话，指向了门口。

四名黑衣大汉在外等候多时，察觉不对劲，一股脑冲了进来。常玉蝶一挥手，大汉就要一起上。叶鹤鸣却伸手制止，示意四人退后。

叶鹤鸣气定神闲，一步步走向邝海生：“我与你决斗，签生死文书，你敢吗？”

常玉蝶担心叶鹤鸣的安危，并不赞成他这样做：“少堂主，你不要搭理这种小混混！”

“玉蝶姐，这是解决邝海生最直接最彻底的方式。”

“想解决我？谁跟你签什么文书？去死吧你！”阿海说着，挥刀上前就扎。

常玉蝶下意识地挡在叶鹤鸣身前。

场面已经失控，南兰大喝一声：“住手！”听见南兰的声音，阿海握刀的手停在了半空。

南兰走到阿海身边：“阿海呀，你要在我这里行凶吗？”

“南兰小姐，您来得正好，他们是坏人，人牙子阿飞就是他的手下！总督不是您的朋友吗？让他把星洲所有警察都叫来，把这些人都抓去枪毙！”

常玉蝶愤怒地大喊：“别听这个小混混胡说！我是天晴的阿妈，我只是来看女儿的！”

说着常玉蝶就要去拉天晴。没想到的是，阿海冲过来，猛地一挥胳膊打开了。

常玉蝶被阿海打得一个踉跄，天晴也是下意识地伸手，幸好叶鹤鸣在后面抱住了她。

四名黑衣大汉见状，掏出手枪对准阿海。

“收起来！”叶鹤鸣扶着常玉蝶，语气极为冷峻。

黑衣大汉只好作罢。阿海见状，又来了本事，梗着脖子向前冲：“有枪？厉害呀！老婆你别说话！我替你出气！别以为我不知道怎么回事，小蝉都跟我说过！你……”说着，阿海指着常玉蝶道，“天晴很小的时候，你就离开了她和她爹，现在见天晴长大了，这么能干、这么漂亮，你又想白捡回女儿是吧？我答应天晴了，要好好赚钱，回乡下去，给我岳父盖上几间好屋，但是没你的份儿！”

天晴强忍泪水：“你够了！”

阿海始终没有发现，在他的这番声讨中，最为难堪的是天晴：“天晴……”

“你出去，我一辈子不想再见到你！”听到这话，阿海一下蔫了，自己满腔热血可全是为了天晴。

“你走啊，不然你就一刀抹了我的脖子！”

“老婆……”阿海这才发现天晴满眼泪水，一时没了辙。

常玉蝶抓住了反攻的机会，一通贬低阿海：“我女儿没嫁人，你一口一个老婆，占便宜，你就是流氓！我女儿嫁人也绝不会嫁给你，只要有我这个阿妈在，绝不会看着天晴被你这种一无所有的小混混、小地痞、臭无赖骗走！”说着常玉蝶一挥手，四名大汉就要上前。

阿海可不怕，况且是在自己心爱的女人面前，刀一抡要跟人拼命。南兰明白阿海这个傻小子根本不懂得母女情，只能自己出马：“阿海，你跟桃姐到我屋里歇会去。”

阿海回过头，嘴里仍嚷嚷着要保护天晴。

南兰轻声道：“有我在，你还不放心？如果你再这样闹下去，我可就帮不了你了。”

阿海看了眼天晴流泪的模样，持刀的手不觉耷拉下来。桃姐连忙上前，拉住阿海就走。

南兰微笑着看向叶鹤鸣：“叶先生，你的这几位手下……”

叶鹤鸣看向手下。见危险解除，四名大汉麻利地收枪，恭恭敬敬地退了出去。

叶鹤鸣抱拳道歉：“南兰小姐，在下叶鹤鸣，对不起，这绝非万鹤堂的本意。”

南兰看向七姑娘：“给天晴一点时间处理家事吧。”

七姑娘会意，便要和玲姐、阿贵一起出门，南兰也转身要上楼。

委屈了很久的天晴突然大声道：“等一等！这里没有什么家事要谈，我有几句话说，说完大家一起走。”

众人不约而同地看向天晴，只见天晴给南兰鞠了一躬，因自己给酒店带来的麻烦致歉。南兰淡淡一笑，全无责备之意。

天晴又内疚地看向七姑娘：“七姑娘，昨天我们担心的事还是发生了，这个工地用工有假，原本我们商量想留下二十个姐妹，现在看来，一个都不能留。”

“别啊天晴，这是少堂主的一番好意……”

没等常玉蝶把话说完，天晴坚定地说：“我们红头巾有手有脚，有的是力气，不怕星洲的太阳毒，也不怕刮风下雨！靠卖力气赚来的钱，花起来才踏实，谁勤劳，谁能干，谁就会受到姐妹们的尊敬，谁偷奸耍滑，就会被别人看不起！我们三水姐妹有个好大家姐，七姑娘最早过番来，为我们租下了房子，替我们找工地，红头巾从来不靠人可怜，不靠人施舍！我欧阳天晴有幸成为了一名红头巾，从来没觉得这是最下等的工作！我也不想靠别人的帮助，在红头巾里往上爬！谁能找到活，并不代表谁就有本事，只能说是机缘巧合。真正的本事，是把每一块工地的活干好，干得漂亮！那要靠全体红头巾姐妹一起努力！南兰小姐是我到星洲以后遇到的贵人，也是我们所有红头巾的贵人，她把整个工程交给了我们，却没提出过任何不讲道理的条件，我们一定会把工程干好，决定减人也是为了给头家省工钱。红头巾之所以这样做，是为了给家乡人立名，让后过番来的三水姐妹，在星洲能顺利找到活干！”

众人向天晴投去了赞赏的目光，只有叶鹤鸣和常玉蝶尴尬地杵在原地。

“我是个苦命的孩子，从小与阿爸相依为命，我们穷，但是阿爸告诉我，做人最重要的是骨气！所以哪怕吃不饱饭，我也会挺起胸膛，我虽然没有阿妈，但是没有任何人敢看不起我！后来我跟阿爸下工地，开始工头说不能给我工钱，因为我太小了，他怕我干不了活，可是一天下来，工头就说了，可以给我半天工钱，那是因为我干的活，工头看见了！我十四岁那年，就和其他女工一样，赚同样的工钱，那是因为我干活不输任何一个大姨大婶！我过番来，就是要靠自己的力气多赚点钱，回去给我阿爸盖间好屋，我没想过往上爬，更没想过依靠谁的势力出人头地！”

天晴这番话铿锵有力，是故意说给常玉蝶听，常玉蝶更加无地自容。叶鹤鸣没想到天晴这么厉害，虽尴尬，但目光中更多的是敬佩。

天晴无视常玉蝶的尴尬，搬出南兰保护阿海：“还有，阿海哥今天做得很过分，但他是个好人，他称呼我什么，那是我们之间的事，所有红头巾姐妹都知道他没心没肺，爱开玩笑，南兰小姐也知道！南兰小姐对我说过，星洲是个有法制的地方，我被人牙子绑了，也被救了回来，所以我信，如果谁想报复阿海，哪怕他再有权有势，警察也会管，对吗，南兰小姐？”

“天晴说得对。”南兰微笑配合天晴。

天晴感激地点了点头，转而同七姑娘道歉：“对不起啊七姑娘，让姐妹们空欢喜一场，回到豆腐庄，我给大家道歉。”

“哪的话，你刚才说得好，句句都说到我的心里了，我们回去就把姐妹们带走，红头巾只干真活，假工地给钱再多，我们也不干！”

眼见着天晴已经将局面稳住了，常玉蝶泪眼婆娑地上前：“天晴，你就不能认下阿妈吗？”

常玉蝶的脸近在咫尺，天晴慌乱地回避和她的眼神交流，快步走到南兰身旁告辞。

大堂里只剩下南兰、常玉蝶、叶鹤鸣三人，还有躲在远处看热闹的客人和服务员。

“天晴啊——”常玉蝶无助地哭出声来。

叶鹤鸣不知如何安慰，只好走向南兰：“没想到南兰小姐和欧阳天晴这么熟。”

“我视她为姐妹，阿海也是我很看重的小兄弟，所以还请万鹤堂给我个面子。天晴说得对，星洲不是可以随便行凶的地方，谁都不行。”南兰语气柔和而郑重。

“这里面有误会，万鹤堂早已登报声明……”

“我看了，少堂主要带领万鹤堂做正当生意，但你的手下还是随身带枪。”

“我从小被仇家追杀，玉蝶姐担心我的安全。”

南兰没有接话，看了看哭泣的常玉蝶道：“看来为了天晴，我们需要好好聊聊，但今天不是时候。”

叶鹤鸣点了点头，转身扶起常玉蝶往外走。

“真的？南兰小姐，我老婆替我说话了？”阿海激动地站起身来。

“阿海，我见过没心没肺的，但你也算是这里边的奇葩了。”

“啊？您这是变着法地说我傻呀。”

“你是太不了解女孩子了，更不懂什么叫母女情深，就算天晴不能原谅她阿妈，可有些话从你嘴里讲出来，她会记恨你的！”

“不会的，我老婆心胸宽广……”阿海摆着手，发现南兰沉下去的脸，才知道自己又说错话了。

“当着人家阿妈的面，一口一个你老婆，换我我也气！”

阿海忽地明白了，抬手抽了自己一个嘴巴。南兰没眼看，叮嘱着阿海要想法子解决好天晴母女的事，但不可过分参与其中。

“我本来是不想插嘴的，可我亲耳听见那个常玉蝶想拆散我和天晴啊！还要把天晴说给那个姓叶的！”

南兰听罢笑了起来，表示根本不可能。

阿海撇着嘴：“你还不信，那女人很坏的，她做得出来！”

“我不是这个意思，以叶鹤鸣的地位……阿海，你想多了。”

阿海愤愤不平道：“有地位就了不起了？见天晴漂亮就想抢啊？”

南兰发现阿海没听明白，苦笑着劝他近几日不要去找天晴。

“啊？我现在正想去呢。”

“她在气头上，你现在去，没什么好结果。这样，你帮我跑腿，去趟乌节路，我记得前两天哈利先生和我一起吃饭，说他的果园今年丰收，每天都会有很多水果运到码头，你问他用不用女工，记得和他谈好价钱。如果有了好消息，你再去找天晴。”

阿海一拍脑袋：“对呀！南兰小姐，你真是大好人！谢谢你啊！”

“我给哈利先生写个字条，你带上就是了。”说着，南兰走到书桌前，将字条写好递给了阿海。

第四十七章　杀机重重

待天晴一行人返回豆腐庄时，停工的消息已经传开。红头巾们像往日那样烧刷洗弄各干各的，但个个心头阴云密布，只有小声嘀咕的，没有大声说笑的，压抑的情绪笼罩着豆腐庄，如同夕阳般没有生气。

七姑娘房内，天晴同玲姐、阿贵和七姑娘围在桌前，对面而坐。

阿贵称赞道："天晴啊，知道你会讲话，没想到你这么厉害，今天我都被你吓到了，教书先生怕是也没你讲得好吧？"

"阿贵姐，你别笑话我了……"

玲姐拍了拍天晴："你说话带劲，让我这个老红头巾听着，心里热乎乎的。"

天晴垂头丧气，脸上没有一丝笑容："说话带劲有什么用，姐妹们没活干，我心里急啊。"

七姑娘坐在天晴对面，长吁了一口气，安慰道："又不是你的错，我听说这两年赚钱不容易，很多头家也艰难，所以新开工的工地少了，我们也得认命，大不了我们回三水，我还攒了点钱，姐妹们的船票我出。"

玲姐第一次见七姑娘说这样丧气的话，才意识到事情的严重性，忙询问缘由。

七姑娘只是对着天晴笑了笑："没有啊，今天和每天也没什么不一样。"

天晴一下站了起来："我明白了，是我得罪了万鹤堂，那是星洲最大的帮派，得罪了他们，我们以后就更难找活干了……是这样的吧？"

七姑娘招了招手，示意天晴坐下慢慢说："我们倒也不怕，只是……都是女孩子，我带你们过番来也要对你们的阿爸阿妈和家人负责呀，万一……"

玲姐最懂七姑娘的心，接过话茬："对，那年轻人看着挺文静，却是最大的黑帮头头啊！"

"天晴，你阿妈怎么跟他混到一起了……"玲姐立刻碰了一下阿贵，阿贵连忙收声。

"我没有认她，但她确实是我阿妈……我连累了姐妹们，七姑娘，您现在收回我的红头巾吧，我离开豆腐庄，回三水陪我阿爸，我走了，万鹤堂总不能再难为红头巾了吧？"天晴满脸歉意，说着就准备摘下红头巾。

七姑娘忙拉住她的手："你说什么呢？天晴，只要你不自己摘，我绝不会收回你的红头巾！豆腐庄出了你这样的女孩，是了不起的事！你今天说的那些话，都是发自肺腑的，我很欣慰，我也希望你能闯出一片天地，成为星洲最了不起的女人！那样，所有红头巾也会以你为荣的……"

"您快别捧我了，我有什么了不起的，总是惹祸……"

玲姐出来打了个圆场："好了好了，在南兰小姐的工地上轮着开工，总要排个班吧，要不明天七姑娘带，后天阿贵，接下来我……"

天晴不再多说，失神地点着头。

阿海找完哈利先生，迫不及待地骑着自行车赶到豆腐庄，嘚瑟地跟面线伯打着招呼。面线伯却举起手中的汤勺，没好气道："你怎么又来了？你还笑得出来？"

"有好事啦！我能不笑吗？哈哈……"

阿海不在意面线伯气哼哼的神情，将自行车停在豆腐庄门口，冲了进去："天晴！天晴！有好事啦！"

四处看了看，阿海没见天晴的身影，朝身旁的红头巾喊道："哎，快叫天晴来呀，我带来好消息啦！"

听见叫喊声，玲姐和阿贵从七姑娘房间走了出来。

玲姐让阿海有事说事。

"好事，大好事啊！乌节路哈利先生的果园要往码头运水果，有多少工用多少工，一天一块呀！"

玲姐和阿贵对视一眼："阿海呀，姐妹们今天已经空欢喜一场了，可没心思听你讲笑话。"

"我说的是真的！"

阿贵白了一眼："之前你天天讲跑断腿，也没见找到哪个工地，今天就找到了？运水果这么轻松的事，一天一块钱，谁信哪？"

"哎呀，人家很急着用工，就愁找不到人！我怎么说你才信啊？不是我的功劳，是南兰小姐介绍的，你们总该信了吧？"

阿贵眼前一亮，转身回了七姑娘房间，激动地走到七姑娘身边："南兰小姐介绍的，应该是真的。"

七姑娘问天晴要不要一同下去问问情况，天晴一口回绝了。

阿贵傻乎乎地追问着原因，七姑娘见状不再言语，拉着阿贵出了门。阿贵不死心，仍追问着天晴为何不出门。七姑娘小声道："她阿妈被阿海好一阵羞辱，当女儿的心里能没怨气？"

阿贵这才恍然大悟，跟着下了楼。

天井里，阿海跟玲姐讲着干活的具体事宜。红头巾们也是你拉我、我拉你，热闹非凡，独留天晴在屋里掉着眼泪。

母女同心，天晴难过落泪，常玉蝶又何尝不是。

看着常玉蝶止不住的泪水，站在屋里的叶鹤鸣沉思半晌道："玉蝶姐，我不想看见你流眼泪，你说吧，想怎么办，万鹤堂在所不惜。"

常玉蝶这才抬头擦了擦眼泪："不，少堂主，我的事让您受了委屈，我已经很过意不去了，现在出了一个南兰，这女人不好惹，您就别管了……"

"南兰？万鹤堂不怕她。"

“我知道，在星洲万鹤堂怕谁呀，可南兰跟洋人关系密切，我不想给你和万鹤堂带来任何麻烦呀！”

叶鹤鸣的眼神中露出杀机：“这事我已经管了，就得管到底。邝海生长得也算仪表堂堂，耍起无赖来却浑身瘪三气，真是可恶！”

想着天晴白日里护着阿海的模样，常玉蝶也只能认命，劝叶鹤鸣放手。

叶鹤鸣却依然愤恨，不愿饶了阿海：“这个人渣，口口声声说是为了天晴好，家里还养着别的女人！”

“啊？”常玉蝶大吃一惊。

“我本来也想放他一条生路，现在……”

常玉蝶紧紧握住叶鹤鸣的手：“可别！少堂主，为了我，让你摊上官司不值得！”

“这世上，玉蝶姐对我最好，为了你，我做什么都值得！”

“真的不行！我求你了少堂主！那个南兰是白天女呀，万一她用巫术，对你不利呀！”

叶鹤鸣无奈地笑了笑：“放心吧玉蝶姐，我堂堂万鹤堂堂主，又怎么会亲自处理这种每天混吃等死的小混混……”

阿海家里，三个大汉踹门而入，把王巧玲的嘴堵上，五花大绑捆了起来。一切就绪，就等阿海回来自投罗网。

阿九本想去阿海那儿同王巧玲套套近乎，刚到小食街，发现路旁多了些陌生面孔，突然觉得不对劲。于是阿九假装漫不经心地走到七嫂摊前，七嫂向阿九使了个眼色。阿九又瞟向肥哥，只见肥哥面色难看，使劲地挥着刀，表面是在剁肉，实际是在提醒。阿九已经明白了，吹着口哨向一旁走去，走到巷子拐角，撒腿就往豆腐庄的方向跑。

诸般事宜交代完，玲姐送阿海出门。阿海不情愿地出了门，央求玲姐告知天晴不见自己的原因：“天晴为什么不见我呀？南兰小姐说她还替我说话呢，不会是南兰小姐骗我了吧？”

“当然不是，女孩子这时心情不好，你干吗非要见面呀？走走走，你也辛苦了，姐请你吃面线。”玲姐说着，把阿海拉到面线伯摊前，招呼面线伯给阿海煮碗面。没承想面线伯一口拒绝。

“我给你钱的……”

“给钱我的面线也不给他吃！”

玲姐摸不着头脑，面线伯道：“这个阿海，他是想害死我呀！你知道他今天在我的摊上干什么了吗？阿玲，我正想跟你商量呢，咱们回乡下去办婚事吧，我跟你回三水，反正在星洲我也没什么亲人。现在得罪了万鹤堂，随时都可能丢了性命，我真的是怕了！咱们走吧，买最近的船票，哪怕多花钱……”

没等玲姐说话，阿海开口道：“哎，你个老小子胆子也太小了吧？”

面线伯指着阿海说："你胆子大！不定哪天你就横尸荒野，想埋都找不着你呀！"

阿海听罢，撸起袖子就要揍面线伯。面线伯索性一伸脑袋："你打！你拿刀砍死我算了！反正都是死，不如当着阿玲的面，省得她找不到我着急！"

阿海顿时傻了眼，一甩袖子，骑着自行车走了。身后面线伯的喊骂声直到巷口才消失。

阿海推着自行车郁闷地走在街上。阿九突然出现，一把抓住了自行车后座。

"你干什么？烦着呢啊……"

"海哥，千万别回家！"

"王巧玲住在我家里，我本来也回不去啊！"

"也别乱跑了！有人想要你的脑袋！"

阿海这才清醒过来。阿九凑到阿海耳边将其中的利害告知。阿海半信半疑，决定回去看看。

阿海和阿九乔装一番，返回了小食街，远远地蹲在角落里，看着街边出现的可疑人物。突然，阿海想到了王巧玲的安全问题，阿九直言可能她凶多吉少。

"那可不行，我怎么跟我老婆交代啊！"说完，阿海就要往外冲。阿九一把扯住阿海的衣裳："你疯了？那些可不是小混混，都是道上数一数二的杀手啊！没等你进家门你就没命了！"

阿海也有点慌了。一筹莫展之际，阿九提议回龙王帮找龙哥帮忙："你跟他兄弟一场，龙哥不可能不救你的！"

龙王帮门口，阿九不敢进去，躲在门外偷听。见林龙青从里间走了出来，阿海恭敬地叫了声龙哥。林龙青未正眼瞧阿海，径自坐下："阿海？有些日子没见了，我以为你永远不会再来龙公馆了呢。"

"那怎么会……"

"你把我害得很惨哪……"

没等阿海反应过来，林龙青怒斥道："我就一个妹妹，是我的左膀右臂，是龙王帮的大总管！是我最贴心、最亲、最近的人！就因为被你小子伤了心，离开了星洲！你害得我林龙青变成了孤家寡人，你不认？"

"我……"

"掌嘴！"阿海给了自己俩巴掌。

林龙青这才叹了口气："你也跟了我好些年，为了个乡下女人，说走就走，我这当大哥的脸往哪搁？"

这回不用提醒，阿海又给了自己俩嘴巴。

"离开龙王帮，只让阿娇带个话，面都不照，是我对不起你？我耽误了你的前程？我这个大哥不称职？"

阿海自知理亏，索性又给了自己俩嘴巴。林龙青这才算解了气，道："说吧，找我什么事？"

阿海一时不知如何张口，只是支支吾吾地向林龙青问了个好。林龙青道："还凑合吧。"

"那就好……我走了啊……"说着，阿海就往外走。

"站住！这算什么？有话快说！我还不知道你阿海啊？一结巴就是有事！你毕竟是我龙王帮的兄弟，谁难为你就是难为我林龙青！"

阿海有点感动："我……我真的没事，谢谢龙哥能这么待我！"说着，阿海鞠了一躬。

林龙青半信半疑道："真没事？"

"没事。"阿海傻笑着，大步往外就走。

阿九在门外待不住了，冲进来，险些与阿海撞了个跟头："哎呀，你怎么这么废物？龙哥，我来说吧，阿海他得罪了万鹤堂，求龙哥救命啊！"

林龙青蹙起眉头："万鹤堂？"

"对，就是那个少堂主叶鹤鸣！"

林龙青吓了一跳，坐在椅子上。半晌起身，看了眼阿海，决定自己出马，救这小子一命。

街道上空无一人，林龙青打开车窗，让冷风刺激自己的神经，不觉颤抖起来。

夜晚的万鹤堂威严煞气，两名蹲点在阿海家门口的人站在叶鹤鸣面前。

"他没回家？"

坤叔点了点头，估摸着是邻居走漏了风声，说着就准备出门去，绑肥哥回来审问。叶鹤鸣面露不悦，告诫二人，除了邝海生不可打扰其他人。

坤叔连连点头。突然，看门的小喽啰跑了进来，鞠了一躬道："少堂主，龙王帮的林龙青想见您。"

未等叶鹤鸣开口，坤叔不耐烦地挥挥手："林龙青算个什么东西？大半夜的想见少堂主？让他滚！"

"等一等，邝海生不就是龙王帮的小混混吗？叫他进来。"

"那可不行，林龙青就那么两条街面，还号称龙王帮，老堂主最看不上他了。想见您不送帖子，这大半夜的说来就来，少堂主，您可不能给他面子！"

叶鹤鸣思忖片刻，也觉有道理，便让坤叔去看看情况。

坤叔刚迈出大门，林龙青连忙堆着笑上前："这不是坤叔嘛，好久没见了。"

坤叔掸了掸衣袖："你还认识我呀？"

"哪敢不认识您哪，那我不是瞎了狗眼吗？"

坤叔拿他打趣："哎，可别这么说，你是龙啊，龙王帮，了不起！"

林龙青半弓着腰，连忙握住坤叔的手："您就别吓唬我了，我知道您是少堂主身边的红人，还请您多多美言，刚才这番话可不能让少堂主听见！"

林龙青搓了搓手，支支吾吾地说想见少堂主一面。

坤叔轻哼一声。林龙青自知不合适，道："我有急事，有个叫邝海生的，以前在我手底下混过，我听说他得罪了少堂主，怕少堂主误会到我，所以想解释解释……”

“有什么好解释的？把人绑了送来，自然就没误会了……”

“我……不是……”

“不是？这么说，邝海生挑衅我家少堂主，是你指使的了？我们找不着他，是被你藏起来了？”

“没有！邝海生早离开龙王帮了！”林龙青百口莫辩，心里直犯怵。

坤叔一把揪住林龙青的衣领，眼神凶狠：“你说离开就离开了？阿青啊，你野心不小啊？趁老堂主驾鹤，你想找个小混混挑起事端，然后你林龙青灭了万鹤堂，独霸星洲啊？”

林龙青腿一软，险些没跪下：“是！我这就去把邝海生那小兔崽子绑来！可千万不能让万鹤堂误会了我林龙青啊！”

此刻，阿海坐在厅里发呆，还不知道自己将面临什么。倒是阿九蹲在地上，吓得直哆嗦：“海哥，你怎么一点都不怕呀？”

“怕？怕呀，我怕天晴记恨我……”

阿九气得直翻白眼，没想到危急关头，阿海第一个想到的还是天晴。阿海自言自语地说了一堆话，反思自己不该当众给常玉蝶难堪，反思自己为何连余世襄都能忍，却不能换位思考天晴的立场。

说着，阿海流下了眼泪。阿九这才得空插话：“都这个时候了，海哥呀，你要先想自己的命啊！实在不行跑路吧！离开星洲！留得青山在，不怕没柴烧啊！”

阿海抹去眼泪，郑重道：“那可不行，我不能离开我老婆！”

“你早晚会被欧阳天晴害死的！我怎么跟了你这么没出息的大哥！”阿九气得起身直跺脚。

二人相顾无言，帮里的小龙推门进来，把阿海叫了出去。

大厅里，林龙青坐在幽暗的灯光下，看不清面上的表情。阿海感激林龙青为自己的付出：“辛苦龙哥了，这么晚了，还让您为了我的事跑腿，您的恩情，兄弟牢记在心。”

“是啊，你小子不是爱说俏皮话吗？你知不知道什么叫鸡蛋碰石头？”

阿海傻笑着：“不自量力咯。”

“秤砣掉了星呢？”

“不识斤两咯。”

“耗子找猫睡觉。”

“不知死活咯。”

林龙青点了点头，轻轻地一挥手。阿海只听得背后一阵风声，躲在暗处的小龙一闷棍朝他后脑勺打去。阿海没来得及反应，直接被打倒。

林龙青指着地上昏迷不醒的阿海，面上抽搐几下：“不自量力、不识斤两、不知死活的东西！我险些被你害死呀！”

进门的阿九看着地上的阿海，傻了眼。林龙青指着阿九威胁道：“你小子要想活命，就赶紧滚出星洲！我不想再看见你！”

阿九一下瘫坐在地上，又赶忙爬起，一口气跑到了星洲街道。阿九哭了，是为自己，也是为那个一直护着自己的阿海。突然，阿九想到了什么，往小食街跑去。

龙王帮门前，两个小弟将阿海装进麻袋，扛上黄包车。

“龙哥，要不要我们跟着你？”

林龙青拉起车就走：“跟个屁啊！大半夜的，多一个人去都容易被万鹤堂找碴！小不忍则乱大谋，现在不是叫板的时候。”

街道上，林龙青仿佛身后有催命鬼一般，跑得满头大汗，仍是不敢停下休息片刻。坤叔在门口候着，见到林龙青的身影，挥手示意两名下属上前抬人，二人扛起麻袋进了万鹤堂。

林龙青在一旁赔笑，连汗都来不及擦：“我能见见少堂主吗？当面赔个罪……”

“不必了吧，阿青，你也辛苦了，早点回吧。”说完，坤叔进了万鹤堂。

林龙青心有怨气，但不敢发作，只想着多一事不如少一事，别把自己折了进去，于是哈着腰，拉着黄包车，从小路跑回了龙王帮。

第四十八章　为爱远走

小蝉从红头巾姐妹那里听说了白天在女神酒店发生的闹剧，听到天晴与阿妈相见，也深感诡异，回来就告诉了陆雪亭。晚上，见陆雪亭一手端着冰水，一手端着热水进门，小蝉笑了起来：“我今天不想吃冰的了，这大晚上的，你也不怕麻烦……”

陆雪亭温柔地笑了笑，其实冰水是为他自己准备的。陆雪亭将冰水倒在杯里，一饮而尽：“我有一种不祥的预感，阿海可能会有危险。”

看着小蝉疑惑的眼神，陆雪亭解释道：“万鹤堂在星洲帮众很多，其中不乏凶狠之辈，就像上次那个阿飞……如今阿海当众羞辱叶鹤鸣，后果不堪设想啊。”

“那……那咱们也帮不上忙呀，解铃还须系铃人，既然玉蝶姨是万鹤堂的人，就让天晴去求她咯！”

陆雪亭摇了摇头：“以天晴的性格，这绝不可能，而且恐怕也来不及了，阿海的危险，恐在朝夕间……”

小蝉跟着摇头，自己确实没明白。陆雪亭又倒了一口冰水，将冰块嘎巴一声嚼碎，看向小蝉：“这样，你好好休息，我出去一趟。”

“你不也是猜的嘛，万一阿海没事呢，你不是白跑？”

陆雪亭坐到小蝉身边，郑重道：“星洲的这些帮派人物会怎么做事，我也有些耳闻，这件事必须尽早解决，不然阿海凶多吉少。”

说完，陆雪亭准备起身，却被小蝉一把拉住。

陆雪亭笑了：“你是在担心我？那你就不担心阿海呀？他可是你最好姐妹的男朋友。”

“不一样，我也担心你的安全……”

陆雪亭深情地将小蝉拥入怀里，轻轻拍了拍：“我离开星洲很多年了，虽在这里长大，但知心的朋友却不多。与阿海相识不久，可他的真诚和热情都让我很欣赏，朋友有难，我不能坐视不管。”

陆雪亭说完，急匆匆地出了门，开车去了街上那家颇有格调的酒吧。吧台上，陆雪亭拨起电话。

叶鹤鸣正在客厅踱步，想着如何处置阿海，常玉蝶拖着疲惫的身子坐在一旁。二人都没说话。

电话铃声响起，常玉蝶刚起身，叶鹤鸣示意她坐下休息，自己去接。

“喂……我是陆雪亭！”

叶鹤鸣端着听筒，半晌也没记起这人是谁。见没人说话，陆雪亭只能自我介绍：“我们见过面，我亲眼看到过叶先生清理门户，铲除人牙子阿飞；今天在女神酒店……”

没等陆雪亭把话说完，叶鹤鸣直接打断，问明来意。

“想请你出来喝一杯，不知能否赏光。”

“我没有晚上出去喝酒的习惯。”叶鹤鸣一口回绝，挂断了电话。

“喂……喂。”陆雪亭耐着脾气再次拨起了号码。

“不用接。”常玉蝶会意，任由电话铃响着，转身去了地下室。

阿海被五花大绑地捆在柱子上，一盆冷水过去，视线逐渐清晰，看见了坐在面前的常玉蝶。

“龙哥……龙哥出卖我……”

阿海抬起头，梗起脖子看向常玉蝶：“大姨，没想到死在您手上，我的命还挺好……来吧，阿海绝不眨眼。”

“别跟我耍无赖，要你的命，我怕脏了我的手！”

阿海觉得这次连林龙青也没辙，自己更是小命难保。想着常玉蝶如此能耐，天晴有人护着，竟笑了出来。

常玉蝶看到阿海这副样子，气不打一处来：“你骗我想活命啊？你以为我是天晴吗？那么傻，由着你骗？我只要你离开我女儿！之前少堂主找你谈过，让你去马尼拉，开出的条件现在还算数！”

阿海笑着流出了泪，幻想着自己同天晴在马尼拉的好日子：自己管仓库，天晴管餐馆，然后生儿育女，最好能生五个女孩，携手过完一生。

阿海自顾自说着，常玉蝶一巴掌抽在他的脸上。阿海也不急，反而为自己白日冲动的行为给常玉蝶道歉："大姨，您打我，我不怪你，无论你们怎么处置我，都不要告诉天晴，只对她说，我讹了你一大笔钱，丢下她跑了。我得让她恨我呀！不然她心里老想着我，一辈子都会不快乐的！"

常玉蝶冷笑："说实话了？你根本就不想去做生意，不想付出任何辛苦，就想拿到钱是吗？我给你！你立刻滚，永远也不许再见天晴！"

阿海不忿道："你这么做是为了天晴好吗？"

"当然！天下没有阿妈要害自己女儿的！也没有阿妈会眼看着自己的女儿被你这样的人渣欺骗，不管不顾的！"

"我什么时候骗天晴了？"

常玉蝶气得起身大骂，恨不得再给阿海几巴掌："你家里边养着女人，还在追我的女儿，你还说不是骗？"

阿海不再争辩什么，只是苦笑："大姨，你想宰了我就宰吧，何苦给自己找借口？我不会恨你的，只要你是对天晴好，我绝不恨你，我到了阎王爷那，也会祈祷你长命百岁。"阿海流下真诚的泪水，常玉蝶一时不知如何是好。

"玉蝶姐，别听他啰唆了，动手啦，干完活兄弟们还要睡觉啊……"两名手持凶器的打手上前催促着。

三五通电话拨了过去，见还是无人搭理，陆雪亭闷闷地喝了几口红酒，对酒保道："给我拿瓶酒，要年份最好的。"

拿上了酒，陆雪亭一脚油门开到万鹤堂。

今夜万鹤堂正门看守的人明显多了起来。陆雪亭心里有些犯怵，面上仍装出一副无所谓的样子，拎着洋酒下了车。

看守立刻上前："干什么的？不要把车停在这！"

"叶鹤鸣约我来喝酒，帮我把车看好！"说着陆雪亭高举酒瓶晃了晃，大摇大摆地就往里走。

看守伸手拦住陆雪亭："等一等！你是谁啊？"

陆雪亭抢步进了院里，大喊着："鹤鸣，我来了！"

坤叔带着几个人赶到院子里，将陆雪亭围在中间。

陆雪亭还在装傻："哎，我以为就叶鹤鸣一个人在家呢，原来你们万鹤堂平时住这么多人啊……鹤鸣，你倒是出来啊，有没有准备好下酒的菜啊？"

叶鹤鸣走了出来，淡淡看了陆雪亭一眼："陆少爷，你若是喝多了，来我这里耍酒疯的，我可让人把你扔出去了。"

陆雪亭一挥手，表示自己没有喝多，反而是来找少帮主一醉方休。

"为什么来找我？"

陆雪亭上前一步："你说的呀，你从来没有晚上出去喝酒的习惯，意思不就是让我来你家里吗？"

叶鹤鸣还未遇见过这般不请自来的人，礼貌回应道家中有事，不能奉陪，转身就走。陆雪亭依旧嬉皮笑脸地看着叶鹤鸣，晃晃手中的酒："这可是星洲能买到的最好的酒，我自己带来了，你若没备菜，我们两个人干喝，我也不介意。"

坤叔上前，试图驱赶陆雪亭，手下们也掏出枪来。

陆雪亭顾不上害怕，朝叶鹤鸣大喊："叶鹤鸣！我找到了你登报的声明，文采飞扬啊！你要带着万鹤堂做正当生意，走正道，我替你高兴！星洲有你这样的有为青年，必有希望！在下不才，从小品学兼优，后留学欧洲，专攻建筑与艺术，学成之时，伦敦和巴黎纷纷向我发出工作邀请，可我没留下，我的根在此，魂在此，所以我义无反顾回到了星洲！如今陆雪亭想和你交个朋友，你觉得我配不上？你的声明上不是说愿广结星洲各界贤达，共谋发展吗？我们陆家是星洲最大的建筑商，本人虽未崭露头角，但相信不久的将来，一定是星洲最优秀的建筑师，你拒我于千里之外，怎么，你那份声明难道是为了继续经营帮派的借口？"

坤叔一瞪眼，枪就顶了上来。

陆雪亭是见过世面的，脸上毫无惧色："哇，这就要杀人啊？看来你叶鹤鸣真正的想法是接着做星洲最大的黑帮咯？"

听出陆雪亭话中的嘲讽，叶鹤鸣转身回头，犹豫半晌道："既是来做客的，请吧。"

叶鹤鸣说完，径直往里间走去。陆雪亭刚要进门，却被坤叔拿枪顶住脑袋搜身，为了阿海，他只能咽下这口气。

走到屋内，陆雪亭放下架子主动为叶鹤鸣斟酒。叶鹤鸣接连喝了几杯，陆雪亭举起酒杯试探道："这一杯我替邝海生赔罪。"

一听陆雪亭这么说，叶鹤鸣把杯一推："那我不喝，你可以走了。"

陆雪亭放下酒杯，死死盯着叶鹤鸣："万鹤堂真的要难为邝海生，明天星洲将多一个失踪人口。"

叶鹤鸣冷笑着，晃了晃手中的酒杯："你就这么信得过警察呀？那些洋人，会管一个小混混的死活？没有失踪人口，只是海里多了一具喂鱼的尸体。"

陆雪亭啪地一拍桌子站了起来，叶鹤鸣却毫不在意，端起酒杯喝了起来："你走吧，别让我玷污了你青年才俊的名声。"

陆雪亭平静下来："阿海虽也进过帮派，但不做恶事！什么混混、无赖，这些词不应该和阿海联系到一起！他是个最厚道的人！”

叶鹤鸣冷笑一声：“没听说过厚道人欺骗女孩子。”

陆雪亭愣了半晌才反应过来：“阿海是在追天晴，他对天晴，是我见过的最朴素最纯洁最专一的好，你凭什么说他骗天晴？”

“家里有老婆，外面还在追女孩子，何谈纯洁专一？”

“老婆？哪有的事……”

“你们这些留洋的少爷只会讲空话，而我，派人去过了，他那破屋里养着女人，为他做饭缝补衣服，若不是老婆，他就更该死了！”

陆雪亭缓了缓，想起小蝉说的话，确实有个叫王巧玲的女孩住在阿海那里：“那不是阿海的老婆，是欧阳天晴的朋友！是被你的手下人牙子阿飞绑了，险些卖到三藩的苦命女孩！她丢了工作，没地方住，天晴求阿海把自己的家借给她住的！”

叶鹤鸣怔住，接着不屑地笑了：“照你这么说，邝海生成好人了？”

陆雪亭坐下，轻轻敲了敲桌子：“你以为我是来救阿海的吗？我是来救你的！你已经登报声明，退出江湖，从事正当生意，如今若出尔反尔，做出对阿海不利的事，以后星洲谁还信你？南兰小姐很看重阿海，阿海若有个三长两短，她会坐视不管？所有人都知道阿海得罪了你，你想洗脱杀人的罪名？有那么容易的事吗？”

“你说得没错，可是你来晚了，邝海生已经死了。”

“你说什么？”陆雪亭再次猛地站起身来。

叶鹤鸣起身，毫不在意面前这个气势汹汹的人：“别白费口舌了。我本来想交你这个朋友，但邝海生必须得死，想杀他的人不是我，我也没办法。恕不远送。”

陆雪亭一个踉跄，险些摔倒。

小蝉躺在床上，翻来覆去睡不着，终于还是放心不下。一个翻身，小蝉爬起就往豆腐庄跑。

豆腐庄门口，小蝉没多想就冲了进去，正撞上端着水盆下楼的阿贵，阿贵又拿红头巾说事。往日小蝉势必要与她争辩一番，但这次哪顾得上她，绕过阿贵冲上楼去。

阿贵啐了一口，也没把小蝉放在心上。

躺在床上的天晴也没睡着，盯着墙面，回想着白天的事。

“天晴……”

听到是小蝉的声音，天晴回过头。小蝉一把拉起天晴就往外跑，完全不给天晴思考的时间。

豆腐街上，天晴甩开小蝉的手，根本不愿去见阿海。

小蝉哭丧着脸站在原地：“你好无情，可现在不一样了！阿海是自找苦头，可别把陆少爷也搭进去啊！”

“陆少爷？”

“对呀！陆少爷说，他是懂得黑帮规矩的，怕阿海活不过今夜，所以……我现在也不知道他去哪了……”

见小蝉要哭，天晴这才明白她是在担心陆雪亭，拉起她的手，往阿海家跑去。

看着阿海家附近的打手都已撤离，阿九这才偷摸进门，又连忙掩上了门。可怜的王巧玲仍被绑着，又说不出话来，只能枉费力气挣扎着。

阿九的出现让王巧玲看到了希望，挣扎得更凶了。阿九示意王巧玲不要出声，上前丢掉了堵嘴的抹布，又用刀去割绳子，说自己就是来救人的。

王巧玲喘息着，心中仍惦记阿海，开口便让阿九给阿海报信。

“没用啦，海哥……”阿九说着流下了眼泪。

“阿海哥怎么了？”

“你别问啦，大难临头，管好自己得了……”

“阿九！你告诉我到底发生了什么事？是不是因为我，给阿海哥带来麻烦了？”

“哎呀，不是啊！你我都是命苦，跟着倒霉啊！”阿九给王巧玲解开绳子，问她愿不愿意跟自己走。

“你让我和你一起走？”

阿九虽然不成器，但还是想保护自己心爱的女人。王巧玲很是感激阿九的情意，可阿海生死未卜，自己不能一走了之。

“哎呀，你别问了，他是死定了！我早就跟他说，不让他追欧阳天晴，那女孩子有毒啊！为了她，居然得罪了万鹤堂，海哥真是命短哪！”阿九捶胸顿足，恨天晴不仅把阿海搭进去，还险些害了自己。

王巧玲抖下身上的麻绳，不顾腿脚的酸麻，就要去找天晴。阿九拽住王巧玲：“告诉她有什么用？赶紧走吧，天亮前我必须得离开星洲，不然没命啦！”

“九哥，多谢你这个时候还想着来救我，我住了阿海哥的屋，他要是真有不测，我……我得留在这帮他料理后事。”

阿九没想到王巧玲竟比自己讲义气，缓缓收回了手。

突然外间传来了敲门声。

“谁？”阿九颤抖着声音，举起刀躲在了门后。

“我是欧阳天晴，谁在家里？是阿九吗？”

王巧玲赶忙去开门。天晴和小蝉进屋，看着一片狼藉忙询问状况。

阿九一屁股坐在地上：“你还问，你都把海哥害死了！”

天晴没说话，转身就往万鹤堂跑，阿九一群人连忙跟了上去。

到了门口，守门的语气凶狠，质问几人所来何事。天晴朗声道：“我要见常玉蝶！让她把邝海生交出来！”

叶鹤鸣、陆雪亭和常玉蝶一起出来。常玉蝶反复问了坤叔几次："是天晴来了吗？是我的女儿要见我吗？"

"是来了三个女孩子，其中一个气势汹汹的……"

坤叔领着天晴等人进了万鹤堂。

小蝉一见陆雪亭，脸上立刻露出欣喜。可陆雪亭着实高兴不起来。

天晴环顾四周，没有发现阿海的身影，与常玉蝶目光相遇，赶忙回避。常玉蝶期待的目光也落了空。

"少堂主，我知道邝海生在这里，请你们把他交出来。"

没等叶鹤鸣说话，陆雪亭哀声道："来晚了，我们都来晚了！"

众人皆是一惊，阿九直接哭了起来。

陆雪亭颤抖地指着叶鹤鸣一行人，踉跄着往外走，要去报警。天晴突然大声道："常玉蝶！你害死了阿海？谁给你的权力！"

天晴积压了多年的怨恨此刻迸发了出来："你跟从前一样，做事全凭自己高兴，从来不顾及别人怎么想！阿海是个好人，我在星洲遇到的难得的好人！就因为得罪了你，你居然害他的性命，你的心好狠毒啊！"

天晴转而看向叶鹤鸣，让他把阿海交出来。

"对，活要见人死要见尸，把阿海哥交出来！"王巧玲大声喊着。

陆雪亭冷眼看向叶鹤鸣："这就是王巧玲，叶鹤鸣，你看到了吗？"

"阿海死了是改变不了的事实，现在能做的，就是去警局替阿海讨回公道。"说着，陆雪亭就领着众人往外走。

"谁也别想走！"坤叔一声断喝，院子里又多了几人，将陆雪亭等人团团围住。

叶鹤鸣不愿枉伤人命。常玉蝶看向叶鹤鸣，笑了笑："好啊，要人是吧……谁去把那小混混带来。"话音刚落，阿海就被人从后面带了出来。

"阿海哥！"第一个叫出声的竟是王巧玲。阿海有点头晕，险些摔倒，被陆雪亭和冲过来的阿九扶住。阿九揉着泪眼，陆雪亭也喜极而泣。

小蝉忙上前："阿海哥，天晴来救你了。"

阿海看向天晴，又是激动又是兴奋，可目光中却多了份隐忍。天晴见阿海还活着，悬着的心一下放了下来。但当着常玉蝶的面，并不想表露过多的情绪，目光与阿海相触片刻便移开。

阿海不想再生事端，推着陆雪亭、阿九等人出了万鹤堂。站在门口望着天晴远去的身影，阿海淡淡笑了笑，眼神中满是伤感。

街上已经没有人，肥哥也趴在案子上睡着了。

阿九端起酒杯敬阿海，祝阿海大难不死必有后福。阿海目光呆滞，一口闷下，一杯接着一杯："安祥山街小霸王，如今要女孩子冒险去救我，才大难不死，我可真有出息……"

阿九已经不胜酒力，招着手准备走，还不忘叫醒肥哥让他照顾点阿海。肥哥困得不行，招了招手又趴下。

寂静的街道，阿海趴在桌上，想着常玉蝶的话，默默流下眼泪。

在万鹤堂的地下室里，两个手下不断催促，阿海想着难逃一死，不如早早动手。

“是你逼我的！”常玉蝶从一人手中抢过刀来。

“来来来，得罪了万鹤堂，我早知道自己活不了了，连龙哥都出卖我，我也算死有余辜，你别忘了跟天晴该怎么说，别让她伤心就好！”阿海笑着闭上了眼睛。只听见噹啷一声，是刀掉落在地的声音。

阿海睁开眼，只见常玉蝶慢慢跪到了地上：“大姨，你这是做什么？”

“你也看见了，我在万鹤堂说一不二，你知道为什么吗？那是因为我替少堂主挡过子弹！子弹钻进肉里，疼啊！我是九死一生才换来的今天！”

当年常玉蝶在星洲做的第一份工，就是照顾叶鹤鸣。那个时候，常玉蝶并不知晓叶鹤鸣的身份，看着眼前的孩子和天晴一般大，没几日便迫不及待地想回乡下。没承想祸从天降，几个杀手想要这个孩子的命。常玉蝶为保护叶鹤鸣，从悬崖上跳了海才侥幸活命，身上的刀伤、枪伤也是那个时候留下的。再之后，常玉蝶带着叶鹤鸣四处躲仇家，槟城、马尼拉都去过。直到老堂主把所有的仇家都杀光，二人才回到了星洲。老堂主给了常玉蝶一笔钱，可叶鹤鸣已经成了她的另一个孩子，两边都舍弃不下。后来，常玉蝶托人回三水打听消息，得知天晴一切都好，就没回去。

回忆起过往，常玉蝶泪流满面：“我就直说了吧，鹤鸣从小不认识别的女孩子，他也喜欢天晴，他对我言听计从，若天晴能嫁给他，未来……那可就是星洲最了不起的女人了，也不枉我这个当阿妈的用自己的一辈子去换哪！”

常玉蝶哭得稀里哗啦，就要给阿海磕头。阿海的嘴唇颤抖着，不肯说与天晴分手的话，但已经彻底被常玉蝶说动了。

阿海掉着眼泪，嘴里不停嘟囔着：“我要是真对天晴好……我当然对老婆好了！我当然是真的了！我老婆……是欧阳天晴小姐……只要她过得好，我阿海……”

一旁的七嫂劝阿海还是身子要紧，少喝些酒。肥哥揉了揉眼，在一旁催促着收摊，转头看见阿海眼中的泪水，有些心疼，不再催他：“你要愿意喝，喝到天亮我也陪啦……”

阿海起身打了个酒嗝：“对不起啊肥哥，对不起啊七嫂，耽误你们睡觉了，我阿海……让邻居们为我提心吊胆，真不是个东西……我走了。”阿海拎着酒瓶子，踉跄走了几步，又回身鞠躬。

肥哥看着阿海的背影，有些心疼。

天晴回到豆腐庄，就跑到屋顶坐着。玲姐有些担心，走上房顶挨着天晴坐了下来："天马上就要亮了，你快回去睡吧，待会我就不唱了，免得吵了你，这些日子又受累又受伤，还要认阿妈，你掉的眼泪有一盆了吧？听姐的话，什么都别想，好好睡上一天。"

天晴双目无神地看着远方："不，我得跟着去果园，南兰小姐点名让我负责，那我起码得见见头家，听听人家有什么要求。"

"你不是一夜没睡吗？"

"我撑得住，待会我唱，嗓门要是不亮堂，你掐我还不行？"

玲姐无奈摇了摇头，只好先拉着天晴回房休息，天晴翻来覆去，一夜无眠。

清晨的豆腐庄又传来了往日熟悉的歌声，天晴高声唱着：

一折日头唔晒面，

二折雨水唔浇头，

三折揾多好银圆，

揾到银圆往家返，

合家昌旺福满堂。

伴随着天晴的歌声，女孩子们洗脸的洗脸，梳头的梳头，戴红头巾的戴红头巾。因为有新工地开工，还涨了工钱，女孩子们情绪很是高涨。玲姐利落地为大家准备着扁担。七姑娘更是早早地起床，在楼下的厨房为大家准备起了早点。

排队出门之前，每个红头巾都领到一个芭蕉叶包着的糕点。看着姑娘们开心的面孔，七姑娘也跟着笑了起来。

一排整齐的红头巾挑着扁担快步走在星洲街头。

小翠和美花和往常一样，一路说个不停。小翠道："可惜小蝉没来，挑水果到码头，一路上还可以看星洲的风景，多有意思呀！"

美花冷嘲热讽："人家小蝉命好，要嫁少爷当太太的，你呀，也就是嫁给我哥的命，一辈子都要卖苦力的！"

天晴听着小翠和美花的议论，有点想小蝉，但想到小蝉在陆雪亭身边不会吃苦，也就长长舒了口气。

阿海一夜未眠，拖着沉重的步伐来到小路口候着天晴。看着天晴远去的背影，阿海露出苦涩的笑容，这里是他和天晴第一次相识的地方。阿海浑浑噩噩地走到了女神酒店门口，毕竟自己无家可归，只是林龙青的一颗弃子。

南兰正戴着耳环，桃姐慌慌张张地跑了进来，想是见识了阿海昨日的疯狂举动，被吓着了："我看他像是喝醉了，一身的酒气，两只眼睛直勾勾的……要不您别见他了。"

南兰在镜子前，看了看自己的翡翠耳环，有些不满，又摘了下来，让桃姐放人进来。

桃姐提议再叫两个壮实点的厨子过来守着，以防阿海耍酒疯。南兰微笑起身，让桃姐放心，阿海定不会做出那样的事。

阿海进了门，还未等南兰反应，就同她告别。南兰看着阿海一身酒气，衣服上也是泥泞不堪，把他拉到桌边坐下："你醉了，找个地方睡一觉去，醒了再来。"

阿海是喝了酒，可脑子却十分清醒："我走后，想请南兰小姐关照天晴，万一姓叶的小子欺负她，您可要替她出头啊！"

南兰一时语塞，昨日说的话，阿海丝毫没有听懂，索性把话挑明："以叶鹤鸣的身份和地位，他是不可能娶一个红头巾的……你想多了！"

阿海摇了摇头："南兰小姐，有些事你不知情，天晴阿妈对姓叶的有救命之恩，所以那小子对天晴阿妈言听计从。当妈的也是为女儿着想，一点错都没有啊！关键是我阿海确实没法跟人家叶鹤鸣比呀！"

南兰站起，啪地一拍桌子："我要是你，现在就去找天晴求婚，她若答应，立刻办婚礼，在女神酒店办，钱我出，我来证婚！"

阿海何尝不想这样，目光里满是憧憬，半晌却苦笑着道："天晴阿妈说得对，我现在就是个小混混，给不了天晴未来。况且天晴有了那么厉害的阿妈，我更配不上了呀。该追的时候追了，那个时候她叫什么名我都不知道，我就在大街上喊她老婆，连警察也给我竖大拇指呀……所以，现在我离开天晴、离开星洲才是最好的选择。不过南兰小姐你放心，我只是暂时离开，我一定会趁这个机会好好闯出一番名堂来，然后再回来娶天晴！"

阿海这番话说得确实在理，南兰收回了质疑的目光："没想到你居然把我说服了……你找天晴谈过了吗？"

阿海低下头："不用谈了，跟天晴拍拖本来就是我一厢情愿，直到现在，她都没让我亲过呀……行了，南兰小姐，我不多占用您的时间了，我走了，刚才说的事，拜托您记着……"

说着，阿海起身，深深鞠了一躬就走，南兰看在眼里，很是心疼："站住！离开星洲你要去哪？"

阿海苦笑着回过头："哪都行啦，反正我不会接受姓叶那小子的什么仓库、餐馆，我就是饿死，也不受他的施舍！"

"那你去找天晴告个别吧，也许见了面，说开了，你就不走了。"南兰还在试图挽留。

阿海却已经下定决心离开："我已经做出了选择，我离开是对天晴好，起码是对天晴的阿妈好。那位大姨也真不容易，她对天晴是真心，我答应她了，离开，就干干脆脆地走！"

说完阿海就要出门，南兰快步上前："泰国有个橡胶园，是我的家族产业，正缺人手，你去帮我打理吧。"

阿海认为南兰这是在可怜自己，一口回绝了她的好意。南兰解释道：“我并没有可怜你，打理好了，我给你提成，干得不好，一分钱我都不会给你！去泰国帮我吧，做橡胶园的经理。”

阿海愣在原地：“经理？我不行的！”

南兰像同老友告别那般，轻轻拍了拍阿海的肩膀：“你也算是经过大风大浪了，这个职位你做得来。到泰国散散心，若想回来了，随时。天晴能遇到你这样一个重情重义的男子，也是缘分，等你回来时，若她没等你，就是她没福气了。”

阿海只给南兰一个无奈的微笑便出了门。

第七篇

南洋梦

第四十九章　敌友不分

十几个红头巾已经开始忙活起来，每人都挑了满满两担子水果往果园走去。与平日挑沙子、水泥相比，红头巾挑起水果来并不很费力，但每担也都重近百斤，瘦弱的小翠还是有些吃力，美花不时地关心着小翠。天晴走在最前排为姐妹们开路，她挺直了腰杆，伸手拦着过往的车辆，让姐妹们穿过马路。

街对面，四个女人张望着，眼神中有羡慕嫉妒恨。为首的正是蓝头巾大家姐薛金枝，但薛金枝已没了当初在工地上的霸气，看着红头巾嘬起了牙花子。

一名老蓝头巾道："金枝姐，她们干的好像不是工地上的活哎？"

薛金枝没好气回道："羡慕啊？你也当红头巾去。"

"我又不是三水人，想去人家也不要呀……"蓝头巾小声咕哝着。

"那啰唆什么？人家红头巾里有个叫欧阳天晴的，白天女和万鹤堂都在帮她，咱们比得了吗？以后星洲女工，恐怕就是红头巾的天下了，我薛金枝输了，可我没输在她阿七手里！今天要是跑最远的工地还找不到活干，就只能回乡下了。"

天晴其实也注意到了蓝头巾，望着薛金枝的背影，想着下一步招人的事。

美花走到天晴身边调侃道："今天怎么没见到阿海哥呀？天晴啊，他一天见不到你不是会没魂的吗？"

天晴想着薛金枝的事，没有吱声。小翠佝偻着腰，也凑到跟前："怎么？你们吵架了？"

看天晴不说话，美花小心翼翼地道出，其实大家已经知晓她和阿海的事。毕竟阿海得罪常玉蝶也是为了天晴，劝天晴别再生他的气。

天晴心里也明白这个道理，只是还不知该如何面对阿海，于是转移话题道："好了，你们两个别多嘴了，走快一点吧！还有你啊小翠，当心别把筐摔了，摔了水果会烂的，那是坑头家的事，咱们红头巾可不能做！"

小翠连忙撇嘴，她挑得确实费劲，全靠咬牙坚持着。

把水果挑到果园，红头巾们已经累得大汗淋漓，可还是不敢懈怠，又开始给水果装筐。英国人哈利是果园老板，非常高兴地伸出大拇指："太棒了太棒了！你们的方法保证鲜嫩的水果不受伤，运到码头可以卖很好的价钱！两天以后会有大批的水果下树，我不想让它们堆在这里，越新鲜时运出去，对我越有利。天晴，你能帮我找到更多的女工吗？"

天晴想到王巧玲、薛金枝等人，一口答应了哈利的请求。哈利一拍手，直呼南兰推荐的都是人才。天晴不好意思地笑了。

做完工，天晴直奔阿海住处。

"阿九啊？这么快就回来啦？"王巧玲围着围裙应声去开门，没承想推门进来的是天晴。

天晴一进屋就愣住了。整间屋子，住人的地方缩小了，做饭的地方变大了，而王巧玲戴着围裙，忙活得一头大汗："你这是在干什么？"

王巧玲低头看了看自己身上的围裙，笑着表示自己要和阿九卖海南鸡饭了。

原来昨日，阿海从小食街出来，先回了趟家。

"王巧玲，我这间破屋你还住得惯吧？"

王巧玲点头，马上又摇头："今天已经腾出来了，住了这么长时间，我一辈子都不会忘记阿海哥对我的照顾，以后我有了钱，补给你房租啊……"

"说到钱，我还有一点啊……"说着，阿海掏出了钱。阿九本来打着瞌睡，瞬间精神起来。

"你看什么看？你最大的毛病就是爱吃爱喝不勤劳！"阿海把钱递给了王巧玲。阿九见状撇了撇嘴，直缩脖子。

"为什么要给我钱？"

阿海解释道："不是给你的，是我想入股。"

阿海真是苦心经营，自己走了，不忘为阿九考虑日后前程。阿九最是嘴刁，尤其爱吃鸡，全星洲的海南鸡饭阿九都吃过。想着阿九曾说过王巧玲做的海南鸡饭最香，不如自己出钱，王巧玲出手艺，让阿九有个正经营生。

王巧玲有些诧异："阿海哥，你信得过我？"

"信得过，卖鸡饭总要有个招牌，就叫巧玲牌，巧玲牌海南鸡饭！阿九，你觉得怎么样，是不是很响亮？"

阿九觉得很好，可觉得不能占了海哥的房子。阿海爽朗一笑："海哥我是要做大人物的，这么间破屋怎么能容下我呀？给你们用就用啦。我又出屋又出钱，我要占一半的股份啊！"

"那是自然，再多点也行的！"王巧玲眼中闪过希望的光芒。

"不用啦……阿九，你不许偷懒，也不许贪吃，好好给巧玲帮忙，就给你算两分股份！"

阿九高兴地从椅子上跳起，忙给阿海捶肩膀，完全没注意阿海眼中的不舍。

听完王巧玲的话，天晴有些失神："这个阿海，做了这么大的事，怎么也不跟我商量？"

王巧玲见状，以为天晴会反对，忙道自己出力，随便给几毛工钱就好，可以不要股份。

天晴笑了笑，挽起王巧玲的手："我不是这个意思，巧玲，我替你高兴还来不及呢！你第一天出摊的时候，可要告诉我，我要来捧场的！"

王巧玲这才放下心来，打趣道："那当然了，你和阿海哥是我的贵人，你们两个摆喜酒的时候，鸡饭我包啦！"

姐妹俩哈哈大笑起来。

"对了，你是来找阿海哥的吧？待会我让阿九去帮你找。"

天晴摇了摇头："我是来找你的，我们今天在果园开工，头家还需要人，所以我才来找你呀，不过往码头上运水果，毕竟是短工，干起来最多十几天，你做鸡饭，那可是常年的，不敢耽误你的生意！"

"谁的生意啊？阿海哥出钱当大股东，你就是我的头家娘！"

"去你的！"

二人嬉笑打闹一番，天晴便告辞回了豆腐庄。

路灯下，来福、美花、天晴三人坐在面线伯摊位上，桌前不断飘出白白的烟雾。

"找蓝头婆呀？那怎么找不到？她们住哪我知道！"

美花听了这话，瞬间吃起醋来："你不会是常去吧？你跟哪个蓝头巾相好？"

来福赶忙赔着笑，向美花解释："没有！她们住得离我很近而已，蓝头巾那个大家姐，叫薛金枝的，来星洲好多年啦，常在工地上碰到，一来二去就成熟人啦！"

看着二人打情骂俏，天晴打趣道："美花，我请来福说正事的，要吃醋，你要一碗面线配着一起吃呀。"

"没有吃醋啦，我是诈他的。"

美花扑哧笑了一声，来福也跟着笑。几人又谈回了正事，来福也不耽误，领着天晴去了蓝头巾的住所。

天晴在街角的路灯下等着，来福引着薛金枝走了过来。薛金枝向来福点头致谢，却板着脸走向天晴："欧阳天晴，你现在大名鼎鼎呀……找我做什么？"

"金枝姐，今天在街上看见你了。"

"是吗？我可没看见你。"

薛金枝语气不善，天晴也不恼，直接表明来意："我们现在接了一个活，是从果园往码头上运水果，头家是英国人哈利先生，人蛮好的。过两天还需要人手，不知道您愿不愿意带着姐妹们一起来？"

薛金枝难以置信地望着天晴："你……你是要给我活干？几毛工钱啊？"

"一块。"

"那你中间赚多少？"

"头家给一块，我为什么要赚？"

"那你图什么？"

"头家希望新鲜的水果早点运出去，不愿意用车是怕磕碰，头家想让我多找些女工，我帮忙而已，没什么可图的。"

薛金枝环抱着胳膊质疑道："这事，你跟阿七说了吗？"

"还没有。"

"你能做主？"薛金枝将信将疑，上下打量着天晴。

“能，不然我也不敢来找你呀。怎么，你不相信我？”

“我是不相信阿七，她那么刻薄，肯帮我？”

天晴叹了口气道：“你说我们大家姐刻薄？她来星洲这些年，帮过一百多位三水姐妹，一个刻薄的人能做得到吗？”

“可她拿我当仇人。”

“我不知道你们之间到底发生过什么，只听说你们是一起过番来的，也是星洲最早的女工，应该惺惺相惜、同病相怜才对。”

薛金枝愣在原地。

果园的事处理好，趁着午休的间隙，天晴跑到老宅工地去找小蝉。

小蝉飞一样地跑了过来：“天晴，你可来了，我以为你忘了这个工地了呢……”

“哪敢忘，不是还有你在嘛……哪天回豆腐庄找七姑娘认错啊？”

“我为什么要认错？”

天晴瞟了眼小蝉，没有直接回答：“我还是觉得你以前的打扮，配上红头巾更好看。”

小蝉白了一眼天晴，噘着嘴道：“瞎说！你就是嫉妒我现在比你美。”说着，小蝉用手拍了拍自己新买的衣服。

天晴也不生气，只是淡淡笑了笑，像往日一样哄着小蝉：“行了，耍几天脾气就得了，当时不是没活干嘛，大家都着急，七姑娘也是为了缓和其他姐妹的情绪，才拿你压我的。你每天赖在这里不干活，有意思吗？明天跟我去果园挑水果去，一路上风景可好看了。”

小蝉却一口拒绝，往后退了一步：“我不，我现在已经不是苦力了，雪亭对我这么好，带我走出这一步不容易，我怎么能往回退？”

“你……你叫陆少爷名字了？”

“对呀，他让我这么叫的，你明白了吗？”

“明白什么？”

看着远处忙碌的陆雪亭，小蝉理直气壮地表示要嫁给他，而前提就是改变自己红头巾的身份。

“红头巾怎么了？何小蝉，你看不起红头巾就是看不起自己！”

天晴气冲冲地转身走了。小蝉耸了耸肩往帐篷处走去。

“天晴，这两天见到阿海没有？”陆雪亭满身泥渍，迎了过来。

“没有啊……”

陆雪亭皱了皱眉头：“我也找不到他，那天他去了我家，我总觉得怪怪的。”

“哪天？”

“就是我们从万鹤堂回来那天呀，他深夜去找我……”

“他就是喝多了，甭理他。”天晴嘴上这么说，心里却也有点惦记。

“可他负责工地上的采买，这两天没人可用啊！”

“那就扣他的工资。”天晴说着，仍没多想。

远处，常玉蝶躲在树后，望见天晴身边没有阿海的身影，微微一笑。回身向卖甘蔗的老汉挥手，老汉会意，推着一车甘蔗到工地，径自将甘蔗卸在了地上，转身就走。

来福发现叫住老头：“哎，老头，你把甘蔗卸在这干什么？”

“有人送给你们吃的，解解渴啦！”

来福高兴地扔下手中的铲子，找刀和男工一起上前，噼里啪啦地砍着。

众人争着跑上前去啃甘蔗。只有天晴和小蝉都心知肚明。小蝉快步跑上前，掰了根甘蔗嚼着：“好甜啊！都来吃吧，太阳正晒，啃甘蔗歇一会儿吧！”

小蝉拿起一节甘蔗递给天晴。天晴无奈地摇了摇头。

“玉蝶姨一番好意。”

“好意？那她就不会把阿海抓去！”

小蝉讪讪收回手，美滋滋地啃着甘蔗。天晴不想搭理她，白了一眼，起身走了。

黄昏的豆腐庄一片欢腾，天井里摆着许多新鲜水果。

七姑娘站在井沿上朝众人喊道：“这都是果园的头家哈利先生送给我们的，姐妹们敞开了吃！”

阿贵抓起一把山竹，又指了指旁边的苹果，打趣着晚上连晚饭都省了。玲姐忙道这可填不饱肚子。

七姑娘十分赞同，吃不饱倒是其次，别没力气摔了筐里贵重的水果，这可是大家赔不起的。

玲姐点了点头，安排起明日的分工：“对了，姐妹们都听着，今天去工地的，明天全都换到果园开工，跟七姑娘那一组的十五个人明天换去工地。都记好了，可别出错了工！”

天井里和楼上的姐妹们都大声地应答着记下了。

豆腐庄一片和谐美满，姐妹们吃着水果，都非常高兴。角落里，美花帮小翠揉起了肩膀。

小翠拿开美花的手，让她多吃些水果：“美花，不用啦……”

“还是让我多帮你揉会吧，看你挑水果筐颤颤巍巍的。”

“我是有点晃，但我摔不了。”

“以后你多吃点，再壮实点就不晃了，将来也好多给我生几个侄子！”

“去你的！”

人群中只有天晴有心事，她不时看向七姑娘，似乎有话要说，却又不知怎么开口。

小翠看了眼天晴，转身拍了拍美花。小翠拿起一份水果，上前挎住天晴：“走，屋顶上吃去！”

天晴有些意外，还没缓过神，美花也拿了份水果过来，向天晴挤着眼。

屋顶上，三人看着黄昏。

小翠拿起一个苹果递给天晴：“天晴，小蝉不住豆腐庄了，还有我们呢，咱们是一起过番来的姐妹，你有什么心事可以跟我们说呀！”

美花用劲掰开手中的山竹，吧嗒着嘴，直言天晴的心事就是阿海这两天没露面。天晴吃着水果，摇了摇头：“才不是为了他呢，永远不露面才好呢！”

小翠不解，天晴解释道：“美花，你忘了我昨天让来福找谁了？”

“喔，蓝头巾，你是怕七姑娘……”

“是啊，也不知道七姑娘和薛金枝是什么矛盾，我这样做她会不会生气？”

小翠说话也不过脑子：“肯定生气啦！她们蓝头巾害死了瑛姐！”

天晴放下手中的苹果，一脸严肃地看着小翠：“小翠，瑛姐的意外确实跟蓝头巾有关，可说是人家害死的，也不对啊……”

小翠讪讪闭上嘴。美花觉得天晴做得并没有错，毕竟这个活计是天晴找来的，早晚大家姐的位置也是天晴的，只是招揽了蓝头巾，红头巾赚的钱就少了。

“美花说得确实有道理，可出来应把头家的利益放在首位，不能只想自己。”天晴想了想，“小翠、美花，谢谢你们两个陪我说话，我还是觉得这事得先跟七姑娘讲，不讲不合适。”

说完，天晴走了下去，留着美花、小翠二人坐在屋顶上吃水果。

七姑娘房里是少有的和谐氛围。阿贵正在给玲姐试婚服，并不是什么大红喜袍，只是件朴素、干净、料子好些的衣服而已：“就选这件？这也太素了啊！你嫁人，还是穿大红的好！”

“寡妇改嫁，穿什么大红？我戴着红头巾，就不素啦。”阿贵替玲姐感到不值：“头巾是去工地戴的，一挡太阳二挡雨嘛，你出嫁戴算什么？”

玲姐笑着摸了摸头上的红头巾，“这个对我可是意义非凡。”玲姐乡下的男人死了，若非来了星洲，恐怕一辈子也沾不了红了。当年七姑娘给红头巾时，玲姐可不敢戴，可这是豆腐庄的规矩。自从戴上了这条红头巾，玲姐不仅养活了自己，还清了在老家欠的钱，再往后还有了积蓄。

七姑娘放下手中的针线活，那是一幅即将完工的鸳鸯戏水手帕：“你在哄我高兴？”

“我讲的都是心里话，信不信由你们啦。”

七姑娘看了阿贵一眼，打趣道：“那就让她戴，她长得好看，戴头巾更衬得脸蛋漂亮！”

玲姐的脸蛋一下羞红，阿贵也咯咯大笑起来。

“阿玲啊，日子你们到底选在哪天了？我这东西都给你准备齐了……”七姑娘走到柜子旁拍了拍，里面都是给玲姐准备的出嫁行头。

玲姐支吾道："其实好日子倒是有，今天就是一个。本来是想提前两天说的，可是工地上又要减人，姐妹们都没事做了，我怎么开口啊？"

"其实大年初二这个日子最好，到时候姐妹们都不用出工，也可以好好热闹热闹！"

七姑娘激动地一拍桌子："就这么定了！连过年带嫁阿玲，双喜临门，岂不更好？"

咚咚咚敲门声传来，天晴进了门："我听见七姑娘讲要办喜事，是玲姐吧？"

玲姐有些不好意思，叮嘱着天晴别往外传，毕竟日子还早，近了再告诉大家也不晚。

"放心吧玲姐。"

天晴看向七姑娘，正在想怎么开口。七姑娘招手让天晴过去："阿玲太逗了，她要戴着红头巾嫁人！天晴，你说到时候这豆腐街的邻居会不会笑话咱们呀！"

"不会！"

"那你呢，你嫁阿海的时候会戴红头巾吗？"

阿贵一句话把天晴问住了。玲姐用胳膊肘碰了碰阿贵："你别瞎讲了，天晴能和我一样吗？人家是大姑娘，再说人家阿妈在星洲，到时候能让女儿随便嫁人？天晴阿妈又有地位又有钱，还不把她打扮成大家小姐啊？"

天晴尴尬地笑着："不要提我阿妈，她的地位和钱与我没关系。"

"我们豆腐庄的欧阳天晴不靠任何人，都已经是了不起的女人了！在整个星洲，哪个女工能负责工程？又有哪个女工能接到果园这么大的一单生意？"

七姑娘上前拍了拍天晴的肩膀以示鼓励。天晴不敢邀功，把功劳都推给了南兰。

"南兰小姐那么高贵，为什么这么看重你？就是因为你与众不同！红头巾里有你这么个姐妹，阿七我高兴啊！"

七姑娘笑得弯了腰，天晴有些不知所以。玲姐解释道有姐妹回来告诉七姑娘今日在路上碰见蓝头巾的场景。听说薛金枝看着红头巾往码头上运水果，气得脸都绿了。

阿贵也觉心中畅快无比："听说她们要离开星洲，滚回乡下了，好！跟我们红头巾作对，就是这个下场！"

七姑娘拉着天晴坐下："天晴，最近全星洲都没有工地开工，有了果园这单生意，我们红头巾就撑住了！撑上一两个月，工地上再想找女工，除了我们，找不到别人了！哈哈哈……今年春节，咱们豆腐庄热热闹闹地把阿玲嫁出去，再开工的时候我就宣布，提拔天晴跟我一起当大家姐！"

"这怎么行？"

"现在咱们红头巾就是两面开工，未来也许同时在几个工地上开工，不得多几个人管事？怎么，你不肯替我分担？"

玲姐出来帮腔道："七姑娘有这个想法不是一天两天了，天晴，你别推辞了！"

众人你一句我一句，天晴只能尴尬地点头，想提的事一句也没能说出口。

天晴一宿都在考虑蓝头巾的事，白日里干活也是心不在焉。可该来的还是没躲过。

一队蓝头巾在薛金枝的带领下，挑着水果从果园往外走。阿贵看见，顿时火冒三丈跑去质问天晴。

天晴不知如何回答。玲姐想着，准是薛金枝看见她们来果园，也托了人来。

“不行，这可得告诉七姑娘去！跟薛金枝一起开工，七姑娘怕是不能答应啊！”阿贵放下身上的竹筐，就往老宅工地跑。

“什么？她们也去了？”正在搬砖的七姑娘停住了手里的活。

“是啊，就算是为了阿瑛，我们红头巾也不能跟她们一起开工啊！”

“这话别跟姐妹们说，这活来得不容易，工钱也高，忍一忍，先干着。”

阿贵只能答应，先回了果园。

阿贵走后没多久，七姑娘终是咽不下这口气，扔下手中的活，亲自去问哈利先生。

路上，七姑娘正巧碰见蓝头巾挑着水果筐过马路。七姑娘满是敌意地瞪着薛金枝。薛金枝却没有像以前那样硬碰硬，而是垂下目光，避开了七姑娘的锋芒。

七姑娘有些诧异，但没多想，快步朝果园走去。

看着哈利走来，七姑娘用不熟练的英文搭话：“哈利先生，你好。”

“喔，你会讲英语？”哈利惊讶地看着她。

说着蹩脚的英文，七姑娘打探清了蓝头巾来果园干活的原因，赔着笑回到了豆腐庄。

刚下工，姐妹们全都戴着红头巾，不过庄内的氛围过于压抑，没有一个人敢去洗脸冲凉。天井里，七姑娘和天晴对峙着。所有的姐妹们都站在豆腐庄里，注视着天晴。

“是，是我介绍蓝头巾去果园开工的。没有提前和七姑娘商量好，是我的不对……”

七姑娘冷笑一声打断她：“承认了？你不知道蓝头巾一直与我们红头巾为敌？你忘了是她们害死了阿瑛？亏阿瑛对你们那么好，欧阳天晴，你的良心呢，你这么快就忘得一干二净了？”

“瑛姐的好我一辈子都忘不了，但蓝头巾害死瑛姐，好像说不过去吧？”

“没有她们，阿瑛能踩钉子？”阿贵气冲冲地朝天晴大喊。

“瑛姐踩钉子是因为红头巾和蓝头巾虽在同一块工地开工，却始终有矛盾，连楼梯都不能共用。”

天晴一人，势单力薄。美花忙出来替天晴抱不平，毕竟瑛姐的死，美花也有一定的责任。

“美花，我让你讲话了吗？”

美花想顶回七姑娘，却被小翠拽了回去。

天晴接着道：“瑛姐一受伤，我就提出去医院，当时我也讲，在乡下，就有人因为踩钉子丢了性命，可是……"

七姑娘脸色骤变，指着天晴："阿瑛不想去医院，我就答应了她在家养，你是想说我害死阿瑛了？"

"当然不是，瑛姐走了我也很难过，但瑛姐始终不希望我们和蓝头巾矛盾越来越深，更不想看到我们打架、伤人，甚至丢了性命……"

"我们红头巾为什么跟蓝头巾势不两立，你知道吗？"

天晴自然不知道其中的恩怨。

七姑娘一行人刚到星洲时，蓝头巾霸占着所有工地。红头巾要想做工，只能上交一半的工钱。为了三水的姐妹们，七姑娘硬是忍了三个月。头家看不过去了，帮着七姑娘等人介绍了新工地。本以为好的生活来了，没承想一开工，薛金枝就带着人来捣乱，害得七姑娘只能去最远的工地干活，来回走路都要两三个小时。

三水的姐妹们四处躲着薛金枝等人，比她们多走路、少赚钱、多干活，才混到了今天。现下眼见蓝头巾没活干，就要回乡下，七姑娘怎能咽下这口气。

七姑娘用手指着众姐妹："你们哪个不被乡下的亲人们羡慕？你们不想把自己的姐妹、亲戚们带来星洲赚钱吗？蓝头巾走了，机会不就来了嘛！"

阿贵帮腔道："就是！没有七姑娘这么忍、这么拼，你欧阳天晴能有机会过番来？"

"是我想得不周到……"天晴这才明白，自觉理亏。

阿贵依旧不依不饶："一句不周到就算了？你是不是忘了自己是红头巾了！你眼里还有没有大家姐？你做这件事情之前，为什么又不跟七姑娘商量？！"

美花挤到前面，喊着自己和小翠可以作证。

"可是她没讲啊！你作证有什么用？你算老几啊？"

玲姐焦急，但已经拦不住阿贵。

美花还想争辩，却被天晴拦住："美花，大家姐和阿贵姐在教训我，你不用替我讲话。"

美花只好忍了，心疼地看着天晴。

"昨晚我去七姑娘屋里，原本就是想说这件事的，但我没张得开嘴。"

阿贵双手叉腰："张不开嘴是你心虚！你明知道自己做错了！"

"心虚我承认，因为我知道蓝头巾和我们之间有矛盾，没有和七姑娘商量这件事也是我的错，但是要说介绍蓝头巾去干活是做错了，我不认。"

阿贵瞪大了眼睛，天晴竟然还不认错。

"我们开工不能光想着自己赚钱，对头家好的事我怎么能不帮忙？再说，只有头家满意，来年果园丰收的时候，才能再请我们去干活。"

玲姐赶忙出来圆场："天晴说得也有一定道理，七姑娘，您消消气……"

七姑娘问起了蓝头巾的薪资。

“也是一天一块。”

七姑娘面上抽搐几下：“那就是比我们多咯？”

天晴一愣：“明明和红头巾姐妹一样啊。”

“你难道不会算账？我们有十五个姐妹在工地上，一天七毛！所以我们是要每天轮的，平均起来，哪个能赚到一块？！”

七姑娘彻底沉下脸去，愤怒地冲天晴吼道：“我阿七瞎了眼了，觉得你欧阳天晴是个人才，想提拔你当大家姐！你现在就给我摘了红头巾，永远别再来豆腐庄！”

美花和小翠对视一眼，都很担心天晴。

玲姐没想到会闹到这个地步，想着去劝七姑娘，又得拉着阿贵，忙得晕头转向：“七姑娘，您别生气，天晴就是傻，没算过账来……天晴，你赶紧认个错！”

“这个账我算过。”

玲姐没想到天晴不听劝，直给她使眼色。

“是，蓝头巾暂时比我们多赚了工钱，可我们也并没有吃亏，人为什么一定要和别人比？虽然您前面讲了那么多，但我仍不觉得蓝头巾就是仇人，或者说，不应该成为永远的仇人，毕竟都是过番来的女人，我们天涯同路人呀……如果红蓝头巾依旧像往日那样互相为仇，见了面就是虎视眈眈，有戒备心的头家不想工地上出是非，可能会因此就放弃了用女工的想法，这完全是自断生路啊。”

“我也想帮家乡的亲人，我有个表妹今年才十一，我走的时候，她就讲长大要过番来找我……为了给后来人更多工作的机会，我觉得，所有过番来的女工，不管戴什么样的头巾，都应该勤劳地做工，踏实地做事，坦诚地做人，对得起家乡的亲人，也要对得起雇我们的头家，更要对得起帮助过我们的恩人。”

七姑娘已处下风，只能道：“你想得好，说得更好，豆腐庄容不下你了，你走！”

“七姑娘，要不这事先搁一搁，过两天再商量，您看，这还没做饭呢……”

“阿玲，你少多嘴！今天她欧阳天晴不走，我就自己摘了头巾，豆腐庄从此散伙，各顾各的，星洲再没红头巾这个说法！”

玲姐这才意识到问题的严重性，阿贵也没想到事情会到这个地步。

一时间天晴陷入两难之地。

第五十章　同心协力

房间里气氛正尴尬之际，两个男人一前一后走进豆腐庄。来人正是面线伯和来福。

“对不住啊，打扰了……七姑娘，有人找啊……”

七姑娘看着面线伯，没有接话。玲姐蹙着眉问道：“谁啊？”

“是几个戴蓝头巾的。”

跟在后面的来福插话道：“就是薛金枝啊，她让我带的路……”

“你做的好事，人家看我们笑话来了！”

七姑娘瞪了天晴一眼，气哼哼地冲出豆腐庄。阿贵顺手抄起一根扁担，几个老红头巾抄起了家伙，一同冲出。天晴心里有些忐忑，也闹不清薛金枝的来意。几十个红头巾从豆腐庄里冲出，站在七姑娘身后，七姑娘虎视眈眈地盯着薛金枝。薛金枝带着三个蓝头巾姐妹，那三人见红头巾这架势，都有些发怵。

阿贵的扁担一磡。一个胆小的蓝头巾直往薛金枝身后躲。薛金枝强挤出笑意：“你们怕什么？要是打架，七姑娘还会帮我们找活干吗？”

“哼，我阿七可没那么好心，薛金枝，你来干什么？”

薛金枝笑了笑，上前两步：“阿七啊，就知道帮了我，你也不会承认的，是，那些年，我对你们太过分了，是我做得不对，我给你鞠躬道歉。”

说完，薛金枝朝七姑娘深深鞠了一躬，七姑娘却将脸扭向一旁。

薛金枝也不在意，径自说起了瑛姐的事：“阿瑛是个好人，蓝头巾和红头巾之间有矛盾，属她在中间说的好话最多，好心又客气，却两头受埋怨，真不容易。可没想到就一个钉子……阿七，我不骗你，阿瑛走了，我也掉了好几天的眼泪啊！这是阿瑛住过的地方，我也给她鞠个躬……”

薛金枝说着，眼泪掉了出来，那三个跟来的蓝头巾也都跟着鞠躬。

这一来，连最凶的阿贵都没了脾气。心软的阿玲也险些掉下眼泪。面线伯本想上前安慰玲姐，可看这架势，还是不宜插手，便和来福站在一旁默不作声。

天晴没有跟上前，只是站在豆腐庄门口远远地看着。只见薛金枝慢慢起身，抹了一把眼泪，见七姑娘仍然不理自己，遂提高了声音：“我知道你们红头巾的大家姐七姑娘看上去硬气，实际上心肠最软，也最好……阿七，你是不是知道蓝头巾混不下去了，才帮我们的？”

七姑娘没法接话，只是摆了摆手，招呼着红头巾姐妹们回去。

薛金枝赶忙叫住七姑娘：“哎，等一等！阿七，你帮了我们，我们不能不领情。按说果园的活是根本轮不到我们蓝头巾的，可……这就是心胸啊！这就是肚量！阿七，我薛金枝服你了，从今以后蓝头巾再也不与红头巾争，只要有愿意用女工的工地，你们先挑！”

玲姐和阿贵对视一眼，七姑娘也疑惑地看着薛金枝。薛金枝是个坦率的人，也不怕人笑话，索性把话说个明白。薛金枝有三个孩子，平日过活都是靠她寄钱回去。今日如果不是七姑娘出手，自己可能已经离开星洲，毕竟身上剩下的钱就够买一张船票。再不走，自己就要客死他乡了。

七姑娘淡淡地道："你谢错人了，是欧阳天晴自作主张，我可没想过要帮你。"

薛金枝笑了笑，直言七姑娘就是嘴硬："惺惺相惜，同病相怜……说得真好，这应该是你对天晴讲的吧？她是个小女孩，才来星洲几天，讲不出这样的话。"

薛金枝看着七姑娘，眼里饱含着泪水。七姑娘一时不知该怎么回答。

"哦对了，你看我讲了半天闲话，把正事忘了，我们蓝头巾一人一天一块，这太多了，在星洲做工从来没有这个价，你们红头巾也不是每个人都能在果园开工，平均起来肯定没有这么多，这钱拿了，我心里过意不去，姐妹们也和我一样，所以我们商量，每人每天六毛，剩下的四毛归你们，第一天的工钱我带来了！"

说着，薛金枝从裤腰里层掏出装着钱的纸包递给七姑娘。

七姑娘没有伸手去接，叫道："欧阳天晴！"

天晴硬着头皮跑了过来："大家姐……"

七姑娘叹了口气，转身就走，让天晴看着解决。可走了两步，七姑娘又回过身来："薛金枝，大老远跑一趟，你们吃碗面线再走吧……面线伯，记我账上。"说完，七姑娘回了豆腐庄。阿贵拿着扁担，有些不好意思，也跟着回去了。

"面线伯，还不快去煮面线。"玲姐一声吆喝，面线伯小跑着回到了摊前，煮起面线来。

"天晴妹子，这钱你可得收下。"金枝转向天晴，天晴笑着，推开薛金枝拿钱的手："金枝姐，我们大家姐都请你吃面线了，又怎么可能抽成你们的工钱呢？谁都会遇到难处，大家就别客气了。"

薛金枝回头看了看蓝头巾姐妹，又转过头来，不住地感谢天晴、玲姐二人。

这事虽然得到解决，可天晴心里还是没底，不知如何同七姑娘交代，忧心地在宿舍里趴着。阿贵进来拍了拍她，说是七姑娘在屋顶有事同天晴商量。

天晴走上屋顶，见七姑娘正坐在那里，有些尴尬："七姑娘，您找我？"

七姑娘看着远处灯火阑珊的星洲夜景，喃喃道："难怪你和小蝉爱来这里，这地方凉快，看得还远……看得远，心就宽哪！"

天晴不明白，只能转移话题："七姑娘，我听说您还没吃晚饭，您要是喜欢这，我去把饭端上来，陪您在这吃。"

说着天晴就要下楼，七姑娘一把拉住天晴坐下："不用了，饿一点脑袋清楚，省得犯糊涂……今天我险些酿成大错，要是逼着你摘了红头巾，我得后悔一辈子……你去跟小蝉讲，她愿意回来就随时回来，豆腐庄永远是她的家，她不用认错，要是不喜欢红头巾，不戴也罢。"

"七姑娘，您……"

七姑娘静静看着天晴，半晌道："刚才我找了几个姐妹，有老的，也有新来的，大家私底下交心，都敬佩你……欧阳天晴啊，你可能比我想象中的更了不起，刚才我跟阿玲和阿贵说了，以后大事都由你拿主意，红头巾的未来能走多远，全看你的了。"

天晴被夸得有些不好意思，也无法接话。但她知道，此刻自己与七姑娘达成了真正的和解，或者说自己已经彻底征服了七姑娘。

一切都在向好发展，就如同今日星洲晴朗的天空。

红头巾队伍挑着担子过街时，正赶上马路对面挑着空担子的蓝头巾队伍回果园。为首的薛金枝见状，连忙冲到马路上，请求黄包车和汽车稍等，其他蓝头巾也上前帮忙，让红头巾队伍毫不耽误地过了马路。

所有的红头巾看蓝头巾这么热情，只好点头致谢。虽有些尴尬牵强，但明显是双方示好的象征。玲姐和薛金枝互相点头问好，已经完全没了敌意。

今日红头巾姐妹们干起活来也是充满干劲。天晴挑起两筐苹果，跟上了一队挑担子的红头巾。

小翠道："天晴，你可真了不起，红头巾和蓝头巾这么多年的怨恨都被你给化解了……"

美花笑嘻嘻地跟在天晴后面："这对天晴来说不算什么，要是能把她阿妈和阿海哥的矛盾化解了，那才算厉害呢！"

见天晴不搭茬，小翠又提了一嘴："对啊天晴，咱们都来果园好几天了，阿海哥怎么一次都没来看你啊？"

美花眨巴着眼睛，用力将担子往肩上扛了扛，笑着重复着小翠的话。

"你们两个见不得我清闲？好好干活吧，别讲闲话了……"

话虽这么说，天晴心里也是打起了鼓。把担子里的水果送到果园后，天晴便匆匆往阿海家跑。

天晴一进门，忙活着的王巧玲便道："来了？明天咱们的巧玲海南鸡饭就要正式出摊了，我还想你要是不来，我晚上也要专门去给头家娘下请柬的！"

天晴估摸着是阿海的主意，说着就要去收拾阿海。

王巧玲却打趣道："怎么称呼你，阿海哥可没教，我都好几天没见到他了，明天是大日子，你们两个可得一起来！"

"阿海……没来过？"

"没有啊，阿九四处都找不到他。"

"不好，他不会是……万鹤堂出尔反尔，杀人害命啊！"

"阿九说不会的，他觉得不是万鹤堂……"

"他懂什么？"

说着，天晴急匆匆地往外跑，现下也只有南兰小姐能帮这个忙。

天晴一口气跑到女神酒店。

大厅里，桃姐见天晴火急火燎，就把她带去了南兰房里。上了两杯咖啡，桃姐默默出去带上了门。

南兰搅拌着桌前的咖啡："万鹤堂？"

"对，求南兰小姐赶紧给警察打电话，让他们找找阿海去了哪儿……他几天都没有消息了，我担心是……"

南兰有意试探阿海在天晴心中的位置，问道："你这么急啊？看来阿海在你心中位置很重？"

天晴含泪点了点头。

南兰端起咖啡喝了一口，直言阿海看着精明，实则是个缺心眼。

"不，他是好心眼，精明没有用，善良才最重要！"

"可他没钱，跟叶鹤鸣比起来，阿海简直是个穷光蛋。"

天晴愣住了，不明白南兰小姐为什么拿阿海跟叶鹤鸣比。天晴从未拿二人做过比较。从前讨厌阿海，全然是因为不了解他，细数着这些日子阿海为自己的付出，最近又时常惦念他，天晴其实早已明白了阿海是个大好人，只是还没有认清自己的感情。

"南兰小姐，现在不是说这些的时候，求你快去救他！我怕已经来不及了，是我害了阿海……"

说着，天晴哭了起来。南兰起身安慰天晴："你放心，阿海好好的，只是走了而已。"

天晴直愣愣地看着南兰。南兰无奈道："阿海坚决要离开星洲，我拦不住。"

"离开星洲？他为什么不告诉我一声？"

"这也是我要问你的。"

天晴紧皱眉头，脑海中迅速出现常玉蝶的身影："他是被逼走的……如果他不走，万鹤堂就会杀了他……"

南兰叹了口气，阿海为了天晴，根本不怕死。

"……可还能有什么原因？"

南兰摇了摇头，回到桌边坐了下来，叮嘱道："像阿海这样的男人，太少了，你若真的喜欢他，要好好珍惜。他为什么离开星洲，并没有讲清楚，但我知道肯定与你有关。有些话应该是只能你们之间讲的，我无法转述……"

天晴沮丧极了，阿海现在身在何处都不知道，有话又怎能说与他听。

"我倒是知道他的地址，你不妨写信给他，他走的时候，心应该是灰色的。"

"灰色的……是心灰意冷，对我？"

天晴期待从南兰口中多打听些阿海的消息，南兰却点到为止，只是把阿海的地址给了天晴。

街头上人来人往，天晴却满脑子都是邝海生。

一辆车停在了天晴旁边，叶鹤鸣下车，拦住了天晴的路。

天晴对叶鹤鸣没有好脸，绕过他就走。

“欧阳小姐，我事先声明，我并没有跟踪你，只是偶遇……我想请你喝杯咖啡。”

“我喝不惯。”

“那……随便喝什么。”

“没必要，有话就在这里讲吧。”

“玉蝶姐很迫切地想与你见面，不知道你能不能……她并没有讲出口，是我看出来的，是阿妈对女儿的期盼，欧阳小姐，你不是那样狠心的人吧？”

天晴冷笑一声：“狠心？跟她比起来，我当然不算……”

叶鹤鸣揣度着没戏，正想着怎么挽留。天晴却突然答应了。

见面定在女神酒店。同桃姐商量好菜单后，天晴坐在西餐区等待着叶鹤鸣二人。

“来了。”桃姐走上前提醒天晴。天晴点了点头，远远望去，常玉蝶在叶鹤鸣的陪同下走了过来。待二人来到桌前，天晴礼貌起身：“请坐吧，叶先生，常女士。”

常玉蝶的笑脸一下僵住。叶鹤鸣贴心地替常玉蝶拉开椅子，而常玉蝶只是死死地看着天晴。桃姐递过两份菜单，上面是手写的中英文：“这是天晴委托我拟定的菜单，你们看合适吗？”

叶鹤鸣连忙接过：“非常好，多谢！”

桃姐拿回菜单，去了后厨让人准备。

常玉蝶伸出手，那手距天晴近在咫尺，可天晴并没回应。

“这么多年了，又坐在一个桌上吃饭了，天晴，阿妈好开心哪！”

天晴来这里并非同常玉蝶叙旧，她冷冷问道：“请问常女士，阿海为什么会离开星洲，你对他讲了什么，做了什么？”

常玉蝶一时语塞，默默收回了手。

“不管讲了什么，做了什么，玉蝶姐都是为了欧阳小姐好。”

天晴瞟了一眼叶鹤鸣，又看向常玉蝶：“我希望听你说。”

“我只是……讲了一个当阿妈的该讲的话，我是想让你过得更好啊！”

天晴死死地盯着常玉蝶：“看来我猜对了，以我对阿海的了解，没有人能靠恐吓让他离开星洲，你用的是眼泪吧？阿海最善良，你这样做对他不公平。”

“他是个无赖，阿妈能看着你往火坑里跳吗？天晴，你可是阿妈唯一的女儿，阿妈的心头肉啊！”

常玉蝶说着，作势要哭，天晴只是冷冷地说道：“我可以叫你一声阿妈，你生下我，对我有恩。”常玉蝶本以为看到了希望，使劲点着头。但天晴接下来的话无疑是当头一棒。

童年时，天晴家是村子里数一数二的穷户。天晴可以理解常玉蝶逃脱的心，但她的做法确实伤害了阿爸，还让他在村子里抬不起头来。这么多年过去，天晴虽心中埋怨常玉蝶，可母女情深，仍旧惦念着她。天晴来星洲的一个目的，也是寻找常玉蝶，可万万没想到自己的阿妈却想杀了阿海。

“阿海哪里得罪了你？你觉得他配不上你的女儿？可是你有没有问问你的女儿自己怎么想？你不是为我好，你是为了你自己的虚荣！这个词是南兰小姐教我的，到今天我才明白它是什么意思！你对阿海做的一切，就是对我更大的伤害！如果阿海永远不回星洲了，我就永远不会原谅你！”说完，天晴站起身。

常玉蝶没想到自己的谋划在天晴眼里竟是这样不堪，哽咽着说不出话来：“天晴，你……”

“就这样吧，我不想跟你吵架。”

“说好一起吃饭的，欧阳小姐，人家都去准备了……”叶鹤鸣笨拙地打着圆场。

“我只让桃姐准备了两份饭菜，你们不用结账，桃姐也不会收你们的钱，我跟她商量好了，这顿饭钱我会用工钱还，慢慢吃吧。”天晴说完，扭头就走。

常玉蝶跌坐在椅子上哭了起来。叶鹤鸣着实看不上天晴对待阿妈的态度，但对她的为人也有几分佩服。

豆腐街上，天晴坐在了写信佬的面前。写信佬很诧异：“天晴？给你阿爸写信啊？上个星期不刚写过嘛。”

“不，我写给阿海。”

写信佬打趣道：“阿海？你们两个不是在拍拖嘛，有话见面说嘛，写信我可是要收钱的！”

天晴苦笑着没说话，写信佬见天晴是认真的，连忙拿起笔：“那你讲吧……”

黄昏的沙滩上，阿海躺在椅子上，呆愣地看着眼前的泰国美女。

美女凑上前，娇滴滴地道：“那你讲吧……”

“她说什么？”阿海不解地看向旁边精瘦的干巴老头。老头道：“她的意思就是，那你讲吧。”

“我讲什么？”

老头起身拍了拍身上的沙粒，谄媚道：“哎呀，邝经理呀，你已经到了泰国好几天嘞，我介绍这个女孩子给你，你总板着脸，她不知道你喜不喜欢啦？你对她有什么要求，要做哪样好吃的给你，怎么服侍你，都由你说了算嘛！所以她才说‘那你讲吧！’”

阿海立马严肃起来：“我为什么要人服侍？我是南兰小姐委派来的经理，你不好好跟我汇报橡胶园的生意，找个女孩子来干什么？让她走！”

老头连忙挥手，泰国美女不高兴地扭着胯走了。

“我曾经是个不走正道、不务正业、不学无术的小混混，现在我要重新做起，橡胶园的活没干过，重新学过，没做过生意，重新学过，还有，英语法语葡萄牙语，我都听不太懂，重新学过，你要帮我找老师。”

阿海假意威胁老头，如若找不到人，就要开除他。

“啊？”老头直咧嘴，这样的经理自己还是第一次见。

“我要脱胎换骨！”阿海说着，向远处走去。

椰影婆娑，金色的海风吹拂着阿海，他的衣襟飞扬。

哈利先生果园的水果在红蓝头巾合力下，十天内如期运输完毕。七姑娘等人收了工，便去领工资。

“尊敬的哈利先生，大家姐让我代表所有红头巾，感谢您！”

说着，天晴鞠了一躬，身后的七姑娘、玲姐、阿贵也跟着鞠躬。

“喔！是我要谢谢你们！尤其是你们又找来了帮手，让我以最快的速度把水果都运了出去，几乎没有水果烂在果园里，仅这一项，我就减少了很多损失！我衷心地感谢，所有红头巾的女士们、小姐们！”

哈利说完，行了一个标准的绅士礼，七姑娘等人连忙还礼。

哈利掏出一个信封，恭敬递上：“天晴小姐，钱不在多少，是我的一番心意，如果你不接受，我会担心我的水果再成熟的时候，你们不会来了！”

天晴听出哈利话中合作的意思，只好接过信封，感激地笑了。

晚间，几个老红头巾聚在七姑娘房里，一遍又一遍数着钱，生怕数错。

钱很多，天晴和阿贵看着，有些傻眼。

玲姐数完，道：“是两百块……”

“哈利先生给得也太多了吧？”七姑娘感慨万分，阿贵跟着附和道：“是啊，就算四十个姐妹多出上五天工，加在一起也就能赚两百块，这……”阿贵这番话点醒了七姑娘。本来十五日的工期，因为蓝头巾的加入缩短为十日。所以这笔钱算是哈利先生多补的五天工钱。七姑娘想着这不合适，就要给哈利先生退回去。

天晴却笑着说：“我看不必了，第一，哈利先生是真心感谢，不一定是补工钱的意思；第二，他说了，今年没有水果烂在果园里，这对他来说多赚了很多钱；第三，我想我们对哈利先生最大的报答，应该是来年当他水果成熟的时候，不管我们红头巾是否正在做工，都要抽出人手来，帮他去运水果。”

玲姐将钱捋了又捋，宝贝似的装进信封里。“天晴说得对呀，七姑娘，那个哈利先生那么热情，我们还钱回去恐怕不合适，不如我们做一些家乡的白糖伦敦糕给他尝尝，以表谢意？”

七姑娘十分赞同玲姐的主意，准备给帮助过红头巾的头家、判头、工头都送些去，南兰小姐自然也不例外。

说着，七姑娘和玲姐便将糯米洗干净泡着，留着明早用。

第五十一章　秘密调查

谭玉卿好吃好喝地招待了秀禾几个月，今晚也当拿点“回扣”了。里间，谭玉卿将一件特制的半身带水袖外衣罩在了秀禾的旗袍之外。外罩很小，露出旗袍下秀禾紧紧的腰身，秀禾婀娜的身段一览无遗。秀禾很不适应这种打扮：“师姐，我还是穿全套的戏服吧。”

“这多漂亮啊！瞧你这身段，真像年轻时候的我，让人羡慕嘞！”

“可这身衣服实在太紧，根本没法唱戏。”

“照做，这叫老戏新唱。”

“可这样我做不来呀。”

谭玉卿一板脸：“有什么做不来的？台下十年功，台上一分钟，贵客都进门了，这么点出息都没有，你还想着出人头地？”说着，谭玉卿往秀禾的腰上一拍，往上一捋，秀禾下意识地挺起了胸部。

谭玉卿满意地笑了笑：“等着给你叫好了……”

外间，老吴正给一个谢顶的中年人倒茶。那人跷着二郎腿，皮鞋擦得铿亮，如他那脑瓜子一般。

谭玉卿落座，啪地打了中年人一下：“死鬼，大白天的你就打瞌睡？”

谢顶男眯着眼，仿佛有些不耐烦：“有什么好听的呀……”

谭玉卿瞟了眼老吴。老吴会意，打开了唱片机，播的正是谢顶老男人最爱的曲目伴奏。老男人铿亮的皮鞋跟着伴奏有序地摇动着。秀禾适时从里间出来，一板一眼按着节奏开唱。虽说秀禾没有基本功，可声音稚嫩，别有一番韵味。

老男人慢慢睁开眼。秀禾曼妙的身姿、挥舞的水袖在婉转的戏曲声中平添风采。看着眼前青涩而妩媚的小姑娘，老男人愈发兴奋起来，激动时更是一拍大腿叫好。

谭玉卿看了老吴一眼，二人不约而同跟着鼓掌，嘴角露出了难以捉摸的笑容。

秀禾心里格外地美，按照谭玉卿教的继续唱着。毕竟这是她一生中为数不多的荣耀时刻。娱乐活动结束，谭玉卿叫上秀禾，陪着中年人一块吃饭。中年人与谭玉卿打情骂俏，很是亲热。

半晌，谭玉卿示意秀禾敬酒。秀禾有些为难，摇头示意不会。

中年人却起身敬酒给秀禾：“你是今天最棒的角儿，比你师姐年轻时还要好！”

“呀，秀禾，你听听，这酒你要是不喝，师姐可饶不了你了……”说着，谭玉卿把酒杯捧到了秀禾嘴边。秀禾无奈与中年人碰杯，一饮而尽，桌上三人见状，露出了诡异的笑容。

次日清晨，秀禾一翻身，碰到一个肉乎乎的东西。像是意识到什么，秀禾猛地睁眼，眼前正是老男人谢顶的脑袋，老男人如同死猪般打着呼噜。秀禾吓得“啊”了一声，连忙坐起，却发现自己衣冠不整。慌乱间，秀禾套着外衫就往外跑，正遇谭玉卿。“秀禾？你怎么在这？”谭玉卿装出一副浑然不知的模样。秀禾哭丧着脸，她也不知道自己为什么在这。突然，谭玉卿一把推开秀禾，冲进屋去，又从屋里出来愤怒地指着秀禾：“好你个秀禾，你居然跟贵客睡在了一起！你……你想当姨太太呀！你好有野心哪！”谭玉卿手指也随着情绪颤抖着，好像唱戏一般。

“我……我……不是啊……”秀禾百口难辩，昨晚的事自己全然记不起来。

“还说不是？我昨天把这间房借给了贵客，你又不是没有自己的房间，为什么睡在这？”谭玉卿一把抓住秀禾的手腕，“你知道贵客是什么身份！你是想敲诈钱财，还是有别的什么目的？谁指使你的？走！跟我去警察局！”

“师姐，我没有啊！”秀禾推开谭玉卿，扑通跪倒在地上。

老吴适时推门进来：“哎，这是干什么？有话好说，有话好说！”说着，老吴走进里间，半晌才走出来。老吴故意把声音压低道：“先生很生气，秀禾是什么身份？居然趁先生喝醉了……这……这女人想上位啊，可真是不择手段！要是让先生的家人、助手知道了，肯定会告她的！”

秀禾使劲摇着头，但谭玉卿根本不看她。

“那怎么办呢？我这师妹……她不是老没见着男人了嘛！”

老吴搓着手，显得有些为难：“先生也算不讨厌她，要不……”

“不，我不！”秀禾蹲在角落里，使劲地摇着头。

谭玉卿慢慢低下身，看着秀禾：“他就在星洲待七天，把他陪好了就没人告你了，要不然，你自己要去坐牢，我的名声也被你砸了！他可是大人物，本来昨天听你唱戏，高兴了，还给了赏钱呢！”

说着，谭玉卿起身掏出一个信封递给秀禾，里面是一沓大面额钞票。

秀禾一见这么多钱，吓了一跳。谭玉卿很是满意秀禾的反应，居高临下道：“你陪他一个星期，白拿了赏钱，不吃官司，你亏什么了？”

秀禾一屁股跌坐在地上。

酒店门口长凳上，秀禾使劲地揉了揉自己的头，无论如何都记不起昨晚发生了什么。

天晴手里提着一大一小两份点心走来，正看见秀禾。

“秀禾姐！”

秀禾一激灵，连忙起身。

“我还怕找不到你呢，给，家乡的点心，七姑娘让我带给你的。”

今日天蒙蒙亮时，七姑娘和玲姐便将发酵好的糯米揉捏好，放在滚水上蒸，待蒸好后，又加了几道工序，一大锅白糖伦敦糕便出炉了。天晴拿着一盒点心，刚从豆腐庄里出来，七姑娘就追了上来，手里还拿着一小盒点心："去女神酒店，顺便把这个带给秀禾。你跟她讲，豆腐庄过去那些规矩不用太当回事了，她要是挨了欺负或受了委屈，随时可以回来。"

秀禾再也忍不住了，抱着点心，一下哭了出来。

天晴连忙坐下安慰秀禾："秀禾姐，你怎么了？你有什么话可以跟我讲啊！要是在这不开心，今天就跟我回豆腐庄！"

"不不不，我没事，你忙你的去吧，别看我笑话了……"秀禾躲闪着，不让天晴看自己的脸。

"那……秀禾姐，你记住七姑娘的话，随时可以回豆腐庄去，还有，咱们红头巾的工地就在酒店后面，你有难处要同姐妹们讲。"天晴一步三回头地走了。

秀禾应付地点着头，待天晴走远，秀禾强忍泪水拆开点心盒。里面除点心外，还有一个纸包，里面正是她给七姑娘留的钱。不知是愧悔自己往日的傲慢，还是感受到了亲人的温暖，秀禾豆大的泪水一滴滴落在伦敦糕上。

南兰打开纸盒，拿出一块白糖伦敦糕，细细品尝着。天晴站在一旁，很是期待南兰的反应。

"嗯，好吃！"

"您是真觉得好吃？"

"当然！"

"那要是您在街上闲逛，见到这点心，您会买吗？"

"会呀，但怕桃姐不让。"

天晴笑了，不再说什么。

南兰看出天晴的犹豫，问道："你在打什么主意？"

"我想……毕竟姐妹们不是每天都能开工，要是……"

"你想开个饼屋，或者点心铺？"

天晴点了点头："本来我也没有这个想法，只是王巧玲和阿九开了个海南鸡饭的铺子，生意很不错的！"

"嗯，你这个想法好，不过若真的想做生意，这点心做得可就粗糙了……对了，雪亭的嘴最刁，他从小最爱吃点心了，星洲哪家铺子的点心最好吃，他都知道，可以让他给你们出出主意。"

天晴答应着，回到豆腐庄便给小蝉送了一份去。

陆雪亭刚从工地回到家门口，便看见小蝉在门口候着自己。小蝉迫不及待地拉着陆雪亭进门，指着点心示意陆雪亭吃，陆雪亭拿起一块放进嘴里。"好不好吃，我们拿出去卖怎么样？"

"不怎么样。"陆雪亭吃了一口便放下。

小蝉有些失望，噘着嘴道：“什么？这可是我老家原汁原味的！只有过年才吃得到！每个三水姐妹都喜欢的！”

“就这一个口味吗？”

小蝉点了点头。

陆雪亭拿出评论家的姿态，细细分析着：“每个人口味都不一样，你这只有一个口味，恐怕不行啦。”小蝉不想说话了，默默地坐在床沿边。

陆雪亭很有眼力见儿，立刻凑到小蝉身边：“但是天晴的这个想法不坏呀，想做出大家喜欢的点心，你总要都吃过才知道嘛，走！”

“干什么去？”

“找星洲最好吃的点心呀！取其长，补其短。”

陆雪亭可是星洲通，不一会工夫，就将众多特色点心收纳盒中：红龟粿、九层糕、蒸椰糖、椰丝糕、兰花糯米糕、嘟嘟糕、达兰糕、叁巴糯米卷……

二人买了很多，打算给豆腐庄的姐妹也尝个鲜。

“我嘴馋，从小吃到大，这些点心是我觉得不错的，符合星洲人普遍的口味，大家尝尝。”

众姐妹们面面相觑。

七姑娘第一个走上前，拿起一块，掰了一小口放在嘴里尝着。姐妹们见状，也跟着品尝起来。美花和小翠更是不时发出惊叹声。

夜已深，天晴本想留下小蝉。可小蝉现下并不愿留下，天晴也就不好张口。陆雪亭让司机先回家，自己和小蝉准备欣赏月色，散步回去。

“你真的要出一半的本钱让她们做点心啊？”

“对呀，反正也没多少。”

二人并排走着，小蝉撇着嘴道:“也不少呀！陆少爷，你花钱这样大手大脚的，不行的！”

“本设计师聘请助手，一年薪水该多少？”

陆雪亭突然转过身来，笑盈盈地看着小蝉。

小蝉扑闪着大眼睛，其实她挺在意这事的。

“你已经为我工作这么久了，从来没有谈过薪水。我刚才说的那个数字，就是我打算付给你的一年薪水。”

“那么多！”

陆雪亭看着小蝉，眸色含情，温柔极了：“所以不是我投资，而是你投资，但我希望你保守这个秘密，你个性比较强，爱出风头，我不想你成为姐妹们的对立面。”

小蝉唰的一下流出了眼泪。

“你怎么哭了？”

“我知道自己这个毛病，可你……你是我什么人啊，这么为我着想？”

陆雪亭一把握住小蝉的手。四周顿时安静下来，只听见大楼里飘出老钢琴奏出的小步舞曲。

“我们跳舞吧。”

“在这？”

“想跳舞的时候就跳舞，哪里都是最好的地方。”

陆雪亭轻轻将手放到小蝉的腰间，搂着小蝉开始跳舞。小蝉动作不熟练，但配合着小步舞曲的节奏恰到好处。陆雪亭轻声道：“表面上你是我的助手，我希望在陆家，你能保守秘密。我不在星洲的时候，大哥突然失踪，至今没有找到尸体，大嫂却被指为凶手；前一阵我妈心脏病突发，陪了她几十年的黄妈也一头撞死了；还有白薇，我的亲侄女，二哥二嫂却笃定她是骗子，不肯相认，实在蹊跷……这么多怪事，我想查清楚，所以，在家里，我陆雪亭是个浪荡公子，你可要配合我呀。”

小蝉这才意识到事态的严重性。

“陆少爷，我什么都听你的……”

“背着我的时候，你不是叫我雪亭吗？”

“是谁这么爱嚼舌根……”

“我喜欢你叫我的名字，只要不在陆家，你就这么叫。”

陆雪亭亲昵地用脸贴了贴小蝉发烫的脸颊，好不暧昧。

“雪亭，你对我真好，我好幸福。”

小蝉完全沦陷在陆雪亭的温柔里。

夜色朦胧的星洲街头，俊男靓女轻盈地舞着，羡煞旁人。

梨花在长廊中走着，突然，一盒点心从窗口里伸出。

“谁啊？”

梨花吓了一跳，慢慢向前挪了一步，这才发现是陆雪亭：“三爷，您吓死我了……”

“大晚上不睡觉，准是饿了吧？全星洲最好吃的点心，尝尝。”

梨花接过点心，脸上却泛出醋意。“哟，三爷，这准是那红头婆……啊不对，是何小姐，小蝉姑娘……她吃剩下的吧？”

“梨花姐，你这是嫉妒小蝉了？”

陆雪亭露出一个迷人的微笑，有意挑逗梨花。

“你叫我什么？”梨花愣了愣，声音也跟着温柔起来。

“梨花姐呀，你不喜欢听，叫梨花小妹也行。”

梨花拿着点心盒遮住脸，咯咯笑了起来：“哎哟，三爷愿意叫什么都行……我哪敢嫉妒三爷的女朋友啊，我是羡慕！”

“什么女朋友？助手啊！乡下来的，长得倒还可以，可没见过世面，也没梨花姐懂风情呀！”

“讨厌！”

看着陆雪亭桃花般的眼眸，梨花显然招架不住，拿着点心就走。不过那步伐更加扭捏了，梨花还不时向陆雪亭抛着媚眼。陆雪亭探出窗户，看了个正着，便出门追了上去。梨花一见陆雪亭跟来，便欲投怀送抱。

陆雪亭却伸出手掌，支住了梨花的头。

“你不怕被我二嫂撞见？”

“出去了，天亮前回不来的。”

“经常这样吗？”陆雪亭明知故问。

“哎呀，头家娘的事，我们下人不敢多讲的。”梨花也留着心眼，并未全盘托出。

“我可从来没觉得你是下人，你不是跟我二嫂最亲近吗？”

“她也最防着我呀！”

“防什么？”

梨花尴尬地看着陆雪亭：“讨厌，你明知道，还故意问……”

“我既然知道，你还敢往我怀里扎，不怕二爷看见？”

“我……你……讨厌！”

“我早看出来了，我二哥喜欢你，我们早晚都是一家人……”陆雪亭索性把话挑明，这也是同梨花“合作”的牵头。

“要是有那天就好了……二爷自是没的说，可金碧云……自从老太太死了以后，她一手遮天，二爷不敢讲呀！”

说着，梨花突然哭起来，陆雪亭见缝插针道：“陆家就由个女人一手遮天了？二爷不好张嘴，不是还有三爷吗？”

“你能帮我？”

“假如我们合作的话，该出头的时候，我自然会替你出头的。”陆雪亭见好就收，抛了个媚眼，转身走了。梨花待在原地，想着自己终于能熬出头，又是哭又是笑。

转过身后，陆雪亭的眼神瞬间变冷，脸上也严肃起来。回到陆家这段时间以来，他已经渐渐熟悉了家中人事，母亲死后，他更是对每个人都留意起来，早已知道这梨花和二哥陆雪樵勾搭甚久。这几日，他经过观察和打探，也摸清了梨花对金碧云又怕又妒的态度。为了弄清楚很多事情，他不得不接近这个令自己生厌的女人。

此刻，金碧云仍旧享受着奢靡混乱的生活。

“好，知道了……啊不不不，我不找他，你们玩得开心……”

林龙青挂断电话，慢悠悠地走向餐桌。

“陆二爷还真是风月场上的高手，最近交上了洋女朋友，混洋人圈去了，洋人的酒局都是通宵达旦，之后还要去哪里玩，我就不知道了……”

“好啊，就让他玩吧……我好久没喝酒了，龙哥也陪我喝个通宵达旦呀？”金碧云单手托腮，烈焰红唇看得林青龙如痴如醉。

“我求之不得。”

林龙青殷勤地给金碧云斟了满满一杯酒，金碧云莞尔一笑，眼神中流转的却是欲望与缱绻。

陆家已经没有值得信赖的人，陆雪亭虽然拿下梨花作为自己的眼线，可势单力薄，还是需要南兰助力。老宅工地的活干得差不多了，陆雪亭忙中抽闲，去找南兰商量此事。

南兰在屋内不停踱步。

“问题就出在金碧云身上，你这么确定？”

“是，我甚至怀疑是二哥和金碧云合谋。”

南兰点了点头，还是忍不住问起了陆雪亭：“那你大哥失踪的事，梨花知道什么吗？”

“她毫不知情，但她答应帮我暗中盯着金碧云，有任何线索都会告诉我。”

“所以你怀疑陆雪樵和金碧云夫妇为了家产做了这些？”

陆雪亭不怕南兰笑话，将半月前金碧云撺掇兄弟俩分家的事全盘告知。

半月前，在陆家客厅，陆雪樵迎上陆雪亭，商量道：“小弟啊，妈也走了一阵子了，要不咱们分家吧？”

“分家？”

“是啊，现在的陆家真是外强中干，也不知道之前那些年大哥都是怎么做的，从上海带来的钱和黄金都没有了，到我手里就是个空架子，现在分家，还能多少分给你一些钱，要是不分，大楼继续拖下去，陆家会被彻底掏空的！”

陆雪樵一副为弟弟好的做派，陆雪亭实在看不下去：“你这么讲，是催着我去找南兰谈判，尽快开工了？”

“也不全是，能开工当然最好，但我们也要做好最坏的打算，我们是亲兄弟，将来一点钱都不能分给你，别人要在背后讲我这个当哥哥的欺负你了！”

说着，陆雪亭瞟了一眼金碧云。

金碧云适时地端过一杯咖啡：“小弟，喝杯咖啡。”

陆雪亭喝了一口咖啡，将苦涩压在心里。

"二哥二嫂，我不想分家，我从小在这里长大，住习惯了。二哥二嫂是我在这世上最后的亲人，我又怎么舍得离开？将来我可以什么都不要，别人在背后讲什么，你们也不用在意，我们永远是兄弟。之前妈走了，我有些激动，说了些不该说的话，二哥二嫂别跟我计较，也别赶我离开家，好吗？"

看着陆雪亭的目光，陆雪樵有些心软，转而对金碧云道："你看我就说嘛，小弟……这么可怜，不能分家的！"

金碧云脸上掠过一丝不悦，厉色看着陆雪樵："谁说要分家了！还不是你怕小弟吃亏！"

陆雪樵看向金碧云的目光有些忌惮，忙应和着是自己的不是。

陆雪亭把一切都看在眼里，为了调查出母亲死亡、大哥离奇失踪之谜，选择忍而不发。

南兰叹了口气："也难为你了，你要是不开心，随时搬来女神酒店住，人都已经不在了，揭开秘密又有什么用？小弟啊，你可要过得开心，将来有一个属于自己的幸福的家庭。"

陆雪亭从南兰眼神中看到了深意，郑重点了点头，表明自己不会辜负小蝉的一片心意。

话题有些沉重，看着墙上的日历，南兰道："洋人只重视新年，我们华人的春节在星洲没什么人过的，今年我偏要改一改，除夕那天，我会办盛大的酒会，小弟一起来玩啊！"

"我就不来了，我和红头巾们合资，在牛车水开了个饼屋，除夕的生意一定好，估计我忙得脱不了身。"南兰很是欣慰，昔日的小弟也有了些许担当。

转眼天晴等人过番来已有数月，不知不觉中到了海外华人最为期待的除夕。

这晚星洲华区街道很是热闹，到处洋溢着一片喜庆祥和之气。一些华人老板在店铺前挂上了大红灯笼，无数的彩带连接在楼间。红彤彤的冰糖葫芦、五彩的娘惹糕，各色各样的小玩意吸引了男女老少。

轰隆隆，远处天空中，两个礼花在空中绽放，寓意着来年的生活更加红火。天晴、玲姐等红头巾举着点心盘请人品尝着三水地方的特色糕点，当然还有星洲特色风味的糕点陪衬。路过的多是穷苦的华人，尝到了家乡的风味，都是赞不绝口。点心铺子里，小蝉负责收钱。陆雪亭正在向几名外国客人介绍着点心，外国客人连连点头，试吃以后，买走好几大盒。

一对外国夫妇经过时，天晴大胆走上前去。"Hello！ Please！"说着，天晴将手中的托盘送到二人面前。外国夫妇迟疑地伸出手，浅浅品尝后，竟不约而同竖起了大拇指。天晴乐坏了，连忙用手指向铺子的方向。见着外国夫妇进了铺子，小翠和美花凑了过来，很好奇天晴刚刚说的是什么语言。

"我也是在南兰小姐那里听到的，hello是打招呼，please应该是'请'的意思，你们也可以试试啊！反正不成功，就算是请人家尝尝我们的点心嘛，今天过年，有人愿意吃我们做的东西，不是好事嘛！"美花胆子大，听罢走向一个外国人。小翠拍着脑袋还是记不住，天晴耐心地一遍又一遍重复着。正巧迎上一个洋人太太，小翠充满信心地走上前，介绍着自己的点心。

天晴会心一笑，转头间，却一下怔住。身后正是常玉蝶。

“三水点心是吧？我尝尝味道正不正宗。”

天晴转身就走，常玉蝶在身后叫住：“怎么？做买卖不让尝吗？”

天晴只好站住。

常玉蝶来到天晴面前，用竹签扎起了三角形的点心：“嗯，虽不是老家的口味，但更适合星洲。这里各地的过番客都有，生意想红火，不能光顾着三水的乡亲。”

见天晴不搭话，常玉蝶没话找话，问哪里才可以买到点心。

天晴只好指向摊位。

“我会多买一些的，你不必谢，但应该问候一声吧，毕竟今天是除夕。”

天晴犹豫着，终是没有叫出阿妈二字，只是用您代替。

即便如此，常玉蝶也是瞬间泪目：“你也过年好！”

常玉蝶将一个红包放到天晴端着的托盘上，赶忙拭泪，向摊位走去。

天晴看着托盘上的红包，心情复杂。

常玉蝶的到来让小蝉无比惊讶，小蝉张大了嘴，祝贺常玉蝶新年快乐。

“好！小蝉这孩子从小就嘴甜，你也过年好啊！”

常玉蝶将红包塞到小蝉手里，指着点心，每样要两斤。

“啊？这么多您吃得了吗？”

“这是我家乡的风味，我回去送帮里的兄弟不行吗？你别忘了，你们在哪条街上做生意。”看似不经意的一句话，实则暗含深意。小蝉会心笑了笑。

没多会儿工夫，准备的点心全部卖光。天晴同众姐妹收了摊，有说有笑回到了豆腐庄。

豆腐庄门口贴上了新对联，庄里更是一派新春景象。姐妹们有说有笑，热闹非凡。天晴和玲姐在七姑娘房里核对着近日的流水。阿贵站在一旁看着账本上的数字，拉着七姑娘的手笑个不停。天晴放下笔，也是十分开心：“我还怕点心做多了，没想到这么早就卖光了，看来以后碰到节日，还可以多做一些。”

七姑娘不无夸赞：“还是天晴脑子好使，用哈利先生给的两百块与陆少爷合股，我们红头巾有了自己的点心铺子，这消息要是传回三水，我阿爸阿妈肯定笑得合不拢嘴呀！”

玲姐拿着账本，又看了看窗外，恨这天气不好，不然还能趁着过年多赚些钱。七姑娘打趣道：“你钻到钱眼里去了？天气要好，就忙着做点心、卖点心去，你不嫁人了？”

“是呀！”阿贵也跑到玲姐面前，看得玲姐脸直发红。

“我都给忘了。”

天晴跟着哈哈大笑起来，也拿玲姐打趣。七姑娘走到柜子旁，开始清点玲姐出嫁的行头。陆少爷已经发话，姐妹们可以趁着阴雨天好好歇歇，顺带把玲姐的婚事给办了。天晴想了想，为了姐妹们能挣更多的钱，提议从姐妹里选出几人专门经营糕点铺。众人聚在一起，根据姐妹们不同的特质进行分工：珍姐做点心的手艺最好；小翠和喜妹身子弱，但长得还俊俏，手艺说得过去；另外加上两个年纪稍大的老红头巾帮工。除了她们的工钱外，赚的钱所有姐妹平分。

一通商量下来，众人都说好。

“行了行了，就商量到这吧，快回去睡！”

七姑娘等着看家书，催促天晴等人早早回去休息。

“都说三十晚上闹一宿，我这一点困意都没有啊！”

阿贵乐呵呵地出了门，今年这个除夕过得最舒坦。

豆腐庄内灯火通明，虽然身在异乡，姐妹们依旧遵循着守岁的习俗，一片欢声笑语。

关上门，七姑娘打开家书，看着看着竟掉下眼泪。七姑娘将信放在一旁，费神地揉着脑袋，强迫着自己把信读完。

真是一边欢喜一边忧。

常玉蝶待天晴等人收摊走人，才依依不舍回到万鹤堂，先是吩咐坤叔把点心分给堂内的兄弟，自己则忙活着给叶鹤鸣切点心。

片刻工夫，一盘精致的点心摆在了叶鹤鸣面前。叶鹤鸣一一品尝，毫不吝啬自己的夸赞。

常玉蝶满脸自豪地炫耀着天晴：“我打听了，铺子是她们果园头家给的赏钱和陆家少爷合股开的，主意也是天晴出的。”

叶鹤鸣吃着点心，不时点头回应常玉蝶。

“我不讲大话，我女儿是个人才。”

叶鹤鸣再次点头，笑而不答的模样让常玉蝶十分满意。

陆家门口却没有昔日的欢闹景象。

吃完年夜饭，陆雪樵捯饬了发型，便直接出门。

“雪樵，今天过年，你还出去啊？”金碧云从后面追了出来。

“不是吃完年夜饭了吗？”陆雪樵边说边往车上走去。

“可是展元想让你给讲故事……”

“哄小孩子那是女人的事，我做不来的。”说着，陆雪樵就要上车。

金碧云追问着陆雪樵的去向。

“哎，你烦不烦哪？”陆雪樵很不耐烦，却不敢像以前一样对金碧云动手。

“我就是想知道老公跟什么人在一起嘛。”

“还不就是那几个老朋友约了打麻将嘛，蔡老板、皮特张，还有……龙哥！”

“哪个龙哥？”

“就是龙王帮的林龙青啦！”

金碧云神色有些不自然，同陆雪樵挥了挥手，叮嘱他好好玩。陆雪樵以为自己蒙混过关，得意地开着车走了。

回到房内，金碧云又是一通打扮，脖子上还戴着那串她最宝贵的天女珠项链。

“太太要出去呀？”梨花迎上前去。

“嗯，去看看老朋友。”

梨花眼珠转了转，主动请缨为金碧云叫辆黄包车。

“不必，我自己叫……展元才睡着，你去帮我看着点。”

梨花假意点头，上了楼。

金碧云提着食盒走出门，左右张望，并没有黄包车，便向外走去，走到星洲街头，才坐上了黄包车。梨花快步跟了上去，也叫了一辆黄包车：“跟上前面那辆车。”

穿过热闹非凡的街道，黄包车驶到了金家老宅外，寂静诡异的气氛更甚于平常。金碧云给了黄包车不少的小费，人家才答应在门口等她一会儿。

打开食盒，里面是几样精致的饭菜，都是平日陆雪霖爱吃的，难为金碧云还记着。

陆雪霖被铁链子拴住手脚，只能乖乖等着金碧云喂。

“雪霖，这是我们第一次一起过除夕，你开心吗？”

陆雪霖很怕金碧云发疯，只是嚼着饭菜不作声。

“本来呢，我们是可以每天都在一起的，可你骗了我呀，让我等着，不许嫁人，你却娶了南兰，又把我丢给你二弟……你说这事，要是让陆雪樵知道了，他会不会恨你呀？”

陆雪霖有些惭愧，嘴上却不肯承认，含混不清地狡辩着。

“还不承认……你们家从上海带来的黄鱼可真不少，还有你妈那些首饰，也都挺值钱的，还至于大爷自己卖身吗？”

陆雪霖脸色很难看，忍住怒火向金碧云求饶：“碧云，看在往日情分上，你放我出去吧，我当什么也没发生。”

金碧云哈哈大笑起来，疯癫得有些站不稳脚跟。“你以为我还是小女孩呀，你说什么我都信……来不及了，你已经死了，被南兰害死的，之后又被她熬成了汤，所以找不到尸体呀。”

陆雪霖眼神慌乱，金碧云接下来的话更是击碎了陆雪霖的心。

“你所受到的惩罚，就是因为你对女人说谎啊，你不止骗了我一个哟，你上海的女儿来找你了，她妈妈也死了，死之前都不肯原谅你呀。”

“我女儿……女儿……白薇……”

金碧云没想到陆雪霖被关了这么久，还能记住白薇的名字。南兰、陆陈氏，还有他在上海的那个女人，她们哪个都比自己重要，难怪自己当年提出私奔，陆雪霖却是迟迟不肯点头。

“那我算什么？”金碧云突然一声咆哮，手中的饭盒也应声落地。

陆雪霖默默闭上了眼睛。

“我早发了誓，要用我的一生报复你，你别想活着离开这里！”金碧云狰狞的面孔摆在陆雪霖眼前。突然，金碧云语气温和起来，爱惜地抚摸着陆雪霖消瘦的面颊。

“你就乖乖做我的宠物吧，现在我清闲了，可以常来看你，乖，张嘴……”

说着，金碧云随手捡起地上的一块点心，塞进了陆雪霖的嘴里。

第五十二章　新年将至

南兰推开房门，脸上略带红晕，走路也一步一晃，显然是喝多了。

“好了好了，别管我了，快去招呼客人吧。”

桃姐没有走，关切地扶着南兰，走到床边。

“你今天喝得太快了，你也不年轻了，要少喝点酒……”

“不许教训我，这么多朋友跟我们一起过中国的除夕，我开心嘛！”南兰如同孩子般和桃姐撒起娇来，桃姐也是没办法，哄着南兰躺下。

“不行，天太闷了，我要冲凉……”

南兰起身，把桃姐推出门，去里间冲澡去了。洗漱完，南兰穿着黑绸缎浴袍到客厅透气。客厅的窗子开着，风从外面吹了进来，白纱在风中飞舞。南兰醉意未消，突然意识到什么，嘟囔着：“不对呀，晚上桃姐从来不允许我开窗的……”

刚将窗户关上，一双大手从背后揽住了她的腰。

南兰一激灵：“谁！”

“你的追求者。”

听出是郑千的声音，南兰这才放松警惕。

“我来了很久了，等你等得好辛苦啊。”

南兰回手就去打郑千，郑千一低头躲了过去。南兰却因为酒意未退，惯性地摔入郑千怀里。南兰使劲推开郑千，就要去找枪。打开枪盒，却发现里面空空如也。

“我的枪呢？你偷走了我的枪！”

“像你这样的女人，房间里有枪并不是好事，也许会害了你……”

“那条枪是我妈妈留给我的遗物，还给我！”

郑千靠在窗边，无奈地看着南兰：“又老又破的猎枪，我要它做什么？走的时候自然会还给你。”

南兰晕乎乎地走到沙发旁坐下，下了逐客令。

“我是来陪你过年的，你们华人最重要的节日需要亲人陪伴，对吧？”

郑千觍着脸坐到了南兰旁边。南兰别过脸去。

郑千道：“总算朋友吧？有我陪着，总比你一个人孤零零的强啊。”

“我有的是朋友！大厅里正在举行舞会，总督先生和警长先生都在！”

“我与那些普通朋友可不同，毕竟我们是生死之交。”

“你……”

南兰刚想反驳，话却被郑千堵住：“你没有那么老，还不到喜欢唠叨的年纪，对吧？开瓶好酒，我们庆祝一下久别重逢。”

南兰这才正眼瞧着郑千：“你就不怕我把你灌醉了，交给警察？”

“你不会的。”郑千回答得十分干脆。

“你听着，我可以请你喝一杯，但你不许碰我。”南兰起身去了酒柜旁。

“传说中，女神酒店头家南兰小姐很风流，有很多男人。”

“胡说！除了我的丈夫，任何人敢碰我，我都会让他死！”

“看来传说就只是传说，可你的丈夫不是早就不在人世了吗？改嫁给我吧。”

南兰将一个陶瓷杯子扔向郑千。

郑千一躲，将杯子接在手中：“这么贵重的杯子，碎了多可惜呀！”

南兰忍不住笑了起来。

“海盗，你没见过女人吗？来找我，你冒很大风险的。”

“我知道，可自从见过你，我的眼里就容不下别的女人了。”

“油嘴滑舌……我怎么这么倒霉，想睡个好觉都不行。”

“除夕不是不能睡觉吗？难道这个传说也是假的？”

郑千一脸认真，南兰反倒气不起来。索性二人一起守岁，品着美酒，赏着窗外烟火。

黎明前最后的黑暗里，除夕的豆腐街也安静下来。天晴一个人坐在屋顶，说不清心里是什么滋味，连小蝉走了过来也没发觉。待天晴回过神，小蝉已经坐到了自己身边。

“小蝉！真没想到你会来！”

“我趁她们都睡着了进来的，没人发现我。”

天晴兴奋地拉住小蝉的手：“七姑娘早说了，让你随时可以回来，今天是除夕，你不许走了，明天给七姑娘拜个年，以后就回来住了！”

小蝉其实并不愿意回来。她已经习惯了在陆家舒适的生活，不舍得“好日子”，也不想回来过这一眼望到头的苦日子。

天晴甩开小蝉的手，气道："你……既然有好日子过，你还来找我做什么？"

"今天是除夕嘛，你忘了，在老家的时候，每年除夕都是我们一起过的，我们要一起守岁，要看到太阳出来才回家睡觉的。"

小蝉的话触动了天晴的心，天晴语气软了下来："算你还有点良心……"

小蝉趁机靠在天晴肩头上："玉蝶大姨也是有良心的……"

"不就是买了几斤点心嘛，不用她买，我们也卖得完！"

"不是啦，我们的铺子开在牛车水，那地方很乱的，别人做生意又要抽成，又要给人头钱，可我们……没有人敢来捣乱的！你知道为什么吗？那地方归万鹤堂管！"

天晴这才明白其中的利害，又不想欠常玉蝶的情分，准备天一亮就同陆雪亭商量，换个地方出摊。

"哟，天晴，你要不要好好算算账啊，这买卖雪亭占五成，你们所有红头巾姐妹加在一起占五成，你自己有多少啊？"

"我……"

"为了你一个人不想让玉蝶姨照顾就搬走，自私了吧？"

小蝉的本意是想撮合天晴母女和好，没承想天晴气得扭过身去，偷偷掉着眼泪。小蝉赶忙转移话题："其实呢，那个叶鹤鸣人不错的，我们能找到这么好的铺子多亏了他呀。"

天晴扭过头来，小蝉连忙解释道："不是我，是雪亭，他和叶鹤鸣已经成了好朋友。雪亭说那位少堂主从小没了阿妈，四处逃难，也挺不幸的，雪亭还说，他身上一点帮派气息都没有，是个不错的男人……"

天晴白了一眼小蝉，不再理她。

"看来你不想听我讲叶鹤鸣咯，那讲阿海哥好不好……有没有给你来信呢？"

一句话让天晴又郁闷了，天晴没好气地来了句"没有"。

天晴生气地鼓着腮帮子。小蝉揉着脸，挨在天晴旁撒着娇："那你还是唱歌吧，以前我们守岁你都唱的……"

天晴心里也想唱，望着远方，半晌，哼起了广东民谣。闯荡星洲的一幕幕似过往列车不断从天晴眼前闪过。天晴唱着唱着，泪眼婆娑起来。

远处城市的灯光逐渐黯淡，东方初晓慢慢爬上海平面。海上日出与陆地不同，波浪反射下似乎更加耀眼。天气闷热得不像话，和广东过年时节的气温完全不同。

天井里姐妹们正在准备午餐，有的扇扇子，有的用头巾扇着风。长条桌上摆满了广东特色美食。往日舍不得吃的白切鸡、荷叶饭、糯米鸡都被端上长桌。

见七姑娘从楼梯上走了下来，正在张罗饭菜的玲姐吆喝道："七姑娘下来了，开饭啦！姐妹们，今天大伙吃个团圆饭，来，挤一挤！"姐妹们从豆腐庄各处都挤向天井。待大伙坐好，阿贵起哄让七姑娘发表个新年贺词。七姑娘心中有事，推脱着让玲姐发言，玲姐连忙摆手拒绝。

“那就天晴讲。”

“七姑娘，我也不会讲，再等一等吧，还有客人要来的。”

七姑娘正疑惑着，陆雪亭爽朗的声音传来：“我没来晚吧！”

陆雪亭手里还提着大蛋糕，小蝉快步跟在他的身后。

“哎呀，陆少爷来了，贵客啊，欢迎欢迎！”

见七姑娘起身欢迎，很多女孩子也都站了起来。

“七姑娘，您只看见了陆少爷，没看见我，是还在生我的气吗？”

七姑娘笑着摸了摸小蝉的脑袋：“你在我眼里就是个小孩子，我从来没生过你的气。”

小蝉开心极了，回头从陆雪亭手里捧过蛋糕盒子：“七姑娘，祝您生日快乐！”

众人都未反应过来，阿贵还以为是小蝉说错了话，提醒着要说过年好。

天晴道：“七姑娘，是我请小蝉给您带来的蛋糕，今天是您的生日，我没弄错吧？”

七姑娘只是询问着蛋糕的价格。

“七姑娘，真是您生日啊？”

玲姐开了口，七姑娘这才承认，有些不好意思：“是，我这生日太大了，大年初一，长这么大，没过过生日的……”

“那今天我们大家一起给您过！来，点蜡烛咯！”

说着，陆雪亭打开包装，在精美的蛋糕上插满了蜡烛，依次用打火机点燃。“七姑娘，我们为你唱生日歌，你要闭上眼睛许愿，在大家的祝福下，你的愿望会实现，很灵的！”陆雪亭先是自己用中文大声地唱着生日歌，继而带着所有姐妹一块哼唱。

七姑娘闭上眼睛，双手合十，两行泪水无声流淌下来。歌声唱罢，陆雪亭请七姑娘吹蜡烛。七姑娘一口气吹灭了所有蜡烛，笑道：“没想到我阿七来了回星洲，还过上了洋生日，值了！值了……陆少爷，我许的愿能说出来吧？”

“当然可以。”

七姑娘环视众人：“我许愿，希望所有的姐妹们平平安安的，一天比一天好，一年比一年好，戴一天红头巾，就给家乡三水长一天脸，争一天光！摘了红头巾，也能记住姐妹间这份情谊！因为这情谊是一辈子的！若未来能在星洲有更好的发展，置了业、发了财、当了头家，也能不忘帮扶家乡后来的姐妹，让这份情谊一代一代地传下去！”

抹去脸上的泪水，七姑娘笑了笑，郑重地向众人宣布自己决定回老家的消息。

七姑娘在家中排行老七，这些年挣的钱全都寄回去给了六个姐姐，想着这样，家中的阿爸阿妈也能有人照料，可昨日在信中才得知，姐姐们为照料自家，去年起就不管老两口的死活。

七姑娘长叹了口气：“生气也没有用，阿爸阿妈养育之恩，我不回去报答就是不孝，所以……明天阿玲出嫁后，我就订船票。”

“那七姑娘，我们以后跟着谁干啊？”一个年轻红头巾突然问道。

“我这正要说呢，天晴，以后天晴就是红头巾的大家姐了！”七姑娘走到天晴面前，像是母亲对女儿的临别嘱托：“你不用谦让，阿玲、阿贵她们都很服你，说实话，要是没有你，离开星洲，我还真不放心。但现在，放心了，你比我强，姐妹们跟着你更有盼头！”

小蝉不顾氛围地鼓起掌来。美花、小翠也跟着鼓掌。

看着玲姐、阿贵等老红头巾不舍地抹着眼泪，七姑娘为了给天晴立威，带头鼓起掌来，众人都跟着鼓掌。

陆雪亭不禁红了眼眶：“今天实在太感动了，我带了相机来，七姑娘，我给大家拍张照片好不好？”

“好啊！谢谢陆少爷了！”

玲姐提议每个人都戴上红头巾。

小蝉有些紧张，没想到七姑娘一把拉住小蝉：“小蝉，你的红头巾在我屋里，走，我亲手给你戴上！”

小蝉感动地流泪：“谢谢七姑娘！”

豆腐庄大门口，七姑娘、玲姐、阿贵等辈分高的红头巾坐在第一排，天晴等新红头巾整齐地站在中间，后面一排长凳上又站了一排，还有一排蹲在前面。

“每个人都要看见我啊，你看不见我，我可就拍不到你了……好，笑，大家一起笑起来！”

姐妹们都在笑，可笑得却很生硬。

陆雪亭想了想道：“这样，我喊一二，大家一起喊红头巾！”

众人试着口型，明白了陆雪亭的用意。

“一——二——”

陆雪亭按下快门的一刻，所有姐妹们齐声喊着红头巾。照片定格的画面中每个人的脸上都洋溢着笑容。老天爷定是想留住这个美好时刻，待拍完照才哗啦啦下起雨来。姐妹们嬉笑着、吵闹着，跑回屋里躲雨。

留声机里传来咿咿呀呀的戏曲声，谭玉卿别有兴致地涂抹着指甲，跟着哼唱起来。

“早上吃饭的时候，我看见她呕了，这回准了，哈哈哈……”

“这个秀禾，肚子还挺争气……”

吹了吹刚涂抹好的红指甲，谭玉卿斜眼看了下老吴，老吴半弯着腰，很是恭敬。“先生说，要是能生个男孩，将来就可以分一份家产了！”

“我有了儿子，到老了，也算有指望了。”

“就怕秀禾不听话，这不，下着雨就跑出去了。”谭玉卿起身，老吴连忙上前搭手。看着窗外愈下愈大的雨，谭玉卿不屑道：“没事，女人都这样，遇到想不开的事，怎么都得矫情两天，她不就是穷嘛，我借她的肚子生个孩子，给她的钱是她几辈子都赚不来的，她还能怎么不听话呀？闹闹也就拉倒了，大不了再多给些钱，钱能解决的，都不叫事。”

雨水带去了难耐的热气，红头巾们有的躲在天井旁的屋檐下吃着饭菜，有的吃着蛋糕。好几个女孩围着陆雪亭，听他讲笑话。七姑娘坐在台阶上，亲切地拉起天晴的手，问她怎么知道自己的生日。

“是秀禾姐告诉我的，她还想送个蛋糕给您呢。”

七姑娘欣慰地笑了：“还惦记着我呀……”正说着，秀禾踉跄走进豆腐庄，雨水打湿了秀禾的衣衫，头发也全都贴在脸上。秀禾没想到所有姐妹都在天井里，顾不上尴尬，在人群中寻找着七姑娘的身影。

七姑娘缓缓起身，向秀禾走去。

“姐……”

“你怎么不打把伞呢？

“我有话跟您讲……”

七姑娘猜秀禾遇到了麻烦，领着秀禾进屋。玲姐眼疾手快递上一把伞，七姑娘用伞护住秀禾上了楼。所有人面面相觑，但也没过多放在心上。只有半刻钟，秀禾快步从楼上跑了下来。她任由雨浇着，也顾不得跟姐妹们打声招呼。

“秀禾姐，等一等！”

天晴抄起一把雨伞追了出去，豆腐庄门口，天晴追上了秀禾。

“蛋糕给七姑娘买了，你留下来一起吃吧。”

秀禾木讷地摇着头，不说一句话就走。

“秀禾姐，这么大雨，把伞带上！不管发生了什么事，你也不必糟蹋身体啊！”说着，天晴把伞塞到了秀禾手里。秀禾推开伞道：“我表姐说，你是新的大家姐……我已经摘了红头巾，你不用认我的。”

天晴任由雨水落在身上，真切地同秀禾交心。天晴在老家工地干活时，秀禾就常常帮忙。现在来了星洲，无论是不是红头巾，是不是大家姐，只要是三水姐妹，天晴都会认。

“我这个大家姐是七姑娘让给我的，要是能为姐妹们常出头、多做事，我就是个称职的，若不能，随时都可以被换掉。秀禾姐，拿上伞，有事随时回家来。”

秀禾看着天晴，半晌，接过伞转身走了。

夜深人静时，七姑娘叫天晴去了房里。

“什么？秀禾姐怀了孩子？”

七姑娘点了点头：“被骗了！我让她和我一起回老家，她不肯，怕男人不要她了，我让她找大夫打掉这个孩子，她也不肯。”

“太不像话了！我见过那个谭玉卿，我们替秀禾姐出头，找她算账去！”

天晴义愤填膺，说着起身就要往外走，却被七姑娘一把拽住。

“不行，事情闹大了，人人都知道秀禾出了丑事，她可就真没法活了。”

“那秀禾姐打算怎么办？”

“对方许给她一大笔钱，只要她把孩子生下来。”

“那不是出卖自己吗？秀禾姐怎么能答应……”

七姑娘摇了摇头，紧紧握住天晴的手，几乎是恳求的语气：“若秀禾走投无路，回豆腐庄找你，你可要帮她。若秀禾自己不回来，你就全当什么也不知道，她是个要脸面的，我怕她想不开呀！”

看着七姑娘擦拭眼泪，天晴满眼心疼，连忙应允。

天晴愁苦地从七姑娘房间出来，稀里哗啦的雨声更是增添了烦躁。望着大雨，天晴不知在想些什么。

天蒙蒙亮，天晴便想着出门，为玲姐买个婚礼的小礼物。

没想到，哈利先生早早等在了门口。原来哈利先生的别墅地势低洼，被积水淹了，他只好来找红头巾帮忙清理。众红头巾姐妹一窝蜂帮去了，只留下七姑娘守着家。

雨越下越大，伴随着狂风呼啸，七姑娘不觉心慌起来。她放心不下面线伯那摇摇欲坠的老房子，顶着风雨出了门。

小巷子角落里的一间小破房子便是面线伯的家，门口贴着大红的喜字。卖面线的摊子摆在房门口，用油布苫着顶。七姑娘站在墙根，靠着别人家的房檐挡雨，看着面线伯的房子在风雨中摇摇欲坠，推开了门。入眼便是面线伯拥挤的家。床上铺了红，但屋顶上有一个地方漏水，下面放了一个洗脸盆。

“哎呀，七姑娘来了！您看我这还没收拾好呢，这娘家的上宾就进门了。”

面线伯正在灶前忙着炖肉，在身上胡乱抹了抹油渍，招呼着七姑娘坐下。

七姑娘四下打量一番，有些心疼玲姐：“不是我说你，你办喜事不找几个帮忙的？”

“这大过年的，麻烦谁呀，再说也不是没有人帮忙，做卤味的赵大哥会给卤上一大锅，待会儿就送过来，让红头巾姐妹们吃个够！还有，来福、福财、德贵、贵生、贵明，他们几个都随了礼，晚点就过来喝喜酒！”

“你这忙活什么呢？”

“我炖一锅好汤头，今天每人一大碗面线，可得让你们的小姐妹们都吃好咯！”

七姑娘看着摇摇欲坠的房子，摇了摇头道：“雨这么大，你不想点法子，把你这破屋弄牢固点？”

面线伯道：“就那一个地方漏雨，别看这房子破，我都住了二十年了，结实着呢……”话音未落，嘎吱嘎吱的声音传来，七姑娘立刻紧张起来。面线伯却习以为常，抓一把糖，刚送到七姑娘面前，整间屋子轰然倒塌。七姑娘和面线伯都被压在了废墟之下。

“大家姐，这大雨天，咱们也没打个招呼，合适吗？”豆腐街上除了穿着蓑衣的薛金枝和她的三个姐妹，空无一人。“没什么不合适的，我要离开星洲了，无论如何也得见一下阿七，这些年我没欠过谁的，就是对不起她。”薛金枝步伐坚定地踏进豆腐庄，庄里却一个人都没有。

一个机灵点的蓝头巾跑了出去，又跑了进来：“我想起来了，今天是初二吧？好像那个玲姐要嫁人，嫁给一个卖面线的！”薛金枝皱了皱眉，还没见过这么早就开席的规矩。无奈，几人顶着雨往面线伯的住处赶去。四人走近时，被眼前的景象吓了一跳，好好的房子如今被大雨吞噬，只剩一片荒芜。废墟中隐约传来七姑娘的呼救声，薛金枝竖起耳朵辨认着。

“是阿七！快救人！”

四人连忙上前搬开碎石，手上都添了划痕，连蓑衣掉了也顾不上穿。好在老屋年久失修，墙体软化，翻开的瓦砾间，终于露出了七姑娘的脸。七姑娘额头撞破了一个口子，流了很多血。薛金枝用受伤的手紧紧拉住七姑娘：“别着急阿七，我来救你了！”

待天晴等人从果园回来，薛金枝已经把七姑娘送回了豆腐庄，七姑娘不肯在医院浪费钱，回到庄里自行上了药，绕了一大坨纱布在头上。面线伯的伤势较为严重，需要留院观察，玲姐在旁照料。

病床上，面线伯的腿打上了石膏，动弹不得，见玲姐拿着大包小包的东西进门，面线伯将头扭向一旁。

“玲姐呀，以后你不用再来医院了，我不用你照顾。”

“你这话什么意思？”

“我现在成了残疾，不能拖累你！”

玲姐放下陪护的包裹，开始收拾病房。

“你追我时我就讲了，我是寡妇，命不好，让你离我远点，可你偏不听，天天献殷勤，一追好几年，豆腐街上谁不知道？现在你又说这样的话，你不是害我吗？”

面线伯忍着痛挣扎起身，劝玲姐找个身强力壮的好男人嫁了。

“你还没跟我入洞房就成了这样，别人都在议论是我妨的咯，谁还敢娶我？你不要我了，我就只能孤独终老了。行，既然你这么狠心，我阿玲以后就不再见你！”

说完，玲姐假意生气就往外走。

“哎，玲姐，你别生气啊……”面线伯连忙下床，一个不稳，险些摔到地上，

玲姐连忙回身扶住。

“以后叫我阿玲。”

“可我……这不是苦了你了？”

“只要你用心疼我，再苦的日子都是甜的。”

说着，玲姐娇羞地低下了头。

面线伯生怕日后玲姐反悔，劝着玲姐找户好人家嫁了去。这次玲姐是真的怒了，表示日后再说这种话，二人就真的没戏了。

“不讲了不讲了，阿玲……阿玲……”

面线伯哭得像一个孩子，玲姐抚摸着面线伯的头，安慰着。

天晴了，红蓝头巾的恩怨在此刻也真正画上了句号。

七姑娘眼含泪水，紧握住薛金枝的手：“你我斗了这么多年，害得红头巾与蓝头巾水火不容，可到头来却是你救了我，也是命运捉弄啊。”

“其实我是来道别的。”

“怎么，你要离开星洲？”

“是啊！”薛金枝也过番多年，家中的孩子也是想得紧。今年过年收到家书，得知大儿子要去当兵，自然是要回三水去。

“好啊，金枝姐，你教育得好！”

七姑娘由衷夸赞，反倒让薛金枝有些惭愧，毕竟红蓝头巾里，像七姑娘这样上过学堂的屈指可数。

“你就别夸我了，我也要回老家了……”

“什么？你一直没嫁人，一个老姑娘，老家有什么牵挂？”

七姑娘没有过多解释，提议二人买同一趟船票，路上慢慢聊，还可以做个伴。

“我还有事相托。”薛金枝殷切地看向七姑娘身边的天晴：“我走了，蓝头巾姐妹更没主心骨了，我想把她们托付给天晴，以后红头巾干不过来的活，也照顾照顾蓝头巾姐妹，行不行？”

“都是过番来讨生活的姐妹，有活干我们一起开工，没活干的日子也一起扛。”

得到天晴的承诺，七姑娘、薛金枝皆是会心一笑。

星洲码头，红蓝头巾无一不到场，欢送第一代下南洋的核心人物，是她们在狂风暴雨中坚守自我、战胜怯弱，为华侨女性树立新的榜样。

第五十三章　焕然新生

今天星洲的天空格外明亮，空气中也多了丝幸福的味道。

面线伯坐着轮椅，帮客人浇面线的汤头，玲姐则在摊前端着面线招呼客人。

一排十五个红头巾在阿贵的带领下去上工，红头巾们整齐地喊着玲姐早。

“姐妹们早！晚上哪个想换换口味，就来吃面线，以后凡是红头巾姐妹，只收半份钱！”

阿贵直言，这可是赔本的买卖呀。面线伯妇唱夫随起来：“亏不了，只求姐妹们捧人场，别让这摊子倒了！”

“你呀，就是好命，娶到了我们阿玲，你放心吧，阿玲的人缘最好，有姐妹们在，你的摊子倒不了！”

阿贵笑嘻嘻地领着姐妹们走了，面食的雾水罩在二人幸福的脸上。

面线伯与玲姐对视，幸福地笑着。

天晴也没闲着，肩上担着红蓝两帮姐妹的活计，四处奔波起来。哈利先生得知天晴难处，推荐天晴同一名姓沈的老板见面。

天晴与小蝉去了咖啡馆，但沈老板实则看不起红头巾，三人不欢而散。

刚走出咖啡馆，天晴和小蝉迎面遇上了被四五个人簇拥着的叶鹤鸣。

天晴连忙回避，一把拉住小蝉向反方向走去。小蝉却很兴奋，向叶鹤鸣挥着手。

叶鹤鸣发现了天晴，示意随从不要跟着，向天晴追去。

“你冲他挥什么手啊？”

“熟人嘛，在街上碰到，不打招呼不礼貌的。”小蝉噘着嘴，天晴没好气地推开小蝉。

见二人加快了脚步，叶鹤鸣干脆跑了起来，拦住天晴。

“欧阳小姐，来喝咖啡啊？”

天晴不抬眼，只是“嗯”了一声就要走。

“别急着走啊，我们谈谈合作吧。”

天晴随着叶鹤鸣又回到了刚刚那家咖啡馆。

“万鹤堂近来新开了几家店铺，可手下的人都是粗壮汉子，干不了细活，目前需要招聘大量女工。我知道欧阳小姐手上有女工，正在四处找开工的地方，不如我们合作，两全其美。”

天晴推脱着说姐妹们干的都是重活。

“不是啊，就比如小蝉小姐，你们在牛车水的点心铺我可是去过不止一次，她做得很好呀。”

小蝉忍不住嘴角上扬。

天晴无奈表示并非每个姐妹都是能说会道，有的姐妹明确表示只愿意干力气活，不愿在人前露脸。不过天晴还是十分感谢叶鹤鸣的好意。说完，天晴起身要走。小蝉拉了拉天晴，示意她为之前的事感谢一下。

“哦……点心铺的事，听说您帮了忙，谢谢。”

“小事，不足一提，不过，这真是个很好的机会，欧阳小姐要不要再想想，假如万鹤堂新开张的这几家店铺都招满了人，再想合作也没有机会了。”

天晴摇了摇头，不卑不亢地出了门。

忙活了一整日，太阳都落山了，天晴还是没有找到活，坐在面线伯的摊子上发着愁。

有红头巾在闲逛，可见并不是都能出工。美花和小翠在写信佬面前排着队，有一个大娘在写信，絮絮叨叨说个没完。小翠虽然着急，但只能等。

“天晴，这真是个很好的机会，你不能因为自己的原因放弃呀！”小蝉说。

天晴清楚叶鹤鸣是好意帮忙，可拒绝他也是出于大多数姐妹们的愿望。昨日下午，为了找活时更加对路，天晴先征集了姐妹们的意见，大部分姐妹更倾向于干体力活，不愿在人前抛头露面。还有很重要的一点，政府公布法令，不让男工过番来。可星洲很多地方都打算盖大楼，未来最缺的就是女工，如果姐妹们现在放弃，工地被别人占了，到时候后悔也来不及。

“就算每天能在工地上开工，那也是卖苦力嘛！万鹤堂给的机会可以让姐妹们穿得漂亮一点，有机会认识更多的当地人，嫁得更好才更有奔头啊！”

天晴摇了摇头：“不是每个姐妹都和你一样，想有更好的奔头，大家更需要安稳地开工。”

小蝉撇着嘴，可不相信这话。

正在洗菜的玲姐听见天晴的话，忍不住点了点头。玲姐过番多年，很是明白姐妹们来星洲的目的，无非是赚点钱回家。在工地干活，家里人也都放心，如若在招待客人的地方开工，反倒不放心。小蝉呲溜站了起来：“封建！就是这个词！雪亭教我的。我就不信，没人和我一样！”

天晴笑着说：“有是当然有的了，阿贵就想去点心铺开工，她不愿意上工地，原因就是不好拍拖呀！”

“可是小翠就不一样咯……天晴说她身体弱，好意安排她去点心铺，可她不愿意……”说着，玲姐指向街对面的小翠。

小蝉很不理解，小翠可是点心铺最能干的姐妹，很多客人都是看见她才买的点心。

玲姐一边招呼着客人，一边解释道：“就是啊，因为每天要被男人看，又总有人夸她漂亮，所以小翠担心美花的哥哥知道了会生气，怕做不成美花的嫂子。”

小蝉想着小翠还未进门便倒贴钱，男人更是小心眼，真是气不打一处来。

“天晴——小蝉——玲姐——”

王巧玲此时恰好出现。天晴和小蝉连忙上前拉住王巧玲的手，格外亲热。

玲姐也热情地问候着：“巧玲怎么来了，今天不忙吗？”

“就是忙嘛，所以才来的……天晴啊，能不能找两个姐妹帮我呀？”

王巧玲手艺很好，加上阿九的宣传，每日做的海南鸡饭都不够卖。近来天气热了，一到中午就有人点鸡饭，开始时阿九一个人跑腿还凑合，可现在实在送不过来了。

玲姐放下手中的碗筷，琢磨着叫谁去合适。

天晴想着红头巾姐妹有点心铺兜底，可蓝头巾只能打些零工，眼看着就快坚持不下去。若是派到巧玲那边做活，对蓝头巾也是个安慰。但怕红头巾姐妹们多想，便去征求玲姐的意见。

玲姐有些疑虑，但话锋一转道：“你是大家姐，大主意你拿。你做事一向公道，能服众，再说，薛金枝把蓝头巾托付给你，你是要管的。”

天晴会心一笑：“玲姐这么说我就放心了。巧玲，晚上我们去蓝头巾那边，让你挑两个。”

王巧玲打趣道：“行，我都听头家娘的！”

“去你的！你的头家是邝海生，几个月没信了，不许再拿他取笑我！”

小蝉和王巧玲对视一眼，二人都看出了天晴脸上的惆怅。

小翠终于等到了，她和美花几乎同时将信交给写信佬。

“你们两个，我先读谁的信呀？”

美花知道小翠急不可耐，打趣着先看小翠的。写信佬点头，撕开小翠的信读了起来。

突然一声哭号，小翠捂着脸哭了起来。

美花连忙安慰：“小翠！你别哭！我们这就回三水，找我这个没良心的哥哥算账去！”

小翠拼命地摇着头，往豆腐庄跑去。美花急切地跟在身后。

天晴预感有事，连忙向豆腐庄追去。小蝉、玲姐和王巧玲也都跟着上前。面线伯摇着轮椅，使劲张望着，却爱莫能助。

小翠冲进宿舍，快速地收拾着自己的东西。

“小翠，你要干什么？”美花冲了进来。

“我走！”

“好，一起回三水，你看我怎么收拾我哥！”

“我才不回三水呢！他娶了媳妇，我怎么见我阿爸阿妈？”

美花拉住小翠问她能去哪里。小翠也不知道，为了脸面，去哪都行，终究不会再待在豆腐庄。

“你不用这样，我哥就是个糊涂蛋！等我写信回去骂他，把他骂醒了，让他来星洲找你！”

小翠冷笑一声：“现在说这些全是废话，他已经娶媳妇了，用我寄给他的钱！来星洲找我？干什么？让我当二房啊？骗子，他就是个骗子！开始说什么要先还清盖房子欠下的钱，现在又说星洲不许男工来，他就是不想来！从开始就没想娶我！”

小翠哭着，胡乱塞了一通，就往外冲。

天晴等人跑进豆腐庄时，小翠已冲出宿舍，二人在阳台拉扯着。

美花一把抱住小翠："你不能走！星洲这么乱，你谁都不认识，离开豆腐庄，你去哪啊？"

"我去哪都行，只要没人认识我！"

"我哥负了你，可我是你最好的姐妹，不能不管你！"

小翠却坚持要走，豆腐庄所有姐妹都以为她是要嫁给美花的哥哥，如今却是这样的局面，自己不走，难道等着姐妹们看笑话吗？

可美花还是死死抱住小翠不撒手。

"你想羞死我，臊死我，逼死我吗？"

见美花仍旧无动于衷，小翠急了："好，我就死给你看！"

说着，小翠就要跳楼，美花在后面死死抱住，一刻不敢松手。

天晴望见不远处的大红布，立刻向小蝉和王巧玲使了个眼色。二人会意，连忙跑去拿红布。

美花和小翠拉扯着。小翠突然用尽浑身力气，向美花撞去，越过二楼的栏杆就往天井跳。美花被撞了一个踉跄，连忙去拉，可根本没抓到小翠的手。小翠跃下空中的一瞬间，小蝉和王巧玲拽着红布来到小翠坠落的正下方，红布另外两个角迅速被玲姐和天晴拉住。砰的一声，小翠重重砸在了红布上。红布从中间裂开，小翠掉在了地上。幸亏红布的缓冲，小翠并没有大碍。美花从楼上冲了下来，很多姐妹也凑上来围在小翠身边。

"你们干吗不让我摔死啊——"小翠坐在地上，哇哇大哭起来。

天晴上前一把搂住小翠，安慰道："你看这红布，是我见有些姐妹的红头巾旧了，就买了这些布来，要给大家换新的，没想到先救了你呀。你不要走，红头巾都是你的亲人，没有人嘲笑你的！"

"我也不想死，可我真的没脸留在这，我不能看见美花，我也没法见大家……天晴，你就让我走吧，留在豆腐庄，我羞得慌、臊得慌，活不下去的！"

天晴无奈，松开了抱着小翠的手。小翠起身捡起了自己的行李，毅然决然出了门，玲姐上前拉她也被甩开。她逃也似的跑出豆腐庄，跑出这个她生活了几个月，已经熟悉的地方。望着小翠远去的身影，美花蹲在地上哭了起来。

新建成的南兰老宅门前热闹非凡，南兰站在那里，接受着十几个朋友的祝贺。他们都是星洲建筑领域的重要人物。

天晴和几十个红头巾整齐地站在新宅左侧，另一侧站着陆雪亭和来福等几个男工。南兰等人欣赏着他们的劳动成果，只可惜小翠、美花、七姑娘不在。

南兰站在中心位置，同众人客气道："我这老宅重建本来是件小事，所以也没请那么多人，只是请了建筑界的各位朋友来看看，帮忙挑挑毛病。"

"噢，这么精美的建筑，我们没有毛病可挑。"

“不不不，埃菲尔先生，你一定要挑，这是对我这个朋友负责，别怕这些女孩子们记恨你。”说着，南兰顺手指向天晴等一众红头巾。

红头巾们眼神交流一番，并不明白南兰小姐此举何意。

南兰笑着同面前的客人介绍着：老宅重建，工程虽不大，但对于当时还是红头巾新人的天晴来说难度可不小。

“这些女孩子在工地上干起活来比男人丝毫不差，但质量到底怎么样，留下了哪些缺憾，可就要劳驾朋友们帮我把关了……天晴，就由你带大家参观吧，这都是行家里手，你若介绍不仔细，便是怕人家挑你的毛病咯。”

天晴会意，落落大方道：“放心吧，南兰小姐，有这么多建筑界的头家来，是我们的荣幸，若是施工中有什么错误，请一定指出来，我们立刻改，随时翻修，不要工钱，将来您住进来发现哪有问题，我们也可以随时来维修，也不要工钱……哎呀，我说远了，头家们，请吧！”

说着，天晴大方地领着众人进了南兰老宅。天晴的不凡言谈给这些建筑师留下深刻印象，令他们对天晴好感倍增。一旁的陆雪亭凑了过来：“大嫂，你可真是善良又有智慧呀。”

“没夸你这个设计师，不开心了？”

“那怎么会？我难道看不出大嫂的一番美意？”

“美意？”

南兰明知故问，带着丝趣味看向陆雪亭。

“大嫂让天晴带大家参观房子，难道不是为了红头巾的生计？”

“是我害得她们暂时没工可开，我总该尽力做点自己能做的事……那栋大楼，你二哥还挺沉得住气啊？”

“他早沉不住气了，但他又不敢跟你谈，说是要把这件事情交给我。”

南兰有些诧异，问道：“那小弟为什么不开口？”

“我为什么要开口，大嫂这么做一定有这么做的理由。”

南兰看了眼陆雪亭，嫣然一笑。

领着众人参观完新宅，天晴便赶忙回到豆腐庄给姐妹们送去好消息：“参观的过程中就接到了两单活，还有三个老板预订了两个月以后的工地！”

玲姐看着天晴，这才反应过来。南兰小姐看似让人挑毛病，实际是在帮姐妹们揽活。

“天晴啊，七姑娘真有眼光，你这个大家姐，厉害！”阿贵伸出了大拇指。

天晴不敢自夸，称是机遇好，碰到了南兰小姐这样的好心人。说着，天晴犹豫起来：“但这些新头家的工地之前都没用过女工，对我们还有些怀疑，所以我提出了试工。”看着众人疑惑的目光，天晴解释道：“红头巾上工地，前三天算试用，不拿工钱。”

姐妹们盘算着，这也太不划算了，天晴接着道：“如果他们觉得我们干得不好，三天后我们就不用去了，但如果对我们做工满意，就要签订合同，之后，每人每天的工钱是八毛五。”

阿贵掰着手指头算了算：“白干三天，工钱涨到八毛五，划算的！”

众人议论纷纷，都觉得这个主意不错。

玲姐也算明白了：“好呀好呀，七姑娘要是知道我们的工钱能涨到这么高，肯定高兴得不得了啊！”

姐妹们在外面欢声一片，高个子的美花倒成了小可怜。美花呆呆地望着小翠的床铺，掉着眼泪。

天晴悄悄进了屋：“美花，听说你好几天没出屋了？”

美花哭丧着脸说对不起小翠，让天晴收回自己的红头巾，自己好回家找那没良心的哥算账。天晴轻轻擦去美花脸上的泪水，笑着道：“你哥哥新婚，就算你回去，还真点了他的房子？”

“可他不要脸，骗了小翠！小翠一个人……我担心得睡不着觉啊……”

天晴在美花身边坐了下来：“今天见到来福了，你不是求他去帮着找小翠嘛，来福还真尽力，找着了。小翠在一处高级公寓找到了活干，打扫卫生，有时候也帮头家烧饭，按月发工钱，赚得也不算少，你就放心吧。”

听见小翠暂时有安身之处，美花立刻询问哪天能去看看小翠。

“她不想见我们，就是不想有人知道过去的事，她想重新来过，你又何必现在去打扰她？等她想通了，自然会来找你，你们还是一辈子的好姐妹。”

美花点着头，可眼泪还是不停地掉着。见美花听进自己的话，天晴趁热打铁把明日试工的好消息也一并告知，并让美花明日带队。

美花一擦眼泪：“放心吧天晴，我一定好好干，多赚钱，还给小翠！”

天晴见美花释然了，这才放下心回屋里做起胶底鞋。

夜已深，天晴陪着玲姐、阿贵和两个老红头巾在路灯下做着胶底鞋。天晴扭了扭脖子道：“今天能做出五双来就好，明天我再想办法找旧轮胎。”四人点着头，马不停蹄地缝着鞋底。玲姐正在穿鞋带，她们用的不是红布条，而是蓝布条。

东方日出，七名红头巾由美花带队，排列整齐站在豆腐庄门口。姐妹们穿的都是胶底鞋，红头巾也都是崭新的。天晴拿着一串蓝布条的胶底鞋出门。

“蓝头巾的五个姐妹会在街口等你们，到时候把这五双鞋送给她们。”

美花看着鞋：“天晴，这是你们昨天晚上赶出来的？”

天晴笑了笑：“是啊，我们的姐妹都有胶底鞋，不怕钉子扎脚了，也不能让蓝头巾姐妹们冒险啊。”

美花一脸认真地竖起大拇指。本来还担心蓝头巾融入不进来，现下有了这五双鞋，就算是自家姐妹了，也不怕人家不服气。

“天晴，我们是一起过番来的姐妹，干活你是把好手，但我也不差，不服你。可论心胸、论头脑，我佩服你！”

天晴笑了笑，拿出大家姐的气势看向众人：“以后不光自己干，也要带好姐妹们，敢在头家面前为姐妹们说话；若是我们有错，也要敢在头家面前认错，寻求改正的法子。”

“记住了！我的大家姐！”美花深深鞠了一躬，带着姐妹们走了。

天晴看着她们远去的背影，才体会到了七姑娘曾经的心路历程。

楼道里，一名上年纪的妈姐对小翠道：“这间公寓的老板人很好的，常给小费，我都不舍得给你做呀！”

“那就留给您做。”

老妈姐看了看四周，压低声音道：“也不是啦，老板其实有家，这是他偶尔带女孩子来玩的地方，都是些不正经的女人，我嫌晦气呀。”

见小翠直撇嘴，妈姐提醒道：“我是老女工，我嫌晦气可以，你不能嫌呐，嫌你就要丢饭碗了！丑话讲在前头，老板面前，千万不能表现出一丝厌恶来，不然老板一句话，你就要被撵走了！”

小翠连连点头。

“记住喔！”说着，妈姐领着小翠去了公寓里。

此时，坐在公寓里的男子不是别人，正是喝着咖啡的陆雪樵，对面正坐着一个金发碧眼的洋妞。女人穿得很性感、很暴露。

“老板呀，新来了一个女工，明天起由她打扫您的房间，您有什么要求，直接吩咐她做就是！”

“换什么女工？你做得不是蛮好吗？”陆雪樵有些不耐烦。

“……新来的这个蛮好，能干的，以前在工地上做过的，戴红头巾的那种！”

妈姐细数着小翠的好处，陆雪樵想到自家工地里的红头巾都是粗手粗脚的，连忙拒绝。

“不黑的，也不是粗手粗脚，要不然老板您看一眼？实在看不上，那就还是我为你做了。”

说完，妈姐向后挥着手，候在门口的小翠走了进来。陆雪樵被清秀、标致的小翠惊住了。

“你喜欢呀？”对面的洋女人调侃道。

“没有啦，不要乱讲。”陆雪樵装出一副无所谓的样子对妈姐道，“哎，女工嘛，能做事就行了，就她吧。”

小翠鞠了一躬：“多谢头家，那我先去收拾厨房和卧房。”

陆雪樵没话搭话道：“先切点水果来。”

小翠应声去了。没一会儿，小翠端着一盘切好的水果放在了陆雪樵面前。陆雪樵不自觉地看向小翠纤细的手，又瞟了眼小翠的脸。小翠职业性地回以微笑，转身而去。看着小翠的腰身，陆雪樵眼睛有点直。

洋女人嬉笑道：“你就是看上她了，我们的爱情完蛋了，我要走了。”

陆雪樵连忙起身，一把揽住洋女人的腰：“爱美之心人皆有之，你们洋人还不是一样？”

两人打情骂俏的声音传到小翠耳朵里，小翠只当听不见，蹲在卧房里一丝不苟地擦着地板。

第二日，小翠按妈姐交代的时间，拿着清洁工具准时去公寓打扫卫生。站在门口按响了门铃，半晌，却没人开门。小翠拿出钥匙正要开门，门却开了。

小翠吓了一跳：“头家，您在啊……”

“我在等你呀。”陆雪樵的语气温柔极了。小翠一愣，但还是硬着头皮进了屋。

小翠半跪在地上擦着地板。不远处，陆雪樵端着咖啡杯，以欣赏的目光一直盯着小翠看。小翠下意识地拽了拽衣服。陆雪樵愈发觉得有意思，试图找出一些共同话题。

“你会烧饭吗？”

“会。”

“那我给你钱，你出去买肉买鱼买菜回来，给我烧饭吃！”

“对不起头家，我不能出去。”

“以前那个老的常出去帮我买东西，剩下的钱是跑腿费，你有赚的！”

小翠面露难色道：“这是不合规矩的，请头家不要难为我。”

“好好好，难得这么漂亮的女孩子还守规矩！我自己去买菜回来，你帮我烧饭！”陆雪樵笑着转身走了。

小翠忙完手中的活，便去做饭。没多会儿工夫，一桌色香味俱全的饭菜摆在了陆雪樵面前。

小翠拿起碗替陆雪樵盛了一碗鱼汤，陆雪樵喝了一口，道：“这鱼汤味道好啊！绝了！你也快尝尝！”小翠退后一步，摇了摇头：“不了，头家慢慢吃，我接着打扫卫生。”

“哎，你不要干粗活了，坐下来陪我一起吃吧。”

小翠还是诚恳地拒绝了。陆雪樵有些尴尬，不再多说什么。

卧房里，小翠帮忙整理床铺，却发现枕头下面压着钱。小翠愣了一下，将钱整整齐齐地放在台灯下。打扫完卫生，小翠走到客厅，向陆雪樵鞠了一躬：“头家，我做完了，明天再来。”

陆雪樵假装不在意地挥了挥手。

小翠一关门，陆雪樵立刻起身冲向卧房，连忙去翻枕头下面。陆雪樵刚要得意，却瞟到钱被压在台灯下，失落极了。

回到妈姐的住处，小翠将刚才的事说了一遍。

“哎，我没跟你讲过嘛，压在枕头底下的就是老板给的小费，你为什么不拿？”妈姐都替小翠可惜，白花花的钱就这样没了。

小翠低下头道："他给的钱太多了，不是小费。"

"那怕什么？我看得出来，陆老板很喜欢你的，他给多少你都拿着，最多让他揩点油，你又不亏什么。"

小翠有点急："如果是这样，我就走了，再去别的地方找活干！"

妈姐连忙解释自己并不是这个意思，生怕小翠不干了，头家找自己的麻烦。

小翠已经吃过男人的苦头，不会再做冤大头："这世上，男人靠不住，只能靠自己。我可以多做几间公寓，但不想拿头家的赏钱，拿了谁的，就是要靠谁，我心里不舒服。"

小翠的一番话，倒是让妈姐另眼相看。

第五十四章　同床异梦

小蝉坐在陆家的客房内，打开芭蕉叶饭，芭蕉叶里面包着星洲特色的饭菜，她刚要吃，就听见一阵阵的敲门声。

小蝉美滋滋地起身开门，喊道："雪亭……"

打开门，却发现站在门口的是金碧云。

金碧云看见小蝉，微微一笑："小蝉，不是雪亭，是我呀！"

小蝉忙恭恭敬敬问好："二太太，您有什么事情吗？"

"哪有什么事情，我是来叫你吃饭的。"

"啊？我带了吃的回来。"

"家里又不是没有下人做饭，你又何必这么对付？走吧，雪樵和雪亭都等着呢。"说着，金碧云亲昵地伸出手去拉小蝉。

小蝉着实不自在，忙推脱自己在房里吃挺好的。

金碧云却装出一副知心大姐姐的模样，向小蝉解释着，说自己开始确实不看好她和小弟的感情，但现在看，恐怕也是板上钉钉的事了。

"在这个家里可是有规矩的，主人该怎么吃饭，客人该怎么吃饭，下人该怎么吃饭，那是不一样的，有些事你早晚都要习惯的，走吧。"

小蝉无奈，跟着金碧云去了餐厅。陆雪樵已经坐在餐桌前，百般无聊地来回拧着手上的戒指。陆雪亭刚从楼上下来，走到近旁，才发现摆了四副碗筷。

"咦，二哥，今天有客人呀？"

没等陆雪樵回答，金碧云就拉着小蝉坐了下来。

"哪有什么客人，以后小蝉就跟我们一起吃饭了！"

小蝉为难地看向陆雪亭。

陆雪亭会意，亲昵地看着小蝉："那太好了！多谢二嫂！来，小蝉，坐这边。"说着陆雪亭大方地拉着小蝉，坐到了自己的旁边。

虽然小蝉跟着陆雪亭也见过一些世面，但对她来说，陆家的餐桌餐具以及饭菜还是过于高档。突然上桌的小蝉有些拘谨。

刚坐下，便立刻有下人来帮小蝉盛汤。陆雪亭和金碧云怕小蝉不适应，都热情地给小蝉布菜。

小蝉受宠若惊，慌忙应对。陆雪樵可没心思吃饭，不时瞟向金碧云。金碧云给陆雪樵一个眼色，意思是时机差不多了。陆雪樵心领神会，咳嗽一声道："小弟啊，我听说南兰的老宅已经完工了？"

陆雪亭假装不在意这事，吃着菜随便应付了几句。

"碧云，我们要恭喜雪亭啊！恭喜大设计师第一件作品问世了呀！"

"是啊，恭喜啊！"说着，金碧云和陆雪樵都端起了酒杯。金碧云又看向小蝉："还有小蝉呢，设计师的助理，也值得恭喜的！"

小蝉连忙拿起酒杯回敬。

四人碰杯，陆雪樵夫妇刚坐下，就互相暗使眼色。

陆雪樵起身给陆雪亭夹菜："小弟啊，南兰老宅竣工，她一定很高兴，你看那栋大楼……这个时候去跟她讲重新开工，是不是时机比较好？"

陆雪亭放下手中的筷子："嗯，确实是个好时机……我说今天二嫂怎么会拉小蝉一起来吃饭，原来是有事情要吩咐我。"

金碧云忙做出一副委屈模样，表明自己可是为了兄弟二人的团结，为了整个陆家才这样的。

陆雪亭思忖片刻，皱着眉头道："二嫂说得对……其实我早就跟大嫂提过了，可我看她的意思……"

陆雪亭欲言又止，吊足了陆雪樵的胃口。

"她应该是让二哥去求她。"

陆雪樵啪地一拍桌子："呸！让我陆二爷去求那个妖女？没门儿！"

金碧云立马给了一个眼神。

陆雪樵梗着脖子，话锋一转道："就算我去求她，你们觉得有用吗？"

金碧云没表态。二人的把戏陆雪亭看在眼里，只装作不在意。陆雪亭假意站在陆家这头，劝陆雪樵为了家族利益，放下颜面，道："二哥担着陆家的重任，去求南兰一次其实没什么大不了的。当然了，二哥要是打定主意不在南兰面前低头，最多再拖上两年，她也得开工，不然她的损失不是更大？"

“两年？！她拖得起，咱们家可拖不起啊！”陆雪樵脸色很难看。

“是吗？两年就拖不起了？咱们陆家的底子不至于这么薄吧？”

陆雪樵有些坐不住，又瞟了眼金碧云。金碧云给了一个肯定的眼神。

陆雪樵吃了个定心丸：“小弟，家里的难处你不知道，也就不给你添堵了，不就是在那女人面前低个头嘛，这能算得了什么？你二哥认了！”

金碧云立刻跟着附和。

半晌，陆雪亭提出若是二嫂能一同前往，效果会更好。

金碧云疑惑地看着陆雪亭，他解释道，南兰曾透露过想和二哥二嫂一起见面的意思。

“好啊，那白薇当众抽我嘴巴，我都忍了，为了陆家，我责无旁贷。”

金碧云边说，边在脑海里盘算着，预演着会发生的事。

陆雪亭见他二人都同意，连忙起身去打电话。背过身去，陆雪亭露出了得意的微笑。

陆雪亭挂断电话后，叮嘱小蝉在陆家安心待着，然后便和陆雪樵、金碧云一起，驱车朝女神酒店驶去。

盛装的南兰款款走来。陆雪亭第一个迎了上去，与南兰行贴面礼。金碧云见状，连忙起身。陆雪樵虽不情愿，可求人还是要拿出态度，便也站了起来。没承想南兰自顾自坐下，并未理会陆雪樵夫妇。陆雪樵有些尴尬，金碧云却无所谓，径自坐下。

坐下的时间怕是连五分钟都不到，南兰起身喊着陆雪亭：“小弟啊，可以走了。”

看着陆雪亭走也不是，坐也不是的姿态，南兰强忍着未笑出声。

“你不就是个传话的嘛，我和他们夫妇之间的事，你介入太深不好。”

陆雪亭挠了挠头，不顾陆雪樵眼中的挽留，摊了摊手道：“也好，你们终于坐到一起了，有什么分歧可以敞开心扉……慢慢谈，我先走一步了。”说着，陆雪亭起身走了。

桃姐将饮料和咖啡摆在桌前，半晌，却没人动，也没人说话，气氛好不压抑。陆雪樵对着南兰强挤出笑容，南兰只是露出标志性的假笑，等着陆雪樵开口。陆雪樵实在张不开嘴，用眼神求助金碧云。金碧云立马装作热络的样子：“您还是这么年轻漂亮啊，大嫂……”

南兰打断：“不必客气，叫我南兰就行。”

等不下去，陆雪樵索性放低姿态问南兰大楼何时开工。

南兰不冷不热道：“我答应了小弟和你们见面，可没说是要谈那栋大楼的事。”

南兰端起茶杯细细品了口茶，悠然地看向陆雪樵：“你忘了我说过的话吗？那天要不是小弟，有人就要做我的枪下之鬼了。”

此刻陆雪樵脸上的表情可谓精彩。

南兰没工夫搭理，沉浸在自己的愤慨情绪中：“你们陆家欠我的，我早晚会叫你们加倍奉还！”

陆雪樵气不打一处来："……可我们欠你什么了呀？"

南兰嘭地将咖啡杯放在桌上。

陆雪霖失踪前一个星期，从南兰的家族基金里拿走了一大笔钱。若是早有预谋，陆家一定知道陆雪霖人在何处；如果陆雪霖真的死了，陆家的建筑公司又没有动用那笔钱，那笔钱想必在老太太的保险柜里。南兰索性摊牌，自己之所以买下大楼的股份，就是想查出钱在哪，继而找到陆雪霖，活要见人死要见尸。

金碧云一直默不作声。听到南兰这番话，金碧云下垂的眼皮微微地颤动了一下，面上仍是装作若无其事的样子。

南兰的话在陆雪樵听来完全是子虚乌有，他瞬间暴躁起来，也不再掩饰自己的情绪："我大哥不是被你害死的吗？你这么说好像是我们害的！你说的什么钱我根本没见过！公司里没有，我妈的保险柜里也没有！你不能往我头上赖呀！要是有钱，我陆二爷能厚着脸皮来求你开工，继续盖那栋大楼啊？"

"你没钱，可是二太太却富裕得哪……有个号称龙哥的，是龙王帮的林龙青吧？一直放高利贷，最近几个月，多放出去了很多，有人说，他是在帮陆家二少奶奶放贷……金碧云，老太太在世的时候，别人是这么称呼你的吧？"

"金家落魄，我可不像你那样，带了很多陪嫁。陆家如今的状况，下人们的工钱都快给不出来了，还放高利贷？这种谣言不会是你编出来的吧？"金碧云给了南兰一个锐利的眼神，转头对陆雪樵吼道："陆雪樵，你看不出来吗，她根本不想开工，见面就是为了羞辱我们，你不走还在这里等着挨骂呀？"

金碧云一撺掇，陆雪樵拍了拍衣袖就往外走。

南兰没有起身，跷起了二郎腿，看着夫妇二人的背影。

陆雪樵开着车，瞥见副驾驶上心神不宁的金碧云，试探性地来了句："这个南兰，编瞎话居然编得有鼻子有眼的，林龙青是放高利贷的呀。"

"还好我老公不糊涂，要不然还没等同仇敌忾呢，就被别人挑唆，要怀疑自己的太太了。"金碧云俏皮地看着陆雪樵，陆雪樵干笑了两声。

回到家中，趁金碧云出门接展元放学的间隙，陆雪樵回到房里翻箱倒柜，终于在梳妆台前，金碧云的首饰盒里找到了那串珠子。回忆着自己将这珠子推给林龙青的瞬间，陆雪樵心里已经有了答案。

陆雪樵把梨花带到下人房里。室内灯光昏暗，有两张床，很明显是两个下人同住的。

梨花有些害怕："二爷，这大白天的，万一被人撞见了……"

待陆雪樵关上门，梨花不再矜持："二爷，我以为二爷早把梨花忘了呢。"说着，梨花就往陆雪樵的怀里扎。

陆雪樵一把推开梨花："我问你，我出去的时候，金碧云干什么？"

梨花没有想到陆雪樵竟然是问她这个，只是给了个常规的答案："陪小少爷做功课，哄小少爷睡觉……"

"每天都这样吗？她有没有出去过？"

"啊？二爷这话问的……我可不敢讲，头家娘的事讲太多了，不好吧？"

"我让你讲的，快讲！"

梨花故意顿了顿道："二爷要是连着出去两天，她就也会出去一天吧……"

陆雪樵一拳捶在墙上："这女人敢给我戴绿帽子？我问你，她都去哪儿，你知道吗？"

梨花听他说这话，便知道扳倒金碧云的机会来了，故意道："我……有的知道，有的不知道啊……"

"什么意思？"

"二爷，我做的一切可都是为了您……"

"少废话！快讲！"

"我怕她对不起二爷呀，她出去的时候，我就在后面偷偷跟着，可跟着跟着就跟丢了，也有几回幸运地跟上了，去的都是一个地方，安祥山街龙公馆……"

陆雪樵气急败坏道："果然是林龙青，这个贱女人，我掐死她！"说着，陆雪樵就要出门，却被梨花在后边一把抱住。

"二爷，你可别太冒失，这事得从长计议！我听说那个龙哥很凶啊，要是让他知道是我报了信，会弄死我的！"

陆雪樵听着这话，并没有说什么，只是一动不动地站在那里让梨花抱着。

"再说，我无凭无据的，金碧云也不能认哪，老话说得好，那什么……不是得捉奸在床嘛……"

陆雪樵想了想，冷静下来，转过身来托起梨花的下巴："梨花，没想到你这么有心眼儿？她出去，坐黄包车吧？你凭两条腿，能跟到安祥山街也不容易呀。"

梨花支支吾吾表示自己也坐黄包车。

"这么舍得下本钱，你有钱吗？我可没给过你。"

陆雪樵想套话，说着，眼睛已经触碰到梨花的额头。梨花哪能招架住，立刻把陆雪亭交代自己的事说了出来。陆雪樵仿佛明白了什么。梨花为表忠心，接着道，自己可没有胳膊肘往外拐，并未给三爷传递有用信息，金碧云的把柄还是得攥在二爷手里。

"我花着他的钱，却什么都没跟他讲，就等着有机会跟二爷讲呢，可二爷几个月都不理人家嘛……"说着，梨花就哭着扎到陆雪樵怀里。

"行了行了，别哭了，你对我这么忠心，将来给你名分就是！"

梨花被陆雪樵的甜言蜜语骗住，竟担心起他的安危："二爷，真的？您可不许骗我！我真担心，怕您斗不过金碧云哪……”

陆雪樵冷笑着，眼神中凶光毕露：“哼，你看我像面包一样软是吗？等着，早晚有一天，我让你看好戏！”

晚上，金碧云洗完澡，正在梳妆台前擦拭着脸。

陆雪樵半靠在床上，有意无意地说道：“也不知道这个南兰说的是真是假，要真有那么一大笔钱，大哥倒应该是放在妈那里才对……”

“是啊，要真那样，公司的困境不就解决了吗？可妈的保险柜你不是看过了，没有呀。”金碧云面不改色心不跳，回答得很是自然。

“我是看过，可在我回来之前，就你一个人在妈屋里，你不会是先拿走了吧？”

“我爸妈都死了，妹妹去了欧洲留学，不会回来了，我们金家在星洲也没别的亲戚，我金碧云就一个儿子，展元他姓陆啊！我要那么多钱干什么？我有多少钱还不都是陆家的！”

陆雪樵干笑一声：“但愿吧……这世上，纸是包不住火的，星洲不大，就算南兰胡说八道，总也是听到了一些风声吧？”

“路上我还夸你，还真被南兰挑唆了？陆雪樵，你没看出来？南兰是注定要与陆家为敌，不，准确地说，是要与你我为敌，置我们于死地呀！你的亲弟弟陆雪亭是她的帮手，我们夫妻现在是同林鸟，要是想活下去，就只能扳倒南兰了。”

“扳倒她？”陆雪樵不屑地笑了，“人家要财力有财力，又跟星洲当权的洋人是朋友，你怎么扳倒她？”

金碧云突然来了精神：“现任总督的任期就快到了，下一任总督的人选也已经确定。南兰能做到的事，我同样可以。到那个时候，别说大楼的三成股份，我们连整栋大楼都可以拿过来！”

陆雪樵吓了一跳。

金碧云狠道：“雪樵，这女人已经张开血盆大口，要吃掉我们，为了陆家，为了展元，我们只能跟南兰斗到底了！”

看着金碧云阴狠的眼神，陆雪樵产生了些许恐惧，下意识地翻个身睡在另一边。

第五十五章　借腹生子

辽阔海面上，一艘军舰的甲板上，新任总督古德爵士正拿着望远镜看着即将着陆的地方。

“亲爱的，快来看，那就是星洲！我们未来几年即将生活的地方，阳光明媚的美丽之城！”

古德欢呼着，古德太太却耷拉着脸，打着伞站在护栏边。

“可我不喜欢晒太阳。”

古德凑了过来，讨好地说道：“亲爱的，未来几年我将是这里的统治者，你是这里的第一夫人，你还是好好看看吧！”说着，古德递上了望远镜。

古德太太只瞟了一眼，漫不经心地说：“我只关心那里有没有黄金和漂亮的首饰。”

古德看着这一望无际的海，不觉嘴角上扬：“有的，什么都会有的！”

红头巾的名声已经打响，越来越多的工地找到天晴。原先人多活少的困境，现下完全反转，不时就会从三水老家招一批新的姐妹。

美花领着十个刚下船的三水姐妹往豆腐庄走去。突然，一个高大的满脸络腮胡的洋警察拦住去路。“绕路走绕路走！这里要过车队，新任的星洲总督车队！”

“别指指点点的，我们绕路走。”

一个小个子的女孩有点好奇，央求美花让大家看会再走。

“有什么好看的？以后有的是机会！大家姐还在等着你们开晚饭呢，跟上！”说着，美花向一个岔路口走去。众姐妹只能不情愿地跟上。唯有最后一位罩住面孔的大眼睛的姑娘，看到这些景象毫无波澜，显得十分神秘。

走到豆腐庄时，太阳正要落山。

面线伯已经可以拄棍走路了，他一瘸一拐地给客人端着面线，发现美花带人回来，笑着打招呼：“美花，又带新人回来了？”

“是啊……这位是面线伯，你们和他打个招呼。”

“面线伯好……”姐妹们异口同声。

面相伯礼貌地点了点头，让丫头们有空来吃面线。新来的姑娘们心情不错，吃起饭来也是狼吞虎咽。只有那个遮面女孩与众不同，细嚼慢咽吃着碗中的饭，咀嚼的动作甚至有些扭捏。

天晴端着饭碗坐到她的身边：“你叫白月初？”

白月初抬起头答应着。天晴这才得到机会，仔细地端详着眼前的女孩。白月初五官很精致，肤色也格外白皙细嫩，一看就是个美人坯子。

“你在老家没下过工地吧？”

白月初摇了摇头。

“也没做过别的工？”

见白月初有些犹豫，天晴严肃地要求她说实话。白月初只好摇了摇头，这也印证了天晴的猜想。

“也是，我看你也不像做过工的。”

白月初闻言，连忙放下碗筷，祈求天晴留下自己。

天晴笑了笑："既是过番来的三水姐妹，就没有撵你走的道理，但你没做过工，到了工地上可要受苦的。"

"我不怕！"

"不是怕不怕的事，力气活你做不来会伤到自己，那是一辈子的事。我尽量先不让你下工地，帮你安排些其他事做。"

白月初连忙起身，行了一个标准的戏曲礼节："多谢大家姐！"

"你不用这么客气，跟唱戏似的……"

说者无心，听者有意，白月初连忙垂下手。

有的姐妹还没从新鲜劲中缓过来，迫不及待地问天晴何时开工。天晴笑着让姐妹们休息好再开工也不迟，毕竟一路坐船也是十分劳累。新人们都非常兴奋，齐声谢着大家姐。

夜已深，临近打烊时间，红头巾姐妹还站在点心铺门口端着托盘招揽生意。

"上好的点心，您可以尝尝……"

小蝉习惯性地吆喝，一抬头，站在小蝉面前的竟是叶鹤鸣。

"少堂主，是您啊，您带几斤点心回去，玉蝶姨爱吃的！"

"点心就不带了，我有事求你。"

第二日一大早，小蝉便去豆腐庄把天晴带了出来。

"你把我拉出来到底想干什么？"

小蝉冲着天晴嘟着嘴，让天晴请客。

天晴笑了笑："豆腐街的面线最好吃，跟我回去，我请你。正好昨天才到了十个新人，其中有一个看着不像能下工地的，你要是能看上，就让她跟你开工。"

"好说，不过请我吃面线可不行，我认识一个地方，菜做得可地道了！"

天晴打趣道："准是陆少爷请你去过的地方吧？我可没钱，也没时间陪你。"说完，天晴就要走。

小蝉拽住天晴，说二人已经好几个月没聚了，希望天晴今天能陪自己。天晴愣了愣，担心小蝉是在陆家受了委屈无处宣泄，便答应了。小蝉马上高兴地挎住了天晴，去了一家粤菜馆。看着馆内的装潢，直觉告诉天晴，价格肯定不低，她觉得二人来吃有些浪费。

"谁说我们两个了？"

"还有谁？"

小蝉笑着不说话，天晴立刻意识到不对，起身就要走。

小蝉却一把把她拉住："天晴，你不能走！我答应人家了！"

"我不管你答应谁了，下次若再这样，我就不理你了！"天晴甩开小蝉要走。

"今天是玉蝶姨的生日！"

天晴呆愣在原地，自己已经记不清她的生日。

往日的记忆一幕幕涌现。天晴阿爸因气愤常玉蝶抛家离乡，从不肯告诉天晴她的生日，天晴幼时也常常因这件事哭泣。

“今天七月十九，就是她的生日，虽然她对不起你，但毕竟是你阿妈，你要不就陪她吃顿饭？”

常玉蝶和叶鹤鸣二人也在此时走进了餐厅。常玉蝶看见天晴，内心满是愧疚，脸上却是难以言表的幸福。

“来了……”

小蝉在天晴身边小声道：“你不用讲话，坐着陪陪她就好……叶鹤鸣就是这么说的……”

几人都已落座。旁边桌一个头戴礼帽的客人也落座了，这人有些神秘，一直用报纸遮住自己的脸。

饭菜上齐后，常玉蝶也不吃，只是笑着看向天晴，不时给天晴夹菜。

尴尬的饭局让小蝉实在难以下咽，推脱着说吃饱了，回点心铺还有事，便要离开。没想到常玉蝶也要一同离席。

“小蝉，大姨也吃饱了，要不你陪大姨去逛一逛吧？”

小蝉愣在原地。常玉蝶解释道：“今天是大姨的生日，你陪我去逛逛，买点东西……”说着，常玉蝶起身拿起小包，留下一个别有深意的眼神给叶鹤鸣，拉着小蝉就走了。

天晴皱着眉头，猜测着常玉蝶的用意。

叶鹤鸣却一点也不尴尬，端起茶杯看着天晴道：“这凉茶很去火，可以多喝一点。”

“今天真的是她生日？”

“当然，每年我都会为玉蝶姐摆席，今年她希望和你一起吃。”

“谢谢，那……你替我祝她生日快乐。”

“刚才你为什么不自己讲？”

“好像也没有机会让我讲。”

叶鹤鸣点了点头，表示这好像就是玉蝶姐的目的。

天晴抬起头：“什么目的？”

“让我们单独相处啊，她希望我追求你。”叶鹤鸣话说得很坦然。

天晴简直惊掉了下巴。

“如有冒犯，请欧阳小姐不要介意，我只不过是如实相告。自从发现你来了星洲，玉蝶姐最大的心愿就是希望我们在一起……”

天晴放下筷子，直视叶鹤鸣的眼睛，请他不要再说这种话。

“可是玉蝶姐有恩于我，我不想让她伤心。我没有交过女朋友，如果你觉得我不太差，我们可以试一试。”

天晴本想发作，可是面对如此优雅又真诚的表白，只能垂下头忍着气。

叶鹤鸣像是背台词般一板一眼地说着："多数女工地位很低，而你通过自己的努力，获得了别人的尊重，叶某非常敬佩，所以我想追求你，也不仅是玉蝶姐的心愿。呃……"

叶鹤鸣已经说不出话了，空了半晌，表示二人可以先以朋友的模式相处。

天晴刚想反驳，又听他道："从小，本该属于你的母爱被我分享了，我也觉得很对不起你，如果我们有未来，我会好好对你。"

天晴又气又恼，却发不出脾气来。看着眼前一桌子菜，不吃实在浪费，天晴灌了口凉茶，冲伙计喊道："小二，帮我添一碗饭！"

天晴二人只顾交谈，并未注意到旁边看报男子颤抖的手。

直到用餐结束，常玉蝶和小蝉也没回来。叶鹤鸣只好开车，先送天晴回豆腐庄。

"就停在前面吧。"

"还没到呢。"

"停车。"

叶鹤鸣只好靠边停车。

"我不想别的姐妹看见你送我，她们都知道我有男朋友，叫阿海。"

天晴下了车，头也不回进了巷子里。

叶鹤鸣本就不擅长应对这种情景，一下子更说不出话来，呆愣在原地好长时间。

面线伯看见天晴，熟稔地打着招呼："天晴啊，要不要来一碗面线哪？"

"刚吃饱……面线伯，您一个人能忙得过来吗？"

"阿玲照顾得好，我的腿好多了，只要一早一晚，她帮我出摊收摊，其他的我都应付得过来！再说，你这么器重阿玲，让她管最大的工地，我怎么能拖累她呢？"

天晴笑了笑。

身后突然有人喊道："是天晴吗？"

天晴猛地回身，只见大着肚子的秀禾大步向自己跑来。

"秀禾姐？"天晴试探性地叫了声。

"真是天晴！快救我，快救救我——"

说着，秀禾就扎在天晴的怀里，她实在是跑不动了。

不远处，两名大汉朝着秀禾的方向追了过来。天晴意识到情况不对，连忙拉起秀禾向豆腐庄跑去。

面线伯眼见不对，也抄起一条长凳，拦住路上。

"哎，你们想干什么？"

两名大汉见面线伯是个瘸子，完全不放在眼里，挥舞着手中的刀，示意他滚开。

面线伯看向街对面呼喊:“写信的，还不快过来帮忙！”转而对着两个大汉道:“这豆腐街由不得你们大白天行凶！”

写信佬远远看见大汉的手中凶器，慌得往桌下一钻，没敢出来。

大汉一脚将面线伯踹飞，向豆腐庄追去。

天晴正扶着秀禾冲进豆腐庄:“秀禾，你先到七姑娘屋里躲着去。”

秀禾连忙点头，捂着肚子便往楼上跑。

天晴大喊一声:“新来的姐妹们，抄家伙！”

小女孩们不明所以，楼上楼下都围着看，看大家姐在干什么。

一个新人问:“大家姐，这是干什么呀？”

“小妹妹，没打过架吗？来坏人了！抄最趁手的家伙！”说完，天晴顺手抄起一根扁担。

就在这时，两名大汉也持刀冲进豆腐庄里。天晴将扁担在手里一晃，扁担前面的铁钩子咔咔直响。

天晴没想到第一个冲来帮忙的竟是白月初。白月初看着文静，胆子却大得很，竟拿了把铁锹握在手里。其余十几个女孩子见状也都手持家伙，跑到天井里与两名大汉对峙。

“你们这些臭婆娘不想活了？都给我让开！不然别怪我不客气！”

天晴气势十足，冲二人喊道:“这豆腐庄是我们红头巾姐妹住的地方，男人，非请勿入！非请勿入知道吗？请你们出去！”

大汉唾了一口:“什么破地方，你以为我们想来啊？把刚才那个大肚婆交出来，我们立刻就走！”

“凭什么把人交给你们？”

“我劝你们不要多管闲事，拿人钱财替人消灾！”

“那好，我来讲。一，这是我们住的地方，你们持刀闯入，是要行凶吗？我们姐妹手中的家伙可不是摆设！二，我欧阳天晴最恨恃强凌弱，你们两个身强力壮，手持尖刀，要为难一个孕妇，好不要脸！三，那孕妇是三水姐妹，曾经当过红头巾，你们来这里抓人，这里是她的娘家，有一个算一个都是她的娘家人，我们能答应吗？”

天井里的女孩子齐声呐喊:“不答应！”

两名大汉面面相觑之际，天晴喊道:“出去！”往前走一步，一晃手里的扁担，铁钩子哗哗作响。两名大汉不自觉向后退了几步。一步又一步，天晴等人竟逼着两名大汉退出了豆腐庄。两名大汉自找台阶，只说让天晴等着。说完，相互对视一眼，扭身就跑了。

天晴将扁担往地上一戳，威风凛凛。女孩们无不用崇敬的目光看着天晴。

“大家姐，你可真威风！解气！”

“大家姐，难怪你在三水那么有名，我们算领教了！”

天晴长舒一口气:“你们呀，你们还高兴得出来，那两个五大三粗的，真动了手，没准就伤着谁，想起我都后怕……星洲不是常有这种事，今天刚好被你们赶上了而已。”

两名大汉灰溜溜地站在谭玉卿面前。

谭玉卿气得双手叉腰，道：“你们两个……连一个大肚婆都追不回来，输在几个红头巾手上，你们还有脸在江湖上混？”

两名大汉面面相觑，却也不敢多说什么。

老吴还是有点眼力见，适时挥了挥手，示意二人退下。

大汉刚出门，谭玉卿就骂道：“你瞎了眼了，这是从哪个帮派找来的废物啊？”

老吴也没想到，他们的老大是星洲有名有姓的人物，这次的活却办得如此差劲。老吴说着摇起电话，约人在酒店大堂见面。

约莫半个小时，一个西式打扮的中年男人坐在了酒店大堂的沙发上，手里把玩着一根没点着的雪茄：“那个孕妇以前做过红头婆，你们可是没讲过的，红头婆这两年在星洲风生水起的，是不好对付。”

“是吗？浩南哥怕那些乡下女人？”

浩南随手将雪茄扔在桌上，冷笑一声道：“用激将法？老吴，你当我是个孩子？”

“那倒不是，就是怕这点小事搞不定，丢了浩南哥的脸面。”

浩南笑了笑：“哪路英雄也不会闯进挤满红头婆的豆腐庄，从女人堆里往外拽个孕妇吧？那才真叫丢脸面呢！豆腐庄的大家姐叫欧阳天晴，年纪不大，却在红头婆里一言九鼎，拿她换那个孕妇咯。”

老吴连忙夸是个好办法。

“记住，浩南哥不做没准备的事情。”说着，浩南正了正衣领，自信地出了门。

将两名大汉撵走，天晴、玲姐、阿贵、美花四人赶忙回到屋内照看秀禾。秀禾满眼泪水，气息孱弱地靠在七姑娘床上，把自己近几个月的遭遇全盘说出。玲姐等人这才捋清了事情的来龙去脉。谭玉卿从收秀禾当师妹开始，就已经布下一张天大的网，就是想借秀禾的肚子生个孩子。

秀禾低着头：“她原本就是那个有钱人的外室，现在老了，怕分不上家产……”

“太可恶了！我还听过谭玉卿唱戏的唱片呢，没想到这女人这么脏！我恨不得把我的耳朵抠聋了！”阿贵生气地掏着耳朵。

“我开始还不知道受了骗，以为真是自己喝多了……后来才知道，他们在酒里下了药……得知真相时，我真想一死了之……”

美花紧紧握住秀禾的手，愤恨道：“凭什么你去死？那些害人的才该死！”

“秀禾姐，你选择活下来是对的，可是你不应该要他们的钱。”

秀禾看着天晴，面露惭愧："我已经把钱都还给了谭玉卿，这一年来，她给我的所有钱我都还给她了，我一分都没有留！孩子在我肚子里长大的，我不能把他给别人！"说着，秀禾已经泪流满面。

"七姑娘早讲了你会后悔，果然，被她猜中了。"

"表姐猜到了？"

天晴点了点头，问秀禾下一步有什么打算。

秀禾摸了摸肚子，打算夜深就走。无论是逃到天涯海角，还是吃野草啃树皮，都要把孩子生下来。

玲姐一口否决了秀禾的想法，她这个肚子随时都有生产的可能，一个人怎么能行？

"可我真的不能拖累你们，谭玉卿不是好人，她不会善罢甘休的，还有她身边那个老吴，更是心狠手辣，他手下人多，估计很快就会派更多人来抓我的……"

天晴坐到床沿，宽慰道："七姑娘早有交代，我们会尽全力帮你，什么连累不连累的。"

天晴起身叮嘱玲姐等人照顾好秀禾。毕竟对付谭玉卿，光靠红头巾的力量恐怕不行，还是得找南兰小姐帮忙。天晴出了豆腐庄，看看天色，还是抄了近道，从不远处的巷口走进一条黑暗僻静的小路。

天晴心急如焚地快步走着，突然迎面走来了两个人。天晴忙着赶路，本想低头绕过两人，却没想到二人是冲着她来的。天晴只顾前面，没有提防住身后的人，被人用黑布套住了脑袋。天晴死命挣扎着，却被三人合力抱了起来，扔上了一辆疾驰而来的黄包车。

黄包车驶到了一个废旧房屋处停了下来。天晴被扔在地上，脸上的布也随之掉落。迷迷糊糊中天晴看到两名大汉向自己走来，正是追赶秀禾的那俩人。

黑脸大汉抬手给了天晴一巴掌："臭婆娘，就是因为你，害得老子挨了一顿臭骂！"天晴被打得头歪向一边。

"还有我呢！"话音未落，络腮胡一巴掌也落在了天晴的脸上。

两个巴掌下去，天晴的嘴角已淌下血来。

"谁让你们打人的？不懂礼数，红头巾的大家姐也是响当当的一号人物，你们下手这么狠，合适吗？"浩南手里仍拿着那根没抽的雪茄，在手里转弄着。

两名大汉听到大哥发话了，连忙低头。浩南身边的小跟班立马搬了个椅子过来，还不忘擦拭上面的灰尘。

浩南坐在椅子上，居高临下地看着天晴："认识一下，我是浩南哥。"

天晴强忍着嘴角撕裂的痛感，一字一顿道："放了我。"

"放了你当然可以呀，你把那个孕妇交给我，我就放了你。"

天晴算是知道他们绑自己的目的了，只抬头瞪着浩南不说话。

“别这样看着我嘛，我这个人很公道的，也很讲信用，一个换一个，公平交易，怎么样？”

天晴眼神里没有一丝慌张，只是揣摩着说话人的意图。

“来，你们两个过来！”

络腮胡和黑脸听到这话心里咯噔一下，不情愿地上前。

二人走到跟前，还没反应过来，便被浩南一人赏了一巴掌。

浩南甩了甩手，笑着看向天晴：“我替你打回去了，现在公平了吧。你说，那个孕妇早就不是红头巾了，她得罪的人有钱有势，你怎么帮她？你没有必要去蹚这趟浑水。浩南哥我从不做没准备的事，我是知道你的，你欧阳天晴来星洲才一年对吧？根基还未扎稳，未来的路长了，多交点朋友，少惹点是非，不好吗？”

天晴愤怒道：“秀禾姐是我们的红头巾，我不会把她交给任何人。”

“这样啊，一点商量余地都没有？”浩南从兜里掏出一个雪茄剪，将雪茄塞进去一半，咔嚓一剪两段。

“人太硬了会折的，就像这雪茄。咔嚓，就成两半了。”

浩南把玩着雪茄，又是咔咔几下，将手里的半截雪茄剪得稀碎。

天晴还是沉默不语。

浩南发出了两声嗤笑，道：“要不我给你个台阶，你只要让她离开豆腐庄就好，怎么样？”

天晴一口拒绝。

见天晴软硬不吃，浩南露出了可惜的神情，随即一抬手，小跟班把天晴从地上拉起，松开天晴被绑着的胳膊，将天晴的手塞到浩南手里。

浩南的手掌十分有力，任凭天晴拼命挣扎都甩不开。

“你跟那孕妇无亲无故，要因为她得罪我，不值吧？”

浩南拿着雪茄剪打量一番，天晴内心害怕极了，嘴上却不肯认输。

“……不是无亲无故，我们都是三水姐妹，同根同源，同生同死！”

浩南有些不耐烦，将天晴的食指塞进雪茄剪里。

天晴把眼一闭。

浩南感受到了极大的挑衅，眼神中杀机毕露。手中的雪茄剪正要用力时，只听哐当一声，门被踹开了。

逆光中，一人大摇大摆地走了进来。

第五十六章　故人归来

浩南向那人望去。天晴背对着门，什么也看不清。

“谁呀？敢在浩南哥的地盘捣乱？”黑脸大汉就冲了上去。

来人并不答话，三拳两脚便将黑脸打倒在地。络腮胡从墙角拿着木棍就冲了出去，可没两下就躺在地上号叫起来。

六七个混混各持长短凶器就要围攻。

“等等！”浩南站起身道：“我怎么看着有点眼熟啊？”

那人仍不说话。

“往前走两步。”

那人向前走了两步，灯光打在脸上，这才看清来人是阿海。

“真是你啊？听说你离开了星洲，什么时候回来的？”浩南拍打着阿海的肩膀，与他寒暄。

阿海想了想，压低嗓子请浩南借一步说话。

浩南指了指黑脸，示意他看好天晴，便向外走去。

天晴只觉声音有些熟悉，但因为阿海刻意压低了嗓子，未能分辨出来。

浩南走出屋，身后还跟着六七个手持凶器的兄弟。

“阿海，混得不错呀。”

“大老虎骑小老虎——马马虎虎啦。”

“我记得去年这个时候，你们龙王帮十几个小鬼，在我的地盘惹事，有你吧？”

小跟班马上跳了出来，嘲笑阿海就是那个脑袋被踩在脚下，求饶直叫爷爷的那个。

阿海只是笑着点了点头。

“刚才看你的身手，脱胎换骨了？哪练的呀？”说着，浩南突然出手。

阿海一缩头，躲过浩南的袭击，从腰间拽出两把枪来，一把顶住浩南的脖子，一把对准了浩南身后的小弟们，整套动作行云流水，好不畅快。

“带上枪了？浩南哥不怕你！兄弟们，别管我死活，一起上，砍死他！要不然以后在星洲没法混了！”

混混们各举凶器，蠢蠢欲动。

“何必呢？我不是来要命的，我就是想把那女人带走。我早就不是龙王帮的啦，你也不用看林龙青的面子。”

浩南笑了笑，不厌其烦地重复他的口头禅：“浩南哥从不做没准备的事，里面那红头婆和你拍拖过，我知道，可早就散了，你可别说她是你老婆，说也没用！”

“难怪大家都说在星洲办事最稳的就是您哪，连我跟她拍拖过你都知道……以后可别再提了，丢人哪！”

浩南不解，为什么丢人还要救这个女人。

“我是救你啊浩南哥！”

浩南眼睛一厉，阿海道：“你不做没准备的事，就没查出来我为什么跟她分手啊？”

浩南摇了摇头，从兜里摸了根雪茄在手里揉着。

“被叶鹤鸣抢了呀！”

浩南哈哈大笑起来，说叶鹤鸣怎么可能看上这种身份低贱的红头巾。

阿海故作严肃地看着浩南，直言若非忌惮叶鹤鸣的势力，自己哪用得着跑路。自己这半年来一直在练身手，就为了亲手报复。

阿海顿了顿：“不过也无所谓，人为财死，既然有人给浩南哥出钱，我就不跟你抢了，别让那红头婆死得太舒服，我心里这口恶气出不来呀。”

说完，邝海生收了另外一支枪，转身要走。

“等会！阿海，你没诈我吧？”

“没好处的事我诈你做什么？做完了赶紧跑路，万鹤堂人多势众，惹不起，只能躲。”

阿海说完消失在夜幕的尽头。浩南哥愣在原地，再也自信不起来。

紧张的天晴根本不知道外面发生了什么。只见浩南冲了进来，狠狠瞪着天晴。天晴把心一横，毫无惧色，目光比浩南还要锐利。浩南点了点头，感觉天晴这么硬气，全是靠万鹤堂在背后做支撑。一挥手，命令小弟用黑布袋子直接将天晴的头蒙住。

黄包车载着天晴来到她被抓的地方。天晴被人从车上拽下，手上的绳索一下被割开。片刻工夫，连拉车人在内的三个浩南小弟瞬间消失。

天晴抖落手上的绳子，摘下蒙头布，四下看了看。天晴有些害怕，可对这突如其来的变化又很不解，爬起来就往女神酒店跑去。

黑暗中，阿海望着久别的爱人脱离险境，露出微笑。可想到叶鹤鸣白日里说的话，又有了退缩之心。

待三个小弟回到房屋后，浩南坐在椅子上，突然给了自己一巴掌：“我真是嘴欠，报什么名号！”

黑脸汉问浩南下一步怎么打算。

浩南哥的口头禅再次重现：“不能做没准备的事，万一欧阳天晴引来万鹤堂报复，就咱这几个人，还不一眨眼就被人灭了？学阿海，跑路，先上马六甲躲个一年半载再说！”

浩南一声吼，小弟们赶紧手忙脚乱收拾了起来。

酒店里，天晴惊魂未定地坐在南兰面前，桃姐贴心地给天晴递上了一杯水。

南兰睡眼蒙眬，听着天晴的叙述，已经把事情猜了个七八分。

桃姐也知道浩南，直言这人不是好东西，天晴能逃出来，也是命大。天晴想了想，是有人救自己才得以逃脱，可那人是谁，天晴实在没看清。

南兰脸上掠过一丝笑意：“那应该是个好心人，先不想那么多了，若有缘，你早晚知道是谁救了你……”

天晴皱了皱眉头，从南兰的话中听出了深意。

南兰起身踱了两步，实在没想到曾经是名角的谭玉卿竟做出这种事。

桃姐也有些懊悔，平日只见秀禾大了肚子，当是给谁做了小，可没想到另有隐情。

南兰已经清醒，看着桃姐道：“虽然我已经不再是白天女了，但是看到女人被欺骗，受欺负，我不能不管。”

阿海看着天晴安然无恙，有些想念阿九，便回家看了看。

一碗鸡汤、一份海南鸡饭没一会儿工夫便摆在阿海面前。

王巧玲和阿九并排站在一起，是越看越般配。

阿海吃了一口鸡饭，又来了口鸡汤：“哈！好手艺！阿九你小子哪来的福分，竟遇到了王巧玲？”

王巧玲大方笑了笑，阿九一个跨步坐到了阿海身边：“还不是我跟对大哥了嘛，要不是大哥追大嫂，我又怎么能认识巧玲呢？”

阿海一下收敛了笑容，叮嘱阿九以后叫天晴姐。

阿九不解，阿海自欺欺人，解释着众人都叫天晴大家姐，他叫一句天晴姐也是符合常理。

“不是，海哥，你跟大嫂……”

阿海一口打断：“不要再讲什么大嫂了，正所谓天涯何处无芳草，你大哥现在已经看不上她了！”

阿九半信半疑，王巧玲很明显不相信。

阿海又吃了口鸡，道：“你们两个明天一早去找面线伯，他的腿残疾了，一个人支撑不了那个摊子，你们加两张桌子，和他一起做生意。”

“啊？我们这边还忙不过来呢！”

话音刚落，王巧玲一拳打在阿九胳膊上。

“阿海哥，你是让我们去保护天晴？”

阿海点了点头：“她不知天高地厚，竟然招惹了浩南哥……出钱的那个人恐怕不会善罢甘休，最近她有麻烦了……”

“放心吧阿海哥，天晴要是有危险，我们及时给您报信。”

阿海笑着往阿九脑袋上敲了敲：“你学学人家巧玲，做事要用脑子！对了，你们两个不要对她讲我回来了。”

王巧玲答应着，问出来自己的困惑。大半年来，天晴一直在往泰国寄信，可阿海却一封没有回。

阿海哭笑不得地说自己大字不识几个，回信也没内容可写。他瞟了眼王巧玲，继续吃着鸡，岔开了话题。

次日清晨，天晴像往日一样唱起了起床歌。

伴随着天晴的歌声，姐妹们有的洗漱，有的穿鞋，新来的姐妹爱不释手地摸着头上的红头巾。

美花利落地招呼着姐妹们，阿贵则指挥着年轻的红头巾。

歌声飘到七姑娘房里，秀禾肚子有些疼，听到这歌声竟舒服了些。秀禾曾经也做过领唱，那时整个二楼走廊回荡的都是秀禾的歌声。回忆猛然涌现，秀禾躺在床上，满脑子都是往日红头巾姐妹们挑担子、搬砖、嬉笑打闹的景象。秀禾不觉间轻声哼唱起来，反应过来已是泪流满面。

两队红头巾整装完毕，天晴站在门口，叫住了队尾的白月初。

“大家姐，叫我阿月就行了。”

“阿月，我不是说过要帮你安排别的事做吗？”

“可我看大家姐忙，应该是还没顾上我，就想去工地试试，也不能白吃饭啊。”

天晴笑了笑，想着秀禾昨晚一直说肚子疼，天晴怕秀禾一个人应付不来，留下白月初做帮手。

白月初点头，问秀禾肚子里孩子的来历。

见天晴为难不语，白月初连忙道歉。

天晴叹了口气：“不是想瞒你，是一言难尽啊……”

天晴带着白月初进了七姑娘房里。

秀禾捂着肚子起身，满脸歉意：“天晴，你是大家姐，现在咱们红头巾几个工地一起开工，怎么能让你留在家里照顾我呢？”

“我今天陪你一天，明天起，阿月在家陪你。”

秀禾不想平白给豆腐庄的姐妹们添麻烦，更不愿天晴给自己特殊照顾。秀禾只道孩子一生下来，自己就去做工。

天晴上前搀着秀禾坐下，让她别多想，安心养胎即可。

“我巴不得今天就生，反正已经足月了，早点生了，我就早点出工啊！”

天晴无奈出了门，想着为秀禾做些有营养的吃食。

巧玲和阿九昨晚就将分店的餐饮用具准备妥当。天亮没多久，就推着车来到了面线伯摊位前。

面线伯看着眼前的巧玲和阿九道："我是不是占你们便宜了？"

"没有啊，我们借您的摊位做生意，占您的便宜啦！"阿九近来说话也亲和许多，想必是巧玲教导有方。

巧玲也附和着："是啊，只要面线伯同意，分给您一些，应该的！"

"其实我们那边摊子生意很好，这来豆腐街就是为了……"阿九忙着支摊，一得意，险些说漏嘴。

巧玲连忙接话："就是为了招牌嘛！招牌就是我的名字，阿九他希望星洲的每一条街上都有一家巧玲鸡饭！"

面线伯听得很认真，竖起了大拇指，夸赞二人有出息。

没一会儿工夫，面线伯的摊子旁又多挂了一个"巧玲海南鸡饭"的招牌。摊子上多加了两张桌子，客人也多了起来。

面线伯拄着拐，忙着给人端面线。巧玲上前一把接过，麻利地去上面线。面线伯擦着汗，心生感激。另一头要鸡饭的人也很多。写信佬笑吟吟走了过来，闻着鸡饭扑鼻的香味，让巧玲给自己也来一碗。

"好！我请您吃！"

写信佬连忙摆手，巧玲道："行！等您不忙了，我求您给家里写封信，不就行了？"写信佬这才应允，等饭的工夫，问巧玲想写什么内容。

"告诉阿妈我嫁人了，在星洲做海南鸡饭的生意，招牌就叫巧玲牌呀！"巧玲说着，脸上露出了幸福的笑容。

写信佬和面线伯看了看巧玲，又看着阿九。面线伯忍不住，问二人何时成的亲。

巧玲不好意思张口，阿九道："呃，半年前啦，没办喜事而已……巧玲说不需要浪费钱的，将来等有了崽，一起请大家喝喜酒啊！"

面线伯和写信佬称赞阿九这小子好福气呀，讨老婆都不用花钱啊！

"何止不花钱，还帮我赚呢！"

阿九笑着看向王巧玲，王巧玲回以嫣然一笑。

谭玉卿房里一片狼藉，花瓶碎片满地都是。老吴一副颓态站在她的面前。

"你不是说那个浩南哥能做事情的吗？怎么到现在还抓不回人来？"

"浩南哥和他的兄弟们一下子都找不到了……像是跑路了。"

"跑路？对付几个红头婆，他跑什么路啊？"

"是啊，所以……那些红头巾背后不会有什么大人物吧？"

“要是有大人物撑腰，那些女人怎么会去干苦力？”谭玉卿觉得老吴在糊弄自己，啪的一巴掌抽在老吴脸上。

老吴摸着脸，一脸难以置信：“你打我？你怎么能打我啊！我一把年纪了，这么多年我为了你谭玉卿，也算是呕心沥血啊！”

啪的一巴掌又抽在老吴脸上。

“你这些年没少在我身上吸血！靠着我，你赚得盆满钵满，我却成了孤家寡人，好不容易孩子就要生了，那女人却在你眼皮子底下跑了！你不该挨打？”

谭玉卿在屋内踱着步，上下打量着老吴，直言老吴同那个所谓的浩南哥是一路货色，借此骗钱分赃。

“你……谭玉卿！你的事我再也不管了！”老吴摔门而去。

谭玉卿朝着门口唾了一口：“我还用不着你个老废物了呢！看我怎么亲自把那大肚婆抓回来！”

谭玉卿走下楼梯，三个随从已经在大厅候着。

“走！”

三人跟上谭玉卿，即将出门之际，却被南兰带着桃姐拦住。

“谭小姐。”

“南兰小姐，我今天有急事，改日再跟你聊天啊……”

“别急着走，我们谈谈吧，为了秀禾。”

“这事南兰小姐都知道了？可真丢面子，让你见笑了。”

“谭小姐住了这么久，我就开诚布公了。这事你做得不对。”

谭玉卿轻声一笑，说自己好吃好喝地照顾着秀禾，给她的钱够她回到乡下三辈子都花不完！可秀禾背信弃义，拿着钱走了，做得不对的应该是秀禾啊。

南兰道：“秀禾本在女神酒店做工，辞工不干可是去跟你学戏的，不是替你生孩子的。”

“她想干什么还由得了她？我这里有文书！”说着，谭玉卿从怀里掏出一张纸，啪一下拍在桌上。

南兰拿过中英文对照的合同，看着笑了笑，说这和欺诈没什么不同，秀禾根本不认识上面的字。

谭玉卿拿出一副无赖模样，说自己可管不了这些，秀禾画押了就必须得认。

“谭小姐，你是有身份的，那么多人爱听你的戏，为了一睹你的芳容，追到女神酒店来住的都有，赫赫有名的角，除了唱得好，还要有个好名声，对吧？你今天做的事，传出去不好听吧？”

谭玉卿跷起二郎腿，说毕竟名声不能当饭吃。

“可我们都是女人，而秀禾跟你我比起来，是个苦命的女人，她既认了你当师姐，你就应该关怀她、帮助她才是，又何苦为难她？”

谭玉卿一下子夸张地哭了出来：“我为难她？我对秀禾比对我阿妈都好啊！她躺在床上养胎，我好吃好喝地给她端到面前，就差喂她了！孩子马上就要生了，她跟我玩金蝉脱壳，别以为我不知道她怎么打算的，她就是想自己把孩子生下来，然后去找孩子的爸，她要取代我，鸠占鹊巢！”

南兰厉色道：“谭玉卿，女人何苦难为女人，我劝你就此罢手，放过秀禾，也算为自己赎罪，不然，这事发生在我的女神酒店，我可是要插手的。”

谭玉卿如唱戏般夸张地笑着：“哼，南兰，我有文书在手，你插手又能怎样？知道你在小小的星洲能兴风作浪，不是还假装过神仙吗？真当自己了不起呀？我红透半边天的时候都不会拿正眼看你！”

谭玉卿拿起合同起身就走。南兰猛地起身，气得直哆嗦。

豆腐庄里，巧玲端着托盘，站在天井里喊着天晴。

天晴站在二楼，探出头来：“巧玲？你怎么来了？”

“我听说有个叫秀禾姐的住在这，快生了？新出锅的鸡饭，还有鸡汤、青菜，专门给她做的。我把摊子开到豆腐街来啦！”

“这是怎么回事？”

“走，出去看看你就知道了！”

巧玲带着天晴刚一出门，就遇上了谭玉卿和四个人高马大的随从，气势汹汹地往豆腐庄来。一打照面，众人都愣住了。谭玉卿指了指：“就是这两个吧？动手！”

四人向巧玲和天晴冲去。天晴二人被逼着退回豆腐庄，阿九看见，掉头就跑。面线伯骂道：“阿九，你不去救你老婆，跑什么？”

“喊人哪！”阿九来不及考虑，就去找阿海帮忙。

四人将天晴和巧玲逼至天井的角落里。天晴和巧玲抄起棍子就要反抗，可棍子和扁担都被对方控制住了。谭玉卿冷笑一声，大踏步地冲上楼梯：“秀禾！你个小贱货！给我出来！”

天晴二人大声呼救。可天井很深，声音不易传出。

“来了，来了，她来了……”秀禾正要吃饭，听见谭玉卿的声音，吓得直哆嗦。

“这声音好熟悉，秀禾姐，来的人是谁啊？”

秀禾起身往帘子后面躲：“坏女人，她要抢走我肚子里的孩子！”

白月初的手摸向腰间，猛地拽出一把刀。

“你别怕，有我呢！”

谭玉卿上了二楼，径自向七姑娘房间走去，一脚踹开了门。

一步踏进门来，谭玉卿愣住了，一张白皙的脸映入她的眼帘。谭玉卿发出声嘶力竭的叫喊声。

“白玉娇？啊——鬼呀！”

白月初也愣住了。秀禾看着白月初，隐约猜到了什么。

谭玉卿连滚带爬地从楼上跑了下来。四名随从跟着往外跑。

天晴和王巧玲对视一眼，拎着扁担、棍子追了出去。

阿海急匆匆赶来，正遇见谭玉卿大叫着冲出，眼见天晴没事，便转身离去。

豆腐庄里，天晴、王巧玲、秀禾三人都看着白月初。

秀禾躺在床上：“她管她的小狗也叫白玉娇，后来我知道那是她师妹的名字，自她以后，最红的粤剧名角。”但秀禾印象中，白玉娇应该不在人世了。

那天，谭玉卿看着报纸突然哈哈大笑起来。秀禾正在吃早饭，吓得赶紧起身。报纸的标题好像是“粤剧名角白玉娇与黑帮大佬一同葬身火海”。

“该！活该！叫你红！叫你紫！叫你不得好死！”谭玉卿笑着笑着，流出了眼泪。

老吴在一旁十分惋惜：“这白玉娇就是太刚烈了，居然在风云堂纵火，其实给三爷做妾不是挺好的出路？怎么想不开呢？”

白月初不再掩饰，承认自己就是白玉娇。而葬身火海的，是自己年仅十四的师妹白月初。白月初从三水老家到广州找白玉娇学唱戏，没承想被三爷那个老东西糟蹋了，白月初想不开，就悬了梁。

为了给白月初报仇，白玉娇把她的尸体装进箱子里，偷偷带进了风云堂，假意说要给三爷唱戏拜寿。结果老东西上了当，白玉娇用刀刺穿了他的胸膛，然后放了一把火……

白玉娇很是愧疚：“我骗了你们，我不是三水人，我冒了师妹之名，就是为了能逃到星洲来，没想到遇到了谭玉卿，我给你们添麻烦了。”

天晴叹气道：“若秀禾遇到你这么好的师姐，就不会有今天的事了……你不是想知道秀禾的孩子是怎么回事吗……秀禾姐，阿月对我们毫无隐瞒，你也告诉她吧。”

秀禾还未开口，已泣不成声。

听完了秀禾的经历，白玉娇愤恨地拍打着床沿，当年自己也是受尽了谭玉卿的气。谭玉卿从不传艺给自己，教的也都是一些取悦男人的手段。白玉娇一气之下与她闹翻，重新拜师学艺，才有了今天。

“没想到，谭玉卿不思悔改，竟用这样的手段欺骗了秀禾姐，真不知道有朝一日，她有何脸面去见祖师爷！”

“先别说这些了，若是那谭玉卿再回来，我们怎么办？”

白玉娇不想连累众人，说着起身就要走。

天晴一把拉住："往哪走？你才到星洲三天，人生地不熟，就算真的要走也要从长计议。你有多少年没见谭玉卿了？"

"七八年吧……"

"那就不怕了，你就是白月初，是我们的三水姐妹，刚才你说的那些话，不要再跟其他人讲。秀禾，巧玲，我们三个也要守口如瓶。阿月，若谭玉卿再来，你只当不认识她。"

谭玉卿带着四个随从，一口气跑回了女神酒店附近的巷子里。

"不可能是鬼魂，就是白玉娇！原来她没死，跑到星洲来了，还当上了红头婆，哈哈哈……你们四个跟我回去！"

见四个随从有些不情愿，谭玉卿立马加价："那几个女人手里有家伙，你们也不能空着手啊，去，片刀、斧子的买几把来，不让你们杀人，只为壮胆，事成之后，每人赏五十块！"

四名随从一听五十块，各个起了贪心，准备了双刀，利斧，准备再杀奔豆腐庄来。

这时，一人拦住了谭玉卿等人的去路。

"好狗不挡道，你让开！"

话音未落，那人从腰间拽出两把枪，来人正是阿海。

"就你们几个，还想去豆腐庄捣乱？不想活了？"阿海把玩着手中的枪，说最后四个字时，故意提高了嗓门。

四人吓得丢了凶器，转身就跑。

"哎，你们……"谭玉卿回过头看着阿海，"你是谁啊？敢与老娘作对！"

阿海只是拿枪指向谭玉卿，一言不发。

谭玉卿向后退，壮着胆子道："你等着！你等着！"说完谭玉卿狼狈地跑了。

谭玉卿压抑着怒火，扭头去了龙王帮。

"红头婆啊？哎呀，龙王帮可不愿意蹚这浑水。"

"怎么，星洲赫赫有名的龙哥居然怕那群卖苦力的乡下女人？"

"那倒不是，只是有个叫欧阳天晴的，跟万鹤堂扯不清关系啊……"

"难怪……"谭玉卿一咬牙，从包里拿出一摞钱，重重地拍在桌上。

"这是订金，龙哥，我可是打听了，你是星洲最硬气的男人，帮我办成这件事，我再加一倍给你！"

林龙青对上次的事心有余悸，可看着厚厚的一摞钱，很难不心动。

第五十七章　龙啸鹤鸣

黄昏的豆腐街，一队红头巾收工回来，顿时变得热闹起来。有人发现了鸡饭的招牌，远远地走来。阿九招呼着生意，王巧玲和玲姐在摊位后面聊着天。玲姐道:“今天生意好了很多，面线多卖出去好几碗啊。”

王巧玲嘴甜道：“那是因为面线伯煮的汤头香啊！”

玲姐闻言欣慰，但口中还是客气：“他的汤煮了十几年了，还不是那一个味道，是你的巧玲鸡饭带热了他的生意！巧玲，谢谢你……”

二人相谈甚欢之际，王巧玲脸色突变。玲姐向王巧玲目光所及之处望去。只见豆腐街的尽头,谭玉卿和林龙青身后跟着十几个帮派打扮的兄弟,正朝此处走来。阿九大惊:“坏了坏了，龙哥……”便欲顺小路去通风报信。玲姐和王巧玲听到阿九的话，忙向豆腐庄跑去。街上的其他红头巾见势头不好，有的直接躲在路边，有的往豆腐庄里跑。

林龙青刚好瞟到要跑的阿九，大喝一声叫住他。

阿九硬着头皮，回过身来迎上：“哎呀，龙哥呀！好久没见您老人家了，怪想的……”

“见着我，你跑什么呀？”

“没，没有，想去茅厕……”

“那个摊子是你的？”

“啊，跟别人合伙……”

不等阿九说完，林龙青手下的祥哥命令阿九:“还不去给龙哥搬条凳子！”阿九只好遵命。

豆腐庄内，阿贵、美花和另几名强壮些的红头巾正在抄家伙。玲姐劝姐妹们先别急:“来的可不是小混混，动手咱们要吃亏的！”

王巧玲附和道：“是啊，我听阿九说那个打头的是龙哥。”听闻龙哥的名字，从屋内走出的天晴一惊，脑海里闪过阿九无数次说起的龙哥，紧张起来。

阿九搬来的长凳被摆在了豆腐庄的门前，林龙青一坐，龙王帮的手下们一字排开站在他身后，只剩下一条狭窄小道进出豆腐庄。林龙青一手下朝红头巾喊道：“快叫你们大家姐出来！”

林龙青看了眼身旁叉腰站着的谭玉卿，对阿九道：“这位谭小姐可是了不起的大人物，她来一趟，给你们整条街都镶了金边，你在这条街上做生意，不觉得蓬荜生辉吗？就让贵客这么站着？”阿九忙答应一声，又跑去搬了条长凳来。谭玉卿见林龙青给自己撑腰，笑得花枝乱颤道：“多谢龙哥关照……”边说边扭着腰肢坐下。阿九着急想去报信，刚要走，被林龙青手下的祥哥瞪了一眼，又乖乖站在了一旁。

天晴从豆腐庄走出，看了看对方的架势，不卑不亢道：“我是这里的大家姐，谁找我？”

林龙青道："我。"

天晴毫无惧色："龙哥是吧？院子里住的都是女人，请你们先让开。"

林龙青失笑道："口气真大，都没问我来干什么，就撵人啊？"

天晴说："不用问了吧？这个女人来过，光天化日之下要抢人，我们正打算报告警察呢。"

谭玉卿猛地起身："别拿警察吓唬我！警察来了正好！先让白玉娇现现原形！"

"我们这里没有叫白玉娇的，请你不要无理取闹。"

林龙青眼神直逼着天晴："我知道你，阿海为你神魂颠倒，居然背叛了我，我只当他是没碰过女人，被猪油蒙了心。今日一见，也……果然如此。"兄弟队伍中顿时一阵哈哈大笑。

财哥道："他是被猪油把心肝肺全蒙住了，这女人也太一般了，白给我做小都不要啊！"

祥哥道："他是眼睛也被蒙住了，不瞎能为了这么个乡下女人背叛龙王帮？"众人都跟着笑。

天晴强忍着怒气。林龙青不疾不徐道："人不怎么样，胆子倒不小啊，连白玉娇都敢收留，龙王帮虽然在星洲，可与风云堂素有交情，风云堂三爷高我一辈，那是我叔！我早就得到了消息，三爷被一个唱戏的谋杀，还试图纵火，毁尸灭迹。现如今，凶犯跑到了星洲，龙王帮不能不管！把白玉娇交出来！"

天晴有些心虚。谭玉卿穷追猛打："我与三爷也是至交，抓住谋害他的凶手责无旁贷，把人交出来吧。"

财哥、祥哥附和："对，交人！快交人！"

天晴缓了缓神道："我说了，豆腐庄没有叫白玉娇的。"

谭玉卿叫道："她是我师妹，我能认错人吗？龙哥，别跟她废话了，就是她包庇那个纵火犯，让兄弟们冲进去搜人吧，还有个孕妇，是那个纵火犯的同伙！"

天晴瞪大了眼睛："谭玉卿！你说谎！你害秀禾姐害得还不够吗？"

谭玉卿冲上前："你是个什么东西？也敢直呼我的大名？"谭玉卿抡起巴掌就向天晴脸上抽去。天晴反应敏捷，一把抓住她的手腕，一使劲，谭玉卿被攥疼了，另一只手就要上去挠，却也被天晴用手抓住了。天晴又猛地一推，谭玉卿一个踉跄，险些摔倒。

连连败下阵来，谭玉卿夸张地伏在林龙青的肩膀上："龙哥，她打人呐，兄弟们可都看见了！……表弟！表弟……"林龙青手下的两个彪形大汉猛地反应过来，冲上前扶住谭玉卿。一个彪形大汉开口："来了表姐！"天晴瞬间愣了神。

原来，谭玉卿去找林龙青帮忙时，二人已商量好了计策，因为龙王帮不便介入此事，所以要拿白玉娇杀人之事作由头。若天晴死扛，便只能让林龙青手下两个惹了祸、打算跑路的兄弟冒充表弟出面了。毕竟谭玉卿的"亲戚"为她动手，与龙王帮无关。

另一个彪形大汉骂道："你这臭红头婆，敢打我亲表姐？"说着就要对天晴动手。此时，阿贵、美花、玲姐等十几个红头巾拿着家伙冲出，用扁担、棍子齐齐护住天晴。

街角，小蝉闲来无事溜达而来，一见这架势顿觉不好，转身就跑。

眼见事情要闹大，白月初一脸焦急地在豆腐庄内走来走去，走至厨房附近，看见了一碗辣椒水。

门外，彪形大汉装腔作势道："龙哥，红头婆打了我表姐，还拿家伙以多欺少啊！"林龙青站起身，一副主持正义的口吻："你们包庇杀人纵火的凶犯，还要动手打人，这就怪不得我了吧？兄弟们……"龙王帮的兄弟们听到老大发话，有的从腰间拽出刀，有的撸胳膊挽袖子要打人。阿九急得直瞪眼，四处寻找着邝海生的身影。

突然，一个大嗓门从豆腐庄传来："是找我吗？"

谭玉卿指认："就是她！白玉娇！"

"这位太太，你认错人了吧？"白月初一出声，吓了谭玉卿一跳，没想到竟是个大粗嗓子。

白月初道："我叫白月初，从三水来，才下船三天。在老家的时候我就常被人认错，说我是什么白玉娇。我倒想是她嘞，要是有她那么好的命，还用得着过番来卖苦力？今天我见过你，你是认识白玉娇吧？人家说我和她鼻子、眼睛长得哪哪都像，你看像不像？可惜我阿妈给我生了个破锣嗓子，不然我就鲤鱼跃龙门，跟你一样穿金戴银了！"

白月初不光嗓子粗，言谈举止也变成了舞台上的丑角。林龙青皱着眉头看向谭玉卿："这个是？"

手下的祥哥嘀咕道："白玉娇的唱片我可是听过的，这嗓子不太像啊……"林龙青瞪向祥哥。祥哥立刻闭嘴。谭玉卿有些犹豫，她仔细端详着白月初。

天晴趁机喝道："阿月！让你做饭，你跑出来做什么？一点规矩没有，回去！"白月初连忙转身回了豆腐庄。

天晴道："姐妹们，你们也都回去吧。"她指了指阿贵手里的工具："这些都是下工地用的，我们红头巾不会打架。再说了，龙哥也不是来跟咱们打架的，是吧龙哥？"

林龙青没法回答，脸色难看极了。

玲姐和阿贵交换了眼色，红头巾们都退了回去。天晴对谭玉卿和林龙青说："既然是谭小姐认错人了，就请回吧，我们豆腐庄也招待不了这么多贵客。"

谭玉卿不甘心："这个认错了，还有一个呢！把秀禾给我交出来！"

天晴上前两步："秀禾是我们三水姐妹，过番四年，一直做红头巾，她是我们的人，凭什么交给你？"

谭玉卿道："她肚子里那个是我的孩子！"天晴笑了起来。

谭玉卿被天晴笑得有点慌："你笑什么？"

天晴道："你自己不觉得可笑吗？别人肚子里的，怎么会是你的孩子？你自己不是女人，不会生孩子吗？"

谭玉卿恼羞成怒："我有文书！她答应我的！"说着从包里掏出合同伸到天晴面前。天晴淡淡道："对不住，我不认识那么多字。"

天晴又转向林龙青："龙哥，她说的秀禾跟龙王帮没关系吧？如果没有，您就请回吧。"

林龙青笑了笑："我不急。"

"这个女人在无理取闹，您带着这么多兄弟来，是要当帮凶吗？"

林龙青皮笑肉不笑："我谁都不帮，我看热闹，我不进你的豆腐庄，你也别想撵我。这是星洲，你想撵也撵不走！阿九！"

阿九连忙上前："哎，龙哥……"

林龙青说："你也曾是我龙王帮的兄弟，现在做买卖了，我捧你的场，每人一份鸡饭，送到这来吃……阿财，先付钱。"

阿九朝豆腐庄内大喊一声："巧玲，你在里面做什么？快出来做生意啊！"王巧玲从豆腐庄走出。已经接过钱的阿九一把抓住她，小声嘀咕着："你去做鸡饭，我去找海哥。"

这边，谭玉卿开始撒泼："秀禾，你个没良心的，你给我出来！你拿了我的钱，不给我做事，你就是个骗子！快来看哪，豆腐庄里都是女骗子呀——"

"谭玉卿，据我所知，秀禾已经把钱都还给你了！"

谭玉卿愣了一下："那她住我的吃我的不用钱吗？这一年来，山珍海味她可没少吃啊！女神酒店的房钱，也能买下你们这破屋子了！秀禾，你个骗吃骗喝骗孩子的骗子，你给我出来！你不出来，我就在这骂死你！我让全星洲的人都知道，你们红头巾都是骗子！出卖色相，骗走了属于我的孩子，你还给我！"

谭玉卿骂得越来越难听。天晴不理，转身往里走。谭玉卿看向林龙青。

林龙青说："这些乡下女人最在乎名声，接着骂，拣难听的骂，用不了多久就能骂出来。"

谭玉卿咽了口唾沫："秀禾，我好心好意教你学戏，可是你净学勾引男人的本事！你们红头巾来星洲是不是跟秀禾一样，个个都想靠勾引男人骗钱骗孩子啊！"

听到外面的叫骂声，红头巾姐妹们个个面红耳赤，有的甚至开始哭。天晴忙对姐妹们道："就当什么都没听见，该干什么干什么。"

玲姐也帮着开解："都听见没有，该干什么干什么！"

阿贵一顿手里的扁担："我真想跟她拼了！"玲姐一把拉住阿贵，示意她回屋，阿贵不肯走。

天晴一进七姑娘房内，就被秀禾吓了一跳。秀禾手里正攥着剪刀，对着自己的脖子。一旁的白月初不知道该怎么劝，干着急。天晴慌忙拦下："秀禾姐，你这是干什么？"秀禾哽咽道："他们要是敢进来，我就结果了自己！"天晴摇了摇头："秀禾姐，你不就是为了孩子才逃出来的？你死了，孩子还能活得成吗？你要多学学阿月，遇事不要怕，要想办法对付这些坏人！"秀禾看向白月初："阿月，你刚才那嗓子怎么弄的？"白月初一脸无奈："我喝了一大碗辣椒水啊……"天晴笑了："我听说你们这些唱戏的名角，嗓子最重要，谭玉卿不怕毁了嗓子，让她喊去吧。秀禾姐，你安心吃饭安心睡觉，我料他们不敢进来。"

秀禾还是担心："我听说来了好多人，凶神恶煞的，怎么没进来呢？"

天晴笑了笑："我阿妈从小抛下我来了星洲，到现在我都没有认她，不过她倒是已经帮上我们了。"

秀禾疑惑："你阿妈？"天晴微笑，不再说话。

豆腐庄外，祥哥递给林龙青一碗鸡饭："龙哥，冲进去抢人得了。"

林龙青接过鸡饭："不行，欧阳天晴的阿妈是万鹤堂的红人，现在正在撮合她女儿和叶鹤鸣拍拖。"

祥哥惊讶："还有这事？"

林龙青苦笑："不然我至于费这么大劲？让她自己折腾吧，为了几个钱得罪万鹤堂，不值。"说着，看向不远处的谭玉卿。

谭玉卿仍在骂着："人参、鹿茸、燕窝、花胶，这些补品我换样给你供着，一日三餐我天天陪着，你养胎我伺候你，你个忘恩负义的小贱人，你还要不要脸呀！见过无情无义的，没见过你这么无情无义的！你偷走了我的孩子，将来谁为我养老啊！"她骂着骂着，竟哭了起来："你们红头巾没一个好东西啊！抢别人家的男人，偷别人家的孩子，你们不要脸哪！"

阿九端了一碗凉茶过来："谭小姐，看把您累的，喝碗凉茶解解渴吧？"谭玉卿接过凉茶一饮而尽。阿九接过碗，回头向巷口的方向望去。戴着礼帽的邝海生正靠在那里等待着。

骂声从外面传进豆腐庄内，天晴从楼梯上下来，玲姐拉住了她："一直在骂，有好几个小姐妹都被骂哭了，这以后红头巾的名声要是传出去，谁还敢找咱们做工啊？"

天晴叹了口气，一脸的无奈。

阿贵气愤："天晴啊，你昨天不是去找南兰小姐了吗，她没答应帮忙？"

"答应了，可……"美花道："南兰小姐也不是神，这种事她恐怕也没有办法吧？"天晴不置可否。

谭玉卿喝完凉茶，似乎有了精神，骂声更甚："快来看哪！豆腐庄里住着的都是女骗子！专门勾搭别人家的男人！以后见了红头巾可得离得远一点啊！"骂着骂着，谭玉卿突然闭嘴了。

林龙青诧异："骂呀，刚才这几句解气，我看她们快忍不住了。"

谭玉卿一只手捂向肚子，四下观察："我……"

林龙青疑惑："怎么了？"

谭玉卿表情尴尬："我去去就来……"说着，快步向巷口跑去。

阿九还逗着谭玉卿："哎，谭小姐，你怎么走了？凉茶还要不要，再给您来一碗啊……"

谭玉卿恼道："你给我喝了什么，你，你等着！"

阿九假装一脸茫然。王巧玲凑近巷口角落的邝海生："海哥，你给的是什么药？"邝海生一脸坏笑："巴豆。"王巧玲一下笑了出来。邝海生说："她一时半会回不来，你赶紧进去，让天晴把秀禾带走。”

王巧玲着急地说：“龙王帮那么多人在，怎么走啊？”

邝海生道：“待会儿我开枪打伤林龙青，引开他们。”

王巧玲担忧：“啊？海哥，那你不是很危险……”

邝海生一脸坚定：“不冒点险，恐怕救不了她们了。林龙青贪财，看这架势，谭玉卿许了他不少好处，龙王帮不会善罢甘休的……去，跟天晴说，听到枪响就带秀禾走，先离开豆腐庄再说。”

王巧玲虽担心，也只好大胆走向豆腐庄。祥哥拦住：“干什么去？”

王巧玲说：“我刚才给里面送鸡饭了，现在去收碗，要不然没得做生意了。”

林龙青见是个平平无奇的女人，没当回事，示意可以进。

豆腐庄的角落里，天晴听到王巧玲的报信，摸不着头脑：“枪响？为什么会有人开枪？”

王巧玲急切道：“哎呀，你就别问了，总之，听见枪响你就带着秀禾姐赶紧走，不然林龙青不会善罢甘休的！”

外面，暗处的邝海生已经瞄准了林龙青，即将开枪时，却见谭玉卿阴着脸快步走来，指着阿九道：“龙哥，打死他，他跟里面那些人是一伙的，他给我下药了！”谭玉卿揉着肚子，龙王帮的混混们一阵坏笑。

林龙青道：“阿九，你可是个老实孩子呀，怎么学会跟我作对了？”

阿九道：“冤枉啊龙哥，我没跟您作对……”

谭玉卿恶狠狠地道：“龙哥，这些红头巾脸皮厚，靠骂街不管用啊，你一声令下让兄弟们冲进去帮我抢人吧，我再加三倍的钱！”

林龙青犹豫着：“这……”

谭玉卿一咬牙：“五倍！”

财哥和祥哥瞬间眼睛都绿了，财哥道：“龙哥，干了吧！这不是有她表弟嘛，反正也要跑路了！”那两个假表弟，一个拽出刀来，另一个拽出一把枪。

邝海生一见这架势有些傻眼，现在即使开枪也来不及了，况且林龙青一直被挡着，他没有把握一枪将所有人都引开。林龙青很快下了决心，吩咐两个“表弟”：“冲进去，帮你们表姐办事！”两个“表弟”刚要撞门，巷口却传来“砰”的一声枪响。所有人都惊讶地向巷口望去，包括邝海生。

枪声也惊动了豆腐庄内的秀禾和白月初。天晴急切地冲了出去，玲姐、阿贵、美花等十几个红头巾跟出，冲出门口却愣住了：开枪的是星洲白人警长亨特，他神色严肃，带着一队警察快步赶来。

林龙青示意两个“表弟”收家伙，谭玉卿却根本不在乎：“哎呀，警察来了，好啊！正好帮我抓人，我这里有合约，签了合约又不认账的骗子就躲在豆腐庄里！”她见什么人说什么话，立刻把“文书”的称呼改成了“合约”。亨特瞟了眼合同，交给身边一华人，道：“收好，这是重要证据。”

谭玉卿满意：“那你们帮我抓人吧，她叫秀禾，就在这里面，我认路！”

亨特懒得理会谭玉卿。华人助手上前：“这位女士，你之前是一直住在女神酒店吗？”

谭玉卿扬扬自得：“对呀！”

华人助手一挥手：“就是她。”立刻有两名印度警察上前铐住了谭玉卿。

谭玉卿莫名其妙：“哎，你们抓我干什么，我又不是骗子！”

华人助手道：“你不用喊，很快会有人指认你的。”说话间，桃姐带领两名警察押着戴手铐的老吴赶来。

“吴德义，这是你的同伙谭玉卿吗？”

“是，是她……”

谭玉卿慌了：“老吴？你出卖我？警长大人，他诬告我什么了？这老东西跟我有仇，你们不能听他的！”桃姐看向天晴：“天晴，你带秀禾出来，指认这两个是不是下药害她的人！”天晴诧异，桃姐宽慰道：“你放心吧，是南兰小姐报的警，亨特警长早就抓了这个姓吴的，他已经招供了！”

等到小蝉领着常玉蝶、叶鹤鸣、坤叔等人赶到，却发现警察已经先到了。林龙青看见叶鹤鸣等人，有些心虚，就要带人走，亨特警长却下令谁都不许走。

林龙青解释：“警长大人，我们就是来看热闹的，不关我们的事啊！”亨特示意，警察们上前逐个搜身。

林龙青傻眼了，他自然没有带武器，但那两个“表弟”很快就被搜出了枪，按在了地上。阿九和王巧玲对视一眼，长出了一口气。

暗处的邝海生看笑了，但他也发现了叶鹤鸣一行人。看到叶鹤鸣关切的神情，以及和常玉蝶亲密无间的感觉，邝海生有些不是滋味，他将帽子压了压，又往角落缩了缩，唯恐别人看见。

一张小桌摆在豆腐庄的门口，警察正在临街办公，华人助手一直记录着什么。秀禾在白月初和美花的搀扶下哭哭啼啼地诉说着。亨特和蔼道：“好了，你不要太激动，今天就这样，再有问题，我们会再来找你取证。”亨特转身来到谭玉卿面前：“这位女士，我想提醒你，星洲是有法律的，有钱人不能为所欲为……带走！”

谭玉卿不依不饶：“我冤枉啊！老吴，都是你出的坏主意！我做鬼也不会放过你的！”老吴和墙角的两个“表弟”被押着跟在后面，一言不发。

警察们都走了，亨特路过叶鹤鸣的时候，二人相互有礼貌地点了点头，很明显认识。

桃姐看向秀禾："秀禾，你好好养胎，南兰小姐说等孩子生出来，她是要来看的！"

秀禾带着哭腔："谢谢桃姐，谢谢南兰小姐……"

桃姐又向天晴告辞，然后离开。

第五十八章　爱而不见

林龙青也硬着头皮走了，经过万鹤堂一行人的时候笑着打招呼。坤叔叫住他们："等会，阿青啊，这是你的地盘？"林龙青赔笑："啊，不是……""那你带这么多人来做什么？"

林龙青回道："我……我看热闹嘛！"

岂料坤叔啪的一巴掌抽在林龙青脸上。身形高大的林龙青当着一众手下的面被人掌掴，立马瞪大了眼睛。

坤叔笑道："呀，眼睛瞪这么大，要拼命啊？"

林龙青神情狠恶，不想坤叔又是一巴掌："我替你爸教训教训你，不行？"

林龙青捂着脸："我哪做错了，用得着你教训？"

坤叔反问："我是谁呀？"

林龙青愣住了。

"见到长辈你叫人了吗？规矩都不懂，你怎么带兄弟？"坤叔说着，又给了林龙青第三巴掌。

在场的龙王帮人虽多，但都被搜了身，是没家伙的，此时也有握紧双拳想拼命的。可坤叔身后四五个万鹤堂的手下都分别掏出了枪，且都是双枪。林龙青只好服软："坤叔……"坤叔这才松了口气："滚吧，以后这条街，你就别来了！"林龙青咬着牙走了，身后的一众小弟都如丧家之犬。

红头巾们看着解气，有的高兴得想鼓掌，却被玲姐制止。写信佬和面线伯没见过这架势，都各自在摊位上老实待着，不敢出声。常玉蝶顾不得那么多，跑向天晴："天晴，你没事吧？我听小蝉说了，把我吓坏了！"

小蝉帮腔："是啊，玉蝶姨一听说你有难，立刻就带人过来帮你了，天晴，你快道声谢啊……"

还没等天晴开口，叶鹤鸣也到了身边："你没事吧？"

天晴点了点头，只道："谢谢你们。"林龙青一行已经消失，天晴冲到阿九面前，一把拽住他："阿九，是不是阿海来了？阿海在哪？告诉我阿海在哪？"

阿九一听天晴知道了邝海生的事，满脸尴尬。

天晴焦急追问："告诉我呀！阿海在哪？"

阿九一咬牙，狠心道："海哥不让我说，他也不想见你呀……"

天晴气急甩开阿九，冲到街上最宽阔的地方喊着："邝海生，我知道你就在这里，你出来呀，我想见你！"

常玉蝶很是尴尬，她有些不好意思地看向叶鹤鸣。小蝉也没想到邝海生回来了，她向前跑了几步想劝阻天晴，可又停住了。天晴继续喊着："我知道你离开星洲是生我气了，那是误会啊！我给你写的信你都收到了吗？为什么不给我回信？昨天是你救了我吗？你为什么不露面，阿海哥，你出来见我呀！"天晴眼里流下泪水，她把压抑了近一年的感情全都发泄了出来。

叶鹤鸣目光平静，脸上却掠过淡淡忧伤。常玉蝶最是了解叶鹤鸣，她顿时懂了，懊恼与失望充斥心中。

暗处的邝海生眼角也流下了泪水，他想出去见天晴，可终究忍住了，因为自己现在还没有能力保护好天晴，也不能违背与常玉蝶的约定。

夜晚的豆腐街，小蝉和天晴坐在面线摊，吃着面线聊天。小蝉道："阿海哥真的回来了？"天晴怏怏道："装神弄鬼的，回来了又不来见我，看我怎么收拾他……阿九！"

天晴突然一声叫嚷，吓了阿九一跳，他连忙上前："哎，天晴姐……"

"你以前什么时候这么称呼过我？谁教你的？是不是阿海啊？"

阿九一阵尴尬。

天晴说："叫大嫂！"

阿九愣住，只好乖乖叫大嫂。

天晴哭着喊着也没有把邝海生找出来，所以决定用另一种方式把他揪出来。她把所有的鸡饭都包下了，请豆腐庄的姐妹们吃，还预订了第二天中午的八十份鸡饭，让阿九挨个工地送，所有账都记在邝海生身上。"你告诉他，要是不出来见我，我就吃穷了他！"

阿九欲哭无泪："不是，八十份我做不来的……"

天晴继续说："那我不管，你和巧玲别睡觉了呗，连夜做！"

不远处的王巧玲笑出了声。天晴问："你笑什么？说是好姐妹，这么大的事都瞒着我，有我跟你算账的时候！"王巧玲不敢笑了。

小蝉诧异地看着天晴："喂，真的呀？下工地都能吃到这么香的鸡饭了？那明天我也去吧……"天晴大声道："不用去工地，再加一份，不对，两份，明天一早送到陆家，请陆少爷尝尝！"阿九咧着嘴："一早啊？那真的不用睡了……"

小蝉调侃天晴："你可真厉害，我好同情阿海哥呀，要是真的娶了你，将来可有受罪的时候了！"

天晴瞪向小蝉："都怪你多事，你去万鹤堂干什么？"

小蝉无奈道："你有危险，我是为了救你，你别不知好歹啊。"

天晴道："我是死是活与他们有什么关系？"

小蝉故意道："你说的'他们'是谁？是玉蝶姨还是叶鹤鸣？"天晴不说话了。

小蝉叹了口气："你今天这样，以后算是没机会了，你不后悔？"天晴白了她一眼。

小蝉继续道："其实叶鹤鸣蛮不错的，既文气又英俊，还是星洲第一大帮的掌舵人，我听说在星洲有很多大家闺秀想嫁给他的……"

天晴反击："也有很多大家闺秀想嫁给陆雪亭的，而且陆家男人的花心也很有名，你当心啊。"小蝉被反将了一军，将碗往前一推，嗔怪道："有你这么当姐妹的吗？讨厌！"

天晴正色道："我是在提醒你，你现在把自己的未来都押在男人身上，万一有一天……"

小蝉忽然一笑："你是怕雪亭变心啊？他才不会呢！就这么一个最好的少爷被我碰到了，羡不羡慕啊？再说，我也没把宝押在他一个人身上，我今天来是跟你对账的。"小蝉说着把账本拍在了桌上："这个月我们的点心铺可赚了不少！"天晴惊喜："是吗？"小蝉得意："我也要学王巧玲，开分店啦！"听到这个好消息，王巧玲也高兴地过来："让我看看让我看看。"

尼尔路的一家西餐厅里，叶鹤鸣和常玉蝶正吃着晚餐，这两天发生了太多事，二人都一言不发。半晌，叶鹤鸣先开了口："对不起，天晴昨天晚上应该是遇到了危险，我没保护好她。"

常玉蝶叹气："不，少堂主，您是什么身份什么地位，我常玉蝶厚着脸皮高攀，没想到天晴她不识抬举，对不起啊。"

叶鹤鸣说："玉蝶姐，你别这么说，邝海生是个不错的人，天晴对他情深义重，我们应该祝福他们。"

常玉蝶又叹了口气："我苦了一辈子，给她搭了一个上天的梯子，可她自己不往上爬。"

叶鹤鸣笑了："你的意思是我在天上？不怕我掉下来摔着了？"

常玉蝶有些不好意思。

目睹了天晴对邝海生的用情之深，叶鹤鸣伤感之余，向常玉蝶道出了自己的肺腑之言："我抢走了天晴的母爱，我想，我们可以成为很好的兄妹。"

常玉蝶点了点头："是我异想天开了，总之，少堂主，我对不起你。"

叶鹤鸣体贴地说："不要再提这件事了，吃鱼！"说着，帮常玉蝶分了一大块鱼在盘子里。

次日清晨，一片略显荒凉的海边，叶鹤鸣穿着运动服在跑着步，大汗淋漓。不远处，一个女人站在礁石上。叶鹤鸣没太在意，跑了过去，又突然回想起了什么。叶鹤鸣转身跑了回来，看着女人的背影。那女人望着大海，自言自语道："爸爸，我回来了，我每天都梦到你，我相信你还活着。我一定要找到你……"

女人转过身,正是白薇。叶鹤鸣诧异地看着她。他们都认出了对方,白薇走向叶鹤鸣:“为什么看着我?”

“听说有人在这里跳过海,你站了那么久,我有些担心。”

白薇回头看了看礁石。

叶鹤鸣接着说:“如果我没记错,我们好像在这里见过。”

白薇跺了跺脚,叶鹤鸣看向她的鞋,正是他曾经修过的那一双。

“你不是说另外一只已经被扔了吗?”

“女人的话,十句里面有九句不能信……这是上海最新话剧里面的台词。”

“这话剧叫什么名字?他们会来星洲演吗?”

白薇扑哧一笑:“哪有什么话剧,我编的,都说了不能信嘛!”

叶鹤鸣也大笑起来:“我上当了,我记得你离开星洲了,什么时候回来的?噢,离开星洲的说法不会也是编出来的吧?”

海边,两个人迎着初升的阳光都笑了。

第八篇

生死局

第五十九章 古德夫人

一座豪华英式官邸的酒会现场，古德夫人打扮得极为阔气，俨然是全场最璀璨的那颗星，很多人围着她变着花样地赞美。角落里，金碧云和另外一位洋人阔太太交流着，金碧云不断地向女人赔着笑，女人点着头，看样子是愉快地答应了什么。

不一会儿，女人将金碧云引到古德夫人身旁："古德夫人，这位是陆太太。"

金碧云面带微笑向古德夫人打招呼："夫人您好，您可真漂亮。"

古德夫人似乎已在赞美中感到厌倦，皱了皱眉头："作为总督夫人，我不太喜欢假意的奉承。"

碰了软钉子，金碧云却一点都不尴尬："我对您的赞美是发自内心的，但我从不盲目赞美别人，也敢于对身份尊贵的人提出批评。比如古德夫人，这套首饰就和您很不般配。"

古德夫人有些激动："你说什么？你可以批评我不够美丽，但你不应该批评我的首饰，这些珠宝都是我从英国带来的，都是最好的！你目光短浅，才说出这样的话！"

古德夫人的暴怒，让旁边介绍的女人非常尴尬，金碧云却很平静。"这套首饰名贵，一眼就能看得出来，如果今天的酒会在伦敦，您佩戴这套首饰，那真是太合适不过了。可现在是在星洲，星洲天气炎热，太阳很足，您的这套首饰就会显得……"金碧云干笑着，用手比画着，仿佛没有想好形容词。

古德夫人态度大转，因为金碧云说到了她的心坎里："太像老古董了？"

金碧云故作委婉："呃，是显得有些陈旧，起码不够活泼。"

"可是我在哪里能找到适合在星洲佩戴的珠宝？你能帮我吗？讨厌的古德一到星洲就开始忙，根本没时间陪我！"

金碧云笑了："我在星洲生活了那么多年，对这里的一切还是挺了解的，如果古德夫人不介意，我倒是愿意带着您四处转转。"

古德夫人的脸上露出了笑容："太好了，我正在找一个这样的人！能不能再重新介绍一下……"她看向介绍人。

金碧云直接回答："我是陆太太，您也可以叫我碧云。"

一连多日，星洲店铺林立的繁华街道上，总有一辆轿车行驶着，车内坐的正是古德夫人和金碧云，前座堆着很多首饰盒子。古德夫人对金碧云早已从傲慢变成了亲切。金碧云倒也大方，丝毫没有因为花钱而心疼，反倒表示那些首饰都太一般了，配不上古德夫人。一番明指暗示，金碧云将古德夫人的贪婪嫉妒引向了南兰。古德夫人迫不及待想见见南兰和她的珠宝，金碧云欣然答应引荐。

听闻金碧云要在女神酒店办舞会，陆雪樵从床上一跃而起："你疯了？有钱没处花了是不是？”

金碧云不以为意：“我一向节俭，可是为了重振陆家的事业，该花的钱一定要花。雪樵，只要用钱铺路，这个古德夫人就很好相处。”陆雪樵不相信堂堂总督夫人肯为陆家做事，生怕花了钱最后落得一场空。

“老公啊，你的女人有那么傻吗？”金碧云说完笑意盈盈地端详着陆雪樵，陆雪樵想了想同意了，他自然知道自己的女人从不做亏本的买卖。况且，眼下只要陆家那栋大楼能顺利开工，花点钱他也是愿意的。

见陆雪樵松口，金碧云笑得更甚，她告诉陆雪樵，她不仅要让大楼开工，还要帮他把整个大楼都拿过来。陆雪樵嗤笑，却还是按照金碧云的嘱咐，找陆雪亭帮忙去订女神酒店了。

三日后的晚上，女神酒店宾客如云。优美的乐声中，小蝉与陆雪亭翩翩起舞。那日，陆雪樵找陆雪亭帮忙订酒店时，做了个顺水人情，让陆雪亭带上小蝉一起来舞会。小蝉有些受宠若惊，连着几天夜里一个人悄悄练习着舞姿。现在，她终于等到这一刻。陆雪亭情不自禁地赞美：“小蝉，你跳得真好。”小蝉有些不好意思地笑了，她今天穿得很美，在陆雪亭的鼓励下跳得也越来越好。这一瞬间，他们成了舞会上最登对的一对璧人。

一曲舞罢，陆雪亭拥抱了小蝉，小蝉满脸洋溢着幸福。

不远处，一位绅士走到古德夫人面前深鞠一躬：“尊敬的古德夫人，我能请您跳支舞吗？”古德夫人瞟了眼那人，不加掩饰地拒绝了。绅士离开，古德夫人一脸烦躁：“南兰呢？你说的那个南兰怎么不来？”

金碧云假装不知情：“谁知道，她应该知道您来了。不过她总是这样，不管贵客是谁，都要在最后一刻才出现。”

古德夫人的脸色越来越难看：“南兰有这么了不起吗？”

古德夫人的话正被在一旁服务的桃姐听见，她脸色一变。

桃姐来到南兰房内，将楼下发生的事告诉南兰。桃姐担心南兰得罪古德夫人，劝她下去一趟，好歹给个面子。南兰却称没心情，也没必要给谁面子。桃姐叹气，继续下楼招待客人。

楼下，金碧云正满面春风地在古德夫人身前身后招呼客人，但古德夫人已经气得脸变了色：“碧云，那个南兰是不是不来了？”

金碧云仿佛有些为难：“呃，也有这种可能，她是很任性的，做事完全凭心情，过去查尔斯先生在的时候一直是这样……”

古德夫人忍无可忍：“她是住在这里吧？她不来舞厅见我，我去拜访她，带路！”

桃姐一直注意着古德夫人的动静，这时已先行冲进房来报告南兰。正在看书的南兰很诧异，却也只好起身相迎。

古德夫人进门，看向南兰：“你很漂亮，难怪这么傲气。”

南兰并不生气，笑道：“是古德夫人吧？欢迎，请坐。”又瞟了眼跟进来的金碧云，“陆太太也坐。”

金碧云客气地点着头，却一直看着古德夫人的脸色。

古德夫人不坐，只环视四周，观察着房间，挑衅地说：“为什么你的房间比总督府还漂亮？我想知道，查尔斯在星洲当总督的时候，晚上是住在总督府还是住这里？”

南兰顿时眼神一厉：“你这话是什么意思？”

“我听说你们很要好。”

金碧云一副打圆场的姿态：“只是普通朋友而已，古德夫人，您不要听信那些传闻。”

古德夫人却不在意，眼睛已经盯上了南兰身上的首饰：“你的珠宝果然漂亮。听说你有很多珠宝，可以让我参观参观吗？”

南兰的脸色已经十分不悦：“不能，这是我的私人房间，不欢迎你们，你们可以走了。”

古德夫人没想到南兰直接下了逐客令：“好吧，我走，但我想请你记住，现在我才是星洲的第一夫人，而不是你！”说完，古德夫人拂袖而去，金碧云连忙跟上，桃姐硬着头皮去送客。房内只剩下南兰，她气愤不已。

深夜，陆雪樵架着喝醉的金碧云进屋，她一直在嘿嘿地笑。

陆雪樵抱怨：“有必要这么得意吗？”

“有啊！今天我太开心了！哈哈哈哈，南兰，我终于要把你斗倒了！”

陆雪樵对醉了的金碧云有些反感：“好了好了……”

“什么就好了，你是没见到，南兰和古德夫人她们两个斗起来的样子可真好笑！快了，雪樵，我的计划正在有条不紊地进行，该得到的我们就快要得到了！”金碧云把拳头紧紧攥在了一起，那表情让陆雪樵竟有些害怕。

第六十章　金家老宅

次日清晨，宿醉的金碧云推开儿子陆展元的房门，却发现床上已经没人了，她疑惑下楼，见展元已在餐厅吃早饭，还乖巧地向自己起身问早。

金碧云欣慰：“乖啊展元，你怎么起这么早，都不用妈妈叫啊？”

展元心情大好：“妈妈，我吃完了，我去上学了！”

金碧云张开双臂：“不急，还早着呢，过来让妈妈抱。”

金碧云抱着儿子，问了几句展元在学校的事。展元一一作答，扭身就跑，等在一旁的梨花赶忙去追。

金碧云笑着：“我儿子怎么这么乖了？突然就爱上学了……”言语中明显还有酒意。收拾着碗筷的下人难得见女主人心情好，忙趁机夸奖展元最近特别乖也特别开心，晚上睡觉做梦都会笑出声来，偶尔还会说两句梦话。

金碧云随口问展元都说了什么梦话。

“叫人，叫最多的时候是姐姐，也有时候是白老师。”

金碧云瞬间酒醒，她有种不祥的预感。

学校楼道里，教师打扮的白薇正要去上课。陆展元从拐角扑了出来：“姐姐！”

“展元！”白薇高兴地把展元抱了起来，“陆展元同学，你怎么又忘了，在学校里要叫白老师。”

“呃，白老师。”

白薇满意点头，她拉着展元的手，两个人高高兴兴向教室走去。

角落里闪出金碧云的身影，她瞠目结舌。

办公室里，金碧云向校长检举白薇别有用心，是奔着陆展元来的。校长不以为然，没有搭理金碧云的无理取闹。

金碧云不肯罢休，她堵住了刚下课的白薇，质问白薇有什么预谋，想对自己的儿子做什么。白薇不卑不亢，表示自己对每一位学生都会一视同仁。“陆展元同学的学习最近有很大的进步，希望陆太太多多鼓励。”白薇说完就走了，金碧云心里有些慌张。

从学校出来，金碧云坐黄包车去了一个地方——金家老宅。另一辆黄包车上，用车棚子挡着脸的梨花一路跟着金碧云。

金家老宅地下室，陆雪霖被锁在床上，大白天昏昏欲睡。突然听到了急促的脚步声，陆雪霖很诧异，因为金碧云很少会白天来。起身之际，金碧云已冲到他面前。

金碧云按住陆雪霖，情绪有些激动：“你说，展元的事，你有没有跟你上海那个女人说过？”

陆雪霖愣住，摇了摇头。

金碧云啪的一巴掌抽在了陆雪霖脸上：“白薇回来了，她居然偷偷摸摸地成了展元的老师，如果她不知道展元是你儿子，又怎么会这么做？你再给我好好想想，你是不是跟上海那个女人讲过？”激动间，金碧云的手离陆雪霖的铁链很近。阴险的笑从陆雪霖脸上掠过。

“你这么说，我倒是想起来了，我好像是讲过，那又怎么样？金碧云，你这个魔鬼，我的女儿聪明又伶俐，她一定会找到我的，你就等着被绞死吧！”

金碧云歇斯底里：“不可能！陆雪霖，你不要得意，白薇不但找不到你，甚至连你的尸体都找不到！”金碧云说完扭头欲走，没想到被陆雪霖一下用铁链套住了。陆雪霖癫狂地笑着，金碧云感觉自己的手马上就要被折断了，疼得大叫起来。

亚辛出现了，他一棍砸在陆雪霖的脑袋上。金碧云这才把手抽了出来。亚辛扔掉棍子，捧住金碧云的手，目光中流露出无比的心疼，愤怒地拿了一把刀，就要下杀手。

“亚辛，不要杀他！不能让他死得这么容易！”

亚辛满脸愤恨，金碧云温柔安抚：“这些年也辛苦你了，这个麻烦我自己会解决，你先别杀他，再让他活两天。”

亚辛仍有不甘，但还是点了点头。

金碧云离开了金家老宅。亚辛见金碧云走了，向远处的大树走去。大树下有一张凉席，亚辛径自躺在凉席上睡了。门口的一棵树后闪出梨花的身影，待亚辛睡熟后，她轻手轻脚地向金家老宅靠近。老宅荒芜，根本用不着关门，梨花轻松潜入。

梨花踮着脚尖往地下室走，她越走越觉得恐惧，但还是强忍着往下走。终于，她来到了囚禁陆雪霖的地方。发现床上有人，梨花吓了一跳。但那人半晌没动静，梨花大着胆子靠近，她逐渐看清了床上被铁链锁着的人。梨花眼前浮现出打扫房间时看到的照片，照片上的男子正是眼前昏厥着、满脸胡须的陆雪霖。梨花惊愕不已，正在这时，被打昏的陆雪霖微微晃了晃头，很明显要醒来。梨花吓得掉头就跑。

天晴气势汹汹地出现在邝海生家门口的食街上，她快步走到邝海生家门口，猛地撞开门。

屋里只有正在淘米的阿九和正在煮鸡的王巧玲。王巧玲热情相迎：“天晴，来了？今天往哪个工地送鸡饭啊？送多少？你说。”

天晴板着脸：“再送你们生意还做得下去吗？你们做鸡饭不容易，我也很心疼，你们是不是宁愿生意被我搅黄了，也不肯告诉我阿海在哪里？”

阿九挠头：“不是我们不肯告诉你，是海哥他不见你！他只说是为你好，海哥什么意思，我不懂，你应该懂吧？”

天晴被气得不行，扭头走了。

附近一间小破屋里，邝海生从门缝里看见天晴离去的背影。门开了，七嫂端了一碗吃的进来。

“阿海呀，刚出锅的，吃吧！”

“谢谢七嫂。”

七嫂道：“别怪七嫂啰唆，这么好的女孩子，你为什么要躲着呀？”

邝海生苦笑：“为了她好嘛。”

“可她很中意你的，每天来找你，不是假的呀。”

“所以我才不能见她。我答应她阿妈了，不与她在一起，就一定要做到。除非……除非她阿妈再来跟我说，允许我娶她的女儿。”

说着，邝海生指了指不远处的盒子：“七嫂，那个给你的！”七嫂打开盒子，一双崭新的球鞋躺在盒子里面。

“昨天见到你儿子了，好大个子呀，球鞋破了，脚指头都露出来了，就给他买了双新鞋，你问问他喜不喜欢。”

七嫂高兴得合不拢嘴：“呀！这么高级的鞋，我可不舍得买，那小子见了一定高兴死了！”

看到七嫂满意，邝海生也笑了。

布莱尔路咖啡厅前，一辆汽车停在了路边，陆雪亭看着咖啡厅的招牌，下车进门。咖啡厅里背对着陆雪亭坐着一个女孩。陆雪亭看着熟悉的背影，脸上已经露出了喜悦，他放慢脚步，绕到了女孩的正面。轻轻叫着：“白薇。”

白薇抬头看见陆雪亭，连忙起身。两人出现了短暂的尴尬。陆雪亭突然张开了双臂拥抱了白薇。“白薇，你回来了，太好了。”他激动得眼里闪着泪花，“想吃什么，三叔带你去吃！星洲最好的西餐、广东菜、娘惹菜，随你选！”

“先不急吧，三叔，我还不饿。”

陆雪亭平静了一些：“也是，才到，应该先安顿你住下来，你的行李呢？”

“我已经住下了，离工作的地方很近，上班很方便。”

陆雪亭愣了一下：“你还找到了工作？”

“对，我比信上约定的早到了一周，就把这些事情都先安排好了。”

陆雪亭忙道：“别呀，我早就想好了，你就住在女神酒店，这样我和大嫂照顾你都比较方便。再有，你会英文，有很多事情可以帮到大嫂，她也很需要一位助手。”

“谢谢三叔替我想得这么周到，可我目前的这份工作对找到父亲的线索很重要。也是巧了，我下船不久就碰到个熟人，刚好帮我介绍了这份工作，所以我就没有麻烦你和南兰小姐。”

陆雪亭诧异：“找大哥？你在哪里工作？”

白薇便将自己在学校做展元英语老师的事和她的猜测告诉了陆雪亭，说着掏出一张纸条递给他：“这是我现在的住址，三叔有事随时可以来找我！”

白薇说得很平淡，陆雪亭皱眉看了看纸条，有些发愣。

时间过去许久，陆雪亭瞠目结舌，愣了半晌，他有些生气道：“不，这太难以置信了，白薇，陆家是对不起你，但你不该对长辈们做出这样的推测！”

“三叔，你别激动。”陆雪亭气得直哆嗦：“我能不激动吗？照你这么讲，我们陆家还有伦理吗？家风何在？”

“当然我也是猜测，可能是那段时间的相处……和展元感情太深了，所以才会瞎想。”

陆雪亭气愤地将头扭向一边。

“妈妈留下的日记中没有明确说那个孩子是谁，只是年纪与展元相仿，也许父亲还有外室……”

“不应该呀……”

白薇说：“我倒希望有，如果是那样，那父亲就应该是离开了星洲，同那个女人和他们的儿子开始了新的生活。南兰说过，她找过许多地方没找到，我想父亲应该是去了欧洲或北美……”

陆雪亭摇了摇头：“不可能！你父亲和你奶奶的感情最好，他怎么可能抛下老人家，远走他乡？”

白薇鼓起勇气：“如果你也这么认为，就再想想我的猜测。”

陆雪亭急了：“你又来了！”

见陆雪亭生气，白薇不再言语，她将饮料推向陆雪亭，露出小孩子认错般的目光。陆雪亭一口将饮料喝光，双手抱住头，用两个大拇指使劲地揉着太阳穴。这短暂的谈话，已经让他有些怀疑人生了。

第六十一章　蛇蝎心肠

从咖啡厅回到陆家后，陆雪亭带着沉重的心情下车，竟遇见了梨花，她买了许多东西，心情大好，却又一脸神秘，说什么要谢三爷。

陆雪亭追问，梨花却笑着岔开了话题：“陆家的男人，大爷二爷三爷，个个让人着迷，女人为了得到，只能不择手段了！以后是一家人了，你可要多关照我。”说完大摇大摆扭着身进门了。

梨花走进金碧云的房间。她像主人一样傲慢，来到电话机前拨着号码，一个她很熟悉的号码。

陆雪樵的小公寓里，小翠正蹲在地上用抹布擦地。陆雪樵一边喝咖啡，一边欣赏着小翠的身姿。电话铃突然响了，陆雪樵起身接电话。“喂……是你？想我了？”陆雪樵坏笑着，继而一愣：“在我房里打电话，你疯了吧？不怕被金碧云看见？”

电话那头，梨花撒着娇：“我不怕的，二爷，那件事你什么时候跟她讲呀，你都答应我好久了。”

陆雪樵瞟了一眼小翠，对着电话说：“哎呀，你急什么？这种事情急不来的。”

梨花撒娇：“二爷，我最近恶心得厉害，什么都吃不下，今天早上还吐来着。二爷要是再不讲，我的肚子就要大起来了。”

陆雪樵捂着电话对小翠道：“你先去打扫里面吧。”小翠应了一声，起身走向里屋。

小翠进屋后，陆雪樵继续敷衍着梨花，哄着说要把她接出来住，等顺利生下孩子，再慢慢给她名分。陆雪樵一脸的不耐烦，又不时瞟向里间，怕小翠听见。

梨花和陆雪樵周旋着："其实我知道二爷是疼梨花的，但你怕那只母老虎对不对？我今天就跟她谈，不让二爷为难，谈妥了你可别打退堂鼓！"

陆雪樵还没说完，梨花的电话已经挂了。

他露出不屑的神情，根本没把梨花当回事，他看向里间，又开始惦记小翠了。小翠擦桌子、整被褥的仪态很优雅，她的一切让陆雪樵看在眼里都感觉很舒服。

金碧云今天亲自去接展元放学，车后座上，她说要给展元转学，还说不许她相信白薇。展元反抗无力，哭了起来。

回到陆家，金碧云拉着啜泣的展元走进院落。两名下人迎上，金碧云没好气地问："梨花呢？"下人纷纷表示不知道。金碧云气不顺,命两个下人寸步不离地看着展元,守着他睡觉。吩咐完走进客厅，正见陆雪亭和陆雪樵在喝咖啡等着开饭。金碧云看了眼二人，不愿意搭理，扭身就要上楼。

陆雪樵只得给自己找台阶下，陆雪亭笑了笑，没说什么。

金碧云房内，桌上的多个首饰盒被打开，梨花将那串珍珠项链拿起来，在自己的脖子上比着，觉得满意，干脆戴上。正在这时，金碧云推门进来。

梨花听到动静，但没有起身。金碧云已经累得有气无力，将包随便一扔，刚要坐下，发现了梨花，诧异道："梨花，你在干什么？"

梨花转过身。金碧云立刻瞪大了眼睛："你敢戴我的珠子？"

梨花得意地说："这项链我看着好看，就想试试。"

金碧云喝道："摘下来！"

"一串珠子而已，你这么大声干什么？"梨花说着摘珠子。

金碧云指着梨花，怒喝："你疯了吧？打自己两个嘴巴，马上给我滚！"

梨花懒洋洋地说："是。"然后在自己脸上轻轻拍了拍。

金碧云见状更是来气："你糊弄谁呢？"她冲上前去抡巴掌就要打梨花。

梨花却笑了："太太，今天你可不能打我，以后你也打不得。"

金碧云有些不明所以，问她什么意思。

"我就明说了吧，我下人做腻了，想做个姨娘，请太太成全。"

金碧云愣了一下，看着梨花，片刻，哈哈大笑起来："真是疯了，梨花，你和二爷那点破事，我早知道，可你知道我为什么没管吗？"

梨花没说话。

"因为你足够烂，足够丑！管了你，我怕他去招惹清白女孩！可是……"金碧云忽然语气缓和，"你家二爷这是给你灌了什么迷魂汤？你让他占便宜的时候，他讲的话你也信啊？

你也不照照镜子，还想当陆家的姨太太？现在就给我滚！”

梨花竟不气不恼：“我滚不动啊，我肚子不方便。”

金碧云一愣，梨花慢悠悠地说：“最近二太太老出去，我和二爷就见得勤了点，就怀上了。这是陆家的种，我得光明正大地生下来，所以二爷必须得光明正大地娶我做姨娘。”

“必须？你是指望陆雪樵为你做主啊？可惜这个家他说了不算！”说着，金碧云突然一巴掌抽在梨花脸上。梨花呆住。

“我告诉你，到什么时候我都能抽得了你！滚！”

梨花呆了片刻却笑了：“金碧云，老太太走了以后，你也算提拔我了，今天你抽了我一巴掌，这人情我算还上了，咱们两清。你让我走是吧？好，我出了这个门可就直奔警察局了。”金碧云一愣。

梨花亮出底牌：“半年前就有人出钱让我跟着你，可你的黄包车每次都跑得好快呀，我都跟不上。直到今天，太太是有急事吧，这大白天的……”

金碧云急切逼问：“你跟踪我？”

“是啊，你们金家老宅的地下室里有秘密吧？我进陆家不过三年多，可大爷的屋我打扫过好多回了，屋里那张照片英俊潇洒，好迷人呀。虽然他现在长满了胡子，但我还认得出哟！”

金碧云一屁股跌坐在桌旁的椅子上。

“金碧云，你胆子也太大了吧？都说大爷陆雪霖是被白天女熬了汤，没想到却是被你……这事警察要是知道了，是什么罪呀？”

金碧云一言不发，目光中闪出了许多心思。

“我来陆家这几年，你对我算不错，我去警察那里报告，对我也没什么好处，所以我不愿意去的。我没什么野心，只想做个姨太太，其实和以前都一样的，你仍然是一家之主，我就是你的帮手而已。”

金碧云还是没回答。

“你是大家闺秀，有的是肚量，就容不下个我吗？非得逼着我去警察局告发你呀？不然我去告诉南兰吧，她又有钱又大方，我帮她找到丈夫，她会不会给我一大笔赏钱呀？”

金碧云终于开口：“我们姐俩的事，何必让外人掺和？梨花你坐，我们好好谈谈。”

梨花见自己镇住了金碧云，大大方方地坐下。岂料金碧云猛地抄起一个花瓶，用尽全身力气向梨花头上砸去。哗啦一声，花瓶粉碎。

楼上稀里哗啦的声音传来，正在喝咖啡的陆雪亭和陆雪樵抬头，有些疑惑。

迷糊了片刻，梨花眼里迸射出愤怒，她毕竟是个干活的女人，有些力气，欲起身攻击金碧云。金碧云眼冒寒光，又抄起了第二件瓷器，双手用力再次向梨花头上砸去。梨花再次被击倒，倒地之际，她的颈部恰好扎在了地上的花瓶碎片上，尖利的碎片扎进了她的侧颈。梨花痛苦地抽搐着，颈部向外涌着鲜血。看到这一幕，金碧云终于开始害怕了，毕竟这是她第一次亲手杀人。

楼下客厅，又听到咣当又一声，陆雪亭和陆雪樵再次抬头。陆雪樵有些坐不住了："这个女人想做什么？这个家还轮到她摔东西了？"

陆雪亭皱眉，他眼前浮现起下午与梨花相见时的情景。他喊道："梨花在不在？梨花！"

一名下人跑来："好像在楼上收拾二爷和二太太的房间。"

陆雪亭挥手让下人离开，对陆雪樵道："二哥，今天我见到梨花了，你们之间是不是有些事情啊？"

陆雪亭说着眼光向上示意着："二嫂不会是因为你们的事生气，才摔东西的吧？"

陆雪樵嘴硬："不可能，我跟梨花没什么事的，你不要瞎猜！我上去看看。"说着起身就往楼上走。

陆雪亭淡淡笑了笑，他万万想不到有命案发生。

陆雪樵上了二楼进入房内，见金碧云正在打电话："对，我在家里等你，你快来，挂了。"金碧云挂了电话，脸立刻变得冷冷的。

与此同时，陆雪樵发现了还在抽搐着的梨花，不禁尖叫一声："啊！梨花！"他冲上去想救人，但见梨花满身的鲜血又害怕地后退了两步。

金碧云连忙关上了门。

陆雪樵抬头，声音颤抖地问："金碧云，你竟……竟然杀人？"

金碧云强装镇定："我怎么会杀人？是她自己不小心打碎了花瓶，又刚好摔倒了，刺破了喉咙。"

陆雪樵略略松口气："那还不赶紧救人！"

"已经没救了！"陆雪樵愣住了。

"你别大声嚷嚷，不然咱们陆家会被赖上的！"

"可是梨花的肚子里……"

陆雪樵欲言又止。

"有你陆雪樵的种？"

"你知道？是你杀了她，就是你杀了她！你这个小心眼的女人！你杀了我的梨花和我的孩子！"

陆雪樵气愤地冲向金碧云，掐住了金碧云的脖子："我掐死你！"

金碧云被掐得窒息了，脸色憋得青紫。

她努力挣扎，可是无法挣脱，被掐住的嗓子里艰难地发出声音："你掐死我，你们陆家就得完蛋，用不了几个月，你就得露宿街头！"

陆雪樵动摇了，手一松，将金碧云推到一旁。

金碧云揉着脖子："二爷，真的不是我，是她自己失手丧了命，我是你老婆，你不相信我，难道相信她吗？”

陆雪樵看了看金碧云，又看了看躺在地上的梨花。梨花已经不行了，但还瞪着眼睛，看到这一幕，她使劲想辩解，结果一口血卡住，咽了最后一口气。

陆雪樵吓了一跳，半晌才问金碧云怎么知道梨花怀了他的孩子。金碧云见死无对证，便信口胡诌，说梨花借有孕之事敲诈她，把所有事端一一推到了梨花身上。陆雪樵难以置信，又见梨花已死，只好叹了口气，问金碧云刚才给谁打电话。听到林龙青的名字，陆雪樵的脸上一会青紫，一会通红，他突然暴怒道：“这个时候你把你的奸夫叫来干什么？”

金碧云一愣，知道和林龙青之事已败露：“别说这么难听，龙哥是你的朋友，他是江湖人……”她指了指地上的尸体，“这种事不是需要他们来处理吗？我又不认识别人。”

陆雪樵忍无可忍，再次掐住金碧云的脖子：“金碧云，我掐死你，让你的奸夫一起处理尸体吧！”这一回，他掐得更狠了。

金碧云眼见就要咽气，突然传来了敲门声。

门外传来陆雪亭的声音：“二哥二嫂，发生什么事了，需要帮忙吗？”

趁陆雪樵慌乱，金碧云挣脱，她边大口喘着气边说：“不用啊雪亭，是我今天心情不好，一不小心打碎了东西，见笑了……你先吃饭，你二哥马上就下来。”

陆雪亭答应了一声，转身走了。

陆雪樵逼近金碧云：“好你个金碧云，撒起谎来一套一套的，你说，你还骗了我什么？”

金碧云可怜兮兮地求饶，陆雪樵却根本不理，从地上捡起最尖利的一块陶瓷片。金碧云满眼惊恐，扑通一声跪倒在地求饶，但红了眼的陆雪樵根本不买账。

金碧云索性把心一横：“是我杀了梨花，我该死，但我现在不能死，我不能看着我的男人窝窝囊囊一辈子！”

这话竟让陆雪樵愣住了，片刻才明白金碧云说的是自己。

金碧云一副大义凛然之态：“我的男人，就算讨小老婆，也得讨清白的大家小姐，而不是这种烂货！雪樵，等我们陆家成了星洲首富，你想讨几个女人都行，我帮你操办！”

陆雪樵用嘶哑的声音苦笑道：“你就是怕死，你信口胡说！我们陆家早就败落了，还成哪门子的首富！”

“不，机会就在眼前！我们不仅要拿回那栋大楼的控制权，还有可能把属于南兰的一切都拿到我们的手里来！”陆雪樵惊问：“你说什么？”

金碧云见陆雪樵动摇，忙道：“南兰也是陆家的媳妇，而且跟大哥并没有离婚，她的家族没有别的亲戚，如果她死了，谁继承她的财产？我没有信口胡说，我咨询过律师的！”

陆雪樵直接问林龙青的事。

“哎呀二爷，我金碧云怎么会看得上他？他最多就是我帮助我男人成为星洲首富的垫脚石！”

金碧云用柔情似水的口吻道："我嫁了你，你窝窝囊囊一辈子，我也窝窝囊囊一辈子，你顶天立地，我也跟着风光，我心里有数，胳膊肘不会往外拐的！你是我心中的大丈夫，你不可能窝囊下去的！男人图的是大事业……"她指着地上梨花的尸体，"可不能为了她，小阴沟里翻了船啊！"

陆雪樵呆呆听着，金碧云趁热打铁，让他赶紧下楼想办法支开陆雪亭，不然尸体运不出去。陆雪樵彻底屈服了。

陆雪樵深呼吸几口下了楼，一把把陆雪亭拽出了家门。

黄昏的街道，陆雪亭开着车，突然发现副驾驶上的陆雪樵在掉眼泪。

陆雪亭将车停在了路旁，忙问怎么了。

陆雪樵抹了一把脸："没事！别问了，开车喝酒去……"

"你和二嫂吵架是因为梨花吧？"

陆雪樵一惊，有点慌："你怎么知道？"

陆雪亭有些愤愤不平："梨花跟我讲她想当姨娘，这女人心眼不少，二哥可要想好怎么安置。"

陆雪樵松了口气："梨花是有点想多了，纳妾不是小事，妈虽然不在了，可陆家的脸面还要顾及，我也不能胡来呀！你二嫂确实小心眼，她跟梨花闹得也不愉快，梨花在陆家也待不下去了，说是要走了。"他凑近陆雪亭，讨好道，"给二哥点面子，这件事以后不要再提啦。"

"想让我不提，以后少欠些风流债啦！"

陆雪樵说自己想找个地方安静一下，便下了车。陆雪亭开车驶回了陆家。

二楼房内，金碧云正坐在角落里颤抖着。林龙青手下已将梨花的尸体和沾满血迹的破布，都扔进了一个铺满油布的大箱子里。检查完，林龙青点了点头。手下封箱，抬起就往外走，林龙青也要跟出，却被金碧云叫住。林龙青回身："陆太太还有什么吩咐？"

"抱抱我。"

林龙青一愣，回头看了看。手下已经出门，但林龙青还是有些心虚，毕竟这是在陆家。

林龙青走到门前将门关上，金碧云扑到他的怀里。林龙青感觉到金碧云在颤抖，使劲地抱住了她，安慰着。

金碧云泪如雨下："我现在最信得过的就是你了，龙哥。"

林龙青拍了拍她："这点小事情我会料理好的，放心吧！"

"还有……"林龙青让她尽管说，"我想让龙哥和我一起做件大事。"

"比杀人更大的事？"

"大，或者说不止要杀一个人。"

林龙青有些心虚，他仔细端详着金碧云："果然，你还有我捉摸不透的地方。"

“龙哥，现在不是说笑的时候，我必须有所行动，而且要立刻行动，不然，我将坠入万劫不复的深渊！龙哥，你得帮我！”说着，金碧云掉了泪。

林龙青小心翼翼捧着金碧云的脸，擦拭着她的泪水。金碧云加码：“这件事情不白做，事成之后可以得到很多钱，龙哥不仅是帮忙，这应该算是我们联手成就大事！一旦事成，得到的钱五五分，到时候，你我就是星洲最富有的人！”

林龙青咽了口唾沫再次望向金碧云的眼睛，那目光里充满了野心。

陆雪亭的车疾驰而来，停在家门口。他来到下人住处询问梨花去向，下人都表示没看见。他在陆家客厅、厨房、展元房内四处找着，却都没寻到梨花的身影，心中渐渐不安起来。

深夜，陆雪樵的小公寓响起了敲门声。一个被帽子遮住半张脸的人走了进来。桌上早已摆好厚厚一摞钱。

“这是定金，我找你来的目的，何爷已经转达了吧？”

“目标是谁？”

“这个人在星洲还是有点名气的，他住在安祥山街，叫林龙青，别人都叫他龙哥。”

“有没有名气对我来说都是一个价位，我杀人的规矩你听说过吧？”

“听说了，你只杀坏人，这个人绝对是坏人，该死！”

那人缓缓抬头，露出完整的脸，竟是海盗郑千。郑千微微一笑：“陆先生，人，该不该死，你说了不算，我自己会调查。”

“这么说，这活你接了？”郑千点了点头，陆雪樵忙问哪天动手。

“你这么急？”

“也不是……我听说你以前在海上，做事稳得很，杀这个人有把握吧？”

郑千微笑：“你放心，我不要定金，办完事我自然会来找你收全款，可这个人要是不该死，那你就得死。”

陆雪樵吓了一跳：“什么？为什么？”

“因为你见过了我。”

陆雪樵没想到还有此规矩，他有点傻了，勉强保持着镇定：“不可能的，你我之间不会有那一天的，那个人欺男霸女，无恶不作，还勾搭有夫之妇，绝对是坏人，绝对该死！”

郑千点了点头，道：“但愿如此。安祥山街林龙青，龙哥……”

金家老宅地下室，林龙青诧异地看着满脸胡须的陆雪霖。陆雪霖也上下打量着林龙青，有些紧张，更有些恐惧。尽管做惯了杀人放火的勾当，林龙青看到被折腾成这样的陆雪霖还是有些不寒而栗。

金碧云提着食盒款款而来，打扮得格外正式，胸前还佩戴着那串珍珠项链。金碧云让林龙青给她一点时间单独和陆雪霖说说话。

林龙青点了点头，走了。

被勒住嘴的陆雪霖一阵乱叫，希望林龙青能够留下救自己，但林龙青看都没看他一眼。金碧云温柔地将陆雪霖勒嘴的布解开，又拿过水喂他，一口，两口，很有耐心的样子。陆雪霖仍看着外面，目光充满期待。

外面，林龙青命手下的祥哥和财哥四处转转，看看老房子里还有没有别人。

金碧云打开食盒，里面的饭菜很精致，她告诉陆雪霖都是自己亲手做的饭，都是他爱吃的。金碧云一口一口地给陆雪霖喂着饭："还记得你刚来的时候吧？那时我最愿意来喂你，可惜时间不允许，好几天才能来一次。看着你吃得香，我心里可幸福了。从那个时候开始，你只属于我。"

陆雪霖不敢接茬，只是大口大口地吃着。

"好久没吃过这么香的饭了吧？怪我，照顾得不经心，你又瘦了好多呀。"

金碧云说着，伸出手抚摸陆雪霖的头发，淡淡道："吃吧，多吃点。"她今天的声音格外温柔，陆雪霖却更加畏惧，"你也经历过大风大浪了，做任何事都要付出相应的代价，这个道理你早该知道的。我也一样呀，当年我接受了你送我的这套珠，就等于把自己给了你，一辈子，这就是我要付出的代价……"

陆雪霖盯着金碧云胸前的珠子，回想起十几年前的光景。当时，年轻而风度翩翩的陆雪霖为待字闺中的金碧云戴上了那串珍珠项链。金碧云喜欢极了，扑入陆雪霖的怀抱。

陆雪霖的思绪被金碧云的声音打断："那年我十九，你大我十一岁，其实都挺老的了，可是我真的对你着迷啊。我把一切都给了你，一个小姐该有的体面和矜持都不要了，可是你，陆雪霖，你对我不起呀。"

陆雪霖目光游离，他不想说什么，也不敢说什么。

金碧云继续风轻云淡地说着："你常到这里和我幽会，我背着爸妈为你打开后门，还有我闺房的窗。那段时光真的很浪漫，之后就是漫长的等待。我每天都盼着你来提亲，却在报纸上看到了你和南兰结婚的消息。那么盛大的婚礼，星洲所有的名流都去为你们祝福。陆雪霖，你知道那一天我是怎么过的吗？"

陆雪霖无言，不敢正视金碧云。

金碧云的脸上淌着泪水，眼泪滴到了陆雪霖面前的餐食上："然后就是你趾高气扬地来金家提亲，把我甩给了你那不争气的弟弟。你知道我为什么答应这门婚事吗？"

陆雪霖瞟了眼金碧云。

金碧云自问自答："因为我不会放手！我的东西我要自己抢回来！"

陆雪霖打了个寒战，痛苦地缓缓说道："我已经受到了惩罚，碧云，求你宽恕我！"

金碧云笑了："是啊，再大的仇恨，也会因为爱而宽恕的，何况我爱你爱得那么深。我已经决定了，今天就让你离开这里。”

陆雪霖眼里绽放出光芒：“真的？”

“但是……”

金碧云这两个字一出，陆雪霖立刻想到什么：“我什么都不说，离开这里以后我就当什么都没发生过，是我对不起你在先，我有罪！我不会说出去的！”

“你真聪明，难怪你妈妈那么喜欢你，可是雪霖，我说的不是这个。我既然敢做，又怎么会怕你讲出去呢？”

“那……”

“我想说，你暂时不可以回家，需要再稍微等一等，时机到了，我会通知南兰去接你。”

陆雪霖不明白金碧云什么意思，甚至不敢点头答应。

外面的一个破房间里，手下回来向林龙青报告，老宅不仅没人，连有过人的痕迹都没有。

财哥感叹：“这地方藏人，真是绝了。”

祥哥请示：“那个亚辛对陆太太也真够忠诚，龙哥，这个女人……”

不料林龙青竟一脸沉迷：“绝品，在星洲没第二个。”

祥哥和财哥都皱了皱眉头，相互对视。林龙青道：“富贵险中求。像咱们这种人，想混进上层社会，只有跟着陆太太这种人才有机会！带着小弟打打杀杀的日子，你们还没过够啊？”林龙青训起了话。

手下都不说话了。

正在这时，亚辛走来。林龙青使了个眼色。祥哥立刻拿出一个餐盒打招呼：“兄弟，陆太太给你带来的，吃吧！”

亚辛咿咿呀呀地表示感谢，打开食盒，看到丰盛的饭菜，笑着坐到餐桌前就要开吃。突然间，亚辛猛地浑身一颤。林龙青将一把利刃刺进了亚辛的后心。亚辛一声都没哼，栽倒在地。林龙青擦着手上的血，示意手下处理尸体，自己转身离开房间。

深夜，一个小屋内，白薇听到敲门声打开了门，是陆雪亭。她诧异地说：“三叔？快进来！”

“不了，我想说对不起，今天我不该跟你发脾气，我冷静地思考了一下，觉得你的分析有道理，我想到了一个地方，要不要一起去？”没等白薇回答，陆雪亭已拉着她出门。

很快，陆雪亭的车停在了金家老宅附近，陆雪亭和白薇下车。已是深夜，周边的环境漆黑无比。陆雪亭示意白薇不要害怕，拉着白薇走向了那栋房子。

叔侄二人摸进老房子里，家具都用布苫着。陆雪亭打着手电筒，借着微弱的光亮探寻着。二人环视，没有任何有人居住的痕迹。陆雪亭和白薇对视一眼，又进入一个破房间，房间平平无奇，并没有引起他们注意。白薇发现有电灯，拉下灯绳，灯亮了，但并没发现什么，二人转身要离开。

“你看那里！”白薇手指的墙角有一块不太明显的血迹，是林龙青等人没清理干净留下的。

陆雪亭蹲下身，用手摸着：“好像是血……”

白薇有些紧张，二人继续寻找。

陆雪亭和白薇来到一处铁门前，铁门很厚重，铁锁很大。

“这应该是地下室了。”陆雪亭敲了两下门，震落了许多尘土。

“刚才的血迹还很新鲜……”

“也不一定是人血，这屋子没人住了，恐怕会有很多动物光顾的。”

白薇有些失望。

陆雪亭看到这房子那么老旧，觉得即便自己的大哥真的和金碧云幽会，也不可能住在这里，毕竟他是个很讲究的人，对生活质量要求很高。

陆雪亭叹了口气：“我怎么会突然想来这里，我们两个这样私闯民宅好像不太好，走吧。”

白薇只好跟着陆雪亭离开。

第六十二章　丛林枪声

清晨，起床时间，豆腐庄热闹而有序。天晴唱完第二句歌词突然不唱了，正在洗脸的美花停住动作，刚从外面走进天井的玲姐愣住，正在戴红头巾的阿贵也呆住了。众人都清晰地听到了一声婴儿的啼哭。

天晴与美花眼神一对，异口同声：“生了？”

阿贵使劲点着头。

“生了！生了！”玲姐喊着冲上楼。

七姑娘房内，秀禾虚弱地躺在床上，白月初把怀里洗干净的婴儿交到了天晴手里。

天晴看着孩子，无比喜欢：“秀禾姐，要生了怎么不告诉我们？我不是说送你去医院的吗？”

“已经够麻烦大家的了，还有什么脸去医院生孩子，幸好有阿月，是她帮我接生的。”

众人看向白皙瘦小且年轻的白月初，白月初有些不好意思：“秀禾姐太了不起了，为了不吵到大家睡觉，她死死咬着头巾，一声都不肯喊出来。”

秀禾不好意思地拿起头巾：“要是没有它，我怕根本没有力气把孩子生下来。天晴，你既然收留了我，等孩子大一点，你让我也开工吧！我做错了事，永远也不能回三水老家了，只能留在星洲，我想做一辈子的红头巾！”

天晴答应秀禾，叮嘱秀禾先照顾好孩子最重要。阿贵问生的是男孩还是女孩。

众人打开襁褓。阿贵抢先说："呀，是个小女孩。"

秀禾有些惭愧，说自己不争气。

天晴立刻严肃起来："女孩有什么不好？我们不都是女孩？阿贵、美花哪个不支撑着一个家？你这么不容易地生下她，她长大了一定孝顺，有了她，你才是有了真正的依靠！"

"天晴说得对，女儿才是最贴心的嘛！"美花等人附和，秀禾又笑了。

南兰从冲到女神酒店的一个小孩口中听说她打伤过的野鹿最近四处伤人，于是决定去猎鹿。森林里，南兰身姿矫健地在丛林中寻找着鹿的影子。在一棵倒地的大树后，南兰仔细观察着，这是以前雄鹿经常出没的地方。突然身后有异响，她侧头望去，一只飞刀嗖地从她面前飞过，扎在了不远处的树干上。南兰吓了一跳，连忙举枪对准飞刀袭来的方向。郑千出现了，他举着双手示意自己没有恶意。

南兰松了口气，经过之前几次见面，他们都知道对方并没有伤害自己的意思。令南兰没有想到的是，郑千很谨慎，他四下观察着，趴在树干后。

"你为什么跟踪我？"

"我还真是在跟踪，但可惜跟踪的不是你。有人在这附近设下了一个圈套，没想到你是他们的猎物。"郑千说着要去抢南兰的枪，"都怪这条破枪，我跟你说过，它会给你带来厄运的！"

南兰死死抓着枪不放，她懒得理郑千，再次环视周围，道："这里有雄鹿伤人，应该是我以前做白天女时打过的，受了惊吓疯了。"

"疯鹿伤人，是一个小孩子跟你讲的吗？"

南兰一愣，更相信是郑千跟踪自己。

"我说过，我跟踪的不是你，但我知道他们找了一个小孩子，他们给了钱让那个小孩子去骗人！"

南兰根本不信。

郑千真挚地劝道："听我的，扔掉你的枪，我保护你，离开这个危险的地方。"说着又要去抓枪。

南兰低声制止："别动！"

郑千顺着南兰视线方向望去，灌木丛后，一只鹿角露了出来，那是一头雄鹿。南兰举枪，郑千却四下观察，他有些疑惑："这地方还真有鹿，还这么大个。"

南兰得意："当然有，我在这里猎杀过好多头。"南兰瞄准，准星下那头鹿悠然自得地溜达着。

南兰有些犹豫："这可不像疯鹿，要说这头鹿四处伤人，你信吗？"

郑千回答："我当然不信，这只是一头小鹿而已。"

话正说着，那头鹿仿佛突然受到了什么惊吓，从灌木丛中一窜而出，径直向南兰的方向奔来。郑千瞪大了眼睛，南兰也傻了，她却不肯伤害那头鹿。南兰将枪抬高一寸，向空中开了一枪。砰的一声，森林中的鸟被惊起一大片，各种小动物乱窜。那头鹿的奔驰也戛然而止，它预感到前方的危险，立刻转身向另一个方向跑去。

南兰又将枪抬高，砰的又是一枪，鹿消失得无影无踪。

南兰刚要起身，却被郑千一把拉住。

"有人！"郑千表情异常严肃。南兰这才相信，朝着郑千看的方向望去。

远处果然有一个人影，那人行动好像不太方便，样子古怪。终于，南兰和郑千都看清了，那是个被反绑着手、脚上戴着铁链子、嘴被布条勒住的人。南兰立刻用枪瞄准了那人。过了半晌，南兰觉得那人身形有些熟悉，她愣住了。

郑千问："是个野人？"

南兰枪口下的人正是陆雪霖，他踉踉跄跄，重获自由的他无比激动。

几分钟前，他被林龙青带到这里放了，只是蒙着眼睛，绑着手脚。

密林深处，林龙青接过财哥递上的一把枪，那是和南兰一样的猎枪。林龙青提着枪，跃出藏身之地。财哥和祥哥也跟着保护着林龙青。

此时，郑千嘟囔道："野人好像还被绑着……"说着，他看向南兰，没想到南兰的眼里却在掉泪。

"雪霖……"

郑千诧异："你认识这个野人？"

"他不是野人，是我丈夫！"话音未落，南兰已经冲了出去。郑千想去拉南兰，但已经来不及了。

南兰提着枪冲出，陆雪霖发现了南兰。两个人距离几米时，都停在原地愣住了。陆雪霖眼里立刻涌出泪水，他使劲地叫嚷着，希望南兰能为自己解除束缚。

"真的是你？你怎么会变成这样？是谁干的？"南兰愤怒地号叫着。

突然，砰的一声枪响。陆雪霖的后心血光喷涌。近在咫尺的南兰吓傻了。陆雪霖瞪大了眼睛，满眼震惊，一头栽倒在地。巨大的恐惧向南兰袭来，她大喊："陆雪霖！"

而此时的南兰已经在枪口之下，林龙青扣动了扳机。追上来的郑千一跃而起，将南兰扑倒，林龙青的子弹打空了。郑千向丛林里射击。被扑倒的南兰始终看着几米外的陆雪霖，脑袋里一片空白，仿佛不会动弹，眼睛都不会眨了。

"你这个傻女人，我掩护你，快跑！"说完，郑千继续射击吸引火力。

南兰这才缓过神来，却不跑，她举起枪向丛林里瞄去。南兰清晰地看见几个身影，她开枪射击，财哥中枪栽倒在地，疼得捂着肩膀："先宰了那个女的，她值钱！"林龙青和祥哥都向南兰射击。

郑千见势不好，再次将南兰扑倒。对面枪声传来，郑千拉着南兰跑出十几米。林龙青一伙很快追至。受伤的财哥冲在最前面，不停开枪。南兰腿下一软被绊倒，郑千回身射击，可双枪很快没了子弹，他索性将枪一扔，找准机会一飞刀挥出，正中财哥咽喉。

南兰看见林龙青朝郑千开枪，郑千一跃躲过。南兰连忙上子弹，也站起身，林龙青立刻调转枪口，南兰还没来得及瞄准，林龙青的枪已经响了。郑千顾不得多想，横扑而出，替南兰挡住了子弹。

郑千栽倒在南兰怀里。南兰抱住他，大喊一声："海盗！"就在此时，郑千却抬手，几枚飞刀一起甩出，其中一把刺中祥哥的腿。

林龙青找准机会又起来瞄准，郑千又甩出几枚飞刀。但已经失了准头，只有一把划破了林龙青的胳膊。林龙青一吃痛，子弹打偏了。

郑千用最后的力量对南兰大喊："开枪！胡乱开就行！"

南兰会意，连忙趴在地上向远处树林里射击。被火力压制的祥哥腿上往外冒着血："龙哥，怎么办？"

林龙青捂着肩膀喊："带着阿财走！"两人调头，拉着财哥的尸体向远处跑去，地上留下了长长的血迹。

见敌人已撤，郑千终于放下心来："太好了，跑了……"随即一口鲜血吐出，摔倒在地。

南兰扑向郑千："海盗！你怎么样？"

郑千虚弱地说："记得有人跟我讲过，既当了海盗，便不能爱上女人，不然会送命。我不信，却应验了……"说完，郑千头一歪咽了气。

南兰泪如雨下，却顾不得难过太久，又起身向血泊中的陆雪霖奔去。

"雪霖，这些年你跑到哪里去了？陆雪霖，你说话呀！"南兰伸手去摸陆雪霖的脸，可她摸到的却是冰凉的肌肤。在南兰的哭号中，狗叫声传来，十几名警察带着几条警犬赶来，为首的正是警长亨特。

第六十三章　身陷囹圄

半小时后，南兰已身处女神酒店自己的房间内。阳光从窗外洒进来，照在她苍白的面孔上。南兰喃喃自语："雪霖没有骗我，他是被害的，被人囚禁了，他看上去那么憔悴，那么虚弱，手和脚都被绑着……天知道他这些年受了多少苦，受了多少苦啊……"站在一旁的桃姐有些焦急，因为亨特警长正在门外，等着见南兰。

南兰这才从自己的情绪中走了出来，让桃姐带亨特进来。

“亨特，是抓到凶手了吗？是谁杀害了我丈夫？”

亨特摇了摇头：“南兰小姐，你先别急，他们有几个问题要问你。”

南兰看向亨特身后的警察，明白对方要取证，点了点头，尽量保持冷静。一个带着白手套的警察拿着南兰的猎枪，进行了一系列询问。接着，洋警察看向亨特，很明显他们早有共识。

亨特看向南兰：“南兰小姐，出于工作责任，我也有个问题必须要问你。这些年，你把你的丈夫陆雪霖囚禁在什么地方？”

南兰傻了：“亨特！不是我囚禁的他！你们不是应该抓到凶手来向我这个受害人交代吗？你怎么会问我这个问题？”

亨特摊手，让南兰不要太激动。他接过郑千的照片，无奈地说：“今天的这件事，现场除了郑千、陆雪霖和南兰小姐外，那片树林并没有其他人，所以南兰小姐，你需要跟我们回去。”

亨特表示，这个案子总督先生已经过问了，他必须带她回去。

桃姐死命护住南兰，但南兰反而冷静了下来：“亨特，我跟你们走，但你答应我，一定要找到真正的凶手，为我丈夫报仇！”

亨特认真地点了点头。

女神酒店大门口，天晴、玲姐、美花三人正准备进门，想请南兰给秀禾的女儿起个名字。突然天晴愣住了，女神酒店门口围着很多人，三人意识到出事了，快步向女神酒店跑去。

警察带着南兰从酒店里走出来，有记者抢上来拍照。

南兰虽没戴手铐，但很明显是被警察押出来的，桃姐哭哭啼啼更证实了这一点。被挡在人群外的天晴、玲姐、美花满脸诧异。

另一侧，赶来的陆雪亭和白薇挤进人群。

陆雪亭对着南兰喊道：“大嫂！这是怎么回事？你们为什么要带走她？”

一个高大的洋警察伸手拦住了陆雪亭，但没有注意白薇。白薇冲过防线，一把抓住了亨特：“你们抓错人了，南兰小姐不可能是杀害我父亲的凶手！”

白薇用力地拉扯着亨特，要见陆雪霖，有警察上前举警棍要打，被亨特制止。陆雪亭冲上前，抱住白薇。白薇嚷着：“带我去见陆雪霖，他是我的父亲！”

正要上警车的南兰突然听到天晴的呼唤：“南兰小姐，我能帮你做什么？”

南兰看向天晴，笑道：“谢谢你天晴，你好像帮不上忙。”

“我们来是想告诉你秀禾姐生了，是个女孩！”

南兰欣慰：“真好，祝福秀禾和那可爱的小天使。”南兰上了警车，警车驶离，人群散去。

小蝉气喘吁吁赶来：“我来晚了，怎么回事？”

没有人回答她。

众人进入女神酒店。

小蝉不解地问："警察不是一向都听南兰小姐的吗？怎么来了新总督就变了，居然敢抓她。"

桃姐被提醒，倒吸了一口凉气："我明白了，就是新来的总督夫人捣的鬼！前天的舞会，金碧云带古德夫人闯进了小姐的房间，发生了很不愉快的事！报复，他们在报复小姐！"

陆雪亭皱眉："并不这么简单，大哥已经失踪多年，怎么会突然出现在森林里？"

"小姐绝不可能杀害陆雪霖，这些年她一直在寻找自己的丈夫，为此花掉了很多钱，我对天发誓！"桃姐为南兰辩解着。

陆雪亭轻轻拍了拍桃姐："桃姐，这一点我和白薇都相信。"

白薇哭了起来。陆雪亭劝她："白薇，现在哭没有用，让我们都冷静地想一想能做些什么。"

总督府里，亨特向古德汇报案情，他如实陈述案情复杂，南兰并没有承认罪行。古德却甚是气愤，认定南兰是个囚禁丈夫、勾结海盗谋杀亲夫的女魔鬼，发誓必须绞死南兰。亨特欲为南兰辩解，但古德命他不许包庇南兰，尽快查清真相，不要让这个案子带给星洲人恐慌，亨特只得遵命。

深夜时分，金碧云才回到陆家，她告诉陆雪樵，自己去给古德夫人讲白天女杀夫的故事了。金碧云将包扔在桌上，从里面抽出一份报纸："报纸看了吗？晚报加印的号外，油墨还没干呢！"

陆雪樵并没什么反应，金碧云看到不远处的沙发上有一份同样的报纸："看到了呀，不早说。"

她上前挎住陆雪樵："雪樵，我们离成功只剩最后一步了。"

陆雪樵点了点头，突然一把紧紧握住了金碧云的手腕："跟我来。"

陆雪樵将金碧云推进了房间，回手将门关上，而后质问："大哥是怎么回事？"

"报纸上不是写了嘛，南兰太狠心了。"

陆雪樵突然一声咆哮："你闭嘴！这家小报的金主编是你家亲戚，你以为我不知道啊？你给了他多少钱？"

面对陆雪樵的歇斯底里，金碧云却安静下来："是给了些钱，想早点见报嘛，没办法。"

陆雪樵指着金碧云说："是你勾结林龙青绑架了我大哥！"

"真可笑，陆雪霖失踪好几年了，我才认识林龙青几天呀？我是怎么认识这个龙哥的，你忘了吗？堂堂的陆家二爷，居然变卖自己老婆的嫁妆！我都替你丢人！"

陆雪樵愣住了，半晌呆呆地嘟囔："大哥……"

金碧云嘲笑他："你跟陆雪霖还挺有感情啊，可他拿你当过人吗？他在的时候，陆家的生意有你的份吗？这个家里，连你妈都不正眼看你！只有我，一心一意想帮你成为人上人！现在马上就要成功了，陆雪霖死了，南兰是凶手，她会被绞死！她没有继承人，财产都将是我们陆家的！你现在该想的，是怎么把陆雪亭踢出去，别让他跟我们分啊！"

陆雪樵越听越发毛："你……你太可怕了，我大哥一定是被你害的！"

金碧云不以为意："那又怎么样？就算是真的，你敢说出去吗？没人会相信我害陆雪霖，但是你为了抢家产却有可能！"

"金碧云，你这个恶毒的女人，我杀了你！"陆雪樵掏出一把匕首，明显是早就准备好的。

金碧云愣住了："你敢！我是总督夫人最好的朋友，杀了我，你会和南兰一起被绞死的！我死了，你欠银行的钱谁给你还？你还想要那栋大楼？你做梦！等着饿死吧！"

金碧云一闭眼睛，把脖子亮给陆雪樵："动手吧，让我的血溅你一脸，明天的报纸就是陆雪樵杀妻，你们陆家天天都上报纸，真好啊！"

陆雪樵手一软，刀掉在了地上。

金碧云睁开眼睛："挺直你的腰杆！我们已经走出了这一步，现在只能成功。成功了，南兰所有财产都是你的，你陆雪樵就是星洲首富！只有一个白天女杀夫的传说会传下去。"

陆雪樵的目光中划过一丝可怖的神情，继而变得很柔和："碧云，其实你说的这些我都懂，你一直就是为我好，能娶到你，真是我的福分……我们要是真的成功了，我会对你好的。"陆雪樵的表态让金碧云傻了，她瞬间有些感动，紧紧抱住了陆雪樵的腰。

陆雪樵的目光隐忍而狠毒。

食街上的旧屋里，邝海生正在灯光下仔细看着报纸。

阿九打趣："海哥，你都看了一晚上了。"

"看再久有什么用，好多字它认识我，我不认识它呀。"邝海生说着把报纸扔在了地上，又踩了一脚，"这是有人故意造谣，害南兰小姐！"

阿九不解他为什么那么相信南兰。

"派我去泰国之前，南兰小姐专门给了一笔钱，让我到了那边就帮她找男人啊！别被报纸上的字骗了，看字没有看人准的！"

两人你一言我一语地胡乱聊着，阿九庆幸邝海生带着他离开了龙王帮，要不然不知道哪天就会被人打烂头，就好像财哥。

邝海生闻言一愣："财哥怎么了？"

"那天在豆腐街还见过面对吧？这才几天，挂了，听说就是被打烂了头啊！还不让对外讲，只说是胸口疼，心脏有毛病自己死的。"

邝海生情绪有些失控，因为在龙王帮时，财哥对他很好，那年在恭锡街还救过他的命。

深夜，邝海生来到财哥家里吊唁，掏出一沓钱给孤儿寡母。查看尸体时，邝海生发现财哥中了枪伤，但财嫂告诉他致命的是一把插在咽喉的飞刀。邝海生问是谁杀了财哥，为什么不报警。财嫂悲愤地告诉邝海生，林龙青不让报警，也不允许任何人看尸体，不然就要了他们孤儿寡母的命。邝海生闻言，意识到财哥的死绝不简单。

在邝海生吊唁财哥时，天晴则来到了万鹤堂。雄伟的万鹤堂门外，天晴的红头巾在月光中显得格外耀眼。常玉蝶快步走出，迫不及待地冲了过来："天晴，你来找阿妈了？"

"是，我想请你帮忙。"

常玉蝶兴奋得使劲点头。

不久，装扮成狱警的叶鹤鸣和天晴，被一洋人带到了监狱内南兰的牢房。南兰的牢房是个单间，条件不算差，但毕竟是监狱。月光中的南兰正沉思着。洋人打开房门，伸手比画着，表示只给他们十分钟，叶鹤鸣点头。

天晴从叶鹤鸣身后冲出，快步来到南兰面前："南兰小姐，是我，欧阳天晴！"

南兰很是意外和欣喜："哇，天晴，你打扮成男人还挺英俊的！"

天晴没想到南兰还有心情说笑。南兰一脸从容："我怕什么？我是受害者，他们不抓到凶手，我是不会离开这里的！"

天晴诧异："南兰小姐，你有没有看今天的报纸？"

南兰耸肩："他们为我提供了牛排和咖啡，但没有报纸。"

天晴递过报纸让她看看。叶鹤鸣插话："南兰小姐，报道对你很不利，你可能要对自己的处境有一个新的判断。"

南兰看完报纸，倒吸了一口凉气："之前的白天女杀夫也只是街头巷尾的传言，现在竟然上了报纸，这是要置我于死地啊。"

天晴着急地说："桃姐怀疑是新来的总督夫人公报私仇，您要想办法应对！"

"天晴，你有心了。我明白他们为什么要害我了。钱，是我的财富害了我自己。叶先生，你有没有带纸笔？"

叶鹤鸣从口袋里掏出纸，南兰看向天晴，目光意味深长，又看向叶鹤鸣："叶先生能帮我一个忙吗？做见证人，你的身份再合适不过了。"

叶鹤鸣不解。南兰目光坚毅："我要收天晴做养女，万一我死了，她将继承我所有的财产。"

天晴十分震惊，南兰没有解释，她看了眼天晴，已经坐下开始写，嘴里还调侃着："其实我的年纪和你阿妈差不多，只是突然有了你这么大的女儿，还有点不适应呢。"

南兰干练地边写字边说："以后叫我阿妈。对了，无论发生什么事，女神酒店都要照常营业。待会你拿着这个给阿桃看，她会听你的吩咐。我的衣服、首饰你随便穿戴，你也要注意自己的安全，如果出席重要活动可以让叶先生陪你，他应该愿意的。"

天晴一脸为难，叶鹤鸣似乎明白了什么："好主意！南兰小姐，你太有智慧了，天晴，你应该接受！"

就在这时，狱警打开了门："时间到了。"叶鹤鸣径自掏出一块金条塞进狱警手里："再给我两分钟。"

狱警看了看金条："就两分钟，别给我找麻烦。"

叶鹤鸣忙道："没时间了，天晴，我先不跟你解释，但请你记住，只有照南兰小姐讲的做，才能最大限度帮助她，才能挽救南兰小姐的生命！"

"真是个聪明的孩子。我写完了，快，帮我看看，有没有什么漏洞？"南兰将纸递给叶鹤鸣，上面只有几行字，是用英文写的。

叶鹤鸣看着："很好，具有法律效力。"说完接过笔签字。

南兰伸出食指放在嘴里咬出血，挤着血在纸上按下手印，然后看向天晴："来天晴，用我的血，按下你的手印。"

天晴还傻着。南兰催促："快呀，没见警察在催吗？没时间了！"

天晴一狠心："既然能帮到南兰小姐，就用我自己的血！"她也将手指放在嘴里，猛地一咬，按下自己血红的手印。

"让我抱抱你吧，我的女儿。"

天晴紧紧抱住了南兰。

南兰说："叫我一声阿妈。"

天晴乖巧地叫她："阿妈。"

南兰笑了，笑出了泪水。

第六十四章　正面交锋

离开监狱，叶鹤鸣开着车对副驾上的天晴说："我们也要登报。"

天晴不明白这究竟是在做什么，叶鹤鸣向她一一解释。南兰的推断大有道理，凭空栽赃，应该是为了抢夺巨额财富，现在天晴成了继承人，即便对方陷害南兰有罪、执行死刑，也拿不走南兰家族的财产。所以他们必须公之于众，让那些别有用心的人知难而退。

叶鹤鸣还告诉天晴，今日之前，最有可能继承南兰遗产的就是陆家，很可能就是陆家害的她，因此他们家的人都不能相信，包括陆雪亭。

从财哥家出来以后，邝海生径自来到龙王帮，打听了林龙青三人的消息。

次日清晨，三队红头巾分别由玲姐、阿贵和美花带着离开了豆腐庄。天晴一直站在门口，送走了所有的姐妹，小蝉出现在街口，远远喊着她的名字，走过来对她说："自从南兰小姐出事，我的心一直慌，这个时候又哪里都找不到陆雪亭了，我一个人在陆家哪睡得着觉啊，就过来找你了。我想，还是姐妹在一起心里更踏实。"

天晴想了想，便让小蝉陪自己去女神酒店壮壮胆。小蝉不解，天晴淡淡笑了，并没有解释。

女神酒店南兰房内，梳妆台附近挂了很多套衣服。桃姐对天晴道："这几套衣服我觉得你都能穿，你选好了，我帮你配首饰。"

红头巾打扮的天晴看着一套套华丽的衣服发呆，小蝉却看花了眼："好漂亮的衣服啊！"小蝉发现天晴表情严肃，话锋一转，"不过，再好的衣服再好的首饰，哪有心情……"

这时，白薇进门，天晴连忙迎上。

"是叶鹤鸣让我来的，他说今天这里会有重要的事发生，让我来帮你。"

白薇见梳妆台附近的场景："是要选衣服吗？我帮你选！天晴，你能不能信得过我？"

天晴苦涩："我不想换衣服。"

小蝉不解："啊？那你难道就戴着红头巾继承这么大一笔财产，这不是笑话吗？你要上报纸的，也许一辈子就这么一回！你不想穿漂亮点？"

天晴正色道："南兰小姐的财产怎么会轮到我继承？叶先生说得对，拍照片、上报纸，是为了救她。我不是继承人，我只是一个靶子，把坏人的冷枪暗箭吸引到我这里来。"

小蝉傻了："天晴，那不是很危险，这样你还要做？"

天晴眼神坚毅："要做，还要做好。"她转向白薇，"你读的书多，快帮我想想，万一有人问我，我该讲些什么？"

此时的陆家，金碧云正心情愉悦地对镜化着妆，背后的陆雪樵在接电话，电话是银行打来的，重又主动给陆家贷款，还指名要与金碧云谈。

金碧云已经款款而来，伸出手，陆雪樵连忙对话筒道："她来了她来了……"说着把电话交给了金碧云。

金碧云接起电话："陈行长，刚才我都听到了，多谢您支持雪樵啊……这个没问题，我现在就能答应您，届时您携陈太太，我和雪樵，陪古德夫人共进晚餐。好的，非常期待。"说完，金碧云挂了电话。

陆雪樵异常兴奋："老婆，你太有面子了！这个陈行长现在跟以前简直就不是一个人了嘛！"金碧云只是微微笑了笑，继续回去化妆。

两人决定立即让之前的大楼重新开工。

陆雪樵开心坏了："太好了！后天就是良辰吉日，我的大楼终于要重新开工了！"他抱住金碧云，在她的脸上狠狠亲了一口。

金碧云嗔怪："去，别弄坏了我的妆，我跟古德夫人约的时间已经到了。"

陆雪樵殷勤地跑了出去，帮金碧云看车备好了没有。金碧云满意地涂着口红，红唇如血。

一辆汽车载着金碧云和古德夫人在星洲的街道上行驶着。古德夫人满面春风："今天一早古德就签了文件，给了警察搜查南兰所有房产的权力，当然，也包括女神酒店的那个房间，我终于可以欣赏那些珠宝了，我简直等不及了！"

金碧云怂恿古德夫人："为什么只是欣赏？那些珠宝本来就不该属于她。"

古德夫人一脸可惜："可事实就是她的。"

金碧云奉承着说："其实我觉得，那些名贵的珠宝，只有您这种真正尊贵的人才配拥有。"

古德夫人的心被说动了，她看了眼金碧云："你真这么认为？"

金碧云笑意盈盈地点着头："当然！"

女神酒店大堂内一众摄影师和记者正等在那里，也有一些正要离开的客人，大大小小的箱子堆了很多，更有一些得到消息围观的人。有记者发现楼梯上的动静："来了来了！"看到天晴仍穿着平时的衣服，头上的红头巾戴得整整齐齐，众人瞠目结舌，叶鹤鸣也露出诧异的神情。

众人指指点点，跟在天晴身后的桃姐大声解围："都过来，见过新头家！"

所有女神酒店的服务人员快步上前："新头家好！"

"之前我常来，你们做得都很好，以后继续认真做事就好了，辛苦了。"说完天晴鞠了一躬。

记者们都看得目瞪口呆，开始小声议论。

"这位就是女神酒店的新头家，南兰小姐的继承人，欧阳天晴小姐。"叶鹤鸣看向天晴，"欧阳小姐，文件。"

天晴取出文件。叶鹤鸣继续宣布："这份文件是由南兰小姐亲自起草的，由我，万鹤堂叶鹤鸣作为见证人。从今日起，包括女神酒店在内，南兰小姐的所有财产，都由欧阳天晴小姐继承。"

有人指指点点，开始议论，议论声越来越大，叶鹤鸣有些撑不住了："欧阳小姐，你有什么要跟记者朋友们说的吗？没有我们现在就拍照。"

"有。"众人于是纷纷看向天晴。

天晴定了定神："诸位，正如你们看到的，我是一名红头巾，南兰小姐信任我，是因为我们红头巾吃苦耐劳，自立自强。凡有托付，必不辜负。"

一名戴眼镜的中年记者边记边道："说得是挺好，可你现在是富人了，穿成这样拍照片不好看吧，怎么登报纸啊？"

天晴大大方方道："我不觉得红头巾的打扮有什么不好看的，只要上了报纸，必定会有人认识我。不管我打扮成什么样，都是那个在工地上做工的欧阳天晴，又何必用衣服和首饰来掩饰自己的身份呢？如果连自己是红头巾都不敢承认，我又怎么对得起南兰小姐的托付？

对了，我已经改口叫她阿妈了。我的阿妈是善良的、清白的，她亲口告诉我她没有杀过人。我希望政府和警察早点抓到真凶，还我阿妈一个公道！”

天晴举起了那张按着红手印的文件，叶鹤鸣挺直腰杆，作为见证人站在天晴身旁。相机“咔咔”地闪着。

突然，这阵热闹被打断了，一众警察来到大厅。为首的一名洋警察用中文说：“你们在做什么？我们要搜查，都离开这里！”

叶鹤鸣对天晴耳语：“他没有这个权力，女神酒店可以配合搜查，但同时也有正常经营的权力。”天晴点了点头，走上前去：“警察先生，你想搜查哪里，我们可以配合，但请你不要影响酒店的生意，这是我们应有的权利。”

洋警察一愣。与此同时，金碧云陪着古德夫人走进大堂，看到天晴她有些诧异。古德夫人问：“怎么还不开始搜查，等什么呢？”

天晴上前，告诉她自己是女神酒店的头家。

金碧云道：“你疯了吧？这里的头家是南兰，已经被抓起来了！”

天晴冷冷一笑：“这位太太，我没必要跟你解释，等看到报纸你就知道了。”她转向桃姐，“桃姐，配合警察的搜查，但如果他们影响了客人，我们就向总督府提出抗议。”

桃姐应下，天晴也扭头走了。

古德夫人恼羞成怒：“她说什么？她到底是谁？为什么对我一点都不尊重？”

离开记者会，天晴和小蝉便上楼守在南兰房间，没想到警察推门而入。跟着警察进来的桃姐阻拦道：“这是南兰小姐的房间，这里面没法关人的，你们不用搜查了吧！”

一个警察粗鲁地推开桃姐：“搜的就是她的房间，你们站到一边去！”洋警察边说边指着天晴和小蝉。

天晴知道跟他们理论是徒劳的，便示意桃姐和小蝉站到角落里。

警察们开始逐屋搜查，片刻后，金碧云引着古德夫人进来，警察点头示意，古德夫人让警察去搜查别的房间，很明显有“特殊安排”。

梳妆台前，各式各样的首饰盒都被打开了。古德夫人上前，立刻两眼放光。盒里的首饰样样精致夺目，珠宝的品级和做工都远超古德夫人身上那几件。欣赏之余，古德夫人和金碧云对视：“这么好的珠宝，竟属于一个杀人犯。”

金碧云附和：“她根本不配拥有，而且来路不正。”说完露出暗示的目光，古德夫人在金碧云的鼓励下决定放下面子，拉开手提包往里面装起了首饰。

正在此时，突然啪的一声，竟有人拍照。金碧云和古德夫人猛回头，古德夫人手里还拽着一大串珠宝，拍照的正是白薇。

白薇款款走向她们：“我是南兰小姐的朋友，一直在屋里，只是刚才在洗手间而已。”

古德夫人命令白薇：“不准拍！把你的相机给我！”说着就冲了过来。

白薇一手举着相机，另一手攥紧了拳头："对不起，这是我的私人物品。"古德夫人不禁心虚。

"你们忙吧，但我提醒你们，南兰小姐的私人物品如果失窃，我有证据。"说完，白薇径自走了。

古德夫人非常气愤，她将装进包里的珠宝又悉数拿出，扔回梳妆台。古德夫人边掏珠宝，边尴尬地笑着为自己找借口："我刚才怎么了，一时之间被这些漂亮的宝贝迷住了……"

金碧云忙为她解围，说只要南兰死去，这些首饰就都是陆家的，她可以送给古德夫人。

"碧云，你太好了！可你已经送过礼物了，我不能再要。不过我可以买，或者交换，用我的首饰来换这些首饰，怎么样？"

金碧云忙道："就这么说定了！"

古德夫人重新高兴起来，她顿了顿，又看了眼金碧云道："你好像很希望南兰死？"

金碧云道："她囚禁、杀害的那个男人，是我丈夫的哥哥。陆家所有人都痛恨凶手，希望政府早点处死凶手，为死者昭雪！"

古德夫人正气凛然："会的，古德疾恶如仇，像这样的坏女人就该被绞死，这是他对我说的原话，你放心吧，我会尽快促成这件事的。"说着，古德夫人又瞟了一眼那些首饰，满是不舍地离开。

第六十五章　雪上加霜

白薇已先行走出女神酒店大门，她行色匆匆，被等在车里的叶鹤鸣叫住。

很快，汽车行驶到学校门口，白薇和叶鹤鸣下车。

白薇想了想，说："现在发生的这些事情，本来与你和万鹤堂都没关系，没想到你能仗义相助，看到你为天晴做的一切，我真心替她高兴。我和天晴是朋友，她很正直，也很勇敢，是个值得珍惜的女孩，祝福你们。"

叶鹤鸣愣住了。

白薇就要进学校，叶鹤鸣赶忙解释："等一等白小姐，我想你恐怕误会了，我跟天晴应该算是兄妹吧，这里面有一个很长的故事，有机会我再讲给你听……"

叶鹤鸣顿了顿，又道："白小姐，你相信缘分吗？其实我挺相信的，第一次见到你，我就觉得我们很有缘，可你却离开了星洲，我以为此生再也见不到你了。当你再次出现在海边，我看到那双鞋又凑到了一起，我就想，是属于我的缘分回来了……"

叶鹤鸣的表白很直接，这让白薇没有想到。她说："谢谢你，可是我现在心里很乱，这个时候顾不上想这些。”

叶鹤鸣表示理解：“关于令尊的事情，我也找人疏通过关系，但还不知道令尊的遗体被保存在哪里，毕竟这是警方正在处理的大案子，警察朋友也都很谨慎，再给我一点时间。”

白薇有些感动地向叶鹤鸣说：“谢谢。”

白薇匆匆赶回教师办公室，竟遇见了亨特。

之后，亨特与白薇在校园里边走边交谈着。原来，亨特警长的太太是个华人，他的儿子此前一直很讨厌来学校，因为不想学英文，直到白薇来了，儿子才突然改变。所以，亨特作为学生家长来感谢白薇。话毕，亨特问白薇记不记得他们以前见过面。

“是的，我被人诬告，是南兰小姐请亨特警长帮了我。”

亨特又问：“昨天你说陆雪霖是你的父亲，可是经过我的调查，他并没有儿女。”

白薇便将自己出生在上海，不被陆家承认，以及来星洲寻找父亲之事向亨特说明。白薇说着说着情绪有些激动，不能自持：“亨特先生，我看了报纸，知道父亲已经不在人世了，我觉得是我害了他……我两次来星洲都是为了寻找他的下落，我想正是因为我的再次出现，才让凶手急着杀害他……亨特先生，求您让我看看父亲……我知道你们对管理被害人尸体有特殊的规定，但我是他的亲人，我应该有这个权利，对吗？”

望着满眼泪水的白薇，亨特犹豫半晌，终于点了点头。他递上一张名片，让白薇下班以后拿上她说的那些证据去找他。白薇欣喜地接过名片，而亨特似乎有心事，转头急匆匆地走了。

一家西洋医院里，“病房区，闲人免进”的牌子下，一个大胡子的印度人正在盘问着企图进入的人。

很快，邝海生手捧一束玫瑰花来到了一旁的接待站，通过一番声情并茂的演讲，赢得了一名女护士的同情和好感，顺利混进了病房区。邝海生眼观六路耳听八方，终于找到了林龙青和祥哥所在的病房。

祥哥正在换药，疼得不断呻吟。林龙青的伤相对较轻，但还打着夹板，吊着另一条胳膊。祥哥疼得满头大汗，不禁抱怨起来：“阿财送了命，你我都挂了彩，龙哥，为了个女人，还是别人的老婆，不值啊！”

林龙青有些不高兴：“什么叫为了个女人？我们为的是自己！打打杀杀这么多年，挣下几个钱？这次可是大买卖，成了，你我就是真正的有钱人！”

祥哥看向旁边的报纸：“报纸我看过了，那女人图的是南兰的财产，为此把陆雪霖关了好几年，那个哑巴对她忠心耿耿，让我们灭口的时候她眼睛都不眨，心肠可够狠，计谋也够毒。龙哥，你要当心啊。”

林龙青不愿别人说金碧云的坏话，有些不耐烦：“我伤轻，先出院，你安心养伤。”说完，林龙青走了。

林龙青刚出门,祥哥就忍不住伤心:"阿财,我对不起你呀。"说着说着,竟捂着脸哭了起来。

看到林龙青的背影消失在楼道里,角落里的邝海生闪了出来,他已听到林龙青和祥哥的对话。再次来到病房前,他看向病房里正在哭泣的祥哥,皱眉离开。

黄昏时分,天晴在小蝉的陪伴下,拖着疲惫的身躯回到豆腐街。

豆腐庄院子里,几十个红头巾聚集在一起,天晴坐在中间,显得格外的冷静。原来,南兰的事见报后一时间闹得沸沸扬扬,工地头家怕再用红头巾会受到牵连,所以红头巾无工可开了。

天晴道:"姐妹们,请你们相信,南兰小姐没有杀人,既然没有,就不会被绞死,警察怎么可能随便冤枉一个好人?更何况是像南兰小姐这样的大好人、大善人!编造谣言的人别有用心,大家不要听不要信。"

众姐妹纷纷点头。

天晴又低下头:"只是一时又没工可开了,我这个当大家姐的,对不起大家。"

众人都沉默不语。

小蝉跟着着急,她清了清嗓子:"点心铺最近生意越来越好,既然姐妹们闲,就多做一些,我们也试着看能不能再多卖一些。"

阿贵干劲十足:"其实没有铺子也能卖,我可以挑着扁担去街上试试。"

小蝉眼睛一亮:"好主意,我告诉你哪几条街上好卖,我都试过的!"

玲姐也跟着说:"刚才巧玲也讲,鸡饭那边要是有人能跑腿给客人送上门,每天还能多卖几十份。"

姐妹们七嘴八舌地商议着接下来的出路,天晴安心了很多:"明天我再去见一下果园的哈利先生,看看他那里有没有什么零活。总之,姐妹们团结一心,共渡难关!"

姐妹们齐声道:"听大家姐的!"大家都把信任的目光投向天晴。

食街旧屋内,邝海生跟前一天一样,猫在桌上仔细地看着新的报纸。

阿九凑了过来:"你不是最讨厌那个男人吗?他跟天晴拍的照片,你一遍一遍看什么?"

邝海生举起报纸抖了抖:"我看他们两个还挺般配的,心里替天晴高兴。"

阿九无奈,打趣邝海生在说酸话。邝海生却不以为然:"爱一个人就应该希望她越来越好才对,男人顶天立地,应该多替别人想,不能太自私啊。"

"海哥呀,我真是服了你了!这个欧阳天晴也真是好命啊,一个过番来的女工,有叶鹤鸣追,现在还要继承南兰的财产。哇,星洲女首富诞生啦!"

邝海生的目光终于移开报纸,他揉着酸痛的眼睛,半晌又说:"可我怎么觉得有点不对劲……这种事情需要登报纸吗?难道是故意的?我感觉天晴危险了,那些想害死南兰小姐的人现在肯定恨死她了!"说完他叹了一口气,深深地皱起了眉头。

豆腐庄七姑娘房内，秀禾已经能下地，她给自己做了一个背在身上的襁褓，准备过几天就把孩子裹在身上，跟着其他姐妹一起出工。

天晴苦笑道："现在没工可出，也省得孩子受罪了，秀禾姐，你这样也不怕把孩子闷坏了。"

秀禾不想拖累大家："我主要是不能在豆腐庄白吃饭不干活呀！对了，阿月……"

白月初看秀禾的眼色，拿出一个手绢递给天晴，那是她们攒下的一些钱。现在姐妹们都没工可开了，所以她们把这些钱交给天晴统一使用，带着大家共渡难关。

天晴鼻子一酸，险些哭出来："你们两个跟别人不一样，各自把钱收好，以备不时之需。"

秀禾和白月初露出迟疑而无奈的目光。

陆家，金碧云的面前也摆着今天的报纸。她盯着报纸，仿佛天晴就是她的眼中钉，肉中刺。

一旁的陆雪樵敲着桌子："完了吧？下那么大的本钱，打水漂了。就算南兰被绞死，她的财产也要归这个红头婆。"

金碧云咬着嘴唇，非常不甘心。

陆雪樵继续说着风凉话："女人就不能自作聪明，以为自己能斗得过南兰，可惜人家早就留了后手啊……真不知道这个红头婆家里祖坟占了什么风水，白捡这么大便宜。"

金碧云急了："你闭嘴！"她的眼睛里发着寒光。

陆雪樵刚要和金碧云理论，却有人敲门，他只得把一腔怒火都放在了敲门的人身上："谁啊？"

陆雪亭的声音传来："二哥，是我。"陆雪亭站在门口，"关于大楼开工的事，我想跟你谈谈。"

陆雪樵看了眼金碧云："小弟啊？稍等，我这就下去。"

金碧云没做声。

少顷，陆雪樵已和陆雪亭一起坐在一楼客厅。原来陆雪亭已经从小蝉口中得知了红头巾无工可开的事。为了帮女工们，也为了不让小蝉难过，他希望陆雪樵在大楼开工后改变用男工的计划，转用女工。

"什么？让我改用女工？就为了你讨好小蝉？小弟，你醒醒好不好？"

"二哥，作为设计师，我与红头巾在一个工地上开过工，她们吃苦耐劳，干活绝不比男工差，工钱却比男工便宜很多，对于头家是划算的。最先用女工的不正是二哥你吗？我记得刚回星洲那天，你带我去工地专门算过这笔账的。"陆雪亭继续争取着。

陆雪樵用大爷似的口吻说："那是以前，现在我看见红头巾就讨厌！"他把对天晴的愤怒全发泄出来，而他不知道，小蝉正在门外偷听。

小蝉想进来帮着说话，但她自知身份，只能留在外面。

陆雪樵劝弟弟："雪亭啊，你赶紧跟小蝉断了吧，大楼马上开工，让你当设计师，就是希望我们陆家在星洲再出个响当当的人物，别让我一个人孤掌难鸣。你可别因为一个过番来的乡下女孩断了自己的前程啊！”

陆雪亭见陆雪樵不让步，索性摊牌：“二哥，我已经决定要娶小蝉，就按妈先前定的，净身出户。”

“小弟，这可不是闹着玩的！”

“我净身出户，放弃陆家财产的继承权，但条件是，我们的工地必须聘用女工，直到整栋建筑竣工。”

陆雪樵没想到陆雪亭这般坚决：“你在要挟我？我不会答应的！我不能看着你跳火坑啊！”

门外的小蝉万万没想到，陆雪亭会因为红头巾开工的事放弃陆家财产的继承权。她刚要进来阻拦，金碧云的声音传来：“雪樵，你也太不近人情了，怎么好阻止小弟的善举呢？那些女工因为南兰丢了饭碗，现在是最可怜的时候，咱们陆家三少爷是贾宝玉，自小就怜香惜玉，何况小蝉先前就是红头巾，你就成全了小弟吧，做善事也是给陆家积福呀！”金碧云说着已来到客厅。

陆雪亭起身道谢：“多谢二哥二嫂。”

陆雪樵诧异地看着金碧云，金碧云向他使着眼色。陆雪樵已习惯听金碧云的安排，他继而转身道：“不过我听说这一年女工们可是涨了工钱的，想回我们的工地来，还得是过去那个价钱，七毛！”

陆雪亭有些尴尬：“这个……我得去和她们商量商量。”

正在这时，小蝉冲了进来：“不用商量！我可以替天晴做主，我替红头巾姐妹们谢谢头家、头家娘！谢谢雪亭……”最后一句，小蝉说得很深情。

金碧云的目光很复杂，明显在计划着什么。

回到房内，陆雪樵立马问道：“金碧云，你不是恨红头巾吗？怎么还赏她们饭碗？”

金碧云一边换衣服一边说：“小弟的话你没听见？他愿意净身出户，放弃继承陆家的财产，你何不成全他？前几天我跟你说了什么你都忘了？”

“前几天是以为我们能拿到南兰的财产，可现在拿不到了呀。咱们陆家那点家底，小弟毕竟是我亲弟弟，一点不分给他，我于心不忍的。”陆雪樵话虽如此说，可他心里也觉得很划算，于是给自己找了一个台阶，“不过，他非要娶小蝉，惩罚也是要受的，不然我又怎么对得起妈？”

金碧云扑哧一笑。

“你笑什么？”

金碧云道：“我笑我老公够聪明，也够虚伪呀。”

陆雪樵瞪了金碧云一眼。

金碧云懒得再搭理陆雪樵，盘算着什么，起身向外走。

陆雪樵见这么晚了，有些不满："你是女人，今天我在家你还要出去，不像话啦！"

金碧云上前扶住陆雪樵的肩膀，柔声道："二爷，我还有些事情需要安排，不出门不行的。"她指了指报纸，"人家出招了，我们不能不接招呀。二爷先睡，我很快就回来，走了啊。"金碧云说完，扭身出了门。

陆雪樵的目光中满是怒火，过了很久，他抬手拿起桌上的咖啡杯，狠狠地摔在了地上。

第六十六章　明枪暗箭

空旷的安祥山上，龙王帮门口，"龙"字招牌隐没在幽暗之中。龙公馆内，林龙青赤着上身，金碧云在帮他上着药，有些疼，林龙青倒吸一口凉气。

金碧云温柔安慰："让你受苦了。"说着，她的手抚摸着林龙青的肩膀。

林龙青笑了一下："刚才你没来的时候，我就准备换药，可又不想叫个大男人来帮我换，就想起了阿娇。"说着，林龙青有些伤感。

金碧云见状，称赞起林龙娇如何英姿飒爽，慢慢转着话锋："龙哥，说起阿娇妹妹远走欧洲，罪魁祸首是谁呀？"

林龙青愤愤然："还不是阿海那个臭小子！"

"不对呀龙哥，我听说阿海一直蛮中意阿娇的，只是后来有个叫欧阳天晴的红头婆来了星洲，他才变了心呀！"

林龙青咬牙切齿："那个欧阳天晴真是个厉害角色，尤其是攀上万鹤堂后，没想到一个乡下女孩在星洲搅出这么大的动静。"

金碧云火上浇油："今天的报纸看了没有？她又成了南兰的继承人，要坏我们的大事啊。"

林龙青一挑眉："有这事？"

"就知道龙哥受了伤，没看报纸，所以才特意来报信的。"

林龙青听得火直往心头窜。沉思了片刻，他问道："这个红头婆成了南兰的继承人，还会去工地吗？"

"你没见她和叶鹤鸣拍的照片都戴着红头巾，她把自己红头巾大家姐的身份看得挺重的。乡下女子没见过世面，拿大家姐也当个官，所以我想她会去的，起码头一天开工一定在。"

林龙青点了点头："龙王帮的兄弟一到工地上就会被认出来，不方便下手，不过这种事，谁做得来，我知道。来人……"林龙青对着手下耳语了几句。

金碧云嘴角露出冷笑。

几日后，陆家大楼工地上众人喜气洋洋。用木头搭起来的庆典架子，大红的布上写着“陆氏企业大楼重新开工庆典”，鞭炮齐鸣。女工、男工们站得整整齐齐。

鞭炮过后，此前与陆雪樵通过电话的陈行长，正和陆雪樵一起剪着彩。

众人纷纷鼓掌。作为设计师的陆雪亭也站在显眼的位置上，但完全没有头家的威风，或者说，陆雪樵也根本没拿自己的弟弟当头家。还有十几个西装革履、小老板模样的人一起鼓着掌。

剪彩毕，陆雪樵上台讲话：“我们要盖星洲最宏伟的、一百年都没有人能超过的大楼！陆家做建筑绝对值得信赖，我们只做最好的！我把话放在这里，这栋大楼就是未来星洲的地标，请大家共同见证！”

陆雪樵还在演讲，台下的天晴对这种演讲不感兴趣，淡淡笑着。不远处的男工队伍中，一个异域长相的孟加拉国男子死死盯着天晴。

工地开工，场面分外热闹。天晴帮忙指点着新来的红头巾。陆雪亭在一旁阴凉处画着设计图，身旁的小蝉又做起了助理，她不时看看干活的姐妹们。玲姐还是在一处给红头巾和蓝头巾姐妹添着砂土。阿贵畅想着两年后自己赚够了钱荣归三水的景象，脸上挂着笑容。美花带队挑着担子，不时看向男工的方向，与来福眉来眼去，很是开心自在。

蓝头巾和红头巾现如今很是融洽，原本各自占用的两个楼梯现在变成了一边上一边下。红蓝头巾交杂，但队伍整齐，格外壮观。

在顶层干活的孟加拉国人一直靠着墙边，他的脚旁已经准备好了一个铁砣。天晴带队上楼梯，孟加拉国人观察着，身在高处的他无法确认红头巾遮掩下哪个是天晴。天晴上到顶层，与孟加拉国人对视，孟加拉国人向天晴笑了笑，天晴还以善意的微笑。

玲姐为白月初添砂，才装了一半，工头强哥的声音传来：“好了好了，就装这么多吧。”

玲姐和白月初都看向强哥，强哥色眯眯地看着白月初：“新来的吧？长得这么白净、这么瘦弱，哪里挑得动整桶啊？”

不远处的小蝉听见不满道：“强哥，当时你可不是这么对我的！”

强哥尴尬：“哎呀，不一样了嘛小蝉，我知道你现在是陆少爷的女朋友，大人不记小人过，可别记恨我呀！”

小蝉不理。

强哥看向玲姐，又瞟着白月初：“其实我一直都很怜香惜玉的……这个女孩，你走吧，上楼梯的时候慢一点！”

这是白月初第一次来工地，她看着别人的桶，又看了看自己的，有些惭愧：“多谢这位大哥照顾……玲姐，还是给我装满吧。”

玲姐担心她担不起满桶，白月初说：“没问题的，我在家里练过了，秀禾姐教我的。”原来早前，白月初常常用满满的两桶水当作砂土认真地学习，抱着孩子的秀禾提醒她哪里用力。

玲姐只好装满了桶，白月初顺势挑起，动作麻利，腰的支撑也很对，跟着队伍走了。强哥追了上去一直搭着讪："白玉娇，那可是大名鼎鼎的角儿，我的梦中情人，你和她长得太像了！"

白月初不堪其扰："这位大哥，请你自重！"说完狠狠瞪了强哥一眼，走了。

强哥嬉皮笑脸："还挺厉害。"

不远处，孟加拉国人的目光暗暗追随着天晴，天晴再次登上楼梯，离孟加拉国人的位置已经很近了。天晴沉浸在再次开工的喜悦中，浑然不知危险就要降临。孟加拉国人眼中掠过一丝凶狠，猛地搬起铁砣就要痛下杀手。

千钧一发之际，一个男工从后面蹿出，将孟加拉国人扑倒。铁砣掉在了半人高的矮墙上，险些砸到人。有几个工人看到了这一幕，惊呼一声，但都不知道缘由。那个突然出现的男工正是邝海生，他死死摁着那孟加拉国人。

邝海生质问道："谁派你来的？说！"

不料孟加拉国人找准机会一脚踹开邝海生，向一侧跑去。

邝海生一个鲤鱼打挺，连忙去追孟加拉国人。

天台顶部，一个熟悉的身影在天晴眼前划过。她一愣，不知道刚刚发生了什么。

工地的另一侧，孟加拉国人上蹿下跳，还是逃走了。邝海生不顾一切地追赶。

跟在天晴后面的阿贵问："发生了什么事啊？"

美花也忙喊住不远处的来福："来福，刚刚怎么回事？"

"我也没看清楚，突然就打起来了……"来福说着，忽然看到先前孟加拉国人准备的铁砣，"谁把铁砣放在这里了？这要是掉下去要砸死人的！"说着，来福连忙将铁砣放到安全的位置。

天晴疑惑道："来福，刚才那两个人是和你们一起上工的吗？"

"不是呀，这次开工有很多新人，以前没见过的，但我刚才怎么看着后面追的那个有点像阿海啊。"

美花附和："我也觉得是阿海哥，天晴……"

天晴此时已放下担子，朝外面追去。但是远远地，只看到两个正在蹿蹦跳跃的背影。天晴大声喊着："阿海，是你吗——"

邝海生追着孟加拉国人，他听见了天晴的喊声，但一瞬也没有停顿。

工地外一个偏僻的小街巷里，孟加拉国人摔倒，邝海生随即追上。

孟加拉国人掏出一把尖刀。邝海生没有带枪，只能徒手与他搏斗。很快，邝海生夺下尖刀，将孟加拉国人制服了："说，谁派你来的！"

孟加拉国人认命般地说："你是知道我们的规矩的，杀了我吧，我是不会说的。"

邝海生气愤，就要下手，孟加拉国人突然害怕起来："我只是为了钱，我要养活家人，我有七个孩子……"

邝海生不忍："如果我放你走，你还会不会对那个红头巾……"

孟加拉国人忙发誓："不会！我会滚出星洲，永远不再来，不然雇我的头家也会杀了我！"

邝海生松手，又恨恨地踹了一脚："滚！"

孟加拉国人起身鞠了一躬，扭头跑了。

一间咖啡厅的雅座内，邝海生把报纸拍在桌上。叶鹤鸣见状，以为邝海生吃醋："你是不知道报纸上写了什么吧？我只是见证人，一张合影，不能说明我和欧阳小姐的关系。再说，你已经答应玉蝶姐退出了，就不该再嫉妒了。"

邝海生翻了个白眼："我嫉妒你个大头鬼啊！"他拍着报纸，"你这是要害死天晴啊！别说你没想到，我不信万鹤堂堂主是个白痴！"

叶鹤鸣愣住了，半晌笑了："真是长进了，还在浩南的手上救下了天晴，那可是个亡命徒，你单枪匹马，逼得整伙歹徒跑了路，敬佩。"

"少说这些没用的！你这样做有什么企图？"

叶鹤鸣喝了口咖啡，从容道："登报确实是我的建议，但也是欧阳小姐自己的选择。"

邝海生不信："她的选择？"

叶鹤鸣将从白薇那里听说的天晴那日在女神酒店说的话，又转述给了邝海生。

半晌，邝海生一口喝掉了咖啡："既然是你的主意，你就要保护天晴的安全！"

"我派了人保护她啊！从豆腐庄到工地，一直有人暗中护送。但你知道，天晴是个要强的人，我总不能找人寸步不离地跟着她吧？"

邝海生摇了摇头："工地上是最危险的！今天就有人偷袭天晴，要不是我，已经酿成悲剧了！"

"这么快？在工地上下手？也太龌龊了吧？"

邝海生很激动："我把天晴让给了你，鬼主意又是你出的，你要是保护不好她，我要你的命！"

邝海生说完拂袖而去，叶鹤鸣也有些后怕。

陆家大楼工地上，陆雪亭拿着一个名册走向天晴等人："查过了，工人一个都没少，刚才那两个应该都不是我们雇用的。"

小蝉猜测："那就一定是针对天晴的，他们又是怎么混进来的呢？"

陆雪亭皱眉："这个我也不知道，但那个大铁砣要是从高处砸下来，后果不堪设想。"

小蝉看向天晴，天晴却看着陆雪亭，她的眼神中划过一丝异样，她耳边响起几天前探监南兰回来时，叶鹤鸣说的话，要她提防陆家的人。

想到这里，天晴便没有多说什么："陆少爷，多谢你关照红头巾，姐妹们能重新开工都特别高兴，也都从心里感谢你。”

“嗐，天晴，你客气什么？”

天晴此时也很后怕，她略一沉吟，对陆雪亭道：“其实女神酒店那边也有很多事情需要我拿主意，以后我可能就来不了工地了。”

陆雪亭并没多想，他点了点头：“嗯，理解，有事情我会让小蝉和玲姐、阿贵她们沟通的。”

小蝉是最了解天晴的，她仿佛从天晴看陆雪亭的目光中看出了什么，但也不能确定。

天晴随后又暂将工地与红头巾都托给玲姐，说自己在工地不方便，怕给大家带来麻烦，等南兰小姐出狱，一定会回来。

第六十七章　无计可施

从工地出来，天晴一脸愁容地走在街上。走着走着只觉身后有异样，待天晴转身之际，小蝉快步跑上一把挎住了她。

小蝉笑盈盈地拉着天晴上了黄包车。

桃姐已经在门口等候多时，看见小蝉和天晴回来，连忙拉着二人去了南兰房里，现在能信任的人只有天晴了。

像往常一样，两位男经理和一位与桃姐年龄相仿的女管家拿着账本站在桌旁，汇报着酒店近日的经营情况，只不过听汇报的人成了天晴。

天晴看向面前的管事，起身鞠了一躬：“各位各司其职，没有因为南兰小姐不在而发生乱子，辛苦你们了。”

南兰近况确实不容乐观。

审讯室里，南兰穿着狱服坐在冷冰冰的审讯桌前，面前还摆着一份认罪书。

“这不是我的口供，是你们臆想出来的，我不会签字的。”说着，南兰优雅地将认罪书撕碎。

身穿蓝色制服、头戴软帽的大胡子洋人笑着说道：“没人为你编造供词，只是觉得，如果把一切罪过归结于你的嫉妒心与仇恨心，可能会避免造成恐慌。”

“这不是事实。”

大胡子仿佛没听见南兰的话，拿出一副为国为民的做派，径自说这份认罪书完全是为了减少星洲百姓的恐惧，毕竟南兰做出的事实在匪夷所思。

“我是被冤枉的，星州百姓更愿意看到你们还我清白！”

另一个洋人没了耐心，粗暴地指着南兰说：“陆雪霖是五年前在你家里失踪的，所有证据都指向你，南兰，你逃脱不了罪责的！”

南兰不愿同他们纠缠，要求见自己的律师。

“对不起，你的这项请求被拒绝了。”

南兰大怒，质问着大胡子审判官：“谁有这个权力？是总督吗？还是他那贪婪的太太？”

大胡子也是听命行事，无奈地摊了摊手。

看着他们的态度，南兰绝望地瘫坐在椅子上。

工地的临时办公室里，陆雪樵跷着二郎腿坐在椅子上哼着小曲。

叮嘱完女工们注意安全，陆雪亭拿着设计图去了办公室。

“二哥，这件事你必须要听我的，我认为以现在的基础，大楼建十二层是有危险的，最好改成九层。”

陆雪樵撇了撇嘴，本来用自家人当设计师还有可能加盖三层，多赚些钱。可现在自己的傻弟弟竟要减三层，赔本的买卖可做不得。

陆雪亭指了指设计图说：“要做百年的建筑，安全是第一位。”

“百年建筑那是骗记者的！你还能活得了一百年吗？醒醒吧小弟！”

说着陆雪樵起身拍了下陆雪亭的肩膀，没想到小弟拿设计师的身份压自己。

陆雪樵直翻白眼：“我是老板，我有权力解雇你！十二层，一层也不能减，如果能加一层，你的薪水翻一倍，加两层翻两倍！”

“二哥，要做星洲最好的建筑商，必须把质量放在第一位。”

陆雪樵急着出去，想着大楼好不容易开工，谨慎点也是应该：“好吧！那就十二层，不加了……今天有庆祝酒会，你来不来啊？”

陆雪亭耸了耸肩：“不去，你执意盖到十二层的话，我要仔细研究该怎么提高建筑质量。”

“难得，陆老三有出息了呀……”

说完，陆雪樵笑眯眯地去了公寓。

公寓里，小翠正蹲在地上擦地。陆雪樵抽出两张大额钞票在小翠面前抖了抖。

“小翠姑娘，每次我给的小费你都不拿，这次不是小费，是辛苦费。”

小翠疑惑起身，陆雪樵迫不及待地宣布工地开工的喜事。

“我的朋友们都听到了喜讯，要为我庆祝，酒会之后，不免要再找一个地方喝上一点，我就定在了这里，所以明天你来的时候，可能会非常凌乱，我要预先付你辛苦费呀。”

小翠看了看陆雪樵，已经猜出了他的身份。想着姐妹们终于开工，小翠淡淡一笑，这是她离开豆腐庄以来第一次发自内心地笑。

“首先恭喜您，但钱我不能要。陆先生的公寓平时人少，打扫起来非常简单，难得您要请朋友来，我多做一些，也是分内的事。”

陆雪樵立刻板起脸来，二人也认识几个月了，小翠却不肯给个面子。

小翠发觉陆雪樵是真的要生气，不能让主家下不来台，只好接钱道谢。

陆雪樵这才舒展开眉头，转而想起老妈姐说过小翠从前也是红头巾，便问小翠有没有在自己的工地开过工。

小翠愣了一下：“没有……祝陆先生晚上玩得愉快。”

岔开话题，小翠转身去打扫其他区域。陆雪樵看着小翠的背影，故意嘀咕着：“真是难得的好女孩，会说话，懂事，纯洁……”

小翠听闻内心不觉颤动一下。

陆雪樵走后，陆雪亭在办公室里专心看着图纸，接到小蝉的电话便又开车往女神酒店去了。驶到酒店门口，陆雪亭看到前方一辆眼熟的汽车也停在那里，下车后才发现坐在后座的叶鹤鸣。

叶鹤鸣也注意到了陆雪亭，下车与陆雪亭握手客套一番：“听说你们陆家的大楼重新开工了，雪亭兄是总设计师，恭喜呀！”

“谢谢叶兄，你这是……”

“在等欧阳小姐。”

陆雪亭点了点头：“你是南兰交托财产的见证人，出现在这里也对。”

“是的，所以我必须确保她的安全。”叶鹤鸣话里有话，防着陆雪亭，可陆雪亭并未察觉。

二人闲聊着，天晴和小蝉从酒店里走了出来。

小蝉很是诧异：“叶先生，你也来了？”

叶鹤鸣笑了笑，表示自己来接天晴回豆腐庄。

小蝉撇着嘴道：“早知道你会来，就不用叫雪亭来接了，你们知道嘛，大楼开工，设计师忙得很，他累得眼睛都疼啊……雪亭，走吧，回家我用热毛巾帮你敷眼睛，很灵的，提神明目，这一招是我奶奶教的！”

说着小蝉挽起陆雪亭的胳膊就走。陆雪亭回头向叶鹤鸣和天晴挥手告了别。

见陆雪亭二人走远，天晴才道：“叶先生，我是不需要保护的……”

叶鹤鸣收起了笑容，冷冷看着天晴：“昨晚我对你讲过的话你当作耳旁风了？”

“我当然记得你说和陆家相关的人都不能相信，可小蝉是我最好的姐妹呀。”

叶鹤鸣突然声音大了起来：“可她也是陆雪亭的女朋友！假如他们结婚，南兰留下的巨额财产，她也有份！你必须提防！”

听见叶鹤鸣这样贬低小蝉，天晴也有些生气：“我不许你这么讲小蝉！也不相信会走到那个地步！南兰小姐是无辜的，警察很快会放她出来，我坚信！”

叶鹤鸣叹了口气，转身去开车门：“好吧……上车，我给你读今天的报纸。”

车内后座上，天晴正看着报纸。报纸上是南兰的照片，旁边写着天晴不认识的英文。

叶鹤鸣给天晴解释道：“这篇报道，是讲很多人联名倡议，希望政府尽快处死这个女巫。”

“谁是女巫？”

“南兰……囚禁自己的丈夫五年之久，又以极其凶残的手段杀害他，这暗合了白天女杀夫的传说，所以现在很多人认定南兰就是星洲的女巫。”

天晴拿着报纸的手慢慢垂了下来，问叶鹤鸣南兰是否真的会被处死。

叶鹤鸣点了点头：“有极大的可能。”

“可她是冤枉的呀！”

叶鹤鸣也没办法，万鹤堂虽在星洲有着一定地位，可星洲说到底是洋人统治的天下，华人的命运终究还是掌握在洋人手中。

天晴想着再不济也是能起点作用，希望万鹤堂能出手相助。

“我和南兰并不熟，她是否蒙冤我也不清楚，而且就算我想救，也没有这个能力，我现在能做的，就是暂时相信南兰，保护你的安全。”

天晴一时接不上话，车上的氛围也跟着尴尬起来。

叶鹤鸣对天晴道：“开车的是坤叔，打个招呼。”

坤叔回了下头，笑容可掬地同天晴打了声招呼，天晴也礼貌回应。

叶鹤鸣护送天晴往豆腐庄走。坤叔也下了车，将手插在怀里，相距一米护着天晴。天晴有些不自在，可也不好拒绝。

直到进了门，叶鹤鸣才问天晴明日几时出门，好和坤叔来接送。

“如果我不出去，是不是就不必麻烦了？”

坤叔笑着看向天晴道：“你不出去，我也会到这里来守着。”

天晴无奈摇了摇头，反正都要添麻烦，便请坤叔明天上午十点来送自己去女神酒店。

“明天上午见。”

叶鹤鸣说着，同坤叔往车旁走，全然没注意到一个推三轮车男人异样的目光。

天晴突然跑出来叫住二人。

“等一等！辛苦坤叔了，给您带上一些点心尝尝吧。”

待上了车，坤叔直夸赞天晴有心，假借自己的名义给她阿妈带点心。

叶鹤鸣看着表笑了笑，催促坤叔送自己去学校。

到了地方，坤叔将车停在不远处，叶鹤鸣则一个人站在门口等着。

他本想等白薇，却被校长告知，白薇今日没来学校。

星洲一个偏僻的医院里，白薇面色沉重地同亨特交流着。

那日亨特为陆雪霖收尸，竟发现他还有一口气，便并未声张。

“我刚才跟医生谈过了，他也许没有机会醒来。”

“不，我坚信他能！我会一直陪着他，直到他醒来！”

亨特点了点头。

“可是亨特警长，明天我得离开两个小时，我需要到学校去请假。”

亨特却不建议白薇这样做，毕竟陆雪霖这个案子疑点太多，越少的人知道陆雪霖还在的消息就越好。亨特让白薇不要担心，只管好好照顾陆雪霖，学校那边的事他自会解决。

白薇点了点头。

送走亨特警长，白薇又回到病房里守着陆雪霖。

陆雪霖因后背中枪，整个后背裹满了纱布，只能在仪器的固定下侧躺着。

白薇失神地坐到床前，喃喃道亨特警长是个好人。

“爸爸，你要早点醒来，不然南兰将被当作女巫处死，我不相信她是凶手，害你的另有其人，对吗爸爸？”

黄昏的光线照在陆雪霖的脸上，可陆雪霖一动不动，没有任何醒来的迹象。

罪魁祸首金碧云此时却看着报纸，打着电话：“好的呀阿叔，明天版面再大一些咯……是啊是啊，展元的大伯死得太惨了，要这女巫偿命的……放心啦，陆家不会亏待你的……等着看明天的报纸吧……”

挂断电话，金碧云口干舌燥，赶忙去喝水。可刚拿起水杯，电话铃又响了。

“哎，龙哥呀，是有好消息了吗……什么？失手了……”

金碧云突然扔掉手中的水杯，歇斯底里地冲电话那端大吼。

“你不是说万无一失吗?!”

不知电话那头说了什么，金碧云又收起脾气，温和道：“对不起啊龙哥，我太着急，失礼了……晚上我来，见面商量……”

金碧云挂断电话，正细细盘算着，却听见有人敲门。

“是我，妈妈……”

展元怯生生地推门进来，金碧云强挤出笑容问展元怎么还不睡觉。

“妈妈，我想上学……”

展元像往日一样，哭着说想去原来的学校。

金碧云却没了耐心，吼着：“不许哭！”金碧云的一声喊，把展元吓住了。

金碧云内疚地蹲下，摸了摸展元的脸蛋：“妈妈这两天事情多，忙得很，顾不上你，可是你知道吗？妈妈做的一切都是为了你，乖乖在家待上几天，别给我添乱。”

展元望着金碧云的眼神，有些害怕，不住地点头。金碧云把展元带回房里洗漱好，收拾一番便坐着黄包车走了。

晚风吹起金碧云的头发，金碧云神情笃定，这次欧阳天晴一定要死。

到了龙王帮，金碧云轻车熟路去了后厨。待酒菜齐全，金碧云起身，给林龙青倒了一杯。

林龙青喝了口酒，摇了摇头："上次已经是万幸了，你不知道，撤走之前我捡走了所有弹壳，而且老天爷也帮忙，很快就下了大雨，不然我恐怕已经在监狱里了。现在叶鹤鸣给欧阳天晴当起了保镖，这事情就更不好办了……"

"叶鹤鸣是谁？我眼里，星洲只有龙哥一位英雄。"

林龙青眯着眼睛冲金碧云笑了笑，有意叫着："陆太太，你这是让我去送死啊？"

"呸，重讲。"

"不想听不吉利的话？"

金碧云摇了摇头，让林龙青唤自己的名字。

林龙青照做，叫了声碧云，金碧云顺势叫了句龙哥。顿了顿，金碧云低头掉下了眼泪。

秀禾本想让南兰小姐给孩子取个名，可谁能想到……只道自己的孩子命不好，到现在连个名字都没有。

天晴站在一旁，想着身陷囹圄的南兰，有些无奈。

秀禾想了想道："要说，你和南兰都是她的救命恩人，要不你就给她起个名吧，不然姐妹们不知道该怎么称呼她。"

天晴看了眼孩子，思索片刻，说出了平安二字。

"平安？"

"对，希望你们母女平安，南兰小姐平安，红头巾、蓝头巾姐妹们个个平安。"

是呀，大家都平平安安才好。

医院特护病房里，白薇也未入眠，还有一旁陪护的叶鹤鸣。

"我问了医生，医生说如果他能醒过来，便是奇迹。"

看着躺在病床上一动不动的父亲，白薇笑了笑。

"我愿意等，哪怕等上十年……"

"可是，南兰可能等不了了……她被捕之后非常被动，诬陷她的人做了充足的准备。"

白薇十分震惊，她以为南兰不会有事，立刻起身跟叶鹤鸣出了病房。二人都未注意陆雪霖颤动的手指。

楼道里，白薇与叶鹤鸣交谈。

"绞死南兰的声音明显更有力，天晴他们也在努力，但没有有力的证据，显然没有什么说服力。"

“我有！”白薇说着冲进病房，从包里掏出钥匙递给了叶鹤鸣，“相机在我的住处，里面有一张照片会帮到南兰小姐，我不能离开，就拜托你了！”

叶鹤鸣接过钥匙：“太好了，我替欧阳小姐和南兰小姐谢谢你。我立刻就去找愿意发布这件新闻的报社。”

昏迷中的陆雪霖听见“南兰”二字，手指又动了动。

将叶鹤鸣送出去，白薇回身之际，陆雪霖的手又动了。

白薇连忙冲上去握住：“父亲！爸爸！陆雪霖！你听不到吗？我是白薇啊！爸爸！”

陆雪霖的嘴微微张着，白薇凑近去听，半晌听出叫的是“南兰”二字。

陆雪霖的苏醒，意味着一切的一切终将真相大白。

时间又回到了陆雪霖失踪那晚。金碧云拿着一盒点心递给了正在系领带的陆雪霖。

“这是什么？”

金碧云拍了拍陆雪霖的肚子，俏皮道：“你是吃饱了，南兰还没吃饭呢，我家以前的厨娘送来的点心，你带回去给她吃吧。”

“你还想着那个女人？”

陆雪霖不解地看向金碧云，金碧云上手帮陆雪霖整理衣襟：“拿出那么大一笔钱来，帮你完成当建筑大王的梦想，对你这样的帮助，我是做不到的啦，羡慕也没用，谁让我家落魄了，只能祈祷下辈子做有钱人了，才配得上你陆雪霖，陆大少爷。”

陆雪霖有些不好意思地笑了，并未看到金碧云眼中的玄机。待陆雪霖到了老宅，南兰赶忙去熬汤给陆雪霖喝。陆雪霖一个人在客厅坐着，看着点心觉得很精美，便自己先拿起一块吃了起来。点心味道很好，陆雪霖接连又吃了两块。突然陆雪霖觉得有些不对，捂住肚子，口吐白沫倒在了地上。

南兰端汤进门，便是一声惨叫，汤也散落一地。

南兰赶忙上前拍打陆雪霖，可陆雪霖没有任何反应。惊慌失措的南兰只能冲出门去找医生。南兰走后没多久，四个马来人偷摸着冲到屋内。

“说是个女的呀？”

四人相互对视，赶忙去找。可屋内找了一圈，也没见到女人的身影。为了交差，四人只好扛着地上的陆雪霖走了。陆雪霖再次醒来时，人已在金家老宅的地下室里，身上也被铁链禁锢着。

“为什么是你……”

金碧云踏着高跟鞋走到陆雪霖身边。

陆雪霖此刻还没有意识到问题的严重性，质问道：“金碧云，你这个玩笑开大了，你是想毒死南兰吗？为什么？”

“因为我爱你！我不能和别的女人分享你！可你……你却替她吃了毒点心！你浪费了我等了这么久的机会！”

金碧云说着一巴掌抽在陆雪霖脸上。

“你敢打我？你这个恶毒女人！”

陆雪霖挣扎着，这才发现自己根本没有逃脱的可能。

“如果她死了，她的所有财产就是你的了，就是陆家的了！下一个死的是那个恶心的陆雪樵，我们不就可以如愿以偿了吗？是你说的，她给你财富，我给你爱情！你，我，我们的儿子展元，我们才是一家三口，可现在都被你搞砸了！”

金碧云的话让陆雪霖毛骨悚然。

“也好，现在你是我的了，永远是我一个人的了！”

金碧云癫狂地笑着，那时的她已经疯了。

“爸爸，爸爸……”

白薇的呼唤似乎起了作用，陆雪霖的头已经能轻微晃动。

见状，白薇激动地向门外冲去。

“医生，医生——”

翻云覆雨后，林龙青环抱着金碧云在床上休息。

“龙哥，龙王帮不能永远被万鹤堂压着吧？你既是条龙，就不会怕一个小孩牙子，对吧？之前你受过万鹤堂的气，我是听过的，龙哥不想找个机会还击回去啊？”

林龙青冲金碧云耳边吹了口气道：“你在激我？”

“你不敢？要真是看错了人，我这就走，权当没来过，这辈子没见过龙哥。”

说着，金碧云欲挣脱下床。

林龙青一把揽住金碧云，直言道：“这是让我去玩命啊。”

金碧云扭捏着哄道：“富贵险中求，龙哥，讲好一人一半的。”

“我可以不要那一半钱，但我有个条件，得手了，你要做我的林太太。”

金碧云一口答应。林龙青听罢将金碧云掰转过身，紧紧搂在怀里。

“我可是没娶过媳妇的，我愿意光明正大地娶你，我不介意你是已婚，还是寡妇。”

“都由龙哥说了算。”

金碧云、陆雪樵夫妇二人是各玩各的。这边陆雪樵酒局刚刚结束，被司机搀扶着进了门。

陆雪樵醉醺醺的，一把推开门，拽着领带道：“喝多了，可我还是回来了，怎么样，你老公是不是比以前更爱你了？金碧云，你起来服侍我呀……”

没听到动静，陆雪樵有些愤怒，跌跌撞撞着扑倒在床上，却发现床上没人。

陆雪樵倒头睡了没多久，起身去开灯，这才发现屋内空无一人。

陆雪樵晃了晃脑袋，满怀期待地去了展元房里。来到床头，发现床是有人睡过的样子，但孩子已经不在了。

“展元……这小子，深更半夜跑到哪里去了？”

迷迷糊糊，陆雪樵又去了陆雪霖的房里。

打开灯，看到了躺在床上熟睡着的展元。展元眼睛受到光的刺激，眨了好几下却没醒。

陆雪樵打了个酒嗝：“臭小子，你怎么跑到这来了？”

见展元没醒，陆雪樵索性掀开被子，在他屁股上拍了几巴掌。

“爸爸……”

陆雪樵笑了，扑到床上，将展元搂在怀里：“问你呢，为什么跑到这来睡？这屋里挂着照片，你不怕吗？”

展元看着陆雪霖的照片，摇了摇头。

“那是你大伯，你大伯已经死了，你不怕？”

“不怕，姐姐在我们家时我经常在这里和她一起睡觉，睡得可香了，姐姐还说我长得像大伯呢……”

“胡说，你自己看，你长得像他还是像我？”

展元看了看陆雪樵，又看了看陆雪霖的照片，用手指向照片的方向。

“你……”

陆雪樵气得推开展元起身就走，顺手将灯关上，任凭展元在屋内哭喊。

回到房里，陆雪樵打开一瓶啤酒，喝了起来，和金碧云第一次相识的场景涌现在脑海中。

那日天气还不错，陆雪樵本和狐朋狗友在外厮混，却被大哥一把拽去了咖啡店，说是给自己介绍对象。

金碧云早到一步，见陆雪霖带着陆雪樵走来，优雅起身。

陆雪霖一让，让出了身后年轻而不羁的陆雪樵。

“介绍一下，这位是金小姐……这位是我弟弟，陆雪樵。”

金碧云有些诧异，但还是礼貌问好。

陆雪樵瞧着金碧云还有几分姿色，脸色也和气了许多。只不过金碧云有些奇怪，用质疑的眼神不时瞟向陆雪霖。

“雪樵，我没和金小姐讲今天就会介绍你们认识，所以她有些意外……”

“奶奶的，欺负我，你们合伙欺负我……”

陆雪樵想着想着，淌下了愤怒的泪水。

第六十八章　女巫诅咒

南兰落难，大家心中都不好受，可日子还要继续，在玲姐的歌声中，整个豆腐庄苏醒过来。白月初戴好红头巾正准备洗漱，被天晴拉了过去："阿月，昨天第一天上工，肩膀磨破了吧？"

"你怎么知道的……"

天晴笑着递上两条软毛巾道："都会的，去，重新穿一次衣服，把这两个垫在肩上。"白月初接过，感激地看着天晴便去了房里。

吃完饭，红头巾们在美花、玲姐、阿贵等人的带领下出发做工。天晴站在天井里，看着姐妹们都离开，便在厨房里开始忙活起来。

留在家里做饭的两个红头巾开着玩笑道："大家姐，你管着女神酒店那么大的生意，还跟我们抢活干呀？"

"酒店哪里用我管，我就是个和你们一样的普通红头巾，不让我干活，是想把我撵出豆腐庄吗？"

老红头巾们以为天晴当了真，连忙解释只是想大家姐多歇一会儿。

天晴叹了口气："我还真是歇不来。"

晨起，常玉蝶去吃早饭，一眼便看见了桌上精致的点心："呀，三水点心呀？"

坤叔指了指点心笑道："是啊，欧阳小姐送我的。"

"送你的？那没我的份咯？"

"我逗你呢！我还不是沾你的光？快吃吧，玉蝶姐，你女儿有心哪！"

常玉蝶吃了口点心，却叹了口气，喃喃道好几天没见到天晴了。

"十点，待会我和堂主去豆腐庄接她，想见女儿了，就跟我们一起去啊！"

叶鹤鸣一口拒绝了坤叔的提议，天晴随时会有危险，没必要让玉蝶姐跟着一起冒险。

"我也就是随便讲啦，不添乱，不添乱……再说，她见到我不一定高兴的。"常玉蝶嘴上这么说，心里却不是这样想。

吃完饭，叶鹤鸣便同坤叔一道出了门，常玉蝶十来分钟后也出了门。

汽车停在豆腐庄附近，坤叔站在车旁，叶鹤鸣则到豆腐庄门口等着天晴。

常玉蝶也到了豆腐街口，怕被人发现，只好躲在暗处偷偷看天晴。

叶鹤鸣的想法是正确的，此时林龙青正在准备今日的暗杀行动。

"昨天踩点的听得清楚，十点，连男带女三个人，咱们哥仨一人一个，你们两个是龙王帮上下枪法最好的，露脸的时候可到了。"说着林龙青把两把枪推给了面前的两个小弟。这二人看着可不像善类，点点头收起了枪。

待到达暗处，黄毛小弟道："龙哥，我已经瞄好了那个姓叶的，现在就干吧？"

"不行，得等那女的出来，她的命对我们来说最有用。"

林龙青说着，踹了一脚旁边走神的矮子小弟："你等那女的，把这个老东西留给我。"想着坤叔两次收拾自己的狼狈惨状，林龙青恶狠狠地抬起枪，瞄准了坤叔的脑袋。

没一会儿，见天晴出了门，主角都已到场，暗处的两名小弟连忙看向林龙青，林龙青点了点头，三人一起瞄准。突然，一辆黄包车从叶鹤鸣和天晴身边经过，恰好挡住砰砰的两枪。另一侧的坤叔却没那么幸运，胸口中枪，一头倒在了血泊中。

叶鹤鸣连忙低头，从腰间掏出枪护住天晴。

两个小弟都失了手，林龙青喊道："冲出去杀了那两个！"三人几乎同时冲出。

叶鹤鸣抬手一枪撂倒了黄毛，却被林龙青从后一枪击中了右肩。一个踉跄，叶鹤鸣险些倒地，但仍用身体挡在天晴身前。

远处的常玉蝶听见枪声，疯了般奔跑而来，可距离太远，只能边跑边哭。林龙青和矮个子见状，举枪杀向叶鹤鸣。千钧一发之际，一个身影斜插而出，手持双枪，连续射击。矮子一枪爆头，林龙青持枪的胳膊中了一枪，枪掉在了地上。慌乱间林龙青回头，发现来人竟是阿海。阿海看着林龙青祈求的目光，一时间不知所措，双手要扣扳机，却没能扣动。

林龙青见有缓，连忙逃跑；叶鹤鸣捂着肩膀端起了枪，却无法瞄准。

坤叔可不会心软，抽搐着用最后的力气从腰间拽出枪，砰的一枪，正中林龙青后背，林龙青立刻扑倒在地。

"阿海……"

听见天晴的声音，阿海转身想走。

天晴见状本想骂，却也知道不是时候："你还走？还不帮忙救人啊！"

手术室外，叶鹤鸣的胳膊已经处理好，同常玉蝶、天晴、阿海等人一起候着坤叔。

见众人都不说话，阿海内疚地开口道："里面那位大叔是好样的，我险些动了妇人之仁，放走了林龙青。"

阿海曾是龙王帮的人，这样做完全可以理解。叶鹤鸣宽慰着阿海，转而对常玉蝶道："玉蝶姐，今天多亏了阿海，其实他一直在暗中保护天晴，已经救过天晴不止一次了。"

"阿海呀，谢谢你……"

阿海失信于常玉蝶，不敢抬头，只是一个劲地道歉。

"好孩子，是玉蝶姨对不起你和天晴……"常玉蝶说着，拉起阿海走到天晴身旁。叶鹤鸣也走了过来："阿海，我受伤了，接下来保护天晴的重任就交给你了。"

阿海眼睛都不敢直视天晴。可余光瞥见天晴的目光，阿海是自责又心疼。

此时，亨特带着两名警察匆匆赶来。

亨特来势汹汹，质问叶鹤鸣道："叶鹤鸣，你答应过我，万鹤堂不再参与黑帮之间的仇杀，可是今天，三条人命，你们交出凶手来！"

"他们是凶手！我们是为了保护欧阳小姐，才被迫反击的！"

亨特只看结果。三个死了的人都是龙王帮的，而前几天同一地点，他们曾发生冲突，这次不是寻仇又是什么?

叶鹤鸣无力辩解，看了看玉蝶姐，一口认下了罪名。

"不！少堂主……"常玉蝶哭着扑向叶鹤鸣。叶鹤鸣笑了笑，把万鹤堂托付给常玉蝶，转而对阿海道："你是欧阳小姐的司机吧？"

阿海立刻会意，答应着。

"谢谢你帮忙送坤叔来医院，你可以送欧阳小姐回去了。"

阿海不再多言，对着天晴做了个请的手势。

"我不走，亨特警长，叶鹤鸣没有撒谎，死了的三个人才是凶手，我是他们的目标，他们是来杀我的，我可以替叶鹤鸣作证！"

亨特看了天晴一眼道："你可以走，万鹤堂的人，一个都不许走！"

气氛紧张之际，坤叔的手术已经做完。医生、护士和叶鹤鸣、常玉蝶护送坤叔进了病房。

另一边，小翠拿着打扫的工具到了公寓门口，敲门却没有人应声。小翠已经习惯，便用钥匙开门。一股烟酒味扑鼻而来，小翠也不意外，边清理地上的酒瓶边往客厅走。走到沙发旁时，小翠发现陆雪樵蜷缩在那里，连忙道歉。

陆雪樵瞟了小翠一眼，竟哭了出来："小翠，你终于来了，我在等你呀……他们欺负我！"

这一哭弄得小翠不知如何是好，可陆雪樵正向她伸着手，那种期盼让她无法拒绝。

小翠只好上前拉住陆雪樵的手。

"小翠，我是星洲最大的建筑商，却连儿子都不知道是不是自己的，我好可怜啊！小翠，你给我生个孩子吧，我把这间公寓给你！"

"陆先生，你不应该讲这些话，请你自重！"

"我是认真的，你知道我有很多女朋友，可那些不正经的女人靠不住啊，连金碧云都不能相信，我还能相信她们吗?!你是好女人，我认定你了，你给我生个孩子，等我弄死金碧云，就明媒正娶迎你进陆家大门！"

"为什么要杀害自己的妻子？陆先生，你喝醉了也不能乱讲话的……"

陆雪樵突然坐了起来，眼神中满是杀气："我没有乱讲，我一定要杀了她！她和我大哥通奸，把我大哥囚禁了整整五年，又勾结黑帮奸夫害死我大哥，这种女人我能留着她吗？我现在没揭穿她，就是等她帮陆家拿到大笔的钱，那个时候，这个邪恶的女人死期就到了！"

小翠眼前迅速闪回最近几天星洲报纸上的头条板块，一时失了神。

“我保证，给我生个孩子，你就是未来的陆太太，星洲的首富夫人！”

说着，陆雪樵就要上前拥抱小翠。小翠这才反应过来，吓得一把推开陆雪樵，跑了出去。陆雪樵打起精神，晃荡着去了工地。

而强哥和陆雪樵简直是一丘之貉，正待在暗处盯着白月初嘀咕：“就是她，就是我的白玉娇，我的魂儿，我的梦中情人，我要定了……”

强哥的目光已近疯狂，挑着担子的白月初却浑然不知。

到了放饭时间，红头巾、蓝头巾围在一块热热闹闹地吃着饭。

玲姐吃着饭突然道：“怎么没见阿月？”

一个年轻的红头巾扒着饭，指了指厕所方向。

“去这么久吗？”

众人也觉得时间长了，正想着，突然听到一声惨叫。

废料堆那边，强哥胸口插着一把刀，踉跄而出，一头栽倒在地上。

整个工地的人都吓坏了，只见白月初衣冠不整、满手鲜血走了出来。

白月初目光呆滞：“人是我杀的……”

整个工地气氛瞬间凝固。

陆雪亭从远处跑来，看着地上抽搐的强哥，喊道：“愣着干什么，先救人啊！”

陆雪樵开车驶来，正赶上热闹，醉醺醺地下了车。警察也已到场，向工人们询问着状况。臭鱼仔哭着跑向陆雪樵：“头家，强哥死了，没救过来呀……”

“知道了……都是这群女工，什么红头婆、蓝头婆，全给我轰走！”

陆雪亭大踏步从远处走来，认为错在猪头强，不应该轰走女工。

“阿强死了！他是跟了我好些年的兄弟啊！要是没雇用女工，他想犯错，有机会吗？”

陆雪樵用手指着红头巾，目光定格在了白月初脸上，接着道：“她长得那么好看，当什么女工啊？换我，我也会跟阿强一样啊！”

陆雪亭急了，众目睽睽之下，一巴掌抽在陆雪樵脸上。陆雪樵大手一挥：“你敢打我？大楼是老子的，工地是老子的，老子说了算，连你陆雪亭，一起给我滚！”

闻讯赶来的阿海和天晴正撞见这一幕，没法上前拉架，红蓝头巾纷纷围了过去。天晴拨开人群，径自走向了白月初。白月初歉疚地看着天晴，转而对警察道：“警察先生，我原本就不叫白月初，我也不是三水人，我杀了人我认，但请不要把我的罪过记在红头巾身上。”

就这样，警察带走了白月初，事情一茬接着一茬，天晴已经心力交瘁，领着姐妹们回了豆腐庄。豆腐庄内气氛沉重，听不见一丝声音，突然，外面乱哄哄传来一阵骂声。

“女巫的帮凶，滚出星洲！”

“小女巫们，滚回乡下去！”

原来是一群孩子边喊边向豆腐庄的门口扔着烂水果和鸡蛋。阿贵听不下去，抄起扁担要出门。

“谁也不许出去！”阿贵发现天晴目光如炬，扔了扁担气道：“一个南兰，一个阿月，我们怎么这么倒霉啊？”

阿贵气得哭了出来，玲姐也丧了气。现下星洲街头巷尾都在传红头巾受了女巫的诅咒，会杀男人，恐怕姐妹们在星洲待不下去了。天晴看了眼玲姐和阿贵，气得站起身道：“是有人在恶意造谣，玲姐，阿贵姐，如果你们两个都讲出这样丧气的话，其他姐妹们会怎么想？”

天晴说完，也只能茫然地看着地面发呆，现在除了忍受外面的谩骂，什么也干不了。

面线伯听不下去了，一瘸一拐向那群小孩子走去，企图和他们说道理。孩子们哪懂是非，面线伯的话自是一字听不进去。

“红头婆是小女巫，哪个不知道？还用得着谁指使？”

“打他！他也是女巫的帮凶！”

说着这群孩子将烂水果和鸡蛋砸向面线伯。面线伯走不动，只好抱住脑袋挨着。

王巧玲见状，抄起菜刀冲了过来，孩子们全都吓得一阵烟似的跑了。

“谢谢你啊巧玲……”

“跟他们讲道理没用，我拿菜刀在这守着，看哪个还敢来！”

回到陆家，陆雪樵将今日的“壮举”告知金碧云，金碧云却只听见了欧阳天晴四个字：“你见到欧阳天晴了？”

“对呀，就在刚才，我借着这个机会，把所有的女工都轰走了！还有陆雪亭，我把他也赶走了！凡是跟我作对的，终将灭亡！”

陆雪樵说最后一句话时，狠狠剜了一眼金碧云。

金碧云可根本没心思理他，只知道林龙青失手了，欧阳天晴还活着。

“还有个消息告诉你，是警察讲的，龙王帮和万鹤堂黑帮火并，林龙青，你的龙哥，死了……”陆雪樵摘去了绿帽子，说完，得意地上楼睡觉。

金碧云后背直生凉风，一屁股坐在桌前，不知如何是好。

丁零零电话响起，金碧云一激灵，连忙去接。

“哎呀，这是陆公馆……喔，是古德夫人哪……好，我这就来……”

来不及换衣服，金碧云匆匆出了门，去了一家高档西餐厅，十几个所谓贵族的男女正在推杯换盏。金碧云可没有心情同他们寒暄，端着酒杯有些走神。一贵妇道：“你们听说了没有，今天戴红头巾的女工在工地上杀死了工头啊！那是南兰的工地！那工地一定是被南兰下了蛊，再不绞死她，不定还有什么样的恶劣事件发生呢！”

另一个人奉承似的接着话：“对，我也听说了，尊敬的古德夫人，你是星洲的第一夫人，是不是应该提醒一下总督先生，让他快点顺应民意呀！”

古德夫人傲然端起杯道：“会的，古德非常憎恨那个女巫，你们也不妨再给他点压力。”说着，古德夫人示好般地瞟了眼金碧云，金碧云微笑举杯应付一下。

一个喝醉的洋人老头立刻放下话，直言明早就去女神酒店门前搭一个绞刑架，以此督促古德爵士早点下决心，绞死那个女巫。众人立刻叫好鼓掌。金碧云也跟着鼓掌，但这只是她谋划中的一粒小棋子罢了。

酒局结束，金碧云回房拿起首饰盒，便往小蝉房里走去。

小蝉正在收拾东西，听见敲门声，便去开了门。见是金碧云，小蝉没好气道：“陆太太，你不用撵我，收拾好东西我就走。”

“为什么要走？”

小蝉看着金碧云笑吟吟地看着自己，反倒不明所以。

金碧云解释他们兄弟二人吵架置气，可一笔写不出两个陆字来，分家更是一时气话。作为他们身后的女人，更是应该团结起来，把他们的心拽在一起。说着，金碧云拉起小蝉的手，把首饰盒放到小蝉手中，让小蝉自己挑，美名其曰是陆陈氏留着给她这个小儿媳妇的。

“这可不行！”

小蝉连忙向外推着金碧云递上的大首饰盒。

“客气什么，咱们姐俩得像亲姐妹一样，不然他们哥俩可真就要离心离德了，拿着。”金碧云将首饰盒硬塞在小蝉怀里，转身就走。

小蝉想着天上没有掉馅饼的事，问道：“陆太太，你没别的事吗？”

“没有，以后别这么生疏，叫我二嫂就好。”

说完，金碧云就走了，没有提任何要求。

关上门，小蝉打开盒子，吓了一跳。里面满满的珠宝首饰，全是自己没见过的。高跟鞋在长廊里蹬蹬作响，金碧云在赌，这是她最后一步棋。

第六十九章　威逼利诱

次日清晨，果真有人在女神酒店门口搭起了绞刑架。桃姐忍无可忍，带着两个胖厨师和三四个女人冲出来要与人打架。但对方是黑帮，手里拿的都是砍刀和斧子。

两边人马对阵之际，天晴赶了过来，连忙示意桃姐等人退回去。

“太欺负人了，把绞刑架摆到了酒店门口！”

“现在只能忍一忍，阿海说他在想办法……”

“你还是看看今天的报纸吧！”说着桃姐将一份报纸扔在天晴怀里。这是一份中文报纸，报中的照片是强哥死去的惨状，“红头巾中邪杀人，或成女巫帮凶”的大标题赫然印在照片上方。

“为什么报纸上都是针对我们的文章？难道我们就不能发出自己的声音吗？”

天晴来的路上遇到了很多人，他们都相信南兰小姐是帮助穷苦人的神，而不是害人的女巫。桃姐脸上这才有了笑容，连忙联系报社刊登新闻。

没过多久，星洲街头便出现一群卖报童。

“女神酒店门前竖起绞刑架！民众呼吁绞死女巫南兰！”

“白天女救苦救难，杀夫之说系蒙冤！”

卖报童卖力吆喝着，过往行人纷纷驻足，各取所需。

总督办公室里，四五份报纸被扔在了桌上。古德指着报纸训斥道：“这就是你拖下去的结果！整个星洲都在抱怨这件事！”亨特低下头，说可是案情确实还不清晰，不能妄下决断。

“那是你的无能！”

“我需要一点时间，给我一个星期……”

“不！如果你拿不出确凿证据证明南兰无罪，明天就绞死她，结束这一切！”

亨特灰头土脸回到自己的办公室，想破脑袋也没发现南兰案的破绽。从白天坐到晚上，亨特没有一点头绪，心灰意冷地开车回了家。汽车停在老地方。亨特下了车，突然感觉到什么，可是已经来不及了，有人在他后背顶了一个东西。

“你是谁？你想做什么？”

来人正是阿海，他手里拿着枪：“我是司机，想带你去看一些你该看的东西。”枪口下，亨特无奈上车，按阿海的要求往郊区驶去。

“你知道这样做的后果吗？你会被绞死。”

阿海叹了口气，说自己这样做正是为了拯救一个即将被无辜绞死的人。

按星洲的习俗，死人要停放七天以上，所以财哥的尸首仍停在那里。财哥的老婆和孩子见亨特进来，有些害怕。

“大嫂不用怕，亨特先生来是为了还财哥一个公道。”

白布被揭开，亨特显示出了自己的职业素养。

“是枪伤？”

“致命的是这里……”

“飞刀……”

阿海点了点头，安慰了财嫂几句，便赶忙带着亨特去见另一个证人。

病房里，受伤的祥哥满脸恶意地看着面前的二人。

“阿海，你出卖我？”

“祥哥，我早就不是龙王帮的人了，谈不上出卖，今天来只是想告诉你，龙哥死了。”

祥哥一震：“什么！吓唬我？”

亨特严肃道自己是警察，如若他说真话，会考虑从轻判罚。祥哥也不是吓大的，最讲究江湖道义，冲着二人放下狠话：“洋人你小瞧我了，别指望从我嘴里撬出半个字来！你，邝海生，你小心哪，我要不被绞死，不定哪天背后捅你刀子！”

二人没辙，只能先出了医院。

回到车上，阿海不再拿枪对着亨特：“怪我，我太着急了，祥哥是江湖人，我应该先说服他，只有心服口服他才肯招供……”亨特点了点头，自己也是太过心急了。但明天就是最后的期限，现下的线索都不能成为决定性证据。

“我再找，找到了证据我再找你！”

亨特耸了耸肩道，如若事不能成，自己便脱下这身警服。

“你相信南兰小姐是无辜的？”

“当然，可只有我相信是没有用的，除非有奇迹……”

阿海下车，看着茫茫夜色。

豆腐庄门口，天晴正在清理残局。阿海走了过来，默默拿起扫帚一同清扫。打扫完，阿海、天晴二人对面而坐，一人吃着面线，一人吃着鸡饭。

吃到一半，天晴将碗推给了阿海。阿海会意，把面前的鸡盘推给天晴。

一旁王巧玲看着偷笑，乐呵得不行。面线伯还以为不够吃，说着就要给二人再煮一碗。阿九打趣道：“面线伯，人家在恩爱，你再煮一碗就是捣乱了嘛！”

天晴有些不好意思，转移话题问起南兰的事。

“明天？”

“是，亨特警长亲口讲的，我们恐怕无能为力了。”

说话间，一辆汽车疾驰而来。吊着胳膊的叶鹤鸣跳下车直奔摊位而来：“天晴，今天的华文报纸是不是你们请人写的？”

天晴点了点头。

“现在，连夜去报社，星洲所有的报社！”

“可是，除了那家华文报纸，别人都不理我们的，他们都在登攻击南兰小姐的文章……”

“现在不一样了，我有一张照片，他们一定喜欢，所有报社都会喜欢！”

说着，叶鹤鸣举起一张照片。照片上拍的正是古德夫人偷拿首饰，金碧云站在一旁协助的画面。阿海一时反应不来，但叶鹤鸣的兴奋告诉他这张照片定能引起轰动。

陆家客房里，小蝉抚摸着那堆珠宝首饰，幻想着自己美好的未来。

小蝉一会儿笑，一会儿哭，一夜未睡，熬得眼中满是血丝。

小蝉有些疲惫，见天色大亮，便想着吃完早饭再去补觉，没想到刚踏进走廊，就正面迎上了金碧云。

“二嫂……”

“起得这么早啊？”

金碧云假装偶遇小蝉，看着她通红的双眼便心中有数，也不为难小蝉，拉着她去了厨房。

看着空无一人的厨房，小蝉有些诧异。

“怎么，没人做饭吗？”

“我已经亲自做好了，还用那些下人做什么？咱们姐俩就在厨房里聊聊天吧……厨房本来就该是女主人的，要是以后陆家穷了，雇不起下人了，在这里干活的就只能是你我了。”

小蝉有些不好意思，金碧云倒没觉得有什么，将一杯倒好的茶放在了小蝉面前，指着对面的座位示意小蝉坐下尝尝。

金碧云在此时却流下了眼泪。小蝉忙放下茶碗，上前安慰。

金碧云一把握住小蝉的手：“小蝉，我们是一家人，不讲两家话，陆家的兴亡就在今日，也就在你身上了，要么一辈子荣华富贵，你我是星洲最富有的两位太太，要么做厨娘，看老公的脸色，陆家男人都花心的，能留住他们多久，谁知道。”

小蝉半晌没给金碧云想要的反应。

金碧云抹去眼泪，拿出事先准备好的点心递给小蝉：“小蝉，这盒点心让欧阳天晴吃了，我知道你们是最好的姐妹，你有办法。”

“二嫂，你要……”

“毒死她。”

小蝉吓了一跳，把盒子往外一推。

金碧云也不再遮掩，威胁道如果小蝉不照做，就去警局告她偷盗首饰，那可是要坐一辈子的牢。

“你陷害我？”

金碧云威逼利诱：“如果天晴没死，本来应该你我得到的一切，可就都是她一个人的了。你们两个从小一起长大，她要飞上天了，她哪比你强？你甘心？”

这一刻，小蝉仿佛真的动摇了，她似笑非笑地对金碧云说：“是啊，天晴事事比我强，一路更是贵人相助。凭什么啊？”说完，小蝉拿起点心盒走了出去，金碧云得意地大笑起来。

第七十章　千帆过尽

昨日的事发生以后，小翠想了一夜，克服着自己的不自在，再次回了豆腐庄。天晴看到她，忙将她迎进来，带进自己的房间，在小翠的要求下关上了房门，屋内只有她们二人，小翠将陆雪樵酒后说的话都告诉了天晴。

“这些都是陆雪樵讲的？”

“是，我也看了报纸，大概知道发生了什么事，觉得他这些话对南兰小姐、对你有用，所以我就来了。”

这个消息简直太重要，天晴一把握住小翠的手。

阿海跑完报社，赶到豆腐庄一听这事，确认了消息属实之后，叮嘱着天晴注意安全，转身往警署跑去。

亨特一听事有转机，快马加鞭开着车带着阿海去了金家老宅，车上还跟着一名指路的警察，另派了五名警察跟着收集证据。两辆汽车开至老宅处停下，阿海和亨特连忙下车。

华人警察道：“这里就是金家老宅，如果是金碧云，那只有这里最值得怀疑了。”

这地方着实偏僻，亨特一挥手，包括阿海在内的八人立刻冲向老宅。老宅大门上了锁，众人被迫待在铁门前。亨特四下望了望，不仅这栋房子奇怪，外面那片树林也很可疑。出于警察的敏锐，亨特派了五名警察去森林找线索，自己、阿海和余下的人则去老宅一探究竟。

“退后。”说着亨特掏出枪，一枪将锁打爆。

众人进了门，摸索着进了地下室。

铁链、棍棒、绳索映入眼帘，这里当做囚禁的地点简直再合适不过。

阿海看着眼前的场景，张大了嘴巴：“元凶竟是个女人，简直不敢相信……”

“现在下结论还早……拍照！”

华人警察立刻拿出相机。取证完毕，三人出了门，另外一支队伍也有好消息传来。

“警长，这里！”

阿海和亨特快步走去，看着眼前亚辛的尸体，二人相顾无言。

小蝉拿着食盒一到豆腐庄，便神秘地拉着天晴去了屋里，把门从里反锁起来。

“你关什么门呀？”

“带了好吃的来，不多，没法给别的姐妹分的。”天晴打开食盒，见里面排列着六块小点心。“好精致的点心，可惜……我没心情吃。”

小蝉自然明白天晴的心情：“就知道你为了南兰的事睡不着、吃不下，这不才特意带来让你补补，吃吧，燕窝做的，可比咱们做的那些点心高级多了。”

天晴无奈，只得拿起一块点心，正要吃，叶鹤鸣的话在耳畔回响起来，她看向小蝉，目光有些游离。小蝉疑惑：“你怎么了？和我在一起，你可从来没有过这样的眼神。”天晴被猜中心思，尴尬得不知说些什么。

“你是怀疑我会害你吗？”

“没……”刚说出一个字，天晴便懊恼地改了口，“对不起，我不能撒谎，刚才那一瞬间我确实怀疑你了，毕竟最近几天，我真的成了靶子，为了我，坤叔和叶鹤鸣都受了伤，但我实在不应该怀疑你！小蝉，你是拿我当你亲姐姐的，我……让你伤心了。”小蝉闻言，流下了泪水：“可我要是说这点心里真的有毒呢？”

天晴只当小蝉气自己怀疑她，笑着擦去小蝉眼角的泪水，拿起糕点便要吃。“等一等，我是认真的，欧阳天晴，你继承的不只是女神酒店，还有很多黄金、珠宝首饰、橡胶园、锡矿、甘蔗园、榴莲园……是我们无法想象的财富，而且雪亭是要和我结婚的，我会成为陆家的人，如果没有你，这笔财富就是陆家的，我也会有一份。你就不怕我真会害你吗……”

天晴打断小蝉：“别再胡说了！什么财富，我不稀罕！对我来说，友情比什么都重要。刚才我确实怀疑了，是我的错，你怎么罚我都行，以后我不会了。小蝉，你我生在一个村，两家之间只隔着一棵树，我们两个从小就要好，说好的做姐妹就是一辈子的姐妹，谁穷谁富都是姐妹，如果我有一口吃的，就不会让你饿着，我相信如果反过来，你也一样……谢谢啊，这么高级的点心，我先享用了！”

说着，天晴拿起点心往口中放，就在天晴即将把点心放入嘴里的瞬间，小蝉一把拉住她的胳膊，“不能吃！”

天晴吓了一跳，小蝉夺过点心，一把扔在地上：“我就是想试试你信不信任我，然后再和你一起把金碧云准备的这些毒点心送到警察那里去。我知道我很自私，我甚至想过为了得到那些财富去做坏事……可是天晴，你是我最好的姐妹啊……我当然不会让你吃啊。”

小蝉说着，已经泣不成声，扎在天晴怀里大哭。天晴不知如何是好，只能轻轻拍着小蝉以示安慰。

监狱单间里，南兰面前摆着丰盛的早餐，完全不同于往日的粗粮，她有些惊讶。

“这是女神酒店送来的。”

“你们这么通情达理吗？允许给我送饭了？”

“是我通知他们送来的。”

警察也是星洲老人了，自然知道南兰以往享受的高贵地位和奢华生活，为了南兰能善始善终，便自作主张准备了这顿早餐。

“你什么意思？”

“今天你将被执行绞刑……用餐愉快。”

南兰本想着还能多活几日，没想到结局来得如此之快。南兰一笑，优雅地吃起了面前的最后一顿早餐。

吃完饭，南兰主动叫门外的警察送自己“回家”。

当南兰从刑车上走下来时，女神酒店门口已经挤满了人。

见南兰被押上绞刑架，桃姐站在远处大声哭喊着。

“小姐！”

南兰看着桃姐，淡淡一笑：“不许哭！我是被冤枉的，如果我死了，天神会显灵惩罚星洲的！”

南兰心有不甘，轻蔑地看着人群中的陆雪樵和金碧云，这也是她第一次真正诅咒。见一队红头巾整齐走来，天晴还挽着小蝉的胳膊，金碧云上扬的嘴角立刻耷拉下来。小蝉也注意到了金碧云，故意昂着头气她。

南兰看见红头巾们，情绪涌上心头：“天晴，我的女儿，你们来送我了……”

“南兰小姐，阿妈，你不是凶手！你不会死的！”

南兰不知道自己有救，凄然一笑，摇了摇头。

突然，从远处传来报童吆喝的声音：“看报看报！今日快报！总督夫人贪图珠宝，南兰小姐系被诬陷！”

几个报童的声音此起彼伏，现场一时大乱。台上的洋人指挥官见状一挥手，立刻有警察上前驱赶报童和买报纸的人。但报纸已经传到人群中。臭鱼仔拿到一份，讨好地递到了陆雪樵的手里。陆雪樵一眼看到了照片中的金碧云，金碧云也看到了自己，转身就跑，哪还顾得上南兰的死活。陆雪樵看着报纸，思索片刻，悄悄跟在金碧云后面走了。

洋人指挥官冲着台下混乱的人群大喊一声：“好了！时间已经到了！执行绞刑！星洲将恢复平静！”

说着，南兰被强押在绞刑架旁，一名警察拿起绳套就要给南兰套上。

“等一等！”

亨特带人冲了过来，先是向南兰道歉自己来晚了，继而大声道：“我是星洲总警长亨特，我发现了新的证据，基本上可以确定，南兰是被诬陷的！”

阿海也冲上去，激动地告诉南兰，已经找到了囚禁陆雪霖的地方。

“哪里？”

金碧云快步跑到金碧华的公寓门口，慌乱着从包里掏出一把钥匙，颤抖着双手，试了几次才打开门。金碧云径自冲向角落里的保险柜，焦急地按着密码。柜门打开，里面满是黄金、珠宝和现金。金碧云疯狂地将钱和珠宝、黄金往大箱子里装。突然，金碧云在镜子里瞥见了一个熟悉的身影。

金碧云猛回头，正是陆雪亭。

“小弟，你……”

“二嫂，我等你很久了。”

金碧云警惕地看着陆雪亭：“你怎么进来的？”

“这些天我冷静地回忆，觉得二嫂嫌疑最大，刚好又发现了它。”

说着陆雪亭从兜里拿出一把钥匙，这倒是要感谢金碧云，若不是她有意撮合自己和金碧华，这把钥匙也不会跑到自己兜里。陆雪亭步步紧逼，昨天和陆雪樵吵完架，他没地可去，便来了这里。没想到这里竟多了一个大保险柜。

“二嫂，你还有哪些秘密，你们金家在山上的那栋老宅我去过，地下室被一个大铁门封着，那里不会就是囚禁我大哥的地方吧？”

“别说了！”金碧云猛地掏出林龙青死前一晚留给自己防身的枪。

面对枪，陆雪亭毫无惧色，只恨自己没有早点找到大哥。那一次离得是那样近，大哥又是多么痛苦。陆雪亭踢了踢面前的保险箱，质问这东西就那么重要，抵得过这么多条人命吗？

“当然有用！就是因为我们金家没这些，你们陆家才不拿我当人！就因为南兰有钱，陆雪霖才娶了她，而不是我！他玩弄了我，又把我甩给陆雪樵那个废物，我能甘心吗？我能不报复吗？”

陆雪樵在门外听了半晌，果然，所有人都骗了自己。一气之下，陆雪樵踹开门冲了进去。巨大的动静吓得金碧云连忙调转枪口。砰的一声，子弹射出，正中陆雪樵胸口。

陆雪樵一声惨叫，胸口立刻一片殷红。

陆雪亭趁机抢下金碧云的枪，陆雪樵强忍着痛扑向金碧云，试图掐死她，可半路就栽倒在地。

金碧云吓得倒在地上，疯狂地哭号着。

总督办公室外间，亨特将地下室和亚辛尸体的照片都摆在了古德的面前。“金碧云已经招供了，五年前她雇用了一个绑架团伙，本来是想绑架南兰的，后来阴差阳错绑了陆雪霖，为了不暴露，她伙同金家的聋哑仆人亚辛将绑架团伙的四人全部杀害，前不久又勾结林龙青杀害了亚辛。”

古德爵士流露出一副悲悯的神情，慨叹道：“欲望将一个女人变成了恶魔。”

“南兰被捕入狱以后，为了霸占南兰的财产，她对欧阳天晴多次实施了暗杀，为此三人丧命，两人重伤。就在今天早上，她还试图用毒点心毒死欧阳天晴。”

古德爵士再次慨叹：“欲望，将毁灭这个世界！”说着，还在胸前虔诚地画了一个十字。亨特见古德爵士并没有其他命令，只好离开了。

亨特走后，古德爵士向办公室里间走去，一脸惶恐的古德夫人正跌坐在地毯上，显然，刚刚二人的对话，古德夫人全都听见了。

古德爵士冷漠地俯视着古德夫人，道：“你怎么还不走？”

古德夫人悲悲戚戚地哭泣着，还想解释什么，她抱住古德爵士的腿：“亲爱的，都是那个金碧云的计谋，我什么也没做啊……”

古德爵士一脚将她踢开：“没什么好解释的了，我们马上离婚，你这个贪婪卑鄙的女人，立即给我滚出星洲！”

陆家大楼重新开工，红蓝头巾交相辉映，构成了工地上最亮丽的风景。南兰在桃姐的陪伴下来到了工地。陆雪亭拿着图纸向南兰介绍着自己的构想：“大嫂，以我的精确推算，这栋楼最安全、合适的高度应该是九层半，也就是把第十层建成其他楼层一半的高度，那将是一个风景极为优美的舞厅，可以俯瞰整个星洲的美丽风景。”

南兰拍了拍陆雪亭，很是欣慰：“看得出来，你很用心，我相信设计师。”

“谢谢大嫂，大哥……”

“不要提他。”

陆雪亭只好耸了耸肩。

见果农推着水果过来，桃姐大声喊着红蓝头巾姐妹们来吃水果。正在高处干活的天晴、挑着担子走在楼梯上的玲姐、装料的阿贵，还有从楼上往下走的美花从四面八方走了过来。

来福站在吊桥上大声喊着：“头家，怎么只有女工的，没有我们的呀？”

桃姐替南兰回道：“女工先吃，吃完了就轮到你们了！放心，新鲜水果有的是！”

工地的事处理完，南兰和桃姐没有过多停留，便回酒店处理诸般事宜。刚到门口，大堂经理便上前告知南兰有情况。南兰正疑惑，发现大堂中间，一个轮椅正摆在那里，而推着轮椅的正是白薇。白薇发现南兰进门，连忙调转轮椅。轮椅上的陆雪霖看见南兰，异常兴奋，颤颤巍巍地想要站起。

“你又来干什么？我们的婚姻早已不复存在，感情就更不要提了。”

陆雪霖终于站了起来：“我来不是说这些，我犯下的错会用一生去忏悔，不再奢求你原谅了，我是想来通知你，我的女儿白薇和叶鹤鸣订婚了，婚期定在了下个月十八号，那天是我们华人的七夕节。”

南兰高兴地笑了起来：“白薇，你是和天晴商量过了吗？”

“商量什么？”

原来阿海和天晴的婚期也定在了十八号。

豆腐庄里，众人已经开始为了天晴的婚事忙活起来。

秀禾和玲姐正登上梯子贴喜字。面线伯在下面指挥，一会往左点，一会往右点。远处，一个消瘦的身影渐渐走近，逗了逗儿童车里玩着拨浪鼓的女娃，正是许久未见的白月初。

“妈呀……”秀禾忙不迭地从梯子上下来，跑向白月初，“阿月，你这是……”

“南兰小姐为我请了星洲最好的律师，我被保释了，律师说法庭最终会判我正当防卫，我可能不用再坐牢了。”

“真的？太好了！”秀禾紧紧抱住白月初。面线伯和玲姐站在二人身后，会心一笑。平安似乎也察觉到大人的喜悦，咯咯笑个不停。

见了姐妹，自然要去见见救了自己的恩人。白月初跟着天晴一块去了女神酒店。见到南兰，白月初深深鞠了一躬。南兰连忙扶起，问着白月初日后的打算。

“跟着大家姐，做一辈子红头巾。”

南兰摇了摇头。

天晴不太明白，问道：“怎么，南兰小姐觉得不好？”

“不好，她是谁我已经知道了，那一身的本事可不能浪费。在海外，很多华人想听戏，听不到的！阿月，我在印度尼西亚有个朋友，出钱成立了戏班子，就是没角儿啊，我安排你去那里吧，让我们华人的艺术走得再远一点，传得再久一点。”

“我还有机会登台？”白月初的眼眸中满是向往。

“那是，好角儿，不能被埋没。”

南兰顿了顿接着道：“不过也得喝完喜酒再走！天晴，我就不跟你争了，就在豆腐庄办喜酒吧！但洞房花烛夜得到我女神酒店来，这是我的一份心意！”

“这……不好意思啊！”

“不许跟我客气，我备了三间喜房，你、小蝉、白薇，一起来！”

日子过得飞快，转眼到了三姐妹结婚的日子。

陆家门口，陆雪霖牵着穿着旗袍的白薇出了门。陆雪霖郑重地将白薇的手递到了叶鹤鸣手上。

“我女儿就交给你了。”

“放心吧爸爸，我会一辈子敬她、爱她，与她白头到老。”

陆雪霖点着头，老泪纵横。

万鹤堂正在举行南洋风格的娘惹婚礼。

递茶、敬酒一套程序下来，叶鹤鸣温柔地拉着白薇向常玉蝶行礼。

“这可使不得。”

“您对鹤鸣的恩情，与亲生母亲无异，我们要拜的。”

常玉蝶只好坐下，热泪盈眶地看着眼前的新人对自己行跪拜大礼。

一辆汽车驶来，陆雪亭下车拉开车门：“亲爱的，到家了。”

“我不是在做梦吧？”

“当然不是，能娶你，是我这辈子最大的福气。”

陆雪亭将穿着华丽婚纱的小蝉抱下了车。在亲朋好友的簇拥下，陆雪亭将小蝉抱进陆家。

陆家庭院里举行的是典型的西式婚礼，优美的旋律中，陆雪亭与小蝉翩翩起舞。舞罢，陆雪亭亲吻了小蝉，小蝉笑着笑着，就流下了幸福的眼泪。

陆雪霖适时将一大串钥匙和账本递给小蝉。将陆家管家大权交给了她，并希望她与陆雪亭能振兴陆家。

另一边，大红花轿在豆腐庄门口停了下来。

在姐妹们的欢呼簇拥下，阿海抱着身着大红中式喜袍的天晴从豆腐庄里走出，盖头下的天晴喜上眉梢。阿九卖力喊道：“起轿！”

唢呐骤起，鞭炮也噼里啪啦响个不停，好不热闹。今日的豆腐街交通被拦断，摆起了长桌酒席，南兰、桃姐、亨特、哈利、从万鹤堂赶来的常玉蝶都坐在上座。阿海和天晴在姐妹们的起哄下，站到了凳子上。

来福和阿九喊着：“海哥，讲两句！”

阿海喝了点酒，也不怕众人取笑：“我娶老婆，花轿抬出去风光一圈还得抬回来，因为我老婆要在这里办喜酒，我一下子成倒插门了！”

一个小红头巾大声喊：“欢迎姐夫！”众人也跟着纷纷起哄。

“就是倒插门嘛，有什么不好意思的，妹夫！”

“孩子要姓欧阳啊！”

阿海看了看阿贵和美花，摆了摆手：“别起哄！我还没讲完呢！我愿意倒插门，我老婆还没看上我的时候我就讲过，我跟她回三水老家都干，为了世上最好的女人，有什么不能干的嘞！”

南兰、亨特等人笑得直拍巴掌。

阿海看着天晴：“该你讲了，老婆。”

天晴先是鞠了一躬，然后一一感谢了每个曾经帮助过自己、帮助过红蓝头巾的贵人。

“为了谋生，我们漂洋过海来到这里，戴上了红头巾，靠双手改变自己的命运。因为同住在一个屋檐下，我们互帮互助，亲如姐妹。我们虽然没有男人那么强壮的体魄，但从平地到高楼，无论是打地基，还是灌水泥，我们都不比男工差，高楼大厦的一砖一瓦也都离不开我们！”

天晴的这番话，道尽了女工们在星洲打拼的辛酸与不易，玲姐等人闻言更是热泪盈眶、相拥而泣。天晴也抹了抹眼泪，接着道："我们这些女工肩上的担子很重啊，一头挑的是星洲，一头挑的是故乡，星洲的大楼等着我们盖，故乡的亲人对我们也有期盼呢！南兰小姐你看，今天除了红头巾、蓝头巾，还来了花头巾、灰头巾、黑头巾……其实不同颜色的头巾就代表着不同家乡的人，可往大了说，还不都一样，我们都是中华儿女，老祖宗教会了我们吃苦耐劳，也教会了我们自强、自立、自重、自爱，没有我们咽不下的苦，也没有我们建不起来的高楼！姐妹们，你们说对吗？”

豆腐街一下子沸腾了，所有女孩都激动地鼓起掌来。亨特和哈利十分欣赏天晴的才华，亨特更是当场提议，让天晴担任即将成立的女工工会的会长。南兰感到很欣慰。众人相互敬酒，一阵阵地起哄。起哄最凶的是阿九和巧玲，老实的面线伯和写信佬也跟着凑热闹……

（完）